W0294594

MIRA®

Alle Rechte, einschließlich das des vollständigen oder
auszugsweisen Nachdrucks in jeglicher Form, sind vorbehalten.

Der Preis dieses Bandes versteht sich einschließlich
der gesetzlichen Mehrwertsteuer.

Umwelthinweis:
Dieses Buch wurde auf chlor- und säurefreiem Papier gedruckt.

Die Handlung und Figuren dieses Romans sind frei erfunden.
Ähnlichkeiten mit lebenden oder verstorbenen Personen
sind nicht beabsichtigt und wären rein zufällig.

M. J. Rose

Der Beethoven-Fluch

Roman

Aus dem Amerikanischen von
Martin Hillebrand

MIRA®

MIRA® TASCHENBUCH
Band 25491
1. Auflage: Januar 2011

MIRA® TASCHENBÜCHER
erscheinen in der Cora Verlag GmbH & Co. KG,
Valentinskamp 24, 20350 Hamburg

Copyright © 2010 by MIRA Taschenbuch
in der CORA Verlag GmbH & Co. KG
Deutsche Erstveröffentlichung

Titel der nordamerikanischen Originalausgabe:
The Memorist
Copyright © 2008 by Melissa Shapiro
erschienen bei: Mira Books, Toronto
Published by arrangement with
HARLEQUIN ENTERPRISES II B.V./S.àr.l.

Konzeption/Reihengestaltung: fredebold&partner gmbh, Köln
Umschlaggestaltung: pecher und soiron, Köln
Redaktion: Stefanie Kruschandl
Titelabbildung: pecher und soiron, Köln
Autorenfoto: © by Harlequin Enterprises S.A., Schweiz / Doug Scofield
Satz: Buch-Werkstatt GmbH, Bad Aibling
Druck und Bindearbeiten: CPI – Ebner & Spiegel, Ulm
Printed in Germany
Dieses Buch wurde auf FSC-zertifiziertem Papier gedruckt.
ISBN 978-3-89941-802-6

www.mira-taschenbuch.de

Werden Sie Fan von MIRA Taschenbuch auf Facebook.

Meinem Vater gewidmet

„Erinnerung ist dann das Schlüsselwort,
welches Vergangenheit und Gegenwart,
Vergangenes und Zukünftiges vereint."

– Elie Wiesel –

1. KAPITEL

Die Seelen müssen wieder in das absolute Dasein eintreten, aus dem sie hervorgegangen sind. Aber um dies zu erreichen, müssen sie alle Vollkommenheiten entwickeln, die sie in Samenform bereits in sich tragen. Wenn sie diese Bedingungen während eines Lebens nicht erfüllen, müssen sie ein weiteres Leben beginnen, dann ein drittes und so weiter, bis sie den Zustand erreicht haben, in dem sie sich wieder mit Gott vereinen können.

– Kabbala, Zohar –

Wien, Österreich
Donnerstag, 24. April – 17:00 Uhr

David Yalom bewegte sich am Rande der unterirdischen Schlucht, ohne auch nur ein Mal in den schwarzen Abgrund zu schauen. Nichts an seinen bedächtigen Schritten ließ vermuten, dass er sich der Gefahr bewusst war, die bei einem Absturz drohte. Dabei hatte noch Minuten zuvor sein Führer einen Stein in den dunklen Schlund geworfen, um zu demonstrieren, wie tief es hinunterging. Das Geräusch des Aufschlages war nicht zu hören gewesen. Vier Stunden waren sie mittlerweile unterwegs: auf und ab durch ein finsteres Labyrinth aus Röhren und Kanälen, durch unterirdische Wasserläufe, über stille, mit Tropfsteinzapfen gespickte Teiche und brodelnde Seen hinweg. Nun endlich sah er das Ziel der Irrfahrt direkt rechter Hand vor sich, genau an der von Hans Wassong angegebenen Stelle: ein massiver, grob in den Fels gehauener Bogendurchgang, markiert mit einem in den Stein gemeißelten Kreuz.

„Dann gibt es sie also tatsächlich, diese Stelle, von der Sie mir erzählt haben", rief David lachend. Seine Stimme klang indes so bitter, als gäbe es auf dieser Welt nichts Erheiterndes mehr.

„Ich hab Ihnen ja gleich gesagt, Sie können mir ruhig trauen." Die beiden Männer – der israelische Journalist und der österreichische Kriminelle – verständigten sich auf Englisch, zwar mit unterschiedlichem, doch gleichermaßen ausgeprägtem Akzent. „Der ganze Bereich hier gehört zu einer größeren Planagrabung", ergänzte Wassong.

„Planagrabung?" Davids unbezähmbare Neugierde setzte sich durch. Wenngleich er hier nicht als Reporter vor Ort war, kam er nur schwer gegen die in langen Berufsjahren erworbene Eigenart an, sämtliche Aspekte einer Reportage zu beleuchten.

„Bei einer Planagrabung", erläuterte Wassong wichtigtuerisch, „werden einzelne Kulturschichten untersucht oder abgetragen. Etwa ein jüdisches Getto über einer mittelalterlichen Stadt, die wiederum auf einer antiken römischen Siedlung aufbaut. Wollte man diese Unterwelt aus Abwasserkanälen, Kellern und Katakomben kartografieren, müsste man sämtliche Straßen Wiens abtragen."

Die Szenerie unmittelbar vor ihnen flimmerte im Halogenlicht der Helmlampen. Alles andere ringsum versank in schattenhafter, bodenloser Finsternis; mit jedem Schritt ließ man ein Nichts hinter sich zurück. Die letzten Meter ging es steil an der gefährlichen Schlucht entlang, dann war der Zugang erreicht. Wassong marschierte einfach unter der niedrigen Wölbung hindurch; David hingegen musste sich bücken, um ihm in die Krypta zu folgen.

Aufgescheucht von den Schritten, schoss eine Ratte mit rot aufblitzenden Augen aus einem Totenschädel heraus, huschte davon und verschwand in einem Stoß altersbleicher Gebeine.

Von dem unheimlichen Geräusch alarmiert, zog David schnell seine Pistole, doch Wassong drückte entschieden seinen Arm herunter. „Nicht! Sonst lösen Sie noch einen Erdrutsch aus, und wir werden womöglich verschüttet. Ich möchte aber lieber dort begraben sein, wo meine trauernden Hinterbliebenen mich noch besuchen können."

Überall ringsum, in zu Dutzenden in das Gestein eingelassenen Nischen, ruhten völlig intakte Skelette. Ein geheimer Friedhof. David schaute sich um, bemüht, die Züge seiner Lieben nicht auf diese Gerippe zu übertragen. Vergeblich. Er betrachtete inzwischen sämtliche Tote als seine persönlichen Trauerfälle, als Opfer der Feinde seines Landes, ihrer unablässigen Bemühungen, ein ganzes Volk von der Landkarte zu tilgen. Als katastrophales Versagen der politisch Verantwortlichen, wenn es darum ging, wehrlose Unbeteiligte zu schützen.

„Hören Sie mal! Diese Akustik!“, bemerkte Wassong. Er wies zur Decke, als würden sich die Noten gleichsam durchs Gestein zwängen. „Sagenhaft, dass der Klang bis hier herunter durchdringt, was?“

Die schrillen Töne, die die dumpfe Luft durchdrangen, klangen für David jedoch nicht wie Geigenklänge, sondern wie das Gejaule des Luftalarms. Es dauerte eine Weile, bis er begriff, dass es sich bloß um eine Sinnestäuschung handelte. Er hätte sie nur zu gern unterdrückt, diese Erinnerungen, die ihn permanent überfielen. Aber was hätte ihn dann noch motiviert, um seinen Plan auch in die Tat umzusetzen? Sein Gedächtnis war ihm ein Rätsel. Wieso entsann er sich an manche Momente, wurde regelrecht von ihnen verfolgt, während er sich an andere ums Verrecken nicht erinnern konnte, mochte er sich auch noch so verzweifelt das Hirn zermartern? Zum Beispiel daran, wie das Haar seiner Frau geduftet hatte.

„Wir befinden uns jetzt direkt unter dem berühmtesten Konzertsaal Wiens“, betonte Wassong, „dem Musikverein.“ Er setzte seine Brille ab und polierte die Gläser mit seinem dunkelblauen Halstuch. In seinem ersten Artikel über den österreichischen Kriminellen hatte David diese Angewohnheit zum Anlass genommen, ihn zu charakterisieren.

Nachdem er die Brille wieder aufgesetzt hatte, zeigte Wassong auf eine Wand, die etliche Risse aufwies. „Dieser Bereich stößt an einen uralten Schacht, und der führt rauf in das Kellergewölbe unter dem Konzertgebäude. Die Töne fließen durch ein Rohrsystem, das früher mal zu einer alten Heizungsanlage gehörte."

„Und Sie sind sicher, dass die ganze Gegend hier nie aufgezeichnet wurde?"

Ein dissonantes Crescendo aus Celli, Hörnern, Flöten und Oboen bemühte sich vergebens um einen harmonischen Abschluss. Ein einzelnes Instrument klang deutlich aus dem Getöse heraus, ein weiteres kam hinzu, dann noch eins, bis alle zusammen in ein disharmonisches Chaos mündeten – etwa so, wie Davids Hirn mitunter völlig unvermutet unterschiedliche Erinnerungen wie Bildfetzen durcheinanderwürfelte. Das Gesicht seiner Frau, grauenvoll zugerichtet und bis zur Unkenntlichkeit verstümmelt, ein blutiger Brei. Dann Liesel bei einem gemütlichen Nachmittag am Strand, Jahre zuvor; ihr Lachen ob seines kläglichen Versuchs, einen Witz zum Besten zu geben. Sein fünfjähriger Sohn Isaac, wie er unbedingt das Fahrrad, das er gerade erst geschenkt bekommen hatte, mit ins Bett nehmen wollte. Dann der blutige Stumpf an der Stelle, wo vorher Isaacs Bein gewesen war. Und so weiter. David zählte jede Erinnerung, als könne er damit etwas beweisen. Nur was? Dass er einmal ein normaler, rational denkender Mensch gewesen war, der etwas machen wollte aus seinem Leben? Oder dass es nachvollziehbare und ganz konkrete Gründe gab für das, was er sich vorgenommen hatte?

Hans Wassong dozierte derweil ungerührt weiter. „Seit dem Mittelalter wurden diese Gewölbe hier unten zumeist als Grabkammern benutzt. Dann hat man sie im 18. Jahrhundert unter Kaiser Josef II. aus hygienischen Gründen versiegelt. Die Gräber vorher noch zu kartografieren, daran hatte niemand ein Interesse."

„Das Ding da sieht aber nicht gerade nach dem 18. Jahrhundert aus." David wies auf einen zerknautschten, olivgrünen Eimer, der halb unter Schutt begraben in einer Ecke der Grotte lag. Schon als Anfänger hatte er gelernt: Es waren solche Kleinigkeiten, die einem Journalisten die Wahrheit verrieten, wenn die Menschen logen.

„Während des Zweiten Weltkriegs hat man vonseiten der Regierung einige Sektoren wieder geöffnet und als Luftschutzbunker genutzt. Als die darüberliegenden Gebäude Bombentreffer abbekamen, stürzten einige der Gewölbe ein. Hunderte von Menschen wurden verschüttet; unsere unterirdische Stadt wurde aus Sicherheitsgründen erneut geschlossen. Allerdings fühlt sich so mancher von uns hier unten sicherer als dort oben, was?"

David überhörte den augenzwinkernden, anbiedernden Unterton in Wassongs Stimme. „Aber es gibt doch sicher welche, die von dieser Unterwelt wissen?"

„Die gab es, freilich, aber wie's aussieht, ist hier schon seit Jahrzehnten keiner mehr gewesen. Da können Sie sich getrost auf mich verlassen, David. Und bezahlen dürfen Sie mich auch. So war's ja schließlich vereinbart."

Zehn Jahre zuvor, als David an einem Artikel über illegale Waffengeschäfte in Osteuropa geschrieben hatte, hatte er Hans Wassong kennengelernt. Der stand damals schon wegen des Verdachts auf Entführung, Totschlag sowie Waffen- und Sprengstoffschmuggel seit Jahren auf der Fahndungsliste von Interpol. Mit der Zeit hatte sich der Journalist das Vertrauen des Kriminellen erworben und ihn als Quelle genutzt. Jetzt arbeiteten sie zwar wieder zusammen, jedoch unter umgekehrten Vorzeichen: Diesmal schrieb David nicht an einer Story, sondern war auf dem besten Wege, selber Geschichte zu machen. Wassong wiederum hätte ihn jederzeit verpfeifen können.

David öffnete den Reißverschluss seines dunkelgrünen Rucksacks, zog einen dicken Umschlag hervor und reichte ihn Wassong. Der machte ihn auf, zählte das Bündel aus Zweihundert-Euro-Scheinen durch, stopfte das Kuvert anschließend wortlos in die Innentasche seines Anoraks und klopfte die Ausbeulung glatt. „Sagen Sie mal – wann soll's denn so weit sein?"

„Etwa Montag oder Dienstag."

„Dann wollen Sie also hier unten kampieren?" Wassongs Frage klang, als wolle er ihn förmlich dazu drängen.

„Was gibt's denn Neues? Irgendwelche Gerüchte?"

„Nichts Konkretes. Ahmed Abdul soll in Serbien gesichtet worden sein."

Serbien war gerade mal fünfhundert Kilometer von Wien entfernt, zweitausend weniger als Palästina. Zufall? Seit 1995 hatte David keine einzige Konferenz der „International Security and Technology Association", kurz ISTA, versäumt. Für den Terroristen wäre es ein Leichtes gewesen, herauszufinden, dass David auch dieses Jahr von der Tagung der ISTA berichtete – und ihm nach Wien zu folgen.

„Ihnen ist doch klar, dass Sie immer noch bei denen auf der Liste stehen?", fragte Wassong, als David nicht reagierte.

„Ja." Dass er gejagt wurde, räumte er so einsilbig ein, als habe man ihn nach seinem Beruf gefragt.

Inzwischen war das Orchester offenbar mit dem Stimmen fertig. Nach kurzer Zeit erklangen die stürmischen ersten Takte von Beethovens 5. Sinfonie.

„Das Schicksal pocht an die Pforte", brummte Wassong.

„Wie bitte?"

„Beethoven soll mal auf den Beginn des ersten Satzes dieser Sinfonie gezeigt und zu seinem Sekretär gesagt haben: ‚So pocht das Schicksal an die Pforte'."

„Donnerwetter! Respekt! Waffenhändler, Kartograf, Höhlenforscher – und jetzt auch noch Beethoven-Kenner?"

„Wenn man in Wien wohnt, saugt man diese Musiklegenden sozusagen mit der Muttermilch auf. Das kommt von ganz allein."

Vorübergehend verwandelte sich der kalte Stein in rote Plüschsessel; vergoldete Stuckleisten überzogen die Felswände, und die Krypta wurde zum Konzertsaal. Zwei Männer lauschten wie hingerissen den Klängen einer Sinfonie. Davids Frau hatte Beethovens Fünfte ganz besonders gern gehört. Mit geschlossenen Augen gestattete er sich, einen Augenblick lang in Erinnerungen zu schwelgen.

„Alles in Ordnung?“, fragte Wassong.

Die Musik schwoll an zu einem Crescendo, das hinunterdrang bis in diesen Bauch der Erde, bis in den innersten Kern. David hatte Wassongs Frage gar nicht mitbekommen. Wenn sie nächste Woche schon alle aus dieser schönen Welt scheiden mussten, dann immerhin auf den Schwingen dieser engelsgleichen Musik.

Plötzlich war er wieder ganz bei der Sache. „Wie tief unten sind wir hier eigentlich?“, fragte er.

„Zwölf bis vierzehn Meter“, vermutete Wassong. „Zu tief für Georadar; die ideale Stelle für einen Sprengsatz. Genau hier, wo wir jetzt stehen. Keiner – weder das Gebäude noch die Konzertbesucher – werden die Explosion überstehen. Ausgezeichnetes Fleckchen, was? Das müssen Sie zugeben!“

2. KAPITEL

New York City
Donnerstag, 24. April – 11:00 Uhr

Meer rannte die Stufen des American Museum of Natural History hinunter zur Central Park West. Obwohl noch gar nicht am Bürgersteig angekommen, hielt sie schon Ausschau nach einem Taxi. Als keines zu entdecken war, beschloss sie, die sechs Häuserblocks bis zur Phoenix Foundation zu laufen. Zu Fuß gelangte man nämlich vom Museum genauso schnell zum Gebäude der Stiftung. Eigentlich hätte sie ihren Arbeitsplatz so mitten am Vormittag gar nicht verlassen dürfen, doch einem Mann wie Malachai Samuels konnte man so leicht nichts abschlagen. Malachai war teils Schamane, teils Psychotherapeut, teils Beichtvater, und auch wenn ihm bislang keine Antworten eingefallen waren, stand er doch stets zur Verfügung. Er half ihr durch die dunklen Nächte und einsamen Tage, milderte ihre Ängste und tröstete Meer in traurigen Stunden.

Am Telefon hatte Malachai ihr versichert, das Treffen werde höchstens eine Stunde dauern. Mehr Zeit konnte sie auch beim besten Willen nicht abzwacken. Die am Abend stattfindende Spendengala war entscheidend für den Erfolg des „Memory Dome", einer ständigen Ausstellung über Erinnerungsforschung. Als wissenschaftliche Mitarbeiterin bei diesem Forschungsprojekt hatte Meer eigentlich viel zu viel um die Ohren, um auch nur ein einziges Stündchen zu erübrigen.

Acht Minuten später saß sie in Malachais Büro und lauschte dem Ticken der antiken Pendeluhr, die auf dem marmornen Kaminsims stand. Es war, als ticke die Uhr immer langsamer, als wenn das Uhrwerk jeden Moment anhalten und dann rückwärts laufen wollte. Unmöglich, klar, doch wusste Meer mittlerweile, dass die Zeit in diesem Raum nicht immer in derselben Richtung verlief wie in der übrigen Welt.

„Das ist für Sie", sagte der Parapsychologe und Reinkarnationsforscher, während er einen arg ramponierten, überfrankierten Umschlag auf den Tisch legte.

Meer erkannte die Handschrift ihres Vaters. „Ach, spielen Sie jetzt den Postillon? Hat mein Vater Ihnen mitgeteilt, wieso er mir den durch Sie zukommen lässt?"

„Damit Sie nicht allein sind, wenn Sie ihn aufmachen."

„Als wäre ich ein kleines Kind." Sie lächelte resigniert.

„Egal, wie alt Sie sind – er wird immer Ihr Vater sein." Malachai sprach ein gepflegtes britisches Englisch, wodurch jeder Satz wie eine offizielle Verlautbarung klang. Er war ein sehr kultivierter Mann. Vor hundert Jahren wäre er ohne Weiteres als Aristokrat durchgegangen.

„Haben Sie eine Ahnung, um was es geht?"

„Er hat mich nicht aufgeklärt."

Sie riss die Lasche auf und zog den Inhalt aus dem Kuvert.

Eine Kinderzeichnung auf grobem, vergilbtem Papier, von einem kleinen Mädchen mit goldenen, orangefarbenen, roten und braunen Buntstiften angefertigt. Die Striche waren zwar verwackelt und trafen an den Ecken nicht ganz zusammen, aber man konnte erkennen, dass das Bild eine Schatulle darstellte. Nicht irgendeine x-beliebige, sondern jenes imaginäre Kästchen, das Meer schon als Kind auf geradezu krankhafte Weise fasziniert hatte. Warum, das wusste sie nicht. Wollten ihre Eltern wissen, wo sie es denn gesehen hatte, sagte sie immer nur: „Damals."

Daraufhin fragten sie, was ihr denn noch von „damals" im Gedächtnis geblieben sei, und sie erzählte es ihnen. Es war wie ein sehr schlimmer Traum, nur eben mit dem Unterschied, dass es immer derselbe war und sie dabei gar nicht schlief. Während eines heftigen Gewitters wurde sie in einem Wald von einem Mann verfolgt, der ihr die Schachtel abjagen wollte. Dazu tönte im Hintergrund mysteriöse Musik, so wie im Kino. Kehrte sie dann wieder zurück ins „Jetzt", wie sie es nannte, dann weinte sie manchmal.

Die bunten Einzelheiten auf dem Blatt, das ihr Vater ihr da hatte zukommen lassen, waren zwar bloße Kritzeleien, doch illustrierten sie deutlich, was Meer so klar in ihrer Erinnerung gesehen hatte: dunkles, poliertes Holz mit kunstvollen Silberbeschlägen und einer großen, silbernen Rosette mit eingravierten Vögeln, Blättern, Hörnern, Flöten, Harfen sowie allerlei Schnörkeln. Einmal hatte sie ihrem Vater gegenüber behauptet, die Musik, die sie in ihrem bösen Tagtraum höre, die stamme aus der Schatulle. Nur konnte sie diese nie lange genug offen halten, um der Melodie bis zum Ende zu lauschen.

Was ihr Vater und Malachai glaubten, dass nämlich das Gewitter, die Musik und die Verfolgung Erinnerungen an ein früheres Leben seien – davon wollte Meer nichts wissen. Sie hatte jahrelang versucht, diese Anwandlungen, die sie als Heimsuchung ansah, zu verstehen. Diese Suche hatte ihr letztendlich zu einem Magister in Kognitiver Verhaltenstherapie verholfen, Spezialgebiet Erinnerungsforschung – und zu einer einigermaßen plausiblen Erklärung. Nach ihrer Überzeugung litt sie an Pseudoerinnerungen: Entweder hatte ihr Unterbewusstsein während ihrer Kindheit tatsächliche Ereignisse verzerrt, oder sie selber brachte Träume und Wirklichkeit durcheinander.

„Das ist bloß eine von meinen alten Zeichnungen“, bemerkte sie erleichtert und reichte das Blatt Malachai zurück.

Mit aufmerksamem Blick musterte er das Bild einige Augenblicke. Dann entfernte er eine am oberen rechten Rand befestigte Büroklammer und begutachtete einen zweiten, angehefteten Bogen. Die Kaminuhr tickte dazu im Sekundentakt, wie sie es schon seit über hundertfünfzig Jahren tat. „Das hier haben Sie wohl übersehen“, sagte er schließlich und hielt ihr das Blatt hin.

Es war eine aus einem Auktionskatalog herausgerissene Seite. Unter einer Textpassage prangte das Foto einer dunklen Holzschachtel mit aufwendigen Silberbeschlägen und einer großen Silberrosette mit eingravierten Vögeln, Blättern, Hörnern, Flöten, Harfen, Schleifen sowie einem kunstvoll in das Muster eingeflochtenen Buchstaben. Ein Kind hätte vermutlich nur Schwünge und Bögen gesehen, doch als Erwachsene erkannte Meer mühelos, dass es sich um ein großes, kursives *B* handelte.

„So, nun wissen wir zumindest, dass es die Schachtel wirklich gab“, erwiderte sie rasch mit gleichmütiger Stimme, wobei sie das Blatt auf den Tisch legte. „Folglich muss ich sie vorher mal gesehen haben, irgendwo, irgendwie, bevor ich irgendwelche kognitiven Erinnerungen daran hatte. Vielleicht hat meine Mutter mal ein Buch mit Antiquitäten durchgeblättert, und darin war ein Bild von diesem Kästchen. Oder ich hab's bei einer Versteigerung gesehen. Zu Auktionen hat sie mich ja andauernd mitgeschleppt.“ Unbehaglich rutschte sie etwas auf ihrem Stuhl zurück – weg von der Zeichnung, weg von Malachai.

In jedermanns Leben gibt es bestimmte Scheidegrenzen. Meer wusste, die tiefsten davon prägen uns am allermeisten. Aber so, wie man die Erdoberfläche am leichtesten aus der Vogelperspektive erkennt, sieht man auch diese Lebensfurchen am deutlichsten erst mit dem Abstand der Jahre. Nur dann lässt sich der Moment bestimmen, in dem aus einem kleinen Riss ein Bruch geworden ist und aus diesem Bruch eine Grenzlinie.

Meer war sieben Jahre alt, als sie die seltsame Musik erstmals vernahm und ihren Eltern von dem Kästchen sowie der Verfolgungsjagd im Wald berichtete. Zuvor war sie ein völlig unbeschwertes Kind gewesen. Danach traute sie sich kaum mehr, nach links oder rechts zu gucken – aus lauter Furcht, sie könne ein sich anbahnendes Unheil voraussehen. Vorher wäre sie nie darauf gekommen, die Versprechungen ihrer Eltern anzuzweifeln. Nachher wurde ihr klar, dass die im Flüsterton geäußerten Beruhigungen keinerlei Gewicht hatten.

„Begreifen Sie denn nicht? Dies könnte der Beweis dafür sein, dass Sie all die Jahre Vorlebenserinnerungen hatten!“ Malachais tiefschwarze Augen glänzten. Als er noch einmal nach der Katalogseite griff, fiel Meer die Hemdmanschette auf, die aus dem Ärmel des maßgeschneiderten Anzugs hervorblitzte. Die Initialen *MS* waren eingestickt – weiß auf weiß.

Vor Meer saß ein Wissenschaftler, der in Oxford studiert hatte, der Aristoteles, Einstein und C. G. Jung zitierte, der gern mit seiner bis ins 15. Jahrhundert zurückreichenden Spielkartensammlung angab und eine bedeutende Abhandlung über die Psychologie des viktorianischen Englands und dessen Vorliebe für das Übersinnliche verfasst hatte. Wenn *er* über Regressionstheorien dozierte, kam man nie auf übersinnlichen Hokuspokus oder Hellseherinnen hinter Glasperlenvorhängen. Stattdessen verlieh er der Vorstellung von Seelenwanderungen wissenschaftliche Durchschlagskraft, sodass es einem schwerfiel, seine Ausführungen als Unsinn abzutun.

Nichtsdestotrotz: Das, was er oder ihr Vater glaubten, konnte Meer nicht nachvollziehen. In jüngeren Jahren, ja, da hatte sie es gewollt, hatte es auch versucht und sich sogar als Versuchskaninchen hergegeben. Doch es war den beiden nie gelungen, ihre Theorien zu ihrer Zufriedenheit zu beweisen. Der Vertrauensvorschuss, den sie erwarteten, war zu groß. Wie ihre Mutter neigte auch Meer eher zum Pragmatismus.

„Laut Beschreibung handelt es sich bei der Schatulle um eine aus dem 18. Jahrhundert stammende Spielekassette", las Malachai laut vor. „Sie gehörte einer gewissen Antonie Brentano, einer Bekannten von Beethoven."

Meer spürte einen metallischen Geschmack im Mund. Zahnschmerzen setzten ein, Schultern und Kinnpartie verkrampften, ein Frösteln lief ihr über den Rücken. Sie hörte etwas wie aus der Ferne, weit weg, aber deutlich. Im hinteren Lendenbereich, dort, wo sie sich einmal mit neun Jahren einen Wirbel angeknackst hatte, puckerte die sichelförmige Narbe. Schlagartig wurde ihr flau. Und wenngleich sie kein Kind mehr war, sondern eine Frau von einunddreißig Jahren, wäre sie am liebsten aufgesprungen und davongelaufen.

Fortgelaufen war sie auch damals, an jenem Tag, auf der Flucht vor der geisterhaften Musik. Sie jagte Meer Angst ein, diese Musik. Denn sie ging stets einer Erinnerung an eine gespenstische Hetzjagd durch den Wald voraus. Für ihre Eltern wurde die Sache regelrecht zur Zwangsneurose. Der Tochter mehr und mehr entfremdet, stritten sie sich ständig darüber, was ihr wohl am besten helfen würde. Die endlosen Termine bei unterschiedlichen Ärzten wirkten sich auf den Schulbesuch aus, behinderten Meer in ihrer Entwicklung und brachten die ganze Familie durcheinander.

An dem betreffenden Nachmittag hatte sie mit ihrem Vater im Central Park Drachen steigen lassen. Ihr Windvogel schraubte sich höher in den Himmel, als sie es sich jemals hätte vorstellen können, doch dann türmten sich plötzlich Gewitterwolken am Horizont auf. Mit ihnen kam jene schrecklichschöne Musik.

Meer ließ die Leine los und rannte wie von Furien gehetzt davon, ihr Vater immer hinter ihr her. Er brüllte, flehte sie an, doch stehen zu bleiben, hatte sie auch fast eingeholt und in Sicherheit gebracht. Er war nur noch eine Haaresbreite von ihr entfernt, als ein Radfahrer in vollem Tempo um eine Kurve gerast kam und nicht mehr bremsen konnte. Meer wurde durch die Wucht des Aufpralls in die Luft geschleudert und knallte mit dem Rücken auf am Wegesrand liegende Steinbrocken.

„Meer?“ Leicht vornübergebeugt, riss Malachai sie aus ihren Gedanken. „Alles okay?“

„Als kleines Mädchen saß ich früher immer hier und grübelte über die anderen Kinder nach. Mein Vater meinte, die kämen hierher zu Ihnen, weil sie Hilfe brauchten. Ich stellte mir immer vor, wie die wohl auf genau diesem Stuhl hockten und die Uhr da drüben ticken hörten, und wie es ihnen dann besser ging, denn im Warteraum sah man die ja nie. Ich war überzeugt, dass Sie die alle geheilt hatten. Sie würden schon dafür sorgen, dass ich mich bald besser fühlte, dachte ich.“

Über Malachais Züge glitt jetzt so etwas wie Mitleid. Sein üblicher Gesichtsausdruck war Meer allerdings lieber: hochgezogene Augenbrauen, distanzierter Blick, ganz der objektive Beobachter. Mitgefühl war ihrer Meinung nach fehl am Platze, wenn sie sich wieder mal ihrem altbekannten Fluch ergab. Sie wusste ja, wie sie sich gegen einen Anfall wehren und sich eine einsetzende Episode vom Leib halten konnte. Sie kannte die Auslöser, vermied sie gewissenhaft. Und doch vernahm sie nun aufs Neue jene vertrauten, fernen Klänge … vage und verschwommen, von außerhalb dieses Zimmers, dieses Stadthauses, dieser Straße, dieser Stadt, von jenseits dieser Zeit. Sie spürte jene eisige Beklemmung, die ihr die Luft zum Atmen nahm, die schreckliche Wehmut, die ihr aus Trauer um einen Verlust die Tränen in die Augen trieb. Es war Jahre her, dass sie letztmals von diesen Dämonen heimgesucht worden war.

Die Hände um die Armlehne verkrampft, versuchte Meer, tief und gleichmäßig durchzuatmen und sich an der Gegenwart festzuklammern. Auf diese Heftigkeit war sie nicht gefasst gewesen. Jahrelange Therapie, zahllose Hypnosesitzungen und hochwissenschaftliche Theorien über Pseudoerinnerungen – all das erwies sich bisweilen als wirkungslos gegen jene rätselhafte Macht.

„Alles in Ordnung mit Ihnen?“

„Bestens“, murmelte sie. Sie wollte nicht zugeben – schon gar nicht vor sich selbst –, dass der Geist aus Kindertagen wieder aufgestiegen war, sodass ihr das Atmen schwerfiel. Die quälenden Beklemmungen, von denen sie früher heimgesucht worden war und die wie mit spitzen Klauen nach ihr griffen, um sie zu packen und in eine ferne Dimension zu entführen, sie ergriffen wieder von ihr Besitz.

Malachai drückte ihr ein Glas in die Hand. Erst als sie das Wasser trank, wurde ihr bewusst, dass sie Durst hatte, und dann konnte sie gar nicht genug trinken. Schließlich stellte sie das leere Glas neben dem Umschlag und der Zeichnung ab.

„Die Wirklichkeit ist jetzt", leierte Malachai in vertrautem Tonfall herunter. „Die Wirklichkeit ist jetzt."

Nickend konzentrierte Meer sich auf diesen Satz. Er gehörte zu jenen Formeln, die sie sich zurechtgelegt hatten, als sie noch ein kleines Mädchen war. *Die Wirklichkeit ist jetzt. Die Wirklichkeit ist jetzt.* Und auch jetzt benutzte sie dieses Mantra, um wieder zu Atem zu kommen. Kopfschüttelnd, als könne sie ihre Erinnerung so vertreiben, klatschte sie sich mit der Faust in die Handfläche. „Dabei habe ich doch kein Klavier mehr angerührt! Keine einzige Note zu Papier gebracht! Seit zwölf Jahren nicht mehr. Wieso reicht das denn nicht?"

„Sie gehen zu hart mit sich ins Gericht, Meer. Sie können ja nichts dafür. Wir kehren in dieses Leben zurück, um zu ergründen, was wir in einem früheren Leben nicht vollenden konnten. Wir mögen uns noch so sehr wünschen, wir hätten keine karmische Schuld abzutragen – letzten Endes müssen wir ..."

Neben seinen diversen anderen Talenten beschäftigte Malachai sich auch mit Zauberkunststückchen. Er konnte einen Schal in eine weiße Taube verwandeln oder eben ein Problem in einen ganzen Strauß von Möglichkeiten.

Meer hatte allerdings keine Lust, sich seine zuweilen hanebüchenen Erklärungen anzuhören. „Von mir aus kann passieren, was will – Medikamente nehme ich jedenfalls keine mehr. So benebelt laufe ich *nie wieder* herum." Ihre Stimme klang so verkrampft, wie es ihre Nackenmuskulatur war.

„Wieso? Was passiert denn?"

„Die Schreckgespenster sind wieder da ...", flüsterte sie. Den Ausdruck aus Kindertagen benutzte sie unbewusst. Doch kein anderes Wort hätte ihre allgegenwärtigen Beklemmungen und Ängste und die schrillen, widersprüchlichen Töne, die sie damals gehört hatte, besser beschreiben können.

3. KAPITEL

Wien, Österreich
Donnerstag, 24. April – 17:15 Uhr

Über einen Zeitraum von fast dreihundert Jahren hatten Experten genau diesen privaten Schauraum betreten, um sich in die Schätze zu vertiefen, die zur Versteigerung vorgesehen waren. Aber wie vielen von ihnen hatte das Herz so heftig geklopft wie jetzt Jeremy Logan? Er schloss die Tür hinter sich, drehte den Messingschlüssel im Schloss und hörte das Schnappen der Riegel. Das Intarsienparkett, über das er ging, war frisch restauriert, und der antike Schreibtisch, an dem er Platz nahm, mehrmals aufgefrischt worden. Doch der Glanz der hier gemachten bedeutenden Entdeckungen, er hatte sich auch über die Zeit erhalten. Jeremy hätte gern gewusst, ob seine heutigen Bemühungen wohl ebenfalls Eingang in diese Geschichte finden würden.

Jeremy Logan, fünfundsechzig Jahre alt, war Leiter der Judaika-Abteilung des Auktionshauses. Man nannte ihn den „jüdischen Indiana Jones“: Er hatte in den vergangenen dreißig Jahren zahllose Thorarollen und andere während des Zweiten Weltkrieges gestohlene oder versteckte religiöse Kultgegenstände sichergestellt. Einige davon hatte er wie vergrabene Schätze ausgebuddelt. Andere über die Grenzen kommunistischer Länder geschmuggelt oder mithilfe von unzuverlässigen Mittelsmännern beschafft, die ausschließlich an der angebotenen Prämie interessiert waren. So konnte er sich zwar eine ganze Reihe von Funden zugute halten, doch der Schatz, nach dem er nun schon am längsten forschte, der war ihm bisher versagt geblieben: die Antwort auf die Seelenqualen seiner Tochter.

Und nun war es nicht ausgeschlossen, dass er den Schlüssel zu diesem Rätsel in Händen hielt.

In der Schatulle befanden sich Whist-Karten, ein Cribbage-

Brett, Damesteine, und Schachfiguren. Aber nicht nur das: Die Röntgenuntersuchung hatte ergeben, dass die aus Sandelholz gefertigte Spielekassette einen etwa zwei Zentimeter starken doppelten Boden besaß. Darin befand sich etwas Viereckiges, das entweder aus dünnem Stoff oder dickem Papier bestand. Was es genau war, hatten selbst die Techniker mit ihrem ausgefeilten Instrumentarium noch nicht einwandfrei bestimmen können. Aber jetzt, hier hinter verschlossenen Türen, stand Jeremy kurz davor.

Er zog seine hafergelbe Strickjacke aus, warf sie auf den Schreibtischstuhl und streifte die Ärmel seines marineblauen Rollkragenpullovers hoch. Dann pflückte er die Lesebrille aus seinem graumelierten Wuschelschopf, klemmte sie sich auf die Nase und nahm sich den Sandelholzkasten vor. Jetzt wusste er, wonach er suchen musste. Mithilfe einer Lupe stellte er fest, dass sich unter dem verschnörkelten B ein schwach eingeritztes Sternzeichen befand – das einzige Detail, das in Meers Kinderzeichnungen fehlte. Bei genauerem Hinsehen erkannte er zu seinem Erstaunen, dass es sich um ein Phönix-Zeichen handelte, dem Symbol für Unsterblichkeit und Wiedergeburt, benannt nach dem mythischen Vogel aus der Antike. Wie auch Malachai Samuels hatte Jeremy immer schon angenommen, dass sich die Krise seiner Tochter im Kern um Reinkarnation drehte. Nach seiner festen Überzeugung litt Meer unter den Spätfolgen eines früheren, sorgenschweren Daseins.

Als leidenschaftlicher Verfechter der Reinkarnation glaubte er fest daran, dass eine zu einem bestimmten Kreis gehörende Seele nach dem Tod irgendwann in einem anderen Wesen aus ebendiesem Kreis wiedergeboren wird. Das macht es einerseits schwer, mit einem Menschen, der uns früher geärgert hat, in Kontakt zu treten. Andererseits erleichtert es eine Verbindung mit denen, die wir gern hatten. Angehörige, Freunde, Lebenspartner und Arbeitskollegen zählten zu Lebzeiten zum Seelenkreis eines Menschen. Nur zu gerne hätte Logan seine Tochter dazu bewogen, sich den ihr nahestehenden Menschen anzuvertrauen, etwa ihm oder Malachai Samuels, und sich von ihnen helfen zu lassen, den rechten Weg zu ihrem Karma zu finden. Leider war sie in ihrem Unglauben ebenso hartnäckig wie er in seinem Glauben.

Er nahm die Schachtel, die ihr Geheimnis wie ein trotziges Kind für sich behalten hatte, und legte sie mit der Unterseite nach oben auf eine Filzmatte. Intarsien aus unterschiedlich großen Kreisen, alle aus seltenen Tropenhölzern geschnitzt, formten sich zu einem zufälligen Muster.

Der Gutachter, mit dem er tags zuvor in Prag zusammengetroffen war, hatte ihm eine ähnliche Schachtel präsentiert, vom selben Hersteller im Jahre 1802 angefertigt. Auch sie wirkte anfangs wie ein Rätsel ohne Lösung. Dann aber wies ihn der Experte auf das in die Deckelrosette eingebettete Sternbild hin: Taurus, der Stier. Ordnete man die Kreise auf der Unterseite dergestalt, dass sie dem Sternzeichen des Stiers entsprachen, öffnete sich wie von Geisterhand eine Geheimschublade.

Bedächtig bewegte Jeremy nun die Kreise an der „Brentano-Schatulle“, wie sie im Auktionskatalog bezeichnet wurde. Der erste ließ sich problemlos einpassen. Obwohl von Natur aus ungeduldig, ging Jeremy bei den nächsten bewusst langsam vor. Seit vierundzwanzig Jahren studierte er nun die Kabbala, und eine der wichtigsten Erkenntnisse dieses Studiums war, dass seine Ungeduld von seiner Unfähigkeit herrührte, sich mit dem zu begnügen, was der Moment ihm bescherte. In der Kabbala hat jeder Buchstabe des hebräischen Alphabets mehrere Bedeutungen. Im Leben, so hatte Jeremy Logan erfahren, galt das genauso für jeden Augenblick. Und in jedem vergangenen Leben auch.

Tief durchatmend schob er den letzten Kreis an Ort und Stelle und hörte sofort ein leises, mechanisches Klicken. Der doppelte Boden der Kassette glitt heraus. Was vorher unzugänglich gewesen war, bot sich ihm nun widerstandslos dar. Als Jeremy den Blick auf ein zusammengefaltetes Blatt Papier senkte, das vermutlich gut zweihundert Jahre lang dort versteckt gelegen hatte, da verspürte er sowohl Euphorie als auch eine jähe Angst.

4. KAPITEL

New York City
Donnerstag, 24. April – 11:34 Uhr

Die Gegensprechanlage schnarrte. Verärgert über die Unterbrechung, äugte Special Agent Lucian Glass stirnrunzelnd hinüber zum Monitor. Um ins Gebäude zu gelangen, drückten zuweilen manche einfach aufs Geratewohl auf irgendeinen Klingelknopf. Entweder waren sie zu faul, um nach ihrem Haustürschlüssel zu kramen, oder der Pizzabringdienst musste eine Bestellung loswerden. Oder böse Buben legten es darauf an, die Gänge nach unverschlossenen Korridortüren auszuspähen. Erstaunlich, wie oft es selbst in einer Stadt wie New York zu Einbrüchen kam, weil Mieter oder Eigentümer bodenlos leichtsinnig waren. Diesmal aber kannte Lucian den stämmigen Mann, der unten im Windfang stand und in die Kamera guckte.

Das im dritten Stock gelegene Apartment war mit einem ramponierter Kartentisch und vier Stühlen zwar spärlich möbliert, dafür aber mit Überwachungs- und Lauschtechnik vollgestopft. Während Lucian sich durch den Gerätewirrwarr zur Gegensprechanlage schlängelte, drückte Douglas Comley unten schon wieder auf die Klingel. Er war Lucians Vorgesetzter und Leiter des „Art Crime Teams“, kurz ACT.

Mit Betätigen des Türöffners hörte das Schnarren schlagartig auf, und Lucian konnte mit dem fortfahren, was er zuvor gemacht hatte, nämlich dem gepflegten Englisch von Malachai Samuels zu lauschen. Der residierte direkt gegenüber im Gebäude der Phoenix Foundation und wurde mittels eines ultramodernen Hochleistungsrichtmikrofons abgehört. Seit dem vergangenen Sommer ermittelten das FBI, Interpol und die italienische Kriminalpolizei gegen den vorgeblichen Reinkarnationswissenschaftler. Man wollte ihm nachweisen, dass er als Drahtzieher hinter einem grenzüberschreitenden Kunstraub steckte, in dessen Verlauf drei Menschen ums Leben kamen und ein Kind entführt worden war. Bei den entwendeten Gegenständen, einem Edelsteinsatz von unschätzbarem Wert, handelte es sich angeblich um den sagenumwobenen „Schatz der verlorenen Erinnerung" – magische Kleinode aus der antiken Harappa-Kultur, die sich um 2800 vor Christus im Tal des Indus entwickelt hatte. Es bestand kein Zweifel, dass Samuels auf geradezu fanatische Weise besessen war, einen absoluten Beweis für die Wiedergeburt erbringen zu müssen. Möglicherweise hatte er gehofft, die sogenannten „Memory Stones" würden diesen Nachweis liefern. Leider konnten weder Lucians Sonderkommission noch Interpol bislang unwiderlegbare Belastungsmomente vorweisen. Eine Hälfte der Steine war von der New Yorker Polizei sichergestellt und den italienischen Behörden zurückgegeben worden, aber die andere Hälfte blieb verschollen. Nach Lucians Ansicht hatte Samuels die walnussgroßen Saphire, Rubine und Smaragde entweder in seinem Besitz oder kannte zumindest deren Verbleib. Nun musste man abwarten und hoffen, dass er sich einen Schnitzer erlaubte. Einen einzigen Lapsus.

„*Ich denke, das Foto hat die Musik ausgelöst*", hörte er Samuels jetzt sagen. „*Ob nun noch etwas nachkommt, liegt ganz bei Ihnen. Sie können die Schwelle überschreiten oder es lassen.*"

„*Sie meinen, ich soll nach Wien fliegen und mir das Ding hier angucken?*", fragte eine Frauenstimme mit verängstigter Stimme.

Lucian hatte die dazugehörige junge Dame ein einziges Mal gesehen, verschwommen und nur flüchtig – lange, wohlgeformte Beine in engen Jeans, todschicke Lederjacke. Perfekte Figur, das Gesicht von welligem, kastanienbraunem Haar umrahmt. Dann war sie auch schon durch das Portal im Inneren des Doppelhauses verschwunden. Trotz dieses kurzen Moments hatte Lucian gespürt, dass es sich um eine starke, aber auch einsame Persönlichkeit handelte. Wenn er den Wind darstellen wollte, würde er diese Frau als Modell für die unsichtbare Kraft wählen.

Seit neun Monaten hörte Lucian nun schon Malachai Samuels' Gespräche beziehungsweise Telefonanrufe ab und las seine E-Mails mit. Dabei hatte er mitbekommen, wie Dutzende von Kindern sonderbare Reisen antraten, ohne ein einziges Mal das aus dem 19. Jahrhundert stammende Stiftungsgebäude an der Upper West Side zu verlassen. Zu seiner Verwunderung waren die Kleinen bei der Ankunft immer total aufgelöst, nach der Sitzung hingegen erstaunlich ruhig. Die Frau allerdings, die da jetzt in Samuels Sprechzimmer saß, die war kein Kind, und das Gespräch unterschied sich von allen anderen, die er abgehört hatte.

„*Ich habe akzeptiert, dass meine Erinnerungen ein Rätsel sind*", drang die zitternde Stimme von Meer Logan aus der Anlage.

Lucian hatte schon immer die Gabe besessen, blitzschnell jemandes emotionalen und mentalen Zustand zu erfassen, doch auf der FBI Academy in Quantico hatte man dieses Einfühlungsvermögen erst richtig geschärft. Er hätte zwar nicht sagen können, warum – aber beim Abhören dieser Frau wurde er das Gefühl nicht los, dass man sich Sorgen um sie machen musste.

„*Das denken Sie vielleicht*", betonte Samuels mit auf einmal eindringlicher Stimme, „*aber schauen Sie sich doch an, was Sie alles schon an Lebensqualität, an Ehrgeiz und an Leidenschaft aufgegeben haben! Sie und Ihr Talent, sie werden in Geiselhaft genommen! Von den Ängsten und der Trauer, die Sie mit sich herumschleppen.*"

Automatisch griff Lucian nach seinem Skizzenbuch und begann zu zeichnen – schon die dritte oder vierte Zeichnung in der letzten Stunde, diesmal ein Entwurf von Meer Logan als Kind. Der Bleistift flog nur so übers Papier; schon bildete sich ein kleines Mädchen heraus, dunkelhaarig, mit bang aufgerissenen Augen und tränenüberströmten Wangen und …

Die Klingel an der Wohnungstür schrillte. Lucian legte das Skizzenbuch hin, und während er seinem Chef aufmachte, tönte gleichzeitig wieder Meer Logans Stimme aus dem Lautsprecher. *„Sie glauben doch nicht im Ernst, dass es etwas ändert, ob ich das Kästchen sehe oder nicht?“*

„Auslöser funktionieren immer nach demselben Prinzip, egal, ob es sich um Vorlebenserinnerungen handelt oder um Pseudoerinnerungen. Das wissen Sie doch! Hier, lesen Sie mal …“

Comley trat ein und hörte Samuels Stimme. „Habe ich was Wichtiges verpasst?“, fragte er, während er in Richtung Abhörtechnik nickte.

„Nicht im Hinblick auf unseren Fall, würde ich sagen.“

Grinsend sah Comley sich im Zimmer um. „Gefällt mir, wie Sie seit meinem letzten Besuch die Bude auf Vordermann gebracht haben.“

„Ich habe Kaffee und Mineralwasser da. Soll ich Ihnen was holen?“

„Für die Gäste nur das Beste, hm? Doch, ein Wasser nehme ich gern.“ Comley setzte sich an den Tisch und bemerkte das Skizzenbuch. Er vertiefte sich gerade in die Skizze des kleinen Mädchens, als Lucian ihm das Mineralwasser hinstellte. „Wer soll das sein, Meister Klecks? Eine von seinen kleinen Patientinnen?“

Sämtliche Beamte des ACT hatten die übliche Polizeilaufbahn hinter sich. Lucian hingegen hatte auch an der Kunsthochschule studiert. Den Spitznamen war er gewohnt.

„Ehemalige Patientin, soweit ich das mitgekriegt habe.“

„Haben Sie sich schon mal gefragt, ob Sie nicht besser bei der Kunst geblieben wären?“ Comley studierte eingehend die Zeichnung.

„Das fragt meine Mutter mich hin und wieder auch.“

„Und ihr weichen Sie ebenso geschickt aus?“

Lucian redete zwar nicht gern über seine Vergangenheit,

verschwieg sie andererseits aber auch nicht. Seine künstlerische Ausbildung erleichterte ihm die Arbeit, und mit seinen schwarzen Jeans, dem schwarzen T-Shirt und dem schwarzen Jackett trug er nach wie vor jene für die New Yorker Kunstszene typische Uniform, mit der er Einlass zu jeder Vernissage gefunden hätte. Das hieß indes nicht, dass er viel über sein Leben vor Eintritt in den Polizeidienst redete.

Damals, mit neunzehn, hatte er an der New Yorker Kunstakademie Malerei studiert, als sein Leben eine jähe Wendung nahm. Freitagabends war das Metropolitan Museum of Modern Art gemeinhin länger geöffnet, und Lucian hatte vor, mit seiner Freundin und Kommilitonin Solange die Francisco-de-Zurbarán-Ausstellung zu besuchen. Er war mit Solange Uptown im Rahmenstudio ihres Vaters verabredet, unweit des Museums, und zwar für sechs Uhr. Von dort wollten sie dann zu Fuß zum Met.

An jenem Abend fuhr die schnelle U-Bahn nicht. So musste er die an jeder Ecke haltende Vorort-Bummelbahn nehmen und kam deswegen eine Viertelstunde zu spät zum Treffpunkt. Dort angelangt, stellte er fest, dass merkwürdigerweise kein Mensch vorn im Laden war. Auch auf sein Rufen bekam er keine Antwort. Ohne lange zu fackeln, öffnete er die Tür zur Werkstatt und trat ein.

Solange lag auf dem Fußboden, offenbar tot, umgeben von einem riesigen leeren Bilderrahmen aus blutbespritzten Silberleisten. Während Lucian noch auf dieses Bild des Grauens starrte, blitzte etwas in der polierten silbernen Oberfläche auf, eine flüchtige Bewegung, die ihm verriet, dass sich jemand im Raum befand, sich von hinten anschlich. Aber Lucian, eher schmächtig gebaut, reagierte zu langsam. Als angehender Maler hatte er von Selbstverteidigung keine Ahnung.

Als der Rettungsdienst eintraf, hatte Lucian gut zweieinhalb Liter Blut verloren. Der Dieb hatte viermal zugestochen und sein Opfer als vermeintlich tot liegen gelassen. Allerdings lebte Lucian. Genauer gesagt: noch. Denn auf dem Transport ins Krankenhaus setzten sämtliche lebenswichtigen Funktionen aus.

Der Notarzt brauchte geschlagene zwei Minuten, um den schon klinisch Toten zu reanimieren. Und wenngleich Lucian nie mit jemandem über diese zwei Minuten sprach, hatte er sie doch bewusst erlebt. Er ließ sich auch nicht anmerken, dass diese Nahtoderfahrung etwa sein Leben verändert oder sich sonst wie ausgewirkt hatte. Dass er die Welt nach der Messerattacke mit anderen Augen sah, lag seiner Meinung nach daran, dass er seine Freundin auf diese schreckliche Weise verloren hatte. Binnen weniger Monate wurde dann aus dem Jungen, der sich noch nie geprügelt hatte, ein auf Rache und Vergeltung fixierter Mann. Nun brauchte er nur noch eine Art Ruhezone, in der er diese Gelüste in eine berufliche Laufbahn einfließen lassen konnte, und zu diesem Schutzgebiet wurde das FBI. Auch sein Verständnis von Kunst wandelte sich: Kunst war fortan für ihn nicht mehr etwas, das der Künstler schuf, sondern etwas, das es zu schützen und zu bewahren galt. Er füllte ganze Blöcke mit unvollendeten Porträts der Menschen, denen er im Einsatz begegnete. Für ihn war das nicht anders, als wenn seine Kollegen sich Notizen machten.

„Sie haben sich doch sicher nicht von so weit herbemüht, um sich mit mir über meine schlummernden Talente zu unterhalten, oder?“, fragte er seinen Vorgesetzten.

Comley blätterte die Seite um, als könne er das traurige Kindergesicht nicht mehr ertragen. „Ich spiele ungern den Unglücksboten, aber der Fall wird ad acta gelegt. Wir können nicht …“

„Sie und mein Vater, Sie versuchen andauernd, mir einzureden, das sei alles Teil eines großen kosmischen Plans. Wieso?“ Über den Lautsprecher drang erneut die gepresste Stimme von Meer Logan ins Apartment. Lucian Glass unterbrach sich angesichts des klagenden Tonfalls. *„Warum soll denn das mein Schicksal sein, verdammt noch mal?“*

„Das Schicksal eröffnet uns lediglich den Pfad zu unseren Möglichkeiten. Was wir daraus machen, liegt an jedem Einzelnen von uns", antwortete Samuels.

„Ja, ich kenne Ihre Meinung. Ich habe aber im Augenblick zu viel im Museum zu tun; da kann ich unmöglich nach Wien fliegen."

Lucian war, als schwinge in der Frauenstimme ein trotziger Unterton mit. Mit einer widerwilligen Handbewegung drehte er die Lautstärke leise, sodass man die jenseits der Straße stattfindende Unterhaltung nicht mehr verfolgen konnte.

„Ich kann das hier nicht länger verantworten", erklärte sein Chef. „Sie wissen ja, wie klein das Dezernat ist."

„Dann lassen Sie mich doch allein ermitteln." Eigentlich war es eine Bitte, aber bei Lucian klang es wie ein Befehl.

„Sie *ermitteln* nicht, mein Freund – Sie *verbeißen* sich geradezu in den Fall! Und das nützt uns beiden nichts. Nein, bedaure. Ich ziehe Sie von dem Fall ab."

Lucian trat ans Fenster und blickte hinüber zur Phoenix Foundation. Er war jetzt seit zehn Jahren beim FBI, anfangs im Dezernat für Kunstraub. Zum ACT war er versetzt worden, nachdem die Abteilung nach dem Sturz von Saddam Hussein als Folge der Plünderungen im Irak eingerichtet worden war. Seitdem hatte er mit seinem Team mehr als ein Dutzend Kunstschätze im Wert von über dreißig Millionen Dollar sichergestellt, unter anderem eine Zeichnung von Michelangelo und einen Satz seltener Münzen aus dem antiken Griechenland. Bei seinen vielen Erfolgen war zwar damit zu rechnen, dass früher oder später ein Fehlschlag kommen konnte. Doch dass es ausgerechnet *diesen* Fall treffen sollte, passte ihm ganz und gar nicht.

Während er noch durchs Fenster guckte, öffnete sich das Portal der Stiftung und Meer Logan trat aus dem Gebäude. Mit hochgeklapptem Jackenkragen stand sie da, kerzengerade, das Gesicht dem vom Central Park heranfegenden Wind zugewandt, als wolle sie aus den heftigen Böen neue Kraft schöpfen. Dann ging sie langsam die Treppe hinunter und verschwand aus Lucians Blickfeld.

„Wie lange noch?“

„Ab heute zwei Wochen“, erwiderte Comley.

„Zwei Wochen“, wiederholte Lucian entschlossen. Es klang wie eine Abmachung und ein Versprechen zugleich.

5. KAPITEL

Ist Ihnen aufgefallen, dass die Seelenwanderung gleichzeitig Erklärung und Rechtfertigung des Bösen auf der Welt bedeutet? Wenn die Übel, unter denen wir leiden, das Ergebnis von Sünden sind, die wir in vergangenen Leben begangen haben, dann können wir sie mit Ergebung tragen und hoffen, dass unsere künftigen Leben, wenn wir in diesem nach der Tugend streben, weniger kummervoll sein werden.
– William Somerset Maugham, Auf Messers Schneide –

Wien, Österreich
Donnerstag, 24. April – 18:20 Uhr

Hätte ein Passant in einer der engen, kopfsteingepflasterten Gassen des Wiener Bezirks Leopoldstadt zufällig mitbekommen, wie Jeremy Logan die Treppe zum Haus Engerthstraße 122 hinaufeilte, hätte er vermutlich weder ihn noch das unscheinbare Gebäude der „Toller Archäologiegesellschaft" eines weiteren Blickes gewürdigt. Nicht einmal das Portal mit seinem dekorativen, pfauenförmigen Schloss hätte sein Aufsehen erregt. Wenn in einer Stadt wie Wien überhaupt etwas aus dem Rahmen fiel, war es eher ein Mangel an Schmuckwerk. Direkt nach dem Drücken des Klingelknopfes verschwand Jeremy im Inneren und ging durch eine zweite, von draußen nicht sichtbare Tür. Erst die eingemeißelten Lettern, die das Fries über dem Eingang zierten, gaben den wahren Namen der Bruderschaft preis. Und Jeremy fiel einmal mehr der Gegensatz zwischen dem schmucklosen Äußeren und dem extravaganten Interieur ins Auge.

Die „Gesellschaft für Erinnerungsforschung", zu deren Verwaltungsrat Jeremy Logan gehörte, war eine Art Geheimbund. Gegründet im Jahre 1809, hatte der Verein es sich zur Aufgabe gemacht, das Werk des österreichischen Orientalisten Joseph von Hammer-Purgstall zu erforschen, eines Diplomaten und Wissenschaftlers. Der Freiherr war im Europa des 19. Jahrhunderts maßgeblich an der Verbreitung morgenländischer Weisheiten beteiligt gewesen. Von besonderem Interesse war für die Gründungsväter der Gesellschaft die Wiedergeburt. Eine Theorie, die vielen Glaubensrichtungen gemeinsam war: den eben erst entdeckten hinduistischen Shruti-Schriften, der jüdischen Kabbala, den Mysterienschulen des alten Ägyptens, den griechischen Philosophen und der christlichen Lehre aus der Epoche vor 500 nach Christus.

Zum Sitz der Gesellschaft erkor man ein seinerzeit wertloses Grundstück unweit des Praters, mitten im jüdischen Getto gelegen. Zwei Gründe waren für diese Wahl ausschlaggebend: Zum einen wollte man den zahlreichen jüdischen Mitgliedern entgegenkommen. Und zum anderen sollten Neugierige ferngehalten werden. Dem Architekten wurden zwei Dinge zur Auflage gemacht: Der Bau durfte nicht über Gebühr Aufsehen erregen, und er musste über mindestens einen geheimen Einsowie Ausgang verfügen.

Jeremy betrat nun das Allerheiligste, den riesigen, von Säulen gesäumten Sitzungssaal. Eine Darstellung des altägyptischen Mythos von Isis und Osiris zog sich über sämtliche Wände; den Fußboden bedeckte ein Teppich in Schmucksteinfarben. Die kuppelförmige, kobaltblau gestrichene Decke glich einem Nachthimmel, an dem unzählige Sterne funkelten – winzige Spiegel, die das von unten kommende Licht reflektierten. Jeder Winkel des Saals war vollgestopft mit schimmernden spirituellen Kultobjekten und Gegenständen. Jeremy indes hatte für sie keinen Blick, sondern eilte energischen Schrittes auf die Bibliothek zu, wo die von ihm telefonisch einberaumten Mitglieder des Verwaltungsrates warteten.

„Guten Abend“, grüßte Fremont Brecht und legte die Zeitung nieder. In einem Clubsessel thronend, hinter sich Tausende ledergebundener Bände, gab der ehemalige österreichische Verteidigungsminister und jetzige Vorsitzende der Gesellschaft eine imposante Figur ab.

Nur wenige Vereinsmitglieder begrüßten Brecht so herzlich wie Jeremy. Das lag daran, dass Meers Vater sich so schnell nicht einschüchtern ließ. Respekt hatte er höchstens vor Rätseln, für die er keine Erklärung fand.

„Schaffen wir's noch rechtzeitig ins Konzert, oder dauert dieses Treffen länger?", wollte Brecht wissen.

„Müssten wir eigentlich hinkriegen. Außerdem habe ich den Wagen dabei."

„Gut, denn ich habe extra einen Termin abgesagt. Und nach dem ganzen Hickhack würde ich Beethovens *Kaiserkonzert* nur ungern verpassen." Er wies quer durch den langen Saal auf eine dunkelhaarige Frau mittleren Alters, die an einem Spieltisch saß und eifrig Notizen machte. „Erika wartet schon auf uns." Für seine achtundsiebzig Jahre erstaunlich agil, stemmte Fremont Brecht seine gut einhundertvierzig Kilo Lebendgewicht aus dem Sessel, als wäre es nichts. Lediglich ein leichtes Nachziehen des Beins beim Gehen deutete auf sein fortgeschrittenes Alter und seine offenbar reichhaltige Ernährung hin.

Auf einem in eine Nische eingebauten Säulensockel stand eine aus Quarz gefertigte koptische Urne, die im Lichtkegel eines Strahlers in allen Regenbogenfarben schillerte. In einem Gotteshaus hätte man ein solch kostbares Kleinod vermutlich in einem vergoldeten Schrein ausgestellt, doch für die Memoristen stellte es nichts Besonderes dar. Für sie verhieß solch eine Reliquie keine übernatürliche Macht, und folglich war von ihr keine wundertätige Wirkung zu erwarten. An diesem Abend jedoch fixierte Jeremy den Behälter, als könne er durch die Alabasterwände die auf dem Gefäßboden liegenden Staub- und Aschenreste sehen.

„Geht es bei diesem Treffen etwa um unseren Maulwurf?",

fragte Dr. Erika Aldermann, zu der die beiden Männer sich nun setzten. Misstrauisch ließ sie den Blick ihrer bernsteinfarbenen Augen durch den Saal schweifen, als hielte sie Ausschau nach einem unbefugten Eindringling.

„Das nicht", antwortete Jeremy, „aber ich glaube, was ich Ihnen zu sagen habe, wird Sie genauso interessieren. Eventuell noch mehr."

Dr. Aldermann galt als eine der renommiertesten Parapsychologinnen Mitteleuropas. Sie vertrat die Ansicht, dass ein Zusammenhang zwischen Wiedergeburt und Nahtoderfahrung bestand. Und sie hatte es sich zum Ziel gesetzt, dafür zu sorgen, dass ihre von den Memoristen geförderte Forschung auf diesem Gebiet in wissenschaftlichen Kreisen endlich ernst genommen wurde. Mochten sechzig Prozent der Weltbevölkerung getrost an Vorlebenserfahrungen glauben – für das wissenschaftliche Establishment war das nicht relevant; man begegnete solchen Forschungen nicht nur mit Argwohn, sondern mit Geringschätzung. In jüngster Zeit hatte Erika Aldermann zwar einige Fortschritte erzielt, jedoch hegte sie den Verdacht, dass sie von einem Insider aus der Gesellschaft ausgespäht wurde. In der Presse kursierten nämlich schon zum zweiten Mal in diesem Jahr Gerüchte und Berichte, in denen man sich über ihre Forschungsarbeiten mokierte. Seitdem löcherte sie Fremont Brecht permanent mit der Forderung, er solle einen Privatermittler auf diese undichte Stelle ansetzen.

„Also, was haben Sie auf dem Herzen, Jeremy?" Brecht klopfte mit einer Fingerspitze auf den lederbezogenen Tisch. „Nicht, dass ich das Konzert doch noch verpasse!"

„Vor drei Wochen wurde ich von einer Dame gebeten, eine Thora zu begutachten. Sie hatte sie zufällig in der Wohnung ihrer Großmutter entdeckt und hoffte nun, unsere Judaika-Abteilung wäre möglicherweise daran interessiert."

Im Folgenden berichtete Jeremy, wie er das Wohnzimmer der Großmutter von Helen Hoffmann betreten hatte, um dort eine Kostbarkeit zu besichtigen, und wie er buchstäblich ins Schleudern gekommen war, weil er auf einem Seitentischchen gleich noch eine zweite entdeckte: ein verstaubtes Kästchen. Wenngleich er sie nie im Leben gesehen hatte, erkannte er die geschnitzte Holzschatulle auf Anhieb. Jahrelang hatte er nach diesem Phantom gesucht, in schlaflosen Nächten und ruhelosen Tagen, getrieben von den kindlichen Erinnerungen. Seine Tochter, ein kleines Mädchen mit seidigen braunen Locken und wehmütigen grünen Augen, verbrauchte Unmengen von Buntstiften, um mit tränenüberströmten Wangen immer wieder bis zur Erschöpfung das gleiche Bild zu malen, angestrengt und bis in die kleinsten Einzelheiten.

Dass er durch Zufall auf eine antike Kassette gestoßen war, die exakt den Darstellungen seiner Tochter entsprach, fand Jeremy zwar verblüffend, doch trotz der frappierenden Ähnlichkeit noch einigermaßen nachvollziehbar. Was ihm allerdings nicht einleuchtete, das waren die Hinweise in dem Brief, den er erst an diesem Morgen in dem Kästchen gefunden hatte. Genau diese Informationen wollte er nun enthüllen.

„Die Kassette gehörte Antonie Brentano", erklärte er.

Da Erika mit dem Namen nichts anfangen konnte, erläuterte er ihr, dass Antonie Brentano eine von Beethovens engsten Freundinnen war, wenn nicht gar eine, in die er unsterblich verliebt war. „Beethoven war sogar mit zweien unserer Gründerväter befreundet", ergänzte er. „Er kannte sowohl Caspar Niedermeier als auch Rudolph Toller." Als Historiker der Gesellschaft hatte er sämtliche im Kellergewölbe untergebrachten Archivalien studiert. „Als ich das Kästchen für eine anstehende Auktion katalogisieren wollte, habe ich festgestellt, dass Antonie Brentano sie von Beethoven geschenkt bekommen hatte."

„Bewundernswert, auf welch verschlungenen Pfaden Sie Ihre Nachforschungen betreiben", bemerkte Fremont Brecht. „Höchst amüsant dazu. Aber spannen Sie mich nicht so auf die

Folter! Sie sagten, in der Schachtel sei etwas versteckt gewesen. Was denn?“

„Ein handgeschriebener Brief von Ludwig van Beethoven.“

Im Kamin knackte zischend ein Scheit. Bevor Jeremy weitersprach, blickte er hinüber zur Feuerstelle und dann zu der Nische mit der koptischen Urne. Caspar Niedermeier war im Jahre 1813 gestorben, nachdem er in Indien ein antikes flötenähnliches Blasinstrument gefunden hatte. Ein Jahr später übergab sein Kompagnon Rudolph Toller genau diese Flöte an Ludwig van Beethoven. Er bat ihn, die Melodie zu entschlüsseln, die angeblich in einem komplizierten Code in das Instrument eingraviert war.

„Laut unseren Unterlagen enthält die Urne da drüben die pulverisierten Überreste der ‚Flöte der untergegangenen Erinnerungen‘, die Beethoven zurückgab, nachdem er sie entzweigeschlagen hatte. Mehr blieb von ihr nicht übrig.“

Brecht runzelte die Stirn. „Aber in dem Brief steht etwas anderes?“

„Beethoven schreibt, er habe die Zerstörung der Flöte lediglich vorgetäuscht. Was er zurückgegeben habe, sei bloß getrockneter, zertrümmerter Tierknochen. Die echte Flöte habe er behalten. Sie sei viel zu wertvoll, um sie zu zerstören – gleichzeitig aber auch zu gefährlich, um sie jemandem anzuvertrauen. Er schreibt, er habe sie versteckt. ‚*Zu unser aller und unserer Kindeskinder Schutz*‘, so der genaue Wortlaut.“

„Halten Sie den Brief für echt?“, wollte Brecht wissen.

„Spätestens Montag liegt ein Sachverständigengutachten vor.“

„Schreibt er denn, wo er die echte Flöte versteckt hat?“, fragte Dr. Aldermann.

„Nicht direkt.“

„Wäre ja auch zu schön gewesen“, brummte Brecht.

„Umsonst ist eben nur der Tod“, konterte Dr. Aldermann mit einem traurigen Lachen.

„Beethoven führt weiter aus, er habe jedem seiner engsten Freunde einen einzigen Hinweis zukommen lassen, einen Schlüssel, wenn Sie so wollen. So konnten sie nötigenfalls ihr Wissen bündeln und sowohl die Flöte als auch die dazugehörige Weise ausfindig machen."

„Soll das heißen, er hat die Melodie entschlüsselt?" Dr. Aldermann stockte der Atem.

„Behauptet er jedenfalls. Und ehe Sie mich fragen: Ja, ich hab's überprüfen lassen, von zwei Musikwissenschaftlern. Aber es gibt in Beethovens Nachlass keine vollendeten oder unvollendeten Kompositionen für Flöte, die relevant und entsprechend datiert wären. Fehlanzeige."

„Wenn er sich solche Umstände gemacht hat, muss ihm der Fund eine Heidenangst eingejagt haben", bemerkte die Wissenschaftlerin. „Oder litt er etwa an Verfolgungswahn?"

„Er galt zwar als überängstlich und leicht reizbar, aber unberechenbar oder paranoid war er nicht", betonte Brecht, der Musikliebhaber unter den dreien. „Obwohl er vermutlich von den Gerüchten wusste, die kursierten, als Mozart nur sechs Wochen nach der Uraufführung der *Zauberflöte* starb. Es gibt Verschwörungstheorien, wonach Mozart vergiftet wurde, weil er in seiner Oper Geheimnisse der Freimaurer preisgegeben habe. Nicht ausgeschlossen, dass Beethoven befürchtete, ihm drohe womöglich ein ähnliches Schicksal wegen dieser indischen Flöte. Vielleicht hat er geglaubt, dem Instrument wohnten ebenso ungewöhnliche Eigenschaften inne, die mit dem Kreislauf von Leben und Tod zu tun haben, wie man sie Mozarts legendärer Zauberflöte nachsagte. Vielleicht hat er deshalb lieber die Finger davon gelassen." Brecht nippte an seinem Cognac.

Erika Aldermann runzelte noch immer die Stirn, doch ihre Augen leuchteten auf. „Und wenn er gemerkt hat, dass das mit dieser Flöte der untergegangenen Erinnerungen funktioniert?", fragte sie aufgeregt. „Wenn die Zuhörer, die der Melodie lauschten, ihre Schwingungen fühlten? Wenn sie sich an ihre Vorleben erinnerten? Vielleicht meinte er das mit *gefährlich*!"

Fremont Brecht knallte den Cognacschwenker so heftig auf den Marmortisch, dass es bedrohlich schepperte und ein Stückchen Glas klirrend absprang. „Solange wir nicht wissen, ob der Brief tatsächlich von Beethoven stammt, ist das alles reine Spekulation!"

„Aber zeitlich würde es passen!" So leicht ließ Dr. Aldermann sich nicht von ihrer Hypothese abbringen. Dafür gefiel sie ihr viel zu sehr.

„Passen?", echote Jeremy. „Wozu?"

„Zu Heinrich Wilhelm Doves Entdeckung der binauralen Takte 1839 …"

„Erika!" Brecht unterbrach sie lachend. „Das führt doch zu nichts! Reine Kaffeesatzleserei!"

Das sah Jeremy allerdings anders. Dass binaurale Takte – Niedrigfrequenzen, die die Gehirntätigkeit anregen – Vorlebenserfahrungen auslösen könnten, hatte er erstmals in Erwägung gezogen, als Meer anfing, Musik zu hören, die niemand sonst vernahm. Dr. Aldermanns jüngste Forschungsergebnisse ließen vermuten, dass an dieser Theorie etwas dran war. Über die Hälfte der Probanden bei ihren Nahtodstudien hatte bei ihren Reisen Musik gehört. Und als sie dazu aufgefordert wurden, diese Töne aus einem Dutzend anderer Klänge herauszuhören, wählten sie allesamt das Stück mit binauralen Frequenzen.

„Von wegen Spekulation! Es gibt Unmengen von wissenschaftlichen Daten, die die Auswirkungen von religiösen Gesängen, Musik, Getrommel und anderen akustischen Phänomenen auf Körper und Geist aufzeigen." Dr. Aldermann war wie aufgedreht angesichts der sich ergebenden Querverbindungen. Sie redete immer schneller, sodass sie fast ins Stottern geriet. Sie glaubte, dass Frequenzen, wie sie Menschen mit Nahtoderfahrungen hörten, jenen Bewusstseinszustand herbeizuführen vermochten, in dem Erinnerungen an ein vorheriges Dasein möglich waren.

„Mal angenommen", setzte sie energisch nach, „wir fänden die Flöte und würden beweisen, dass Vorlebenserinnerungen durch akustische Manipulationen stimuliert werden können – wir würden die Theorie von der Wiedergeburt revolutionieren! Und nicht nur die, sondern die Theorie von Zeit und Raum ebenso! Das wäre ein gewaltiger wissenschaftlicher Durchbruch!"

„Und all das dank unseres jüdischen Helden hier." Brecht wies auf Jeremy.

„Jüdisch?", fragte Jeremy. „Was tut das denn hier zur Sache?"

„Stellen Sie sich mal vor, Sie könnten beweisen, dass der Mensch selber für seine ewige Ruhe verantwortlich ist und jeder selbst bestimmen kann, ob er in den Himmel kommt! Man würde Sie als Pontius Pilatus des 21. Jahrhunderts an den Pranger stellen. Die Kabbala würde geschmäht; jüdische Mystiker allerorten würden wieder verfemt." Brecht starrte in sein Glas, ließ die Flüssigkeit ein, zwei Mal kreisen, hob dann den Schwenker an die Lippen und kippte den Rest des Cognacs hinunter.

„Die Kabbala ist ja nicht die einzige religiöse Lehre, die Reinkarnation unterstützt", wandte Jeremy ein. „Wieso sollten die Juden sich den Schwarzen Peter zuschieben lassen, nur weil ..."

Dr. Aldermann ließ ihn nicht ausreden. „Wollen Sie damit andeuten, wir sollten unsere Nachforschungen einstellen, Fremont? Wegen einer religiösen Meinungsverschiedenheit?" Als Wissenschaftlerin war sie entsetzt.

„Selbstverständlich nicht", gab Brecht zurück. „Ich will damit nur Folgendes sagen: Es steht so viel auf dem Spiel, dass wir nichts überstürzen dürfen. Eile mit Weile."

„Na, wenn das Schreiben sich als echt herausstellen sollte ..." – ihre Stimme nahm wieder den hoffnungsvollen, sehnsüchtigen Ton an – „... dann könnte sich die Schachtel als Schlüssel zum Versteck der Flöte erweisen. Sollten wir uns dann nicht darauf einstellen, die Flöte und die Spieleschatulle bei der nächsten Auktion zu ersteigern?"

„Aber der Brief war doch versteckt", rief Brecht. „Es weiß ja kein Mensch davon! Oder wollen Sie den jetzt der Öffentlichkeit präsentieren?"

„Ach, Unsinn!", fuhr Jeremy dazwischen. „Das geht auch gar nicht. Helen Hoffmann hat zwar nichts dagegen, dass ich ihn auf Echtheit prüfen lasse, aber darüber hinaus haben wir nichts beschlossen."

Erika Aldermann hörte gar nicht recht hin, in Gedanken schon weit über die Versteigerung hinaus. „Wenn das stimmt, was in dem Brief steht, und wenn die Flöte noch heil ist, dann gibt es hier in Wien vielleicht einen Schlüssel zu verlorenen Erinnerungen. Wir müssen ihn unbedingt finden! Ein Erinnerungswerkzeug ...", murmelte sie andächtig. „Nicht zu fassen!"

Doch vorstellen konnten es sich alle drei. Und nicht nur sie, sondern auch ein weiteres Mitglied der Gesellschaft. Jemand, der von allen unbemerkt schon vor Beginn der Zusammenkunft in einem dunklen Winkel des Saales gesessen hatte. Und er hatte jedem Wort aufmerksam gelauscht.

6. KAPITEL

Donnerstag, 24. April – 18:30 Uhr

David Yalom zerrte das graue Rettungsboot, das er zwei Stunden zuvor nach dem Überqueren des unterirdischen Sees hinter einem Stalagmiten verstaut hatte, aus dem Versteck. Irgendetwas stimmte nicht mit dem Ding; die Luft war komplett entwichen. Beim Umdrehen sah er die Bescherung: zwei parallele Risse unten am Boden. „Wie kommt denn so was, verdammter Mist?" Er wies auf die Beschädigung.

Wassong ging in die Hocke und begutachtete die Löcher. „Liegt vielleicht an den scharfkantigen Felsen hier. Ist vielleicht kaputtgegangen, als Sie es aus dem Wasser gezogen haben."

„Nein, eben nicht! Ich weiß noch, dass ich es extra nicht über den Boden geschleift, sondern hochgehoben habe", gab David verärgert zurück, den Blick auf die Risse geheftet. „Außerdem sind diese Schnitte zu glatt, als dass sie von den Steinen herrühren könnten." Als er sich hektisch im Gewölbe umsah, zauberte der Strahl seiner Stirnlampe zuckende Lichtreflexe über die Felswände. „Das muss jemand absichtlich gemacht haben. Irgendjemand treibt sich hier unten rum, Hans!"

„Unmöglich!"

„Meinen Sie? Und wenn uns jemand gefolgt ist?"

„Mir jedenfalls nicht!", knurrte Wassong energisch. „Überlegen Sie, was Sie sagen!"

„Was soll es denn sonst gewesen sein?"

„Vielleicht Ratten."

David richtete den Halogenstrahl direkt auf Wassongs hellbraune Augen. In einem Artikel hatte er sie einmal als erstaunlich gütig beschrieben. Daran musste er jetzt denken. „Ratten?"

„Gibt's zu Tausenden hier unten in den Röhren. Haben Sie doch selber gesehen! Die Risse da könnten durchaus von Rattenklauen stammen. Kein Grund zur Panik. Sie sehen Gespenster! Klar, wer wollte es Ihnen verdenken? Bei dem Stress, unter dem Sie stehen, würde jeder durchdrehen. Aber mein Boot ist ja noch heil. Wenn hier irgendwas nicht stimmen würde, dann wäre es doch auch kaputt! Wir haben genug Seil dabei; das knoten wir an mein Boot, ich schippere rüber, und Sie ziehen das Ding zurück und kommen dann nach."

Anders ging es nicht. Dank der Erdwärme war das Wasser hier dreißig Prozent wärmer als die menschliche Körpertemperatur. Wer versuchte, das jenseitige Ufer schwimmend zu erreichen, wurde buchstäblich gekocht.

„Haben Sie denn nachgeguckt, ob Ihr Rettungsboot nicht auch beschädigt ist?"

Aber es war tatsächlich unversehrt.

Wassong holte ein zusammengerolltes Seil aus dem Rucksack, vertäute es am Boot und überprüfte, ob es auch fest saß. Damit fertig, nahm er seine Brille ab, putzte sie mit dem Halstuch sauber, fuhr sich über die Stirn und setzte die Brille wieder auf.

„Sobald ich drüben bin, gebe ich Ihnen ein Zeichen. Dann können Sie das Boot rüberziehen." Er warf David das Seilende zu.

Während David verfolgte, wie der in den Dampfschwaden nur schemenhaft erkennbare Wassong über den See paddelte, grübelte er noch einmal über die Wahrscheinlichkeit nach, dass Ratten solche Löcher ins PVC beißen oder kratzen konnten. Als wolle er den Ablauf für einen Zeitungsartikel rekonstruieren, ließ er vor seinem geistigen Auge Revue passieren, wie er mit Wassong angekommen war und wie sie die Schlauchboote verstaut hatten. Hatte Wassong da etwa genug Zeit gehabt für einen Sabotageakt? Und wenn ja – wozu? David merkte, wie ihm der Schweiß in den Nacken tröpfelte. Die Jacke hatte er bereits ausgezogen. Jetzt knöpfte er sein Hemd auf, tupfte sich die Stirn mit dem Ärmel ab, holte seine letzte Wasserflasche aus dem Rucksack und trank das bisschen, was noch darin war, aus.

Sie hatten nur Verpflegung für den einen Tag dabei, und der ging zu Ende.

Vom See herüber drang das gleichmäßige Klatschen von Wassongs Ruderschlägen.

Auf dem Hinweg hatten sie sich nicht lange hier aufgehalten. Sie hatten ruckzuck die Boote aufgepumpt und die Ruder zusammengesteckt. Dann waren sie über den See gepaddelt und weitermarschiert. Nein! Gar nicht wahr! Jetzt fiel es David plötzlich ein. Natürlich! Sie hatten *doch* einen Augenblick angehalten! David hatte sich nämlich erst orientieren müssen, um die Route auf sein Diktiergerät zu sprechen, damit er sie in der kommenden Woche im Gedächtnis hatte und allein hin- und zurückfand. Und was hatte Wassong währenddessen gemacht?

Angestrengt dachte er nach. Eigentlich brauchte er nur das, was sich ein paar Stunden zuvor abgespielt hatte, doch was ihm stattdessen in den Sinn kam, war ein anderer Abend. Das letzte Mal hatte er das Diktiergerät vor gut einem Jahr benutzt. Da hatte er gerade ein aufgenommenes Interview vorgespult, weil er spät dran war mit einer Reportage über Ausschreitungen im Gazastreifen und dazu ein letztes Zitat suchte. Er hatte noch auf die Uhr geguckt – kurz nach sechs Uhr am Abend – und gedacht: Ich werde mich verspäten. Ich muss mich beeilen. Dass zu diesem Zeitpunkt seine ganze Familie bereits tot war, ahnte er nicht.

Alle, ausnahmslos *alle*, waren ausgelöscht worden.

Bei der Party zum achten Geburtstag seines mittleren Sohns war eine Handgranate in das Haus der Yaloms geschleudert worden. Ein Geschenk von Ahmed Abdul. Die Retourkutsche dafür, dass David seiner Aufgabe als Journalist nachkam.

Zwei Wochen zuvor hatte er über die Palästinensische Volksbefreiungs-Partei berichtet und behauptet, sie stehe kurz vor dem Zusammenbruch; der Führer der Organisation, Ahmeds Bruder Nadir Abdul, werde des Landes verwiesen. Vierundzwanzig Stunden nach Erscheinen des Berichtes beging Nadir Abdul Selbstmord. Zwölf Stunden nach seiner Beerdigung trafen die ersten Todesdrohungen gegen David ein. Um allen Risiken vorzubeugen, hatte die Redaktion eine führende Sicherheitsfirma engagiert, um ihn und seine Angehörigen zu schützen.

Weil David an jenem Abend später als sonst nach Hause kam, entging er als Einziger dem Anschlag. Dass er überlebt hatte, betrachtete er indes als besonders infamen Winkelzug eines Gottes – an den er dadurch jeden Glauben verloren hatte. Was sollte das für ein Leben sein, wenn man tagtäglich jede Minute quasi im Zeitlupentempo die Szenen nach der Explosion noch einmal erlebte? Wenn man das, was nach der Druckwelle übrig geblieben war, bildlich vor sich sah wie in einer mentalen Endlosschleife, die mit jeder Wiederholung grauenhafter wurde? Eigentlich sollte die Zeit die Wunden heilen und helfen, zu vergessen. Doch bei ihm funktionierte das so nicht.

Es ging auch nicht nur um seinen persönlichen Verlust. Der endlose Teufelskreis aus Gewalt, Repressalien und noch mehr Gewalt setzte sich fort, immer nach demselben Muster. Bagdad, Mogadischu, Tel Aviv, Sadr City …

Schon seit Mitte der Neunzigerjahre berichtete David über Terrorismus. Er infiltrierte Schläferzellen, interviewte Selbstmordattentäter und deren Familien und offenbarte ihre Methoden und ihren Wahn. Er wusste nur zu gut, mit welcher Systematik man Terroristen abzufangen und ihre Pläne zu vereiteln gedachte. Im Laufe der Jahre hatte er Hunderte von neuen sogenannten „Mausefallen“ gesehen und die Versprechungen gehört: Angeblich funktionierte die neueste stets besser als das Vorgängermodell. Nur: Das stimmte alles nicht. Der Tod seiner Frau, seiner Tochter, seiner zwei Söhne, seiner Eltern, Geschwister, Onkel und Tanten bewies das auf grässliche Weise.

Ein Reporter namens Louis René Beres hatte einmal geschrieben, Israel dürfe sich, falls es bei einem Angriff um das

Überleben des Staates gehe, nicht mehr in die Opferrolle drängen lassen. „Stattdessen", schrieb er weiter, „hat Israel das bedauerliche, aber klare Recht, sich zum Scharfrichter zu machen. Wenn man davon ausgeht, dass der Staat die Sicherheit seiner Bürger zu gewährleisten hat, ist dieses Recht mittlerweile sogar eindeutig eine staatliche Pflicht."

Diese Verpflichtung nahm auch David für sich in Anspruch, und beileibe nicht bloß als Berichterstatter. Er hatte die unheilverkündende Mahnung gesehen, geschrieben mit dem Blut seiner Familie: Die Zeit für neue und immer bessere Mausefallen war abgelaufen. Man würde stets Methoden erfinden, um ein neues System zu überlisten. Es ging also nicht mehr darum – sondern um eine Veränderung im Denken der Mäuse und der Fallensteller. Es ging darum, die Erfinder dieser Systeme, die beim Schutz seiner Familie so kläglich versagt hatten, zur Rechenschaft zu ziehen.

In fünf Tagen würden genau diese Leute droben im Publikum sitzen, ein Dutzend Meter oberhalb dieser Höhlen, und sich zum Ausklang ihrer Sicherheitskonferenz beim Galakonzert der Wiener Philharmoniker entspannen. Mehr als eine Entschuldigung hatten sie David nicht zu bieten gehabt. Aber das war nicht genug.

Das Plätschern hatte aufgehört, Wassong demnach das gegenüberliegende Ufer erreicht und wieder festen Boden unter den Füßen. Als er sich bückte, warf der Lichtstrahl der Stirnlampe einen Lichtkegel um ihn herum. In dem Moment sah David, wie etwas in Wassongs Hand metallisch aufblitzte.

Wie jeder israelische Bürger hatte David zwei Jahre Militärdienst hinter sich und war darin geschult, eine Gefahrensituation blitzschnell zu erfassen. Sobald sein Verstand Fragen aufwarf, forschte er auch schon nach Antworten. Ihm war sofort klar, dass der funkelnde Gegenstand in Wassongs Hand ein Messer war, mit dem er offensichtlich das Seil kappen wollte. Er wollte David zurücklassen.

Dann hatte Wassong also von Anfang an verhindern wollen, dass das Boot noch einmal über den See gezogen werden konnte? Ein abgekartetes Spiel! Wozu aber dann die Mühe, ihn bis hierher zu führen und ihm die Krypta zu zeigen? Wozu das ganze Theater? Nur des Geldes wegen? Höchstwahrscheinlich. Erst Kohle von David, danach von Abdul.

Mit einer Kraft, die nur der Wut entspringt, riss David heftig an dem Seil und holte es ein, so schnell er konnte. Ehe Wassong begriff, wie ihm geschah, flutschte ihm der Strick durch den unerwarteten Ruck aus den Händen. Er ließ das Messer fallen und versuchte, mit beiden Händen das Boot zu fassen zu kriegen. Als ehemaliger Söldner war auch er gut durchtrainiert, David war jedoch jünger und kräftiger, und außerdem glitt das Schlauchboot bereits vom Ufer fort.

Wassong schätzte die Geschwindigkeit falsch ein. Er stolperte mit ausgestreckten Armen vornüber und schrie bereits in Todesangst, bevor er ins Wasser kippte. Beim Aufschlag schnellte sein Körper vor Schmerz hoch und bäumte sich zuckend auf.

Zuerst dachte David, Wassong könne doch noch entkommen. Doch nein, er wusste, das war ein Ding der Unmöglichkeit. Wassong hatte ihn ja selbst gewarnt: Aus diesem Höllenkessel gab es kein Entrinnen. Wassong schlug wie wild um sich; das Wasser um ihn herum schlug große Kreise. Fünfzehn Sekunden lang zuckte und zappelte er weiter, dreißig Sekunden, vierzig, dann erstarben seine Bewegungen. Regungslos trieb er mit dem Gesicht nach unten auf dem kochend heißen See. Neben ihm schaukelte seine Brille auf den Wellen.

7. KAPITEL

New York City
Donnerstag, 24. April – 18:00 Uhr

Es hatte zu nieseln begonnen, doch Malachai Samuels entschied sich gleichwohl, den Weg zurück zu seinem Büro zu Fuß zu gehen. Er kam gerade von einem Termin bei seinem Anwalt, der ihm versichert hatte, die Polizei stehe kurz davor, den Verdacht gegen ihn fallen zu lassen. Es ließ sich eben nicht hieb- und stichfest beweisen, dass er im vorigen Sommer am Raub der Memory Stones beteiligt gewesen war, jenes sagenumwobenen „Schatzes der verlorenen Erinnerung". Wann genau die Ermittlungsakte geschlossen werden würde, stand indes noch in den Sternen. Ein anstrengender Tag lag hinter Malachai, doch der Marsch durch den Central Park nach Uptown hinauf hatte sein Gutes: Die Pappnasen, die ihn auf Schritt und Tritt beschatteten, mussten ihm nun im Regen hinterherpirschen. Das war eine der wenigen vergnüglichen Seiten, die er dieser ansonsten hanebüchenen Situation abgewinnen konnte.

Der Spaziergang über die vergleichsweise ruhigen Wege der grünen Lunge der City war fester Bestandteil seines Tagesablaufs. Ganz besonders freute es ihn, dass sich im Park nur wenig verändert hatte, seit Landschaftsarchitekt Frederick Law Olmsted ihn Mitte des 19. Jahrhunderts angelegt hatte. Damals hatten seine Vorfahren wenige Häuserzeilen entfernt den Phoenix Club gegründet, den Vorgänger der Phoenix Foundation. Die Stiftung befasste sich seither mit dem Studium der Wiedergeburt und des Transzendentalen. Bei seinen Streifzügen durch dieses gartenbauliche Meisterwerk hatte Malachai zuweilen das Gefühl, noch in jener Gründerepoche zu leben.

Wenn er sich selbst gestattete, darüber nachzudenken, quälte es ihn, dass er keinen Zugang zu seiner eigenen Vergangenheit fand. Zwar hatte er als Erwachsener sein ganzes Leben lang mitverfolgt, wie Kinder sich mit der Last unerwünschter Erinnerungen herumplagten. Doch was seine eigene Vorlebenserinnerung anging, fand sich nicht der geringste Anhaltspunkt, so angestrengt er auch danach forschen mochte. Nach dem Fund der sagenumwobenen magischen Edelsteine war er jedoch ganz nah dran gewesen. Verdammt nah dran!

Auf Höhe 81. Straße und Central Park West verließ Malachai den Park durch das Hunter's Gate und ging in nördliche Richtung weiter. Sein Ziel lag nur wenige Schritte abseits des Boulevards: eine im Queen-Anne-Stil erbaute Villa mit Gauben, verschnörkelten gusseisernen Geländern und einem Dutzend Wasserspeiern. Die Stiftung logierte nach wie vor in denselben Räumlichkeiten wie der ursprünglich im 19. Jahrhundert gegründete Verein. In die frühabendlichen Schatten getaucht, erweckte der Sitz der Phoenix Foundation einen düsteren Eindruck, als wäre er schier überwältigt von der Bürde all dessen, was sich in seinen Mauern abgespielt hatte: die Erforschung von Geburten, Todesfällen und Morden, gelebten und verlorenen Leben und der komplizierten Fragen, die sich daraus ergaben.

Auf dem Weg zu seinem Büro warf Malachai einen Blick in das verwaiste Wartezimmer und stellte zu seiner Erleichterung fest, dass es seiner Sekretärin offenbar gelungen war, ihm den Rücken freizuhalten. Er brachte es nämlich nicht übers Herz, ein Kind, das in Not war, abzuweisen. Bis dato hatten er und seine Tante, Dr. Beryl Talmage, die Vorsitzende der Stiftung, über dreitausend Kinder behandelt, die unter traumatischen Vorlebenserinnerungen litten. Bis zu einem gewissen Grad hatte man allen helfen können. Von Hause aus studierte Psychologen, waren sie beide der Ansicht, dass ihre Bemühungen bei der Suche nach dem mentalen Fingerabdruck wissenschaftlich ernst genommen werden sollten, und deshalb legten sie großen Wert darauf, dass ihre Arbeit frei von populistischem Zeitgeistfirlefanz blieb. Im Laufe der Jahre hatten sie erlebt, dass ihre Regressionstherapie bei Patienten, bei denen andere Behandlungsmethoden versagten, durchaus heilende Wirkung erzielte. Drei Viertel der Kinder, die zur Stiftung gekommen waren, konnten sie innerhalb eines halben Jahrs als geheilt verlassen. Was Malachai allerdings keine Ruhe ließ, das waren diejenigen Fälle, bei denen er am Ende seines Lateins war – wie beispielsweise Meer Logan. Sie war eine seiner größten Herausforderungen und eklatantesten Fehlschläge.

Er hatte sich gerade an seinen Schreibtisch gesetzt und war dabei, seinen Anrufbeantworter auf Nachrichten von Jeremy Logan zu überprüfen, da tauchte seine Tante in der Tür auf.

„Da bist du ja wieder", sagte sie. „Wie lief es denn?"

Beryl litt an MS und war seit zwei Jahren mehr oder weniger auf einen Rollstuhl angewiesen. An diesem Abend wies aber nur ein elfenbeinerner Gehstock auf ihre Krankheit hin.

„Du siehst richtig gesund aus", bemerkte Malachai.

„Noch immer nichts Neues? So eine Ermittlung, die kann doch nicht ewig dauern!"

Ein Unbeteiligter hätte ihre Bemerkung vermutlich als Ausdruck von Mitgefühl aufgefasst, doch Malachai verstand sie genau so, wie sie gemeint war: als Vorwurf. Obwohl Beryl von seiner Unschuld felsenfest überzeugt war, nahm sie ihm doch übel, dass er sich zu sehr in die Jagd nach dem Schatz der verlorenen Erinnerung verstrickt und damit die Stiftung in Misskredit gebracht hatte. Der Verdacht, ihr Kompagnon könne ein Dieb und Mörder sein, hatte das über Jahre aufgebaute und sorgsam gepflegte Ansehen arg angekratzt.

„Es ist doch nicht dein Leben, das da umgekrempelt wird. Du brauchst ja nicht …"

Beryl krampfte die Finger um den Griff des Stockes. „Soll ich etwa Mitleid mit dir haben?"

„Ich habe meinen Reisepass abgegeben, meine persönlichen Unterlagen herausgerückt, meine Korrespondenz, meine Kontoauszüge, buchstäblich mein ganzes Privatleben offengelegt!

Und zwar für Technokraten in schlecht sitzenden Anzügen und Polyesterhemden, für Typen, denen es einen Heidenspaß macht, mich durch die Mangel zu drehen." Er stand auf, trat ans Fenster und streifte die schwere, seidene Übergardine beiseite. Ob eine von diesen Knalltüten wohl gerade in einem der unten abgestellten Autos hockte und ihn beobachtete? „Wird man observiert, hat man das Gefühl, als würde man permanent an der offenen Seele operiert."

„Jetzt werd mal nicht melodramatisch!"

„Ich bin zwar auf dein Wohlwollen nicht mehr angewiesen, Tante Beryl, aber das heißt nicht, dass ich nicht doch dankbar wäre für ein wenig Unterstützung deinerseits."

„Die hast du auch, das weißt du. Solange es nötig ist, sowohl privat als auch öffentlich. Eins kann ich allerdings nicht: so tun, als ob …"

Das Schrillen des Telefons unterbrach sie mitten im Satz. Im Display erkannte Malachai die Nummer von Jeremy Logan. „Entschuldige, aber ich warte schon den ganzen Tag auf diesen Anruf."

Mit einem traurigen „Gute Nacht" verließ Beryl, auf ihren Stock gestützt, das Sprechzimmer. Wahrscheinlich, so dachte Malachai, war sie froh, dass sie sich verabschieden konnte. Er konnte es ihr nicht verübeln.

„Hast du dich mit Meer getroffen?", fragte Jeremy aufgeregt, nachdem die beiden Freunde sich begrüßt hatten. „Wie hat sie reagiert?"

Malachai setzte ihn ins Bild.

„Hat sie sich sehr aufgeregt?", wollte Jeremy wissen.

„Du weißt doch, wie gut deine Tochter ihre Gefühle im Griff hat."

Wie viele Scheidungskinder hatte auch Meer ein gestörtes Verhältnis zu jenem Elternteil, dem sie das Scheitern der Ehe am meisten anlastete: ihrem Vater. Auch jetzt hörte Malachai wieder den zerknirschten Unterton, der immer dann in Jeremys Stimme mitschwang, wenn das Gespräch sich um seine Tochter drehte.

„Gibt ihre Musik auf, hängt ihr Studium an den Nagel, lässt sich dieses Museumsprojekt aufs Auge drücken – wozu?", fragte Jeremy. „Sein ganzes Leben lang versucht das Mädchen nun schon zu beweisen, dass diese bruchstückhaften Erinnerungen an die Töne und die Schachtel bloß Pseudoerinnerungen sind. Und je heftiger sie abstreitet, dass …"

„Jeremy, so kann man das nicht sehen …"

„Und ich hatte gehofft, sie würde sich endlich von uns helfen lassen, wenn sie begreift, dass die Schatulle echt ist! Könnte es nicht therapeutische Wirkung haben, wenn Meer herkäme und sie mit eigenen Augen sehen würde?"

„Sicher, es könnte sich als Auslöser erweisen. Aber sie muss es auch bewusst wollen. Außerdem hat sie eine Ausrede: In einer Woche beginnt der Aufbau für eine ihrer Ausstellungen."

„Dauernd schiebt sie ihre Arbeit vor!"

„Lass sie erst mal zur Besinnung kommen. Das Foto zu sehen war ein Schock für sie."

„Das war's für mich auch, als ich auf das Kästchen gestoßen bin! Und der Rest erst …", betonte Jeremy. Nun berichtete er Malachai von dem sensationellen Brief, wonach die Schatulle mit Beethoven und der Flöte der untergegangenen Erinnerungen in Verbindung stand.

„Soll das heißen, es gibt die Flöte womöglich doch noch?", fragte Malachai, nachdem er die ganze Geschichte gehört hatte. „Dass sie da ist, wo Beethoven sie versteckt hat?" Er war bemüht, möglichst unaufgeregt zu klingen. Nicht einmal sein alter Freund sollte merken, wie viel ihm diese Mitteilung bedeutete.

„Außergewöhnlich, nicht wahr? Ich bekomme Hinweise auf ein Musikinstrument, das angeblich Vorlebenserinnerungen auslöst – durch einen Brief, der in einer Spieleschatulle aus dem 18. Jahrhundert steckt. Und die sieht ausgerechnet haargenau so aus wie das Kästchen, das meine Tochter seit ihrem siebten Geburtstag malt."

„Ein Glücksfall …", murmelte Malachai mechanisch, denn so begannen immer seine Vorträge vor verstörten Eltern, deren Kinder von Erinnerungen an ein früheres Leben heimgesucht wurden. An diesem Abend jedoch war es zur Abwechslung einmal er selbst, der die von seinem Freund erläuterten Zusammenhänge mit fassungslosem Staunen zur Kenntnis nahm.

Seiner Schreibtischschublade entnahm er einen Satz französischer Goldrand-Spielkarten, die er drei Mal teilte und neu stapelte. Sie waren etliche Tausend Dollar wert; die meisten Sammler hätten sie wohl in eine Glasvitrine gesteckt, doch dafür hantierte Malachai viel zu gern mit seinem Spielzeug herum. Gewöhnlich entspannte er sich dabei. Es beruhigte ihn, wenn beim Mischen die Kartenränder aufeinanderklatschten. Während er Jeremy nun ausfragte und sich die Antworten notierte, vollführte er vor unsichtbarem Publikum einen kleinen Taschenspielertrick: Er ließ den Karo König mitten im Kartenspiel verschwinden und deckte ihn anschließend als oberste Karte auf.

Wenngleich durchaus gelungen, erzielte der Trick nicht die gewünschte Wirkung: Malachai war nach wie vor verkrampft. Ein Teil des Erinnerungsschatzes war ihm schon durch die Lappen gegangen. Nun durfte er nicht noch einen verlieren. Und Meer sollte seine Versicherung dagegen werden.

8. KAPITEL

Wien, Österreich
Freitag, 25. April – 10:30 Uhr

Zwei Stunden, nachdem er mit einem rätselhaften Anruf einen Auftrag erhalten hatte, steuerte Paul Pertzler einen von zwei noch leeren Tischen im Café Mozart am Albertinaplatz an. Dabei kam er an einer allein sitzenden jungen Frau vorbei, die gerade eine Tasse Kaffee trank, und ließ den Blick wohlgefällig über ihre außergewöhnliche Figur streifen. Genauer gesagt über die Partien von der Taille an aufwärts, denn nur die waren sichtbar. Pertzler selbst war eine eher unscheinbare Gestalt – mittelgroß, hellbraunes Haar, dunkelbraune Augen und etwas rötliche Haut. Die Kaffeetrinkerin beachtete ihn gar nicht. Was ihm mehr als recht war, denn so konnte er sich ausgiebig an ihrem Dekolleté ergötzen. Das tat er so ausgiebig, dass er gar nicht bemerkte, wie ihm die Zeitung entglitt, die er sich unter den Arm geklemmt hatte.

„Verzeihung …" Der Mann, der ihm die Zeitung hinhielt, trug eine blaue Jeansjacke und eine Pilotenbrille mit blau getönten Spiegelgläsern. „Ist Ihnen runtergefallen."

Ein wenig ernüchtert dankte Pertzler dem Gast, nahm die Zeitung entgegen und setzte den Weg zu dem freien Tischchen fort. Nachdem er sich ein Bier bestellt hatte, zündete er sich eine Zigarette an und betrachtete das Treiben draußen auf dem Gehsteig. Auf der Ringstraße herrschte allezeit reger Betrieb, unabhängig von Wetter, Jahres- oder Tageszeit. Der heutige Tag bildete da keine Ausnahme. Jenseits der Fahrbahn lag das eine komplette Straßenzeile einnehmende Rathaus – auf den ersten Blick ein wunderschönes architektonisches Kunstwerk, bis man merkte, wie schmutzig es unter der pompösen Fassade aussah. Der Ruß eines Jahrhunderts. Wien hatte eine perverse Neigung, sich verzweifelt an die Vergangenheit zu klammern, selbst wenn diese Vergangenheit vergiftet war. Der Zweite Weltkrieg war zwar vor über sechzig Jahren zu Ende gegangen, doch immer wieder kamen Erinnerungen an die Verwicklung Österreichs hoch. Ständig wurden neue Nazigräuel aufgedeckt.

Dass der Gast in der Jeansjacke das Lokal verließ, nahm Pertzler kaum zur Kenntnis, doch als die Frau in dem tief ausgeschnittenen Pullover ebenfalls ging, verfolgte er ihre Schritte mit höchster Aufmerksamkeit. Wenige Minuten nach ihrem Hinausgehen guckte er auf seine Armbanduhr, warf ein paar Euromünzen auf den Tisch und stand auf.

Er betrat den Rathauspark und schlenderte in aller Ruhe durch die gepflegten Gärten, die eine breite Palette von Gehölzen und ungewöhnlichen Bäumen umfassten. Einmal blieb er kurz stehen, um eine japanische Pagode und danach einen sehr alten Ginkgo genauer in Augenschein zu nehmen – äußerlich sehr interessiert, obwohl er ihn vermutlich nicht einmal von einem stinknormalen Ahornbaum hätte unterscheiden können. Egal: Ehe er die unter den Arm geklemmte Zeitung aufschlagen durfte, musste er sich vergewissern, dass niemand ihm folgte.

Telefonleitungen waren zu leicht anzuzapfen, Handygespräche konnten mühelos abgefangen werden. E-Mails waren relativ sicher, hinterließen jedoch Spuren. Informationstafeln funktionierten zwar gut, doch er hielt sich lieber an altmodische Methoden. In mehr als fünfundzwanzig Jahren war Pertzler nie aufgefallen, und das aus einem einzigen Grund: Er war außerordentlich gewissenhaft und verhielt sich stets unauffällig und unverdächtig. Nur so gelang es ihm jedes Mal aufs Neue, seine Verpflichtungen einzuhalten. Und auch dieser Auftrag machte da überhaupt keine Ausnahme. Damit alles schnell und korrekt vonstatten ging, war der Kunde bereit, das Dreifache zu bezahlen. Und das Dreifache klang so, als müsste alles dreimal so gut laufen wie sonst.

Sobald er sicher war, dass er nicht beschattet wurde, nahm er auf einer Holzbank Platz, faltete die *International Herald Tribune* auseinander und überflog die Titelseite.

Seltener Beethoven-Brief nach 200 Jahren gefunden
von Susan Essex, Wien

Ein Experte des Wiener Auktionshauses Dorotheum hat einen möglicherweise von Ludwig van Beethoven verfassten Brief gefunden. Das zweiseitige Schreiben befand sich in einem Geheimfach einer antiken Spieleschatulle. Sollte die Echtheit des Briefes festgestellt bzw. die Handschrift Beethovens bestätigt werden, könnte der Fund einen Wert von über 750.000 Euro haben.

Die Nachricht stammt aus bisher ungenannten Quellen. Jeremy Logan, Kurator der Judaika-Abteilung und Finder des Briefes, war zwar für eine Stellungnahme nicht erreichbar, doch das Auktionshaus bestätigte die Existenz des Schreibens.

Fachleute halten es übereinstimmend für wahrscheinlich, dass die Echtheit des Briefes bestätigt wird, zumal die Schatulle einst Antonie Brentano gehörte, einer engen Freundin des Komponisten und vermutlich seine „unsterbliche Geliebte".

Die Spielekassette, ein Geschenk des Komponisten an seine Freundin, gelangt kommende Woche zur Versteigerung. Der Brief hingegen wird nicht Gegenstand der Auktion sein.

Schätzungen zufolge soll der Wert des Kästchens bei ungefähr 100.000 Euro liegen.

Millionen von Lesern entnahmen diesem Artikel vermutlich ein und dieselbe Information. In Pertzlers Version hingegen waren einige Dutzend Buchstaben unterstrichen. Nachdem er sie dechiffriert hatte, verrieten sie ihm alles, was er über den angenommenen Auftrag wissen musste. Die Order selber stammte von einem Anrufer, dessen Name nach Pertzlers fester Überzeugung nicht einmal halb so authentisch war wie der Brief, den er nun auftragsgemäß stehlen sollte.

9. KAPITEL

Meinen Anfang nahm ich weder durch Geburt noch durch Empfängnis. Ich wuchs und wurde durch unzählige Jahrmillionen hindurch. Alle meine vormaligen Leben haben ihre Stimmen, Echos, Mahnungen in mir. Oh, zahllose Male werde ich erneut geboren werden.
– Jack London, Die Zwangsjacke –

Samstag, 26. April – 07:30 Uhr

Ganz vorn am Förderband standen ein Mann und eine Frau dicht beisammen. Sie waren ins Gespräch vertieft und warteten auf ihr Gepäck.

„Also dann – ab wann ist Einlass in den Konzertsaal?“ Der sehr hochgewachsene Mann trug eine goldene Rolex, ein blaues Jackett mit Goldknöpfen, weißes Hemd, Jeans sowie Stiefel aus Eidechsenleder. Ungeachtet der saloppen Kleidung und des lässigen texanischen Singsangs klang seine Stimme gepresst. Sein Blick schweifte ununterbrochen forschend über die anderen Passagiere, als könne jeder der Umstehenden eine Gefahr darstellen.

„Besichtigung des Konzertsaals ist für morgen vorgesehen ...“ Die Frau sprach in einem etwas weicheren Tonfall als ihr Begleiter, und ihre Garderobe, obwohl genauso leger, wirkte nicht so teuer wie seine. Sie unterbrach sich mitten im Satz, beugte sich vor und zog ein Gepäckstück vom Band herunter. Dabei fiel ein an einem dünnen Kettchen hängendes Silberkreuz nach vorn, pendelte hin und her und blitzte im Licht hell auf. Ehe Tom Paxton reagieren und ebenfalls zupacken konnte, hatte sie den großen Koffer bereits vom Fließband gewuchtet und vor ihren Füßen abgestellt.

Auf dem Gepäckanhänger, rund um einen stilisierten goldenen Erdball herum, prangte der Schriftzug „Global Security Inc.“. Darunter stand dick gedruckt der Name der Frau: Kerri Nelson. Außerdem waren noch die Internetadresse von Global Security angegeben, ferner Telefonnummer und Anschrift der Firma aus Houston, Texas.

„Wie bitte? Morgen erst?“ Tom fuhr sich mit den Fingern durch das sonnengebleichte Haar und sah sich abermals forschend um. „Was soll der Leerlauf? Das Konzert findet in fünf Tagen statt. Sie kennen doch die Berichte über das Gebäude! Das ist ein sicherheitstechnischer Albtraum. Wir *können* nicht warten!“

„Unser Team ist jetzt schon seit vier Wochen vor Ort, und wir haben sämtliche Eventualitäten …“

„Und wenn wir hier hundert Leute hundert Tage lang einquartiert hätten! Reichen würde es trotzdem nicht. Im Übrigen ist mir Ihr Team im Augenblick schnuppe. *Ich* will die Räumlichkeiten begutachten.“ Seine Stimme nahm an Schärfe deutlich zu. „Das gesamte Sicherheitsgewerbe schaut auf uns … und die Investoren dazu! Für Terroristen ist das Konzert doch ein gefundenes Fressen! Sicherheitsagenturen für Spitzenpolitiker weltweit, Hunderte von Prominenten und Experten, die …“

„Na, hören Sie mal! Glauben Sie etwa, ich will mit Ihnen durch den Wiener Zoo bummeln?“ Die Frau sprach jetzt wie die Mutter eines Zweijährigen, der gerade seine verrückten fünf Minuten bekommt. „Es steht heute einiges auf dem Programm, nur eben noch keine Besichtigung des Konzertsaales. Draußen wartet der Fahrdienst; der bringt uns zum Hotel. Dort treffen wir uns mit dem Sicherheitschef der ISTA, danach kommt das Sicherheitsteam des Konzertgebäudes zu uns, und zum Schluss ist eine Besprechung mit dem Polizeidirektor, der …“ Kerri bemerkte, wie Toms Gepäck gerade auf den Förderkreisel purzelte.

Diesmal kam er ihr zuvor und zog den Koffer vom Band.

„Dann mal los!“

Während die beiden auf die Zollabfertigung zusteuerten, ließ Paxton weiterhin argwöhnisch den Blick wandern. Dabei wusste er sehr wohl: Fürchten musste man nur die Gerissenen. Und die fielen in einer Menschenmenge nie auf.

10. KAPITEL

Samstag, 26. April – 08:17 Uhr

Müde und nervös zugleich saß Meer hinten in einem pieksauberen Taxi und ließ sich zu ihrem Hotel fahren. Obwohl der Flug ohne Zwischenfälle verlaufen war, hatte sie doch nicht schlafen können. Trotz ausgesprochen unguter Gefühle war sie spontan nach Wien gereist. Nicht etwa weil sie, wie von Malachai vermutet, daran glaubte, der Anblick der Spieleschatulle werde Vorlebenserinnerungen in ihr auslösen. Nein, sie hoffte vielmehr, das Sehen des Kästchens werde sie an etwas Bestimmtes aus ihrer Gegenwart erinnern. Vielleicht ergab sich ja, wenn sie die Schatulle berührte oder näher betrachtete, ein Hinweis darauf, wann und wo sie sie wirklich gesehen hatte.

Durch die Seitenscheibe schaute sie hinaus in die vorbeiziehende Landschaft, die allerdings ihre Fantasie nicht sonderlich anregte. Das änderte sich erst, als das Taxi die Innenstadt erreichte, wo sich zur Rechten jahrhundertealte Bauwerke reihten und zur Linken die Donau dahinströmte. Vertraut mit den Klängen, die der Fluss bei ihr hervorrief, fragte Meer sich, ob das dunkle Bräunlich-Grün des Wassers wohl ein Resultat moderner Umweltverschmutzung war oder ob Johann Strauss beim Komponieren seiner „Schönen blauen Donau" sich seinerzeit wohl der künstlerischen Freiheit bedient hatte.

Am Hotel angelangt, erhielt sie die Information, dass ihr Zimmer erst zur üblichen Bezugszeit, sprich ab ein Uhr, zur Verfügung stehe. Sie ließ ihr Gepäck an der Rezeption zurück, ging wieder nach draußen und bat den Empfangsportier, ihr ein Taxi zu rufen. Sie teilte dem neuen Fahrer die Adresse ihres Vaters mit. Er wohnte nun schon seit zwanzig Jahren in Wien, doch sie hatte ihn noch kein einziges Mal besucht. Stattdessen trafen sie sich ein oder zwei Mal pro Jahr in New York, wenn er geschäftlich in der alten Heimat zu tun hatte. Dann gingen sie essen, und dabei löcherte er sie mit Fragen zu ihrem Befinden. Sie gab ihm oberflächlich Auskunft über ihre Arbeit oder neue Männerbekanntschaften, kriegte ihn aber dann stets dazu, ihr von seiner neuesten Schatzsuche zu berichten. Solchen Geschichten lauschte sie mit Hingabe. Das war schon immer so gewesen. Als kleines Mädchen hätte sie nichts lieber getan, als sich mit ihm auf Abenteuerreise zu begeben – bang und fasziniert zugleich ob der Vorstellung, beschossen oder überfahren, von Wachhunden angefallen oder wegen Schmuggels festgenommen zu werden.

Nur wenige Minuten nach der Abfahrt vom Hotel Sacher wurde es plötzlich holprig. Verdutzt schaute Meer aus dem Fenster.

„Kopfsteinpflaster“, erläuterte der Fahrer in passablem Englisch. „Daran erkenne ich die Touristen. Wenn das Geschaukel losgeht, gucken sie immer ganz verdattert. Jetzt geht's auf den Spittelberg, einen sehr alten Stadtteil.“

Meer empfand das ungleichmäßige Auf und Ab als seltsam wohltuend, ebenso wie die zwei- und dreigeschossigen Wohnhäuser, die die engen Gassen säumten. Alle waren in fantasievollen Farben gestrichen, und fast auf allen Fensterbänken prangten üppig bepflanzte Blumenkästen. Die Gegend erinnerte sie an eine ältere, vornehmere Version von Greenwich Village in New York. Schließlich hielt der Taxifahrer vor dem Haus Kirchengasse Nummer 83, einem dreigeschossigen Haus mit hellblauer Fassade und dunkelgrünen Fensterläden. Das Domizil ihres Vaters.

Meer drückte die Türglocke. Im Mittelpunkt der Tür hing ein Kranz aus getrockneten Lorbeerblättern, die sie alle durchzählte, während sie auf die Schritte ihres Vaters lauschte. Bei zwanzig angekommen, klingelte sie noch einmal. Bei zweiundzwanzig freundete sie sich mit dem Gedanken an, dass er wohl nicht daheim war.

Da sie sich erst am Vortag kurzfristig zur Reise entschlossen und über ein Reisebüro einen Last-Minute-Flug gebucht hatte, war sie kaum dazu gekommen, ihren Vater von ihrem Kommen zu unterrichten. Sie hatte ihn am Abend vom Flughafen aus angerufen und ihm auf dem Anrufbeantworter die Nachricht hinterlassen, sie werde zunächst zum Hotel fahren und anschließend gegen elf bei ihm eintreffen, vorausgesetzt, die Maschine landete pünktlich. Nun war sie zwar etwas früh dran, aber wäre er wohl so kurz vor der vereinbarten Zeit noch ausgegangen? Doch höchstens dann, wenn er etwas Dringendes zu erledigen hatte, das er kurzfristig nicht absagen konnte. Aber hätte er ihr dann nicht eine Nachricht zukommen lassen? Oder sie auf dem Handy angerufen? Da fiel ihr ein, dass sie in der Hektik vergessen hatte, ihr Mobiltelefon für Auslandsgespräche zu aktivieren. Jetzt konnte sie nicht einmal nachprüfen, ob er angerufen hatte.

Vielleicht hatte er die Klingel nicht gehört, weil er unter der Dusche stand oder gerade herausgekommen war? Sie rang sich zu einem allerletzten Versuch durch und lauschte den leicht verstimmten Klängen des Gongs – der letzte Ton lag eine halbe Note zu tief.

Als kleines Mädchen hatte sie eine Sprache erfunden, die aus lauter musikalischen Tönen bestand – komplette Gedanken und Sätze, ausgedrückt in einer Notenreihe. Selber ständig von Tönen umgeben, war sie es zwar gewohnt, dass andere Menschen außerhalb dieses Systems lebten, doch ihr Vater hatte sich diese Sprache ebenfalls angeeignet, und mit der Zeit hatte sie sich zu einem ganz besonderen Band zwischen ihnen entwickelt. Den etwas schiefen Gongschlag, so dachte sie jetzt beinahe schmunzelnd, würde sie ihm wohl bei Gelegenheit einmal übersetzen müssen.

Als die letzten Schwingungen verhallten, legte Meer das Ohr ans Türblatt. Aus dem Hausinneren drang Musik, doch von sich nähernden Schritten war nichts zu hören. Ein Blick auf die Armbanduhr verriet ihr, dass es zehn vor zehn war.

Das Gebrumm einer Hummel, die um den Blumenkasten surrte, erregte ihre Aufmerksamkeit. Zwar plump und langsam im Flug, wirkte das Insekt doch auf seine eigene lästige Weise melodisch, wie es so vom linken Blumenkübel zum rechten schwirrte, dabei in einen Begonienkelch tauchte, danach auf einem Lavendelstängel zwischenlandete und schließlich durch das geöffnete Fenster im Haus verschwand.

Das Fenster offen? Warum war ihr das nicht aufgefallen? Über den Blumenkasten gebeugt, steckte sie den Kopf durch den Spalt und rief „Hallo?".

Keine Antwort.

Meer war frustriert und müde; dies hier war das Haus ihres Vaters, von Hausfriedensbruch, so ihre Überlegung, konnte da wohl keine Rede sein. Also drückte sie den Fensterflügel weiter auf und stieg hindurch. Nach dem strahlenden Sonnenschein draußen mussten sich ihre Augen erst an das Halbdunkel gewöhnen. Neben der Couch türmten sich etliche Bücher; eine Schranktür stand weit offen. Hin- und hergerissen, ob sie dem Kaffeeduft folgen sollte oder lieber der Musik, entschied sie sich für Letzteres und landete schließlich im völlig überfüllten Arbeitszimmer ihres Vaters. Die deckenhohen Regale waren mit so vielen Bänden vollgestopft, dass Meer, wären sie alle auf einmal umgekippt, wohl von der Bücherlast zerquetscht worden wäre.

Ein riesiger Papierstapel war über den ganzen Schreibtisch verteilt, und eine herausgezogene Schublade klaffte gähnend wie ein zum Schrei geöffneter Mund. Nun war ihr Vater noch nie der Ordentlichste gewesen, aber dieses Durcheinander kam Meer doch etwas übertrieben vor. Inzwischen hatte sich die Hintergrundmusik derart in ihr Unterbewusstsein vorgearbeitet, dass sie automatisch die Noten mit der linken Hand mitspielte. Vielleicht war ja alles in Ordnung; vielleicht war sie nur dem unheilschwangeren Zauber der Sinfonie verfallen. Es war ein faszinierendes Rätsel, wie Menschen gefühlsmäßig auf

Dur und Moll reagierten, und zwar auf einer Ebene, die das Bewusstsein quasi umging. Momentan befasste sich eine laufende Ausstellung im Memory Dome mit der Frage, wie C. G. Jungs Theorie vom kollektiven Unbewussten auf das musikalische Gedächtnis anzuwenden ist. Wie es kam, dass ein Stamm afrikanischer Buschmänner, die noch nie eine Geige gehört hatten, bei einem wehmütigen Violinkonzert in Tränen ausbrach? Oder dass in Frankreich ein 15-jähriges Mädchen, das nie in Indien gewesen war, zum ersten Mal im Leben einen Sitar hörte und ohne jegliche Unterweisung in einen tief meditativen Zustand verfiel? Oder dass ein Kind geisterhafte, für andere unhörbare Musik vernahm und dabei solche Angstzustände bekam, dass es vor den Klängen davonzulaufen versuchte? Immer wieder. Auch jetzt noch.

Das alles verlieh Johannes Brahms' *Tragischer Ouvertüre* einen noch unheilvolleren Anstrich.

„Dad?“, rief Meer gellend, selbst bestürzt darüber, dass ihre Stimme so panisch klang. Nur die Musik antwortete: melancholische Klarinettenklänge, die in ein stürmisches Crescendo mündeten.

„... hörten die Wiener Philharmoniker unter der Leitung von Simon Posner.“

Meer fuhr herum, doch es war niemand da.

„Die Zeit: Es ist zehn Uhr.“

Jetzt erst dämmerte ihr, dass die Stimme einem Radiosprecher gehörte und aus kleinen, ins Bücherregal eingebauten Lautsprecherboxen drang. Aber wieso war die Stereoanlage an, wenn doch niemand zu Hause war? Es musste jemanden geben, den sie anrufen und fragen konnte, wo ihr Vater stecken mochte ... Jemanden im Auktionshaus möglicherweise. Vielleicht war's gar besser, zurück zum Hotel zu fahren und darauf zu warten, dass ihr Vater sich meldete.

Im Flur wandte sie sich nach rechts statt nach links. Durch eine offene Tür sah man in ein Schlafzimmer, in dem anscheinend alles in bester Ordnung war. Möglicherweise, so mahnte sie sich, hatte sie überreagiert. Inzwischen tönte aus dem Radio Strawinskys *Feuervogel-Suite* – Musik, die nicht ganz so düster klang, sodass Meer stehen blieb und ein Weilchen zuhörte. Und genau in dem Moment, als sie sich endlich ein ganz klein wenig entspannte, drang ihr der Geruch in die Nase: Verveine. Das Aftershave ihres Vaters, solange sie zurückdenken konnte. Diesmal nicht nur ein Hauch, sondern eine ganze Duftwolke. Als sie das Zimmer betrat, sah sie auf der Kommode Glasscherben in einer goldfarbenen Lache. Dass hier etwas nicht mit rechten Dingen zuging, war ganz eindeutig.

Sie machte kehrt und ging zurück, nach ihrem Gefühl Richtung Wohnzimmer beziehungsweise Haustür, doch stattdessen fand sie sich in der Küche wieder, wo ihr ein stetiges, rhythmisches Tropfen auffiel. Sie hätte es nicht erklären können, aber sie hielt es für angebracht, vor dem Verlassen des Hauses den Wasserhahn ordentlich zuzudrehen. Auf dem Weg zur Spüle stieß sie mit dem Fuß gegen ein Hindernis, senkte den Blick und sah nicht etwa wie erwartet ein Stuhlbein, sondern einen Schuh. Sie bückte sich, um ihn aufzuheben und beiseitezulegen. Nur steckte er noch an einem Fuß. Da lag jemand unter dem Küchentisch! Ihr Vater?

Meer schluckte einen Schrei herunter. Sie atmete stoßweise, während sie sich auf Hände und Knie niederließ und unter den Tisch spähte.

Nein, es war nicht ihr Vater, sondern eine ihr völlig unbekannte Frau von etwa sechzig Jahren mit sympathischem Gesicht und kurzem grauem Haar. Etliche Eindrücke stürmten gleichzeitig auf Meer ein: ein riesiger blauer Fleck auf der rechten Wange der Frau, eine Zickzacklinie aus geronnenem Blut, ausgehend vom Mundwinkel, das linke Bein offenbar gebrochen und in einem grotesken Winkel verbogen. Resultat eines Sturzes? Aber wozu hätte die Frau dann unter den Tisch kriechen sollen? Nein, sie war hierhergezerrt worden, das erkannte

Meer jetzt an der verschobenen Bluse und den hoch gerutschten Hosenbeinen. An ihrem Handgelenk schimmerte eine goldene Armbanduhr.

„Keine Angst, ich rufe Hilfe …“, redete Meer auf Englisch auf die Frau ein. Gleichzeitig aber fiel ihr die Blässe auf, der glanzlose Blick, die Starre. Rasch fasste sie nach dem Handgelenk und tastete nach dem Puls. Die Haut fühlte sich kalt an – so kalt, wie es Meer kurz zuvor noch gewesen war. Nein, kälter noch. War sie tot?

Der verstimmte Gongschlag der Türglocke riss sie aus ihrer Erstarrung. Dann hörte sie eine tiefe Männerstimme und ein zweifaches „Hello?“ mit deutschem Akzent.

Es war nicht die Stimme ihres Vaters.

11. KAPITEL

Genf, Schweiz
Samstag, 26. April – 10:00 Uhr

„Dass du mir den Originalbrief bringst, rechne ich dir hoch an“, sagte Dr. Karl Schmettering. Über seinen Arbeitstisch gebeugt, überflog er das Pergament mit dem krakeligen, in etwas verblasster schwarzer Tinte geschriebenen Manuskript darauf.

„Die Qualität der Kopie war fast perfekt“, wandte Jeremy bedauernd ein.

„Trotzdem war es nur eine Reproduktion. Das macht dir doch sonst nichts aus. Wieso jetzt?“

„Hast du nicht mitgekriegt, was letzten Monat bei Sotheby's in London abgelaufen ist? Der Austausch, nur Tage vor einem Verkauf? Eine gefälschte Unterschrift, verkauft für Tausende. Kein Mensch weiß, wie's passieren konnte, aber es hat uns alle noch vorsichtiger gemacht. Und erst gestern ist etwas über diesen Brief an die *Tribune* durchgesickert ...“

„Das hast du mir nicht erzählt. Wie kam es dazu?“

„Wer vertrauliche Angaben mit Nachrichtenwert hat, bestimmt den Preis. Ich habe die Informationen im Auktionshaus selber ins System eingegeben. Das ist zwar kennwortgeschützt, aber irgendjemand muss sich durchs Zugangsprotokoll gemogelt haben, um an meinen Bericht heranzukommen. Das war nicht das erste Mal. Ich dachte allerdings, wir hätten eine neue Firewall, bei der so etwas nicht mehr vorkommen könnte.“

„Technik!“, knurrte Schmettering verächtlich.

„Schon, aber Datenschutz ist uns heilig. Wir sind unseren Kunden Diskretion schuldig.“

„Also, entschuldige, doch mit einer Kopie zu arbeiten, das ist, als schaue man sich eine Fotografie an statt das echte Gemälde. Die Antworten, nach denen ich suche, liegen in den Nuancen.“ Der Experte legte den Brief unter ein Mikroskop und betrachtete die einzelnen Buchstaben. „Ich muss mir nicht nur die Handschrift angucken, sondern auch, wie gerade die Zeilen sind, wie die Tinte ins Papier dringt, der Druck der Feder, ob es Kleckse oder Risse im Papier gab. Hinweise, Jeremy, all das sind Hinweise."

„Das weiß ich. Dennoch: Mit einem Original zu reisen, ist riskant." Deshalb war er auch mit dem Auto hergekommen statt mit dem Flugzeug. Mit dem Dokument, aber ohne Waffe unterwegs zu sein, das ging nicht.

„Für einen Wissenschaftler warst du immer sehr mutig. Was ist los? Ein Brief Beethovens an Antonie Brentano ist zweifellos ein atemberaubender Fund, aber das allein erklärt dein Verhalten nicht. Da muss doch noch mehr sein."

„Nach der Lektüre des Schreibens wirst du es verstehen."

„Ist es so wertvoll, dass man dafür jemanden umbringen würde?"

„Wir beide wissen, dass schon für weniger gemordet wird."

Schmettering schob das Mikroskop beiseite und las den Brief. Danach blickte er Jeremy an, schüttelte leicht den Kopf und seufzte, als hätte sich gerade eine Last auf seine Schultern gelegt. Wortlos beugte er sich noch einmal über den Bogen, doch diesmal las er nicht von links nach rechts dem Satzbau folgend, sondern von rechts nach links, und auch nicht von oben nach unten, sondern umgekehrt. Für einen Gutachter war es entscheidend, die Wörter außerhalb des Kontexts zu überprüfen, denn zuweilen fielen durch einen Perspektivwechsel Ungereimtheiten besser auf.

Jeremy begann, im Zimmer auf und ab zu gehen und sich gründlich umzusehen. In den vielen Jahren, in denen er den „Meister" – so nannte er Schmettering – nun schon aufsuchte, hatte sich dieses saubere, spartanisch eingerichtete Bauhauszimmer nicht verändert. Nicht ein einziges Gemälde, keine einzige Pflanze waren hinzugekommen. Auf dem naturfarbenen Holztisch standen nur zwei Gegenstände: ein schwarzes Mikroskop und eine elegante schwarze Halogenleuchte mit sechs unterschiedlichen Helligkeitsstufen. Das andere Handwerkszeug befand sich in Schubladen.

Obwohl inzwischen schon über eine halbe Stunde mit dem Brief beschäftigt, hatte Schmettering bisher noch kein Urteil abgegeben. Einmal mehr stellte Jeremy mit Verblüffung fest, welche Geduldsprobe ihm hier auferlegt wurde. Er warf einen Blick auf seine Armbanduhr. Vermutlich war Meer mittlerweile in seinem Haus in Wien, und Ruth machte ihr sicher einen Happen zu essen. Ob er wohl schnell mal in den Flur gehen und das Telefon …

„Gratuliere, Kollege, das ist ein bedeutender Fund für dich!", sagte Schmettering nun. Er kam zu Jeremy hinüber und klopfte ihm anerkennend auf den Rücken. Dann nahm er ihn beiseite, weg vom Tisch und hin zur Couch.

„Er ist also echt?", fragte Jeremy.

„Für mich besteht kein Zweifel." Schmettering nahm zwei Schwenker vom Beistelltischchen, schenkte in jedes einen Fingerbreit Cognac ein und reichte Jeremy ein Glas. „Ist zwar noch früh am Tag, ich weiß, aber deine Leistung muss gebührend gewürdigt werden."

Jeremy nahm das Glas dankend entgegen.

„Obwohl es gleichzeitig kompliziert ist, nicht wahr?", fuhr Schmettering fort. „Beethoven gesteht sehr freimütig, dass er sowohl in einen Raub als auch in eine Fälschung verwickelt war."

„Was bedeutet, dass ich derjenige bin, der Beethoven als Kriminellen entlarvt."

„Es gibt bestimmt passionierte Beethoven-Anhänger und -Forscher, die eher dich vernichten würden als zuzulassen, dass du den Ruf ihres Idols ruinierst."

Jeremy hob die Schultern.

„Das ist dir egal? Sollte es aber besser nicht. Hier geht's schließlich um Beethoven, den Maestro, die Ikone. Deine Enthüllungen sind ein Pulverfass."

Auf dem Rasen landete gerade ein Rotkehlchen im Vogelbad – eine Bewegung, die Jeremy ablenkte. Durchs Fenster betrachtete er den Vogel, der beim Trinken den Schnabel ins Wasser tunkte, als er zufällig eine Spiegelung in der Scheibe bemerkte. Hinter ihm kam jemand ins Zimmer, und gleich darauf hörte er, wie Schmettering einen zornigen Ruf ausstieß.

Jeremy fuhr herum. Vor Schmettering stand ein Mann mit einer schwarzen Wollmaske über dem Gesicht und richtete einen kurzläufigen Revolver direkt auf dessen Brust.

„Bleiben Sie, wo Sie sind!“, knurrte er Jeremy auf Deutsch an. „Nicht vom Fenster wegbewegen!“

Wenn Jeremy auf Schatzsuche war, trug er normalerweise seine Glock bei sich, eine automatische Pistole österreichischer Machart. Die allerdings lag jetzt eingeschlossen im Handschuhfach seines Wagens, draußen in der Einfahrt. Warum, so ärgerte er sich nun, hatte er sie nicht bei sich? Er musste etwas unternehmen, und zwar schnell. Er schätzte die Entfernung zwischen seinem Standpunkt und dem Schreibtisch ab. Ob er den Eindringling angreifen und ihm die Waffe entwinden konnte, ohne Schmettering zu gefährden?

Dann, oh Wunder, tönten vom Flur her Schritte. Der Maskierte hörte sie offenbar nicht. Vielleicht war das die Gelegenheit, die Jeremy brauchte! Wenn der Maskierte sich zu dem Neuankömmling umdrehte, konnte man sich vielleicht auf ihn stürzen und ihm die Pistole entreißen.

„Hier … hier gibt es nichts Wertvolles!“, stammelte Schmettering. Das war natürlich gelogen, und zwar nach Jeremys Ansicht nicht einmal überzeugend. „Nur … nur die Bücher … der Stapel da … Erstausgaben … Nehmen Sie die!“

Der Maskierte beäugte das auf dem Schreibtisch liegende Blatt. „Was ist das?“

Schmettering gab keine Antwort.

„Was das ist!“, schnarrte der Maskierte, wobei er Schmettering die Pistolenmündung noch heftiger vor die Brust rammte.

Der aber ließ sich nicht beirren und legte die Hand auf den Beethoven-Brief.

Die Schritte kamen immer näher. Jeden Augenblick musste jemand um die Ecke biegen.

„Soll er's doch nehmen, Karl", rief Jeremy. Sein Freund war alt und schwach; er hatte Angst um ihn.

Schmettering rührte sich nicht.

„Karl! Lass es los!"

Aber Schmettering gab den Brief nicht frei.

Endlich waren die Schritte direkt an der Tür. Gespannt und mit heftig klopfendem Herzen schaute Jeremy hin, bereit, einen Warnruf auszustoßen, der hoffentlich gleichzeitig als Hilferuf diente.

Ein Mann trat über die Schwelle – verdammt! Jeremy hätte es gleich wissen müssen. Das hatte er nun von seinem Optimismus! Der zweite Unbekannte trug nämlich ebenfalls eine schwarze, wollene Skimaske, und auch er hielt eine Waffe, die er nun auf Jeremy richtete, während sein Komplize seinen Revolver nunmehr so nachdrücklich einsetzte, dass Schmettering die Hand doch vom Blatt nahm. Der Beethoven-Brief, der wie ein Blitz über die Tischplatte zuckte, war das Letzte, das Jeremy sah.

12. KAPITEL

Wien, Österreich
Samstag, 26. April – 10:36 Uhr

Inspektor Fieske, ein Kriminalbeamter mit traurigen Dackelaugen und buschigem Schnauzbart, stellte Meer eine Frage nach der anderen, und auf keine wusste sie eine Antwort. Nein, sie hatte keine Ahnung, wo ihr Vater war. Nein, sie kannte die in der Küche liegende Frau nicht. Nein, sie konnte nicht sagen, ob irgendetwas abhanden gekommen war. Nein, sie war nie zuvor in dem Haus gewesen; dies war ihr erster Besuch in Wien.

Schließlich gab er es auf und ließ sie im Wohnzimmer ihres Vaters zurück. Dort blieb sie einige Minuten sitzen, ohne recht zu wissen, wie es nun weitergehen sollte. Gleichzeitig wieselte die Spurensicherung durch sämtliche Zimmer des kleinen Hauses und fotografierte, sicherte Fingerabdrücke, riss sämtliche Türen auf, spähte in alle Winkel und Wandschränke. Nach ihrem Gefühl wäre das alles ihrem Vater zuwider gewesen, aber sie konnte die Polizei ja nicht aufhalten.

„Ich habe mich eben mit dem Inspektor unterhalten. Er meinte, es stünde Ihnen nun frei zu gehen."

Meer blickte auf. Vor ihr stand der Mann, dem sie direkt nach dem Auffinden der auf dem Boden liegenden Frau die Tür geöffnet hatte.

„Sie hat keinen Puls! Ich weiß nicht, was ich tun soll!", hatte sie ihm zugerufen. Er hatte nicht lange gefackelt, umgehend den Notdienst alarmiert, dann mit Wiederbelebungsmaßnahmen begonnen und diese bis zur Ankunft des Rettungswagens fortgesetzt. Möglicherweise war es Meer anzulasten, dass die Frau tot war. Hätte sie gleich in den ersten kritischen Momenten lebensrettende Maßnahmen eingeleitet, wäre die Frau vielleicht noch am Leben.

„Es war zu spät“, sagte der Mann nun zu ihr. „Schon als Sie sie fanden.“

Er kam ihr auf unangenehme Weise paradox vor: unbekannt und vertraut zugleich. Alles an ihm war ihr fremd: die sanfte Stimme, die hohe Stirn, das goldbraune, über den hellgelben Hemdkragen wellende Haar, die etwas kühlen blauen Augen und auch der Mund, der entweder einen geheimnisvollen oder einen grausamen Zug andeutete. Sie war sicher, dass sie ihm bis heute nie begegnet war – und doch kannte sie ihn. Und er sie. Hatte er nicht gerade eine Frage beantwortet, die sie gar nicht laut geäußert hatte?

Zwei Sanitäter gingen mit einer leeren Trage in Richtung Küche, und der Fremde stellte sich absichtlich so, dass er Meer die Sicht versperrte. „Sie haben keinen Anlass, hier noch zu bleiben. Kann ich Sie irgendwo absetzen? In Ihrem Hotel etwa?“ Sie wollte schon dankend annehmen, hielt aber inne. „Ich weiß ja nicht einmal, wie Sie heißen. Oder warum Sie hier aufgetaucht sind.“ In einer hilflosen Geste hob sie die Hände und ließ sie gleich wieder sinken. „Oder sonst irgendwas.“

„Entschuldigen Sie.“ Jetzt verzog er die Mundwinkel zu einem Lächeln. Das Geheimnisvolle verschwand. „Sebastian Otto. Ich bin ein Freund Ihres Vaters. Er rief mich heute Morgen an und sagte, Sie würden vor seiner Rückkehr hier eintreffen. Seine Haushälterin würde Sie zwar hereinlassen, aber da sie kein Englisch spricht, fragte er mich, ob es mir etwas ausmachen würde, mal kurz vorbeizuschauen. Ich sollte mich vergewissern, ob mit Ihnen alles in Ordnung ist, und seine Abwesenheit erklären.“

„Ob mit mir alles in Ordnung ist? Seine Worte?“

Sebastian nickte.

„Der Inspektor wollte es mir vorhin nicht sagen – hat denn die Polizei schon eine Vorstellung, was hier passiert sein könnte? Wissen Sie das? Ein fehlgeschlagener Einbruch vielleicht? Oder etwas Komplizierteres?“

„Wenn ich das wüsste! Aber Ihr Vater, der ist ein so gescheiter Mann – der weiß sich bestimmt zu schützen, egal, wo er stecken mag. Der ist gewiss wohlauf."

„Haben Sie Kinder?"

Er bejahte. Ihr war jedoch, als sähe sie in seinen Augen ein schmerzliches Aufblitzen. „Warum fragen Sie?"

„Sie klingen so väterlich, wie Sie versuchen, mich zu beruhigen."

„Ich glaube, ich wollte mich auch selber beruhigen."

„Sie haben schon recht, mein Vater ist bestimmt wohlauf. Den wirft nichts um." So pflegte sie ihn immer zu sehen: als Abenteurer und Drachentöter, als verwegenen Piraten, der gestohlene Schätze zurückeroberte. Aber sie durfte nicht vergessen, dass er fünfundsechzig war – ein sehr religiöser, ein wenig exzentrischer Kurator, der sich viel zu gern in Risiken stürzte. Sie machte sich selber nervös.

Inzwischen kamen die beiden Rettungssanitäter mit der Trage aus der Küche. Obwohl Sebastian ihr im Wege stand, sah Meer doch mit einem Frösteln die Konturen der Toten unter dem Laken.

„Ich habe mein Auto draußen", bemerkte Sebastian. „Also, noch einmal: Kann ich Sie irgendwo absetzen?"

„Der Inspektor erwähnte, er wolle, sobald er hier fertig ist, zum Auktionshaus fahren und dort fragen, ob jemand weiß, wo mein Vater ist. Könnten Sie mich dorthin bringen?"

Die schmale Straße vor dem Haus war mit Einsatzfahrzeugen vollgestopft, und es dauerte einige Minuten, bis Sebastian Otto seinen Mini aus der Parklücke manövriert hatte.

Am Ende der Straßenzeile angelangt, blickte Meer zurück. „Kannten Sie die Frau?"

„Nur vom Grüßen, wenn sie mir aufmachte. Oder vom Dankeschön, wenn sie mal Tee servierte oder das Essen auftrug."

„Wie hieß sie denn?"

„Ruth … äh …“ Er geriet ins Stocken. „Der Nachname fällt mir nicht ein.“

Meer betrachtete seine Hände am Lenkrad, die feinen blonden Härchen auf dem Handrücken, die schlanken Finger, die deutlich wie ein Relief hervorstehenden Adern. Wie kam es, dass sie sich diesem Mann, den sie doch bis heute nie gesehen hatte, so vertraut fühlte? Sonst eher menschenscheu veranlagt und jeglichem Small Talk abgeneigt, war ihr diese spontane Sympathie zu einem Unbekannten eigentlich fremd. Aber genau so ließ sich diese Reaktion auf Sebastian Otto beschreiben – als hätten sie dieselben trügerischen, düsteren Gefilde gemeinsam durchquert.

„Sie waren ja schon öfter im Haus meines Vaters“, fuhr sie fort. „Können Sie sagen, ob irgendetwas gestohlen wurde? Natürlich“, setzte sie hastig hinzu, „ist nichts so kostbar wie ein Menschenleben, klar. Ich wollte nicht …“

„Schon gut. Ich weiß, dass Sie kein herzloser Mensch sind.“ Sein Englisch war zwar flüssig, aber sein Akzent erschwerte das Verständnis doch ein wenig.

„Woher wollen Sie das wissen?“

„Ich hätte es Ihren Augen angesehen.“

„Das geht doch gar nicht“, sagte sie. Den Schmerz in seinen Augen hätte sie anderenfalls nur schwer ertragen.

Er nahm den Blick von der Fahrbahn und sah Meer an. Der Blickkontakt machte sie ganz nervös.

„Verzeihen Sie“, murmelte er.

Sie konnte nicht recht erkennen, wofür er sich da entschuldigte. Weil er sie in eine peinliche Lage gebracht hatte? Weil sie so unverblümt miteinander redeten? Wenn man sich das erste Mal traf, sprach man ja normalerweise nicht so freimütig miteinander, auch nicht in einer solchen Ausnahmesituation.

Während er den Wagen durch den Straßenverkehr lenkte, schaute Meer sich die Gegend an. Der Wohnbezirk ihres Vaters ging mehr und mehr in ein Geschäftsviertel über, wo Gegenwart und Vergangenheit sich mischten. Wenn hin und wieder eine Leuchtreklame oder ein bekanntes Firmenlogo an einem Gebäude prangte, änderte dies nichts an dem Gefühl, dass die Geschichte hier buchstäblich lebendig wurde.

Aus dem Autoradio ertönte leise Beethovens 6. Sinfonie. Allerdings stimmte etwas nicht mit dem Klang, als würden zwei unterschiedliche Aufnahmen gleichzeitig abgespielt, eine davon etwas langsamer als die andere. Die daraus resultierenden Überlappungen führten zu Dissonanzen, die das ganze Stück verdarben.

„Würde es Ihnen etwas ausmachen, das abzustellen?“, bat Meer, wobei sie die Seitenscheibe herunterdrehte und sich vom Fahrtwind die Wangen kühlen ließ.

Er schaltete die Anlage aus. „Ist Ihnen nicht gut?“

„Doch, doch.“

Er zögerte. „Ihr Vater hat es mir gesagt“, murmelte er dann.

„Gesagt? Was denn?“

„Das mit Ihrer Kindheit. Ihre Erinnerungen. Dass Sie immer Musik hörten, aber sich nie erinnern konnten. Der Unfall. Dass Sie sich einen Wirbel gebrochen haben und beinahe gelähmt worden wären. Was für ein Trauma das für Sie war.“

Meer fühlte sich auf eine bislang unbekannte Weise bloßgestellt. Sie wusste nicht, wie sie darauf reagieren sollte.

Sebastian entschuldigte sich noch einmal, als könne er ihre Gedanken lesen. „Sie dürfen das nicht missverstehen. Er hat es mir nur deshalb erzählt, weil mein Sohn Nicolas momentan einiges erleiden muss.“

„Wie alt ist er?“

„Fast zehn.“

„Und was ist mit ihm?“

„Zuerst …“ Sebastian zuckte unsicher die Schultern. „Wir wissen es nicht. Nach Ansicht von etlichen Ärzten ist körperlich mit ihm alles in Ordnung. Meine Exfrau ist Psychologin; sie vermutet einen psychotischen Schub, aber da bin ich anderer Meinung. Inzwischen.“

Meer ahnte, was nun kommen würde. Am liebsten hätte sie ihn gebeten, sie damit zu verschonen. Sie wollte nicht schon wieder von einem Kind hören, das so verloren war wie sie in ihrer Kindheit, das unter denselben Rätseln, derselben Vereinsamung litt wie sie damals. Aber da hatte Sebastian schon angefangen.

„Durch meine Nachforschungen bin ich bei Traumata durch Jenseitserfahrungen gelandet – und damit bei der Gesellschaft für Erinnerungsforschung. Nachdem ich Ihrem Vater geschildert hatte, was mit meinem Sohn los ist, erzählte er mir im Vertrauen auch Ihre Geschichte."

Meer gab keine Antwort. Sie war nicht daran gewöhnt, ihre ureigenste Hölle mit Außenstehenden zu diskutieren. Für einen Augenblick vergaß sie ihre Sorge um ihren Vater und war richtig wütend auf ihn. Wie kam er dazu, diesem Sebastian das alles anzuvertrauen? Wie stand er zu ihm?

Entweder bemerkte Sebastian ihr Zögern nicht, oder er sah bewusst darüber hinweg. „Mein Sohn", fuhr er fort, „ist jetzt in einer sehr schlechten Verfassung. Er wohnt in der psychiatrischen Klinik, in der meine geschiedene Frau arbeitet. Er darf nicht einmal mehr mit mir reden." Vor lauter Kummer versagte ihm fast die Stimme.

„Das bedaure ich sehr." Meer hatte Mitleid mit ihm, aber mehr noch mit seinem Kind.

„Danke. Es ist schrecklich. Nicht für mich, sondern für Nicolas, für jeden weiteren Tag, den er verliert. Und das Schlimmste ist, dass Rebecca und ich uns nicht über den nächsten Schritt einigen können. Sie ist eine rational denkende Frau und betrachtet die Dinge nur aus einer einzigen Warte. Anfangs habe ich ihre Methode und die der Ärzte mitgetragen, aber dann verging zu viel Zeit ohne greifbare Ergebnisse. Es gibt auch noch andere Wege, die ich alle ausprobieren möchte. Wir *müssen* es versuchen."

„Sie denken an eine Regressionstherapie? Hypnose?"

Sebastian bejahte nickend und bog rechts ab in eine breite Allee, wobei er die Kurve dermaßen scharf nahm, dass die Reifen empört quietschten. Er schaltete das Radio wieder ein. Mozarts *Prager Sinfonie* erfüllte das Wageninnere. „Entschuldigen Sie, Sie haben momentan ja selber den Kopf voll. Da sollte ich Sie nicht zusätzlich belasten, sondern eher ein wenig ablenken. Also lassen wir meine Probleme mal beiseite, und ich erzähle Ihnen ein wenig über die Gegend hier." Etwas gezwungen, aber schwungvoll begann er mit einer detaillierten Ortsbeschreibung. „Das hier ist die Ringstraße, der Wiener Prachtboulevard. Er verläuft kreisförmig um die Innenstadt. Angelegt wurde er 1857 nach der kaiserlichen Anordnung, die alte Stadtmauer aus dem 13. Jahrhundert zu schleifen."

Unter den gegebenen Umständen empfand sie es als seltsam, zugleich aber auch als Erleichterung, als Sebastian Otto ihr die Zwillingsmuseen – eines kunst-, das andere naturgeschichtlich – und die Hofburg zeigte.

„Eine Privatführung!", rief sie fröhlich. „Wie reizend!"

„Meine Mutter leitete ein Reisebüro und veranstaltete Stadtführungen. In der Sommersaison, wenn die Touristenströme einsetzten, musste ich oft als Aushilfsführer ran. Liegt in der Natur der Sache."

„Und ich musste im Sommer immer im Antiquitätengeschäft meiner Mutter aushelfen. Da machte Ihr Job vermutlich mehr Spaß. Immerhin waren Sie an der frischen Luft." Sie schaute durch die Seitenscheibe. „Irgendwie kommt mir das alles so bekannt vor. Als wäre ich schon mal da gewesen. Wie Paris vielleicht?"

„Richtig. Das kaiserliche Wien ist in mancherlei Hinsicht Paris nachempfunden. Für eine europäische Stadt ist vieles von dem, was man sieht, verhältnismäßig jung, im 19. Jahrhundert erbaut. Diese Stadterneuerung und die horrenden Kosten dafür waren der Grund, dass der Kaiser den Rückhalt in der Bevölkerung verlor. So, und nun kommen wir in die Innenstadt", sagte er, wobei er den Wagen erneut in eine der engen, gewundenen Straßen lenkte.

„Das da drüben passt aber nicht hierher“, bemerkte Meer und wies auf ein Bankgebäude an der Straßenecke. „Zu neu!“

„Komisch ... Stammt aus den Dreißigerjahren, insofern ist es so neu auch wieder nicht. Es ist schwierig, in einer so geschichtsträchtigen Stadt ein architektonisches Gleichgewicht zu halten und Wiens Gesamtbild nicht zu verschandeln ...“

Meer hörte gar nicht mehr hin. Voraus tauchte ein Kaffeehaus auf mit riesigen Panoramafenstern in verwitterten, geschnitzten Holzrahmen. „Jetzt weiß ich, wo wir sind. Diese Straße habe ich schon mal gesehen. Das Auktionshaus ist nur eine halbe Häuserzeile von hier.“

„Woher kennen Sie die Entfernung?“

„Muss ich wohl mal im Kino gesehen haben. Hier wurden ja so viele Filme gedreht. Ist dies nicht ein sehr berühmtes Viertel?“

Sebastian stellte den Wagen ab, kam dann zur Beifahrerseite und hielt Meer die Tür auf. Beim Aussteigen bot er ihr die Hand – eine antiquierte, galante Geste, die sie vollkommen überraschte und die das Frösteln sowie jenes ungute Gefühl, von dem sie auf einmal befallen wurde, noch verstärkte. Binnen Sekunden fing alles ringsum zu flirren an, wurde gleichsam durchscheinend – die Passanten, das Auto, die augenblickliche Wirklichkeit. Sie fühlte einen metallischen Geschmack, von dem sie regelrecht Zahnschmerzen bekam. Ihre Schultern verspannten sich; ihre Kinnpartie verkrampfte; ein Schmerz durchfuhr sie wie eine Wellenbewegung. Tief unten in der Lendengegend, wo sie sich einst im Alter von neun Jahren den Wirbel gebrochen hatte, puckerten die zertrennten Nerven. Dann hörte sie die wunderschöne, schaurige Musik und versank in der Erinnerung.

13. KAPITEL

Wien, Österreich
22. September 1814

Als die Musik einsetzte, schritt Major Archer Wells, angetan mit seiner prächtigen blauen Gardeuniform samt goldener Ordensspange und Rangabzeichen, galant auf Margaux zu und bat sie um diesen Tanz. Sie ließ sich von ihm auf die schon überfüllte Tanzfläche geleiten. Zwar stand ihr ganz und gar nicht der Sinn nach einem Walzer, doch wenn sie jetzt daheim säße und sich Sorgen machte, wäre Caspar enttäuscht. In Gedanken hörte sie seine tiefe Stimme, spürte sie gleichsam wie eine Umarmung. *Du schaffst das schon!*, sagte er immer. *Du kannst alles schaffen!*

Wenn man sich im Ballsaal umsah, konnte man den Eindruck gewinnen, als hätten sich nicht nur sämtliche Größen Europas zum Wiener Kongress versammelt, sondern auch vollzählig zu diesem Galaabend eingefunden. Eingeladen hatte schließlich kein Geringerer als Fürst Klemens Wenzel Lothar von Metternich, der österreichische Außenminister. Die europäische Landkarte nach den verheerenden napoleonischen Kriegen neu zu ordnen, war ein hartes Stück Arbeit. Gleichzeitig aber bot sich so auch ein willkommener Anlass für das gastgebende Wien, sich von der besten Seite zu zeigen – insbesondere angesichts der sechzehntausend Würdenträger und Abgesandten. Die hatten sich nicht nur mit Gattinnen, Mätressen und Dienerschaft in der Hauptstadt einquartiert, sondern obendrein mit ihren eigenen Spionen. Bei so vielen Gästen, so Margaux' Hoffnung, würde es ihr ja sicherlich gelingen, die benötigten Mittel für eine Such- und Rettungsexpedition für ihren Mann zusammenzubringen. Es *musste* einen Weg geben. Bis zum Vortage war ihr das Herz noch wie zu Eis gefroren gewesen, doch nun zeigte sich ein Hoffnungsschimmer. Und wegen dieser Hoffnung hatte sie endlich das Gefühl, als lebe sie wieder auf.

„Ich sehe mit Freude, dass Ihre Trauerzeit vorüber ist", bemerkte der britische Offizier, der sie gekonnt beim Tanze führte.

An diesem Abend trug Margaux Niedermeier erstmals seit neun Monaten wieder ihr smaragdgrünes Ballkleid. Die am Tage zuvor erhaltene Nachricht war Anlass genug gewesen, die schwarze Garderobe zusammenzufalten und wegzupacken.

„Sie sind falsch informiert, Major. Ich bin keine Witwe."

„Pardon, doch selbst bei uns in England hat man die Forschungsreisen Ihres Gatten verfolgt. Wir alle haben von seinem tragischen Tod im Himalaja erfahren."

Margaux zögerte. Gab es noch einen Grund, die Neuigkeit geheim zu halten? „Das dachte ich auch. Aber erst gestern erhielt ich einen Brief, der mich davon überzeugte, dass Caspar offenbar am Leben ist und von einer Gruppe Mönche in den Bergen wieder gesund gepflegt wird. Ich bin entschlossen, das Geld für eine Suchexpedition zu sammeln und meinen Mann nach Hause zu holen. Genau deswegen bin ich heute Abend hier."

„Wie schön! Ich gratuliere, Madame. Und da Sie ja so fleißig sind, brauchen Sie etwas Abwechslung. Lassen Sie sich von mir verführen."

„Ich fürchte, ich bin in Sachen ehelicher Treue zu altmodisch."

„Treue ist heutzutage als Währung ebenso wertlos wie die Münzen, die Napoleon prägen ließ."

Gegen ihren Willen musste sie schmunzeln. Wells war charmant, das ließ sich nicht leugnen, doch für Margaux kam eine Liaison nicht infrage. Er hatte ganz recht: sich einen Galan zu halten wurde als Zeitvertreib betrachtet und nicht ernster genommen als eine Partie Whist; außerdem konnte sie ohnehin tun und lassen, was sie wollte. Das war schon immer so gewesen. Caspar hatte ihr beigebracht, was Selbstbestimmung hieß: Eine Frau ist kein Besitz. Seine Vorstellungen waren revolutionär – ein Wort, das in diesen Nachkriegszeiten einen üblen Beigeschmack hatte. Als Margaux und ihr Mann nach der Vermählung den europäischen Kontinent bereisten, mitten in den schlimmsten Kriegswirren, da hatte er darauf bestanden, dass sie sich aus Sicherheitsgründen als junger männlicher Angestellter in seinen Diensten verkleidete. Und als sie ihre neu gewonnene Freiheit mit Wonne genoss, war er geradezu entzückt. Margaux befand sich in der misslichen Lage, sehr in ihren Ehemann verliebt zu sein. Deshalb focht es sie auch nicht an, dass der britische Major sie beim Walzer viel zu eng an sich schmiegte. Und wenn mit jedem Dreivierteltakt die Erinnerungen an die Umarmung ihres Mannes zurückkehrten, so lag dies nur daran, dass sie sich einbildete, es sei Caspars Hand, die sie im Rücken spürte.

Caspar, halte durch! Ich komme!

Sie musste die Augen schließen, damit der Major nicht sah, wie sie mit den Tränen kämpfte.

„Wenn Sie sich schon nicht von mir verführen lassen möchten, so darf ich Ihnen vielleicht helfen, die benötigten Gelder zu sammeln. Wenn es stimmt, was mir zu Ohren gekommen ist, gehört Ihnen ja vielleicht möglicherweise etwas, das für einige meiner Freunde von Wert sein dürfte. Es geht nämlich das Gerücht, Ihr Gatte sei während seines Indienaufenthaltes auf eine antike Flöte gestoßen. Ist das wahr?"

„Meer?"

Wessen Name war das? Wessen Stimme?

„Meer?"

Sie schaute sich um in der flirrenden Luft und fand das Gesicht. Ein anderes Gesicht, eine andere Zeit. Der metallische Geschmack löste sich auf. Ihr war auch nicht mehr kalt. Nur die Traurigkeit ... die Traurigkeit war unerträglich.

„Meer!“

Meer ahnte, was da gerade mit ihr geschehen war: Sie hatte eine detaillierte, aber falsche Erinnerung erlebt, ein Produkt ihrer Fantasie. Um den Stress wegen des Verschwindens ihres Vaters besser zu bewältigen. Ganz so, wie das Unbewusste wirkliche Geschehnisse in Symbole übersetzt und weit hergeholte Aktionen in Träume. Nur: Wenn es weiter nichts war – wie konnten sich dann die Trauer und die Leidenschaft, empfunden von einer ihr völlig fremden Frau, so tief in Meers Herz eingraben?

14. KAPITEL

Wien, Österreich
Samstag, 26. April – 10:45 Uhr

Die schwarze Limousine kam direkt auf ihn zugerast, und für einen Augenblick überlegte David schon, ob er nicht einen Schritt vorwärts statt rückwärts machen und sich dem Fahrzeug so in den Weg stellen sollte. Dann aber sprang er doch zurück; der Selbsterhaltungstrieb behielt die Oberhand. Während David dem davonbrausenden Auto nachschaute, prägte er sich das Nummernschild ein. War er gerade einem Unfall entgangen? Einem Anschlag gar? Wie weit mochte Wassong mit seinem Verrat gegangen sein?

Vor dem Tod an sich hatte David keine Angst – wohl aber davor, mit seinen Erinnerungen lebenslang im Gefängnis sitzen zu müssen. In seinen zwanzig Berufsjahren als Journalist hatte er so viele Menschen hinter Gittern erlebt, dass eines für ihn feststand: nur Atmen und Essen und Schlafen und die Notdurft verrichten – das war kein Leben. Er nahm sich vor, gleich nach der Rückkehr ins Hotel eine E-Mail an seine Kontaktperson bei Interpol zu schicken und das Autokennzeichen überprüfen zu lassen. Falls der Wagen auf einen von Abduls Leuten zugelassen oder von ihnen gemietet war, konnte man die Spur vermutlich kaum zur palästinensischen Befreiungsbewegung zurückverfolgen. Andererseits war es dann eher möglich, gewisse Eventualitäten auszuschließen.

David überquerte die Fahrbahn und betrat gerade das Museumsgelände am Maria-Theresien-Platz mit seinen streng geometrisch ausgerichteten Gartenanlagen, da klingelte sein Handy. Nach einem Blick auf die Nummer im Display nahm er das Gespräch an. Am anderen Ende war Tom Paxtons Assistentin, die den Termin für das Interview mit dem Chef von Global Security für den folgenden Nachmittag bestätigte. David sagte sein Kommen zu.

Dass er nach der Tragödie mit seiner journalistischen Tätigkeit fortfuhr, machte es ihm leicht, an alle erforderlichen Informationen zu gelangen, ohne dabei Verdacht zu erregen. Sogar erschreckend einfach, wenn man es recht bedachte. Sobald nach seinem Tode herauskam, welches Doppelspiel seiner Story zugrunde lag, würden seine Kollegen sicher die Leidtragenden sein. Doch zum ersten Mal in seinem Leben war David etwas wichtiger als die Befindlichkeiten der Medien. Wenn er früher an einer Story dran war, hatte er Familienfeiern ausgelassen, seinen Urlaub geopfert, seine Bekannten und Freunde vernachlässigt. Er hatte seinem Beruf alles gegeben, was er von ihm verlangte. Und was war der Lohn gewesen?

Jahrelange Berichterstattung über Terrorismus und weltweite Sicherheitsprobleme hatten ihn eins gelehrt: Keine noch so neue und ausgefeilte „Mausefalle“ konnte die Probleme lösen, vor denen die Welt stand. Und Leute wie Paxton durften nicht länger so tun, als könnten sie Sicherheit gewährleisten.

Genau deswegen machte ihm die Frage Kopfzerbrechen. Wer mochte wohl der Fahrer dieser schwarzen Limousine sein? David versteckte sich schließlich nicht nur vor Abdul und seinen Schergen. Nein, er verbarg sich auch vor der Polizei. Und vor Sicherheitsfirmen wie Global Security, die an der Konferenz der International Security and Technology Association teilnahmen und gleichzeitig für deren Schutz sorgen sollten. Ohne es zu wissen, hielten sie alle Ausschau nach ihm – zwar nicht direkt nach David Yalom, doch nach der anonymen, im Verborgenen lauernden Bedrohung, die darauf abzielte, die Konferenz zu torpedieren. David wusste, wie Leute von Paxtons Schlag ihre Unternehmen führten: Sie warteten nicht darauf, bis eine Gefahr sich andeutete, sondern sie spielten Hunderte von denkbaren Angriffsszenarien durch und entwarfen die entsprechenden Pläne für Abwehrmaßnahmen. In den kommenden fünf Tagen, so nahm David an, würde man somit nach ihm forschen, auch ohne seinen Namen oder sein Foto. Und deshalb musste er den Spähern stets einen Schritt voraus sein. Genau deswegen suchte er nun das Museum auf.

Als er auf die prächtige Freitreppe zuging, musste er dem Drang widerstehen, sich umzudrehen und zu sehen, ob er beschattet wurde. Falls dem so war, durfte er auf keinen Fall zu erkennen geben, dass ihm die Überwachung aufgefallen war. Den Blick also bewusst zu Boden gesenkt, bemerkte er deutlich die leicht ausgetretenen Stellen in den Marmorstufen, abgenutzt von den unzähligen Besuchern, die über diese Treppe das Museum betreten hatten.

Oben auf dem Podest angelangt, folgte David dem Museumsplan zur Bibliothek, wo er einen Termin hatte. Dort zückte er seine Akkreditierung und präsentierte sie der jüngeren von zwei am Empfang sitzenden Bibliothekarinnen. Sie studierte die Ausweise ein Weilchen und schaute dann lächelnd auf. „Sie arbeiten also an einem Artikel über den Schriftsteller Hermann Broch", sagte sie auf Englisch, und schon hatte er das Gefühl, als tue sich die Forschungsstätte vor ihm auf.

„Richtig", log er. „In seiner Korrespondenz erwähnt er, dass er diese Bibliothek für seine Recherchen nutzte. Ich möchte mir die von ihm angeführten Quellen einmal persönlich anschauen. Hier ist die Liste … Zumeist handelt es sich um historische Drucke, Bücher und Karten."

Die besagte Korrespondenz war zwar frei erfunden, doch David kam mit seiner Flunkerei durch, und binnen einer Viertelstunde hatte er sämtliche aufgelisteten Materialien aus den Bibliotheksregalen vor sich liegen. Eine geschlagene Stunde saß er danach am Kopfende eines langen Holztisches und wühlte sich durch die Quellen, wobei er sich in seinem Spiralblock Notizen machte. Schließlich gelangte er zu dem einen Fundstück, dessentwegen er eigentlich hergekommen war: eine antike Karte der Stadt Wien, etwa um 1750 entstanden, mit genauen Angaben zu Ausgrabungen von Überresten aus römischer Zeit.

Wassong hatte steif und fest behauptet, es gäbe keine Zeichnungen oder Pläne der unterirdischen Krypta. Es bereitete David eine fast perverse Freude, dass er doch auf eine gestoßen war, und zwar durch einen diffusen Hinweis in den kartografischen Archiven der Stadt Wien.

Die Zeichnung war verblasst, an den Faltkanten abgenutzt und an den Rändern ausgefranst, und auf jeden Fall problematisch. Denn sie zeigte die Kammern genau unter der Stelle, wo nun das Konzertgebäude des Musikvereins stand: Bösendorferstraße 12. Falls ein Mitarbeiter von Global Security auf diese Karte gestoßen sein sollte, war die Existenz des Labyrinths, das David zum Schauplatz seines ganz privaten Terroranschlags ernannt hatte, vermutlich bereits aufgedeckt. Und damit war sein Plan zum Scheitern verurteilt.

Er stand auf und wand sich durch die engen Gänge zwischen den Tischen hindurch zum Empfang. „Entschuldigen Sie", sagte er zu der Angestellten, die ihm beim Kommen geholfen hatte und inzwischen allein hinter ihrem Tresen saß.

„Ja, Mr. Yalom? Was kann ich für Sie tun?"

„Haben Sie Unterlagen, aus denen ersichtlich ist, wie oft diese Akten und Bücher ausgeliehen wurden? Es wäre für mich hilfreich, wenn ich sehen könnte, wie groß die Nachfrage ist."

Diese Art von literarischer Schnitzeljagd schien der Bibliothekarin offenbar großen Spaß zu machen. Doch statt einfach im Computer nachzuschauen und David die letzten Eintragungen zu zeigen, winkte sie ihn in eine staubige, fensterlose Abstellkammer mit Dutzenden von hölzernen Aktenschränken.

„Fangen wir mal hier an." Sie wies auf einen Abschnitt an der Rückwand. „Und dann arbeiten wir uns aus der Vergangenheit zur Gegenwart vor. Mit welchem Jahr möchten Sie beginnen? Unsere Unterlagen reichen mehr als zwei Jahrhunderte zurück."

„Wir fangen am besten mit 1930 an. Das ist etwa die Zeit, in der Broch hier recherchierte."

Freilich, das war erheblich früher als notwendig. Im Grunde ging es ihm nur darum, ob jemand sich in den letzten Jahren die Karte angesehen hatte. Aber eine derartige Anfrage hätte nicht gut zu seiner angeblichen Forschung gepasst.

Am Ende erwies sich, dass die Karte seit dem Jahre 1939 nicht angefordert worden war, und zwischen 1930 und 1939 auch nur ein einziges Mal. Sie war also in der Tat so gut wie unbekannt.

David blieben noch fünfundzwanzig Minuten, bevor die Bibliothek die Pforten schloss. In dieser Zeit musste er dafür sorgen, dass die Karte für jeden, der sie nun noch sehen wollte, unauffindbar war. Ein Diebstahl war ausgeschlossen, die Bibliothek dafür viel zu gut überwacht. Taschen und Beutel der Besucher wurden beim Verlassen des Gebäudes gründlich kontrolliert.

Wieder zurück an seinem Tisch, wühlte er sich demonstrativ auffällig durch die vor ihm ausgebreiteten Bände und machte sich weit mehr Notizen als nötig, bis die Bibliothekarin ankündigte, sie schließe in zehn Minuten. Auch während der nachfolgenden Aufbruchsstimmung und Hektik, als andere Forschende ihre Unterlagen zurückbrachten, blieb er seelenruhig sitzen und nahm noch einmal die Karte mit dem Gelände unter dem Musikverein. Er prägte sich das Aktenzeichen ein, verglich es mit der Markierung der Archivschachtel, die ihm am nächsten stand, und steckte die Karte hinein. Dasselbe tat er mit der nächsten Karte und dann mit der dritten …

„Was tun Sie da?“

David verstand die Worte zwar nicht, hörte jedoch den scharfen, missfälligen Ton. Als er aufsah, stand vor ihm die zweite Bibliothekarin, eine Frau mittleren Alters, mit der er sich nicht unterhalten hatte. Die zeigte nun auf die Karte, die er gerade in die Schachtel stecken wollte. Außerdem fiel ihm auf, dass der am Eingang sitzende Wächter aufgestanden war und aufmerksam herüberguckte.

„Ich … äh … ich nicht sprechen Deutsch", nuschelte David unsicher.

„Sie dürfen diese Karten nicht einordnen!", blaffte die Frau auf Englisch. „Das machen wir!"

Der Posten kam etwas näher, was bei David sogleich einen Adrenalinstoß auslöste. Die Bibliothekarin streckte die Hand aus, und David reichte ihr die letzte Karte. Sie nahm die Archivalienkiste, überprüfte die Nummer auf Übereinstimmung und legte die Karte hinein.

„Sorry, ich wollte nicht …"

Sie ließ ihn nicht ausreden. „Lassen Sie nur, ich kümmere mich schon um den Rest", fauchte sie. „Wir schließen jetzt!"

Am Eingang wurde David von dem Wächter abgefangen. „Ich muss Ihre Sachen kontrollieren. Sicherheitsüberprüfung."

David nickte, reichte dem Mann den Spiralblock und sah zu, wie alles genau in Augenschein genommen wurde.

„Wir müssen vorsichtig sein, wissen Sie", erklärte der Mann und gab ihm den Block zurück. „Wir haben hier sehr wertvolle Dinge."

„Klar, versteht sich." David nahm seinen Notizblock entgegen und verließ das Gebäude, ohne sich noch einmal umzusehen.

Als er die Marmortreppe hinunterging, konzentrierte er sich erneut auf die leichten Dellen in den Stufen und fragte sich dabei, ob sich die ganze Mühe wohl gelohnt hatte. Das hing zum einen davon ab, ob die Bibliothekarin wohl nachsah, ob er die beiden ersten Karten korrekt eingeordnet hatte. Er zählte jedoch darauf, dass sie es an einem solch schönen Samstagnachmittag und dem anstehenden Wochenende wohl eilig haben werde. Nach Überwindung dieser Hürde sah sein Plan ferner vor, dass für die nächsten fünf Tage niemand sonst die beiden Karten anfordern durfte. Denn in der Schachtel, die normalerweise die Karte der Höhle unter dem Konzertsaal enthielt, befand sich nun eine mit einem Plan der Lurgrotte, einer Tropfsteinhöhle unter einem Kieferngehölz in der Nähe von Graz, zwei Autostunden von Wien entfernt. Und die Schachtel, in der sich eigentlich die aus dem Jahre 1894 stammende Karte der Lurgrotte befinden musste, die enthielt jetzt die Karte mit den Stollen unter dem Musikverein in der Bösendorferstraße Nummer 12.

Während er die Eingangshalle durchquerte, betrachtete er die extravaganten Wandgemälde und merkte sich deren Pracht für die letzte noch zu schreibende Artikelserie. Den Auftrag dazu hatte er zwar noch nicht, doch dass die Reihe veröffentlicht werden würde, daran bestand kein Zweifel.

Draußen drang ihm ein blumiger Duft in die Nase, und er wusste instinktiv, dass Flieder in der Nähe blühen musste. Richtig – dort drüben wuchs ein üppiger Fliederbusch. Sofort änderte David die Richtung, um nur nicht an jenen Blumen vorbeigehen zu müssen, die seine Frau stets in ihr gemeinsames Schlafzimmer gestellt hatte. Während er darüber nachdachte, was er in den vergangenen Stunden erreicht hatte, fragte er sich, ob der ganze zusätzliche Aufwand doch vergebene Liebesmüh sein würde. Global Security verfügte über ein hochmodernes Satellitensystem. Hatten die es da überhaupt nötig, alte Karten zu konsultieren? Nun, falls ja, war es wohl unwahrscheinlich, dass sie die gerade versteckte bis Donnerstag auftreiben würden. Dann nämlich würde er Beethovens 3. Sinfonie in Es-Dur in ein Volksbegehren verwandeln, in einen Warnruf und in sein eigenes Requiem.

Nein, bis dahin würden sie die Karte im Leben nicht finden. Dann schon eher ihn selbst.

15. KAPITEL

Samstag, 26. April – 11:20 Uhr

Im Inneren des Auktionshauses Dorotheum angelangt, deutete Sebastian Otto an den Versteigerungssälen vorbei auf ein Treppenhaus. „Die Verwaltung ist dort oben."

In Gedanken nach wie vor bei jenem beängstigenden Tagtraum, den sie draußen gerade erlebt hatte, bemerkte Meer, wie Sebastian ihr die Hand bot. Ihr Vater und Malachai hätten vermutlich steif und fest behauptet, das eben Geschehene sei ein ausgewachsener Erinnerungssprung gewesen – ein Fragment eines Vorlebens, das da wie eine Luftblase an die Oberfläche ihres Bewusstseins gestiegen war. Sie waren immer schon der Meinung gewesen, dass all ihre Erinnerungen an das Gewitter und die Hetzjagd im Wald auf solchen Erinnerungssprüngen basierten. Meer selber hingegen kam aufgrund ihrer Studien zu dem Ergebnis, dass es sich wieder bloß um eine Pseudoerinnerung handelte. Diesmal allerdings keine beliebige, sondern eine aus einer bestimmten geschichtlichen Periode.

Sie hatte sich mittlerweile so viel vom Europa des 18. und 19. Jahrhunderts angelesen – da war es durchaus möglich, dass sie diese kleine Szene mithilfe ihrer Fantasie frei erfunden hatte. Ähnlich, wie sie inzwischen glaubte, dass ihre Tagträume aus der Kinderzeit wohl von einer vorgelesenen Geschichte herrühren mussten, beispielsweise einem Märchen, das sie sich anschließend zu ihrem ganz persönlichen Albtraum zurechtgebogen hatte. Überreizte Fantasie, so nannten das die Wissenschaftler. Ja, im Grunde genommen leuchtete es sogar ein, dass ihr Gehirn dieses Trugbild fabriziert hatte. Sie hatte ja während des Fluges nicht viel geschlafen, war übermüdet ... stand nach dem Auffinden der Leiche unter Schock ... machte sich Sorgen um ihren Vater ...

Inzwischen hatten sie einen Bürotrakt erreicht, wo bereits ein ziemliches Durcheinander herrschte. In einem engen Empfangsbereich drängelten sich ein Dutzend Leute, vermutlich Mitarbeiter des Auktionshauses, ferner auch Polizisten, die Meer vom Einsatz im Haus ihres Vaters wiedererkannte.

Hinter einem wuchtigen Schreibtisch verschanzt saß eine adrett angezogene junge Dame mit Perlenkette und schwarzem Dutt. Sie hielt Meer und Sebastian an und stellte ihnen eine Frage auf Deutsch. Nachdem Sebastian geantwortet hatte, stand die Rezeptionistin auf, kam um den Schreibtisch herum und auf Meer zu. „Bitte, treten Sie näher", bat sie auf Englisch. „Im Augenblick geht's hier ein wenig chaotisch zu. Die Polizei ist gerade aufgekreuzt und möchte mit Ihrem Vater sprechen."

„Ist er hier?"

„Am Samstagmorgen geht Mr. Logan immer in die Synagoge ... ach, das wissen Sie ja sicher. Eigentlich müsste er noch hier sein ..."

Meer wusste keineswegs, dass ihr Vater am Sabbat die Synagoge aufsuchte, doch es wunderte sie nicht.

„Als er Sie anrief", wandte sie sich an Sebastian Otto, „war er da wohl gerade unterwegs zur Synagoge? Könnte das sein?"

„Nein, er teilte mir lediglich mit, es sei etwas Geschäftliches und ..."

Meer ließ ihn gar nicht ausreden. „Kommt er nach dem Gottesdienst gewöhnlich hierher?", fragte sie die junge Dame.

„An Samstagen schon, besonders vor großen Versteigerungen so wie kommenden Mittwoch", antwortete die. „Aber ich glaube, da sollten Sie sich mit Enid unterhalten. Die wird Ihnen mehr sagen können." Sprach's und verschwand.

Kurz darauf erschien eine energisch wirkende Frau, makellos gekleidet in schwarzen Hosen und einem karamellfarbenen Blazer, das goldblonde Haar straff aus dem Gesicht frisiert. Sie stellte sich als Enid Parnell vor und begrüßte die beiden mit Handschlag. „Ich bin die stellvertretende Kuratorin der Abteilung", erklärte sie in gepflegtem britischem Englisch. „Ich habe

Sie gleich erkannt – von dem Foto, das im Büro ihres Vaters steht."

Ehe Meer darauf reagieren konnte, kam Inspektor Fieske auf die Gruppe zu. Er nickte Meer und Sebastian zu und fragte die Kuratorin etwas auf Deutsch.

„Do you speak English?", erkundigte sie sich.

Fieske bejahte.

„Dann lassen Sie uns lieber Englisch sprechen, wenn's Ihnen nichts ausmacht. So versteht auch Mr. Logans Tochter, worum es geht."

„Meinetwegen. Also, im Haus von Mr. Logan hat es einen Vorfall gegeben. Wir sind jetzt auf der Suche nach Mr. Logan. Können Sie uns sagen, wo er ist?"

„Einen Vorfall?"

Fieske hatte offenbar keine Lust, Fragen zu beantworten. Viel lieber stellte er sie. „Ist er unterwegs hierher? Anscheinend weiß niemand Bescheid."

„Ja. Wir erwarten ihn im Laufe des Tages."

„Wissen Sie, wo er sich momentan aufhält?"

Sie zögerte. „Was denn für ein Vorfall?"

„Miss Parnell, die Sache ist sehr ernst. Wenn Sie wissen, wo Mr. Logan steckt, dann sagen Sie's mir bitte. Wir müssen umgehend Verbindung mit ihm aufnehmen."

„Ich kann Ihnen seine Handynummer geben."

„Die haben wir schon. Mr. Otto hat sie uns in Mr. Logans Haus überlassen, er geht aber nicht ran. Also fangen wir wieder bei Null an. Wo ist Jeremy Logan, Miss Parnell?"

„Ist er in Gefahr?"

„Gäbe es denn Anlass zu einer entsprechenden Befürchtung?"

„Ein Risiko ist nie auszuschließen. Wegen der Gegenstände, mit denen er zu tun hat … Wir alle, die wir hier arbeiten, sind potenziell gefährdet." Sie nestelte nervös am goldenen Gliederarmband ihrer Uhr, öffnete und schloss die Lasche in unregelmäßigen Abständen.

„Sie behindern unsere Ermittlungen."

Die Fummelei am Armband wurde noch hektischer. „Er ist in Genf. Er trifft sich da mit einem Grafologen. Dr. Schmettering."

„In Genf?" Verdattert wandte Meer sich zu Sebastian Otto um, aber der zuckte nur die Schultern.

Der Inspektor ließ sich sämtliche relevanten Informationen zu Dr. Schmettering geben, eingeschlossen Telefonnummer und Adresse, die Enid Parnell allesamt aus dem Gedächtnis herunterrasselte. Während sie noch dabei war, entfernte sich eine offenbar untergeordnete Angestellte von dem Grüppchen und klappte ein Mobiltelefon auf.

Enid Parnell wandte sich derweil an Meer. „Gehen wir doch in das Büro Ihres Vaters und warten dort. Hier entlang." Spontan drehte sie sich noch einmal zu Fieske um. „Ist Ihnen doch recht, oder?" Obwohl sie es wie eine Frage formulierte, hörte man doch heraus, dass es nicht als solche gemeint, sondern eher eine Mitteilung war. Fieske hatte keine Einwände.

Wie seine heimische Bibliothek, so war auch Jeremys Dienstzimmer bis zum Gehtnichtmehr vollgestopft mit Büchern und Katalogen, die sich auf jeder verfügbaren Fläche stapelten. An großen, drei Zimmerwände einnehmenden Korkplatten waren Fotos von religiösen Kultobjekten sowie Karten von Europa befestigt. Der Schreibtisch wirkte zwar aufgeräumt, doch zwischen dicken Aktenstapeln, Katalogen, einem Computer, einigen exotisch anmutenden gläsernen Papierbeschwerern und einer Dose mit Stiften blieb kaum noch Platz. Sebastian nahm ein silbergerahmtes Foto zur Hand. Es zeigte eine dunkelhaarige Frau, die sich über ein ungefähr fünfjähriges Kind beugte, das wiederum die Mutter an der Wange berührte. Die Szene zeigte das Gegenteil dessen, was man an sich erwartete: das Kind, das die Mutter tröstet, nicht umgekehrt.

Er reichte Meer das Bild. Sie nahm es entgegen, studierte das so natürlich wirkende Porträt und streckte dabei automatisch die Hand aus, als wollte auch sie die Wange der Mutter berühren. Eines zeigte die Aufnahme allerdings nicht: Im nächsten Moment hatte Pauline damals die Hand der kleinen Meer vom Gesicht genommen, weil sie die mitleidige Geste nicht ertragen konnte, nicht einmal von ihrem eigenen Kind. Ungeachtet dieser Zurückweisung hatte Meer auch weiterhin versucht, die Einsamkeit aus dem Blick ihrer Mutter zu verscheuchen. Als sie schließlich erwachsen genug war, um es auf andere Weise zu probieren, war es zu spät.

Seinerzeit war Meer achtzehn Jahre alt und Studienanfängerin an der Juilliard gewesen; die Juilliard School, New Yorker Musikkonservatorium und Schauspielschule, genoss einen hervorragenden Ruf. Eines Nachmittags hatte ihr Vater sie nach einer Vorlesung zu einem Spaziergang durch den Park abgeholt. Sie saßen auf einer Bank am Rande ihres alten Spielplatzes, und während die Sonne unterging, erzählte Jeremy Meer von der Krankheit ihrer Mutter. Obwohl ihre Eltern damals schon seit sechs Jahren geschieden waren, war er aus Wien zurückgekehrt, um diese Bürde auf sich zu nehmen. Und dann bot er seiner wie betäubt dasitzenden Tochter ein frisches Taschentuch und schloss sie in die Arme. Dass Pauline ihre Leukämie vor der Tochter geheim gehalten und erst ihrem geschiedenen Mann gestattet hatte, sie davon in Kenntnis zu setzen, das war für Meer zwar eine herbe Enttäuschung. Aber eine Überraschung war es eigentlich nicht. In den letzten Monaten danach, als Pauline weiterhin ihre letzte Kraft und Konzentration in erlesenes Porzellan und Gläser steckte, in Spiegel, Teppiche, Sofas, Kommoden und Etageren in ihrem Antiquitätenladen, da wehrte sie sich mit Händen und Füßen dagegen, dass Meer überhaupt irgendwelche Energie auf sie verschwendete. Während des gesamten Behandlungszeitraums ließ Pauline niemals erkennen, dass etwas mit ihr nicht stimmte oder dass sie litt oder Angst hatte. Dann fiel sie ohne jede Vorwarnung ins Koma und starb zwei Wochen später. Da war es zu spät für

Mutter und Tochter, noch das möglicherweise entscheidende Gespräch zu führen.

„Sie sind ihr wie aus dem Gesicht geschnitten“, bemerkte Sebastian.

„Eher weniger. Sie war wunderschön …“

Sebastian ließ nicht locker, doch da kam Inspektor Fieske herein. „Es hat einen Unfall gegeben“, sagte er, wobei er Meer geradewegs ansah. Sie lauschte dem Bericht des Inspektors. Das Foto hielt sie dabei krampfhaft in den Händen.

16. KAPITEL

Cyberspace
Samstag, 26. April – 12:25 Uhr

Der Bildschirmschoner war ein unendliches, dunkelblaues Universum, gesprenkelt mit Sternen, die sich langsam im Kreise drehten. Das einzig Statische war das Icon für die E-Mails. Und das war besorgniserregend. Laut Plan hätte die Information längst durch die Fiberglaskabel rauschen und eintreffen müssen … Na endlich! Das erwartete Symbol erschien auf dem Schirm. Ein Doppelklick mit der Maus, und die E-Mail war geöffnet. Eine rasche Durchsicht. Bloß die läppische Beschreibung eines Familienurlaubs. Nicht nötig, das alles im Detail zu lesen. Stattdessen wurde der Inhalt über die Zwischenablage in ein Entschlüsselungsprogramm kopiert, und knapp eine Minute später verwandelte sich die Schilderung einer Urlaubswoche am Strand in einen Brief von Beethoven an Antonie Brentano.

Eine erste Lektüre.

Eine zweite.

Die Wörter waren zwar verlockend, aber nicht schlüssig. Stimmte dieser Satz wohl? Was bedeutete jener? Beethoven erwähnte den Librettisten Stephan von Breuning und Erzherzog Rudolf und behauptete, er habe ihnen Anhaltspunkte übermittelt. Ja, aber was für welche? Die Spieleschatulle – war sie etwa auch so ein Schlüssel? Das Ganze glich einer Schatzkarte. Man musste sie noch einmal studieren, diesmal langsamer, angefangen mit der Anredeformel, die in sich bereits einen großartigen Fund darstellte. Ein neu entdeckter Brief, geschrieben von Beethoven an die Frau, die nach Ansicht vieler Historiker seine einzige wahre Liebe war – der konnte Hunderttausende von Euro wert sein. Vielleicht eine Million. Verglichen mit den im Schreiben enthaltenen Hinweisen war der Geldwert indes nebensächlich, denn letzten Endes ging es um Macht und Glauben. Um Mögliches und Unmögliches. Um Legenden und Mythen, um Mutmaßungen und Fleisch gewordene Hypothesen. Und es ging um eine Flöte – möglicherweise die Vorläuferin eines in den Siebzigerjahren von Robert Allan Monroe erfundenen Geräts, das Harmonien im Bereich von Alpha- und Thetafrequenzen verwandte. Was, wenn es ein Instrument gab, das binaurale Takte erzeugte? Mit denen man sich Zugang zu Vorlebenserinnerungen verschaffen konnte? Welche Bedeutung mochte das haben?

Alles zu seiner Zeit. Eile mit Weile. Kommt Zeit, kommt Rat. Erst einmal musste er die Wörter noch einmal lesen und sich weiter an einem Geheimnis versuchen, das der Menschheit schon jahrhundertelang, nein, jahrtausendelang ein Rätsel war.

17. KAPITEL

Wien, Österreich
25. Oktober 1814

Meine Liebe, mein Alles, meine Glückseligkeit,

Du wirst diesen Brief womöglich nie finden, geliebte Antonie, doch während ich ihn schreibe, stelle ich mir vor, dass Du Deine Cousins und Cousinen in ihrem Landhaus im Wienerwald besuchst, und wie überrascht Du bist, wenn mein Botenjunge Dir dieses Geschenk überbringt. Ich male mir aus, wie Du ihn öffnest und meine Handschrift erkennst. Ich hoffe, dass Du liebevoll lächelst und Dich an unsere süße gemeinsame Zeit erinnerst – an unsere Gespräche, an die Musik, an die tiefen, unvergänglichen Gefühle, welche wir teilten.

Ich stelle mir vor, wie eines Deiner Kinder hereinkommt und Dich unterbricht, wie Du die Schatulle auf einen Tisch im Salon stellst und Dich um Deine Lieben kümmerst. Vielleicht zeigst Du ihnen sogar das Geschenk und schlägst vor, man könne doch zusammen eines der darin liegenden Spiele spielen.

Du wunderst Dich nicht über meine sonderbare Geschenkwahl, weil Dir jeglicher Argwohn fremd ist. Du genießt den Augenblick in vollen Zügen und lebst ihn so, wie ich meine Musik lebe. Neugierige Fragen stellen? Nicht Du! Genau deswegen habe ich Dich als Empfängerin ausersehen. Deswegen und weil ich mich, sollte der Tag kommen, mehr als bei irgendjemandem sonst darauf verlassen kann, dass Du mit meinen bedeutsamsten Geheimnissen richtig verfahren wirst.

Hast Du schon eines der in der Kassette befindlichen Spiele gespielt? Auf die meisten hättest Du kaum einen Gedanken verschwendet – bis auf eines. Was hast Du ge-

dacht? Dass mein Geschenk fehlerhaft sei? Und was hieltest Du von meiner Bitte, mein Präsent als Andenken zu behalten, auch wenn es Dir nicht zusagt? Als die romantische Natur, die Du warst und gewiss auch noch bist, hast Du meiner Bitte gewiss entsprochen.

Nun begreifst Du sicherlich den wahren Grund für mein Ansinnen.

Wenn Du diese Zeilen liest, dann nur deshalb, weil ich unerwartet gestorben bin.

Erzherzog Rudolf, mein Freund und langjähriger Gönner, besitzt einen versiegelten Brief, welchen er, so hat er geschworen, nur öffnen wird, sollte ihm mein Tod verdächtig erscheinen. In diesem Brief fordere ich ihn auf, Dich aufzusuchen und Dich zu bitten, ihm die Spieleschatulle zu zeigen.

Stephan, mein ehrenwerter und verlässlicher Freund, besitzt ein Schreiben mit gleichlautenden Anweisungen. Auch er soll ihn erst nur dann lesen, wenn ihm mein Ableben verdächtig erscheint. Seine Botschaft enthält Instruktionen darüber, wie das Geheimfach, welches diesen Brief enthält, geöffnet wird. Allerdings verrät das Schreiben nicht, wo sich die Kassette befindet, sondern es weist ihn lediglich an, sich vertrauensvoll an Rudolf zu wenden.

Wohlan denn, meine Freunde: Da wir jetzt alle beisammen sind und Ihr die Schachtel geöffnet habt, verrate ich Euch, was ich getan habe.

Ich habe eine Flöte und ihre Melodie versteckt. Das Instrument erhielt ich von der Gesellschaft für Erinnerungsforschung, verknüpft mit der Hoffnung, ich würde eine Melodie entschlüsseln, welche einen Weg in die Vergangenheit, in unsere Vorleben weist. Nach einigem Experimentieren gelang es mir, die Tonfolge herauszufinden. Und sogleich wurde mir bewusst, welch beispiel-

lose Gefahr von diesem Instrument ausgeht. Die Flöte ist zu wertvoll, um sie für immer zu zerstören – und zugleich zu gefährlich, um sie jenen zu überlassen, die dem schnöden Mammon verfallen könnten. Gleichzeitig aber ist sie für die Menschheit so kostbar, dass man sie nicht zerstören darf. Aus diesem Grunde habe ich den Entschluss gefasst, sie sicher zu verbergen, zu unser aller und unserer Kindeskinder Schutz. Euch aber weihe ich in mein Geheimnis ein, auf dass es nicht für immer verloren gehe.

Die Spieleschatulle enthält den Kern des Rätsels. Den Schlüssel zu diesem Rätsel zu finden, das, Rudolf, ist Deine Aufgabe.

Ist der Schlüssel gefunden, so wird er Dich, Stephan, in die Lage versetzen, den Schatz – welcher sich bereits in Deinem Besitz befindet – zu öffnen.

Was die Melodie betrifft, so wirst allein Du, Antonie, sie verstehen. Ich habe mit ihr das einzig Mögliche getan: Ich habe sie unserem Herrn und Heiland anvertraut, der unsere Liebe geheiligt und gesegnet hat.

Noch ein Hinweis, Antonie, Liebste: Solltest Du diesen Brief durch Zufall finden, so lege ihn bitte beiseite und streiche den Inhalt aus Deinem Gedächtnis. Versuche auf keinen Fall, ihn zu entschlüsseln. Begib dich nicht auf eigene Faust auf Schatzsuche.

Du sollst wissen, dass ich mich mit Freuden an alles erinnere, was wir füreinander waren. Sie sind mir ein Trost, diese Erinnerungen. Ich vermisse Dich nach wie vor. Ich denke stets an Dich, aus tiefstem Herzen und mit ganzer Seele, und die Seele ist etwas, an das ich fest glaube, jetzt sogar noch mehr, als ich es je für möglich gehalten hätte. Ich habe in meine Seele geschaut und dort vielerlei gesehen: Freud und Leid, verpasste und genutzte Gelegenheiten, doch das größte Geschenk ist,

dass ich dort Deine Seele erblickte. Mir ist klar, dass wir Sterblichen nicht einmal annähernd ahnen, was wir wissen. Täten wir es, so wäre dieses Wissen für uns eine solch große Last, dass es unsere Zukunft in Gefahr brächte.
L. v. B.

18. KAPITEL

Wien, Österreich
Samstag, 26. April – 13:08 Uhr

„Ihr Vater ist wohlauf, Miss Logan“, berichtete Fieske.

„Wo ist er?“

„In der Genfer Unfallklinik. Es hat einen Raubüberfall gegeben. Laut Aussage Ihres Vaters gegenüber der Genfer Polizei und laut Bericht der schweizerischen Kollegen wurden Ihr Vater und Dr. Schmettering anscheinend mit Chloroform betäubt.“

„Aber es ist ihm nichts passiert?“

„Nein. Machen Sie sich bitte keine Sorgen. Er wurde vorsichtshalber ins Krankenhaus eingeliefert und ist bereits völlig wiederhergestellt. Dr. Schmettering allerdings nicht. Sein Zustand ist ernst.“

„Was ist denn mit ihm?“, erkundigte sich Sebastian Otto.

Fieske schüttelte den Kopf. „Bedaure. Wir müssen zuerst seine Angehörigen unterrichten.“

„Was wurde gestohlen?“, forschte Meer.

Wieder konnte der Inspektor nur abwehren. „Tut mir leid, aber über laufende Ermittlungen kann ich keine Auskunft geben.“

„Haben Sie mit meinem Vater gesprochen?“

„Nein, aber mit dem Polizeibeamten, der im Notarztwagen mitgefahren ist. Ich habe die Telefonnummer, falls Sie anrufen möchten. Mein Mitarbeiter wird Sie an Ihren Vater weiterleiten.“

„Ja, danke.“ Meer nahm den Zettel mit der Nummer entgegen.

„Ach, übrigens, eins haben wir in der Wohnung ihres Vaters bei der Hektik vergessen: Ich brauche Ihre Wiener Adresse und eine Telefonnummer, über die wir Sie erreichen können.“ Er klappte ein Notizbuch auf.

„Sie verdächtigen Miss Logan doch wohl nicht …“

„Keine Bange, Mr. Otto!“ Fieske schnitt Sebastian das Wort ab. „Sie ist nicht mehr oder weniger verdächtig als Sie. An Sie habe ich übrigens dieselbe Bitte.“

Er hielt Meer das geöffnete Büchlein nebst Kugelschreiber hin und wartete, während sie Name und Adresse ihres Hotels sowie eine Zahlenreihe hineinkritzelte.

„Mein Handy ist noch nicht freigeschaltet“, sagte sie. „Aber hier ist schon mal die Nummer.“

„In Ordnung. Also, Mr. Otto, ich schlage vor, wir erledigen alles Weitere im Flur. Lassen wir Miss Logan ein wenig in Ruhe, damit sie ungestört ihren Vater anrufen kann.“

Beim zweiten Rufton meldete sich ein Mann. Meer teilte ihm mit, sie wolle ihren Vater sprechen, und während der nachfolgenden längeren Pause stellte sie sich vor, wie der Polizist aufstand und hinüber zu ihrem Vaters ging. Dass er in einem Krankenhausbett liegen sollte, wollte ihr beim besten Willen nicht in den Kopf …

„Meer? Es tut mir furchtbar leid, dass ausgerechnet du meine Haushälterin gefunden hast. Geht es dir gut, Liebes?“

Seine Stimme, die wie ein gewaltiger Windstoß sämtliche Nebengeräusche hinwegfegte, löste schlagartig eine instinktive Reaktion aus. Meer musste sich heftig auf die Unterlippe beißen, um ihre Gefühle zu beherrschen. Es war schon lange her, dass sie die Nerven verloren hatte und in Tränen ausgebrochen war. Sie wollte es auch jetzt nicht. Schon gar nicht in Gegenwart von Sebastian Otto und der Polizei und der draußen wartenden Mitarbeiterin ihres Vaters.

„Ich?“, fragte sie. „Ja, alles in Ordnung. Und du? Was ist passiert? Die Polizei sagt, es war ein Raubüberfall?“

„Ja, aber ich möchte nicht, dass du dir Sorgen machst. Der behandelnde Arzt meint, die Diebe hätten uns mit Chloroform außer Gefecht gesetzt. Ich habe leichte Kopfschmerzen … ist aber halb so wild.“

Sie merkte, dass er krampfhaft versuchte, sich seine Erschöpfung nicht anmerken zu lassen. Vermutlich hatte er wieder seine „Maske" aufgesetzt. So nannte Meer diesen teilnahmslosen Gesichtausdruck, den ihm nach eigenem Bekunden sein Vater beigebracht hatte – ein Erbe aus den Zeiten der Judenverfolgung in Nazi-Deutschland. *Zeig nie deine wahren Gefühle. Lass dich nicht aus der Reserve locken. Gib dem Feind nicht noch zusätzliche Munition.*

Nach Meers Auffassung trug ihr Vater die Maske zu oft. Um ihr Leid zu ersparen, das wusste sie wohl. Er hatte sehr viel vor ihr geheim gehalten oder es zumindest versucht: seine Sorge, die ihn angesichts ihrer Schreckgespenster umtrieb. Seine Seelenqualen, als die Ärzte bei der Bekämpfung ihrer Angstzustände versagten. Sein Kummer während ihres Krankenhausaufenthalts, als noch nicht klar war, ob nach Heilung der angeknacksten Wirbelsäule wohl eine körperliche Behinderung zurückbleiben würde. Später dann setzte er alle Hebel in Bewegung, um Meer zu verheimlichen, warum die Eltern sich trennten und letztendlich scheiden ließen. Dabei wusste sie genau, woran die Ehe zerbrochen war: an derselben Sache, die auch ihr das Rückgrat gebrochen hatte.

„Mäuschen, mein Freund Dr. Schmettering hatte einen Schlaganfall. Er ... anscheinend war er dem Stress nicht gewachsen ... bei seinem Blutdruck ... Das Krankenhaus versucht jetzt, Verbindung zu seinem Sohn aufzunehmen. Der ist auf Reisen. Bis er gefunden ist, müsste ich eigentlich noch hierbleiben. Nur mache ich mir große Sorgen um dich. Passt mir überhaupt nicht, dass du da mutterseelenallein in Wien sitzt."

Ihre Mutter hatte immer versucht, sie außen vor zu halten. Ihr Vater sorgte sich um ihre Sicherheit.

„Ach, mach dir um mich keine Gedanken", sagte sie mit so gefasster und sicherer Stimme, dass es ihr selbst unheimlich vorkam. Dieselben Worte hatte sie ihm gegenüber schon Hunderte von Malen gebraucht.

„Ich kann wirklich nichts dafür."

„Mach dir keine Sorgen um mich! Ich wohne in einem zauberhaften Hotel, und es hat Zimmerservice. Ich komme schon zurecht."

„Wäre ich doch bloß im Hause gewesen! Ich hätte dir das von Herzen gern erspart, die arme Ruth finden zu müssen ..."

Meer hörte ihm an der Stimme an, wie sehr er sich Vorwürfe machte, wie traurig er war. Den Blick auf das Foto von ihr und ihrer Mutter gerichtet, begriff sie, dass es ihr trotz aller Mühen nie gelungen war, jemandes Schmerzen zu lindern. „Tut mir furchtbar leid."

„Hat Sebastian dich gefunden?", wollte ihr Vater wissen.

„Ja, hat er. Er traf ein paar Minuten nach mir ein. Er ist immer noch hier."

„Na, Gott sei Dank. Wenn du was brauchst, wende dich an ihn, ja?"

„Alles klar. Aber mir geht's bestens."

„Meer, der Arzt will was von mir. Ich muss Schluss machen."

„Augenblick noch! Warum wurde deine Haushälterin denn umgebracht? Hat das mit den Vorfällen in der Schweiz zu tun, Dad? Bist du mal wieder auf Schatzsuche? Nach was?"

Sie hörte, wie er erstickt den Atem anhielt.

„Erzähle ich dir morgen ... wenn wir uns treffen", sagte er. „Wenn alles gut geht, bin ich morgen wieder in Wien. Der Arzt möchte jetzt mit mir sprechen. Ich melde mich später noch mal."

„Warte doch mal ..." Sie brauchte Gewissheit.

„Was denn noch, Schätzchen?"

„Es geht um die Spieleschatulle, stimmt's?"

19. KAPITEL

New York City
Samstag, 26. April – 09:45 Uhr

Lucian Glass und Douglas Comley saßen vor einem Spionspiegel. Sie beobachteten Detective Barry Branch von der New Yorker Polizei dabei, wie er Malachai Samuels vernahm. Zwischen den beiden auf dem zerschrammten Tisch lag ein schmales, in marineblaues Leder eingebundenes Büchlein von etwa zehn mal zwölf Zentimetern. Auf der Vorderseite prangten in Goldlettern das Wort „*PASSPORT*", das Wappen der USA sowie etwas kleiner gedruckt der Schriftzug „*United States of America*".

Samuels hatte den Pass bisher keines Blickes gewürdigt, geschweige denn nach ihm gegriffen. Lucian wusste es, weil er schon die ganze Zeit das wechselnde Mienenspiel des Reinkarnationsforschers beobachtete und skizzierte.

Während der vergangenen Monate hatte er Samuels zwar nahezu täglich gesehen, jedoch selten die Gelegenheit gehabt, ihn so hautnah studieren zu können. Nunmehr war er geradezu wie gebannt von seinem undurchdringlichen Blick und seiner Selbstbeherrschung. Samuels war ihm zu ruhig. Selbst die Unschuldigsten wurden nervös, wenn sie polizeilich befragt wurden. War es wohl möglich, dass Samuels unter Selbsthypnose stand und deshalb diese Gleichmut zur Schau trug? Immerhin verstand er sich meisterhaft aufs Hypnotisieren und wandte diese Methode regelmäßig bei der Behandlung seiner jungen Patienten an.

Lucian blätterte eine Seite um und begann mit einer neuen Skizze.

„Und deshalb werden die Ermittlungen jetzt offiziell eingestellt." Detective Branch klang verärgert. Mit einer heftigen Bewegung schob der Beamte den Reisepass über die unsichtbare Mittellinie des Tischs.

In aller Seelenruhe steckte Samuels das Büchlein ein, ohne auch nur einen Blick darauf zu werfen. „Dann haben Sie Ihren Kriminellen also dingfest gemacht? Wer war es denn nun am Ende?"

Lucian lauschte der einschmeichelnden Stimme des Psychologen nun schon seit Monaten, und doch kam ihm etwas an der bedächtigen, gemessenen Sprechweise nicht geheuer vor. Sie klang zu überlegt. Genauso wie die entspannte Pose war sie nur Mache, um etwas zu kaschieren. Wie Samuels dasaß, wäre er glatt als spanischer Edelmann aus dem 17. Jahrhundert durchgegangen, als Sinnbild von Autorität und aristokratischer Haltung, porträtiert von Van Dyck. Lucian war überzeugt, dass Samuels sich ganz bewusst hinter einer ausgeklügelten Masche versteckte. Man sah ihn so, wie er gesehen werden wollte – als engagierten Psychologen und progressiven Forscher. Hinter der selbstsicheren, eitlen Fassade verbarg sich nach Lucians Ansicht ein tief unglücklicher Mensch, der verzweifelt nach etwas suchte. Aber wonach? Lucian sah bloß die Begierde, nicht aber deren Objekt.

„Das kann ich Ihnen noch nicht sagen", knurrte Detective Branch.

„Er verdient das höchste Strafmaß. Der Kerl ist verantwortlich für etliche grauenhafte Verbrechen."

Lucian war gefesselt von der Leidenschaft, die in Samuels' schwarzen Augen aufloderte. Seine Empörung wirkte dermaßen echt, dass kein Mensch auf die Idee gekommen wäre, dieser renommierte, aus einer angesehenen alten New Yorker Familie stammende Psychologe könne fähig sein, jemanden per Auftragsmord beseitigen zu lassen.

Branch, ein Kripobeamter Ende dreißig und dem Aussehen nach ein typischer Bürohengst, stützte die Hände auf den Tisch und stemmte sich hoch. „Ich begleite Sie hinaus, Mr. Samuels."

Auf der anderen Seite der Spiegelscheibe stand auch Douglas Comley auf. „Passen Sie bloß auf, dass Sie sich nicht verrennen, Lucian! In zehn Tagen werde ich Sie von dem Fall abziehen; ich lehne mich sowieso schon ganz schön weit für Sie aus dem Fenster. Mal wieder.“

„Wie oft hat sich das als Fehler herausgestellt?“, fragte Lucian.

Comley grinste. „Bisher hatten Sie mir ja auch immer was zu bieten. *Etwas* … ich traue mich kaum, es Beweise zu nennen.“

„Ich kenne diesen Mann“, betonte Lucian. „Ich beobachte ihn jetzt seit Monaten. Einem zweiten Schatz der verlorenen Erinnerung auf die Spur zu kommen – dieser Verlockung wird er nicht widerstehen können.“

„Er?“, fragte Comley skeptisch nach. „Oder Sie?“

Für langes Hin und Her blieb keine Zeit. Samuels musste das Gebäude jeden Moment verlassen, und wohin er auch gehen mochte: Lucian hatte vor, ihm auf den Fersen zu bleiben. Zumindest für die kommenden zehn Tage. Und im Augenblick bedeutete das hoffentlich einen Platz auf einem Linienflug nach Wien.

20. KAPITEL

Wien, Österreich
Samstag, 26. April – 15:03 Uhr

„Sie sind doch sicher völlig erledigt, Meer", vermutete Sebastian Otto, als die beiden wieder auf der Straße waren. „Soll ich Sie ins Hotel fahren?"

„Ich könnte wahrscheinlich sowieso nicht schlafen. Ich glaube, ich spaziere noch ein wenig herum."

„Wann haben Sie denn zuletzt etwas gegessen?" Er wies auf ein Kaffeehaus, das etwas weiter vor ihnen lag und das Meer schon zuvor beim Parken aufgefallen war.

„Danke, aber Sie haben schon genug getan", wehrte sie ab. „Ich kann Ihre Zeit unmöglich noch mehr in Anspruch nehmen."

„Ihr Vater würde es mir nie verzeihen, wenn ich Sie an Ihrem ersten Tag in Wien allein herumlaufen ließe. Darf ich Sie nicht wenigstens zu einem Kaffee einladen? Er wird Ihnen guttun."

Die Aussicht auf ein Tässchen Kaffee war in der Tat verlockend. In Wahrheit war Meer ohnehin nicht sonderlich erpicht darauf, allein in ihrem Hotelzimmer zu hocken.

Während sie zur Straßenecke schlenderten, hielt Sebastian ihr einen längeren Vortrag über die Tradition der Wiener Kaffeehäuser. Nach ihrem Gefühl tat er das nur, um sie auf andere Gedanken zu bringen. „Der Wiener hat sein Stammcafé, entweder in der Nähe der Wohnung oder des Arbeitsplatzes. Der Besuch eines Kaffeehauses gehört zum Alltag. Es wird gleichsam erwartet, dass man stundenlang bei einer einzigen Melange und einem Stück Topfenstrudel sitzt."

Sebastian hielt ihr die Tür auf, und kaum betrat Meer das Café Hawelka, da wurde sie auch schon von der dufterfüllten Atmosphäre eingehüllt. Das Innere glich einer Szene aus einem anderen Jahrhundert. Schwarzbefrackte Kellner mit weißen Schürzen eilten mit Silbertabletts einher und spiegelten sich unendlich in den riesigen Wandspiegeln, die die engen Räumlichkeiten größer erscheinen ließen. Die schweren, rostbraunen Vorhänge mit den bis auf halbe Höhe reichenden Spitzengardinen darunter verliehen dem Künstlercafé einen gleichzeitig intimen und barocken Anstrich.

Nachdem sie an einem Marmortischchen Platz genommen hatten, ließ Meer den Blick forschend über die rötlich-braune Decke und die vom Zigarettenqualm verdunkelten Wände schweifen. Der Anblick erzeugte in ihr eine Wehmut nach einer Zeit, die sie nie erlebt hatte.

„Was darf ich Ihnen bestellen?", fragte Sebastian.

„Einen Espresso."

„Nichts zu essen? Na, aber Frau Hawelkas legendäre hausgemachte Buchteln, die sollten Sie unbedingt probieren! Selbst gemacht! Köstliche kleine Hefeknödel mit Marmeladenfüllung. Etwas zu sich nehmen müssen Sie doch ohnehin!"

„Sie benehmen sich haargenau wie mein Vater!"

Sebastian lächelte und nickte einem der Kellner zu. Der kam auch gleich beflissen herüber und nahm in aller Form die Bestellung auf.

„Der ist ja richtig formvollendet!", staunte sie, nachdem der Ober sich entfernt hatte.

„Das sind die Kellner hier alle", erklärte Sebastian. „Sie durchlaufen eine mehrjährige Ausbildung und werden in Wiener Kaffeehäusern danach mit ‚Herr Ober' angesprochen. Sie müssen sage und schreibe siebenundzwanzig verschiedene Handbewegungen beherrschen, um ein Tablett korrekt mit dem bestellten Kaffee, einem Glas Wasser, Zuckerdose, Milchkännchen, Serviette und so weiter zu füllen."

Meer befühlte den plüschigen Samtbezug ihres Stuhls. „Wie alt ist denn dieses Café?"

„Auf der Rückseite der Speisekarte steht normalerweise

eine kleine geschichtliche Übersicht und eine Liste mit berühmten Persönlichkeiten, die hier Stammgäste waren oder sind." Er nahm die Karte vom Tisch und las Meer laut vor: „An dieser Adresse gibt es seit den 1780er-Jahren ein Café."

Während er noch weiterlas, kam der Ober mit den Kaffees, dem üblichen Glas Wasser sowie den Buchteln und servierte die Bestellung nach allen Regeln der Kunst. Sebastian bedankte sich und las dann weiter vor. Meer nippte an ihrem Espresso, probierte die gebackenen Köstlichkeiten und hörte ihrem Begleiter zu und verfolgte gleichzeitig, wie die Gäste sich unterhielten und wie die Kellner sich nahezu mit der Eleganz von Balletttänzern durch die Räumlichkeiten bewegten. Gesprächsfetzen in einer ihr eigentlich unbekannten Sprache flogen hin und her, doch statt sich als Fremde in einem ihr unbekannten Land zu fühlen, kam Meer dies alles sonderbar behaglich und vertraut vor.

„Irgendwie zeitlos, dies alles", sagte sie, als Sebastian endete. „Nicht nur das Café, sondern ganz Wien."

„Ich bin beruflich viel unterwegs", erwiderte er. „Und dieses Zeitlose ist etwas ganz Besonderes an dieser Stadt. Liegt vielleicht an der Liebe zur Musik, zum Theater, zur Kunst und Philosophie. Die sind hier so lebendig geblieben wie in keiner anderen Metropole."

„Wenn man Ihnen so zuhört, kommt man sich vor, als wäre man wieder in der Schule."

Sebastian zog die Braue hoch. „Kompliment oder Kritik?"

„Kompliment", betonte sie ein wenig verlegen. Was war es bloß, das sie an ihm so verwirrte? „Sie erwähnten eben, Sie seien geschäftlich viel unterwegs. Was machen Sie denn beruflich?", fragte sie, um auf ein etwas neutraleres Thema zu kommen.

„Ich bin erster Oboist bei den Wiener Philharmonikern."

Ein Musiker? Ehe sie reagieren konnte, sprach Sebastian exakt das aus, was sie dachte.

„Ihr Vater hat mir erzählt, dass Sie früher Klavier gespielt haben und eigentlich Komposition studieren wollten. Sie hätten aber schon seit Jahren keine einzige Note mehr zu Papier gebracht."

„Gibt es überhaupt irgendetwas, das er Ihnen nicht verraten hat?" Meer rückte ihren Stuhl nach hinten und stand auf. „Ach, ich glaube, ich gehe ein wenig spazieren. Vielen Dank für alles, was Sie heute für mich getan haben. Darf ich Sie zu dem Kaffee einladen?" Sie klappte ihre Handtasche auf.

„Aber ich bitte Sie!" Er zog seine Brieftasche hervor und legte zwei Zehn-Euro-Scheine auf den Tisch. „Und damit Sie sich nicht verlaufen, begleite ich Sie."

„Ich verlaufe mich schon nicht", widersprach sie spontan. Sie wollte nur weg. „Ich komme zurecht. Ich kenne mich hier aus."

„Wirklich?"

Ihre eigenen Worte brachten sie ganz durcheinander. „Wir sind in der Straße vom Auktionshaus, daran kann ich mich auf dem Stadtplan orientieren. Sie müssen nicht den Aufpasser spielen."

„Natürlich nicht. Sie sind hier ja nicht im Gefängnis."

Trotzdem folgte er ihr hinaus auf die Straße. Der Himmel mochte wissen, was ihr Vater ihm aufgetragen hatte, aber offensichtlich ließ er sich nur dann abschütteln, wenn sie in ihr Hotel zurückging.

Er begleitete sie bis zur Straßenecke und dann hinaus auf den Graben. Diese breite, von schicken Boutiquen gesäumte Prunkzeile, erklärte Sebastian, war früher einmal die Haupteinkaufsstraße von Wien gewesen. Doch die Anordnung der Geschäfte kam Meer verwirrend vor. Sie kniff die Augen zusammen, hielt Ausschau nach etwas, das nicht da war.

„Enttäuscht?", fragte er. „Wohl, weil Sie in New York auch solche Läden haben?"

„Nein, es sieht alles so neu aus."

„Möchten Sie lieber ein Stückchen laufen und das ältere

Wien anschauen? Davon gibt es jede Menge. Besonders für Musikliebhaber. Mozarts Haus oder das von Beethoven. Oder die von Strauss oder Mahler."

„Beethovens Haus steht noch?"

Als sie sieben Jahre alt war, hatte Meer einmal an einem Nachmittag nach der Schule im Antiquitätengeschäft ihrer Mutter gespielt. Ein älterer, mit Akzent sprechender Herr hatte eine Uhr gebracht, die ein Stück von Beethoven spielte, und Meer hatte sich gleich in die Melodie verliebt. Als sie dann später aber Klavierstunden nahm, da war es merkwürdigerweise so, dass sie Beethovens Musik einfach nicht spielen konnte. Nach einigen Takten des großen Meisters wurde sie von ihren „Schreckgespenstern" angefallen.

„Ja. Möchten Sie es sich anschauen?"

Mit einem Mal wollte sie nur noch eins: So schnell wie möglich fort von dieser Straße, fort von all den Menschen, fort von diesem freundlichen Sebastian Otto – zurück ins Hotel und schlafen. „Gern, aber nicht heute. Ich glaube, der Jetlag hat mich jetzt voll erwischt."

„Und der Schock bestimmt auch. Kommen Sie, ich fahre Sie zurück zum Sacher."

21. KAPITEL

Samstag, 26. April – 15:26 Uhr

David Yalom spazierte in das klotzige, moderne Hotel, in dem er zusammen mit seinen Pressekollegen sowie mit zahlreichen Teilnehmern der ISTA gemeldet war. Da es sich um ein Konferenzhotel handelte, erkannte er etliche Leute. Während er sich durch die belebte Lobby zu den Aufzügen durchdrängte, nickte er ihnen grüßend zu, hielt aber nicht an, um sich bloß keine unerwünschten Gespräche aufzuhalsen. Er betrat den nächstbesten leeren Lift und drückte auf den Etagenknopf, damit die Türen möglichst schnell schlossen und niemand sonst zu ihm einsteigen konnte.

In der fünfzehnten Etage angelangt, überzeugte er sich, ob der Gang auch menschenleer war, öffnete dann die Tür zum Treppenhaus und horchte. Da er keine Schritte hörte, eilte er die Stufen hinunter in den vierzehnten Stock, wo er ebenfalls überprüfte, ob jemand im Korridor war. Erst dann ging er zu seinem Zimmer, wo er sich mit einem Blick über die Schulter nochmals überzeugte, dass niemand in der Nähe herumlungerte. Er steckte die Schlüsselkarte in den Schlitz und öffnete die Tür. Innen zog er eine kleine Pistole aus dem Achselhalfter und inspizierte dann, die Waffe im Anschlag, sein Zimmer.

Es war ein Glück – nein, es lag eher an seinem Scharfblick, denn Glück hatte er im Leben am allerwenigsten gehabt –, dass er die Pistole nicht von Wassong erworben hatte, sonst wäre sie vermutlich funktionsunfähig. Doch David hatte jede Etappe seiner Mission genau durchdacht und sämtliche Schritte säuberlich voneinander getrennt. Dadurch stellte er sicher, dass niemand über mehr Informationen verfügte als unbedingt nötig. Bei Wassong hatte er einen Fehler gemacht und jemandem vertraut, der nicht vertrauenswürdig war. Andererseits gab es keinen Grund, noch länger darüber nachzugrübeln. Vergangenem nachzutrauern war müßig. Erinnerungen riefen nur Kummer hervor, mehr nicht.

Die Vorhänge waren halb zugezogen; das durch die Stores dringende Restlicht hätte ihm zwar für die nun folgende Tätigkeit gereicht, aber er knipste trotzdem die Nachttischleuchte an. Und obwohl er gar keine Lust zum Gucken hatte, schaltete er auch noch den Fernseher an und zappte sich durch bis zu einem der Nachrichtensender. Vom Schreibtisch aus rief er den Zimmerservice an, bestellte sich einen Happen zu essen und machte die Bestellung bewusst eilig. Dabei hatte er gar keinen Hunger. Essen war ihm inzwischen nicht mehr sonderlich wichtig. Aber ein Auto braucht eben Sprit, auch wenn es das Benzin weder schmecken noch riechen kann.

Mit einem Ruck zog David die Überdecke vom Bett, zerknautschte die Kissen und ließ sich einen Moment auf der Bettkante nieder. Allerdings nicht lange. Dann nahm er eine Flasche Mineralwasser aus der Minibar, drehte die Verschlusskappe vom Hals und legte sie sorgsam auf das Nachttischchen. Nachdem er die Flasche mit einem einzigen Schluck halb ausgetrunken hatte, stellte er sie neben den Verschluss. Als Nächstes nahm er den auf dem Flughafen gekauften Thriller zur Hand. Der lag, ohne dass David bisher auch nur ein einziges Wort gelesen hatte, mit dem Gesicht nach unten auf dem Nachttisch, aufgeschlagen auf Seite 120. Nunmehr blätterte David weiter bis Seite 144 und legte das Buch dann wieder an Ort und Stelle hin, wie es vorher gelegen hatte.

Anschließend brachte er das Badezimmer ein wenig in Unordnung, sodass es aussah, als hätte er es auch benutzt. Danach setzte er sich auf die Bettkante und wartete auf den Zimmerservice mit dem Imbiss.

Als es eine Viertelstunde später klopfte, guckte er durch den Türspion, schob die Waffe in den Hosenbund und kaschierte sie mit dem aus der Hose gezogenen Hemd. An der Tür nahm er das bestellte Sandwich nebst Mineralwasser entgegen, unterschrieb die Rechnung, spendierte ein ordentliches Trinkgeld und wartete, bis der Hotelpage gegangen war. Danach stellte er das Tablett auf den Schreibtisch und wickelte das mit Schinken und Käse belegte Brot in Zeitungspapier. Er hebelte den Kronkorken von der Mineralwasserflasche, goss den halben Inhalt in ein Glas, nahm einen Schluck, dann noch einen und tupfte sich mit der Serviette die Lippen ab.

Hinterher wählte er aufs Geratewohl eine Telefonnummer und sagte, während er noch die Rufzeichen hörte: „David Yalom hier. Ich bin die nächsten anderthalb Stunden auf meinem Hotelzimmer. Falls du raufkommen willst – ich habe zu tun. Ich gehe nicht eher, als bis du dich gemeldet hast."

Zuletzt stieg er noch von seinem dunkelblauen Sportsakko auf einen hellbraunen Anorak um, schob einmal sämtliche Kleiderbügel im Kleiderschrank hin und her, packte seinen grünen Rucksack in eine rot-schwarze Sporttasche, warf auch das eingewickelte Sandwich hinein, zog den Reißverschluss zu und sah sich aufmerksam im Zimmer um. Ganz langsam machte er dann die Tür auf und guckte in den Gang. Er war leer.

Statt den Aufzug zu nehmen, benutzte er diesmal die Treppe, jedoch nur bis zum zehnten Stock. Von da fuhr er mit dem Lift hinunter ins Untergeschoss, von wo man direkt auf eine belebte U-Bahn-Haltestelle trat. Hinauffahren zu einer der Zimmeretagen konnte man nur mit Lift per Schlüsselkarte, aber hinunter und zum Bahnsteig ging es auch ohne – eine Annehmlichkeit für die vielen Geschäftsleute, die das Hotel frequentierten.

Wie üblich war an der Haltestelle viel Betrieb, und David tauchte in der Menge unter. Nicht ausgeschlossen, dass Abduls Leute ihn nicht nur beobachteten, sondern auch abhörten. Der fingierte Telefonanruf von vorhin sowie das bestellte Essen hatten ihm genügend Zeit verschafft, unbemerkt aus dem Hotel zu gelangen.

Die Fahrt mit der U-Bahn machte es erforderlich, dass er an der im Jugendstil erbauten Haltestelle Karlsplatz umsteigen musste. Von dort aus ging es weiter bis zum Schwedenplatz am anderen Ende der Stadt, ein Bezirk mit lauter kleinen Musik-Clubs, preiswerten Boutiquen und direkt an der Donau gelegenen Lokalen, in denen es immer von jungen Leuten und Touristen wimmelte.

Zwanzig Minuten nach Verlassen des großen Fünf-Sterne-Hotels, in dem er nach der Ankunft nie mehr als zwei Stunden an einem Stück zugebracht hatte, betrat David eine etwas heruntergekommene Pension. Der Geschäftsführer, der in durchlöcherten Jeans und einem schmuddeligen weißen Pullover hinter dem Empfangstresen saß, guckte nicht einmal auf, als der Gast, der sich als Michael Bergmann eingetragen hatte, hereinkam. Den Kopf zwischen die hängenden Schultern gezogen, trottete David in den nach Körperschweiß und Knoblauch stinkenden Lift und fuhr hinauf zu seinem Zimmer, wo eine weitere schlaflose Nacht auf ihn wartete.

22. *KAPITEL*

Samstag, 26. April – 17:35 Uhr

Nach dem Bezug des Zimmers hatte Meer sich hingelegt. Sie versuchte, sich zu entspannen, aber sie bekam einfach nicht aus dem Kopf, wie die Haushälterin ihres Vaters auf dem Boden gelegen und wie kalt die Haut sich angefühlt hatte. Wenn Meer zu Hause keine Ruhe fand, ging sie spazieren. Also stand sie wieder auf, fuhr nach unten, ließ sich von der Rezeptionistin einen Stadtplan geben und marschierte los.

Das Riesenrad leuchtete im Schein der untergehenden Sonne; die an den Gondeln befestigten Stahlseile, die sonst einem Druck von vielen Tonnen standhalten konnten, wirkten wie zerbrechliche Goldfäden. Auch bei dieser Entfernung war das Wahrzeichen ein gutes Marschziel.

Wie viele europäische Städte, die Meer bislang besucht hatte, war Wien ein Allerlei aus architektonischen Stilen, die zwar hin und wieder nicht ganz zusammenpassten, meistens jedoch harmonisierten. So existierte eine italienisch anmutende Barockkirche mit Kuppel friedlich neben zwei schlichten Biedermeierhäusern, die wiederum in direkter Nachbarschaft zu einem schicken, in Bronze und Gold strahlenden Wohnblock im sezessionistischen Stil standen. Nun aber betrat Meer einen auf ihrer Karte als Leopoldstadt eingezeichneten Stadtteil – ein offenbar einheitlicher Bezirk mit schmalen, kopfsteingepflasterten Gassen sowie dicht zusammengedrängten Häusern, Theatern und Geschäften. Die meisten Schilder waren Deutsch beschriftet, doch ab und zu sah man an den Läden auch hebräische Schriftzeichen. Obwohl sie wie ihre Mutter nicht religiös war, betrachtete Meer das Judentum doch als ihr Erbe. Die vertrauten Zeichen wirkten beruhigend auf sie.

Plötzlich vernahm sie Geschrei – erst eine Frauen-, dann eine Männerstimme. Sie drehte sich suchend um, um die Geräuschquelle zu lokalisieren. Allerdings senkte sich schon die Dämmerung nieder, sodass sie nichts mehr erkennen konnte. Den Blick auf die zwei- und dreigeschossigen, ineinander übergehenden Häuser gerichtet, hielt sie Ausschau nach offenen Fenstern, aus denen der Lärm möglicherweise drang. Eines der Gebäude zog ihren Blick genau wegen der fensterlosen Fassade an. Unauffällig bis auf zwei Säulen beiderseits der Haustür, stand es ein wenig zurück und war noch mehr in Dunkelheit getaucht als die benachbarten Häuser. Das Geschrei ging wieder los, und Meer war allmählich überzeugt, dass es aus besagtem fensterlosen Haus stammte. Und während sie noch dastand und lauschte, verspürte sie plötzlich einen kalten Hauch, der aber nicht von der abendlichen Kühle ausging, sondern aus Meers Innerem kam. Ein Frösteln überlief sie; die Luft um sie herum flirrte, die Umgebung wurde durchscheinend. Meers Schultern und Kinnpartie verkrampften; ein metallischer Geschmack machte sich in ihrem Mund breit, ihre Wirbelsäule begann zu puckern. Die Schreckgespenster, sie waren wieder da, und mit sich brachten sie die Musik und noch mehr Erinnerungen.

23. KAPITEL

Wien, Österreich
26. September 1814

Im Schatten der Abenddämmerung ging Margaux die halbe Häuserzeile bis zu dem unscheinbaren grauen Gebäude. Dort stieg sie die breite Treppe zwischen den beiden Säulen empor, hob den Türklopfer an und ließ ihn gegen das Portal fallen.

Die Tür öffnete sich einen Spalt, und Kerzenschein fiel aus dem Foyer hinaus auf das Treppenpodest. Ein sichtlich verdutzter Diener spähte durch die Öffnung. „Ich bitte um Verzeihung, Frau Niedermeier, aber ich kann Sie nicht hereinlassen", sagte er, als er sie erkannte. „Damenbesuch widerspricht den Statuten."

Sie drückte sich einfach an ihm vorbei und betrat betont forsch die Vorhalle.

„Kann ich Ihnen helfen?", fragte der Diener, der offenbar überhaupt nicht wusste, wie er mit dieser Demonstration weiblichen Durchsetzungsvermögens umgehen sollte.

„Ich möchte zu Rudolph Toller." Sie erwähnte den Kompagnon ihres Mannes in der Hoffnung, ihre Stimme möge fester und selbstbewusster klingen, als sie sich selber fühlte. Schließlich hing eine Menge vom Ausgang dieses Treffens ab.

Den Blick hinauf zur kunstvoll gestalteten Kuppeldecke gerichtet, versuchte Margaux, Fassung zu wahren, indem sie sich auf die Aberhunderten winzigen, wie Sterne funkelnden Spiegel konzentrierte. Casper hatte ihr schon berichtet, es gebe in ganz Wien kein anderes Bauwerk von solcher Formschönheit, und dass das stimmte, das wurde ihr hier deutlich vor Augen geführt. Welch eine Schatztruhe! Tische mit Intarsien aus Lapislazuli, Karneol, Tigerauge, Onyx und Malachit. Goldene Beschläge mit goldverbrämten Profilen schimmerten im Kerzenlicht. Ölgemälde von Szenen aus dem alten Ägypten verliehen den Räumlichkeiten ganz neue Dimensionen. Und der Geruch! Rauchschalen an allen vier Ecken des Saals erfüllten die Luft mit dem Duft desselben Weihrauchs, den ihr Gemahl ihr von seiner letzten Reise mitgebracht hatte. Hier zu sein, das war, als würde sie alles mit den Augen ihres Mannes sehen. Sie musste regelrecht mit den Tränen kämpfen, die ihr schon in die Augen traten.

„Wäre Caspar jetzt hier – vermutlich würde er mir vorhalten, dass es immer ein Fehler ist, Sie zu unterschätzen“, sagte Toller, der nun eintrat und sie begrüßte. „Er meinte immer, Sie wären wie der Mistral in Ihrem Heimatland: ein ruhelos wehender Wind. Er hatte ganz recht. Durch Ihr Kommen verstoßen Sie gegen unsere sämtlichen Statuten, Frau Niedermeier. Ich hätte schon beizeiten auf Ihren Brief geantwortet.“

Ihr Mann hatte Toller zwar so weit vertraut, dass er ihn auf seine Indien-Expedition mitnahm, doch das leichenhafte Erscheinungsbild jagte Margaux jedes Mal aufs Neue einen Schauder über den Rücken. Als er nunmehr einen Handkuss andeutete, drang ihr ein Hauch seines ranzigen Geruchs in die Nase. Er stank, als verfaule er gleichsam bei lebendigem Leibe.

„So lange kann ich nicht warten.“

„Sind Sie etwa in Ihrer eigenen Kutsche hergekommen?“, fragte er misstrauisch.

Die drei goldenen Schlüssel, die er an einem Kettchen um den Hals trug, funkelten im Feuerschein des Kamins. Margaux wusste zwar, dass er Caspars Nachfolger als Anubis war, als Seelenführer ins Land der Toten, aber es tat ihr doch weh, ihn mit der Halskette zu sehen. Damals, als ihr Gatte noch Vorsitzender der Gesellschaft war, hatte er sie ihre gesamte Ehe hindurch unter dem Hemd getragen. Als Toller sie dann aufsuchte, um ihr mitzuteilen, er sei allein aus Indien zurück, und als sie die Schlüssel an seiner Kehle baumeln sah, da hatte sie an sich halten müssen, um sie ihm nicht vom Hals zu reißen.

Die Schultern gestrafft, richtete sie ihre schlanke Gestalt zu voller Größe auf. „Ja, ich bin in meiner Kutsche gekommen." Es kostete zwar Mühe, doch ihre Stimme zitterte kein bisschen.

„Wartet der Kutscher draußen?"

„Nein, selbstverständlich nicht. Der ist im Park, unten an der Straße. So dumm bin ich nicht."

„Haben Sie jemandem gegenüber erwähnt, dass Sie sich hierherbegeben?"

„Was soll das Verhör?"

„Pardon, aber jetzt, da halb Europa zum Kongress hier weilt, müssen wir noch mehr darauf achten, dass die Gesellschaft kein unnötiges Aufsehen erregt. Tausende von Würdenträgern und Delegierten, und alle mit einem eigenen Spion im Schlepptau! Ungeachtet unserer angeblich so aufgeklärten Zeiten ist unsere Existenz laut kaiserlichem Gesetz ein strafwürdiges Vergehen."

„Das ist mir bekannt. Caspar hat es mir alles haarklein erklärt. Ich würde nicht ..."

„Kommen Sie, Frau Niedermeier, ich begleite Sie zurück zu Ihrer Kutsche." Toller nahm sie beim Arm.

Sie entwand sich ihm und rührte sich nicht vom Fleck. „Ich bin Caspars Ehefrau. Nach österreichischem Recht geht sein Eigentum in meinen Besitz über. Ich bin gekommen, um Anspruch zu erheben auf die Funde, die er bei seiner letzten Expedition gemacht hat."

„Die Funde gehören der Gesellschaft."

„Irrtum, Herr Toller. Ich habe sämtliche Expeditionen meines Gatten aus meinen Mitteln finanziert. Also, wenn ich bitten darf! Würden Sie mir bitte die Sachen aushändigen, deretwegen ich hergekommen bin?"

„Ja, so weit kommt's noch!" Toller platzte der Kragen. „Den Teufel werde ich tun!"

Margaux hatte mit Major Wells besprochen, was wohl passieren würde, falls Toller sich sperrte. Insofern war sie vorbereitet und ließ sich nicht beirren. Ohne abzuwarten, ob Toller ihr folgte oder nicht, durchmaß sie das Foyer und betrat mit raschen Schritten das Allerheiligste, als wäre sie schon x-mal da gewesen und kenne sich ganz genau aus. Es war ein erhebendes Gefühl, in diesen Räumlichkeiten zu sein, nachdem sie mit Caspar stundenlang die Baupläne studiert hatte.

„Das ist Hausfriedensbruch!“, entrüstete sich Toller, der ihr in die Bibliothek nachkam.

Am gegenüberliegenden Ende angekommen, öffnete Margaux eine Tür zu einem begehbaren Schrank und trat hinein. Caspar war außerordentlich stolz auf die geheimen Räumlichkeiten des Hauses gewesen und hatte ihr verraten, da oder dort sei der Hebel – natürlich unsichtbar, es sei denn, man wusste, wo er war. Also betätigte sie diesen Griff nun; ein Wandabschnitt schwang auf, und ein Schwall kalter Luft wehte ihr entgegen.

„Das hat er Ihnen auch verraten?“ Hinter ihr stand ein heftig atmender Toller. Die Stimme erstickt vor Wut, packte er Margaux am Arm und versuchte, sie nach hinten zu ziehen. Zu ihrer eigenen Überraschung – und mehr noch zu seiner – verpasste sie ihm einen derben Tritt, der ihm offenbar spürbar wehtat. Caspar hatte ihr beigebracht, wie man sich seiner Haut wehrt: mit Händen, Füßen oder auch einer Waffe, wenn es nicht anders ging. Man lebte in gefährlichen Zeiten; da wollte er seine Frau vor seiner Abreise einigermaßen in Sicherheit wissen.

In den durch den Tritt gewonnenen Sekunden rannte Margaux die schwach beleuchtete Wendeltreppe hinunter bis ganz nach unten in die Katakomben. Am letzten Absatz angekommen, sah sie vor sich den Gang, der sich vor ihr öffnete wie der Schlund einer Höhle. Dutzende von Nischen waren in die Wände gestemmt, und in jeder lag ein staubbedecktes Skelett. Ein Schreckenslaut entwich Margaux’ Lippen. Zwar hatte ihr Mann ihr die antike römische Begräbnisstätte beschrieben, doch der Anblick der schon Jahrhunderte hier ruhenden Gebeine traf sie gleichwohl bis tief ins Mark. Schatten flackerten über die feuchten, von Schimmel überzogenen Felswände, und in der Luft lag ein modriger Geruch.

Hinter ihr tauchte nun Toller auf, in der Hand eine Laterne. „Was ist?“, fragte er und starrte sie anzüglich an.

Bemüht, nur durch den Mund zu atmen, bewegte Margaux sich weiter bis zum hinteren Ende des Raums, wo sich eine primitive Zelle mit Eisengittern befand: der Tresorraum der Memoristen, in der sie den von ihrem Mann in Indien geborgenen Schatz zu finden hoffte. Das Kleinod, für das Major Wells ihr eine Summe geboten hatte, die mehr als ausreichte, um eine Expedition zur Rettung ihres Mannes auszurüsten. Nur stellte sie nun fest, dass die Zelle verriegelt war.

„Hier unten ist nur unser Archiv!“, rief Toller. „Was haben Sie denn gedacht?“

„Dass hier die gravierte Flöte ist, von der Caspar in seinem letzten Brief schrieb.“

Tollers Gelächter war noch widerwärtiger als der eklige Kerkergestank. Er trat auf die verrostete Eisentür zu und steckte einen der an seiner Halskette hängenden Schlüssel ins Schloss. „Die ist nicht hier. Überzeugen Sie sich selbst!“

24. KAPITEL

Wien, Österreich
Sonntag, 27. April – 10:05 Uhr

Der fast zwei Meter große Texaner schenkte sich den nächsten Kaffee ein, vermutlich bereits die sechste Tasse an diesem Morgen. Er trank, ohne vorher zu pusten oder zu nippen, und falls er sich die Lippen verbrühte, ließ er es sich nicht anmerken. Vor ihm auf dem Tisch standen, alles bisher unangerührt, eine Porzellanschale mit Obst, ein Tablett mit Käse sowie ein Korb mit Semmeln. Koffein war der einzige Treibstoff, den Tom Paxton benötigte, selbst wenn er ihn in brühend heißer Form zu sich nehmen musste.

Ihm gegenüber im Esszimmer seiner zum behelfsmäßigen Büro umfunktionierten Suite saßen die Architekten des Plans, mit dem Global Security den Auftrag an Land gezogen hatte. Kerri, Toms persönliche Assistentin, hatte wie immer direkt neben ihm Platz genommen und ließ, den Laptop aufgeklappt, die Finger über die Tastatur fliegen. Das ständige Klappern der Tasten hatte für Paxton etwas Beruhigendes.

Bill Vine, Projektleiter des inzwischen zum „Sinfonie-Job" ernannten Auftrags und mit zwei weiteren Mitarbeitern schon den ganzen letzten Monat in Wien, trug seinem Chef die neueste Lage vor.

Paxton unterbrach ihn. „Habe ich das gerade richtig verstanden? Soll das heißen, dass es *immer noch* Probleme mit dem Zugang gibt? Darf ich Sie darauf hinweisen, dass das Konzert in vier Tagen stattfindet? Was soll das, verdammt noch mal?"

„Es handelt sich um eine einzige Frage, die wir noch nicht klären konnten. Das wär's aber auch. Und wir stehen kurz vor einer Lösung." Vine, ein ehemaliger Berufssoldat, ließ sich so schnell nicht aus der Ruhe bringen. Er hatte in seinem Leben schon so viel Tod und Elend gesehen – genug, um ihn bis ans

Ende seiner Tage zu verfolgen. Wenngleich er wusste, dass es bei jedem Auftrag um Leben oder Tod ging, konnte ihn nichts so schnell erschüttern. Ein pingeliger Boss schon gar nicht – einer der Gründe dafür, dass er seinen Job noch hatte. „Gehen wir mal durch, was wir alles schon erledigt haben. Das Verkehrsproblem ist gelöst. Die Sperrung der Durchgangsstraße vor der Konzerthalle am Abend des Konzerts ist von der Stadtverwaltung genehmigt. Sogar die Prominenz kann nur bis zur nächsten Straßenecke fahren und muss dann zu Fuß gehen. Der Zugang zu sämtlichen Ein- und Ausgängen der geschützten Flächen erfolgt über biometrische Zugangskarten und Sicherheitsschleusen; läuft alles wie geschmiert. Alles funktioniert einwandfrei, alles ist doppelt und dreifach gesichert. Die Wiener Behörden verhalten sich sehr entgegenkommend."

Bill Vine war schon seit dem ersten Golfkrieg bei Global Security, seit Anfang der Neunzigerjahre also. Sein posttraumatisches Stresssyndrom hätte einen weniger durchsetzungsfähigen Mann vermutlich berufsunfähig gemacht, aber Vine hatte seine Dämonen gut im Griff. Hin und wieder fühlte Paxton ihm allerdings sicherheitshalber auf den Zahn, so wie jetzt an diesem Morgen. Doch auch diesmal entdeckte er keinerlei Anhaltspunkte in Bills Augen. Anderenfalls wäre der in null Komma nichts weg vom Fenster gewesen, egal, wie gut die zwei sonst auch zusammenarbeiten mochten oder wie viel Vine für die Firma geleistet hatte.

„Können Sie mir mal zeigen, wie das mit den Karten funktioniert?", fragte Paxton.

„Aber klar doch!" Während Vine Befehle in den Computer tippte, um das entsprechende Programm zu laden, richtete Paxton sein Augenmerk auf die anderen Mitglieder des Teams und überprüfte sie auf Anzeichen von Anspannung, Ermüdung und nachlassender Aufmerksamkeit. Bei der Sicherheitskonferenz saß die Firma sozusagen auf dem Präsentierteller; da konnte man sich keine Schlampereien leisten. Paxton hatte weiß Gott lange genug gebraucht, um es so weit zu bringen.

Alljährlich tagte diese renommierte Gesellschaft in einem anderen Land, um sich über die neuesten Entwicklungen auf dem Sicherheitssektor auszutauschen, die aktuellsten Neuerungen vorzustellen und über Sicherheitspolitik und ihre Herausforderungen zu debattieren. Hier trafen sich die Spitzenmanager sämtlicher größerer Sicherheitsfirmen und Hunderte von Analysten, Prominenten und Spitzenbeamten aller möglichen staatlichen Sicherheitsdienste: Die Konferenz der ISTA war eine gigantische Zielscheibe und geradezu eine Einladung für einen publikumswirksamen Terrorangriff. Und dass am kommenden Donnerstag ein solcher Anschlag nicht passierte, genau dafür trug Tom Paxton die Verantwortung.

Seit der Gründung der ISTA im Jahre 1958 wetteiferten einzelne Unternehmen alljährlich um die Ehre, die Sicherheit der Konferenz gewährleisten zu dürfen. Generell kamen etliche Firmen in die engere Wahl, je nachdem, wie viele Versammlungsorte es gab. Diesmal waren es sechs. Eine kümmerte sich um das Konferenzzentrum, wo das Gros der Aktivitäten, Tagungen, Podiumsdiskussionen und Ausstellungen stattfand. Vier weitere waren zuständig für die vier Hotels, in denen die Tagungsteilnehmer logierten. Diese fünf Unternehmen stellten lediglich eine Art Sicherheitsreserve dar, denn die Austragungsorte selber wurden ohnehin bereits nach Sicherheitsaspekten ausgesucht und mussten in dieser Hinsicht auf dem neuesten Stand sein.

Der Ort indes, den die sechste Firma zu überwachen hatte, der war nicht so gut abgesichert.

Das Überwachungssystem in dem einhundertvierzig Jahre alten Konzertgebäude des Wiener Musikvereins in der Bösendorferstraße 12, unweit des Kärntner Rings gelegen, war bestenfalls Mittelmaß. Der Sicherheitsfirma also, die den Überwachungsauftrag für dieses Bauwerk erhielt, bot sich eine Riesenchance, die allerdings mit einer gewaltigen Herausforderung einherging. Und genau diese Firma war Global Security.

„Soll ich noch in die unappetitlichen Einzelheiten gehen?“, fragte Vine seinen Chef.

„Sie meinen vielleicht, wir alle kennen das Sicherheitssystem hier in- und auswendig, aber …“

Vince ließ Paxton gar nicht erst ausreden und sprach den Satz für ihn zu Ende. Kein anderes Teammitglied hätte sich das erlaubt, doch Paxton gestattete sich sogar ein Grinsen, als Vine das Einmaleins der Firma herunterleierte und dabei die Stimme seines Chefs imitierte: „… Übung macht den Meister, und Wiederholung ist die Mutter allen Lernens.“ Anschließend hielt er einen Vortrag, den er mit einem Dutzend dreidimensionaler Illustrationen unterstützte. „Der Karteninhaber aktiviert die Karte, indem er den Daumen auf das linke obere Feld setzt. Der Daumenabdruck muss dem in die Karte integrierten Chip entsprechen. Der Chip enthält bestimmte Informationen über den Karteninhaber …“ Vine blickte auf und sah hinüber zu Paxton. „Kennen Sie alles, haben Sie selber eingeführt. Gehe ich recht in der Annahme, dass ich dennoch fortfahren soll?“

„Richtig geraten. Ich mag eben Ihre Stimme so gern.“

Vine bedankte sich mit einer Miene, die einem Lächeln noch am ehesten gleichkam: indem er nämlich den linken Mundwinkel unmerklich hochzog. Wenn man Bill Vine zum ersten Mal begegnete, merkte man noch nicht, was mit ihm los war. Mit seinem kantigen Kinn und dem vollen, dunkelbraunen Haar war er ein gut aussehender Knabe, zwar schon etwas über die besten Jahre hinaus, aber noch ganz passabel. Dann stellte man fest, wie starr seine Miene war, wie maskenhaft das Gesicht. Zweiundzwanzig einzelne Operationen hatten ihn wieder zusammengeflickt. Einigermaßen zumindest.

„Von jedem Karteninhaber werden Name, Organisation, Alter und Körpergewicht eingegeben, dazu ein Foto sowie Nummer von Pass und Führerschein. Die Leute von der Technik, der Gastronomie und die Konzerthausangestellten sind einverstanden und machen mit. Mit dem Sammeln von deren Daten sind wir so gut wie durch."

„Wann endgültig fertig?"

„Bei denen in zwölf Stunden."

„Gut. Weiter im Text."

Rund um den Tisch wurde unterschwellige Unruhe spürbar. Paxton scherte es nicht, dass er seine Mitarbeiter zu Tode langweilte. Er wollte nun einmal die Einzelheiten hören, und wenn es zum x-ten Mal war – so, als würde ihm eine Geliebte wieder und wieder vorsäuseln, wie schön es mit ihm sei. Er konnte zwar nicht sagen, ob er sich an so ein Gefühl überhaupt noch erinnerte, aber jetzt war sowieso keine Zeit, sich Gedanken über sein verdorrtes Liebesleben zu machen, und über eine Ehe, die sich mehr und mehr in ein Schlachtfeld verwandelt hatte.

„Die Karte funktioniert nur dann, wenn der Daumenabdruck mit den gespeicherten Daten übereinstimmt. Die Karten werden von speziellen Lesegeräten abgetastet, und zwar so zügig, dass es vor den Eingängen nicht zu Staus kommt, die von Terroristen als Ablenkungsmanöver ausgenutzt werden könnten. Wenn die in den Kartenleser eingegebenen Daten mit der Datenbank im Zugangscomputer übereinstimmen, öffnet sich die Schleuse, und man kann durch den Eingang ins Gebäude. Gibt es keine Übereinstimmung, schnappt die Schleuse zu und lässt den Karteninhaber weder ins Gebäude rein noch heraus. Natürlich können die Sicherheitsleute an den Überwachungsterminals im Notfall von Hand Zugang gewähren. Mit den Eingängen ist man seitens der Konzerthalle ohnehin nicht glücklich."

„Warum?", fragte Paxton, der aufstand und sich die siebte Tasse Kaffee eingoss.

„Aus ästhetischen Gründen."

„Wir benutzen doch schusssicheres Plexiglas, oder etwa nicht? Die sollen bloß froh darüber sein, dass wir ihnen nicht mit Eisenkäfigen kommen."

„Das Gebäude ist ein historisches Kleinod, da sind die Wiener ..."

„Ach, Papperlapapp!" Paxton wischte den Einwand beiseite. „Wie viel Toleranz bauen Sie denn in die Sensoren ein? Nur, falls das auf der Zugangskarte angegebene Gewicht nicht mit der Datenbank übereinstimmt. So eine peinliche Blamage wie in Washington möchte ich nicht noch mal erleben." Ein Richter am Obersten Gericht, der seit Ausstellung seiner Zugangskarte drei Kilo zugelegt hatte, war in der Sicherheitsschleuse stecken geblieben.

„Fünf Kilo. Das dürfte reichen."

Paxton lehnte sich zurück, ließ das Gehörte Revue passieren und guckte dann Vine etwas entgeistert an. „Dann bleibt doch bloß noch das Orchester. Und da soll der Haken sein? Bei den dämlichen Musikern?"

„Dazu komme ich gleich."

„Oder lavieren Sie sich drum herum?"

„Ich warte auf einen Anruf. Wir treten auf der Stelle, Tom."

„Wieso machen die uns das Leben schwer?"

„Der Herr Dirigent will seinem Orchester solche ‚Strapazen' – wie er das nennt – nicht zumuten. Er steht auf dem Standpunkt, hier seien Künstler von Weltrang betroffen; mit denen könne man nicht umspringen wie mit Kriminellen."

„Da muss eine Lösung her, und zwar dalli." Paxton wollte den Punkt schon näher erläutern, hielt sich aber zurück. Es gab keinen Grund, Vine zu belehren. Daher wandte er sich an seine Nummer zwei. „Alana, jetzt sind Sie dran."

Alana Green, ein naturwissenschaftlich und mathematisch begabtes Wunderkind, hatte mit achtzehn den Abschluss am Massachusetts Institute of Technology gemacht und war seitdem in der Firma. Inzwischen vierundzwanzig, war sie noch immer die Jüngste im Team und nur ein Jahr älter als Paxtons Tochter. Gerade wollte sie mit ihrer Präsentation loslegen, da klingelte Kerris Handy. Nach einem Blick aufs Display nahm die Assistentin das Gespräch an. „David Yalom kommt rauf“, sagte sie, nachdem sie aufgelegt hatte.

„Dann warten wir noch“, befahl Paxton, an Alana Green gewandt. „So können wir gleich der Presse was bieten.“

„Da wäre noch was“, bemerkte Kerri.

Paxton musterte sie fragend.

„Ich kriege gerade die Meldung, dass wir womöglich zwei zusätzliche Konzertgäste haben werden.“

Ihr Chef lupfte die Brauen. „Spannen Sie mich nicht auf die Folter.“

„Der Vizepräsident und der Verteidigungsminister der Vereinigten Staaten werden gegen Ende nächster Woche in Osteuropa weilen. Anscheinend sind beide Beethoven-Fans.“

25. KAPITEL

Sonntag, 27. April – 10:15 Uhr

David hatte den Chef von Global Security bereits mehrmals interviewt. Beim Eintreten begrüßte Tom Paxton ihn daher herzlich, wenn auch ein bisschen verlegen. Er hatte den Journalisten seit dem Anschlag, der seine gesamte Familie auslöschte, nicht mehr getroffen. Und obwohl er noch nie einem zum Tode Verurteilten begegnet war, kam ihm doch genau dieser Vergleich in den Sinn, als er dem israelischen Journalisten die Hand schüttelte. Yalom war blass und abgemagert, das Gesicht ausgezehrt. Er wirkte schwer angeschlagen.

„Darf ich Ihnen etwas zu trinken anbieten?", fragte Kerri. „Einen Kaffee?"

„Kaffee, ja", erwiderte David, um noch im Nachhinein hinzuzufügen: „Das wäre prima." Er zog ein Notizbuch aus einer Tasche seines grünen Rucksacks und schlug eine unbeschriebene Seite auf. „Gratuliere!", sagte er zu Paxton. „Das ist ja ein richtiger Großauftrag."

„Der die entsprechende Strategie erfordert. Können wir loslegen?" Paxton setzte den Journalisten kurz ins Bild, wobei er ihn sorgsam beobachtete. Irgendetwas stimmte nicht mit Yalom – als liege zwischen Denken und Tun immer eine Verspätung von ein, zwei Sekunden. Während Paxton aber dann in groben Zügen erläuterte, mit welchen Maßnahmen Global Security das Konzert zu sichern gedachte, schrieb Yalom problemlos mit und hakte hin und wieder auch mit klugen und bohrenden Fragen nach.

Paxton hatte nun schon zum fünften oder sechsten Mal mit David Yalom zu tun. Der Journalist berichtete bereits seit Jahren über die ISTA-Konferenzen und war bei allen Teilnehmern als fairer Reporter bekannt, der in dem Ruf stand, sich stets auf tadellose Recherchen zu stützen. Paxton machte sich auch nichts aus den bohrenden Fragen. Sein Unternehmen lief auf Hochtouren; er wusste, es gab an der Firma nichts auszusetzen und nichts Negatives zu berichten.

„Als Erstes zeigen wir Ihnen mal, wie unser Hauptsicherheitsprogramm läuft", fuhr Paxton fort. „Mit Popcorn können wir leider nicht dienen", setzte er scherzend hinzu.

David lachte, allerdings etwas verkrampft, wie Paxton fand. Alana Green drückte auf den Startknopf, und was sie dann via Laptop dem versammelten Publikum vorführte, hätte ohne Weiteres mit jedem Kino-Thriller mitgehalten. Schemenhafte Gestalten stürmten den Konzertsaal in unterschiedlichen Szenarien, unter anderem durch den Lieferanteneingang oder vom Hausdach aus oder durch einen vom Nachbargebäude aus gegrabenen Stollen. In jedem der gezeigten Fälle lösten Wachleute, Alarm- und Sicherheitseinrichtungen unverzüglich Großalarm aus; die computeranimierten Terroristen wurden postwendend dingfest gemacht.

„Jetzt gucken Sie mal, was passiert, wenn es sich nicht um einen unbefugten Eindringling handelt, sondern um einen Konzertbesucher mit limitierter Zugangsberechtigung, der zu den VIP-Logen möchte ..."

Außer David wusste natürlich jeder am Tisch, was geschehen würde. Dennoch schauten alle fasziniert zu, wie sich die Simulation mitsamt beängstigend lebensechten Protagonisten in einem perfekt nachgebildeten Konzertsaal auf dem Bildschirm abspielte. Selbst ein Soundtrack zur dramatischen Untermalung durfte nicht fehlen.

„Als säße man in einem James-Bond-Film, was, Yalom?", fragte Paxton. Er konnte seinen Stolz kaum verbergen.

„Da möchte man glatt jemanden losjagen und gucken, wie das in echt funktioniert", murmelte Alana Green wehmütig.

Paxton musste lachen. „Sagen Sie so was lieber nicht vor der Presse", mahnte er. „Da wird einem ja angst und bange!" Dann wandte er sich an Tucker Davis, der ebenfalls schon lange zu den Top-Leuten bei Global Security gehörte. „Ihr Einsatz, Mr. Ingenieur. Erzählen Sie uns mal was über die Infrastruktur des eigentlichen Gebäudes."

„Alt und zugig, der Kasten", knurrte Tucker. „Total verwinkelt und verschachtelt. Aber wir sind rund um die Uhr dran, und ich bin sicher, dass wir sämtliche Ecken kennen. Mit den Ratten, die durch die Leitungen raufkommen, sind wir sogar per du."

„Klingt ja richtig schadenfroh!" Paxton war irritiert. Tucker war eher der wortkarge Typ. Er sah es nicht gern, wenn Journalisten in der Nähe herumlungerten, und ließ sich der Presse gegenüber nur ungern irgendwelche Fakten entlocken, erst recht nicht *vor* einer Veranstaltung. „Was ist denn mit Ihnen los?"

„Meine Frau hat gestern Abend angerufen." Pause. „Sie ist schwanger."

Die beiden probierten es schon seit etlichen Jahren, und die Neuigkeit wurde mit lautem Hallo und Glückwünschen zur Kenntnis genommen. Kerri verdrückte sogar eine heimliche Träne, was Paxton ziemlich beeindruckte. Die junge Dame arbeitete nun seit fünf Jahren für ihn, aber noch nie hatte er solche Gefühlsregungen bei ihr erlebt. Noch überraschender fand er, dass diese Geste ihn selber anrührte – eine unerwartete, unangebrachte und unerwünschte Reaktion. Er vermischte nie Geschäftliches mit Privatem; das hatte er immer so gehalten, und er gedachte, es auch weiter zu tun. Ganz unvermutet stand er auf, weil er es kaum abwarten konnte, den Konzertsaal von innen zu sehen. „Ich würde jetzt gern die Örtlichkeiten in Augenschein nehmen. Möchten Sie mitkommen, Yalom?"

„Herzlich gern! Würde mir zum jetzigen Zeitpunkt sehr entgegenkommen."

„Kerri?" Paxton sah seiner Assistentin über die Schulter und spähte auf den Laptop-Monitor. „Gibt's noch irgendwas zu beachten, ehe wir rüber zum Konzertsaal gehen?" Es war sein standardmäßiger Schlusssatz – die Frage, mit der er jede

Sitzung beendete. Dabei wusste er eines ganz genau: Auf diese junge Dame, die so schnell nichts umwarf, wirkte die Frage wie das Kratzen auf einer Kreidetafel. Das galt im Übrigen nicht nur für sie, sondern für das gesamte Team.

„Nein, das war's."

Paxton zweifelte zwar nicht an ihr, verließ sich andererseits aber auch nicht ganz auf sie. Auf andere übrigens auch nicht. Jeder konnte mal was vergessen; niemand war ohne Fehler. Wenn man jedoch mit Sicherheitsfragen betraut war – wenn es um Leben und Tod ging, durfte man nichts vergessen. Da durfte nichts schiefgehen. Niemals. Und bei diesem Auftrag erst recht nicht.

Während seines gesamten Erwachsenenlebens hatte Paxton den Urlaub stets mit Bergsteigen verbracht. Da konnte man die Überprüfung der Ausrüstung auch nicht anderen überlassen oder darauf vertrauen, dass jemand zur Stelle war, wenn man den Halt verlor. Gleichzeitig musste man sich aber für den Fall eines Unglücks auf sein Team verlassen können – das Paradoxon schlechthin.

Seine Firma hatte er in ähnlich schwindelnde Höhen geführt, allerdings mit dem Unterschied, dass er beim Klettern nur wenige Kameraden um sich hatte. Hier in Wien hingegen guckten ihm die gesamte Sicherheitsbranche, Regierungsbehörden, Prominente und potenzielle Kunden auf die Finger. Wenn alles glattging, würde diese Konferenz Global Security einen derartigen Glanz verleihen, dass man in Zukunft bei Verhandlungen eine Sonnenbrille aufsetzen müsste. Die Verträge würden strömen wie das Eiswasser von den schneebedeckten Berggipfeln. Das war auch dringend nötig. Seine Firma war bis zur Schmerzgrenze belastet durch Hypotheken, Fremdkapital und Investorengelder; er selber steckte mitten in einem hässlichen Rosenkrieg, der ihn vermutlich noch mehr Kohle kosten würde, die er gar nicht besaß und auch in Zukunft nicht aufbringen konnte. Es sei denn, diese Konferenz erwies sich als der erwartete Durchbruch für den Ruf seines Unternehmens.

Nie war seine Lage gleichzeitig so gut und so prekär gewesen wie jetzt. Allmählich hatte er das Gefühl, als entwickele sich der Auftrag zu seiner ganz persönlichen Mount-Everest-Expedition. Bisher hatte Global Security auf nichts anderem beruht als auf reinem Potenzial. Nach der 50. ISTA-Konferenz, nach dem Galakonzert am kommenden Donnerstag würde seine Firma am Scheideweg stehen: Entweder man hatte alle Erwartungen übertroffen – oder aber man konnte einpacken. Und wie um den Druck noch einen Zacken zu erhöhen, setzten alle entscheidenden Konferenzteilnehmer darauf, dass Paxton sich bis auf die Knochen blamierte. Diese Leute lechzten geradezu danach, dass das Enfant terrible der Branche an seine Grenzen stieß. Paxton hingegen hatte keineswegs die Absicht, sich den Schneid abkaufen zu lassen.

„Die Fahrzeuge stehen unten bereit. Wir treffen uns im Musikverein mit den Technikern. Ich bin schon ganz gespannt, wie unsere neuen satellitengestützten Navigationssysteme funktionieren."

„Neue Systeme?", fragte der Reporter. „Was ist denn an denen anders als bisher?" Auf einmal war er ganz bei der Sache.

„Die meisten GPR-Geräte sind auf überirdischen Spüreinsatz ausgerichtet, und zwar für überwiegend offenes Gelände auf Entfernungen bis zu dreißig Metern. Beim Erkennen von unterirdischen Zielen beträgt die Reichweite normalerweise nicht mehr als neun, zehn Meter. Wir haben uns allerdings Bodenradargeräte besorgt, die noch in der Erprobungsphase sind, und die reichen mindestens einen Meter tiefer." Paxton geriet förmlich ins Schwärmen.

„Ein Meter mehr", fügte Vine an. „Hört sich wenig an, David, reicht aber durchaus für einen Mann, der sich unten verkriecht und wartet."

„Das können Sie mir doch sicher demonstrieren, oder?", vermutete der Journalist.

„Darauf können Sie wetten“, betonte Paxton, der nun richtig vom Leder zog. „Im Übrigen haben wir noch eine Neuerung zu bieten. Wir stellen hunderttausend Dollar zur Verfügung, um terroristische Aktivitäten in der Gegend aufzuklären.“

„Das ist doch eigentlich Sache der örtlichen Behörden, oder?“, fragte David.

„Auf die verlassen wir uns bei diesem Auftrag lieber nicht.“

David zückte den Stift. „Was für terroristische Aktivitäten? Wie groß ist das Gebiet? Was für Systeme setzen Sie ein, um diese Aktivitäten aufzuklären?“

Paxton lachte. „Na, wenn wir das verrieten, wüsste ja jeder, der Ihren Artikel liest, wie er unseren Fallen ausweichen kann!“

„Dann geben Sie die Information doch erst nach dem Konzert frei“, schlug David vor.

„Diesmal nicht“, wehrte Paxton ab. „Nicht bei diesem Auftrag. Sobald der Abend hinter uns liegt, informiere ich Sie gern. So, und jetzt ab zum Konzertsaal!“

Sie verließen die Suite und wandten sich gerade zum Aufzug, als Kerri stehen blieb und sich umwandte.

„Ist irgendwas?“, wollte Paxton wissen.

„Nein.“ Sie schüttelte den Kopf. „Hab nur was vergessen.“

„Gott sei Dank merken Sie das früh genug, denn schiefgehen darf jetzt nichts mehr. Diese Woche nicht, und bei diesem Auftrag nicht.“ Paxton drehte sich zu David um. „Mache ich Sie nervös?“

„Nervös?“ Der Reporter guckte verdutzt.

„Wenn Sicherheitssysteme funktionieren“, erklärte Paxton, wobei er den Liftknopf drückte, „gibt es gemeinhin nicht viel zu berichten. Ich frage mich langsam, ob Sie womöglich fürchten, dass sich der ganze Aufwand für Ihre Reportage gar nicht lohnt.“

26. KAPITEL

Wie wir in unserem gegenwärtigen Dasein Tausende Träume durchleben, so ist unsere gegenwärtige Existenz nur eines von vielen Tausenden solcher Leben. In dieses treten wir aus einem anderen, realeren Leben, in das wir nach dem Tod zurückkehren. Unsere Existenz ist lediglich einer der Träume von diesem realeren Leben, und das immer so weiter bis zum allerletzten: dem wirklichen, von Gott gegebenen Leben.
– Graf Leo Tolstoi –

Randbezirke Wiens, Österreich
Sonntag, 27. April – 12:05 Uhr

Ein breiter Sonnenstrahl brach durch die blaugrünen Bäume und besprenkelte Meers Hände und Gesicht. Seit einer Viertelstunde gondelten Sebastian und sie nun durch tiefe Wälder und fachsimpelten über Musik. Es war eine entspannte Fahrt und ein entspanntes Gespräch, was Sebastian dazu animierte, die Mahler-Sinfonie einzulegen, der sie nunmehr lauschten.

Während sie der kurvenreichen Straße folgten, erhaschte Meer einen Blick auf rote Ziegelbauten mit weißen Stuckverzierungen sowie dahinter eine golden glänzende Kuppel. Dann kam eine Rechtskurve, und die Aussicht war weg. Jetzt endlich fühlte Meer sich müde, so schachmatt gar, dass sie glaubte, sie würde womöglich einschlafen, sobald sie die Augen schloss.

Am Abend zuvor, nach ihrem denkwürdigen Erlebnis auf der Straße im alten jüdischen Viertel, war sie beinahe wie in Trance zum Hotel zurückmarschiert. Wie konnte das sein, dass eine frei erfundene Geschichte sie so tief bewegte? Ihr war, als hätte sie die Ängste und Befürchtungen jener imaginären Frau geradezu in sich aufgenommen … und all ihre furchtbaren

Pflichten dazu. So als wäre ein geliebter Mensch in Gefahr und brauche dringend ihre Hilfe. Meer wünschte, es gäbe eine Möglichkeit, ihre Gedanken einfach abzuschalten, damit ihr Unterbewusstsein sich nicht noch weitere Geschichten zusammenspinnen konnte.

Sie hatte gerade in ihrem Abendessen herumgestochert – eine Suppe und einen Salat, beim Zimmerservice bestellt –, da hatte Malachai Samuels angerufen und ihr eröffnet, es werde nicht mehr gegen ihn ermittelt; er treffe am Montag in Wien ein. Da möglicherweise eine Verbindung bestand zwischen der Spieleschatulle und einem Erinnerungswerkzeug, wollte er die Kassette mit eigenen Augen sehen und eventuell bei der am Mittwoch stattfindenden Auktion mitbieten.

Sie hatte ihm mitgeteilt, sie freue sich für ihn. Ganz gleich, wie dringend die Polizei einen Schuldigen brauchte: Wie konnte die Kripo bloß annehmen, dass Malachai in eine Kindesentführung verwickelt gewesen sei? Er half den Kindern doch! Schon sein ganzes berufliches Leben hindurch!

Wegen des Jetlags war sie erst weit nach zwei Uhr morgens eingeschlafen, und dann, nach ihrem Gefühl nur Augenblicke später, um sieben Uhr von einem weiteren Anruf geweckt worden. Es war ihr Vater, der ihr mit belegter, kummervoller Stimme von seinem Freund Schmettering berichtete, dessen Zustand sich in der Nacht verschlechtert hatte. Schmetterings Sohn sollte laut Plan bis Mittag eintreffen; er selber, Jeremy, werde bis zum Abend wieder zurück in Wien sein. Leider, so führte er weiter aus, hatte er seinen Wagen dabei und musste daher fahren. Ob das in Ordnung gehe, wollte er wissen, dass sie noch einen Tag auf eigene Faust zurechtkommen musste?

Sie wollte schon erwidern, sie habe sich inzwischen viel zu sehr ans Alleinsein gewöhnt, verzichtete aber auf die Bemerkung. Stattdessen sagte sie ihm, das sei kein Problem, sie werde schon klarkommen. Es stimmte ja auch, nicht wahr? Zum Beweis bestellte sie Kaffee und Fruchtjoghurt und Saft und aß alles auf, während sie gleichzeitig das vom Hotel zur Verfügung gestellte Stadtmagazin durchblätterte und zu entscheiden versuchte, was sie mit einem kompletten freien Tag anfangen sollte. Um zehn rief wie versprochen Sebastian an, um nachzufragen, ob sie irgendetwas brauchte. Sie verneinte dankend. Er wolle seinen Sohn in der Klinik besuchen, fuhr er fort; ob sie nicht Lust habe, mitzukommen und Nicolas kennenzulernen. Sie wusste zwar, dass sie dem Jungen nicht helfen konnte. Aber Sebastian war seit ihrer Ankunft so nett zu ihr gewesen, da konnte sie schwerlich ablehnen.

Meer musste wohl eingenickt sein, denn als sie aufwachte, waren sie schon auf dem Parkplatz der Klinik.

„Wenn der liebe Gott eine Landkarte hat", sagte Sebastian, „dann ist diese Stelle darauf mit Blut markiert."

„Wie soll ich das verstehen?", fragte Meer, die auf diese beklemmende Bemerkung ganz instinktiv reagierte.

„Wir befinden uns an einem unseligen Ort. Dass meine Frau hier arbeitete, war schon schlimm genug. Dann überredete sie mich, Nicolas hier in die Kinderkrippe für die Ärztekinder zu schicken und auch am Ferienlager teilnehmen zu lassen. Jetzt ist er hier untergebracht. Ausgerechnet hier."

„Die Anlage sieht doch wunderbar gepflegt aus", meinte Meer. „Was haben Sie denn dagegen?"

Sebastian schaltete wieder auf Fremdenführer um, allerdings mit belegter Stimme. „Auch hier in der damaligen Heil- und Pflegeanstalt ‚Am Steinhof' wurde die 1938 von den Nazis eingeführte Doktrin der Rassenhygiene umgesetzt. Man führte sogenannte Euthanasiemaßnahmen durch, so etwa die ‚Aktion T4' – die systematische Ermordung von behinderten oder psychisch kranken Menschen, die nach NS-Ideologie als ‚lebensunwert' angesehen wurden. Die Betreffenden wurden in die Nähe von Linz transportiert und dort vergast. Allein aus dieser Klinik starben dort fast viertausend Menschen."

In den Pausen hörte Meer Vogelgezwitscher durch das offene Seitenfenster. Für einen Moment wunderte es sie, dass den Vögeln bei Sebastians Worten nicht der Gesang in der Kehle stecken blieb.

„In einem der Pavillons führten die Ärzte entsetzliche, schmerzhafte Experimente an Kindern durch. Die Kleinen wurden dann in andere Pavillons verlegt, wo man sie einfach an Unterernährung oder Krankheiten zugrunde gehen ließ. Über siebenhundert Kinder kamen auf diese Weise ums Leben. Gehirne und Rückenmark wurden zu Forschungszwecken präpariert …" Er stockte, entweder weil er vorübergehend nicht weiterreden konnte oder nicht weiterreden wollte. Meer bedauerte es fast, als er dann doch mit seinem Vortrag fortfuhr. „Es liegt aber nicht allein an dem, was damals während des Kriegs hier passierte. Genauso schrecklich finde ich es, dass es nach Kriegsende weiterging. Ich meine nicht die Brutalität, die kalte Grausamkeit, sondern die Tatsache, dass man die Überreste jener Kinder, die Gehirne, das Rückenmark, auch andere Organe weiter in dieser Klinik benutzte und daran forschte. Bis 1978 dienten sie Forschern und Besuchern als Anschauungsobjekte. Manchmal finden sich noch in entfernten Winkeln der Pavillons oder auf dem Gelände kleine Andenken des Schreckens. Als Nicolas hier in den Schulferien tagsüber betreut wurde, da stieß ein Gärtner auf einen vergrabenen Kinderschädel. Weiß der Himmel, wie viele von den draußen spielenden Kindern das mitbekommen haben … Vor einem halben Jahr hat die Stadtverwaltung endlich dafür gesorgt, dass die letzten Überreste aus der schrecklichen Zeit eine würdige Ruhestätte fanden. Aber wer kann schon garantieren, ob nicht eines Tages ein Gärtner wieder irgendetwas ausbuddelt?"

„Ist Ihre Ehe wegen der Schwierigkeiten mit Nicolas gescheitert?"

Sebastian verneinte. „Schon zwei Jahre vorher. Ich fürchte, es ist eine schmutzige Geschichte." Seine Stimme klang verbittert. „Rebecca hatte eine Affäre mit einem Kollegen.“ Die Bitterkeit wich einem melancholischen, nachdenklichen Ton. „Das haben wir nicht durchgestanden.“

„Das tut mir leid“, sagte Meer leise. Sie bedauerte ihn tatsächlich – und ihre Frage auch.

Der neunjährige Junge hatte Sebastians honigblondes Haar und graugrüne Augen. Er saß an einem Tisch und formte wie besessen grauen Knetgummi zu einer Kugel. Dabei murmelte er in einem fort zusammenhanglose Wörter, die Meer wie ein ständiges Summen vorkamen.

Als sie eintraten, blickte er kurz von seinem Knetgummi auf und starrte Meer an, ohne sie allerdings wirklich wahrzunehmen. Was mochte er sehen? Eine ihm fremde Frau, die in einem langen schwarzen Kleid und in Stiefeln im Türrahmen stand? Oder bloß eine Krankenschwester, die ihm Medizin verabreichen wollte? Ein Gespenst? Oder gar nichts?

„Vor einem halben Jahr war er noch ein völlig normales Kind.“ Sebastian sprach ganz freimütig, als könne sein Sohn ihn weder hören noch verstehen. „Er ging zur Schule, trieb Sport, konnte prima Fahrrad fahren, hatte Spielkameraden … Jetzt ist er völlig abgetaucht, lebt wie in einer undurchdringlichen Schale, summt die ganze Zeit diese Melodie vor sich hin und malt oder knetet immer dasselbe.“ Er wies auf einen Stapel Zeichnungen. „Das unterbricht er nur zu den Malzeiten oder zur Schlafenszeit, also wenn jemand ihm etwas zu Essen bringt oder wenn er ins Bett geht.“

Meer erinnerte sich an die Zeit, als sie stundenlang am Piano saß und versuchte, eine ganz bestimmte Klangfolge auf den Tasten zu lokalisieren. Auch sie hatte wie besessen die verschiedensten Notensequenzen ausprobiert. Manchmal war sie darüber eingeschlafen und erst Stunden später wieder aufgewacht, weil ihr die Kante der Klaviatur in die Wange schnitt.

In Nicolas Augen lag derselbe leere Blick, den Meer früher

immer an ihrem eigenen Spiegelbild wahrgenommen hatte. Sie wusste nur zu gut, wie der Junge sich fühlen musste – wie man sich fühlte, wenn man von Erinnerungen überwältigt wurde, die gar nicht die eigenen waren …

„Was haben Sie hier zu suchen?"

Beim Klang der Frauenstimme fuhr Meer herum. Die Worte waren zwar in Deutsch, aber der Ton verriet schon die Entrüstung der Sprechenden.

„Meer, darf ich Ihnen Dr. Rebecca Kutscher vorstellen? Meine geschiedene Frau." Sebastian sprach weiter Englisch, auch zu seiner Ex. „Rebecca, das ist Meer Logan, die Tochter von Jeremy Logan."

Rebecca war hübsch, auch wenn sie verärgert die Lippen schürzte und ihre Augen entrüstet blitzten. Als sie den Kopf schüttelte, flogen die blonden Locken. „Sebastian! Ich dachte, ich hätte mich am Telefon klar ausgedrückt!" Sie wandte sich nun an Meer; sie sprach reinstes britisches Englisch. „Entschuldigen Sie, aber Unbefugte sind ein zu großer Störfaktor im Behandlungsablauf meines Sohnes."

Ihre gequälte Miene war für Meer nur schwer zu ertragen. Sie erinnerte sie zu sehr an den kummervollen Ausdruck ihrer Mutter. „Ich möchte Ihren Jungen auf keinen Fall aufregen", stellte sie klar und fügte, an Sebastian gewandt, hinzu: „Ich warte besser auf dem Flur. Ich möchte Ihnen den Besuch nicht verderben."

„Nein, bitte, Meer! Bleiben Sie!" An seine geschiedene Frau gewandt, fragte er grimmig: „Nichts hat geholfen! Warum lässt du sie nicht ein bisschen Zeit mit ihm verbringen? Vielleicht kann sie sich in ihn hineinversetzen. Sie hat das alles selbst durchgemacht."

Nicolas' Gemurmel nahm an Lautstärke zu; das Summen wandelte sich zu Gebrumm. Die Ärztin blickte zu ihrem Sohn hinüber, betrachtete ihn eine ganze Weile und wandte sich dann wieder an ihren Exmann. „Dass du mich hier so unter Druck setzt, ist nicht fair! Bleibt bitte nicht so lange."

Nachdem die Tür sich leise hinter ihr geschlossen hatte, ließ Sebastian sich vor dem Jungen auf die Knie nieder und flüsterte auf ihn ein. Nicolas reagierte nicht, doch Sebastian ließ sich nicht beirren und strich ihm lächelnd über das Haar, die Miene dabei eine herzbewegende Mischung aus Zuneigung und Verzweiflung.

Nicolas' Augen blickten groß und kummervoll, als habe er ständig Schlachten und Kriege vor Augen und müsse Entsetzliches mitansehen, das ihn bis ins Mark erschütterte. Er sah seinen Vater zwar nicht direkt an, lehnte sich ihm jedoch entgegen, als sehne er sich unbewusst nach der väterlichen Wärme.

„So lebt mein Sohn jetzt."

Meer wusste nicht genau, ob Sebastian damit die Umgebung oder den seelischen Zustand des Jungen meinte. „Und wie lange geht das schon so?"

„Etwa zwei Monate. Rebecca hatte ihn zwischenzeitlich mal zu Hause behandelt, obwohl das schwierig war. Und dann ..." Wütend verzerrte er den Mund und kniff die Lippen zu einer zornigen, geraden Linie zusammen. „Er sackte tiefer und tiefer in dieses Loch, und es wurde offensichtlich, dass er in psychiatrische Behandlung gehörte." Er stockte, holte tief Luft und sprach dann weiter. „Ich war bereit, ihn bei mir aufzunehmen und die Behandlung weiterführen zu lassen, aber meine Exfrau hielt dies hier für die beste Lösung. Ihre Kollegen brachte sie natürlich auf ihre Linie, und da sie hier zur Ärzteschaft gehört, konnte sie Ausnahmeregelungen erwirken: Solange das Bett nicht anderweitig benötigt wurde, kann Nicolas hierbleiben. Da die Psychiatrie-Patienten mittlerweile zu achtzig Prozent ambulant behandelt werden, braucht er kaum damit zu rechnen, dass er das Zimmer räumen muss."

Es war die Erwähnung des Zimmers, die Meer veranlasste, den Blick von dem Kind zu nehmen und sich umzusehen. Sie fixierte sich dabei auf den Stapel mit Zeichnungen, den Sebastian ihr vorhin gezeigt hatte, und erst jetzt begriff sie so richtig, was er mit dem Schrecken gemeint hatte. All diese düsteren Kinderskizzen waren in schwarzen, grauen und braunen Farbtönen gehalten, nirgendwo bunte Farben zu sehen. Direkt neben dem Blätterstapel standen drei kittgraue Gebilde aus Ton. Die Zeichnungen und Skulpturen zeigten immer dasselbe Objekt: das Gesicht eines kleinen Jungen – nicht Nicolas, sondern ein ganz anders aussehendes Kind. Die Augen lebhaft und schreckgeweitet, der Mund zum stummen Schrei geöffnet.

„Na, Nicolas?", fragte Meer. „Macht es dich denn nicht traurig, wenn du den ganzen Tag mit diesem kleinen Jungen zusammen bist?"

Er gab keine Antwort.

„Sagten Sie nicht, er versteht Englisch?", fragte sie Sebastian.

„Tut er auch. Zumindest vor diesem ganzen Drama. Rebeccas Mutter ist Engländerin, ihr Vater Deutscher. Nicolas war im Sommer oft bei den Großeltern in Surrey."

„Du bist ja ein richtiger Künstler, Nicolas!", lobte Meer, die es noch einmal versuchte.

Der Junge schaukelte inzwischen auf seinem Stuhl vor und zurück, wobei er weiterhin unverständliche Worte von sich gab.

„Was sagt er denn da?", fragte Meer. „Verstehen Sie das?"

Sebastian nickte ernst. „Ja. Rebecca hat mal eine Dame mitgebracht, die Lippen lesen kann. Was er da tut, das nennt man auf Jiddisch *davnen:* Er betet. Unser Sohn rezitiert das jüdische Totengebet."

„Sind Sie denn …"

Er brauchte die Frage gar nicht zu Ende zu hören. „Nein, weder meine Exfrau noch ich sind Juden. Soweit ich weiß, hat unser Junge nie eine Synagoge von innen gesehen. Die jüdische Gemeinde in Wien ist nicht sehr groß."

Meer kannte Sebastian nicht so gut, doch seine verkniffenen

Lippen verrieten ihr, dass er ihr dabei einiges verschwieg.

„Nicolas?“ Sie setzte sich ganz dicht zu dem Jungen. „Ich weiß, wie das ist, wenn man sich an Menschen erinnert, die man noch nie gesehen hat. Und an Orte, an denen man noch nie war. Es kommt einem alles ganz wirklich vor, aber andere können es nicht sehen oder hören. Ist das bei dir auch so?“

Sie wartete auf eine Antwort, aber er nahm sie gar nicht zur Kenntnis und summte einfach weiter. Der Kummer in den Tönen ging ihr nahe.

„Wenn du möchtest, erzähle ich dir von dem kleinen Mädchen, das mal in meinem Kopf wohnte ... so wie der kleine Junge in deinem. Allerdings konnte ich das Mädchen nicht zeichnen. Es spielte Klavier, und ich habe andauernd versucht, die Melodie nachzuspielen. Ich hätte es auch fast geschafft, aber eben nur fast.“

Es überraschte sie selber, dass es ihr so leichtfiel, mit diesem stillen Jungen, dessen Bewusstsein offenbar in einer anderen Zeit und an einem anderen Ort gefangen war, über ihre Vergangenheit zu sprechen. Einstein hat einmal geschrieben: *„Die Realität ist nur eine Illusion, allerdings eine ziemlich hartnäckige.“* Bislang hatte Meer sich stets als lebenden Beweis für das Gegenteil gehalten. Die Illusion war ihre Realität und war es schon immer gewesen. Genau so verhielt es sich offenbar mit Nicolas. Sie blieb noch ein paar Minuten und erzählte ihm, welche Ängste sie ausgestanden hatte, wenn die „Schreckgespenster“ kamen, und wie sie diesem Schrecken nie so richtig entkommen konnte.

„Meine Eltern wussten sich auch keinen Rat mehr.“ Sie sprach im Flüsterton, aber bewusst fröhlich. „Dabei müssten sie manchmal eigentlich selber merken, wie sehr sie einen unter Druck setzen. Nicht wahr?“

Immer noch keine Antwort.

„Wenn du ein bisschen lauter singst, damit ich die Melodie erkenne – dann singe ich vielleicht mit.“

Schließlich sah sie ein, dass sie nicht zu ihm durchdrang, auch wenn er sie möglicherweise durchaus verstand. Sie erhob sich, tätschelte ihm den Kopf, strich ihm das Haar glatt und verabschiedete sich leise von ihm. „Wenn ich mal wiederkommen soll, musst du's nur sagen. Dann komme ich. Ich fände es schön, wenn mal jemand versteht, wie ich mich damals fühlte und wie schlimm das ist."

Während sie sich von ihm löste, trat Sebastian vor, nahm seinen Sohn in die Arme und gab ihm einen Kuss auf die Stirn. Einige Sekunden verhielten sie so in der Umarmung, sodass Meer sich ganz abwandte, um nicht zu stören. Sie hätte Sebastian gerne gesagt, dass solche Umarmungen hilfreich waren. Nur wusste sie aus eigener Erfahrung, dass dem nicht so war. Es half einem eben nicht. Saß man erst einmal in dieser Eiseskälte, zog einen auch die bestgemeinte Liebkosung nicht heraus.

Vor dem Verlassen des Zimmers trat Sebastian noch vor das über dem Bett angebrachte Regal und stellte das Radio an, das darauf stand. Die Klänge einer Sibelius-Sinfonie erfüllten den Raum. „Jetzt können wir gehen", sagte er zu Meer.

Wieder draußen angelangt, führte Sebastian sie einen schmalen Pfad hinunter. „Kleiner Spaziergang gefällig?"

Sie willigte ein, in erster Linie, weil sie Lust dazu hatte, aber auch, um den Schmerz in seinen Augen ein wenig zu lindern. „Sie haben vorhin im Zimmer Ihres Sohnes das Radio angemacht", sagte sie, indem sie auf das einzige Thema zu sprechen kam, auf dass er sich nach ihrem Gefühl jetzt konzentrieren konnte.

„Nicolas hat immer schon gern Musik gehört. Selbst als ganz kleiner Junge schon. Ich glaube, zu dieser Zeit war ich am glücklichsten ... als mein kleiner Sohn dasaß und zuhörte, wenn ich ihm etwas vorspielte."

„Tun Sie das noch?"

Er nickte. „Es sieht aus, als höre er mich gar nicht, aber sein

Gesumme passt sich dann dem Rhythmus meines Spiels an. Ich habe die Schwestern gebeten, das Radio auf den Klassiksender einzustellen. Wenn dann ein Konzert übertragen wird, in dem ich mitspiele, dann schalten sie ein und sagen ihm, hör mal, da spielt dein Papa mit. Das machen sie sehr gut. Ich gebe die Hoffnung nicht auf, dass die Musik ihn eines Tages zurückholt."

„Die Macht der Musik ..."

„Ist Ihnen denn an Nicolas etwas aufgefallen, das so ähnlich ist wie Ihre Erlebnisse?"

„Ich war nicht so weg."

„Ihr Vater vermutet, er hat etwas, das Malachai Samuels als *Vorlebensbruch* bezeichnet."

Meer nickte. „Zu viele Erinnerungen auf einmal überfluten das Gehirn und überfordern es."

„Und Sie glauben, bei Ihnen war das auch so?"

„Nein", schüttelte sie den Kopf. „Bei mir war es ein spärliches Rinnsal von Pseudoerinnerungen."

„Ihr Vater hat mich per E-Mail mit Samuels bekannt gemacht. Seitdem habe ich ein oder zwei Mal mit ihm telefoniert. Ich hätte ihm den Flug hierher bezahlt, damit er Nicolas behandelt, aber er sagte, er hätte momentan Schwierigkeiten mit einer Ausreiseerlaubnis."

„Jetzt aber nicht mehr. Er trifft sogar morgen hier in Wien ein, zu der Auktion am Mittwoch. Vielleicht können Sie Ihre Frau überreden, ein letztes Mal einen Außenstehenden hinzuzuziehen."

Sie waren an einen kleinen, von hohen Tannen umstandenen Teich gelangt. Es roch nach Harz; bläuliche Schatten fielen über das Wasser. Sebastian hob einen Tannenzapfen auf und schleuderte ihn mit überraschender Heftigkeit in den Teich, wo er mit einem lauten Klatschen aufschlug. Der Aufprall verursachte kleine, kreisrunde Wellen, die sich nach außen hin vergrößerten und schließlich verflachten.

„Hat er Ihnen denn geholfen?“

„Eigentlich nicht, jedenfalls nicht beim Ergründen dessen, was da vorging. Allerdings hat er mir beigebracht, wie ich mir die Attacken vom Leibe halten kann, damit sie mich nicht lähmen.“

Sie stieß gegen eine Wurzel und geriet ins Stolpern. Als Sebastian nach ihrem Arm griff, um sie zu stützen, spürte sie deutlich den Druck seiner Finger.

„Wohin gehen wir überhaupt?“, forschte sie.

„Ich dachte, da wir schon mal hier sind, könnte ich Ihnen die Kirche am Steinhof zeigen, gebaut nach den Entwürfen von Otto Wagner. Wunderschönes Jugendstil-Bauwerk, möglicherweise das einzig Sehenswerte auf diesem ganzen abscheulichen Gelände.“

Während sie ihren Weg fortsetzten, versuchte Meer, Sebastians restliche Fragen bezüglich ihrer Kindheitserlebnisse zu beantworten.

„Sie müssen doch furchtbare Angst gehabt haben“, schloss er zuletzt mit einer solch mitfühlenden Stimme, dass es ihr schmerzhaft die Kehle zuschnürte.

Um ein Haar hätte sie gesagt: *Die habe ich immer noch.* Damit aber hätte sie etwas verraten, dass sie ihm gegenüber lieber nicht zugeben wollte. Und vor sich selbst auch nicht.

27. KAPITEL

Die Kelten sind furchtlose Krieger. Der Kernpunkt ihrer Lehre ist, dass die Seele nach dem Tod nicht untergehe, sondern von einem Körper in den anderen wandere. Da so die Angst vor dem Tod bedeutungslos wird, spornt das ihrer Meinung nach die Tapferkeit ganz besonders an …
– Julius Cäsar –

Wien, Österreich
Sonntag, 27. April – 15:00 Uhr

Sebastian stand auf dem kleinen Platz und wies auf die steinerne Treppe mit der Straße dahinter. „Das da oben ist die Mölker Bastei, Meer. Da hat Beethoven mal einige Zeit gewohnt."

Nach dem Besuch bei seinem Sohn in gedrückter Stimmung, hatte er auf der Rückfahrt in die Stadt seine Begleiterin gefragt, ob sie immer noch Beethovens Wohnhaus sehen wolle, da sie ja tags zuvor solches Interesse daran gezeigt habe. Meer zögerte erst, weil sie seine Zeit nicht über Gebühr in Anspruch nehmen wollte. Doch er betonte, es sei für ihn eine ebenso willkommene Abwechslung wie für sie und bringe ihn auf andere Gedanken. Also stiegen sie nun die Stufen hinauf, Sebastian wieder ganz in seiner Rolle als Fremdenführer.

„Beethoven wohnte in Wien in über vierzig unterschiedlichen Wohnungen. Er musste so häufig umziehen, weil er so laut und unordentlich war und ihm deshalb andauernd gekündigt wurde. Die Gedenkstätte hier ist eine der wenigen Wohnungen, die man besichtigen kann. Ein paar andere liegen außerhalb der Stadt."

Wie jede ernsthafte Musikstudentin verfügte auch Meer über die wesentlichen Grundkenntnisse. In Deutschland geboren, verbrachte Beethoven die überwiegende Zeit seines Lebens in Wien. Der erhebliche Hörschaden, der mit der Zeit zur Ertaubung führte, behinderte sein geniales Wirken nicht; einige seiner größten Werke komponierte er, ohne sie klar hören zu können.

Während sie so über die lange Reihe aneinander grenzender, identischer Gebäude schaute, fiel ihr Blick auf das Haus Nummer 8, an dem eine österreichische Flagge wehte. Forschend starrte sie das Bauwerk an, als könne der frische Fassadenanstrich jeden Moment an einigen Stellen wegbröckeln und die Geschichte zum Vorschein kommen. Besonders angezogen wurde sie von einer Flucht Sprossenfenster im vierten Stock.

„So ist mir Wien am liebsten“, bemerkte Sebastian, während sie weiter die Treppe hinaufstiegen. „Gassen und Straßen, die zweihundert Jahre unverändert geblieben sind. Hier sieht es fast noch exakt so aus wie zu Beethovens Zeiten.“

Eine Taube landete auf dem Dachfirst. Weitere kamen dazu, bis schließlich eine ganze Taubenschar gurrend den Weg der beiden verfolgte.

„In seinem Tagebuch“, dozierte Sebastian weiter, „schrieb Beethoven, dass er jeden Nachmittag einen ausgedehnten Spaziergang unternahm, weil er beim Gehen besser denken konnte. Ich kann ihn mir richtig vorstellen, wie er schwungvoll aus dem Haus kommt und mit fliegenden Rockschößen diese Treppe hinunterstürmt. Er war damals schon eine Berühmtheit; vermutlich wurde er von den Passanten erkannt. Die steckten dann die Köpfe zusammen, zeigten mit dem Finger und tuschelten: ‚Das ist Beethoven, der Komponist!‘“

Die Inschrift auf der vorn am Haus angebrachten Tafel war zwar auf Deutsch, aber der Name sowie die angezeigten Wohndaten waren für Meer mühelos zu verstehen.

„Den größeren Wirbel gibt es ja eigentlich um Mozart“, erklärte Sebastian weiter. „Die Wiener haben ihn zum Helden ihrer Stadt ernannt. Es gibt sogar Pralinen mit seinem Bild darauf.

Er war ja auch … wie sagt man … ein echter Landsmann, geboren in Salzburg, gestorben in Wien. Aber ich ziehe Beethoven vor, genau wie Sie."

Hatte sie ihm das tatsächlich gesagt? Oder schloss er es schlicht aus der Tatsache, dass sie das Beethovenhaus sehen wollte?

„Wieso?", forschte sie.

„Er hätte im Grunde die Hoffnung und seine Musik fahren lassen können, doch er gab nicht auf. Er musste sich mit dem Schlimmsten abfinden, das einem Komponisten widerfahren kann. Es stärkte ihn nur in seiner Schaffenskraft. Er ging weiter als jeder andere vor ihm, beeinflusste alle, die nach ihm kamen. Seine Werke sind wie Abbildungen der Seele."

„Abbildungen der Seele …", murmelte Meer. Das musste sie sich merken.

Sebastian hielt ihr die Tür auf, und Meer trat ein. Das Vestibül war klein und dunkel; es gab keinen anderen Weg als nach oben. Also nahm sie die Treppe in Angriff. *Einundzwanzig, zweiundzwanzig, dreiundzwanzig …* Als sie merkte, dass sie die Stufen zählte, stockte sie einen Moment, doch beim Weitergehen fiel ihr bald auf, dass sie trotzdem weiterzählte. *Vierundfünfzig, fünfundfünfzig, sechsundfünfzig.* Auf dem sechsten Treppenabsatz angelangt, blieb sie stehen.

„Woher wissen Sie, dass dies die richtige Etage ist?", fragte Sebastian, der hinter ihr stand.

„Hatten Sie mir nicht gesagt, dass die Wohnung im vierten Stock liegt?"

„Ich?"

Der linker Hand befindliche Eingang war wie alle anderen weiß lackiert, aber direkt daneben prangte eine Plakette, auf der Beethovens Name nebst einigen Daten eingraviert war. Sebastian zog an der Tür und hielt sie für Meer offen. An der Schwelle kurz innehaltend, trat sie sich sorgfältig die Schuhe ab und ging hinein.

Sebastian kam ihr nicht nach, sondern verharrte mit verwunderter Miene eingangs des Flurs. Meer folgte seinem Blick. Er starrte hinunter auf die Stelle, an der sie sich die Sohlen auf der Fußmatte gesäubert hatte.

Nur war gar keine Matte da.

Irgendetwas stimmte nicht mit der Luft in Beethovens Wohnung; es roch nach künstlichem Tannennadelaroma anstatt nach Wachs und Wein sowie dem Duft von frisch gebackenem Brot, der sonst aus der Nachbarwohnung drang. Selbst die Wände trugen die falsche Farbe – sie hätten gelber sein müssen, nicht so steril und strahlend weiß.

Von Zimmer zu Zimmer schlendernd, begutachtete Meer die Vitrinen, die Gegenstände aus Beethovens Besitz beherbergten. Sie studierte die Porträts von seinen Zeitgenossen und von Wiener Straßenszenen an der Wende vom 18. zum 19. Jahrhundert, bestaunte handgeschriebene Notenblätter, Programme für Aufführungen, ja selbst den Rasierpinsel des Komponisten sowie sein Hörrohr. Als sie an die Vitrine kam, in der ein zu Lebzeiten angefertigter Gipsabdruck von Beethovens Gesicht lag, da sah sie ihn regelrecht vor sich – nicht eben schön, aber gebieterisch und energisch mit ausladenden Wangen, kräftigem Kinn und breiter Stirn. Sie starrte die Maske so lange an, dass es ihr schon peinlich wurde und sie sich umsah, ob Sebastian sie nicht beobachtete. Aber sie war allein – sozusagen in Wartestellung, als sei eine Verständigung über die Jahrhunderte möglich.

Im nächsten Zimmer gelangte sie an des Meisters Klavier. Wie einfach es war, sich vorzustellen, wie er über das Instrument gebeugt dasaß, die Finger über die Klaviatur tanzen ließ und den weißen und schwarzen Tasten kunstvolle Melodien entlockte! Ein Frösteln überlief Meer; kalte Schauer schüttelten ihren Körper; ihr Kopf begann zu dröhnen. Das Zimmer zerfloss; sämtliche Gegenstände wurden durchscheinend. Zahnschmerzen setzten ein, hervorgerufen wieder von dem vertrauten metallischen Geschmack, der ihren Mund ausfüllte. Der Rücken puckerte. Schwindelig von der Musik, die in ihrem Kopf widerhallte, stieß Meer den Atem aus und spürte, wie vom Grunde ihres Unterbewusstseins ein Empfinden emporstieg, dem sie sich nicht zu widersetzen vermochte: ein Gefühl innigster Zuneigung.

28. KAPITEL

Wien, Österreich
14. Oktober 1814

„Ihr Fingersatz stimmt nicht. Versuchen Sie's noch mal! Schneller! Als wäre der Wind hinter Ihnen her!" Beethoven sprach zu laut – er hörte sich selber zu schlecht, um die Stimme entsprechend anpassen zu können.

Margaux versuchte, sich zu konzentrieren. Doch dieser Tage dachte sie andauernd über ihr Handeln nach. Darüber, wie furchtbar ihr Vorhaben war und doch wie notwendig. Ob der Plan auch funktionierte? Fasste Beethoven allmählich Vertrauen zu ihr? Wie mochte es Caspar wohl gehen? Schlechter oder besser? Ihr war, als habe sie seit der Abreise ihres Mannes vor neun Monaten kein einziges Mal richtig durchgeatmet.

„Schon viel besser. Aber noch einmal von vorn. Noch schneller. Noch mehr Wind!"

Sie ließ die Finger hurtiger sausen, dann immer rascher, bis es wahre Musik wurde. Eigentlich gehörte es sich ja nicht, dass sie ihre Leidenschaft zum Klavier ausgerechnet jetzt entdecken musste – wo sie doch gleichzeitig ein falsches, betrügerisches Spiel trieb.

Nachdem sie geendet hatte, schaute sie von der Klaviatur auf und sah, dass Beethoven ihr zunickte.

„Ja, genau so! Wunderbar, wie schnell Sie lernen! Schönheit und Talent. Da sind Sie doppelt gesegnet. Und ich desgleichen, dass ich Sie als Schülerin habe."

Seine Komplimente waren so aufrichtig, dass es Margaux regelrecht entwaffnete. „Danke", sagte sie, wobei sie ihn bewusst anschaute, damit er ihr von den Lippen ablesen konnte.

„Und Ihr Gatte … der ist ein richtiger Glückspilz."

Gerührt und von Herzen dankbar legte sie sanft ihre Hand auf die seine.

„Ich habe oft überlegt", fuhr der Komponist fort, „ob ich wohl etwas verpasse, weil ich nicht verheiratet bin. Doch was ich auf der einen Seite aufgab, das habe ich andererseits gewonnen, denn ich hatte ja Zeit, nach Höherem zu streben." In seiner Stimme lag Stolz, aber auch ein wehmütiger Ton. Margaux ließ die Hand auf der seinen ruhen.

Toller hatte gestanden: Er hatte die Flöte, die eigentlich Margaux gehörte, Beethoven anvertraut – in der Hoffnung, der Komponist würde die Tonfolge des uralten Instruments enträtseln. Daraufhin hatte der britische Major Wells einen Plan vorgelegt.

Margaux sollte bei Beethoven Klavierstunden nehmen. Dadurch würde sie Zugang zu seiner Wohnung erhalten und damit die Möglichkeit, die Flöte zu entwenden, sobald der Maestro die Melodie entschlüsselt hatte. Anschließend wollte der Major sie im Auftrag des Hauses Rothschild käuflich erwerben. Die Bankiersfamilie war so erpicht auf das Instrument, dass sie eine Summe geboten hatte, die ausreichen würde, um Caspars Rettungsexpedition zu finanzieren.

Der Plan hing natürlich davon ab, ob der Komponist Margaux überhaupt als Schülerin annahm. Genau das war nach ihrer Ansicht der Pferdefuß.

„Margaux!", hatte der Offizier kokett gerufen. „Wie soll Beethoven Ihnen denn etwas abschlagen? Welches männliche Wesen könnte Ihnen widerstehen?" Das Kompliment hatte ihr ihren Mann ins Gedächtnis gerufen und ihren letzten gemeinsamen Opernbesuch. Da hatte er ihr verstohlen zugeraunt: *„Du bist die schönste Frau hier, weißt du das eigentlich?"* Noch jetzt spürte sie seinen Atem an ihrem Ohr.

Den Blick noch auf ihrem Dekolleté, hatte der Major dann gespöttelt: „Beethoven umgibt sich gern mit schönen Schülerinnen. Mit begüterten erst recht. In den letzten drei Jahren hat er zwei seiner drei Geldgeber verloren. Erst Fürst Lobkowitz, der hoch verschuldet seine Zahlungen einstellte, und dann auch noch Fürst Kinsky, der vor ziemlich genau zwei Jahren bei einem Sturz vom Pferd umkam." Er streckte die Hand aus und fuhr mit den Fingerspitzen leicht am Rand ihres Ausschnitts entlang, ohne den Stoff zu berühren.

Auch das wollte sie gerne erdulden. Für Caspar. Alles um Caspars willen. Während andere Damen die Galane wechselten wie ihre Kleider, kannte Margaux nur ein einziges Ziel, für das sie Berge versetzt hätte: ihren in Indien verschollenen Mann zu finden und nach Hause zu holen. Aber um das zu schaffen, brauchte sie diesen Major und das Geld, das die Rothschilds ihr für die Flöte und die Melodie boten.

Als die Klavierstunde zu Ende war, schlug Margaux ihrem Lehrmeister einen Imbiss vor. Sie hatte sich angewöhnt, ihm seine Lieblingsspeisen zum Unterricht mitzubringen: guten Wein, Brot, Käse und Obst.

„Erst den Wein", bat er. „Holen Sie ihn am besten her; ich wollte Ihnen ein Stückchen aus meiner neuesten Sinfonie vorspielen."

Margaux brachte ihm ein volles Glas ans Klavier, nach wie vor entsetzt über des Maestros Schlampigkeit. Nie speiste und trank er am Tisch, sondern ließ Gläser und Geschirr wahllos auf oder unter der Klavierbank stehen oder gar auf dem Deckel. Selbst sein Nachttopf stand zuweilen herum. So abstoßend sie diese Schludrigkeit auch fand – die Musik ließ Margaux über Nachlässigkeit und Unordnung hinwegsehen. Durch seine Kunst überragte Beethoven alle anderen.

Den Wein in der Linken, ließ er die Finger der Rechten spielerisch über die Tasten tanzen. Er leerte das Glas mit einem Zug, stellte es ab und begann, beidhändig zu spielen – stakkatoartig, schwungvoll, zärtlich, tröstend und erregend, alles auf einmal. Margaux war tief bewegt.

Nachdem er geendet hatte, saß er da, den Blick auf die noch über die Tasten gespreizten Finger gerichtet. „In letzter Zeit ist mein Leben ein wenig heller", murmelte er, ohne Margaux anzuschauen. „Seit meiner Bekanntschaft mit Ihnen. Ich glaube, Sie können sich nicht vorstellen, wie traurig, wie ungeheuer freudlos mein Dasein während der letzten zwei Jahre war. Meine Taubheit begleitet mich überall hin wie ein Gespenst. Ich bin vor der Gesellschaft geflohen, ja, bin regelrecht gezwungen, den Menschenfeind zu geben. Ich hoffe, Sie wissen inzwischen, dass das nicht in meiner Natur liegt."

„Ich fühle mich geehrt. Mehr als ich sagen kann."

Er hörte sie nicht; sie hob sein Kinn an, sodass er sie anblicken musste, und wiederholte den Satz. Beethoven lächelte, und in diesem Moment erkannte Margaux: Ihr Plan konnte nicht fehlschlagen.

„So, wollen wir jetzt einen Happen essen?", fragte er, mit einem Male voller Energie.

Auf dem Weg zum Esstisch kam sie am Fenster vorbei und bemerkte beim Hinausschauen einen Mann, der unten, direkt gegenüber, im Schatten eines Hauseingangs stand. Wenn auch nur im Profil zu sehen, kam er ihr bekannt vor: scharfe Nase, leicht hängende Schultern. Aufmerksam spähte Margaux in das Halbdunkel, dabei einen Schritt zurücktretend, um nicht gesehen zu werden, falls er zufällig hochblickte. War das wirklich der Kompagnon ihres Mannes? Dann drehte er sich um, und sie erkannte Tollers hohlwangiges Gesicht, die leblosen Augen. War er ihr auf die Schliche gekommen? Wie konnte das sein?

Nun, die Antwort war ganz einfach. Die Außenminister der fünf Großmächte mitsamt ihren Lakaien waren in Wien versammelt, um über die Zukunft Europas zu bestimmen. Und da keiner dem anderen über den Weg traute, war Spionieren ein ebenso selbstverständlicher Zeitvertreib wie der Wiener Walzer. Hinter jedem Kammerdiener, jeder Zofe und jedem Hausknecht konnte sich ein Spitzel verbergen. Abfall wurde zu Höchstpreisen gehandelt, weil sich zwischen Kartoffelschalen und Suppenknochen womöglich wertvolle Papierschnitzel aus dem Müll herausklauben ließen. Eine Einkaufsliste aus dem Umfeld des russischen Zaren brachte mehr ein als Tafelsilber, denn es war ja möglich, dass der Zettel ein verschlüsseltes Kommuniqué enthielt.

Durchaus möglich, dass Toller solch einen Spion gedungen hatte, der sie nun beschattete und ihre Verabredungen überwachte, ohne dass sie selber es merkte. Jedenfalls nicht bei den vielen Menschen, unter denen sie sich in letzter Zeit bewegte, nicht bei den zahlreichen Besuchern ihres abendlichen Salons. Aber konnte sie ihre Aufgabe unter Tollers wachsamem Blick überhaupt bewältigen? War ihr Plan schon zum Scheitern verurteilt?

Beim Tischdecken zitterten ihr dermaßen die Hände, dass sie eine Gabel fallen ließ. Sie blickte hinüber ins Musikzimmer. Beethoven hatte ihr Missgeschick wohl bemerkt; sein Gehör war in jüngster Zeit etwas besser geworden. Er blickte fragend zu ihr herüber, doch sie hob nur die Schultern. Vielleicht, so überlegte sie, sollte sie ihm reinen Wein einschenken und ihm mehr für die Entschlüsselung der Noten bieten als Toller. Ob die von den Rothschilds gebotene Summe wohl sämtliche Kosten abdeckte? Sowohl die für das Angebot der Memoristen als auch die Such- und Rettungsexpedition?

Margaux räumte für sich einen Stuhl leer und schickte sich an, dasselbe für ihren Lehrer zu tun. Als sie Beethovens Mantel von der Stuhllehne hob, bemerkte sie, aus welch grobem Tuch und wie abgetragen er war: Die Säume waren ausgefranst, einige Knöpfe fehlten.

„Sie sollten sich mal einen ordentlichen Mantel zulegen, Herr Beethoven."

„Ich habe einen. Aber wenn ich spazieren gehe und nicht gestört werden möchte, ziehe ich den alten an und setze den Hut auf, sodass man mein Gesicht nicht richtig sieht. In der Verkleidung eines armen Mannes kann ich die Welt um mich herum unerkannt beobachten und erforschen."

Vielleicht, so Margaux insgeheim, sollte sie sich an diesem Abend so in Mantel und Hut aus dem Haus schleichen; gut möglich, dass Toller sie dann nicht erkannte. Einen Versuch war es jedenfalls wert. Wenn sie mit Caspar auf Reisen war und die Lage brenzlig wurde, hatte sie sich ja auch immer als Knabe verkleidet; es machte ihr auch keine Mühe, wie ein Mann zu gehen.

Nun lag nur noch ein braunes Wildlederhemd auf dem Stuhl. Als sie es herunternehmen wollte, glitt das weiche Gamsleder zur Seite, und vor Margaux' Augen erschien der Schatz, der sich einmal als Schlüssel zur erhofften Rettung ihres Mannes erweisen sollte – ihr ganz persönlicher Heiliger Gral.

Ihre Heirat mit Caspar hatte sie in die für Frauen eher ungewöhnliche Lage versetzt, sich in Dinge hineinzuarbeiten, die gemeinhin als Männersache betrachtet wurden. Durch gemeinsame Studien, durch die Lektüre derselben Bücher war ihr Interesse an fremden Kulturen, Legenden und Mythen gewachsen und stand inzwischen dem seinen in nichts nach. Gemeinsam mit Caspar hatte sie davon geträumt, unter den Schichten untergegangener Städte und Zivilisationen nach verborgenen Kostbarkeiten zu graben. Und oft hatte sie sich ausgemalt, einmal auf den sagenumwobenen Schatz der verlorenen Erinnerung zu stoßen.

Während ihrer zwölfjährigen Ehe hatte Caspar sieben Indienreisen unternommen, die sie beide teuer zu stehen kamen. Margaux' gesamte Mitgift und sein ganzes Erbe waren dabei draufgegangen, sodass sie nunmehr beinahe mittellos waren. Caspar indes war davon überzeugt gewesen, dass er mit jeder Reise dem Ziele näher kam. Er hatte dafür gelebt, eines der Erinnerungswerkzeuge zu finden. Entweder war er bei seinem letzten Versuch nun bereits gestorben, oder sein Schicksal war besiegelt – es sei denn, Margaux konnte das mystische Zauberinstrument einsetzen, um ihn zu retten.

Beethoven kam herüber, um nachzusehen, was sie so beschäftigte. „Ach", sagte er und hob die Flöte vom Stuhl, „die sollte ich wohl besser weglegen und vor neugierigen Blicken schützen."

„Nein, bitte nicht", wisperte sie in einer Mischung aus Bewunderung, Erleichterung und freudiger Erregung, wobei sie ganz vergaß, dass Beethoven ja nicht hörte, wenn sie so leise sprach. „Ich weiß, was das ist."

„Wie bitte? Was sagten Sie?"

Wie unscheinbar und mürbe die Flöte wirkte! So alt und spröde. Als könnte sie zerbrechen, wenn man sie nur an die Lippen setzte. Knapp sechs Zoll lang und weniger als zwei Zoll im Durchmesser, uneinheitlich dick, leicht gekrümmt, mit sieben in regelmäßigen Abständen gebohrten Löchern in der Mitte und lauter Schnitzereien auf der gesamten Oberfläche. Von diesen seltsamen Schnörkeln hatte Caspar noch in seinem letzten Brief berichtet, ja sogar einige der Muster aufgezeichnet. Doch mit der Dichte und Menge dieser geschnitzten Verzierungen hatte Margaux nicht gerechnet.

„Was sagten Sie eben?", wiederholte Beethoven etwas ungehalten.

Margaux hob den Blick. „Caspar meinte, sie sei Jahrtausende alt … älter vielleicht als die Bibel … Ihr Fund war der Höhepunkt seiner Laufbahn. Ist Ihnen bekannt, wozu die Flöte dienen soll?"

„Ja. Herr Toller erklärte mir, die Flötentöne sollen Erinnerungen an Vorleben herbeiführen." Beethoven fuhr mit dem Zeigefinger über die Schnitzereien. Völlig vertieft in die zusammenhanglosen Schnörkel und Schleifen, schüttelte er ungläubig den Kopf bei dieser Vorstellung. „Stellen Sie sich das vor! Die Idee fasziniert mich bereits seit Langem – seit ich erstmals die Übersetzung der aus Indien mitgebrachten Schriften las."

„Haben Sie die Melodie denn schon ergründen können?" Falls er bejahte, würde das ganze Ränkespiel schon bald ein Ende haben, und sie selber konnte dann die Expedition zur Rettung ihres Mannes ausrüsten. Endlich.

„Offenbar glaubt alle Welt, das sei für mich eine Kleinigkeit.“ Stirnrunzelnd und mit offenkundigem Missfallen musterte Beethoven die Flöte. „Dabei weiß ich nicht mal, wo ich mit der Deutung dieser Zeichen anfangen soll. Sie können sich nicht vorstellen, wie oft ich das verdammte Ding am liebsten an die Wand geworfen hätte! Die Flöte ist so zerbrechlich, dass sie in tausend Stücke zersprungen wäre. Aber dann würde sie endlich aufhören, sich über mich lustig zu machen. Mich zum Narren zu halten!“

Major Wells hatte unmissverständlich darauf hingewiesen, dass die Rothschilds nur dann für die Flöte zahlen würden, wenn die Melodie mitgeliefert wurde. Das Instrument an sich bedeutete ihnen nichts. Den Mitgliedern der Familie, allesamt in der Kabbala belesen, kam es in erster Linie darauf an, ihre Vorleben erforschen zu können. Margaux fand es reichlich paradox, dass der Beauftragte der Familie eins der zehn Gebote brach, damit die Familie umso eingehender ihrer religiösen Überzeugungen frönen konnte.

„Glaubte Ihr Mann an Wiedergeburt?“

„Er hat mir mal gesagt, er habe möglicherweise in einem vorherigen Leben die Erinnerungswerkzeuge eigenhändig versteckt. In diesem Dasein müsse er gut aufpassen, wohin er sie bringt. Ich weiß zwar nicht, ob er das nur im Spaß sagte, aber auf jeden Fall glaubte er, es sei seine Bestimmung, die Werkzeuge aufzustöbern.“ Zu ihrer Schande spürte Margaux, wie ihr die Tränen in die Augen stiegen.

Beethoven trat näher und berührte sie unbeholfen an der Schulter. „Schlimm, wenn man einen geliebten Menschen verliert.“

Sie nickte.

„Rein rechtlich gesehen gehört die Flöte Ihnen, nicht wahr?“

Ja!, hätte sie am liebsten geschrien. *Ja, und es würde die Dinge erheblich vereinfachen, wenn Sie mir die Flöte gäben, statt dass ich sie Ihnen stehlen muss!*

Doch mehr als ein Kopfnicken brachte sie nicht zuwege.

„Wollen Sie sie einen Moment halten? Vielleicht fühlen Sie sich dann dem Manne näher, dessen Herz sie fürderhin in sich tragen." Beethoven drückte ihr das Instrument in die Hand.

Wie viele höhere Töchter, so hatte auch Margaux in jungen Jahren Klavier und Kompositionslehre gelernt. Leider hatte sie damals keinerlei Bezug zur Musik verspürt, und das Üben war ihr ein Gräuel gewesen. Jetzt aber, als sich ihre Finger um das kreideweiße, aus Knochen gefertigte Instrument legten, da überlief sie ein Frösteln. Zum ersten Mal in ihren fünfunddreißig Lebensjahren vernahm sie im Kopf Musik, die von innen kam – nicht etwa von ihr komponiert, sondern irgendwie entstanden in den hintersten Winkeln ihres Denkens. Wunderschön und beängstigend zugleich. Sie musste die Melodie erfassen, sich die Tonfolge einprägen, Beethoven davon berichten, doch als sie versuchte, sich Kadenz und Klang zu merken, da war alles schon wieder weg.

„Sie gucken ja, als hätten Sie ein Gespenst gesehen", bemerkte Beethoven, der sich die Weinflasche griff und direkt daraus trank, wie es seine Gewohnheit war.

„Nein, nicht gesehen."

Der Ausdruck auf ihrem Gesicht ließ ihn mitten beim Trinken innehalten und sie aufmerksam mustern.

„Sondern gehört."

29. KAPITEL

Wien, Österreich
Montag, 28. April – 10:15 Uhr

Am folgenden Morgen kontrollierten uniformierte Sicherheitsleute die Schlange von potenziellen Bietern und Schaulustigen, die darauf warteten, einen Blick auf *Beethovens Spieleschatulle* – so nannte die Presse die Kassette – zu werfen. Meer nannte einem der Wachen ihren Namen und wurde dann an der Menschentraube vorbei direkt ins Gebäude geleitet. Sie war heilfroh darüber, denn nach zwei schlaflos verbrachten Nächten war sie übermüdet, fühlte sich nicht wohl und stand völlig neben sich. Als sie sich beim Anziehen im Spiegel begutachtet hatte, da war ihr, als stünde eine ihr unbekannte Person vor ihr, zu der sie keinerlei Verbindung hatte – ein Abbild einer Fremden mit einem gequälten, gehetzten Blick. Dabei wusste Meer rein logisch, dass es ihr unmöglich war, Verzweiflung und Leid einer Frau zu empfinden, die vor über zweihundert Jahren gelebt hatte.

Die Lobby war so voll, dass es Meer fast nicht gelang, sich durch die dicht gedrängte Menschenmenge zu zwängen. „Ich warte im Hauptsaal auf dich", hatte ihr Vater am Abend vorher erklärt. Er hatte aus der Schweiz angerufen und ihr mitgeteilt, er sei länger als beabsichtigt geblieben, weil Dr. Schmettering bedauerlicherweise gestorben sei. Nun mussten also bereits zwei Mordfälle aufgeklärt werden.

Während Meer sich zwischen den Sesseln, Sofas, Kommoden und mit kleinen Kunstobjekten dekorierten Tischen hindurchwand, hielt sie angestrengt Ausschau nach ihrem Vater, der die Menge eigentlich um Haupteslänge überragen musste. Als kleines Mädchen hatte sie seine baumlange Gestalt stets als beruhigenden Orientierungspunkt empfunden, an dem sie sich ausrichten konnte, damit sie sich nicht verirrte. Jedenfalls nicht mehr, als sie es ohnehin schon getan hatte.

Als sie ihn schließlich entdeckte, wies er gerade mit eleganten Gesten auf eine Vitrine. Anscheinend hielt er einen Vortrag vor einem Kreis von Interessierten, die wie gebannt an seinen Lippen hingen. Sein Haar kam ihr grauer vor als sonst; unter den Augen zeigten sich bläuliche Schatten. Wie alt war er jetzt? Sie musste erst überlegen. Sechsundsechzig? Nein, ein Jahr älter. Tief in ihrer Magengrube regte sich so etwas wie Besorgnis. Ihre Mutter war bereits vor dem sechzigsten Lebensjahr gestorben, ihr Vater hingegen eigentlich kerngesund. Dass er ein wenig mitgenommen wirkte, war kein Wunder ... Die letzten achtundvierzig Stunden hatten es schließlich in sich gehabt.

Da sie ihn nicht bei seinem Vortrag stören wollte, wartete sie ab, den Rücken gegen die Wand gelehnt. Sie hatte außerdem keine Lust, die Spielekassette im Beisein von lauter Schaulustigen zum ersten Mal zu betrachten. War es überhaupt das erste Mal?

Einstein sagte einmal, er halte es für möglich, dass man zur selben Zeit an zwei unterschiedlichen Orten sein könne – allerdings in unterschiedlichen Dimensionen. Meers Vater hatte versucht, dieses Zitat als Argument gegen Meers Reinkarnationskritik ins Feld zu führen. Damals hatte sie sich davon nicht beeindrucken lassen, auch wenn Einstein, der ja hervorragend Geige spielte und als Musikliebhaber für die Wunder des Universums sehr empfänglich war, zu ihren großen Vorbildern zählte.

Jetzt hingegen kam sie doch ins Grübeln. Seit sie sich die Schuhe auf einer nichtexistenten Türmatte abgetreten hatte, die sie zuvor aber so deutlich gesehen hatte wie ihre eigenen Füße, bekam ihre Theorie der Pseudoerinnerungen erste Risse. Diese kleine Begebenheit ließ sich durch nichts erklären, was sie über Gedächtnis und Wirklichkeit gelernt hatte.

Bedeutete Einsteins Theorie dann auch, dass es möglicherweise einen Bewusstseinstransfer von einer Form von Materie zu einer anderen gab? Etwa von einem Menschen in einer bestimmten Zeitzone zu einem aus einer anderen Epoche?

„Hallo!" Sebastian kam herangeschlendert und ruckte mit dem Kopf hinüber zu der Stelle, wo ihr Vater noch Hof hielt. „Haben Sie sie schon gesehen?"

„Ich wusste gar nicht, dass Sie heute auch kommen." Meer verspürte eine sonderbare Mischung aus Freude und Beklommenheit.

„Ich habe erst heute Nachmittag Probe, da wollte ich mir die Gelegenheit, eine echte Beethoven-Reliquie zu sehen, nicht entgehen lassen."

„Da sind Sie anscheinend nicht der Einzige." Sie wies auf die Menschenmenge.

„Es handelt sich ja auch um eine bedeutende Entdeckung, da ist jedermanns Neugierde geweckt. Besonders wegen Antonie Brentano. Es geht nicht nur um die Musik, sondern auch um die Liebe." Er bedachte sie mit einem herzlichen Lächeln. Eigentlich hätte es sie nicht weiter stören dürfen, aber es kam ihr unheimlich vor.

„Ach, ehe ich es vergesse ..." Sebastian fasste in die Jackentasche und zog einen kleinen weißen Umschlag heraus. „Das hier sind Freikarten aus meinem Orchesterkontingent, für ein Galakonzert, das am Donnerstagabend gegeben wird. Sie und Ihr Herr Vater sind herzlich eingeladen. Wenn Sie schon mal hier sind, sollen Sie Wien doch wenigstens ein Mal im Festgewand erleben. Dann ist die Stadt umwerfend."

„Herzlichen Dank. Was ist denn der Anlass?"

„Eine internationale Tagung, die Konferenz der International Security and Technology Association. Im Publikum sitzen Würdenträger und Regierungsvertreter aus der ganzen Welt."

Meer nahm den Umschlag an sich und steckte ihn in ihre Handtasche.

„Sie müssten allerdings schon sehr zeitig zum Konzertsaal kommen", erklärte Sebastian. „Um ihren Pass einscannen zu lassen. Erst dadurch werden die Eintrittskarten aktiviert. Die Sicherheitsmaßnahmen übertreffen alles bisher Dagewesene."

„Was wird denn gegeben?"

„Die *Eroica*."

„Dann haben Sie ja ein Oboen-Solo im Schlusssatz?"

Er nickte.

„Mein Vater wird begeistert sein. Er mag die Sinfonie sehr."

„Weiß er denn eigentlich, dass Sie hier sind?"

Sie wollte schon sagen, sie wolle sich die Schatulle lieber ohne das Gedränge ringsum angucken, verkniff es sich aber. Zum einen, weil sie dachte, er werde das nicht verstehen. Andererseits allerdings auch aus Furcht. Vielleicht begriff er nur zu gut, was sie noch mehr aus dem Gleichgewicht gebracht hätte.

Da hörte sie plötzlich, wie jemand ihren Namen rief.

„Meer, Mäuschen, entschuldige!" Ihr Vater nahm sie in die Arme. Sie spürte das vertraute Gefühl des Kaschmirjacketts an der Wange, roch das unvermeidliche typische Aftershave. Seine Umarmung dauerte einen Tick länger als sonst, sodass Meer sich nicht sicher war, ob er Trost spenden wollte oder selbst Zuspruch suchte.

Dann wandte ihr Vater sich an Sebastian und schüttelte ihm die Hand. „Es war mir eine große Beruhigung, dass Sie sich so gut um meine Tochter gekümmert haben. Vielen Dank!"

„Das habe ich gern getan. Mein Beileid übrigens zum Tode Ihrer Haushälterin und Ihres Freundes."

„Beide sinnlos gestorben." Jeremy Logan schüttelte bekümmert den Kopf. „Ruth wird heute Nachmittag beigesetzt. Karl wird eingeäschert." Er warf einen Blick auf seine Armbanduhr und furchte die Stirn. „Nein, wurde schon. Beide tot, und wozu?" Einige Sekunden verharrte er stumm in dem ringsum herrschenden Stimmengewirr – wie zum stillen Gebet, so kam es Meer vor. Wie seinerzeit ihre Mutter, so war sie jedes Mal erstaunt über seine tiefe Spiritualität. Die passte nämlich überhaupt nicht zu diesem verwegenen Abenteurer, der zu den fernsten Winkeln der Welt aufbrach, der zu Zeiten des Kalten Krieges hinter dem damaligen Eisernen Vorhang nach Schätzen buddelte und dabei sogar unter Beschuss geraten war. Heute hingegen wirkte er wie ein ganz gewöhnlicher Mensch, beinahe sogar angeschlagen. Wie einer, der Zuflucht im Glauben sucht.

„Ich würde gern mitgehen zur Beerdigung", bot Meer an.

Ihr Vater lächelte traurig. „Danke, mein Schatz, aber das ist nicht nötig ..."

„Ich habe heute Nachmittag Probe", warf Sebastian ein. „Sonst würde ich ..."

Jeremy fiel ihm ins Wort. „Lassen Sie nur, Sebastian. Sie haben genug getan." Er straffte die Schultern, als wolle er die Melancholie abschütteln, und plötzlich stand da wieder jener vitale Mann aus Meers Erinnerungen. „Also", sagte er, den Blick auf seine Tochter gerichtet. „Bist du bereit, dir deine Schatulle anzuschauen?"

Während Jeremy die beiden durchs Gedränge schleuste, erklärte er, dass es sich ursprünglich um eine kleinere Auktion hätte handeln sollen. Durch den Beethoven-Fund und den damit verbundenen Raub war nun ein Medienzirkus daraus geworden.

„Ich habe die Sicherheitsvorkehrungen verschärfen lassen und verlege die Versteigerung am Mittwoch in größere Räumlichkeiten. Auch diese Besichtigung hätten wir besser in einen anderen Saal gepackt." Mittlerweile näherten sie sich einer vor der Vitrine versammelten Gruppe. Jeremy trat beiseite, sodass Meer und Sebastian direkt an das Ausstellungsstück konnten.

Die in der Vitrine ausgestellte Kassette war offen, sodass man die mit Samt ausgeschlagenen Fächer mit den unterschiedlichen Spielsteinen und -karten sehen konnte. Ein Spiegel erlaubte es dem Betrachter, auch den aufwendig gestalteten Deckel zu begutachten. Meer fixierte sich auf das, was sie in diesem Abbild sah: ein silbernes Oval mit meisterhaft ziselierten Schnörkeln, Blumen, Vögeln und dem Buchstaben B.

Ja, all das hatte sie bereits in Malachais Sprechzimmer gesehen – auf dem Katalogfoto. Das aber war eine Abbildung gewesen, nicht die dreidimensionale Verkörperung ihrer Fantasievorstellung. Den Blick unverwandt auf das Kästchen geheftet, hoffte sie, die echte Schatulle werde ihrem Gedächtnis auf die Sprünge helfen und ihr verraten, wann sie sie schon einmal gesehen hatte. Nicht etwa in einem vorherigen Dasein, wie ihr Vater und Malachai ihr einreden wollten, sondern zu einem bestimmten Zeitpunkt in ihrer Vergangenheit.

Doch in ihrem Kopf rührte sich nichts. Das Einzige, was ihr auffiel, war, dass eines der Kartenspiele Ähnlichkeiten aufwies mit einem Kartenstapel aus Malachais Sammlung. Als Kind hatte sie immer, kaum dass sie in die Sprechstunde kam, nach denen gefragt und während der Sitzungen damit gespielt. Sie hatte sogar mithilfe dieser Karten ein eigenes Spiel entwickelt. Wie ging das gleich noch?

Jeremy holte einen ziemlich vollen Schlüsselring hervor und entriegelte die Vitrine. „Wir bringen das am besten mal in einen privaten Besichtigungssaal. Da sind wir unter uns und können uns das gute Stück in Ruhe zu Gemüte führen."

Als er die Schatulle herausnahm, trat Meer einen Schritt vor, griff – fast wie in Trance – nach einem der Kartenspiele und begann, die Karten aufzudecken. Ohne auf den Saal ringsum zu achten, bloß noch auf das Gefühl der steifen Pappe in ihren Händen konzentriert, zählte sie die Herz-Karten durch. Sie waren vollzählig. Keine war doppelt vorhanden. Genau das war das Spiel, das sie mit Malachais Karten immer gespielt hatte.

„Meer!", mahnte ihr Vater. „Nun warte doch ab, bis wir ungestört sind!"

Ein ohrenbetäubendes, markerschütterndes Heulen zerriss den Augenblick.

„*Was ist das?*", wandte sie sich an ihren Vater, erschreckt von dem Lärm und ohne zu merken, dass sie die Frage auf Deutsch gestellt hatte.

„Der Feuermelder", schrie Jeremy über das Getöse hinweg. „Vermutlich Fehlalarm. Passiert …"

Der Rauch kam plötzlich; dicke, wallende Qualmwolken, die sich nach allen Seiten ausbreiteten und nach Meer, nach Sebastian, nach Jeremy griffen, während die Sirene unvermindert weiter jaulte. Jeremy hustete, Meer brannten die Augen, und dann packte auch sie der Hustenreiz. Unvermutet kamen ihr die Tränen. Das Geschrei der Menge mischte sich mit dem Gejaule der Brandsirene. In diesem Durcheinander wurde Meer von einem vorüberhastenden Besucher angestoßen, sodass sie das Gleichgewicht verlor. Mit ausgestreckten Händen vergeblich nach einem Halt tastend, kippte sie hintenüber und stieß im Fallen mit der Schulter gegen eine Ecke der Vitrine. Ein stechender Schmerz, verstärkt noch durch den dichten, beißenden Qualm, fuhr Meer dermaßen durch die Glieder, dass ihr regelrecht übel wurde.

Sie ahnte, dass sie sich möglicherweise böse wehgetan hatte, doch das durfte sie jetzt nicht kümmern … Sie musste die Schatulle in Sicherheit bringen … musste sich aufrappeln, das Kästchen an sich reißen, es vor dem Feuer retten! Blindlings fuchtelnd, ertastete sie die Kante des Vitrinenpodests und klammerte sich daran fest, schon darauf gefasst, dass es vermutlich glühendheiß war. Doch es fühlte sich kühl an. Wie war das möglich? Es brannte doch!

In diesem Moment wurde Meer klar, dass auch die Hitze und der Brandgeruch fehlten. Ihr blieb jedoch keine Zeit, diesem Umstand auf den Grund zu gehen. Jetzt galt nur noch eins: die Schatulle in Sicherheit zu bringen! Denn nach Meers Überzeugung enthielt sie die Schlüssel zum Versteck der magischen Flöte. Und diese wiederum brauchte sie, wenn sie ihren Mann retten wollte – Caspar, der möglicherweise krank und mutterseelenallein irgendwo in Indien hockte und auf sie zählte. Mit ausgestreckten Fingern tastete sie in der Vitrine nach der Kassette, erst links, dann rechts. Der Glaskasten war nicht groß. Es war nichts drin.

Durch tosenden Regen und Wind hindurch hörte sie eine Männerstimme, die nach ihr rief und ihr Einhalt gebot. Aber sie durfte nicht anhalten! Ihr Pferd reagierte sofort auf sie und preschte im Galopp davon. Hier im tiefen Forst würde ihr Verfolger sicherlich Schwierigkeiten bekommen. Zwar mochte er ein ausgezeichneter Reiter sein, aber sie war im Vorteil: Sie kannte den Wald, er nicht. Da plötzlich knallte ein Schuss.

Nein, kein Schuss – der Brandalarm! Was ging hier vor? Der Rauch lichtete sich, doch ihre Augen tränten immer noch so, dass sie kaum klar sehen konnte. Schließlich nahmen Umrisse und Gestalten menschliche Formen an, manche auch die von Möbeln. Möbel? Menschen? Wo war der Wald geblieben? Sie war doch auf der Flucht vor einer schrecklichen, unmittelbaren Gefahr durch den Wald galoppiert! Um die Schatulle in Sicherheit zu bringen!

„Ist dir auch nichts passiert?“ Ihr Vater half ihr auf. Sein Gesicht war tränenüberströmt.

„Hast du die Kassette?“, schrie sie über das Getöse hinweg.

Ehe er antworten konnte, kam einer der Wachleute laut brüllend herbeigestürzt, auch er in Tränen aufgelöst und mit hochrotem Gesicht. Mit jeder Sekunde verzog der Qualm sich mehr; weitere Sicherheitsleute wurden sichtbar, die Gestürzten aufhalfen und ihnen aus dem Saal heraushalfen. Überall auf dem Fußboden lagen umgestürzte Ausstellungsstücke und die Scherben von zerbrochenen Kunstgegenständen.

„Was sagt der Mann da?“, schrie Meer. Selbst in den eigenen Ohren klang ihre Stimme hysterisch.

„Das war kein Brand!“, rief ihr Vater. „Es war Tränengas! Das … das … kann nur ein Ablenkungsmanöver gewesen sein!“

Meer packte ihn beim Arm. „Was ist mit der Kassette?“

„Sie ist weg!“

30. KAPITEL

Moravský Krumlov/Mährisch Kromau, Tschechische Republik
Montag, 28. April – 11:14 Uhr

Während der Fahrt über die baumgesäumte Landstraße passierte David in unregelmäßigen Abständen Altäre, errichtet zu Ehren Christi oder der Muttergottes oder anderen ihm unbekannten Heiligen. Ja, hätten die bemalten Gipsfiguren einen bloß wirklich vor Gefahr oder Leid beschützen können, wie es so viele glaubten! Bis vor Kurzem war auch David so etwas wie ein glaubenstreuer Jude gewesen. Jetzt hingegen glaubte er nur noch an die Existenz des Bösen.

Zwei Stunden nach seiner Abreise von Wien an seinem Ziel angelangt, stellte David den Mietwagen ab, stieg aus, vertrat sich die langen Beine und sah sich um. Es war trüb unter dem grauen Himmel. Die zuvor üppige grüne Landschaft war in kümmerliche Vegetation übergegangen; Hinterlassenschaft von längst verwelkten Gärten und einem düsteren Renaissanceschloss, das dringend einer Renovierung bedurfte. Früher einmal musste es ein beeindruckendes Bauwerk gewesen sein, doch jetzt platzte der gelbe Fassadenanstrich ab, und auf dem Dach fehlten Dutzende der sienaroten Ziegel.

Versteckt inmitten der südmährischen Provinz, eine Autostunde von der nächsten größeren Stadt entfernt, war Schloss Moravský Krumlov ohnehin schon ein denkbar ungeeigneter Ort für das kostbarste Kunstwerk der gesamten Republik. Und erst recht für ein Rendezvous mit der Kontaktperson einer terroristischen Untergrundzelle.

Kam man durch das Eingangstor ins Innere, wo es sogar noch feuchter war als draußen, stellte man fest, dass Wände und Fußböden in einem noch schlechteren Zustand waren als das Äußere des Gebäudes. Nachdem er fünfzig tschechische Kronen für eine Eintrittskarte hingeblättert hatte, folgte David den

Schildern bis zu einer Treppe, deren Stufen unter seinen Füßen vernehmbar knarrten. Ehe er in die erste Galerie gelassen wurde, reichte ihm eine Frau mit einem roten Kopftuch zwei braune Filzbeutel und bedeutete ihm stumm, er solle sie über die Schuhe streifen. Doch die Dinger waren so glatt, dass man beim Gehen ins Rutschen geriet.

In der ersten Ausstellung saß eine Gruppe bestrumpfter Kinder im Schneidersitz auf dem Boden und lauschte einer jungen Frau, die auf Tschechisch einen Vortrag hielt. Erstaunlicherweise ohne zu zappeln oder zu flüstern, starrten alle auf das Gemälde, das eine ganze Wand einnahm: „*Das slawische Epos*". Davids achtjähriger Sohn Ben hätte im Leben nicht so still in Socken dagesessen, sondern wäre unweigerlich in seinen Filzpantoffeln auf den breiten Holzdielen Schlittschuh gelaufen.

David schlug das vom Kartenschalter mitgenommene englischsprachige Informationsblatt auf und las die Angaben zu dem Bild, das die Kinder so hingerissen betrachteten.

Das sieben Meter breite und zehn Meter hohe Wandgemälde veranschaulicht das erste Kapitel der eintausend Jahre alten slawischen Nation.

Den Mittelpunkt der Leinwand bildete ein sternenbekränztes Firmament. Darunter verbargen sich Adam und Eva vor geisterhaften, furchterregenden Reitern, die mit eingelegten Lanzen auf sie zusprengten. Im Hintergrund war ein brennendes Dorf zu sehen, die Flammen leuchtend orangerot wie ein Sonnenaufgang. Laut Informationsblatt waren zwanzig solcher monumentaler Heldenepen ausgestellt, alle geschaffen von dem tschechischen Jugendstilmaler Alfons Mucha.

Wie von seinem Mittelsmann angewiesen, schlenderte David durch die Gänge und begutachtete jedes Gemälde so, als täte er es aus Interesse. Ansprechen sollte er niemanden; zu gegebener Zeit, so die Anweisung, werde man sich bei ihm melden. Gerade hatte er den vorletzten Saal erreicht, da flackerte das Licht, verlöschte kurz und flammte genauso plötzlich wieder auf.

David betrat den letzten Saal, wo er sich, geradezu zwergenhaft im Vergleich mit den Ausmaßen des Kunstwerks, das einzige verbliebene Wandgemälde anschaute: ein siegestrunkenes Triptychon. Sein älterer Sohn Isaak hätte vermutlich versucht, die Symbolik und die Methode zu analysieren, mit denen der Künstler dieses Abbild der Hoffnung in ganz bestimmten Farben dargestellt hatte, und sicher hätte er auch jeden Quadratzentimeter des Kunstwerks mit dem Vater erforscht. Ben hingegen wäre noch immer in den Filzpuschen herumgeschlittert.

Am liebsten hätte David mit der Faust auf die Leinwand eingedroschen – als könne das Bild etwas dafür, dass er an seine Kinder dachte. Dabei war die Darstellung bloß eine romantische Abbildung von Krieg und Frieden, von Tod und triumphierendem Leben.

Er spürte, dass hinter ihm jemand den Raum betreten hatte. Als er sich umdrehte, sah er einen jungen Mann, der mit einem schwarzen Nylonrucksack auf ihn zukam. „Ich glaube, Sie haben den nebenan stehen gelassen", sagte er mit starkem slawischem Akzent, aber deutlicher Stimme.

„Ach, wie dumm von mir", erwiderte David laut, wie es wohl jeder, der etwas vergisst, in einer solchen Situation getan hätte. „Das Licht …?", fügte er wie zur Erklärung hinzu, ließ es jedoch wie eine Frage klingen.

„Ja, das Licht." Der junge Mann war etwa zwanzig, hatte Pickel auf beiden Wangen und strähniges, schulterlanges schwarzes Haar. Trotz seiner durchlöcherten Jeans und des zerknautschten Hemds trug er saubere Sportschuhe. „Kurzschluss, heißt es. Sie haben sich sicher schon Sorgen gemacht wegen des Rucksacks."

„Allerdings." David nahm den Rucksack entgegen. Er war leicht. Von früheren Recherchen wusste David, welche Sprengkraft Semtex besaß und wie wenig man von diesem Plastiksprengstoff benötigte. Schon ein vierhundert Gramm schwerer Sprengsatz hatte im Dezember 1988 ausgereicht, um eine Linienmaschine der PanAm über der schottischen Ortschaft Lockerbie zum Absturz zu bringen.

David streifte sich den Tragegurt über die rechte Schulter. Sämtliche Übel der Welt, so kam es ihm vor, wogen weniger als ein Kilo und steckten in diesem Rucksack.

„Sie sollten vorsichtiger sein!“, mahnte der Kontaktmann.

War das zweideutig gemeint? Als Botschaft? David konnte die undurchdringliche Miene des jungen Mannes nicht ergründen. Dieser wartete, als würde er sich über David lustig machen. *Du blutiger Amateur!*, schien sein Blick zu sagen. Noch war die Übergabe offenbar nicht abgeschlossen.

„Ich würde Ihnen gern einen Finderlohn zukommen lassen. Für den Rucksack.“

„Da sage ich nicht Nein.“ Der junge Mann lächelte offen, als sei der ganze Vorgang das Normalste von der Welt.

David hatte die Geldscheine so wie angewiesen zurechtgelegt; vier Hundert-Euro-Scheine, in Zehner eingewickelt. Kameras waren in diesem Museum zwar nicht zugelassen, doch falls jemand zufällig hinguckte, hätte er bloß einen Zehner gesehen. So wenig Geld für eine solche Zerstörungskraft! „Bitte, betrachten Sie das als kleines Dankeschön.“

Während der junge Mann sich das Geld vor Muchas letztem Monumentalgemälde in die Tasche steckte, verließ David die Ausstellungsräume. Dabei war ihm, als werfe das Riesenbild einen unheimlichen Schatten auf den Mittelsmann – gerade richtig als Illustration für den Artikel, den er über seine Saga verfasste. Er wusste sogar schon, wo er das Bild platzieren würde: kurz vor dem Ende.

Draußen fiel Nieselregen. David graute schon vor der langen Rückfahrt auf unbekannten Straßen, obendrein bei Regen und in einem nahezu schrottreifen Mietwagen. Er öffnete die Fahrertür, ließ sich hinter das Lenkrad gleiten und packte den Rucksack vorsichtig auf den Beifahrersitz. Möglicherweise wurde er beschattet; es blieb also eigentlich keine Zeit, den Inhalt des Rucksacks zu inspizieren. Doch David konnte nicht an sich halten.

Was er erwartet hatte, wusste er selber nicht. Braunes Packpapier? Einen DIN-A4-Umschlag? Alles Mögliche, nur keine marineblaue Folie mit aufgesprühten Geburtstagskuchen. Die Ironie entging ihm keineswegs. Eine Geburtstagsparty hatte seinen Feldzug in Gang gesetzt – und es war wie ein Geburtstagsgeschenk verpackter Sprengstoff, der diese Reise beenden sollte.

31. KAPITEL

Wien, Österreich
Montag, 28. April – 12:48 Uhr

Die Gesellschaft für Erinnerungsforschung hatte gerade mal eine Viertelstunde geöffnet, da traf Dr. Erika Aldermann zum Lunch mit Fremont Brecht ein. Sie fand ihn im Clubraum, wo er wie gebannt vor dem Fernseher saß. „Das müssen Sie sehen!“, rief er, ohne sich die Mühe zu machen, Erika zu begrüßen. „Die Spieleschatulle ist gestohlen worden!“

Auf dem Fernsehschirm war Jeremy Logan im Interview zu sehen. Er stand draußen vor dem Dorotheum und erklärte einem Journalisten ins Mikrofon, dass die Diebe offenbar eine Rauchbombe zur Ablenkung gezündet hatten und mit der Antiquität entkommen waren. Hinter ihm trafen unaufhörlich Einsatzfahrzeuge von Polizei und Feuerwehr mit Blaulicht und Tatütata ein. Meer hielt sich etwas abseits, das kinnlange Haar zerzaust, in den großen Augen einen gehetzten Blick. Der Kragen ihrer weißen Bluse war verschmiert, und ein schwarzer Blazerknopf hing halb abgerissen an einem Faden.

„Herrgott noch mal, Fremont!“, schimpfte Erika Aldermann. „Was soll denn noch alles passieren, ehe Sie mal was wegen dieses Maulwurfs unternehmen? Irgendjemand belauscht unsere Besprechungen!“

„Sie übersehen den Zeitungsartikel. Erst die Verbindung mit Beethoven hat dafür gesorgt, dass der Brief und die Schatulle einen Einbruch lohnen!“

„Aber drei Raubüberfälle innerhalb von drei Tagen! Dazu zwei Tote! Und das alles wegen einer Antiquität? Ich glaube das nicht. Die gehen mit äußerster Entschlossenheit und Brutalität vor – weil sie etwas wissen!“

„Dann müssen wir eben noch entschlossener und brutaler sein!“, gab Fremont zurück. „Nur keine Bange. Ich habe keineswegs die Absicht, die Spieleschatulle anderen zu überlassen. Das habe ich von Anfang an betont."

„Und wie sollen wir jetzt an sie herankommen?" Erika verstand die Welt nicht mehr. „Sie steht doch jetzt nicht mehr zum Verkauf!"

„Wir finden heraus, wer sie gestohlen hat", erklärte Fremont kurzerhand. „Und dann holen wir sie uns zurück."

32. KAPITEL

Montag, 28. April – 12:54 Uhr

Vor sich sechs Computermonitore, saß Bill Vine mit Tom Paxton im provisorischen Hauptquartier von Global Security, oben im zweiten Stock von Wiens bedeutendstem Konzertsaal. Auf einem der Bildschirme bewegte sich ein roter Kreis langsam durch ein Gebiet in Mähren im Osten Tschechiens. Ein zweites Display zeigte einen ähnlichen roten Ring im westlichsten Zipfel des ehemaligen Jugoslawiens, ein dritter blinkte mitten in der Slowakei.

„Nein, wir haben noch nicht raus, welcher Sprengstofftyp bei diesen drei Transaktionen gekauft wurde", berichtete Vine seinem Chef. „Heute Nachmittag kann ich Ihnen Näheres sagen."

Paxton reagierte gereizt. „Aber die Käufer, die sehen wir?"

„Ja. Und wir überwachen sie. Problemlos."

„Was halten Sie denn davon, dass sich sechs Tage lang nichts rührt und nun drei Geschäfte nahezu gleichzeitig ablaufen?"

„Hauptsächlich lässt sich daraus schließen, dass eine Lieferung eingetroffen ist. Könnte auch Zufall sein."

„An Zufälle glaube ich nicht."

„Ich auch nicht", betonte Vine. „Außer, wenn's welche sind."

„Wie lange dauert es, bis Sie Ihre Leute vor Ort haben?"

„Sind schon unterwegs. In zwei, spätestens drei Stunden müsste jeder von ihnen überwacht werden."

„Zu lange."

Vine ließ die Kritik an sich abprallen. „Die Adressen von unseren Quellen bekommen wir nicht, Tom."

„Für das Geld, das die Informanten einstecken, könnten sie uns die Adressen eigentlich durchaus überlassen."

„Dazu müssten sie zu häufig Kontakt zu uns aufnehmen.

Unterschätzen Sie den Coup nicht, den Sie hier gelandet haben, Chef! Den Gegner zu schmieren, das soll uns erst mal einer nachmachen. Das ist so gut wie 'ne Versicherungspolice – selbst wenn wir noch nicht wissen, ob einer von den drei Käufern hierher nach Wien kommt."

„Sind Sie sicher, dass das nicht länger als drei Stunden Wartezeit dauert? Ich will, dass die Käufer von Menschen beschattet werden! Nicht nur von Maschinen!"

„Hundertprozentig."

„Müssen wir sonst noch was bedenken, ehe wir weitermachen?", fragte Paxton.

„Nein, alles klar", brummte Vine, der sich nicht anmerken ließ, dass er diese Frage schon tausendmal gehört hatte.

33. KAPITEL

Montag, 28. April – 13:16 Uhr

Jeremy brachte Meer zu seinem Hausarzt, dessen Praxis nur eine kurze Autofahrt vom Auktionshaus entfernt lag. Während sie im Wartezimmer saßen, blätterte Meer eine Illustrierte durch, ohne aber den Inhalt der Seiten überhaupt wahrzunehmen. Ihr schwirrte noch der Kopf von lauter Eindrücken; für weitere blieb da gar kein Platz mehr. Die letzten vierundzwanzig Stunden waren voller schockierender Ereignisse gewesen – voller Erinnerungen, die sie zwar wie ihre eigenen empfand. Aber das waren sie nicht, konnten sie nicht sein. Genau das war nämlich das Tückische an Pseudoerinnerungen: dass sie im Gewand von wahren Erinnerungen daherkamen.

Als die Reihe an Meer kam, beschränkte sich der Arzt auf eine kurze Untersuchung und versicherte ihr sowie hinterher auch ihrem im Wartezimmer verbliebenen Vater, dass die schillernden Blutergüsse am linken Arm und an der Hüfte nicht so schlimm seien.

„Jeremy", sagte Dr. Kreishold zu ihm, „soll ich Sie nicht vorsichtshalber auch schnell durchchecken?"

„Sie sind mir viel zu gewissenhaft. Mir geht's blendend."

Der Doktor ließ nicht locker. „Nur eine ganz kurze Untersuchung …"

Jeremy fiel ihm ins Wort. „Sobald mir etwas wehtut, komme ich wieder und lasse mich verarzten. Ehrenwort."

„Los, Dad", drängte nun auch Meer. „Stell dich nicht so an!"

Jeremy gab ihr einen Kuss auf die Stirn. „Mir fehlt nichts, keine Bange, mein Schatz. Man hat mich schon nach dem Überfall in der Schweiz im Krankenhaus auf den Kopf gestellt. Alles in Ordnung."

Als sie die Praxis verließen und in den dunklen Flur traten, berichtete Jeremy seiner Tochter, dass die Sekretärin von Malachai Samuels angerufen hatte. „Sie hat ihn ebenfalls im Sacher einquartiert. Und falls du nicht zu müde bist, würde er sich gern um sechs mit dir in der Lobby treffen. Dann könnt ihr zwei ja zu mir kommen, und wir essen gemeinsam in aller Ruhe zu Abend. Also", fügte er hinzu, „am besten legst du dich noch etwas hin und ruhst dich aus."

„Wir wollten doch jetzt zur Beerdigung deiner Haushälterin", wandte Meer ein, ohne auf die väterliche Besorgnis einzugehen.

„Wie schon gesagt, du brauchst dich nicht verpflichtet zu fühlen."

„Ich würde aber gerne teilnehmen. Schon deinetwegen." Meer hielt einen Moment inne. „Ihr Tod hat mit meinem Kommen zu tun, stimmt's?"

Jeremy drückte schon wieder heftig auf den Liftknopf – zwei Mal nacheinander. „Ach, was! Wieso solltest du …"

„Wenn es keine Verbindung gäbe zwischen mir und der Kassette – wärst du dann auch so interessiert daran gewesen? Sonst bist du doch auf alte Thorarollen, siebenarmige Leuchter, Haggada-Bücher und Weinkelche aus. Aber eine Spieleschatulle von 1814? Das ist doch kein jüdisches Kultobjekt!"

Ächzend stoppte der Aufzug auf der gewünschten Etage; langsam glitten die Türen auseinander.

„Das Ganze hat erheblich größere Dimensionen, als du ahnst, Liebling."

„Und ich werde es auch nie verstehen, wenn du es mir nicht erklärst."

„Da ist was dran." Ihr Vater nickte und wandte den Blick ab.

Auf dem Weg zum Wagen berichtete Jeremy seiner Tochter die ganze Geschichte von Beginn an, angefangen mit dem Anruf von Helen Hoffmann. Ungeachtet ihrer Verwirrung fand Meer die detaillierten, mit unterhaltsamen Schlenkern gespickten Schilderungen ihres Vaters so spannend wie eh und je. Schlagartig fiel ihr ein, wie er früher abends an ihrem Bett saß und ihr von seinem neuesten Abenteuer erzählte. Dann übertönte er mit seiner Stimme jene Stille, die Meer so hasste und fürchtete, denn genau in den stummen Intervallen zwischen den Worten meldeten sich jene beklemmenden Erinnerungen und jene geisterhafte Musik, die sie nie richtig zu greifen bekam und auch nie richtig begriff. Menschen seines Schlages, die begaben sich eben nicht einfach auf Schatzsuche – nein, sie holten sich ihr Erbe zurück. „Das schulden wir dem Andenken an jene, die vor uns waren – dass wir entdecken, was sie uns hinterließen", hatte er Meer einmal gesagt, und zwar mit Stolz in der Stimme, wie ihr nicht entgangen war. Sie hatte ihren Vater immer geliebt, aber am liebsten war er ihr, wenn er von seiner Arbeit erzählte.

Jeremy manövrierte den Wagen aus der Parklücke und fädelte sich an der nächsten Ecke in den Verkehr ein, der sich im Schneckentempo vorwärtsbewegte. Und während Meer ihrem Vater lauschte, der nun beschrieb, wie er das Spielkästchen zum ersten Mal erblickte, entfaltete sich vor ihr wieder eine andere Seite der Stadt.

„Ich war wie vor den Kopf geschlagen!", rief er. „Du kannst dir sicher vorstellen, wie bizarr das sein muss: Da spaziert man bei jemand Wildfremden ins Haus, um eine heilige Reliquie in Augenschein zu nehmen, und was findet man da? Etwas, das für mich und für dich von eminenter Bedeutung ist! Schicksal ist eben kein Zufall!", unterstrich er. „Jede Aktion erzeugt Reaktion durch unterschiedliche Leben und Zeiten. Dinge wie Déjà-vu oder Zufälle – das ist, als wenn Gott dir auf die Schulter tippt und mahnt: Aufgepasst! Du schreitest in den Fußstapfen deiner eigenen Reinkarnation."

„Du bist dir immer so sicher gewesen ..."

„Allerdings."

„Wie kommt das?“

„Glaube.“

Für Meer war das keine ausreichende Antwort. „Und jetzt bist du wie Malachai davon überzeugt, die Musik – die ich immer höre – stünde in Beziehung zu der Flöte, die Beethoven in seinem Brief beschreibt?“

Jeremy guckte sie verwundert an. „Woher weißt du denn, was in dem Brief stand?“ Als es ihm einfiel, schüttelte er den Kopf. „Ach, von Malachai, was? Entschuldige. Als ich ihm davon erzählte, hätte ich ihn zum Stillschweigen verdonnern müssen. Ich wollte dir nämlich das Schreiben persönlich zeigen, direkt nach deiner Ankunft.“

Meer beließ es vorläufig bei dieser Erklärung. „Was genau steht denn in dem Brief?“

„Dass die Kassette die Schlüssel zum Versteck der Flöte enthält.“ Er klang resigniert, als wäre er diesem Gespräch lieber ausgewichen.

Meer erschauerte. Das Bild von Beethoven mit der Flöte in der Hand war unglaublich klar, und die Last, das Instrument finden zu müssen, ruhte schwer auf Meers Schultern. Nur war es gar nicht ihre Bürde. Sie hatte ja keinen verschollenen, kranken Mann! Die aufsteigende Angst, der Drang, ihn unbedingt finden zu müssen, all das beruhte auf eingebildeten Empfindungen. Und da spürte sie auf einmal etwas, das tatsächlich drängend und gleichsam mit Händen zu greifen war: „Glaubst du etwa, der Briefräuber, der hat auch das Kästchen gestohlen? Und der hat es als Nächstes auf die Flöte abgesehen?“

„Genau. Am Freitag erschien hier in den Wiener Zeitungen ein Artikel, wonach ein Beethoven-Brief in der Spieleschatulle gefunden wurde. Grund genug für einen Kunsträuber, beide Gegenstände zu stehlen. Nach meiner Ansicht ist er aber hinter der Flöte her.“

„War das etwa ebenfalls in dem Artikel zu lesen?“

„Nein. Ich habe auch mit niemandem über diese Details gesprochen – außer mit meinen Vorstandskollegen und mit Malachai."

„Aber ... aber wie ist dann ..."

„Weltweit gibt es Hunderte von Reinkarnationsforschern, Musikwissenschaftlern und Archäologen, die Kenntnis haben von den Erinnerungswerkzeugen. Die wissen auch, was es für eine historische Bewandtnis hat mit Beethoven und dieser angeblichen magischen Flöte der untergegangenen Erinnerungen." Er krampfte die Finger ums Lenkrad. „Entweder hat der Briefräuber auch die Spielekassette gestohlen, oder jemand anderes hat vom Briefinhalt erfahren und den Raub von heute Morgen inszeniert."

Sie hatten vor einer Ampelanlage angehalten. Rechts stand eine Steinkirche, deren spitze Türme hoch in den wolkenlos blauen Himmel ragten. Während Jeremy und Meer noch auf Grün warteten, erklangen plötzlich die Glocken – ein solch hallendes Dröhnen, dass es Meer wie Schwingungen durch den ganzen Körper fuhr. „Warum hast du mir den Katalog und die Zeichnung eigentlich über Malachai zukommen lassen? Wieso hast du mich nicht angerufen und mir gesagt, in was du dich da verstrickt hast? Weshalb hast du mich nicht gewarnt?"

Er gab keine Antwort.

„Nach meinem letzten Termin bei Malachai – hast du ihn da in seiner Praxis angerufen und gefragt, wie ich reagiert hätte?"

„Natürlich! Ich wollte mich schließlich überzeugen, dass alles mit dir in Ordnung ist. Ich hatte ja geahnt, dass es ein Schock sein würde."

„Ich habe keine Lust, dein Versuchskaninchen zu spielen."

„Du bist meine Tochter. Ich habe dir immer nur helfen, dich immer nur beschützen wollen, mehr nicht. Und das will Malachai auch."

„Und nebenbei benutzt er mich als Beleg für deine Theorien."

„Wiedergeburt ist weder meine Theorie noch seine."

„Du tust aber so, als wäre sie's."
„Sie ist nun mal Teil meiner Glaubensvorstellungen."
„Ein Teil *deiner* Glaubensvorstellungen! Den *du* nachweisen möchtest."

So heftig und unverblümt hatte Meer sich noch nie mit ihrem Vater über dieses oder ein anderes Thema auseinandergesetzt. Es waren wohl die Ereignisse der letzten vierundzwanzig Stunden, die das heraufbeschworen hatten.

„Meer, mein Schatz, du hast schon immer das Pferd von hinten aufgezäumt. Bevor das mit deiner rätselhaften Musik losging, hatte ich mit Religion nichts am Hut. Klar, ich habe verschollene Judaica aufgestöbert – aber als Antiquitätenhändler, wohlgemerkt. An Feiertagen ging ich brav in die Synagoge, doch mehr aus Routine und aus Achtung vor meinen jüdischen Wurzeln. Ein Schriftgelehrter war ich nie. Ich hatte nicht die geringste Ahnung davon, wie wichtig das Konzept der Wiedergeburt für den jüdischen Glauben ist. Davon erfuhr ich erst, nachdem das mit deinen Problemen anfing."

„Ach, demnach hast du das wohl alles *für mich* getan?" Die Frage klang sarkastischer als beabsichtigt.

„Um es zu verstehen. Damit ich dir helfen konnte."
„Vermutlich glaubst du das sogar selber."
„Hast du den Film ‚*Die totale Erinnerung – Total Recall*' gesehen?"

Meer sah ihren Vater verwirrt an. „Nein."

„Arnold Schwarzenegger spielt da einen Mann, der sich nicht mehr auf sein Gedächtnis verlassen kann. So weiß er beispielsweise nicht mehr, was echt oder was unecht ist. Wenn man ihn nach einem Wunsch fragt, sagt er immer: ‚Ich möchte mich erinnern', und auf die Frage, an was denn, antwortet er: ‚An mich selber.' Genau das wünsche ich mir für dich. Dass du dich erinnerst. Damit du wieder ganz du selbst sein kannst."

Die folgenden Minuten fuhren sie stumm weiter bis zur Praterstraße, wo Meer die vertraute hebräische Beschriftung an einigen Gebäuden wiedererkannte. Hier war sie am Samstagabend herumgeschlendert. „Wo sind wir hier?“

„Im alten jüdischen Viertel. Zum größten Teil wurde das wieder aufgebaut, und zwar von nach Wien zurückgekehrten Juden.“ Jeremy bog in eine Seitenstraße ein, eine schmale Gasse. „Wieso fragst du?“, erkundigte er sich mit einem Seitenblick auf seine Tochter. „Ist was?“

„Nein, alles in Ordnung.“

Er setzte den Wagen in eine Parkbucht. Ohne auf ihren Vater zu warten, stieg Meer aus, wandte sich nach rechts und ging die Gasse hinunter.

„Du weißt doch gar nicht, wohin ...“ Jeremy unterbrach sich, eilte seiner Tochter nach und holte sie ein, als sie vor dem unscheinbaren Haus Engerthstraße 122 stehen blieb. „Woher wusstest du, dass ich hierhin wollte?“

34. KAPITEL

Lebe so, wie wenn Du nochmals leben könntest – dies ist Deine Pflicht. Denn Du wirst in jedem Falle nochmals leben!
– Friedrich Nietzsche –

Montag, 28. April – 13:25 Uhr

„Hier also versammeln sich die Memoristen seit Gründung ihrer Gesellschaft Ende 1809", erklärte Jeremy, der auf das Schnarren des Türöffners hin das schwere Portal aufdrückte. Dann hielt er seiner Tochter die Tür auf, doch Meer machte keine Anstalten, über die Schwelle zu treten. Wieder spürte sie das Frösteln, den metallischen Geschmack im Mund; abermals merkte sie, wie die Gebäude links und rechts durchscheinend wurden.

„Alles in Ordnung?"

„Ja …", murmelte sie, bemüht, ihre Stimme möglichst normal klingen zu lassen, obwohl sie gleichzeitig gegen die Schreckgespenster ankämpfte.

„Was ist los?"

Unter Aufbietung aller Kräfte überwand sie sich schließlich und trat in den Vorraum. Hinter ihr fiel die Tür mit einem weithin hallenden Klicken ins Schloss. Meers Beine fühlten sich an, als wären Bleigewichte daran befestigt; jeder Schritt bedeutete eine ungeheure Anstrengung, doch trotzdem folgte sie ihrem Vater über den mit schwarzweißen Marmorfliesen belegten Fußboden, durch den Bogengang und hinein in den Versammlungssaal der Gesellschaft.

Am Abend zuvor, draußen auf der Straße, da hatte sie alles genau so vor Augen gehabt: die aufwendig gestaltete Decke mit ihren wie Sterne funkelnden winzigen Spiegeln, die ausgefallenen Verzierungen, die steinernen Buddha-Figuren.

Obwohl nun schon ein Leben lang um Erinnerung bemüht, obwohl Dutzende Male hypnotisiert und in unterschiedlichsten Meditationstechniken geschult, begriff Meer nach wie vor nicht, wie sie allem Anschein nach durch die Jahre hindurch ins Innere dieses Gebäudes und in eine längst vergangene Zeit geschaut hatte.

Ein stattlicher, silberhaariger Herr, der beim Gehen leicht das Bein nachzog, kam auf sie zu. Jeremy stellte Meer und Fremont Brecht einander vor.

„Ich bedaure sehr, dass Sie seit Ihrer Ankunft in Wien solche Unannehmlichkeiten hatten", sagte Brecht in kultiviertem, leicht akzentgefärbtem Englisch. Ungeachtet seiner Leibesfülle wirkte er außerordentlich gepflegt und distinguiert. Einladend wies er auf eine Sitzgruppe, und alle drei nahmen auf Clubsesseln aus edlem spanischem Leder Platz. Brecht wandte sich gleich wieder an Meer. „Hatten Sie denn noch Gelegenheit, einen Blick auf die Spieleschatulle zu werfen, ehe sie entwendet wurde?", fragte er ohne Umschweife.

„Nur wenige Minuten."

„Kam Ihnen am Aussehen irgendetwas außergewöhnlich vor?"

„Wie meinen Sie das?"

„Haben Sie eine Reaktion verspürt beim Anblick?"

Wie vielen Menschen mochte ihr Vater von ihrer Bindung zu der Schatulle erzählt haben? Wem außer Sebastian Otto und Brecht wohl noch? Hatten die alle da gehockt und Wetten darauf abgeschlossen, ob das Kästchen bei ihr Vorlebenserinnerungen auslösen werde oder nicht? Sie sah hinüber zu ihrem Vater, aber der bemerkte ihren vorwurfsvollen Blick nicht oder wich ihm lieber aus.

„Es ging alles zu schnell", erwiderte sie, an Brecht gewandt.

Er stellte ihr eine weitere Frage, doch sie hörte nicht hin. Je länger sie hier saß, desto elender fühlte sie sich. Das Atmen fiel ihr schwer, und ihr war furchtbar kalt. Brecht, der anscheinend ihr Unbehagen spürte, unterbrach sich mitten im Satz und entschuldigte sich. „Wie kann ich nur? Es war ein strapaziöser Morgen für Sie, und ich komme daher und unterziehe Sie hier einem Verhör! Darf ich Sie zu einem Imbiss einladen?"

„Nein, danke …"

„Einen Kaffee? Tee?"

„Einen Tee, ja", sagte sie. Etwas Heißes würde ihr helfen, bei der Sache zu bleiben.

„Für Sie auch, Jeremy, oder?", fragte Brecht.

„Du siehst ziemlich mitgenommen aus", bemerkte Jeremy, nachdem Brecht zur Küche gegangen war.

Meer stieß ein säuerliches Lachen aus. „Das ist doch wohl kein Wunder, oder? Bitte, Dad! Hör auf damit!"

Es war beklemmend … der Saal an sich kam ihr vertraut vor, doch gleichzeitig stimmte manches nicht. Wie in Beethovens Wohnung war die Beleuchtung viel zu hell, und es roch auch nicht nach Paraffin oder Räucherstäbchen. Am allerschlimmsten waren die Melancholie und ein unsagbar starkes, überwältigendes Sehnen. Dies war Caspars Welt.

„Was ist los, Meer? Nun sag schon!"

Sie hätte es nicht erklären können, also gab sie keine Antwort.

„Tee bringt jetzt nichts. Du brauchst sofort ein Glas Wasser."

Meer streckte die Hand aus, schon kurz davor, ihren Vater zu bitten, sie nicht allein zu lassen. Allerdings wusste sie, dass sie sich damit nur noch weiteren Fragen ausgesetzt hätte, auf die sie keine Antworten parat hatte. Also ließ sie die zittrige Hand wieder in den Schoß sinken. Egal was passierte – Malachai hatte ihr beigebracht, wie sie damit umgehen musste. Indem sie die Finger wie auf einer unsichtbaren Klaviatur bewegte, versuchte sie sich an einer komplizierten Passage aus Rachmaninows „Rhapsodie über ein Thema von Paganini", das bei ihr keine Gefühlsregungen auslöste. Im Allgemeinen erforderte diese Etüde dermaßen viel Konzentration, dass es jede Angstattacke überlagerte. Heute Nachmittag jedoch funktionierte es nicht. Es gelang Meer nicht, sich auf ihren Fingersatz zu konzentrieren, denn eine andere Musik beanspruchte ihre Aufmerksamkeit und verstärkte ihre Trauer noch. Alte Musik … vertraute Klänge … und genau in dem Moment, als es so aussah, als könne sie die Töne endlich greifen … da entglitten sie ihr erneut, ließen sich wieder einmal nicht fassen.

„So, Ihr Tee“, sagte Brecht und reichte ihr eine dampfende Tasse.

35. KAPITEL

Pasohlávky/Weißstätten, Tschechische Republik
Montag, 28. April – 14:00 Uhr

Nach dem Tanken schloss David den Mietwagen ab und ging in den kleinen Tankstellenladen, um seine Rechnung zu bezahlen und sich einen Kaffee zu holen. Auch er musste auftanken. Der Stress und seine Albträume hielten ihn so gut wie jede Nacht wach, sodass er am Nachmittag meistens fix und fertig war. Der Kaffee war heiß und bitter; David schlürfte ihn wie Medizin, direkt am Straßenrand, hinter dem Steuer sitzend. Ein Kaffee – auch das etwas, das früher ein Genuss und mittlerweile bedeutungslos geworden war. Wann hatte er das letzte Mal echte Freude empfunden? *Vor der Geburtstagsfeier.* Er schmeckte Blut. Offenbar hatte er sich in die Wange gebissen.

Nachdem er ausgetrunken hatte, öffnete David den Rucksack, holte das in Geschenkfolie gehüllte Paket mit den Geburtstagskuchen darauf heraus. Er legte es vor dem Beifahrersitz auf den Wagenboden und inspizierte bedächtig und gewissenhaft den Rucksack.

Er hatte diesen Kauf zwar mit der gebotenen Vorsicht in die Wege geleitet, doch Terroristenzellen waren nicht eben dafür bekannt, dass sie besonders ehrenhaft vorgingen. Zudem war ihm Paxton viel zu selbstsicher erschienen. David brauchte nur fünf Minuten, dann hatte er den Peilsender gefunden. Er steckte wie ein kleines, fieses Insekt unter der Gummizunge unten am Ende des Reißverschlusses.

Im Laufe der Jahre hatte David Beziehungen zu Ganoven, Gesetzesbrechern und Angehörigen extremistischer Untergrundnetzwerke jeglicher Couleur gepflegt. Er hatte ihnen Geheiminformationen entlockt, die bedeutsamen davon der Welt mitgeteilt und die anderen in der Hinterhand gehalten, um sie für den passenden Zeitpunkt und die passende Story zur Verfügung zu haben. Wenn er während eines Auftrages mit seinen Kollegen beim Bier in der Hotelbar saß, allesamt abgekämpft und fern der Heimat, dann stritten sie oft über die Frage, ob eine freie Presse, die illegale Praktiken publik machte, der Kriminalität dadurch nun förderlich oder abträglich war. Wie dem auch sein mochte – die Aufgabe des Reporters bestand darin, der Wahrheit ans Licht zu verhelfen. Und das war David so hervorragend gelungen, dass seine Arbeit ihm drei Pulitzer-Preise eingebracht hatte. Um seine Reportagen zu machen, hatte er sich häufig in Gefahr begeben. Allerdings noch nie so wie jetzt.

Immerhin war der Semtex-Kauf an sich anonym über die Bühne gegangen; folglich observierten Paxton und seine Global-Security-Truppe nicht einen David Yalom, sondern vielmehr eine Lieferung Plastiksprengstoff an eine Person, die eine falsche Identität benutzt hatte. Von dieser Seite drohte David also vermutlich keine Gefahr. Andererseits musste man Abdul im Auge behalten. Hatte sich Wassong etwa mit dem Palästinenser verbündet? Oder hatte er auf eigene Faust gearbeitet und darauf abgezielt, sich nach getaner Tat die ganze Beute unter den Nagel zu reißen? Eigentlich hatte David damit gerechnet, dass sein Abstecher nach Tschechien nicht ohne Widrigkeiten verlaufen werde, aber bis jetzt sah es so aus, als habe er falsch eingeschätzt, aus welcher Richtung die größte Gefahr drohte.

Heraufziehende Gewitterwolken verwischten die Trennlinie zwischen Hügeln und Horizont. Der im Rucksack versteckte Peilsender ließ vermuten, dass wohl kaum jemand in der Nähe saß und David beobachtete. In einer solch abgelegenen Gegend wäre ein Beschatter zu leicht auszumachen gewesen; da empfahl sich eher die elektronische Variante.

David ließ den Rucksack im Auto, schnappte sich seinen leeren Kaffeebecher, stieg aus und stiefelte zum nächsten Abfalleimer. Genau in dem Moment, als er an einer geparkten Limousine mit einer über dem Armaturenbrett aufgeschlagenen

Straßenkarte vorbeikam, geriet er ins Stolpern. Der Pappbecher segelte im hohen Bogen durch die Luft; Kaffeereste spritzten durch die Gegend. David bückte sich, wodurch er einige Sekunden abtauchte. Mit dem Becher in der Hand richtete er sich wieder auf und warf das Ding in den Drahtmülleimer.

Zwei Minuten danach ließ er seinen Mietwagen an, rollte vom Parkplatz herunter und bog zurück auf die Landstraße Richtung Wien. Genüsslich malte er sich aus, wie Paxtons Truppe wie gebannt vor dem Monitor hockte und fasziniert den Lichtpunkt verfolgte, außerordentlich zufrieden darüber, dass man das Ziel im Blick behielt.

Während der restlichen Fahrt spähte David regelmäßig in den Rückspiegel, um sich zu überzeugen, dass er nicht verfolgt wurde. Dabei wäre ihm nicht einmal unlieb gewesen, dass ihm jemand nachfuhr. Des Öfteren wünschte er sich sogar, man möge ihn stoppen und ihn vor diesem finster brodelnden Zorn bewahren, ehe der erneut in ihm hochkochte.

36. KAPITEL

Wien, Österreich
Montag, 28. April – 16:05 Uhr

„Es kommt nicht von ungefähr, dass Sigmund Freud den Begriff *Todestrieb* während seiner Wiener Zeit prägte", sagte Jeremy zu seiner Tochter, als sie ans Tor zum Wiener Zentralfriedhof gelangten. Vor dem Betreten der Nekropole hielt er einen Moment inne und atmete tief durch. „Zur Israelitischen Abteilung geht es da entlang." Er wies in die Richtung. Die beiden kamen direkt von der gut besuchten und tief ergreifenden Begräbnisfeier für Jeremys Haushälterin.

Der Friedhofsweg, den sie nun einschlugen, war gesäumt von fünf Meter hohen, zu luftigen Pyramiden gestutzten Lebensbäumen. Durch die Lücken im Grün fiel der Blick auf gepflegte Rasenflächen, skulpturengeschmückte Denkmäler und Mausoleen mit aufragenden Dächern. Vogelgesang und der Duft immergrüner Pflanzen erfüllten die Luft. „Hier ist es ja wunderschön!", flüsterte Meer überrascht.

„Ja, nicht wahr? Kein Vergleich zu Friedhöfen in anderen Ländern. Zum Tod hatten die Wiener schon immer eine besondere Beziehung. Man hat ihn herausgeputzt, ihm musikalische Werke komponiert, in der Kunst Denkmäler gesetzt … Es gibt sogar ein Museum, das dem Tod gewidmet ist."

„Was gibt es denn in so einem Museum zu sehen?"

„Bestatter-Utensilien, Särge, Trauerschärpen, Urnen … Die hohe Kunst der Bestattung im Wandel der Jahrhunderte. Eines meiner Lieblingsobjekte ist das Glöckchen, das einem Toten mit in den Sarg gegeben wird. Stellt ein wieder erwachter Scheintoter fest, dass er lebendig im Sarg liegt, kann er mit der Klingel auf sich aufmerksam machen. So, da wären wir", sagte er und öffnete ein verrostetes Törchen. Meer folgte ihm hinein in eine verwilderte, ungepflegte Wüste. Zahlreiche Denkmäler waren umgestürzt und zerbrochen; Unkraut überwucherte jede ehemals gepflegte Grabbepflanzung. Verglichen mit der übrigen Friedhofsanlage wirkte alles völlig verwahrlost.

„Warum lässt man das alles so verkommen?“

„Der riesige Zentralfriedhof steht allen möglichen Konfessionen offen – unter anderem Katholiken, Protestanten, Russisch-Orthodoxen und eben auch Juden. Bis auf die jüdische Abteilung wurden alle Gräber von den Hinterbliebenen der Verstorbenen gepflegt.“ Jeremy musste den Weg verlassen, um einem umgekippten Grabstein auszuweichen. „Aber von den österreichischen Juden haben ja kaum dreitausend den Zweiten Weltkrieg überlebt“, fuhr er fort. „Und in der Nachkriegszeit sind Juden erst ganz allmählich zurückgekehrt. Also hat hier während der letzten sechzig Jahre niemand die Grabpacht bezahlt oder die Grabpflege übernommen. Neuerdings hat sich die österreichische Regierung verpflichtet, unseren Friedhof wieder instand zu setzen – nicht zuletzt auch dank der Bemühungen von Fremont Brecht. Sagenhaft, wie er sich für das österreichische Judentum einsetzt. Noch vor fünfzehn Jahren war er eine allseits geachtete Persönlichkeit des öffentlichen Lebens gewesen, zudem aus einer katholischen Familie stammend. Dann brachte er unter dem Titel ‚*Unsere geheime Geschichte*‘ seine Memoiren heraus. Darin schilderte er nicht nur den tief verwurzelten Antisemitismus in Österreich – sondern lüftet auch seine verborgene jüdische Herkunft.“

„Wie hat er das denn geschafft? So lange zu verheimlichen, dass er Jude ist?“

„Das hat er bis zum Tode seines Vaters selber nicht gewusst. Erst da stellte sich heraus, dass seine Mutter Jüdin war. Sie starb bei seiner Geburt, und sein Vater heiratete vier Monate später eine nichtjüdische Witwe. Hätte diese zweite Ehe die Vergangenheit nicht so perfekt kaschiert, wäre Fremont möglicherweise als kleiner Junge deportiert worden.“

„Wie fiel denn die Reaktion auf das Buch aus?“

„Es war ein Skandal. Rüttelte viele Menschen auf. Wie von Brecht selber befürchtet, löste es heftige antisemitische Äußerungen aus, aber das bestärkte ihn nur in seiner Entschlossenheit, sich für die Akzeptanz und Wiederherstellung des reformierten Judentums einzusetzen. Das tut er seitdem unermüdlich."

„Aber?"

Jeremy sah seine Tochter fragend an.

„Du verschweigst mir doch etwas, Dad. Das höre ich dir doch an."

Er hob hilflos die Schultern. „Das ist zwischen Fremont und mir ein ständiger Zankapfel. Nach seiner Auffassung sollte sich das Judentum in einem Land, dem man immer noch unterschwelligen Antisemitismus unterstellt, einen modernen und fortschrittlichen Anstrich geben."

„Und du?"

„Ich finde, er erweist uns Juden damit keinen Dienst. Das Mystische stellt einen bedeutenden und anerkannten Teil unserer Religion dar."

Inzwischen stießen sie an einen abgesperrten Bereich rund um ein frisch ausgehobenes Grab. Doch außer den Friedhofsbediensteten, die rauchend seitab standen und offenbar auf das Ende der noch nicht einmal begonnenen Beerdigung warteten, war kein Mensch zu sehen. Jeremy sprach die Männer an, derweil Meer die Namen und Lebensdaten auf den verwitterten Grabsteinen zu entziffern versuchte.

„Wir sind zu früh dran", erklärte ihr Vater, der wieder zu ihr getreten war. „Andauernd komme ich zu früh zu Beerdigungen. Wahrscheinlich aus Angst, ich könnte die Toten warten lassen." Er blickte in die Runde. „Komm, wir haben ja noch etwas Zeit; da kann ich dir zeigen, wo die großen Komponisten begraben liegen. Vielleicht können wir sogar Vögel beobachten. Hier leben nämlich über fünfundzwanzig Vogelarten."

Bald waren sie aus der Wildnis heraus und wieder in der

gepflegten Parkanlage. „Der österreichische Aktionskünstler André Heller hat diesen Ort einmal als ‚Aphrodisiakum für Nekrophile' bezeichnet", bemerkte Jeremy. „So makaber dieser ganze Totenkult ja wirken mag – nach meiner Ansicht gehen die Wiener mit dem Tod doch erheblich natürlicher um als wir Amerikaner. In Amerika verdrängt man das Sterben. Man begräbt es, um es mal paradox auszudrücken. Als wäre es etwas Finsteres und Geheimnisvolles, das man besser nicht näher untersucht. Hier in Wien macht man's genau umgekehrt. Es gibt sogar einen Begriff für ein besonders üppiges Begräbnis: *a schöne Leich*. Das sind Marotten, die auf die Habsburger zurückzuführen sind. Die hatten nämlich allerlei verschrobene Vorstellungen, wie sie mal beigesetzt werden wollten. Entschuldige, jetzt werde ich wohl ein wenig morbid."

„Stimmt. Aber was haben sie denn gemacht, die Habsburger?"

Jeremy bedachte seine Tochter mit einem wehmütigen Lächeln. „Manche behaupten, das Haus Habsburg setzte seine Strategie *divide et imperia*, teile und herrsche, mit dem Begräbnis fort. Die sterblichen Überreste sind in der Kaisergruft unter der Kapuzinerkirche beigesetzt. Die Eingeweide hingegen befinden sich in Kupferurnen in den Katakomben des Stephansdoms. Und die Herzen wiederum in kleinen Silbergefäßen in der Herzgruft."

„Herzgruft?"

„Schon mal davon gehört?"

„Da befinden sich die mumifizierten Herzen?"

„Genau. Ist ein Touristenmagnet. Nicht gerade der größte, aber die Neugierigen zieht es schon dorthin. Hast du mal davon gelesen?"

„Muss ich wohl. Wieso hat man denn die inneren Organe und die Herzen von der restlichen Leiche getrennt?"

„Das fing Anfang des 17. Jahrhunderts an. Unter Ferdinand IV., glaube ich, einem der Kaiser aus dem Hause Habsburg.

Der wollte unbedingt sein Herz der Muttergottes zu Füßen legen …"

Meer fiel ihm ins Wort. „Das würde ich mir gern ansehen."

„Möglicherweise könnte ich dich morgen früh hineinschleusen, ehe der große Andrang einsetzt. Ich selber kann leider nicht."

„Macht nichts, ich komme auch allein klar. Weißt du, ich bin ja jetzt erwachsen und brauche keinen Babysitter mehr."

„Oh doch, tust du wohl!", zischte er heftig. „Zwei Menschen sind tot! Inspektor Fieske hat nicht die kleinste Spur. Da sind ausgemachte Profis am Werk, und die haben sich bisher noch keine Fehler geleistet. Jedenfalls ist der Polizei noch keiner aufgefallen. Du musst mir versprechen, dass du nirgendwo alleine hingehst."

Meer wollte schon aufbegehren, ließ es dann aber.

„Vielleicht kann Sebastian dich begleiten. Oder ich vertage meinen Termin so, dass ich es doch schaffe. Möglich, dass Malachai mitkommen möchte – besonders, wenn ich eine Privatbesichtigung arrangiere."

„Wie viele Babysitter brauche ich denn noch?" Meer schmunzelte.

„Nein, ich hatte nur überlegt, dass er's wohl gern anschauen würde."

Die hohen, immergrünen Gewächse beiderseits des Weges warfen dunkle, lange Schatten über Vater und Tochter.

„Ich wusste gar nicht, dass du Deutsch sprichst", bemerkte Jeremy nach einer längeren Pause.

„Wie bitte? Tue ich doch gar nicht!"

„Heute Morgen, bei dem Feueralarm, da hast du aber Deutsch gesprochen."

Sie winkte ab. „Wahrscheinlich ein, zwei Brocken, die ich hier aufgeschnappt habe."

„Und aus einer kompletten Häuserzeile pickst du genau das Gebäude der Gesellschaft heraus."

„Wie soll das denn gehen? Ich war doch noch nie hier!"

„Ja, in der Gegenwart nicht."

„Dad!", fauchte Meer leise, bemüht, ihren Unmut zu unterdrücken, was ihr allerdings nicht ganz gelang. „Lassen wir das! Nicht schon wieder – nicht jetzt, und nicht hier!"

„Schatz, du darfst dir nicht dauernd vormachen, du könntest …"

„Ich mache mir überhaupt nichts vor! Ich habe eine Entscheidung getroffen, wie ich mein Leben führen möchte. Deine Predigt über den ewigen Kreislauf der Seelen und den Engel des Vergessens und die göttlichen Lebensfunken und all die anderen mystischen Reinkarnationstheorien aus der Kabbala, die kannst du dir also schenken. Du und Malachai, ihr könnt euch von mir aus die Köpfe heiß reden – aber bitte nicht in meiner Gegenwart." Wenngleich sie dieses Mal nicht so überzeugt war wie sonst, verfiel Meer in ihre alten Reaktionen auf diese Auseinandersetzung. Sie drückte sich sogar fast wie ihre Mutter aus. Es war dieselbe Streiterei, die sie zwischen ihren Eltern immer mitgehört hatte, wenn die beiden glaubten, die Kleine würde schlafen. Meer hätte gern gewusst, wie genau sie die Worte ihrer Mutter getroffen hatte, denn ihr Vater schaute ziemlich pikiert drein.

„Deine Mutter hat dich wohl sehr beeindruckt, hm?", fragte er. „Ich wollte, ich könnte dich davon überzeugen, dass Glaube auch Seelenfrieden bringt."

Wieder wollte sie etwas entgegnen, aber er kam ihr zuvor. „Stimmt, du hast recht. Nicht hier. Wir müssen sowieso zurück zur Beerdigung. Wenn wir den Weg da nehmen, kann ich dir trotzdem das zeigen, weswegen ich dich hergeführt habe."

Das Hallen ihrer unterschiedlichen Schritte auf dem Pflaster unterstrich sowohl die körperliche als auch die emotionale Distanz zwischen ihnen. Schweigend schlenderten sie ein ganzes Stück weiter, bis sie an eine kleine Rasenfläche mit einem Eisengitter davor gelangten. Umgeben von konisch gestutztem

Immergrün, strebte ein weißer Obelisk himmelwärts, schlicht und doch majestätisch. Auf dem Sockel prangte in schwarzen gotischen Lettern ein aus einem Wort bestehender Name. Wie ein Stich durchzuckte es Meer, als sie begriff, dass sie vor Beethovens Grabmal stand. Mund und Augen wurden ihr trocken; ein Gefühl von Trauer und Leere ergriff von ihr Besitz.

Ihr Vater wartete einige Minuten, ehe er murmelte: „Wir müssen."

Auf dem Rückweg passierten sie weitere Steindenkmäler. Jeremy zeigte Meer die letzte Ruhestätte von Johannes Brahms und dann von Franz Schubert. Während sie so an wunderschön gestalteten Gedenkstätten für vollendete Lebenskreise großer Verstorbener vorbeischlenderten, fiel Meer auf, dass hin und wieder ein Blumenstrauß vor einem Grabmal stand – meist auf dem Grab einer Berühmtheit. Ihre Mutter hatte ihr einmal gesagt, solange man geliebt werde, sei man nicht endgültig tot.

„Alle großen Österreicher liegen hier begraben. Baumeister, Politiker, Künstler, Schriftsteller ... auch eine ganze Zahl von Memoristen. Ich glaube, wenn wir auf diesem Weg bleiben, kommen wir noch ..." Jeremy hielt vor dem Bildnis eines männlichen Engels mit wunderschön gestalteten Flügeln. „Ach ja, da ist es schon." Die Trauer auf den Zügen der Statue wirkte dermaßen naturgetreu, dass es Meer regelrecht verzauberte. Die Hand des Engels ruhte auf dem von ihm bewachten Grabstein, als hüte er ein lebendiges, geliebtes Wesen, nicht etwa ein lebloses Ding.

„Wessen Grab ist das?", fragte sie.

„Hier ruht die Ehefrau des bedeutendsten Gründers unserer Gesellschaft", murmelte Jeremy. Dann las er seiner Tochter die Inschrift vor. „Margaux Niedermeier, 1779–1814. Auf ewig klinge ihr Gedenken in diesem klagenden Akkord."

37. KAPITEL

Montag, 28. April – 18:08 Uhr

„Passen Sie auf!“, mahnte der Kunde am anderen Ende der Telefonleitung nun schon zum dritten Mal – sehr zu Paul Pertzlers Unmut. Seit Auftragserteilung kommandierte der Kerl ihn herum, als hätte er es mit einem tollpatschigen Esel zu tun. Schließlich hatte *er* doch den Beethoven-Brief und die antike Spielekassette geklaut! Und da sollte er die Kostbarkeiten nicht mal anfassen dürfen? Er schwenkte die Kamera und richtete den Sucher von dem Kästchen weg auf eine leere Stelle an der Wand. Dabei achtete er peinlich darauf, dass er nichts Verräterisches übertrug.

„Bei mir ist das Bild weg.“ Die Stimme am anderen Ende klang nach mühsam unterdrücktem Frust.

Pertzler lächelte in sich hinein und wartete.

„Sind Sie noch da? Ich sagte, ich kriege kein Bild mehr!“

Pertzler überlegte schon, ob er die Computerverbindung, über die er mit dem Käufer sprechen und ihm das Objekt zeigen konnte, nicht einfach kappen sollte.

„Was soll das?“, fragte die Stimme heftig.

Der Kunde mochte ja gutes Geld bieten, aber das gab ihm noch lange nicht das Recht, ausfallend zu werden.

„Wo ist die Kamera?“

Pertzler richtete die Linse wieder auf die Schatulle. „Der Computer hat sich aufgehängt, tut mir leid.“

„Die Außenseite reicht mir so; jetzt bitte mal von innen“, befahl der Kunde. „Wir müssen uns vergewissern, dass alles intakt ist. Geben Sie uns erst einmal einen Überblick.“

Pertzler schwenkte über den Inhalt, indem er die Kamera langsam über jedes einzelne Fach bewegte.

„Und jetzt zeigen Sie uns bitte die Whist-Marker, am besten in Nahaufnahme.“

Pertzler senkte den Blick auf die unterschiedlichen Spielsteine. Er hatte keine Ahnung, welche davon Whist-Marker waren. Die ganze Art des Käufers ging ihm gegen den Strich; da hätte er nur ungern gefragt, wie solche Marker denn aussahen.

„Die Perlmuttstäbchen. Rechts von Ihnen."

Pertzler bewegte die Kamera nach rechts, zoomte auf die angewiesenen Stellen und fragte sich, wieso der Sprecher die Mehrzahl benutzte. War das „uns" nur ein Stilmittel? Oder ein Vorwand, um den Eindruck zu erwecken, es gehe nicht um einen Einzelnen, sondern eine Gruppe? Aber so dumm, sich solchen Spekulationen hinzugeben, war Pertzler nicht. Er war eben ein solches Ass in seinem Job, weil er sich nicht von Nebensächlichkeiten ablenken ließ. Bei diesem Auftrag hatte er sich allerdings einige Schnitzer erlaubt. Zwei Menschen waren draufgegangen. Eine Blamage – aus verschiedenen Gründen, besonders aber deshalb, weil Tote die Behörden auf den Plan riefen, und zwar derart massiv, wie das bei Raub gemeinhin nicht der Fall war.

„Jetzt zeigen Sie uns das Markierbrett", befahl der Kunde. „Das ist eine Vorrichtung zum Punktezählen beim Cribbage." Bei Cribbage handelte es sich um ein Kartenspiel, das man bis ins 17. Jahrhundert zurückverfolgen kann, das wusste Pertzler. „Im Überblick haben wir das nicht gesehen; es müsste aber da sein. Vermutlich aus Gebein oder Holz. Mit etlichen Löchern drin."

„Das hier, nehme ich an, hm?" Pertzler richtete den Scheinwerfer neu aus, sodass das Licht auf die linke Ecke fiel. Anschließend ließ er die Kamera über die Oberfläche eines elfenbeinernen, vor Alter vergilbten Gegenstandes wandern.

„Wunderbar. Jetzt noch vier Kartenspiele. Mit Goldrand. Können wir uns die alle mal genauer ansehen?"

Pertzler fokussierte die Linse nacheinander auf die vier Blätter.

„Wird jetzt alles leider ein wenig beschwerlich, aber Sie

müssen noch jedes Kartenspiel für sich durchgehen. Zeigen Sie uns jede einzelne Karte, Vorder- und Rückseite. Wir machen von jedem ein Foto."

„Ist ja Ihre Zeit. Sie haben dafür bezahlt."

Der Kunde fand das wohl lustig, denn er kicherte. „Allerdings, das haben wir."

Die Aufnahmen dauerten gut zwei Stunden und erwiesen sich, wie schon vom Auftraggeber angedeutet, als mühselige Angelegenheit.

„So, das wär's", sagte der Mann schließlich. „Wir sind fertig."

„Wohin soll ich die Ware liefern?"

„Vorläufig wäre es uns am liebsten, wenn Sie beides erst mal behielten, sowohl die Spieleschatulle als auch den Brief, den Sie in Genf gefunden haben. Geht das? Wir nehmen an, bei Ihnen sind sie in sicheren Händen."

Normalerweise war Pertzler auf Scheidungsfälle spezialisiert, genauer gesagt auf Wiederbeschaffung von Wertgegenständen aus Zugewinn. In erster Linie raubte er Schmuck und Kunstgegenstände, sei es von Ehemännern, die ihren Verflossenen nicht das komplette Tafelsilber überlassen wollten, oder sei es von Gattinnen, denen daran gelegen war, dass ein Familienerbstück in der Familie blieb. Dass er von einem – oder mehreren – Kunden gebeten wurde, das Diebesgut vorerst aufzubewahren, war äußerst ungewöhnlich.

„Wie lange?"

„Eine Woche. Höchstens. Bei der Gelegenheit gleich die Frage: Nehmen Sie auch Beschattungsaufträge an?"

„Selbstverständlich, ja."

„Sie müssten aber sofort loslegen."

Das Honorar wurde ausgehandelt, und dann beschrieb der Auftraggeber, wer observiert werden sollte und wie, wann ein Zwischenbericht fällig und welche Telefonnummer im Notfall anzurufen war. „Hinterlassen Sie uns eine Nachricht, falls Sie Kontakt zu uns aufnehmen müssen."

„Was stellt denn einen Notfall dar?“

„Das überlassen wir Ihrem Urteilsvermögen.“

Mit diesem kryptischen Hinweis beendete der Kunde seinen Marathonanruf und legte auf. Pertzler erhob sich vom Schreibtisch und reckte sich so, wie es seine Katze immer nach einem ausgedehnten Schläfchen in der Sonne tat. Jetzt musterte sie ihn von ihrem Platz auf dem Sofa. Eine schwarze Katze mit weißen Flecken. Die Wohnung roch schon ganz verräuchert von den vielen Zigaretten, die er während des Telefonats gequalmt hatte. Er riss das Fenster auf, blieb eine Weile davor stehen und schaute in die Sonne, die hinter dem Horizont versank. Die Tageszeit schlug ihm stets aufs Gemüt; also ging er in die Küche und schnitt sich ein dickes Stück von dem tags zuvor gekauften Schokoladenkuchen ab. Doch ehe er auch nur einmal hineinbeißen konnte, klingelte sein Handy.

Pertzler besaß zwei Telefone – eines, das er für von außerhalb eingehende, aber nie für eigene Anrufe benutzte, sowie ein zweites, mit dem er selber anrief, dessen Nummer er aber nie preisgab.

„Hallo?“

„Grüß dich. Bleibt es bei dem Kinobesuch heute Abend?“

Pertzler erkannte Klempt an der Stimme. Begrüßungsformeln waren überflüssig. Es war für beide auch sicherer so. Nach einem kurzen Austausch über die Kinoprogramme einigten die beiden Männer sich auf die sieben-Uhr-Vorstellung von Hitchcocks „Cocktail für eine Leiche“ und verabredeten sich für eine halbe Stunde früher, damit sie vor dem Film noch auf ein Bier einkehren konnten.

Es war ein Gespräch, das niemandem, der zufällig zugehört hätte, weiter aufgefallen wäre. Hätte der Zuhörer jedoch die Kinoprogramme überprüft, so hätte er schnell festgestellt, dass an diesem Abend überhaupt kein Hitchcock-Film lief, und zwar in keinem einzigen der Wiener Filmtheater. Auf diese Weise konnte niemand herausfinden, bei welchem Kino die beiden sich treffen wollten – vorausgesetzt, sie trafen sich überhaupt dort.

In der Tat trafen sie sich auch gar nicht vor einem Kino, sondern in der Hummer-Bar. Hätten sie sich für einen Godard-Streifen verabredet, wäre der Treffpunkt eine Kneipe namens Guess Club II gewesen, bei einem Fellini-Film die Fledermaus und so fort. Es gab zehn mit Filmregisseuren verschlüsselte Treffpunkte, damit sie nicht zu häufig an einem einzigen gesehen wurden.

Als Pertzler eintraf, schlürfte Klempt schon genüsslich sein Bier.

„Hab telefonisch ’nen Auftrag gekriegt“, berichtete Klempt nach dem üblichen Small Talk. Klempt, ein ausgewiesener Computerhacker und Spezialist für Industriespionage, arbeitete oft mit Pertzler zusammen. Beide unterstützten sich gegenseitig mit ihrer Fachkenntnis.

„Wird er ordentlich bezahlt?“

„Sehr ordentlich.“

„Noch eins?“, fragte Pertzler mit einem Blick auf den leeren Bierkrug seines Thekennachbarn.

Der guckte auf seine Armbanduhr. „Lieber nicht … Meine bessere Hälfte …“

Pertzler witzelte, sein Kumpel stehe ja mächtig unter dem Pantoffel. Beide lachten.

Nur gab es gar keine Ehefrau. Auch die Witzeleien gehörten zu der im Laufe ihrer fünfzehnjährigen Zusammenarbeit entwickelten Geheimsprache. Die tat ihnen gute Dienste, auch wenn sie es mit der Vorsicht zuweilen übertrieben.

Wieder draußen auf der Straße, wandten sie sich gemeinsam zur selben U-Bahn-Station. Erst auf dem Bürgersteig, und erst, nachdem sich beide überzeugt hatten, dass ihnen niemand folgte, erkundigte Pertzler sich nach dem Auftrag.

„Ich habe einen neuen Kunden, der möchte dich gern engagieren“, sagte Klempt. „Du sollst für ihn etwas wieder auftreiben, was verloren gegangen ist.“

„Verloren?“

Die Fußgängerampel sprang auf rot. Obwohl wenig Verkehr herrschte, blieben die beiden an der Bordsteinkante stehen.

„Interessanter Ausdruck, hm? Der Kunde sagte ‚verloren‘. Ich habe nachgefragt, ob er geklaut meint. Er sagte, verloren wäre ihm lieber.“

„Bisschen spinnert, der Gute, was?“

Klempt zuckte die Achseln. „Verloren, geklaut – kommt aufs selbe raus. Jedenfalls sollst du einsteigen und es zurückholen.“

„Wie viel?“

Klempt nannte eine höhere fünfstellige Summe.

Pertzler war einverstanden. „Hast du ein Foto?“

Klempt zog einen Umschlag aus der Jackentasche.

„Schönen Abend noch“, brummte Pertzler, nahm den Umschlag an sich und ging in Gegenrichtung davon.

Eine Viertelstunde später, zurück in seiner Küche, schlitzte Pertzler das Kuvert auf. Darin lag die Seite 16 aus dem Katalog des Auktionshauses Dorotheum. Die Angaben, die Pertzler brauchte, waren auf den Rand gekritzelt, aber er las sie gar nicht. Er starrte vielmehr auf die Fotografie.

Seite 16 zeigte eine antike Spielekassette, etwa 1790. Exakt das Modell, das er in der Woche zuvor auftragsgemäß hatte stehlen sollen.

Das Kästchen, das er dann auch gestohlen hatte. Und das jetzt drüben in seinem Wohnzimmer stand.

38. KAPITEL

Montag, 28. April – 20:10 Uhr

Angetan mit ziviler Khakihose, weißem Hemd und einem abgetragenen blauen Anorak, eine Hand am Lenkrad, in der anderen eine Zigarette, bugsierte Inspektor Alexander Kalfus den silberblauen Smart durch die Fußgängerzone des Wiener Grabens. Nach Ansicht von Lucian Glass lag auf Kalfus' Gesicht derselbe merkwürdige Ausdruck wie bei dem Porträt des Landmanns, das im Van-Gogh-Museum in Amsterdam hing. Erstaunlich, wie man mit ein paar groben Pinselstrichen und etwas Farbe die Seele eines Menschen einfangen konnte! Angefangen hinter dem Ohr, zog sich eine verkrustete Narbe über Kalfus' Hals bis hinunter zum Schlüsselbein. Anscheinend beschritt der österreichische Kriminalpolizist denselben steinigen Weg, auf dem Lucian bereits sein ganzes Erwachsenenleben lang feststeckte.

Kalfus setzte den Blinker, fädelte sich links in den Verkehr ein, schimpfte und blies den Zigarettenqualm durch das Seitenfenster. Der Fahrtwind drückte ihn allerdings wieder ins Wageninnere, sodass Lucian ihn unwillkürlich inhalierte. Am liebsten hätte er den Österreicher um eine Kippe angeschnorrt. Er malte sich schon aus, wie genüsslich er den ersten Zug tun würde … Aber dann fiel ihm ein, dass es nur eine einzige Zigarette brauchte, um aufs Neue der Nikotinsucht zu verfallen.

„Straßenecke voraus", ließ Kalfus sich vernehmen.

Lucian warf einen Blick auf den Monitor im Deckel der geöffnet auf seinem Schoß liegenden Aktentasche und wies seinen Fahrer an, an der nächsten Ampel rechts abzubiegen. „Vorausgesetzt, diese Überwachungstechnik funktioniert auch richtig", setzte er hinzu.

Nach seiner Ankunft am Morgen hatte Lucian sich mit Kalfus kurzgeschlossen. Gemeinsam hatten sie eine Stunde lang auf

Malachai Samuels gewartet, der aus New York eintreffen sollte. Kaum dass der Reinkarnationsforscher die Maschine verlassen, sein Gepäck abgeholt und ein Taxi genommen hatte, hefteten sich die beiden Gesetzeshüter an seine Fersen. Lucian hätte zwar lieber sein eigenes Team eingesetzt, doch das war mit den österreichischen Behörden nicht zu machen gewesen. Falls das FBI auf österreichischem Territorium ermitteln wollte, dann nur in Zusammenarbeit mit einem einheimischen Beamten und nicht anders, so die Aussage.

„Und nun links“, befahl Lucian.

Kalfus folgte der Anweisung. Einige Häuserzeilen weiter bog er noch einmal links ab, dann rechts. „Jetzt weiß ich, wohin er fährt. Da geht's zum Haus von Jeremy Logan. Nachvollziehbar, denn Sie sagten ja, er sei hergekommen, weil er sich angucken will, was Logan gefunden hat.“

„Und verloren, wohlgemerkt“, betonte Lucian.

Während der vergangenen Stunde hatten die beiden Beamten sich gegenseitig über die wirklichen und mutmaßlichen kriminellen Aktivitäten ausgetauscht, durch die sie beide an denselben Fall geraten waren.

„Wie haben Sie ihm den Sender untergejubelt?“, wollte Kalfus wissen.

„Wir haben ein paar von unseren Leuten unter das Sicherheitspersonal am Flughafen geschleust. Als Samuels die Kontrollen durchlief, fiepte eine der Sicherheitsschleusen los, also zog einer ihn beiseite, um nachzugucken, woran das lag. Das verschaffte uns die nötige Zeit. Während Samuels überprüft wurde, hat ihm einer unserer Spezialisten den Transistorchip in die Brieftasche gemogelt.“

„Und finden kann er den nicht?“

„Der ist mikroskopisch klein und außerdem in einer Naht versteckt.“

„Wie lange sind Sie jetzt schon an dem Mann dran?“

„Neun Monate.“

„Demnach ist das FBI mit all seiner hypermodernen Technik an der Aufgabe gescheitert, hieb- und stichfeste Beweise gegen Samuels vorzulegen?“

„Nicht das FBI – *ich*! Es ist mein Fall, und ich bin der letzte Mohikaner.“

„Warum haben Sie nicht längst das Handtuch geworfen?“

„Der Bursche ist Psychologe und Hobby-Illusionist. Der versteht sich bestens aufs Täuschen und Manipulieren. Dem geht es nicht darum, Münzen verschwinden zu lassen oder in allerlei Rollen zu schlüpfen. Nein, Malachai Samuels will die Leute hinters Licht führen. Und ich für meinen Teil lasse mich nicht von ihm austricksen.“

„Hat er sich in den letzten Tagen bei vielen hier in Wien gemeldet?“

„Logan hat er mehrmals angerufen, euren Ex-Verteidigungsminister Brecht zwei Mal. Nach unserem Dafürhalten sind Logan und Brecht Mitglieder ein und desselben Vereins – der Gesellschaft für Erinnerungsforschung. Eine kleine, unpolitische Gruppierung ohne jeden kriminellen Hintergrund, soweit wir das überblicken können. Ursprünglich als eine Art Ableger der Freimaurer gegründet.“

„Hier in Wien?“ Kalfus hörte sich etwas säuerlich an; offenbar passte es ihm nicht, dass der Amerikaner ihm da etwas über seine Heimatstadt erzählte, das ihm selber neu war.

„Müssen Sie auch nicht unbedingt gemerkt haben. Kriegt nicht jeder mit.“

„Und was hat das alles mit dem Mord von dieser Woche zu tun? Und mit den Einbrüchen?“

„Nach allem, was wir durch unsere Lauschangriffe erfahren haben, wollten die Memoristen bei der Versteigerung der Spielekassette mitbieten. Samuels stand in Verhandlungen über eine Beteiligung, wofür er zum Ausgleich unbegrenzten Zugang zu dem Gegenstand bekommen hätte. Es ist aber nicht ausgeschlossen, dass er das alles nur versprochen hat, um Informationen von der Gesellschaft zu erhalten – und dass er hinter den Einbrüchen steckt. Sollte sich *das* als richtig herausstellen, könnte uns eine Beschattung von Samuels zu dem augenblicklichen Besitzer der Antiquität oder des Briefes führen. Stimmt es nicht, wissen wir, dass Samuels auf die Sachen aus ist und genug Geld hat, um sie auf dem Schwarzmarkt zu kaufen – vorausgesetzt, sie werden überhaupt angeboten. Und das wiederum könnte uns erneut zu den Antiquitäten oder deren Besitzern führen."

„Allem Anschein nach sind Sie überzeugt, dass er mit den Vorgängen hier in Verbindung steht – so oder so."

Lucian nickte. Er hatte die fast schon wilde Entschlossenheit in Samuels' Augen gesehen, aber das behielt er lieber für sich. Den Blick vom Monitor hebend, betrachtete er durch die Seitenscheibe die vorbeigleitenden Gebäude und fragte sich, wie es wohl sein mochte, hier tatsächlich einige Zeit als Tourist zu verbringen.

„Bauchgefühl ist nicht ohne", meinte Kalfus.

„Und Ihre Ermittlungen, wie steht's mit denen?", erkundigte sich sein amerikanischer Kollege. „Was haben Sie bisher in der Hand?"

„Jede Menge Details. Mutmaßungen zuhauf. Keine konkreten Beweise. Keine Fehler vonseiten der Kunsträuber", maulte Kalfus.

„Sie meinen keine offensichtlichen."

Der Österreicher zuckte die Schultern. Nach Lucians Gefühl tat er das ziemlich oft. Schüttelte er wohl so die Ungewissheit ab, mit der jeder Gesetzeshüter und jeder Ermittler leben musste?

„Die Frage", fuhr Lucian fort, „auf die ich bisher keine zufriedenstellende Antwort habe, ist folgende: Wieso fällt es uns so leicht, die Fehler in der Rückschau zu entdecken?"

„Selbstkritik? Normalerweise kein Charakterzug, den man mit amerikanischen Bundespolizisten assoziiert."

„Da vorne links."

Die Unterhaltung erstarb. An der Straßenecke angelangt, bog Kalfus links ab. Beide blickten dem schwarzen Mercedes hinterher, der unten am Ende des Blocks am Straßenrand hielt.

Kalfus nahm den Gang heraus. Sie standen vor der Hausnummer 59, einem Gebäude mit weißem Putz und schwarzen Fensterläden. Weiter unten, vor dem Haus Kirchengasse 83, stieg ein uniformierter Chauffeur aus dem Mercedes, ging um den Wagen herum und half dem Fahrgast heraus. Gleichzeitig ging die Haustür auf, und ein hochgewachsener Mann mit zerzauster Mähne trat auf den Bürgersteig, um seinen Besucher zu begrüßen.

„Ist das Logan?", fragte Lucian.

„Ja."

Jeremy umarmte Samuels zur Begrüßung. Inzwischen war auch Meer aus dem Haus gekommen, um den Neuankömmling ebenfalls willkommen zu heißen.

Kalfus legte den ersten Gang ein und ließ den Smart die Straße hinunterrollen. „Das ist die Tochter, Meer Logan", erklärte Kalfus. „Bei dem Tränengasangriff wurde ihr das Kästchen buchstäblich aus den Händen gerissen."

„Haben Sie die Videos von der Überwachungskamera? Damit man mal einen Eindruck bekommt von den Vorgängen im Auktionshaus?"

„Die Videos gibt's, aber bei dem Qualm infolge der Rauchbomben sieht man nichts, was uns weiterhelfen würde."

Ob die Tochter eventuell etwas abbekommen hatte, erwähnte Kalfus nicht, aber Lucian fragte auch nicht weiter. Inzwischen fuhren sie an Nummer 83 vorbei, wodurch er sie deutlich sehen konnte. Sie schien zwar äußerlich unverletzt, doch er hatte definitiv den Eindruck, dass sie noch verstörter wirkte als zu dem Zeitpunkt, an dem er sie das letzte Mal gesehen hatte.

Vermutlich lag es am Jetlag, dass er mit einem Male so müde wurde wie schon lange nicht mehr – erschöpft bis auf die Knochen, als brauche er Monate, um sich einigermaßen zu erholen. Kalfus stellte ihm eine Frage, und eigentlich hätte er auch antworten müssen. Doch Lucian hatte keinen Schimmer, was der österreichische Inspektor da eben gesagt hatte. Auch da war wohl der Jetlag im Spiel.

39. KAPITEL

Montag, 28. April – 20:20 Uhr

Nachdem man im Wohnzimmer Platz genommen hatte, schenkte Jeremy allen ein Glas Wein ein und unterrichtete Malachai ausführlich über die jüngsten Ereignisse, angefangen mit dem Überfall in Genf bis hin zum Raub im Dorotheum. Malachai hörte sich alles an, nippte an seinem geschliffenen Kristallglas, nickte und fragte dann Meer, sobald ihr Vater geendet hatte: „Und jetzt mal Klartext: Was ist mit Ihnen?"

Sie zögerte.

„Es ist ja nachvollziehbar, dass diese Vorgänge bestürzend für Sie sind; schließlich haben Sie sich jahrelang dagegen gesträubt. Aber es hilft bestimmt, wenn Sie darüber reden können. Also, Meer, geben Sie sich einen Ruck."

Sie schilderte, was im Auktionshaus und später in Beethovens Wohnung mit ihr vorgegangen war, und schloss mit dem Besuch auf dem Friedhof.

„Wussten Sie bereits vorher", forschte Malachai, „dass die Frau in den Erinnerungssprüngen Margaux hieß? Schon ehe Sie den Grabstein sahen?"

Meer bejahte.

„Der Mann von dieser Margaux, der hat die Flöte in Indien gefunden", warf ihr Vater erklärend ein. „Und dann ist er dort gestorben."

Die eiskalten Ringe schlossen sich um sie, zerrten an ihr, als wollten sie Meer in die Tiefe reißen. Die Hände vors Gesicht geschlagen, spürte sie, wie der Kummer gleich einer riesigen Woge über sie hinwegschwappte. „Nein!" Wie ein Schrei brach es über ihre Lippen. „Er lebt! In Indien! Deshalb muss ich doch das Geld aufbringen! Das brauche ich für eine Suchexpedition!" Sie sehnte sich nach Caspar, verzehrte sich nach einem Mann, dessen Namen sie bis Sonntag noch nie gehört hatte. Einen Mann, für den sie jedes Opfer brächte, könnte sie ihn nur finden und retten und wohlbehalten nach Hause holen, zurück zu ihr.

Wie aus weiter Ferne drang die Stimme ihres Vaters an ihr Ohr. „Malachai! Hör auf damit! Du siehst doch, was du damit anrichtest!“

„Es ist wichtig, Jeremy! Sie erinnert sich!“

„Nein!“ Jeremys Stimme wurde laut und zornig.

Malachai indes redete ungerührt weiter auf Meer ein. „Was ist, Meer? Was passiert jetzt?“

Unter Aufbietung aller Kräfte tastete sie durch die schwarzen Tiefen, angestrengt bemüht, eine Antwort zu finden. „Beethoven hatte die Flöte ... er versuchte, die Melodie herauszubekommen ... über die in den Knochen geschnitzten Zeichen ...“

Obwohl mitten in einem eiskalten Nebel gefangen, war sie doch selber überrascht. Die Gravuren? Die sollten der Schlüssel zu der Weise sein?

„Können Sie sagen, ob Beethoven die Tonfolge entziffert hat?“

Es wurde wieder dunkel, und zwar auf eine vertraute Art, die schlimmer war als jede ihrer Anwandlungen. In ihrer Kindheit war es genau diese Finsternis gewesen, die sich um jene eine, sich ständig wiederholende Erinnerung legte – Erinnerung an eine Frau, eine Reiterin im Männermantel, die in wilder Flucht durch einen Wald galoppierte. Sie hörte das Schnauben des Pferdes, fühlte das Prasseln des Regens, roch die nasse Wolle des Mantels. Dann aber löste sich das Bild in Schwärze auf, und zurück blieb nur diese überwältigende Traurigkeit.

„Margaux?“, fragte Malachai.

„Es reicht, Malachai!“, zischte Jeremy scharf.

Malachai wandte sich halb zu ihm um. „Wenn es diese Flöte wirklich noch gibt, wenn wir belegen können, dass Margaux Niedermeier damals Beethovens Klavierschülerin war ...“

„Damit brauchst du Meer nicht zu belästigen! Dass Margaux Niedermeier im Jahre 1814 Klavierstunden bei Beethoven nahm, kann ich auch so nachweisen! Heute Nachmittag, nach der Rückkehr vom Friedhof, da habe ich in einer Datenbank mit Beethovenbriefen recherchiert. Da ist mehrmals von einer Margaux Niedermeier die Rede."

Die Kälte wich, das Frösteln ließ nach. Aufmerksam lauschte Meer dem Bericht ihres Vaters.

„Hast du sonst noch etwas über sie gefunden?", erkundigte sich Malachai.

„Auf die vollständigen Brieftexte habe ich keinen Zugriff. Die Datenbank enthält lediglich ausgewählte Beispiele, aber in einem Brief vom September 1814, da wird eine Margaux Niedermeier namentlich erwähnt."

Genau so war es gewesen, als sie noch ein Kind war, stets ihrem forschenden Blick ausgesetzt: als wäre sie Gesprächsgegenstand, nicht ein Mensch. Sie stand auf. „Ich halte das nicht mehr aus. Ich brauche eine Pause."

„Selbstverständlich", betonte Malachai. „Die brauchen wir alle."

Sie hörte zwar den besorgten Unterton in seiner Stimme, doch auch eine gewisse Hoffnung ... wie immer. Sie schaute ihren Vater an. Vermutlich hätte er es von sich gewiesen, doch auch in seinem Blick schimmerte dieses Hoffen.

40. KAPITEL

Montag, 28. April – 20:50 Uhr

„Ich kann nicht erkennen, wie tief der Schacht noch runtergeht." Die Männerstimme, dem Slang nach offenbar ein Amerikaner, hallte wie ein Echo durch die unterirdische Kammer.

David hielt erstickt den Atem an. Was war da los? Es drang an diesem Abend überhaupt keine Musik aus der Konzerthalle nach unten – weder Töne von einer Probe noch Klänge von einer Aufführung. Zu hören war nur das gelegentliche Rascheln einer Ratte oder das Klackern eines herunterfallenden Kiesels. Und jetzt auf einmal dröhnte es bis hinunter in seine Krypta! Männerstimmen, die sich anhörten, als seien sie tiefer und näher, als David es für möglich gehalten hätte.

„Ich lasse mal 'ne Sonde runter", gab ein zweiter Mann zurück, auch der anscheinend Amerikaner. „Mal sehen, ob wir auf Grund stoßen."

Waren das Mitarbeiter von Global Security? Ausdruck von Tom Paxtons Bemühungen, Schwachstellen aufzuspüren, bevor daraus Probleme entstehen konnten? Wie tief mochten die Typen wohl sein?

David warf einen Blick hinüber zu der eigens an diesem Abend mitgebrachten Lebendfalle, in die er bereits drei Ratten gelockt hatte.

„Haut das hin mit der Tiefenmessung?", rief einer der Amerikaner. „Kannst du was lesen?"

David streifte die schweren Handschuhe über. Falls sein Plan funktionierte, würden die Ratten als Erklärung dienen für etwaige Infrarotflecken, die eventuell auf den Monitoren der Sicherheitsfirma auftauchten. Aufgrund seines Interviews mit Paxton wusste er, dass das Bodenradar von Global Security nicht bloß um Längen besser war als jenes, mit dem man während des Vietnamkriegs die Nachschubtunnel der Vietcong aufgespürt hatte. Nein, es war vielmehr der letzte Schrei der Technik, das Topgerät auf dem Markt. Das System wurde mittlerweile von aller Welt eingesetzt – von Kriminaltechnikern der Spurensicherung, die damit verscharrte Leichen aufspürten, bis hin zu Tiefbauingenieuren, die den Untergrund für geplante Neubauten prüften. Kein Wunder, dass so ein Siegertyp wie Paxton immer das technisch höchstentwickelte System haben musste. In jeder von Davids Reportagen über den Krieg gegen den Terror und über die Sicherheitsbranche war Global Security der Konkurrenz stets ein gutes Stück voraus, sowohl an Ergebnissen als auch an technischen Neuerungen.

„Das Rohr führt wahrscheinlich runter in die Kanalisation“, rief der Amerikaner. „Der Tiefenmesser geht schon über zwölf Meter und fällt weiter.“

David guckte auf seine Uhr. Zehn vor neun. Wieso arbeiteten diese Armleuchter um diese Zeit noch? Klar: Weil Paxton es verlangte.

„Kannst du noch tiefer runter und mir vielleicht mal hier unten leuchten?“

„Nichts zu machen!“, hallte es zurück. „Die Öffnung ist zu schmal.“

David vermutete, dass einer der beiden versuchte, sich durch den Schacht abzulassen, der parallel zu seinem Versteck verlief. Doch nicht mal ein Kind hätte sich durch diese Enge quetschen können. Laut Wassongs Berichten und auch den gefundenen Bauplänen nach handelte es sich um ein antiquiertes Heizungssystem aus der Wende vom 19. zum 20. Jahrhundert. Es war zwar längst stillgelegt, aber noch nicht demontiert.

David griff in den Käfig, packte sich einen der Nager und schob ihn durch den engen Spalt in der Felswand, die sein Versteck vom Schacht trennte. Er hörte noch, wie das Tier raschelnd an der Wand emportrippelte, und wartete.

„Ich kriege hier was auf dem Schirm!“ Der zweite Amerikaner klang aufgeschreckt. „Gefällt mir ganz und gar nicht.“

David konnte sich lebhaft vorstellen, wie der Sicherheitsangestellte die Bewegung auf seinem Monitor verfolgte und von seinem Diagnoseprogramm überprüfen ließ. Die sahen die Ratte, klar. Was aber, wenn das System andere Sensoren hatte? Konnten die gar das in Tschechien gekaufte Semtex erfassen? Unmöglich, befand er. Er benutzte ja den älteren Sprengstofftyp. Das Zeug enthielt absolut keine Radioaktivität, auf die Messgeräte sonst eventuell hätten anspringen können.

„Und du kannst dich echt nicht weiter nach unten durchquetschen?", fragte der eine Amerikaner nochmals.

David fischte die nächste Ratte aus der Falle, diesmal die fetteste der drei, die ihm allerdings bei dem Versuch heftig in den Handschuh biss. Die Zähne drangen zwar nicht durch den dicken Stoff, doch David fühlte den Druck der scharfen kleinen Fänge gleichwohl. Er ließ das Viech los, ohne groß zu fluchen oder zu schimpfen; im Gegenteil, er musste diesen Kanalbewohnern ja dankbar dafür sein, dass sie sich als Ablenkungsmanöver zur Verfügung stellten. Die Frage war nur, ob am Donnerstagabend, wenn der letzte Ton der Beethoven-Sinfonie verklang, noch einer der unverwüstlichen Nager übrig blieb.

41. KAPITEL

Die Tugenden, die wir uns aneignen und die sich allmählich in uns entwickeln, sind die unsichtbaren Glieder, die jede einzelne unserer unterschiedlichen Daseinsformen miteinander verbinden – Existenzen, an die sich allein der Geist erinnert. Denn das Körperliche hat kein Gedächtnis für Spirituelles.
– Honoré de Balzac –

Wien, Österreich
Dienstag, 29. April – 09:20 Uhr

Die unscheinbare Kirche lag auf der anderen Straßenseite, genau gegenüber dem Reitschultrakt der Hofburg. Die Residenz der Habsburger, ein gewaltiger barocker Gebäudekomplex, ließ das aus dem 14. Jahrhundert stammende Gotteshaus geradezu zwergenhaft erscheinen. Zum Glück war die Schlange sehr kurz; lediglich zehn Besucher warteten auf Einlass in die Krypta, die ihre Pforten um zehn Uhr öffnete.

Meer und Malachai Samuels, die gemeinsam zu Fuß vom Hotel herüberspaziert waren, gingen an der Schlange vorbei auf Jeremy zu, der mit Sebastian Otto vor dem Eingang stand. Merkwürdig, dass dieser Sebastian fortwährend auftauchte, fand Meer, auch wenn ihr Vater angedeutet hatte, er werde ihn einladen.

Kaum hatte Jeremy sie entdeckt, winkte er ihnen schon zu. Er hatte eine Privatbesichtigung vor der üblichen Öffnungszeit arrangiert, und da jetzt alle beisammen waren, geleitete er die drei in die Kirche hinein.

Gewaltige Messingleuchter erhellten den riesigen Chor, das Kirchenschiff und die Gänge sowie auch den schmächtigen Mönch, der sich den Besuchern nun näherte. Jeremy stellte

Bruder Franziskus vor und wies darauf hin, dass der Ordensbruder kein Englisch sprach.

Die vier folgten der Gestalt in der braunen Kutte quer durch das Kirchenschiff zu der kleinen, weißgetünchten Georgskapelle. Das Deckengewölbe war niedriger, der Altar schlichter und schmuckloser. Das helle Gestühl wirkte einladender als die dunklen Kirchenbänke im Mittelschiff. Suchte jemand das Zwiegespräch mit Gott, fiel ihm nach Meers Gefühl das Beten in dieser trauten Umgebung vermutlich leichter.

Rechts von dem kleinen Altar, aufgemalt auf eine nachgedunkelte Wand, prangte ein gut zwei Meter großes Gerippe, das offenbar zwei mit Kronen und Schwänen geschmückte schmiedeeiserne Gittertüren bewachte – den Zugang zur Loretokapelle. Bruder Franziskus bezog davor Aufstellung und wartete, bis alle sich eingefunden hatten. Als Meer näher trat, spürte sie deutlich einen kalten Hauch. Durch die Gitterstäbe hindurch sah sie zwei Regale mit Reihen von Silberkelchen und Urnen, die im Schein des durch die Fenster fallenden Tageslichts schimmerten. Die Herzgruft.

Bruder Franziskus steckte einen schwarzen Schlüssel in das Schloss und musste ihn mit einigem Kraftaufwand drehen, so als wolle die Gittertür nur widerwillig jemanden durchlassen. Schließlich bat er alle mit einer einladenden Handbewegung in den Nebenraum, und während sie eintraten, klärte er sie über das auf, was sie da nun zu sehen bekamen.

Jeremy übersetzte. „Hier sind vierundfünfzig Herzen beigesetzt. Alle aus dem kaiserlichen Geschlecht …"

Die Urnen strahlten blitzblank; wie gebannt blickte Meer auf die silberhellen Pünktchen, die auf den geschwungenen Formen der Gefäße funkelten. Alles andere in dieser Kapelle wich zurück; nur dieser Urnen wegen war sie hierhergekommen. Ihr Vater hatte zwar gerade gesagt, wie viele hier standen, doch Meer fing dennoch an, sie alle noch einmal zu zählen – ohne recht zu wissen, warum.

Eins, zwei, drei, vier, fünf, sechs, sieben, acht … neun …

Meer war, als strahle die neunte Urne heller als alle anderen. Den Blick unverwandt auf das Gefäß geheftet, nahm Meer nichts mehr von dem wahr, was ihr Vater erläuterte. Wie kam man näher heran? Warum diese Frage sie beschäftigte und wonach sie eigentlich suchte, das war ihr schleierhaft.

„Do you speak English?", fragte sie ihren Fremdenführer – obgleich Jeremy schon darauf hingewiesen hatte, dass dies nicht der Fall war.

„Englisch?", wiederholte der Mönch mit schwerfälligem Akzent. „Not good, no."

Meer nickte. Sie musste Gewissheit haben. „No English?"

Bruder Franziskus bestätigte.

Meer trat zu ihrem Vater, wies auf eine ganz rechts am obersten Regal angebrachte Tafel und flüsterte ihm etwas zu, ganz leise, um den Mönch, der seinen Vortrag wieder aufgenommen hatte, nicht zu unterbrechen. Als Bruder Franziskus verstummte, schwieg auch Meer.

Jeremys Übersetzung erfolgte zwar etwas verzögert, doch irgendwie hatte er dennoch mitbekommen, was sowohl der Mönch als auch seine Tochter gesagt hatten. „Das erste Herz hier ist das von Ferdinand IV., römisch-deutscher König, beigesetzt am 19. Juli 1654. Das letzte ist das von Kaiser Franz Karl von Österreich, hier beigesetzt am 8. März 1878."

So nahe an das Regal herantretend wie nur möglich, zählte Meer sicherheitshalber die Urnen ein zweites Mal durch, und zwar von links nach rechts. Abermals hielt sie an der neunten Urne inne, angestrengt bemüht, die Inschrift auf dem darunter angebrachten kleinen Messingschild zu entziffern. Der Text war auf Deutsch; verstehen konnte sie nur die Worte *„Maria Theresia"* sowie die Jahreszahl: *1696.*

Die kleine Silberurne ruhte auf Kugelfüßen. Um den oberen Rand herum liefen drei Herzreihen; eine Herzspitze passte immer genau oben in das Dreieck, das die Rundungen des davor liegenden Herzens bildeten – eine in sich geschlossene Kette aus lauter Herzen. Das Gefäß stand etwas schief; an einigen Stellen wies es leichte Dellen auf. *Die neunte Urne …* Das Kartenspiel aus der Spielekassette, das Meer noch hatte anschauen können, enthielt die Herz Neun doppelt. *Eine zusätzliche Herz Neun.* Was mochte das zu bedeuten haben? Hatten alle Kartenspiele eine Karte doppelt? Wie sollte man das jemals herauskriegen?

„Meinst du, die Habsburger haben sich das von den alten Ägyptern abgeschaut?", fragte Meer ihren Vater. Dabei rutschte ihr ein Kiekser heraus, den hoffentlich niemand bemerkte. Jeremy holte zu einer Antwort aus, doch plötzlich versagte ihm die Stimme, sodass er innehalten musste. Und ganz unvermutet sackte er in sich zusammen.

„Dad?" Meer ging neben ihm in die Knie, packte sein Handgelenk und fühlte ihm den Puls. „Er braucht einen Arzt!", rief sie.

„Ein Notfall!", schrie Sebastian. „Den Notarzt, schnell!"

Hastig eilte der Mönch davon.

42. KAPITEL

Dienstag, 29. April – 09:38 Uhr

Kaum dass der Mönch davongeeilt war, um den Notarzt zu alarmieren, wandelte sich Meers Miene von Entsetzen zu einem Ausdruck höchster Konzentration. Sie durfte keine kostbare Sekunde verlieren, konnte sich nicht damit aufhalten, Sebastian und Malachai zu erklären, was mit ihr vorging. Während die beiden also mit sorgenvollen Gesichtern neben dem am Boden liegenden Jeremy knieten, raffte sie sich auf und wandte sich blitzschnell zu dem Urnenregal. Sie öffnete das neunte Gefäß auf dem obersten Bord und griff hinein, als wäre es das Selbstverständlichste von der Welt. Ihr blieb keine Zeit, den fast vierhundert Jahre alten mumifizierten Inhalt genauer in Augenschein zu nehmen, keine Zeit, darüber nachzudenken, ob sie womöglich im Begriff war, sterbliche Überreste einer königlichen Verstorbenen zu schänden.

Was von dem menschlichen Herzen übrig war, fühlte sich an wie eine Trockenpflaume – verschrumpelt und lederartig. Darunter aber stießen Meers Finger auf etwas Kühles, Glattes. Etwas Winziges. Sie überlegte nicht lange, was es wohl sein mochte oder was sie damit anfangen sollte. Sie wunderte sich nur über die Maßen, dass sie intuitiv geahnt hatte, dass hier etwas auf sie wartete.

Verstohlen steckte sie den Gegenstand in die Hosentasche, wandte sich wieder ihrem Vater zu und ließ sich etwas rechts von Sebastian auf die Knie nieder. Ob einem der beiden Männer ihr kleines Intermezzo aufgefallen war, konnte sie nicht mit Sicherheit sagen.

Kurz darauf trafen die Sanitäter ein und begannen mit den lebensrettenden Maßnahmen.

43. KAPITEL

Dienstag, 29. April – 09:45 Uhr

Lucian Glass und Alexander Kalfus hatten am Straßenrand Beobachtungsposten bezogen. Aus ihrem kleinen silberblauen Wagen heraus verfolgten sie, was sich draußen vor der Kirche tat. Ein Rettungswagen brauste heran, ein Mönch kam eilig aus dem Gebäude gestürzt, um das Rettungsteam in Empfang zu nehmen; Sanitäter verschwanden im Laufschritt durch das Portal. Ein Einsatzfahrzeug der Polizei traf ein.

Lucian war drauf und dran, den Sanitätern nachzugehen und mit eigenen Augen zu sehen, was los war. Als jemand, der bei seinen Ermittlungen viel in Bewegung war, tat er sich schwer mit dem Stillsitzen. Aber dies war nun mal kein Heimspiel für ihn, und weitergehende Befugnisse wollten ihm die österreichischen Behörden nicht zugestehen. Während er so dasaß und beobachtete, stellte er zu seiner Bestürzung fest, dass ihn ganz unverhofft ein beklemmendes Gefühl überkam. Während sein österreichischer Kollege per Telefon versuchte, von der Streifenwagenbesatzung nähere Informationen über die Vorgänge zu erhalten, bemerkte Lucian, dass die Sanitäter jemanden auf einer Trage aus der Kirche transportierten. Hinter ihnen folgten zwei Männer, einer davon Samuels. Den anderen kannte Lucian nicht.

Kurz darauf öffnete sich das Portal erneut, und heraus trat Meer Logan, kreideweiß im Gesicht, die Frisur in Unordnung.

Kalfus klappte sein Diensthandy zu. „Logan ist kollabiert, Herzinfarkt, wie's aussieht."

Der Rettungswagen brauste mit Blaulicht und heulenden Sirenen davon. Einer der Polizisten half Meer Logan in den Streifenwagen, der ebenfalls gleich losfuhr. Auf dem Bürgersteig zurück blieben der Mönch sowie Samuels und der Unbekannte. Lucian verfolgte, wie die beiden einige Worte wechselten, sich von dem Mönch verabschiedeten und dann gemeinsam losmarschierten.

An einem Taxistand an der Straßenecke blieben sie stehen und reihten sich ein hinter einer älteren Dame mit einem riesigen Tulpenstrauß. Nachdem diese mit ihrem Taxi abgefahren war, rückte der nächste Wagen nach, und die beiden Männer stiegen ein. Sobald die Taxe sich von der Bordsteinkante löste, ließ Kalfus den Motor an und fädelte sich hinter dem Wagen ein. „Wenn ich raten sollte, würde ich sagen, die Fahrt geht zum Krankenhaus."

„Und ich würde sagen: richtig geraten. Nur wüsste ich zu gerne, was die da in der Kirche gesucht haben. Könnten Sie vielleicht Verstärkung anfordern, die Samuels weiter observiert, auch im Krankenhaus? Wir beide könnten dann zurück zur Kirche und dem Mönch mal auf den Zahn fühlen."

„Müsste klappen."

„Ich frage mich, wer der Mann in dem blauen Mercedes war, etwa auf halber Höhe der Straße, der genau wie wir die Kirche beobachtet hat? Bestimmt hängt er sich auch an den Konvoi zum Hospital dran. Und zweitens: Wen hat der im Visier?"

„Was denn für ein Mann?"

Lucian war keineswegs stolz darauf, dass ihm der in seinem Wagen Zeitung lesende Unbekannte aufgefallen war, seinem österreichischen Kollegen hingegen nicht. Ja, es wäre ihm sogar lieber gewesen, Kalfus hätte den Kerl zuerst entdeckt; es hätte Lucians Vertrauen in seinen neuen Partner gestärkt. „Er kam direkt nach uns und hielt da", erklärte er. „Parkte da einfach und las Zeitung. Guckte alle Naselang auf die Uhr, als wartete er auf jemanden. Aber auf wen? Das wäre Frage Nummer drei. Wenn Sie mich fragen: Der beschattet einen aus unserer Vierergruppe in der Kirche. Und auf die Person hat er gewartet."

44. KAPITEL

Dienstag, 29. April – 09:49 Uhr

Vom Bürgersteig aus blickte der Mönch dem Rettungswagen und den Polizeifahrzeugen hinterher. Den Mann in dem unauffälligen grauen Anzug bemerkte er erst, als der ihn bereits ansprach. „Entschuldigen Sie, Pater", sagte er, indem er ein Kärtchen zückte und es Bruder Franziskus unter die Nase hielt. „Darf ich fragen, was hier eben vorgefallen ist?"

Der Mönch erkannte den Dienstausweis der österreichischen Bundespolizei. „Aber ich habe doch schon mit Ihren Kollegen gesprochen", erwiderte er verwirrt. Wie viele Stellen waren denn auf einmal mit diesem kleinen Notfall befasst?

„Verstehe. Aber ich bin vom Kunstraubdezernat. Wir ermitteln in dieser Sache von Amts wegen, denn hier handelt es sich um ein staatliches Kulturdenkmal."

Etwas genervt wiederholte der Mönch, was er gesehen hatte. „In der Herzgruft ist ein Besucher zusammengebrochen. Anscheinend Herzanfall."

„Was hatte die Besuchergruppe denn vor der offiziellen Öffnungszeit in der Kirche zu suchen?"

„Wie andere auch wollten sie Zwiesprache mit Gott halten und die Herzgruft besichtigen."

„Wenn es Ihnen recht ist, sehe ich mich in der Gruft mal um."

„Der Notfall war rein medizinischer Art. Es gab keinerlei Streit, keinen Unfall, nichts, was die Loretokapelle beträfe."

„Das mag ja alles sein. Aber wenn es Ihnen nicht allzu viele Umstände macht, würden Sie mir bitte den Schauplatz zeigen? Und lassen Sie die Touristen draußen, bis ich fertig bin. Dauert bloß ein paar Minuten."

Widerwillig, doch anscheinend ohne Alternative, führte der schmächtige Gottesmann den Bundespolizisten durchs Kirchenschiff in die Kapelle, vorbei an dem gruseligen, den Krypta-Eingang hütenden Gerippe und dann hinein in die Herzgruft.

Wie viele Wiener, wusste Pertzler herzlich wenig über die Touristenattraktionen seiner Heimatstadt. Was an dieser Kapelle so Besonderes sein sollte, war ihm daher schleierhaft.

„Könnten Sie erklären, Pater, vor was wir hier stehen? Und da Sie schon dabei sind, können Sie gleich kontrollieren, ob etwas fehlt. Lassen Sie sich ruhig Zeit."

„Diese Gruft gehörte einmal der kaiserlichen Familie. Dort in den Urnen befinden sich sterbliche Überreste des Hauses Habsburg." Der Mönch verstummte, trat an eines der Regale und griff nach einer bestimmten Urne, die er etwas nach links versetzte und dann wieder einen Daumenbreit zurück.

„Ach, die Urnen enthalten dann wohl die Asche der Verstorbenen?"

„Nein. Ihre Herzen."

„Die Herzen?", wiederholte Pertzler, der entgeistert die Gefäße anstarrte. „Wie lange werden die denn dort schon aufbewahrt?"

„Seit Anfang des 17. Jahrhunderts."

„Und wann wurde das letzte Mal ein Herz hier ... äh, bestattet? Sagt man das so?"

„Beigesetzt. Das letzte Herz wurde hier 1878 beigesetzt."

„Und wie viele sind das insgesamt?"

„Vierundfünfzig."

Pertzler notierte sich das. Plötzlich fiel ihm etwas ein. „Ist das von Beethoven auch darunter?"

Der Pater guckte zwar verdutzt, antwortete indes umso entschiedener. „Nein. Nur die der kaiserlichen Familie."

„Aber meine Frage machte Sie stutzig, oder? Wieso?"

„Ich finde es merkwürdig, dass Sie Beethoven erwähnten. Jemand aus der Gruppe von Herrn Logan fragte vorhin nämlich ebenfalls nach ihm."

„Wer? Welches Mitglied der Gruppe? Wie lautete die Frage genau?“

„Der andere Amerikaner, der wollte wissen, ob es Unterlagen gebe, wonach Beethoven einen besonderen Bezug zu dieser Kirche habe.“

„Und? Hatte er?“

„Jawohl“, betonte der Mönch stolz. „Durch einen von Beethovens engsten Freunden – seinen Schüler und prominentesten Förderer, Erzherzog Rudolf von Österreich, jüngster Sohn von Leopold II., Kaiser von Österreich-Ungarn. Der Erzherzog stellte Beethoven Räumlichkeiten im kaiserlichen Palast zur Verfügung, sowohl zum Üben als auch für Konzerte. Was viele dabei nicht wissen: Der Erzherzog war gleichzeitig Geistlicher, und da diese Kirche auf dem Gelände der Hofburg liegt, gehörte sie automatisch zu den Gotteshäusern, in denen er die Messe las. Beethoven hielt sich recht häufig bei Hofe auf. Und aufgrund dieser Verbindung probte er hier Teile seiner berühmten Messe *Missa Solemnis* bereits zwei Jahre vor der Fertigstellung. Als er das Werk dann im Jahre 1823 vollendete, widmete er es dem Erzherzog Rudolf. Die Partitur versah er mit dem berühmten Motto ‚*Von Herzen – möge es zu Herzen gehen!*‘.“

„Herzen, nichts als Herzen, was?“

„Viele“, erwiderte der Mönch schmunzelnd.

„Zurück zu unserer Gruft und den Urnen: Sind Sie sicher, dass nichts fehlt oder verschoben wurde?“

„Es ist alles da, und es ist auch alles noch an Ort und Stelle.“

„Wieso haben Sie denn an dem Gefäß da herumgerückt?“, hakte Pertzler nach.

„Es stand nicht genau an seinem Platz. Ein, zwei Zentimeter daneben.“

„Halten Sie es für möglich, dass jemand aus der Logan-Gruppe es berührt hat?“

„Kann ich mir nicht vorstellen.“

„Könnten Sie das mal überprüfen? Vielleicht auch hineingucken?“

Der Mönch war sichtlich befremdet. „Die mumifizierten Herzen stellen ein Heiligtum dar.“

„Das ist mir klar. Trotzdem – tun Sie mir den Gefallen.“

Pater Franziskus wand sich.

„Es geht nicht anders, Pater.“

Der Mönch bekreuzigte sich, trat wieder an das Regal, hob den Deckel von dem neunten Kelch und spähte hinein.

Pertzler blickte dem Pater über die Schulter. Eine dunkelbraune Masse – ein vermodertes Herz, in seinen Silbersarg geschmiegt. Was hatten Logan und dessen Tochter hier in der Herzgruft gemacht? Pertzler kratzte sich am Kopf. Irgendetwas hatte er wohl übersehen. Nur was?

45. KAPITEL

Dienstag, 29. April – 10:14 Uhr

Als Meer vom Aufzug aus über den langen Krankenhausflur ging, die Zimmernummern dabei ständig im Blick, gab sie sich alle Mühe, nicht in die offenen Krankenzimmer hineinzuschauen. Es lag ihr fern, unbekannten Patienten, die da womöglich schwerkrank in ihren Krankenbetten lagen, zu nahe zu treten. Vielleicht hatte ja das Pflegepersonal die Tür offen gelassen, und die Kranken waren zu schwach, um sie selber zu schließen. Hätte Meer ihr Leid und ihre Not mitbekommen – sie wäre tagelang nicht davon losgekommen, wusste sie doch nur zu gut, wie es ihnen ging. Damals war sie zwar erst neun gewesen, doch die langen Wochen, die sie bewegungsunfähig ans Bett gefesselt verbrachte, schutzlos den neugierigen Blicken vorbeigehender Besucher ausgesetzt, die hatten sich ihr unauslöschlich ins Gedächtnis eingegraben.

Die Tür zu Zimmer 316 stand so weit offen, dass Meer eine Ärztin erkennen konnte, die in weißem Kittel neben dem Bett ihres Vaters stand. Sie hatte den Rücken zum Eingang gekehrt, sodass man ihre Miene nicht sehen konnte. Ihre Stimme aber klang ernst – nach Meers Gefühl zu ernst für das kleine Täuschungsmanöver, das ihr Vater sich in der Kapelle ganz spontan hatte einfallen lassen.

„Entschuldigung!“, meldete Meer sich von der Schwelle aus.

Die Ärztin guckte sich um. Mit deutlich ungehaltener Miene sagte sie etwas auf Deutsch, das Meer nicht verstand.

Jeremy setzte sich im Bett auf, erwiderte etwas auf Deutsch und wandte sich dann an Meer. „Komm rein, Schätzchen. Das ist Dr. Lintel.“ Er nickte der Ärztin zu. „Dr. Lintel, meine Tochter.“

Jetzt rang die Ärztin sich doch zu einem Lächeln durch. Sie begrüßte Meer auf Englisch und bot ihr die Rechte.

Meer schüttelte ihr die Hand. „Wie geht es meinem Vater?“, fragte sie, wohl wissend, dass eigentlich nichts mit ihm war. Aber sie musste das Spiel ja mitspielen.

„Wir müssen noch einige Untersuchungen durchführen.“

Überrascht, aber bemüht, nicht erschrocken zu wirken, wandte Meer sich an ihren Vater. „Untersuchungen? Wozu denn das?“

Jeremy lächelte. „Die Frau Doktor meint zwar, es sei nur eine Panikattacke, aber sie möchte mich gern noch ein wenig piesacken.“

Meer verstand nicht recht. Sie und ihr Vater hatten den Kollaps in der Kapelle ruckzuck im Flüsterton abgesprochen und dann kurz entschlossen vorgetäuscht, denn Meer hatte auf einmal begriffen – urplötzlich gewusst, erstaunlicherweise –, dass in der Krypta ein Schlüssel begraben lag, und zwar in einer ganz bestimmten Urne. Deshalb hatte sie ihren Vater gebeten, den Mönch kurz abzulenken, damit sie dem intuitiven Hinweis nachgehen konnte. „Panikattacke, okay?“, hatte ihr Vater ihr zugeraunt, womit für sie alles klar war. Diese Show hatte er nämlich schon einmal abgezogen, und seine Schilderung der Begebenheit hatte früher zu Meers spannendsten Gutenachtgeschichten gehört: wie er in der damaligen DDR einen Grenzsoldaten ausgetrickst hat, indem er einen Herzinfarkt vortäuschte, der hinterher als Panikattacke diagnostiziert wurde. Und alles so, dass kein Mensch Verdacht schöpfte.

„Er hat Ihnen doch sicher gesagt, dass er schon öfter Panikattacken hatte, oder?“, fragte Meer die Ärztin, die das nickend bestätigte. „Wozu dann noch groß untersuchen?“

„Um andere Ursachen auszuschließen“, beschied Dr. Lintel brüsk. Sie war nicht direkt abweisend, sagte aber auch kein Wort mehr als notwendig. Ob das ein Charakterzug war oder nur schlechtes Benehmen, war Meer ein Rätsel.

Schlagartig ging Meer auf, dass ein ernster Grund tatsächlich nicht auszuschließen war. „Dad“, sagte sie, „ist mit dir etwa wirklich etwas nicht in Ordnung?“

Er lachte auf seine typisch abwiegelnde Weise, die einen immer glauben machte, er habe alles im Griff, und sei das Problem noch so gewaltig. Als er damals – sie war da gerade zwölf – aus der gemeinsamen Wohnung auszog, da hatte sein Lachen zu den Dingen gehört, die sie am meisten vermisste. Jenes Lachen und die Erleichterung, die sie dabei stets verspürte. „Ach was, Mäuschen. Alles in bester Ordnung. Alles nur Routineuntersuchungen, nicht wahr, Doktor Lintel?“

Die Ärztin gab ihm eine knappe Antwort, jedoch auf Deutsch, woraufhin er ihr auf Deutsch etwas erwiderte.

Heimlichtuerei war Meer zuwider. Das war schon immer so gewesen. Früher hatte ihre Mutter sie regelmäßig dabei ertappt, wie sie Telefongespräche über einen Nebenanschluss mithörte oder hinter der Tür lauschte – immer bemüht, irgendwie mitzubekommen, ob man über sie redete und ihr etwas verheimlichte. Es gab nämlich so manches, das die Eltern ihr verschwiegen. Allerdings auch vieles, das ihre eigene Psyche vor ihr verbarg: diffuse, wie in Nebelschwaden gehüllte Bilder und Töne; Erinnerungen, die sich nicht fassen ließen.

Bildete sie es sich nur ein, oder wirkte ihr Vater hier in diesem Bett tatsächlich auf einmal irgendwie krank? Gebrechlich fast, als hätten die Ereignisse der letzten Tage seine letzten Energiereserven aufgezehrt. Nachdem die Ärztin sich verabschiedet hatte, wollte Meer ihn ein wenig in die Mangel nehmen, kam aber nicht dazu, denn Malachai und Sebastian betraten das Zimmer.

„Na, geht’s wieder?“, fragte Sebastian. „Was ist denn da in der Gruft passiert?“

„Die Ärztin war ja doch eine ganze Weile bei dir drin“, ergänzte Malachai.

Jeremy erläuterte den ganzen Vorfall. Meer hatte eine Gelegenheit benötigt, um in eine Urne zu gucken; also hatte er den Anfall vorgetäuscht, um die Aufmerksamkeit von ihr abzulenken. „Sei's drum! Ich soll noch zur Beobachtung bleiben. Ich bin halt in dem Alter, wo sie einen nicht eher rauslassen, als bis sie einen auf Herz und Nieren durchgecheckt haben. Bis dahin, Malachai, müssen wir rauskriegen, was Meer da gefunden hat, was es bedeutet und was unser nächster Schritt sein muss."

Meer war klar, wieso ihr Vater Malachai mit einbezog, Sebastian Otto aber nicht. Als sie Sebastian ansah, stellte sie fest, dass er sie beobachtete. Ihre Blicke trafen sich. Abermals spürte sie jenes widerstreitende Gefühl: angezogen und abgestoßen zugleich; einerseits froh, dass er da war, andererseits beklommen ob seiner Gegenwart. Sie wandte sich an Malachai. „Was sagten Sie?"

„Ich fragte, was Sie da mitgenommen haben." Seine dunklen Augen schimmerten vor gespannter Erwartung.

Meer fasste in ihre Jeanstasche und zog den Gegenstand heraus, den sie in der Herzgruft aus der Silberurne genommen hatte. Es war eine knapp zweieinhalb Zentimeter lange Röhre aus mattiertem, schwarz vernarbtem Metall, vermutlich Silber, oben mit einer Öffnung und seitlich mit einer Einkerbung versehen. Weitere Markierungen waren nicht zu erkennen. Das Ding fühlte sich kalt an, so eisig, dass Meer die Kälte durch die Fingerspitzen den ganzen Arm hinauf spürte, bis hin zum Halsansatz und dann den Rücken hinunter. Es ließ sie so heftig erschauern, dass die kleine Röhre in ihrer Handfläche zitterte.

„Was ist das?", wollte Sebastian wissen.

„Wussten Sie schon beim Betreten der Gruft, dass Sie da einen Hinweis finden würden?", fragte Malachai.

„Nein, ich hatte keine Ahnung."

„Und wissen Sie, wofür das ist?", fragte er.

Sie verneinte kopfschüttelnd.

„Wir müssen möglichst schnell ergründen, was es mit diesem Schlüssel auf sich hat", bemerkte Jeremy. „Aber von hier aus werden wir das nicht schaffen. Sebastian, haben Sie heute frei? Können Sie uns vielleicht helfen?"

„Ich muss noch zum Musikverein, Probe für das Konzert übermorgen. Aber erst um sieben."

„Wie?", rief Jeremy entgeistert. „Donnerstagabend? Und ich habe keine Karten für die Aufführung?"

Sebastian erklärte ihm die Lage und wandte sich dann an Malachai. „Wenn Sie ebenfalls kommen möchten – ich kann wahrscheinlich noch ein Ticket besorgen. Ich würde mich freuen. Wir geben Beethovens *Eroica*."

„Mit dem größten Vergnügen!", erwiderte Malachai begeistert.

Meer hörte nicht mehr zu. Die Erwähnung Beethovens erinnerte sie an das am Vortag besichtigte Grabmal. Und an den Grabstein von Margaux.

„Fällt Ihnen etwas ein?", forschte Malachai.

Meer hörte das verzweifelte Suchen in seiner Stimme, das Leitmotiv ihrer Kindheit: Malachai und ihr Vater, wie sie versuchten, den Schutzmantel ihrer Vergangenheit, ihrer Vorlebenserinnerung zu lüften. „Sie haben doch mit Tausenden von Kindern gearbeitet", wandte sie ein. „War das denn nicht Gelegenheit genug, den gesuchten Beweis zu finden?"

„Ein Erinnerungswerkzeug, das hätte als Nachweis doch ein ganz anderes Gewicht!"

„Wenn es so etwas wirklich gäbe – wie hat man sich das dann vorzustellen?", fragte Sebastian. „Meinen Sie, der Klang der Musik würde reichen, um bei jemandem Erinnerungen auszulösen?"

„Behauptet jedenfalls die Legende", bestätigte Malachai. „Entweder die Tonfolge oder die Schwingungen beim Spielen der Flöte."

„Mal angenommen, es gäbe wirklich konkret die Möglichkeit, die Zeit so zu manipulieren – würde das dann mit der jüngeren Vergangenheit genauso klappen? Oder nur mit der älteren?"

Meer begriff, was Sebastian mit der Frage bezweckte, auch

wenn Malachai es nicht verstand. Sebastian überlegte vermutlich, ob diese magische Flöte wohl auch seinem Sohn helfen konnte. Sie hörte es ihm an der veränderten Stimme an, dem verzweifelten Unterton. Er lechzte geradezu nach Informationen, die sich möglicherweise als hilfreich für sein Kind erweisen könnten. Meer hätte ihm gern geholfen. Aber sie war jetzt einunddreißig Jahre alt – und immer noch nicht in der Lage, sich selbst zu helfen.

Erneut überlief sie ein Frösteln; die Kälte traf sie diesmal mit der Wucht eines Gefühlssturms, der ihr das Herz gefrieren ließ. Der metallische Geschmack füllte ihren Mund. Ihr Vater, Malachai, Sebastian – alle wurden sie transparent, als wären sie keine festen Formen mehr, sondern geisterhafte Erscheinungen. *Nein!*, durchzuckte es sie. *Doch nicht schon wieder! Nicht hier!* Sie versuchte noch, die Bilder aus ihrem Kopf zu verbannen, aber da stürmten sie schon mit voller Wucht und in rasender Geschwindigkeit auf sie ein.

46. KAPITEL

Wien, Österreich
18. Oktober 1814

Quer durch den Saal hindurch nahm der Zar Blickkontakt mit Margaux auf und schenkte ihr ein entwaffnendes Lächeln. Vor ihm standen zwei Herren, doch der Monarch überragte sie alle beide. So konnte er, während die beiden glaubten, seine volle Aufmerksamkeit zu genießen, ungestört mit Margaux liebäugeln.

Trotz der angeregten Atmosphäre im Salon, hervorgerufen durch das Stimmengewirr und die zauberhafte Musik des Streicherquartetts, vermochte Margaux ihre Bedrückung nicht zu verdrängen – ganz gleich, wo sie gerade war, was sie tat oder wer gerade mit ihr kokettierte. Je schöner der Augenblick, desto deutlicher spürte sie Caspars Not, und desto aussichtsloser wurde ihre Mission. Wie lange konnte man sich das Warten noch erlauben? Tag für Tag suchte sie Beethoven auf und wurde doch jedes Mal nur Zeugin seiner erfolglosen Versuche, die Melodie der untergegangenen Erinnerungen zu entschlüsseln. Zur gleichen Zeit schmachtete ihr Mann in einem finsteren Loch, irgendwo in einem abgeschiedenen Kloster auf einem fernen Kontinent. Wie schlimm mochte es um ihn und seine Gesundheit stehen? Würde er durchhalten, bis seine Gattin die nötigen Mittel aufbrachte? Wie lange mochte es dauern, ihn zu finden? Sie holte Luft, tief und verzweifelt, und atmete langsam wieder aus. Ach, könnte sie ihren Tränen doch einfach freien Lauf lassen, statt hier so stocksteif zu stehen und die Form zu wahren! Hätte sie ihrer Liebe zu ihrem Gemahl entsagen können – sie hätte nicht lange gezögert. Hätte sie hingegeben, ihre Liebe, für einen einzigen sorgenfreien Tag, einen Tag ohne Furcht vor dem, was ihm wohl zustoßen würde, falls sie versagte. Doch aufgeben konnte sie nicht. Weder ihre Liebe – noch ihren Rettungsversuch.

Der Zar, einer der reichsten Männer der Welt, sah schon wieder zu ihr herüber, die grauen Augen gespannt und verlockend. Margaux erwiderte seinen Blick.

Falls Major Wells nicht ermächtigt war, die Flöte ohne die dazugehörigen Noten für die Familie Rothschild zu erwerben – möglicherweise konnte man dann den russischen Herrscher für die Magie des Instruments begeistern! Und zwar umgehend. Ehe es zu spät war. Margaux kämpfte gegen die Angst an, die in ihr aufstieg. Ein solches Doppelspiel war gefährlich, doch der Kummer dämpfte ihre Bedenken. Ein Rückzieher kam nun nicht mehr infrage; sie hatte schon zu viele Tage auf diese Begegnung hingearbeitet.

Ihr schönes Heim wimmelte ständig von klugen und wichtigen Leuten, die bei erlesenen Speisen und bezaubernder Musik miteinander plauderten und diskutierten. Alles nur Maskerade, die Höflichkeit der Salongäste bloß mühsam gewahrter Schein. Alle hatten sie ihre Hintergedanken, verfolgten ihre eigenen Pläne, wie man die Grenzen Europas nun, da Napoleon ins Exil geschickt worden war, neu festlegen sollte – selbstverständlich möglichst zum eigenen Besten. Der kleine Korse hatte sich durch seine Kriege halb Europa einverleibt, und jetzt, nach Bonapartes Niederlage, galt es, die Beute unter den Siegermächten aufzuteilen. Ungeachtet aller hehren Beteuerungen, es gehe um das Wohl aller Nationen, war doch jedes Land letztendlich nur auf seinen eigenen Vorteil aus. Insofern trog der Schein auch bei dieser Soiree, obwohl sie eigentlich ausschließlich einem gesellschaftlichen Anlass diente.

Abermals blickte Margaux hinüber zu Alexander I., jedoch nicht mit dem koketten Augenaufschlag, den er womöglich erwartete, sondern aufrecht und geradeaus. Sie hätte wetten können, dass man dieses Spiel wohl am besten spielte, indem man sich gar nicht erst darauf einließ. So nutzte man das Moment der Überraschung – eine der Lektionen, die sie mit zahlreichen anderen von ihrem Gemahl gelernt hatte. Daher erwiderte sie den Blick des Zaren kühl und gleichmütig. Und tatsächlich: Ihre Nonchalance schien nicht ohne Wirkung auf diesen Mann zu bleiben, dem man ansonsten nur mit höchster Unterwürfigkeit begegnete.

Sie nahm zwei Kristallgläser mit Champagner von dem Tablett, das ihr Diener gerade herumreichte, trat damit auf den russischen Monarchen zu und bot ihm eines an. Seine beiden Begleiter ignorierte sie ganz bewusst. Alexander I., ein stattlicher Mann mit schütterem braunem Haar, trug die Galauniform eines Generalfeldmarschalls. Die üppige Ordensspange, die prächtigen Goldepauletten an seinem grünen Rock schimmerten im Kerzenlicht so strahlend wie die Juwelen einer Königin.

Die meisten Damen hätten sich wohl in Zurückhaltung geübt und sich für die Einmischung galant entschuldigt. Nicht so Margaux. Sie legte Wert darauf, dass der Zar gleich merkte, dass sie aus anderem Holz geschnitzt war.

Es kostete sie keine große Mühe, den russischen Herrscher von seinen Gesprächspartnern fortzulotsen. Er folgte ihrem Vorschlag, im Garten einen kleinen Spaziergang zu machen, mit einem verschwörerischen Lächeln, und bot ihr den Arm. Draußen tauchten der Mond und die Laternen die verschlungenen Gartenpfade in verführerische Schatten, und nachtblühende Pflanzen erfüllten die Luft mit ihrem betörenden Duft. Der Monarch – er stand in dem Ruf, ein ziemlicher Schwerenöter zu sein – beugte sich vertraulich zu Margaux herüber und dankte ihr, dass sie ihn vor einer langweiligen politischen Diskussion gerettet habe.

„Es war mir ein Vergnügen, Exzellenz. Ich wollte schon den ganzen Abend mit Ihnen reden.“ Wie unter den Delegierten des Wiener Kongresses üblich, sprach man Französisch.

„Aha, Sie verfolgen also eine bestimmte Absicht. Eine unpolitische, wie ich hoffe. Für heute Abend reicht es mir mit der Politik.“

„Es geht zwar in der Tat um diplomatische Dinge, doch

nicht um Fragen, wie Sie sie gerade erörterten."

Alexanders Lächeln wurde ein wenig anzüglicher. „Sehr gescheit. Wenn es um die Diplomatie des Boudoirs geht, kann ich gar nicht genug bekommen."

„Alle Welt weiß von Ihrer Seelenverwandtschaft, Exzellenz. Gibt es die wirklich?"

„Solch ein ernstes Thema? Sie überraschen mich! Ach, ich hatte mich schon so auf eine lockere Unterhaltung gefreut!"

„Darf ich mir die Frage dennoch erlauben, Exzellenz?"

„Aber gewiss doch! Beschäftigen Sie sich etwa mit Fragen der Mystik?"

„Mein Gemahl tut es, und ich habe von ihm gelernt. Er hat mit mir über so manches gesprochen, unter anderem auch darüber, dass zwei Menschen miteinander durch das Gebet kommunizieren können, ganz gleich, wie fern sie einander sein mögen."

Sie waren im Mittelpunkt des labyrinthartigen Gartens angelangt. Hier, zwischen den Rosenbüschen, stand eine steinerne Bank. Der Zar wischte das Laub beiseite, und sobald die beiden Platz genommen hatten, waren sie schlagartig vor allen Blicken verborgen, hinter gestutzten, dichten Buchsbaumhecken versteckt wie hinter einer Mauer.

„Ja, so ähnlich verhält es sich auch mit uns."

„Und diese Beziehung kreist um drei Personen, Exzellenz?" Margaux wusste die Antwort auf ihre Frage bereits. Sie hatte zwei Hofdamen der Zarin am Tage zuvor ausgehorcht und die beiden für ihre Auskünfte reich belohnt – mit Schmuck, den sie eigentlich gar nicht entbehren konnte.

„So ist es. Wir stützen uns gegenseitig mit unseren Herzen und unseren Seelen."

„Weilt diese Dame denn ebenfalls hier in Wien?"

„Es handelt sich um eine Hofdame der Zarin, Comtesse d'Edling. Kennen Sie sie?"

„Ich hatte bisher noch nicht das Vergnügen." Forschend

blickte Margaux dem Zaren in die Augen. Durfte sie sich den Scherz erlauben, der ihr schon auf der Zunge lag? Oder sollte sie die Situation lieber nicht so leicht nehmen? Alexander I. machte ein sehr ernstes Gesicht.

Ihre Informantinnen hatten also recht gehabt. Alexanders mystische Neigungen waren offenbar nicht erotischer Natur, sondern beruhten auf zutiefst religiöser Überzeugung. Wie jedermann wusste, glaubte der Zar, Russland sei von Gott dazu ausersehen, Napoleon zu stürzen und die Sicherheit aller europäischen Nationen zu gewährleisten. Als sich sein Reich dann in der Tat als wesentlich für die Niederlage des französischen Eroberers erwies, betrachtete Zar Alexander diese Wendung als neuen göttlichen Auftrag: eine „Heilige Allianz" zu schmieden. Dieser göttlichen Weisung folgend, hielt er sich hier in der österreichischen Hauptstadt auf, denn die Neugestaltung Europas war seiner Ansicht nach seine Bestimmung. Andererseits sahen die beim Kongress versammelten Staatsoberhäupter mit Sorge, wie Russland versuchte, Polen zu annektieren und die Grenze des Zarenreiches um Hunderte von Meilen westwärts auszuweiten. Die von christlicher Mystik durchsetzten Ansichten des frommen Zaren waren den anderen Mächten suspekt.

Beide waren in Schweigen verfallen; zu hören waren nur das Zirpen der Insekten sowie vom Hause her gedämpftes Stimmengewirr, dazu vereinzelt die Klänge des Kammerorchesters. Hier im Garten war es zwar herbstlich kühl, doch Margaux verzichtete ganz bewusst auf ihren Schal, denn sie wusste, der Mondschein ließ ihre bloßen Schultern umso verführerischer schimmern. Und dass der Zar ihr selbst bei diesem philosophischen Diskurs aufs Mieder guckte, war ihr nicht entgangen.

Schließlich unterbrach Margaux die Stille. „Ich finde es beeindruckend, Exzellenz, dass Sie so großzügig mit Ihrer Seele umgehen. Sie teilen sie mit einer Dame, welche die ihre bereits mit einem anderen Mann teilt."

Der Zar lachte. „Ach, Sie meinen Schilling? Den Theosophen?"

Margaux nickte.

„Ja, tatsächlich, nach einer Begegnung mit ihm beschloss ich, mich seiner Bewegung anzuschließen. Sie müssten einmal hören, wie eloquent er die Überlegenheit des Geistes über das Fleisch erklärt. Von uns dreien ist er derjenige, der unsere Seelenverwandtschaft am meisten bereichert. Noch eine vierte Person wäre zu nennen: Baronesse von Krüdener. Sie alle sind meine Schutzengel."

Das alles war Margaux bekannt. Gleichwohl tat sie erstaunt und interessiert. Die Neigung des Zaren zu religiösen, prophetisch-ekstatischen Eiferern war allgemein bekannt und wurde gemeinhin als lächerlich empfunden. „Wie ich hörte, soll Schilling ja ein Freund des deutschen Dichters Goethe sein", bemerkte sie. „Sind Sie Goethe etwa auch schon einmal begegnet?"

„Nein, aber ich kenne seine Werke."

„Wissen Sie auch, dass er an Wiedergeburt glaubt?"

„Allerdings."

„Und finden Sie seine Ansichten interessant?"

„Gewiss. Glauben Sie an ein Vorleben?"

„Mein Gemahl glaubt daran, Exzellenz."

„Ach ja, richtig, der Forschungsreisende. Er gilt als in Indien verschollen, nicht wahr? Auf einer Art Schatzsuche."

Nun ergriff Margaux die Gelegenheit und berichtete dem Zaren von der magischen Flöte. Sie richtete ihr Sinnen und Trachten auf eine möglichst verlockende Schilderung, und der Herrscher des russischen Reichs lauschte ihr hingerissen. Keiner von beiden bemerkte den Schatten, der ganz in der Nähe über den Gartenpfad huschte.

„Demnach befindet sich das Artefakt in Ihrem Besitz?", fragte der Zar.

„So ist es", bestätigte sie. „Man ist kürzlich über einen Mittelsmann vonseiten einer begüterten Familie an mich herangetreten. Er möchte das Instrument gern käuflich für diese Familie erwerben."

„Dann zeigen Sie es mir bitte zuerst", bat Zar Alexander. „Ich möchte es gern sehen, bevor Sie es jemand anderem verkaufen."

47. KAPITEL

Wien, Österreich
Dienstag, 29. April – 10:58 Uhr

Meer schnappte nach Luft, als sei sie zu lange unter Wasser gewesen. Es dauerte noch eine geschlagene Minute, bis ihr dämmerte, wo und bei wem sie sich befand und was vor dem Erinnerungssprung vorgefallen war. Jemand redete. Ihr Vater. Was hatte er da gerade gesagt? Wie lange mochte sie in diesem Tagtraum versunken gewesen sein? *Tagtraum?* Welch unpassender Begriff für die Halluzination, die sie soeben erlebt hatte! Aber es gab ja keine Vokabel für einen Albtraum, bei dem man hellwach war, oder? Oder für diese noch nachklingende Trauer um einen Mann, den sie überhaupt nicht kannte und auch nie kennenlernen würde.

Auf sich spürte sie Malachais Blick, verständnisvoll, tröstlich – und gespannt. Ihm oder ihrem Vater in allen Details zu schildern, was sich da zugetragen hatte, oder ihnen zu sagen, dass sie inzwischen selber nicht mehr an ihre Theorie von Pseudoerinnerungen glaubte – dazu war es noch zu früh. Erst musste sie diese Bewusstseinsstörung verarbeiten. Jawohl, der Begriff stimmte schon eher: Bewusstseinsstörung. Die gewaltsame Verdrängung der Gegenwart, der unerklärliche Austausch von Menschen und Orten gegen eine Anwandlung, die sich so anfühlte, als sei es ihre eigene Erinnerung. Dabei war ihr vollkommen klar, dass dieser Zustand rein rationell keinerlei Verbindung zu ihr aufwies.

Meer konzentrierte sich auf ihren Vater. „Bitte“, sagte Jeremy gerade, „nehmt es mir nicht übel, aber ich muss euch jetzt alle rauswerfen. Setzt euch doch bei mir Zuhause zusammen und findet heraus, wozu der Schlüssel dient und wie die einzelnen Puzzleteile zusammenpassen. Derweil lasse ich mich hier nach Strich und Faden verwöhnen.“

„Ich kann dich doch nicht einfach hierlassen!“, protestierte Meer, getrieben von dem nagenden Verdacht, dass ihr Vater ihr etwas verschwieg, was seinen Gesundheitszustand betraf. „Was haben sie denn noch mit dir vor?“

„Folgender Vorschlag“, betonte Jeremy so beschwichtigend wie möglich. „Ich verrate es dir, aber dann tust du auch brav, was ich sage. Abgemacht?“

Sie musste unwillkürlich schmunzeln. Er hatte eben immer das letzte Wort. „Na gut.“

„Also: Mir geht’s zwar prima, aber ich hatte vor zehn Monaten einen leichten Herzinfarkt. Ich nehme Medikamente; es ist an sich halb so wild, doch die Ärztin meint, sie hätte heute im EKG eine kleine Unregelmäßigkeit entdeckt. Deshalb will sie sicherheitshalber noch ein paar zusätzliche Untersuchungen durchführen und gucken, ob auch wirklich alles in bester Ordnung ist. Schlimmstenfalls werden meine Medikamente neu dosiert.“

Meer musterte ihn mit bangem Blick. Er lächelte und nahm ihre Hand. War auch wirklich alles mit ihm in Ordnung? Ihre Gedanken streiften zehn Monate zurück ... Hatte sie damals mit ihm geredet? Hatte sie da etwaige Anzeichen übersehen? „Fehlt dir auch wirklich nichts?“ Ihre Stimme klang ein wenig brüchig.

„Nein, nein! Es geht mir gut.“

„Warum hast du mir nichts gesagt?“

„Es war ja nur ein ganz leichter Anfall. War ruck, zuck vorbei. Kaum der Rede wert.“

Sie sah hinüber zu Malachai. „Wussten Sie das?“, fragte sie.

„Ja.“

Sebastian brauchte sie gar nicht erst zu fragen. Ein Blick genügte. Vorwurfsvoll wandte sie sich wieder ihrem Vater zu. „Fremden sagst du Bescheid, aber deiner Tochter nicht?“

Sebastian stand auf, murmelte etwas von einem Telefonanruf und wandte sich zur Tür. Meer war froh, dass er ging, doch

Jeremy ließ ihn noch nicht. „Unseretwegen brauchen Sie nicht zu flüchten, Sebastian."

„Ich muss wirklich telefonieren. Ich bin gleich wieder da. Dann können Sie sich weiter zanken."

Jeremy grinste.

Meer war nicht zum Scherzen zumute. „Das finde ich nicht lustig, Dad!", beschwerte sie sich. „Wieso hältst du deinen Gesundheitszustand vor mir geheim?"

„Ich habe es eben so entschieden. Auf der Basis dessen, was ich für das Beste für meine Tochter hielt."

„Ich bin erwachsen!"

„Das ändert nichts an der Tatsache, dass ich immer noch selber bestimme, womit ich dich belaste und womit nicht. Ich möchte nicht, dass du dich mit meinen Gesundheitsproblemen herumschlägst und mit mir so eine Last hast wie mit deiner Mutter."

„Ja, was hätte ich denn sonst machen sollen? Sie war unheilbar krank! Liegst du etwa im Sterben?"

„Ach, Unsinn! Das meinte ich auch nicht, das weißt du ganz genau!"

„Meinst du etwa, ich könnte die Wahrheit über deinen Gesundheitszustand nicht ertragen? Hast du kein Vertrauen zu mir?"

„Ich habe dir immer vertraut", murmelte Jeremy mit bewegter Stimme. „Von dem Moment an, als du mit deinem Händchen meinen Finger umklammert hast."

„Wenn das so ist – warum versuchst du dann dauernd zu bestimmen, was ich wissen darf und was nicht?"

48. KAPITEL

Dienstag, 29. April – 12:00 Uhr

Alle drei saßen sie um den runden Esstisch in Jeremys Haus und versuchten, den gesammelten Hinweisen sowie Meers Erinnerungen einen Sinn abzugewinnen. Sebastian zog zusätzlich Bücher aus Jeremys Bibliothek zurate und recherchierte außerdem im Internet.

„Sie erwähnten da eine Treppe im Haus der Gesellschaft“, sagte Malachai, an Meer gewandt. „Wohin führte sie?“

„Das war eine Geheimtreppe“, erwiderte Meer. „Sie führte in ein unterirdisches Gewölbe. Ich nehme an, Caspar hat Margaux eingeweiht, denn sie wusste, wo die Treppe zu finden war. Aber die Flöte war da unten nicht.“

Jetzt, mit einigem zeitlichen Abstand, fiel ihr die Schilderung ihrer Erinnerungen leichter als erwartet. Es war, als würde sie eine Filmszene nacherzählen oder ein Kapitel aus einem Roman.

„Ob es die wohl noch gibt?“, fragte Sebastian neugierig. „Eine Geheimtreppe? Davon höre ich zum ersten Mal. Aber ich bin ja auch noch nicht lange Mitglied. Wo genau soll sie denn sein?“

Meer schloss die Augen und konzentrierte sich. „Der Zugang befindet sich in einem Wandschrank. Ich glaube, der Raum war eine Bibliothek.“

„Und über diese Treppe gelangt man in ein Kellergewölbe?“

Sie nickte. „In eine Kammer mit Steinwänden und einer eisernen Gittertür.“

„Klingt ja wie im Mittelalter“, kommentierte Sebastian.

„Wissen Sie noch, ob da unten sonst noch etwas war?“, forschte Malachai nach.

„Nein. Sobald Margaux festgestellt hat, dass die Flöte nicht da war, hat sie nicht weiter auf die Kammer geachtet.“

„Mich würde interessieren, Meer, was Ihnen im Auktionshaus aufgefallen ist“, fuhr Malachai fort, „als Sie sich das Spielekästchen ansahen. Sie sagten, die Herz Neun wäre zwei Mal da gewesen. Erinnern Sie sich noch, wie Sie diese Unregelmäßigkeit bemerkt haben? Haben Sie etwas Bestimmtes gesucht?“

Meer beantwortete zuerst den letzten Teil der Frage. „Muss ich wohl, aber ich entsinne mich nur noch an eine Reaktion: Die war, als Dad mir von der Herzgruft erzählte. Und im Dorotheum, da war ich vom Anblick der Schatulle dermaßen hingerissen …“

„Das kann ich mir vorstellen“, unterstrich Malachai mit einem leicht neidischen Unterton. „Aber selbst, wenn Sie es nicht mehr genau wissen – es hat Sie doch mit Sicherheit aus einem bestimmten Grund zu den Karten gezogen! Denn als kleines Mädchen waren Sie auch immer ganz fasziniert von den Kartenspielen in meiner Praxis gewesen …“ Er unterbrach sich, als würde er an diese Zeit zurückdenken. „Und die anderen Dinge in dem Kästchen?“, fuhr er dann fort. „Fanden Sie die auch so spannend? Als Sie die sahen, haben Sie da auch diesen Drang verspürt? Haben Sie sich die übrigen Spielsteine mal genauer angesehen?“

„Ich erinnere mich nicht.“

„Keinerlei Anhaltspunkte, dass sich weitere Hinweise in der Schachtel befinden könnten?“

Meer verneinte. „Keine Ahnung. Aber selbst wenn ich es wüsste – die Spieleschatulle ist weg!“

„Allerdings“, konstatierte Malachai. „Dann nehmen wir uns doch mal Jeremys Kopie von dem Beethoven-Brief vor. Darin soll ja ein metaphorischer Hinweis sein. Sebastian, könnten Sie die Stelle mal suchen und uns übersetzen … oder besser gleich den ganzen Brief. Vielleicht stoßen wir ja auf etwas, das uns vorher nicht aufgefallen ist, das uns aber jetzt logisch erscheint.“

Sebastian holte das Schreiben und betrachtete es eine geraume Weile. Obgleich es sich bloß um eine Kopie handelte, schien es ihn tief zu bewegen, die Handschrift des großen Komponisten zu sehen. Erst nach einigen Sekunden fing er an, den beiden den Brief vorzulesen, wobei er ihn dem Sinn nach in eine einigermaßen verständliche englische Fassung bringen musste, da seine beiden Zuhörer des Deutschen ja nicht mächtig waren.

Während Sebastian nun mit seiner Übersetzung begann, fasste Malachai in seine Jackentasche und holte ein sichtlich abgegriffenes Kartenspiel heraus. Für Meer war das nicht erstaunlich; sie kannte seine Angewohnheit, die Karten durchzumischen, wenn er tief in Gedanken versunken war. Das sachte Klatschen der Blätter wirkte nicht etwa störend, sondern wie eine musikalische Untermalung von Sebastians Vortrag.

Sebastian las also vor, wie Beethoven sich an seine geliebte Antonie wandte und ihr von dem geheimnisvollen Brief schrieb, den sie womöglich nie finden würde. Nachdem es ihm gelungen sei, die Tonfolge herauszufinden, sei ihm sogleich bewusst geworden, welch ungeheure Gefahr von diesem Instrument und seiner Melodie ausgehe.

„*Die Flöte*", zitierte Sebastian weiter, „*ist zu wertvoll, um sie für immer zu zerstören – und zugleich zu gefährlich, um sie jenen zu überlassen, die dem schnöden Mammon verfallen könnten. Gleichzeitig aber ist sie für die Menschheit so kostbar, dass man sie nicht zerstören darf. Aus diesem Grunde habe ich den Entschluss gefasst, sie sicher zu verbergen, zu unser aller und unserer Kindeskinder Schutz. Euch aber weihe ich in mein Geheimnis ein, auf dass es nicht für immer verloren gehe.*"

Er räusperte sich, bevor er fortfuhr. „*Die Spieleschatulle enthält den Kern des Rätsels. Den Schlüssel zu diesem Rätsel zu finden, das, Rudolf, ist Deine Aufgabe. Ist der Schlüssel gefunden, so wird er Dich, Stephan, in die Lage versetzen, den Schatz – welcher sich bereits in Deinem Besitz befindet – zu öffnen. Was die Melodie betrifft, so wirst allein Du, Antonie, sie verstehen. Ich habe mit ihr das einzig Mögliche getan: Ich habe sie unserem Herrn und Heiland anvertraut, der unsere Liebe geheiligt und gesegnet hat.*"

Meer musste schlucken. Die Worte berührten sie tief.

„*Noch ein Hinweis, Antonie, Liebste*", las Sebastian weiter. „*Solltest Du diesen Brief durch Zufall finden, so lege ihn bitte beiseite und streiche den Inhalt aus Deinem Gedächtnis. Versuche auf keinen Fall, ihn zu entschlüsseln. Begib Dich nicht auf eigene Faust auf Schatzsuche.*"

Sebastian ließ den Brief sinken. „Signiert mit Beethovens Initialen."

Meer nahm den Bogen in die Hand und starrte ihn an. Warum, das wusste sie selber nicht; sie sprach ja überhaupt kein Deutsch. Aber die in einer krakeligen, verschnörkelten Schrift verfassten Zeilen rührten sie tief an. Über die Jahrhunderte hinweg sah sie ihn vor sich, den Mann, der diese Worte geschrieben und sich mit etwas herumgeplagt hatte, das er nicht verstand. Das auch für sie unbegreiflich war – bis auf den heutigen Tag.

Malachai dagegen versuchte bereits, die rätselhaften Angaben zu interpretieren. „Nun, offenbar hat Beethoven das eigentliche Versteck der Flöte in dem Brief ja nicht verraten", bemerkte er, indem er sich an Sebastian wandte. „Haben Sie eine Ahnung, ob es irgendwelche Hinweise gibt über seinen Tod? Ist er vielleicht unter merkwürdigen Begleitumständen gestorben?"

„Direkte Hinweise gab es damals nicht, nein. Gerüchte, ja, die kursierten schon immer. An neuesten Tests mit Haarproben lässt sich nachweisen, dass Beethoven tatsächlich schwerkrank war. Interessanterweise sieht es aber so aus, als hätten die Medikamente, die er gegen die Krankheit nahm, sein Ableben noch beschleunigt."

„Demnach wäre also nicht auszuschließen", grübelte Malachai, „dass die drei gleichlautenden Briefe, die er hinterließ, nie geöffnet wurden. Die Tatsache, dass dieser hier in einem Geheimfach entdeckt wurde, die lässt doch vermuten, dass keiner ihn je gefunden hat. Also könnte man davon ausgehen, dass auch die Flöte unentdeckt geblieben ist." Er fing wieder mit dem Kartenmischen an, das er während Sebastians Übersetzung vorübergehend eingestellt hatte.

„Der Mönch heute Morgen in der Herzgruft", warf Meer nun ein, „der hat doch einen Erzherzog Rudolf erwähnt, oder? Das ist doch sicher der Rudolf hier aus dem Brief, nicht wahr?"

„Genau", bestätigte Sebastian, „der war einer von Beethovens engsten Freunden, das ist ausreichend dokumentiert. Mit Stephan meinte er Stephan von Breuning. Dessen Sohn Gerhard spielte in Beethovens späten Jahren eine bedeutende Rolle und ..."

Malachai unterbrach ihn. „Vielleicht findet sich etwas in Beethovens Korrespondenz oder anderen Unterlagen", regte er an, ganz angetan von seiner Idee. „Wo kriegen wir die her?"

„Hat mein Vater nicht erwähnt, dass er über seinen Computer Zugriff darauf hat?", fragte Meer.

„Das stimmt", erwiderte Malachai. „Aber nur auf Auszüge." An Sebastian gewandt, fragte er: „Wo sind die Briefe momentan? Wir müssen sie sichten, und zwar so schnell wie möglich." Er stand auf und steckte die Karten zusammen. „Sind sie hier in Wien?"

49. KAPITEL

Dienstag, 29. April – 13:30 Uhr

David verließ die Österreichische Nationalbibliothek, die im gleichen Bezirk der Altstadt lag wie die Herzgruft. Als er die Treppe hinunterging, bemerkte er eine Frau, die ihm von unten entgegenkam. Woran mochte es liegen, dass sie ihm so auffiel? An der Art und Weise, wie die Sonnenstrahlen ihr dunkles Haar goldbraun aufleuchten ließ? Ihre aufrechte Haltung, als sie die Stufen hinaufging? Ihr eindringlicher Blick? Je mehr sie sich näherte, desto stärker fühlte David sich zu ihr hingezogen. Am liebsten wäre er stehen geblieben, um zu ergründen, was so faszinierend an ihr war. Aber er hatte es eilig. Eigentlich durfte er sich tagsüber gar nicht über der Erde aufhalten, wo man ihn entdecken konnte – zumal das Konzert unmittelbar bevorstand.

Als sie an ihm vorbeiging, wandte er den Blick ab, aber sie kam ihm so nah, dass er ihren Duft wahrnahm. Es war zwar nicht dasselbe Parfüm wie jenes, das seine Frau immer aufgelegt hatte. Und doch erinnerte es ihn an sie, an ihre warme Haut, ihre lächelnden Augen.

Und während er sie noch vor sich sah, wandelte sich ihr Gesicht in eine grausige, verkohlte Fratze.

Nein! Nicht schon wieder!

Im Eiltempo bewältigte David die letzten Stufen und wandte sich Richtung Kohlmarkt. Dieser Besuch in der Bibliothek, sein letzter, hatte ihn überzeugt, dass sich in den Wiener Archiven keine Zeichnungen oder Karten der Stollen befanden. Ein Glück! Denn wenn er selber keine entsprechenden Angaben fand, dann auch kein anderer. Zwar konnte in der verbleibenden Zeit bis zum Konzertabend noch einiges schiefgehen, doch zumindest stand jetzt fest, dass es in den städtischen Unterlagen keinerlei Baupläne gab, die Paxtons Sicherheitsleute auf seine Spur hätten bringen können. Hätte er noch so etwas wie ein Glücksgefühl empfinden können, dann wäre er vermutlich heilfroh gewesen, dass die Sache schon fast vorbei war. Nur wusste David schon gar nicht mehr, wie das war, wenn man sich freute.

Er beschleunigte seine Schritte. Er musste zurück in seine unterirdische Krypta, fort von allem, was Erinnerungen wachrief. Die Frau auf der Treppe der Bibliothek hatte ihn stärker durcheinandergebracht, als ihm klar gewesen war. Wenn er heute Abend wieder unter dem Musikverein zurückgekehrt war, dann, so beschloss er, würde er bei seinen Ratten bleiben bis zum Konzert – und noch viel, viel länger.

50. KAPITEL

Dienstag, 29. April – 13:44 Uhr

Das Geigengejammer trieb Tom Paxton zum Wahnsinn. Die Musik wirkte störend, selbst wenn man sie nur im Hintergrund hörte, aber es führte nun mal kein Weg an der Tatsache vorbei, dass man auch in der Konzerthalle selber ein Büro als Stützpunkt unterhielt. „Wie sieht's aus mit dem Semtex?", fragte er Bill Vine. „Haben wir das schon geortet? Verflucht noch mal, uns bleiben bloß noch zwei Tage! Langsam wird's ungemütlich, mein Freund!"

Die beiden saßen an einem mit Akten, Kaffeetassen, Gläsern und Laptops vollgepackten Tisch. Alana Green und Tucker Davis hockten derweil an einem in eine Ecke gequetschten Schreibtisch, für den eigentlich gar kein Platz vorhanden war, und steckten vor einem Computermonitor die Köpfe zusammen. Das einzige Fenster ging zu einer Gasse hinaus, aus der so gut wie überhaupt kein Tageslicht ins Zimmer fiel, und die einsam unter der Decke hängende Messingfunzel mit ihrer mittelprächtigen Leuchtkraft kam nicht gegen das Halbdunkel an. All das verstärkte in Paxton noch jenes ungute Gefühl, dass eine Katastrophe unmittelbar bevorstand.

„Drei der Käufer werden mit großem Aufwand observiert. Keiner davon auch nur annähernd in der Nähe von Wien, nebenbei bemerkt. Zwei haben Semtex gekauft, und der dritte ..."

Paxton fiel ihm ins Wort. „Weiß ich alles! Aber was ist mit dem vierten Kauf? Was unternehmen wir diesbezüglich? Warum haben Ihre Kontaktleute Ihnen die vierte Übergabe verschwiegen? Was nützt uns das ganze Theater, wenn wir nicht mal wissen, wie viele Käufe wir im Auge behalten müssen?"

Vine sparte sich eine Antwort, sondern berichtete weiter, was ihm an gesicherten Erkenntnissen vorlag. „Gestern konnten wir Nummer vier eine halbe Stunde lang verfolgen, und zwar zu einem Hotel hier in Wien. Gerade haben wir rausgefunden, dass das entsprechende Zimmer für einen Journalisten gebucht wurde."

„Und wer ist der Kerl?"

„David Yalom."

„Verdammt! Yalom schützt seine Quellen, komme, was wolle. Ich kenne ihn seit Jahren. Den schmeißt nichts um. Sich mit einem bekannten Terroristen zu treffen, das schreckt ihn nicht ab – auch nicht nach allem, was er durchgemacht hat. Sagen Sie Kerri, sie soll ihn anrufen und für ein Gespräch herbitten. Bis dahin setzen wir einen unserer Leute auf ihn an. Mal gucken, mit wem er so redet und was er treibt."

„Alles klar."

„Sie sagten, Sie hätten das Signal aus seinem Hotelzimmer nur ganz kurze Zeit empfangen. Was ist denn jetzt damit?"

Vine zögerte nur den Bruchteil einer Sekunde, aber das reichte. Paxton wusste sofort Bescheid und fiel gleich über ihn her. „Soll das heißen, ihr habt keine Ahnung?"

„Wir haben ihn verloren."

„Einen Peilsender verlieren? Wie geht denn so was?"

„Wir haben das Signal vom Hotel zur U-Bahn verfolgt, und dann war es weg."

Paxton sprang auf, tigerte auf und ab und spähte auf jeden Computerbildschirm, während die steinerweichenden Violinenklänge seine Geduld auf eine harte Probe stellten. „Aber an sich müssten wir auch aus U-Bahn-Tiefe Signale kriegen, oder?"

„Richtig. Das macht das Ganze ja so rätselhaft. Wir sind noch bei der Ursachenforschung."

„Und was ist mit diesem Bereich hier?" Paxton zeigte auf einen Monitor, auf dem eine dunkel schraffierte Zone unter dem Konzertgebäude zu sehen war. „Tucker, Sie sagten doch, unterhalb einer bestimmten Tiefe in dem Schacht kriegten Sie keinen Messwert mehr, nicht wahr?"

„Das stimmt. Wir konnten nicht einmal feststellen, wie tief der Schacht runtergeht. Aber er ist so eng – nicht mal ein halber Meter im Durchmesser –, dass wir ihn vernachlässigen können.“

„Leute! Womöglich geistert irgendwo eine Ladung herrenloser Sprengstoff herum! Wir achten auf *alles* im Umkreis von fünf Häuserblocks rund um die Konzerthalle! Bill, Sie hängen sich ans Telefon und erkundigen sich, ob wir irgendwo ein Bodenradargerät mit einer tieferen Reichweite kriegen, und wenn es nur ein Testmodell ist ...“

Vine runzelte die Stirn. „Wenn es so was gibt, dann haben wir es schon!“ Er hütete sich allerdings, auch nur den leisesten Hauch von Gereiztheit in die Stimme zu legen, obwohl er das Thema in den letzten paar Stunden x-mal mit seinem Boss diskutiert hatte.

„Dann sind wir verwundbar. Unvorbereitet. Und so was ist *in-ak-zep-ta-bel*!“

„Das brauchen Sie mir nicht zu sagen. Wie dem auch sei: So ein Bodenradar, wie es Ihnen vorschwebt, das gibt's nicht.“

Kerri trat ein, beladen mit frischem Kaffee, Mineralwasserflaschen und einem Teller Kekse. Um ihr Tablett absetzen zu können, musste sie erst eine Stelle auf dem Tisch frei räumen. Genau in dem Moment drosch Paxton als Reaktion aufs Vines Bemerkung mit der flachen Hand auf den Tisch und brüllte: „Scheiße, verdammte!“

Geschirr und Löffelchen klirrten.

„Mit Wutanfällen kriegen wir auch keine tieferen Messergebnisse!“, bemerkte Kerri, wobei sie eine Wasserflasche öffnete und sie ihrem Boss reichte. „Und den vierten Peilsender erst recht nicht. Hier, Chef.“

Während Paxton einen ausgiebigen Schluck nahm, veränderte sich seine Miene unmerklich. Er setzte die Flasche ab und guckte hinüber zu Alana Green. „Zeigen Sie mir mal die Stollen, die in diese Zone reinführen und wieder raus.“ Seine

Stimme war wieder normal, das nölende Näseln so gut wie verschwunden. Alle im Zimmer atmeten auf, aber nur ganz vorsichtig. Nach wie vor war die Situation so wie zu Anfang: Es ging um Sicherheit auf allerhöchster Stufe. Das Konzert am kommenden Donnerstag war ein Ziel für Terroristen – man mochte es drehen und wenden, wie man wollte. Ob nun terroristische Bedrohung oder nicht: Paxton jedenfalls hatte sich fest vorgenommen, so vorzugehen, als gäbe es eine.

Mit ein paar Tastenkombinationen rief Alana Green eine Reihe von Grafiken auf den Bildschirm: jene unterirdische Welt, die sie schon seit ihrer Ankunft in Wien erfasste und aufzeichnete. Wie gebannt starrten Paxton, Kerri und Vine auf den Monitor; nur Tucker Davis werkelte an seinem eigenen Laptop weiter. Seit der Ankündigung, seine Frau sei schwanger, war er mit den Gedanken häufig woanders – eine Beobachtung, die Paxton beunruhigte. Er konnte nicht zulassen, dass ein Mitarbeiter seines Teams seine Arbeit vernachlässigte. „Ich glaube", meinte er, „wir müssen da unten mehr Leute einsetzen."

Tucker beugte sich immer noch über seinen Laptop.

„Tucker?"

„Was?"

„Ich sagte, wir müssen da unten mehr Leute einsetzen und das gesamte noch nicht erfasste Terrain durchkämmen."

„Okay, dann teile ich noch ein paar von den Jungs ein."

„Aber? Ich höre ein *Aber* in Ihrer Stimme."

Tucker zögerte; keiner gab dem Chef gern eine negative Antwort.

„Raus damit!"

„Wir sitzen direkt auf so bescheuerten römischen Ruinen, die noch kein Mensch ausgegraben hat. Da unten, da gibt's ganze Städte. Die würden wir nie im Leben finden, und wenn wir noch so viele Teams hinunterschicken würden und Monate zur Verfügung hätten. Wieso wussten wir das nicht, als wir unser Angebot eingereicht haben?"

„Das ist doch jetzt völlig schnuppe!“, polterte Paxton los. „Wenn Sie das nicht auf die Reihe kriegen, dann sagen Sie’s. Dann macht es jemand anderes!“

Angesichts des drohenden Tons blickte Kerri ihn scharf an. Sie war die Einzige, die sich herausnehmen durfte, Paxton wirklich Paroli zu bieten. Sie merkte jedoch, wie geladen er war. Es gab einfach zu viele Brandherde. Und seine Verantwortung war es, dafür zu sorgen, dass sich daraus kein Flächenbrand entwickelte.

„Gibt es sonst noch etwas, auf das wir achten müssten?“ Paxton schloss mit seiner Standardfrage, an die er diesmal allerdings einen Schlusssatz anhängte: „Als hätten wir nicht schon genug am Hals!“

51. KAPITEL

Dienstag, 29. April – 14:30 Uhr

Nachdem die drei eine Stunde in der Bibliothek zugebracht hatten, eilte Malachai zu einem verabredeten Treffen mit Fremont Brecht im Gebäude der Gesellschaft für Erinnerungsforschung. Meer saß derweilen mit Sebastian im Auto und telefonierte mit ihrem Vater. Sebastian hatte ihr angeboten, mit ihr zum Krankenhaus zu fahren und Jeremy nach Hause zu bringen, falls die Untersuchungen beendet sein sollten.

„Die sind noch nicht fertig mit mir", berichtete Jeremy seiner Tochter. „Wie's aussieht, werde ich wohl erst morgen entlassen. Was habt ihr denn inzwischen herausgefunden?"

Das Handy am Ohr, schaute Meer durch die Seitenscheibe auf die belebte Straße und berichtete ihrem Vater von den Briefen, die sie in der Bibliothek gefunden hatten. Darunter einen von Beethoven an Stephan von Breuning, in dem die Rede von diversen Instrumenten war, die der Komponist seinem Freund als Geschenk für dessen Söhnchen besorgt hatte. „Den Schluss habe ich kopiert und von Sebastian übersetzen lassen", sagte sie. „Beethoven schreibt: ‚Sollte, lieber Freund, meine Musik nach meinem Tode weiter gespielt und mein Ruf noch gemehrt werden, so werden diese Silberflöte und die Oboe von noch größerem Wert für deinen Sohn sein. Er wird über Instrumente aus meinem Besitz verfügen, und wenn er lernt, darauf zu spielen und ihnen ihre Schätze zu entlocken, werden sie ihm viel Freude bereiten.'"

„Jede Menge Anspielungen", meinte Jeremy grüblerisch.

„Aber er erwähnt keine vorzeitliche Knochenflöte, sondern ausdrücklich eine silberne. Eindeutige Anhaltspunkte, wo Beethoven die magische Flöte versteckt haben könnte, haben wir nicht gefunden."

Jeremy lachte. „Schätzchen, wenn sie eindeutig wären, dann

wären es keine Anhaltspunkte mehr.“

Er fragte sie noch eine Weile über den Inhalt der anderen Briefe aus und verwies dann auf ein Muster, das ihr, Sebastian und Malachai bislang nicht aufgefallen war. „Nach meinem Geschmack lässt er sich da ein wenig oft über einen Wald aus. Wenn ich morgen hier raus bin, dann gucken wir uns die Gegend mal genauer an, die er da zwischen 1813 und 1815 offenbar besucht hat.“

Nach Beendigung des Gesprächs wandte sich Meer an Sebastian Otto und fragte ihn, ob Beethoven einmal in der Nähe eines Waldgebietes gewohnt habe.

Sebastian listete einige Orte auf. „Mödling, Penzing, Döbling, Heiligenstadt …“

Meer hörte zwar zu, konnte damit aber nichts anfangen. Für sie waren das alles nur sehr fremdartig klingende Wörter.

„… Jedlesee und Baden“, schloss Sebastian.

„Da weiß man ja gar nicht, wo man anfangen soll.“

„Na ja, Baden jedenfalls liegt direkt am Wienerwald.“

„Kommt man da mit der Bahn hin?“

Obwohl es bereits auf vier Uhr zuging, wimmelte Baden, ein beliebter Kurort vor den Toren Wiens, an diesem Nachmittag von Touristen. Sebastian hatte dienstags probenfrei und es sich nicht nehmen lassen, Meer zu begleiten. Jetzt standen die beiden vor dem städtischen Fremdenverkehrsbüro und studierten den dort ausgehängten riesigen Stadtplan. „Ist nur ein Katzensprung von hier bis zum Wienerwald“, sagte Sebastian.

„Wunderbar.“ Meer trug Jeans, ihre schwarze Lederjacke und flache Stiefel – genau das richtige, um sich ordentlich die Beine zu vertreten. Der Gedanke an eine Tour durch den Wald gefiel ihr ausnehmend gut.

„Lassen Sie mir noch einen Moment Zeit?“, fragte Sebastian. „Ich möchte kurz anrufen und nachfragen, wie es Nicolas geht. Das mache ich jeden Nachmittag um diese Zeit.“

„Aber natürlich!" Meer entfernte sich ein Stückchen und schaute sich den malerischen Ort an. Baden wirkte wie in der Vergangenheit erstarrt, was eine märchenhafte Stimmung erzeugte. Kurz darauf gesellte sich Sebastian wieder zu ihr, machte jedoch einen besorgten Eindruck.

„Alles in Ordnung mit Nicolas?"

„Keine Ahnung. Ich bin nicht durchgekommen, was ungewöhnlich ist. Aber ich habe eine Nachricht hinterlassen. Das Pflegepersonal ruft mich normalerweise sofort zurück."

„Erzählen Sie doch mal was über das Städtchen hier", bat sie in der Hoffnung, ihn damit ablenken zu können. Er bedankte sich mit einem flüchtigen Lächeln, das anzeigte, dass ihm ihre Bemühungen nicht entgingen.

„Viel weiß ich nicht. Baden ist schon seit Jahrhunderten der Kurort der Wiener Oberschicht. Zu Beethovens Zeiten kamen die feinen Herrschaften mitsamt Dienerschaft und Hausstand, mit ihrer Musik und ihren Gemälden. Dadurch hat Baden diesen kultivierten Anstrich erhalten."

Scharen von Touristen strömten in die beiderseits der Straße liegenden Läden und wieder heraus. Sebastian lotste Meer durch das Getümmel, vorbei an einem Springbrunnen und dann nach rechts, wobei er im Gehen wieder den Fremdenführer spielte. „Die alten Römer bauten hier ihre Thermen; die heißen Schwefelquellen waren schon in der Antike bekannt. Als man diese Bäder im 18. Jahrhundert wiederentdeckte, sprach sich ihre heilende Wirkung schnell herum. Deswegen ist ja auch Beethoven überhaupt erst hierhergezogen. Seine Ärzte empfahlen ihm Bäderkuren als Mittel gegen seine Magenprobleme und seine zunehmende Taubheit."

„Hat's denn was geholfen?"

Er hob die Schultern. „Auf lange Sicht war kein Kraut dagegen gewachsen. Er war ein schwerkranker Mann, und trotzdem ging ihm das Komponieren hier gut von der Hand. Er hat den Wald sehr gemocht." Sebastian zeigte auf die üppigen grünen Hügel, die sich jenseits der Stadt erhoben. „Das da ist der echte Wienerwald. Wenn wir Beethovens Haus besichtigt haben, können wir einen Spaziergang machen, falls Sie möchten. Bis zum Einbruch der Dunkelheit bleiben uns noch mindestens zwei Stunden."

„Einverstanden", sagte sie sofort, wenngleich sie merkte, dass ihr ein leichter Schauder die Arme herunterrann. Irgendetwas war ihr nicht geheuer. Die Luft begann zu flimmern, die Autos lösten sich auf; die Passanten sahen ganz anders aus. Meer wappnete sich gegen den ungebetenen Ansturm.

Sebastian musste wohl etwas gemerkt haben, denn er blieb stehen und legte ihr die Hand auf die Schulter. „Ist irgendwas?"

Meer hatte Angst, etwas zu sagen. Angst auch, wie klar wurde, vor dem eiskalten Windhauch, der ihr langes lavendelblaues Spitzenkleid um ihre Knöchel wehte ...

Während sie die Straße zu Beethovens Haus überquerte, hörte Margaux zufällig mit, wie sich zwei Männer unterhielten. Offenbar drehte sich das Gespräch um die Konfrontation zwischen Fürst Metternich und dem Zaren. Dem Hörensagen nach hatte der österreichische Außenminister tags zuvor den russischen Monarchen der übermäßigen Spionage bezichtigt. Daraufhin hatte Alexander I. damit gedroht, die Verhandlungen über das Großherzogtum Warschau, eines der heikelsten Themen des Kongresses, platzen zu lassen. Die Russen beanspruchten das von Napoleon geschaffene Herzogtum schon seit Jahren, aber auch Österreich und Preußen strebten nach Teilen des alten polnischen Königreiches. Falls also die Gerüchte stimmten und der Zar wutentbrannt Wien verlassen sollte, war Margaux' Plan, Alexander die Flöte zu verkaufen, mit einem Schlage hinfällig.

Eilig ging sie weiter, nun mehr denn je auf ihre Begegnung mit Beethoven bedacht. Gerade wollte sie das Haus betreten, da spürte sie, dass sie wieder beobachtet wurde. Toller? Oder einer seiner Spitzel, die er ihr hinterherschickte, um sie zu beobachten? Bemüht, möglichst unverdächtig zu wirken, drehte sie sich zu ihrem Kutscher um und rief ihm eine letzte Anweisung zu. Dabei bemerkte sie auf der anderen Straßenseite eine ruckartige Bewegung – den Schatten eines Mannes, der blitzschnell in eine Gasse abtauchte, um nicht gesehen zu werden.

Unter Aufbietung aller Kräfte zwang Meer sich zurück in das Baden der Gegenwart. Als Erstes schaute sie an sich herunter. Ja, das lavendelblaue Kleid war nicht mehr da. Sie trug wieder ihre Jeans und Stiefel.

Mit jedem dieser übermächtigen, unwillkommenen Erinnerungsanfälle wurde ihr Zorn größer. Denn sie führten ihr nur allzu deutlich vor Augen, dass es lächerlich war, zu glauben, sie habe ihr Leben im Griff. Weder konnte sie diese Sprünge verhindern noch ihnen einen Sinn abgewinnen. Ihr blieb nichts weiter übrig, als die unterschiedlichen Sequenzen zu sammeln und zu hoffen, dass sie irgendwann einmal eine zusammenhängende Geschichte erzählten – und dann vielleicht endlich Ruhe gaben.

Als sie sich umsah, um sich neu zu orientieren, stellte sie links von sich eine Bewegung fest. Da, gegenüber auf der anderen Straßenseite – duckte sich da jemand in eine Eingangsnische? Hieß das etwa, dass sie nicht nur in der Vergangenheit, sondern jetzt auch in der Gegenwart bespitzelt wurde? Oder bedeutete es, dass bestimmte Dinge, die sie im Hier und Jetzt spürte, sich schon in ihrem Unterbewusstsein festgesetzt hatten?

„Geht's wieder?", fragte Sebastian, der sie beim Arm fasste und zu einer Bank geleitete. „Sie schauen wieder so aus, als hätten Sie ein Gespenst gesehen. Ich hole Ihnen schnell einen Schluck Wasser."

Sie wollte schon abwehren, doch ehe sie ihn aufhalten konnte, war er bereits losgelaufen. Sie setzte sich auf eine der zahlreichen weißen Bänke des Kurparks, hatte jedoch kaum Augen für die akkurat gepflanzten Baumreihen und die penibel gepflegten Parkanlagen. Ringsumher hörte sie Stimmengewirr und Vogelgesang; erst ganz allmählich verging das merkwürdige, immer noch anhaltende Gefühl, beobachtet zu werden.

Sebastian kam mit einer Flasche eiskalten Mineralwassers. Mit dem Kopf wies er auf einen in der Nähe spielenden Straßenmusiker. „Gar nicht schlecht, der Geiger da." Während Meer einen Schluck trank, hörten die beiden noch ein Weilchen zu, bis Sebastian fragte: „Sie sind noch ganz schön durcheinander, was? Vielleicht sollten wir die Besichtigungstour vertagen."

„Auf gar keinen Fall! Jetzt sind wir extra hierhergefahren – da will ich auch Beethovens Haus von innen sehen und den Wienerwald kennenlernen."

„Sie glauben, da draußen ist etwas, stimmt's?", fragte er. „Da in den Hügeln? Das nur drauf wartet, dass Sie es finden?"

Der Himmel war wolkenlos und von einem klaren, kühlen Blau. „Ich weiß nicht, was ich glaube. Genau das macht meinen Vater ja so unglücklich."

„Nichts an Ihnen macht Ihren Vater unglücklich, Meer! Merken Sie das etwa nicht? Wie er Sie ansieht oder mit Ihnen spricht – Sie sind seine ganze Freude!"

Aus Sebastians Gesicht sprach elterliches Leid. Die langwierige Erkrankung seines Sohnes machte ihm sichtlich zu schaffen. Meer hätte gern gewusst, ob es ihm wohl so ähnlich ging wie seinerzeit ihrem Vater. „Sie möchten gern, dass ich die Flöte finde, nicht wahr?" Endlich sprach sie aus, was ihr die ganze Zeit schon im Kopf herumgegangen war. „Damit Sie darauf spielen können – für Ihren Nicolas. Deshalb unterstützen Sie mich so aufopferungsvoll. Und deshalb haben Sie sich auch mit meinem Vater angefreundet."

„Umgekehrt! Ihr Vater hat meine Freundschaft gesucht."

„Aber doch Ihres Sohnes wegen!"

„Das klingt aus Ihrem Munde so, als hielten Sie es für falsch, dass Ihr Vater mir hilft oder dass ich Nicolas helfen möchte. Klar, sicher, durch ihn bin ich auf Ihren Vater getroffen ... weil ich nach einer Möglichkeit suchte, mein Kind wieder zurückzuholen. Was soll daran schlecht sein?“

„Nichts. Verzeihen Sie.“ Erneut geriet sie durcheinander. Gerade noch sah sie ihn wie durch einen dunklen Schleier, und im nächsten Moment war dieser Schleier fort.

„Aber zurück zu Ihrer Frage: Ja, es stimmt – wenn oder falls Sie die Flöte finden, möchte ich sie für meinen Jungen spielen. Täten Sie das nicht auch? Möchten Sie nicht selber darauf spielen und endlich den Rest von diesen Erinnerungen ergründen, die Sie andauernd haben?“

„So überzeugt sind Sie, dass die Flöte funktioniert? Vorausgesetzt, es gibt sie?“

„Das nicht. Aber können Sie sich denn andererseits sicher sein, dass sie *nicht* wirkt?“

„Sicher bin ich mir nur meiner Ungewissheit. Nach langem Suchen habe ich mich damit abgefunden.“

„Und? Gilt das auch jetzt noch?“

Sie wusste darauf einfach keine Antwort.

Er stand so dicht vor ihr, dass sie die Ingwer-Orange-Note seines Aftershaves riechen konnte. Zum wiederholten Male fühlte sie das widerstreitende Bedürfnis, ihm einerseits noch näherzukommen, ihn gleichzeitig aber auf Distanz zu halten.

„Wie weit ist es denn von hier bis zu Beethovens Haus?“ Auf einmal wollte sie unbedingt weg hier, hin zu dem Haus, hin zu irgendeinem Ziel. Auch wenn es sich wieder nur als Irrgarten erweisen sollte.

Rathausgasse Nummer 10 war ein zweigeschossiges, beige-rosa gestrichenes Haus mit grünen Fensterläden. Mit der wehenden Flagge und der Tafel am Eingang ähnelte es stark der Beethoven-Gedenkstätte in Wien.

Im Foyer des Obergeschosses drängelten sich schon die Touristen, sodass Meer ihren Begleiter entsetzt anguckte. „Von mir aus warten wir lieber, bis einige von denen weg sind“, sagte sie.

„Ja.“

Es stellte sich allerdings heraus, dass die Besuchergruppe schon wenig später abrückte. Meer und Sebastian traten also ein und begaben sich zu einem Tisch, an dem ein junges, Ohrhörer tragendes Mädchen die Eintrittskarten verkaufte und dabei zu seiner Lieblingsmusik rhythmisch den Kopf bewegte. Wie im Wiener Beethovenhaus gab es so gut wie keine Sicherheitsüberprüfung; die ganze Gedenkstätte wurde von übertrieben locker wirkenden Studenten geführt. Klänge einer wunderschönen Beethoven-Sonate erfüllten den Raum, und während Sebastian die Eintrittskarten erstand, fragte sich Meer, welchem Kontrastprogramm die junge Verkäuferin wohl gerade lauschte.

Dann stand Meer auf der Schwelle zum ersten Zimmer mit Beethovens Flügel darin. Zum Fenster ausgerichtet, dominierte das Instrument den ganzen Raum. Das Mahagoniholz schimmerte in der Spätnachmittagssonne. Meer benötigte fünf Schritte: Zögernd und unschlüssig zuerst, doch dann immer energischer werdend, ging sie auf den Flügel zu und setzte sich auf die Klavierbank.

Ob sie mit ihrem Tun auffiel oder nicht, interessierte sie nicht. Sollte das junge Ding ruhig herüberkommen und sie zurechtweisen; dann würde sie eben aufstehen. Hier bot sich jedenfalls eine einmalige Gelegenheit: Auf einem von Beethovens persönlichen Flügeln zu spielen, zu erleben, wie Musik für den großen Komponisten klang, als er noch hören konnte – diese Chance durfte Meer sich nicht entgehen lassen.

Sie zog die Schutzhaube von der Klaviatur, setzte die Fingerspitzen auf die vergilbten Elfenbeintasten und schlug die ersten Akkorde der Mondscheinsonate an. Offenbar hatte man das Instrument regelmäßig gestimmt; überrascht stellte Meer fest, wie anders sich dieser zweihundert Jahre alte Flügel im Vergleich zu den von ihr gewohnten Instrumenten spielte. Der Anschlag war kraftvoller und zugleich lyrischer, weniger kontrolliert, fast ohne Nachklang; es kam ihr vor, als biete sich ihr ein viel größeres Spektrum an Klangentfaltung, Tonfülle und Dynamik.

Als die Sonate verklungen war, ließ Meer die Finger noch einige Zeit improvisierend über die Tasten gleiten.

Auf einmal war ihr, als bewegten sich ihre Finger wie von selber, als spiele die Musik von ganz allein, als sauge sie die Luft aus dem Zimmer, ja aus Meers Lungen. Sie tauchten ab und schwangen sich wieder empor, die Töne, schmachtend und tröstend und erregend, und Meer, sie schwebte gleichsam hinauf in einen nächtlichen Himmel, hin zu den Sternen, getragen auf den Schwingen dieser Klänge, auf den Noten dieses Liedes. Es war die Melodie – dieselbe Melodie, die sie bereits zeit ihres Lebens hörte, jedoch nie hatte fassen können.

„Was ist das?“, fragte Beethoven. „Was spielen Sie da?“

Der Maestro saß ganz dicht neben dem Klavier, das Ohr unmittelbar am Korpus. An manchen Tagen konnte er die Töne nur hören, indem er gewissermaßen in das Instrument hineinkroch.

„Weiß ich selber nicht so richtig. Es ist nur ein Fragment. Ich bin nicht einmal sicher, ob etwas daraus wird. Ist mir so in den Sinn gekommen.“

Er lächelte. „Ja, so ist das manchmal. Als wäre man ein Schallrohr für die Musik der Planeten. So, und jetzt noch einmal“, befahl er.

Sie gehorchte. Inzwischen an seine Art gewöhnt, ließ sie sich von seiner Bärbeißigkeit nicht mehr aus dem Konzept bringen. Sie fand es regelrecht befreiend, hier zu sein, Beethoven vorzuspielen, darauf zu warten, dass die Musik sie innerlich zur Ruhe brachte. Hätte sie nur nicht über so vieles nachdenken, so vieles planen und bewerkstelligen müssen! Der Zar war am Kauf ihres Schatzes zwar interessiert, doch würde er auch so lange in Wien bleiben, bis sie den Mut aufbrachte, Beethoven die Kostbarkeit zu stehlen? Was hinderte sie eigentlich noch daran? Nun, zum einen hatte der russische Herrscher, als sie ihm von der möglichen Existenz einer Melodie der untergegangenen Erinnerungen berichtete, das Dreifache dessen geboten, was sie von Major Wells bekäme. Was aber würde der unternehmen, wenn er erfuhr, dass sie die Flöte nicht ihm, sondern jemand anderem verkaufen wollte? Zum anderen war da noch Toller. Wenn der Wind von ihrem Vorhaben bekäme und die Flöte zurückforderte – was dann? Woher sollte sie dann das Geld nehmen, um die Rettungsexpedition für Caspar zu finanzieren?

Nachdem sie die Melodie zu Ende gespielt hatte, forderte Beethoven sie auf, es noch ein drittes Mal zum Besten zu geben. Es war eine sonderbare Komposition, einfach und atonal bis hin zum Dissonanten, aber es war ihr schon am Morgen beim Aufwachen im Kopfe herumgegeistert. Es hatte ihr so sehr daran gelegen, es ihrem Lehrmeister zu präsentieren, dass sie sogar eigens hinaus nach Baden geritten war, wo Beethoven gerade zur Kur weilte.

„Schwer zu sagen", meinte Beethoven, nachdem er gut ein halbes Dutzend Zugaben gefordert hatte, „ob Sie das komponiert haben oder die Musik Sie." Ohne weitere Erklärung trat er an seinen Geschirrschrank, nahm das in weiches Wildleder gehüllte Bündel heraus, schlug es auf und enthüllte die vergilbte, uralte Knochenflöte. Dass er sie mit nach Baden bringen würde, das hätte Margaux nicht gedacht.

„Mir scheint, ihre kleine Melodie passt ganz gut zu einer Flöte ..." Er beantwortete ihre Frage, bevor sie diese stellen konnte, brachte die Flöte an die Lippen und spielte die ersten drei Töne – jedoch so zögerlich, als habe er Angst, sie könnten jeden Moment eine Katastrophe auslösen. Als diese ausblieb, spielte er den nächsten Takt und dann den folgenden, achtzehn Noten insgesamt. Er probierte es noch einmal, diesmal aber so, dass er die ganze Melodie von Anfang bis Ende ohne Absetzen durchspielte. Schließlich nahm er die Flöte herunter und wandte sich an Margaux. „Nichts passiert“, sagte er niedergeschlagen. Plötzlich merkte er, dass sie still weinte. „Was haben Sie?“, fragte er. „Was ist?“

Aber sie konnte es ihm nicht sagen, konnte nicht sprechen, denn sie erinnerte sich. Erinnerte sich an etwas, das sie schon halb vergessen oder auch nie gekannt hatte.

Inzwischen brauste die Musik machtvoll in ihrem Inneren, schwoll abermals an zu einem tosenden Crescendo, das Bilder mit sich brachte von anderen Zeiten, anderen Orten, die ihr nichts sagten. Von einer Welt so völlig anders als jedes Land Europas, das sie jemals bereist hatte.

Margaux erblickte eine heiße Sonne und einen breiten Fluss. Mit einem Gefühl abgrundtiefer Trauer sah sie zahlreiche Frauen, die sich um ein loderndes Feuer versammelt hatten, allesamt weinend und in wallenden Gewändern. Im Hintergrund ragten turmhohe Berge auf.

Dann verblasste die Szene, und Margaux sah wieder Beethoven, der sie mit einem besorgten Blick musterte. Erst jetzt fiel ihr auf, wie der Sonnenschein durch das Fenster fiel. Es hatte etwas Bedeutendes, das Licht, als wolle es ihr etwas zeigen. Sie folgte einem der Sonnenstrahlen, in dem die Staubteilchen tanzten. Wissen lag in diesem Licht, in langen Jahren gewonnene Erkenntnis, gebündelt in der Kraft, die Margaux jetzt durchströmte. Dringender als die Luft zum Atmen brauchte sie ihren Mann, damit sie ihm berichten konnte, was seiner Entdeckung an Erstaunlichem innewohnte und welche Macht sie besaß. Sie musste ihn unbedingt einweihen in diese quälende und doch unsagbar schöne Wahrheit über den Kreislauf von Licht und Zeit und Wiederholung, darüber, wer wir Menschen sind und warum wir hier weilen.

„Was ist mit Ihnen, Margaux?“, forschte Beethoven. „Wieso nimmt die Musik Sie so mit?“

Nach wie vor vom Licht umfangen, brachte sie immer noch kein Wort über die Lippen. Schwebend auf den Schwingungen jener misstönenden Weise, die Beethoven der uralten Flöte entlockt hatte, reiste sie mit ihren Erinnerungen – weit, weit zurück in der Zeit.

52. *KAPITEL*

Tal des Indus, Indien – 2120 vor Christus

Leichenfledderei war schon ein Verbrechen, Leichenraub dagegen ein Frevel. Ohanas Verzweiflung aber war größer als die Furcht vor den Strafen. Daher versteckte sie sich, während die Sonne den Fluss wie Feuer aufflammen ließ, hinter einem Baumstamm. Sie schirmte die Augen vor den blendenden Strahlen mit der Hand ab und harrte auf das Ende des Totenfests.

Selbst das Getöse aus Geplätscher, Glockengebimmel und Muhen vermochte die jammernde Trauerklage der Witwe nicht zu übertönen – schmerzliche Mahnung für Ohana, dass sie kein Recht hatte, bei Devadas' Verbrennungszeremonie zugegen zu sein. Mahnung auch, dass sie sich in ihrem Leid an niemanden wenden durfte. Dass ihre Trauer das letzte einer ganzen Reihe von Geheimnissen war, die es fortan zu hüten galt.

Am Tage zuvor hatten zwei Männer auf dem Weg zum Morgengebet die Leiche von Ohanas Liebstem am Flussufer gefunden. Fliegen surrten bereits um das Haupt des Toten, angelockt durch das aus klaffenden Kopfwunden sickernde Blut. Außer Devadas' Bruder Rasul, der als Einziger von den gesetzgebenden Gewalten eine Verfolgung der Tat forderte, interessierte sich offenbar niemand für die Frage, wer der Mörder war oder wie man seiner habhaft werden konnte. Die beiden Brüder waren Instrumentenmacher und galten als Ketzer – behaupteten sie doch, die Musik ihrer Flöten und Trommeln habe lindernde und heilende Wirkung. Die zwei stellten eine Bedrohung dar für die alten Bräuche und Sitten und wurden in der Stadt deswegen geschmäht. Und jetzt war einer von ihnen tot.

Während das Klagegeheul immer mehr anschwoll, frischte der Wind auf. Eine Böe wirbelte die Asche des Verstorbenen auf und wehte sie Chandra ins Gesicht, der trauernden Witwe, die gerade die glimmenden Reste mit Milch beträufelte. Erstickt den Atem anhaltend, betastete sie mit den Fingerspitzen bestürzt das graue Pulver auf ihrer Haut. Eine Träne löste sich aus ihren Wimpern und zog eine Spur durch das Aschengrau.

Nach Ohanas Gefühl war das Verhalten der Trauerweiber die pure Heuchelei. Chandra beispielsweise hatte ihren Mann wegen seines ketzerischen Gedankenguts vor Jahresfrist aus dem Haus geworfen, der eigene Vater ihn mitsamt dem Bruder als Aufrührer bezeichnet. Und nun spielten alle die Gramgebeugten.

Während die Frauen weiter den Scheiterhaufen mit Milch besprengten, fegte ein noch heftigerer Windstoß Devadas' ältester Tochter die Asche mitten ins Gesicht. Sie hustete und spuckte mehrmals aus. Wäre dasselbe Ohana passiert – sie hätte es dankbar hingenommen wie eine göttliche Weihe.

„Und nun rasch, das Wasser!“, mahnte Devadas' ältliche Mutter, die ihre drei Enkelinnen Stufe für Stufe durch die Zeremonie geleitete. „Beeilt euch, ehe der Wind ihn ganz hinwegweht!“

Sobald der zweite Krug leer und alles Wasser verbraucht war, ergriff Chandra den zerschrammten Holzstecken und stocherte damit durch den schlammigen Brei, um die Knochen von der Asche zu trennen. Wie eine Lumpensammlerin klaubte die älteste Tochter die größeren, noch feuchten Brocken auf, Überreste von Muskeln, Gewebe und Sehnen, und gab sie in eine irdene Schüssel. Die Jüngste sammelte derweilen die schon etwas abgekühlten Knochen ein.

Aus ihrem Versteck beobachtete Ohana, wie Chandra die Schüssel nahm und die Asche in den dahinströmenden Fluss schüttete, während die anderen Trauergäste sich wartend um die restlichen Knochen scharten. Wenngleich sie eigentlich keine Trauer zeigen sollten, stießen alle außer der Alten auch weiterhin ihr Klagegejammer aus.

„Er reist auf dem Pfade des Lichtes!“, rief die Mutter des Ermordeten. „Zu viele Tränen“, fügte sie mahnend hinzu, „verbrennen die Toten!“

Mit dunkelblauem und rotem Faden – blau für den Nachthimmel, rot für Blut – band sich nun jede der sieben Frauen die Frucht der Schattenmorelle ums Handgelenk. Nacheinander traten sie anschließend an den steinernen Feuerofen, wischten sich die Hände mit Apamarga-Blättern und stellten sich im Kreise auf, um sich sodann mit geschlossenen Augen im Rhythmus der rauschenden Wellen hin und her zu bewegen.

„So hebe dich denn von hinnen!“, leierte die Matriarchin. „Nimm neue Gestalt an und lasse fahren all deine alten Glieder. Lasse dich nieder an einem Ort deiner Wahl, auf dass Savita dir dorten Heimstatt errichte. Dies ist deiner Knochen einer; sei mit dem dritten glorreich verbunden, und sobald alles Gebein wieder eins ist, mögest du schön sein an Gestalt und weilen an einem erhabenen Ort, von allen Göttern geliebt.“

Während die Weiber die Gebeine ein letztes Mal wuschen, überlief Ohana ein Frösteln. Denn sie erinnerte sich an das Gefühl, als diese Knochen noch lebendes Gewebe trugen, noch alle umschlossen waren von Fleisch, das sich sehnend an ihren Körper schmiegte. Es war nicht recht, dass diese Frauen in aller Öffentlichkeit um ihren Liebsten trauern durften, während sie selber ihm die letzte Ehre nur im Verborgenen erweisen konnte.

Chandra füllte die Knochenreste in einen irdenen Krug, trug diesen hinüber zum Sami-Baum und hängte ihn, auf Zehenspitzen gereckt, an einen hohen Ast, den sie gerade noch mit den Händen erreichen konnte.

Erst danach zogen die Klageweiber ab.

Ohana verfolgte, wie sie kleiner und kleiner wurden und schließlich ihrem Blick in der Ferne entschwanden. Die Sonne tauchte hinter den Horizont; bis der Mond aufging, konnte es noch einige Zeit dauern. Ein milchiges Grau senkte sich über den Abend; die Luft wurde kühler. Weiterhin schwappten die Wellen ans Ufer, doch das Gebimmel war verstummt, das Klagegeheul der Weiber so weit entfernt, dass man es kaum noch hörte. Endlich war dieser grauenhafte Tag vorbei, die Verbrennungszeremonie nahezu vollendet bis auf einen letzten Besuch, der in zwei Tagen erfolgen würde. Dann würden die Frauen zurückkehren, um die abgekühlten Knochen aus dem Feuerofen zu bergen und zu bestatten.

Im Schutze der Dämmerung huschte Ohana heran an den Sami-Baum und fasste in den dort hängenden Behälter. Eine spröde Masse – das war alles, was übrig geblieben war von ihrem Liebsten. Als sie die Hand zurückzog, hielt sie genau das umschlossen, weswegen sie hergekommen war. Glatt und bleich, ja gleichsam glimmend, schimmerte das Gebein im Abendlicht. Den Knochen fest an die Brust gepresst, als könne er zu ihr sprechen, sie retten, ihr Zuspruch spenden, stahl sich Ohana davon in die einsame Nacht.

53. KAPITEL

Er sah alle diese Gestalten und Gesichter in tausend Beziehungen zueinander, jede der andern helfend, sie liebend, sie hassend, sie vernichtend, sie neu gebärend, jede war ein Sterbenwollen, ein leidenschaftlich schmerzliches Bekenntnis der Vergänglichkeit, und keine starb doch, jede verwandelte sich nur, wurde stets neu geboren, bekam stets ein neues Gesicht, ohne dass doch zwischen einem und dem anderen Gesicht Zeit gelegen wäre.
– Hermann Hesse, Siddhartha –

Baden bei Wien, Österreich
Dienstag, 29. April – 16:20 Uhr

Meer saß am Flügel in Beethovens Wohnung. Die Finger auf den Tasten, spürte sie noch die Schwingungen der Töne. Zwar war ihr furchtbar kalt, doch angesichts ihrer Bemühungen, das eben Geschehene zu begreifen, war ihr das einerlei. Wie in einer Schleife war die Zeit einfach zu sich selber zurückgekehrt, und das zwei Mal. Erst hatte Meer hier als Margaux gesessen, an jenem Tag, an dem Margaux erstmals die Flötenmusik vernahm und sich darin auflöste. Und dann die Reise in jene graue Vorzeit! Hatte sie da etwa soeben nicht nur einen Blick in *ein* Vorleben erhascht, sondern gleich in zwei? Zwei, die Jahrhunderte auseinanderlagen?

Musik hatte zwar als Auslöser fungiert, doch an die eigentliche Melodie konnte sich Meer nicht erinnern. Nur an das Gefühl.

„Was ich da eben gespielt habe“, fragte sie Sebastian, „haben Sie das erkannt?“

Er sah sie verdutzt an. „Sie haben doch gar nicht gespielt! Jedenfalls nichts, was irgendwie melodisch gewesen wäre. Nur drei Mal das C angeschlagen und dann mit geschlossenen Augen dagesessen. Eine gute halbe Minute lang."

„Doch, natürlich habe ich gespielt! Ich hab's doch gehört!"

Er wehrte kopfschüttelnd ab. „Bloß das C. Aber Sie zittern ja wie Espenlaub! Warten Sie, ich hole Ihnen …"

Margaux hatte doch die Melodie der untergegangenen Erinnerungen gefunden! Und davon ausreichend Töne auf dem Klavier angeschlagen, dass Beethoven die Tonfolge erkannte und die Melodie für Margaux auf der uralten Knochenflöte spielte. Sie hatte funktioniert, hatte Margaux' Gedächtnis so stimuliert, dass sie sich an eine noch ältere Geschichte erinnerte – eine von einem innig geliebten, später ermordeten Mann, von dessen eingeäscherten Überresten sie einen Knochen geraubt hatte.

„Warum lügen Sie?"

„Meer, Sie haben nichts gespielt! Ich würde Sie nicht belügen! Überlegen Sie doch nur, was die Erinnerungsmelodie für mich bedeuten könnte! Für meinen Sohn!"

Die Kälte ging ihr durch und durch. Meer stand auf, wand sich an Sebastian vorbei und anschließend auch an der Ticketverkäuferin. Mit derselben absonderlichen Entschlossenheit, die sie bereits zuvor am Flügel verspürt hatte, schritt sie über den Flur, als würde sie sich hier in den Räumlichkeiten ganz genau auskennen. Die winzige Schlafkammer enthielt ein schmales Bett mit einer dünnen, kaffeebraunen Decke, eine Kommode, eine Waschschüssel und einen an einem Kleiderhaken hängenden Paletot. Ohne das geringste Zögern hob Meer den schweren Wollmantel vom Haken und zog ihn über. Das grobe Kleidungsstück war warm, warm genug gegen das Zittern, das Meer trotz des sonnigen Wetters überwältigte.

Als sie die Hände in die Manteltaschen stopfte, ertastete sie in der linken ein kleines Loch. Sie fasste den Mantelzipfel und klappte den Stoff von innen nach außen, sodass sie mit den Fingern an den unteren Saum gelangte, wo eine Münze zwischen Mantelfutter und Oberstoff steckte. Sie lächelte stillvergnügt.

Dauernd, so fuhr es ihr durch den Kopf, fielen die Groschen durch das Loch in der Tasche! Doch diesmal klemmte da noch etwas anderes im Futter. Eine spitze Schreibfeder, noch mit getrockneter Tinte daran.

Was fällt dir eigentlich ein, Beethovens Mantel anzuziehen? Wenn die junge Dame, die die Eintrittskarten verkaufte, bemerkte, dass jemand die Ausstellungsstücke berührt hatte, würde sie ganz bestimmt die Polizei alarmieren. Schon regte sich bei Meer das schlechte Gewissen. Als jemand, der selber in einem Museum arbeitete, wusste sie ja, dass Exponate grundsätzlich unantastbar waren. Sie zog den Mantel wieder aus und hängte ihn behutsam zurück an seinen Haken.

Alles war wieder so, wie es zum Zeitpunkt ihres Kommens gewesen war. Alles – bis auf die merkwürdige Idee, die Meer nun im Kopfe herumspukte: Einst hatte sie sich mit diesem Mantel verkleidet, um einem Spitzel zu entgehen.

54. KAPITEL

Dienstag, 29. April – 17:06 Uhr

Als Meer mit Sebastian in den dichten Wienerwald hinaufwanderte, erblickte sie noch eine weitere Postkartenidylle: eine im Tal grasende Ziegenherde, eine grob aufgeschichtete Steinmauer und eine etwa zehn Meter hohe, sicher recht gefährliche Steilkante mit einem malerischen Felsvorsprung darüber. Von dort aus bot sich ein umfassender Blick auf die gesamte Stadt. Genau so hatte Meer sich Baden vorgestellt, als Sebastian das Städtchen erstmals erwähnt hatte.

„Man kann von hier oben überall hinsehen, ohne selber von unten gesehen zu werden", bemerkte er leise. Zu ihrer Überraschung spürte Meer seine Hand auf ihrer Schulter. „Nicht so nah an den Rand!", mahnte er. „Der Vorsprung ist ungesichert. Es hat schon Abstürze gegeben."

„Der Tod im Wienerwald", sinnierte Meer. „Johann Strauss wäre untröstlich."

„Zumal der Wiener Walzer ja als Flucht vor dem Tod galt. Nun, es ist hier genug Tragisches passiert, dass ein Komponist auch eine traurige Version der Geschichten aus dem Wienerwald schreiben könnte. Schloss Mayerling liegt ganz in der Nähe. Schon mal davon gehört?"

Meer verneinte.

„Im Jahre 1889, in seinem Jagdschloss nur wenige Kilometer von hier, erschoss der österreichische Thronfolger Kronprinz Rudolf von Habsburg erst seine Geliebte, die Baronesse Maria Freiin von Vetsera, und dann sich selbst. Er war verheiratet, sie erst siebzehn. Das Schloss beherbergt jetzt ein Kloster. Aber die Einheimischen behaupten, die Geister des Liebespaars gingen noch immer hier in der Gegend um."

„Dann hat mein Vater wohl nicht übertrieben, als er erzählte, die Wiener hätten eine besondere Beziehung zum Tod.

Und Sie selber erwähnen Geister auch nicht zum ersten Mal. Glauben Sie etwa daran?"

„Über Geister oder ein Leben nach dem Tode habe ich mir nie den Kopf zerbrochen – bis Nicolas ..." Sebastian brach den Satz ab und warf einen Blick auf seine Armbanduhr. „Wir müssen weiter. Es bleibt uns höchstens noch eine Stunde Tageslicht."

Nachdem sie den Felsvorsprung hinter sich gelassen hatten, wandte Meer sich nach rechts, Sebastian aber nach links.

„Nein, hier lang!", rief er.

„Können wir nicht auch diesen Weg nehmen?"

„Den da kenne ich nicht. Der Hauptwanderweg führt hier entlang. Ich möchte nicht, dass wir uns verlaufen."

„Tun wir schon nicht."

„Woher wollen Sie das wissen?"

Meer hob die Schultern. „Wollen wir's nicht einfach drauf ankommen lassen?"

Es ging noch einige Zeit bergauf, und nach einer weiteren Wegbiegung gelangten sie an eine gelb getünchte offene Kapelle mit einem nahezu lebensgroßen holzgeschnitzten Kruzifix darin. Davor stand ein primitiver, von Maria- und Josefiguren flankierter Steinaltar.

Sie waren aber doch mitten im Wald! Meer starrte auf den Andachtsort wie auf eine Erscheinung.

„Hier war ich schon mal ...", flüsterte sie. Langsam bewegte sie sich in den Schatten des Bauwerks, sank auf die Knie und fuhr mit der flachen Hand über den Boden direkt vor der Wand. Die Augen fest geschlossen, versuchte sie, noch einmal durch die Zeit rückwärts zu schauen, doch es gelang ihr nicht. Sie hatte keine Ahnung, welche Bedeutung dieser Ort einst für sie gehabt haben mochte. Dennoch ließ sie die Hand wieder und wieder über den Boden gleiten, als könnte sie ihm so eine Botschaft entlocken.

„Meer! Was tun Sie da?"

Sie wandte sich um, wollte es Sebastian schon erklären, doch genau in dem Moment setzte eine Rehgeiß quer über den Pfad, gefolgt von einem Rehbock. Reisig knackte unter den Läufen, verrottende Laubschichten raschelten unter den Tritten.

„Was suchen Sie denn da?", forschte Sebastian.

„Das weiß ich selber nicht so genau. Aber ich glaube ..." Ihre Stimme war um eine ganze Oktave gesunken und klang so dunkel wie das düstere Grünlich-Blau der Kiefernzweige, die ihren Schatten auf die Hütte warfen. „Margaux ... sie hat ihm geholfen ... Sie half Beethoven ... beim Verstecken der Flöte und der Noten. Etwas davon könnte sie hier vergraben haben."

55. KAPITEL

Baden bei Wien, Österreich
18. Oktober 1814

Mit flottem Schritt eilte Beethoven den Gehweg zu den außerhalb des Hotels liegenden Gartenanlagen hinauf, in der Hand ein Notenblatt, das er beim Gehen und Sprechen andauernd aus- und wieder zusammenrollte. Seine Ausdauer versetzte Margaux in Erstaunen; sie wusste doch von seinen chronischen Kopfmerzen und Unterleibsbeschwerden. In letzter Zeit hatte er oft über Müdigkeit und Erschöpfung geklagt.

„Ich habe vieles komponiert, auf das ich stolz sein kann. Doch da war ich noch jung an Jahren. Inzwischen ist mir klar, wie viel mehr die Musik selbst bewirken muss. Ich habe vieles geopfert, ja sogar einen Handel mit meinem Herrgott abgeschlossen: Nämlich allen weltlichen Reichtümern, einem Eheweib und Kindern zu entsagen, wenn ich dafür nur weiter schöpferisch tätig sein darf. Ich meinerseits habe meinen Teil der Abmachung eingehalten, der liebe Gott den seinen jedoch nicht. Der Schaffenskampf ist nicht leichter geworden – im Gegenteil: Mir werden mehr und mehr Knüppel zwischen die Beine geworfen. Und nun kommen Sie mir auch noch mit dieser aus Ihren Träumen geborenen Teufelsmusik, die solch gefährliche Visionen hervorruft … Die kann ich doch unmöglich auf die Welt loslassen! Das darf ich nicht!"

Sie berührte ihn am Arm, damit er sie anschaute und ihr von den Lippen ablesen konnte. „Wohin gehen wir?"

„Ich muss nachdenken."

„Wozu haben Sie die Noten mitgebracht? Sie haben doch nichts damit vor, oder?"

Er ignorierte die Frage. Margaux hatte alle Mühe, mit ihm Schritt zu halten. Sie war beunruhigt. Zwar war es ihm gelungen, die gesamte Tonfolge der Melodie der untergegangenen

Erinnerungen zu ermitteln, doch sie selber konnte sich nur an die ersten drei Töne entsinnen.

Nach Durchqueren der Gartenanlagen stiegen sie weiter hügelan in den Wald hinein. Als sie dann an die kleine Kapelle mit dem Kruzifix, dem provisorischen Steinaltar und den Standbildern von Maria und Josef gelangten, befanden sie sich bereits mitten im tiefsten Forst.

Im Inneren der Kapelle, vor dem Wind geschützt, entrollte Beethoven das Notenblatt und überflog es noch einmal. „Ich weiß nicht, was ich mit dieser überirdischen Musik anfangen soll", brummte er. Noch immer studierte er das Blatt, als ohne jede Vorwarnung ein Gewitter losbrach. Ein heftiger Windstoß trieb eine Regenböe herein, die das Notenblatt durchweichte und die Tinte zum Verlaufen brachte.

„Stecken Sie es unter den Mantel!", schrie Margaux und wies vorsichtshalber auf seine Manteltasche. Sie wusste ja nicht, ob er sie bei dem Donnergetöse überhaupt hören konnte. Aber er schaute sie gar nicht an, sondern ließ nur suchend den Blick schweifen. Mit einem Male rollte er das Notenblatt zu einem schmalen Röhrchen zusammen und klemmte es in den Spalt zwischen Christusfigur und Holzkreuz.

„Zumindest bis morgen ist es hier sicher", rief er Margaux zu, die unter einem neuerlichen Donnerschlag zusammenzuckte. Als ein Blitz den Wald aufleuchten ließ, war ihr, als sähe sie durch den strömenden Regen eine Gestalt, die sie dort draußen beobachtete. Aber ganz sicher war sie sich nicht.

War das vielleicht Schindler, Beethovens Sekretär? War der ihnen hierher gefolgt? Oder war es Toller?

Nein, sie war gar nicht mehr in der Vergangenheit. Sie war auch nicht mehr Margaux.

Vor Meer stand ein dunkel maskierter Mann, eine Pistole im Anschlag.

56. KAPITEL

Baden bei Wien, Österreich
Dienstag, 29. April – 17:39 Uhr

Der Mann mit der Waffe trug eine dunkle Regenjacke und hatte die Kapuze über den Kopf gezogen. Vor Entsetzen wie gelähmt, brachte Meer keinen Ton hervor. Hektisch hielt sie Ausschau nach Sebastian … und sah ihn am Boden liegen – bewegungslos, hinter dem Altar, unter dem Kruzifix.

„Sie haben hier oben etwas gefunden!", knurrte der Bewaffnete heiser in schwerfälligem Englisch. „Her damit! Sonst ergeht es Ihnen wie Ihrem Freund da drüben!" Er sprach zwar mit starkem deutschem Akzent, doch sie verstand jede Silbe.

„Was haben Sie mit ihm gemacht?"

„Ihre Freunde, Ihr Vater … Wir können dieses Spiel gern fortsetzen. Dann müssen eben die leiden, die Ihnen nahestehen – bis wir kriegen, was wir wollen."

„Mein Vater? Geht es ihm gut?"

„Vorläufig noch. Ob das so bleibt, hängt von Ihnen ab."

Sie zögerte keine Sekunde. „Was Sie wollen, ist dort." Sie zeigte auf das Kreuz.

„Her damit!"

Es waren bloß vier Schritte bis zum Kruzifix. Meer streckte den Arm nach oben und fasste suchend in den schmalen Zwischenraum zwischen Jesusfigur und dem glatten Holz des Kreuzes. Schließlich stieß sie mit den Fingerspitzen auf etwas, das sich anfühlte wie die Kanten eines zusammengefalteten Papierbogens. Also hatte sie zuvor an der falschen Stelle gesucht! Das Blatt war gar nicht vergraben! Sondern dort oben!

Sie zog es hervor. Es war nur noch ein von Insekten zerfressener, halb vermoderter, faulig riechender Fetzen Papier mit ein paar zusammenhanglosen Notenklecksen darauf. Der Modergestank war so widerwärtig, dass sie das Gesicht zur Kapellendecke wandte. Regentropfen quollen durch die Ritzen in dem zweihundert Jahre alten Gebälk, blieben einen Moment unter den Brettern hängen und landeten dann, einer nach dem anderen, klatschend auf Meers Stirn und Wangen.

Hielt sie da tatsächlich in Händen, was einmal die von Beethoven eigenhändig niedergeschriebene Tonfolge der Melodie der untergegangenen Erinnerungen gewesen war? Dabei hatte er doch alle Welt mit solcher Mühe davon zu überzeugen versucht, dass er die Notenfolge nie herausgefunden hatte! Zwar konnte er nun die kümmerlichen Reste seines Werkes nicht mehr selber beschützen, doch sie, Meer, sie konnte es! Indem sie die Hände einen halben Zoll zur Seite bewegte, brachte sie den fauligen Fetzen genau unter die durch die Dachritzen dringenden Regentropfen. Im Nu verlief auch die restliche Tinte; die wenigen noch entzifferbaren Noten verwischten zu unleserlichen Klecksen.

Der Maskierte riss ihr den zerbröselnden Fetzen aus der Hand und hielt ihn sich vor die Augen. Für einen winzigen Moment achtete er nicht mehr auf Meer, und diese eine Sekunde reichte ihr zur Flucht.

57. KAPITEL

Dienstag, 29. April – 17:56 Uhr

Im strömenden Regen war das Waldgelände trügerisch; für Meer wurde es unmöglich, sich auf ihrer Flucht zu orientieren oder einen markanten Geländepunkt anzupeilen. Sie wusste nur eins: Wenn sie nur immer bergab lief, würde sie irgendwann automatisch aus dem Waldgebiet herauskommen. Dann könnte sie Hilfe für Sebastian holen.

Sie stolperte über Wurzeln, Ranken und Zweige, raffte sich aber immer aufs Neue auf und lief weiter den Hügel hinunter, dabei lauschte sie angestrengt nach einem Verfolger. Sie wusste ja: Nur, weil sie ihn bei Donner und Wolkenbruch nicht hörte, hieß das noch lange nicht, dass er ihr nicht trotzdem nachsetzte.

Hatte der Mann im Anorak es auf sie persönlich abgesehen oder bloß auf das Blatt Papier? War ihr die Flucht gelungen? Oder kannte der Kerl sich so gut aus im Wienerwald, dass er ihr irgendwo weiter unten auflauerte? Musste sie nun erst recht um Sebastians Leben fürchten, weil sie geflohen war? Sollte sie nicht besser kehrtmachen, um ihm zu helfen?

Ein blendender Blitz tauchte die Tannen ringsum für einen Wimpernschlag in weißliches Licht; im selben Moment glitt Meer auf einer lehmigen Lache aus und geriet ins Rutschen. Verzweifelt bemüht, sich noch an einem Stein oder Stumpf festzuhalten, fuchtelte sie mit den Händen, griff aber nur ins Leere – und rutschte immer weiter bergab.

Schließlich bekam sie doch noch eine über dem Boden verlaufende Baumwurzel zu packen. Eine geraume Weile blieb sie so liegen, Geruch und Geschmack von nassem Waldboden in Nase und Mund, bis ihr allmählich dämmerte, dass kein Verfolger über ihr auftauchte, sich keine Pistolenmündung in ihre Seite bohrte, sie nicht brüllend hochgescheucht wurde. Ganz langsam gelangte sie zu der Erkenntnis, dass ihr wohl niemand gefolgt war, denn sonst hätte man sie ja längst gefunden. Arme, Beine, Brust und Rücken – alles tat ihr weh.

Auf allen vieren kroch sie zu einer zwei Meter entfernt stehenden Tanne und zog sich ungeachtet ihrer Schmerzen am Stamm hoch. Sebastian brauchte Hilfe. Nur: wie konnte man ihm am besten helfen? Das war die Frage. Wieder den Hügel hoch, zurück zur Hütte? Oder doch lieber runter in den Ort, zur Polizei? Ja, hätte sie nur gewusst, wie schwer seine Verletzung war! Unschlüssig, hin- und hergerissen, welche der beiden Möglichkeiten die bessere war, entschied sie sich für den Neuanstieg zur Kapelle.

Sie war gerade mal einige Minuten unterwegs, da sah sie rechterhand zwischen den Bäumen den Schein einer Taschenlampe. Der Mann mit der Waffe! Nun hatte er sie doch noch aufgespürt!

Hektisch nach einem Versteck Ausschau haltend, entdeckte sie im Halbdunkel etwas, das wie ein großes Gebüsch aussah. Konnte man da wohl hineinkriechen? Geräuschlos sogar? Und sich hinter den Zweigen verbergen?

Langsam robbte sie durch den Schlamm vorwärts. Sie achtete genau darauf, dass kein Reisig am Boden lag, dessen Knacken sie womöglich verraten hätte. Dann hörte sie ein Geräusch, das so klang, als rufe jemand ihren Namen! In der Bewegung innehaltend, spitzte sie angestrengt die Ohren und spähte durchs Geäst.

„Meer?“ Es war Sebastian, begleitet von einer Gruppe Polizisten. Sie waren auf der Suche nach ihr!

Sobald die Beamten sich vergewissert hatten, dass sie keiner medizinischen Hilfe bedurfte, boten sie ihr an, sie bis zum Bahnhof zu bringen. Somit hätte man sie befragen können, während andere Kollegen den Tatort sicherten. Meer indes bestand darauf, mit den Polizisten wieder hinauf zur Hütte zu steigen. Sebastian, der sich nicht abwimmeln ließ, begleitete sie.

Dies war ihre einzige Chance, noch nach letzten Resten der

Melodie zu forschen – nach jener Musik, der sie nun schon zeit ihres Lebens nachjagte. Die sie wie durch ein Wunder gefunden und nur Minuten später wieder verloren hatte.

Auf dem Marsch durch den tropfnassen Wald tauschten sich Meer und Sebastian über das soeben Geschehene aus. Die Polizei, berichtete er, ging davon aus, dass man ihn wohl mit Chloroform außer Gefecht gesetzt hatte, denn er erinnerte sich lediglich daran, wie er im Regen am Boden liegend zu sich gekommen war. Einigermaßen wieder bei Kräften, hatte er sich sodann auf die Suche nach Meer begeben und sich schließlich hinunter in die Stadt und letztlich zur Polizeiwache durchgeschlagen.

„Nach Ihnen gesucht habe ich lieber nicht", erklärte er. „Ich hatte Angst, ich wäre womöglich immerzu im Kreis herumgeirrt und hätte Sie verfehlt. Hat der Kerl die Noten mitgenommen?"

„Die Noten nicht – höchstens eine Handvoll Papiermüll."

„Dann haben Sie sie also noch?"

„Es waren ja bloß noch vereinzelte Noten lesbar, und auch die ohne Zusammenhang. Sie sind im Regen dann völlig verwischt."

„Aber vorher haben Sie die doch gesehen, oder? Die Noten?"

„Da gab es nicht mehr viel zu sehen. Außerdem ging alles so schnell, dass ich keinen klaren Gedanken fassen konnte. Aber eventuell klemmen noch ein paar Fetzen Papier oben hinter dem Kruzifix. Deshalb muss ich ja zurück. Um nachzugucken, ob überhaupt noch irgendetwas übrig ist. Falls die Polizei das erst einmal beschlagnahmt, sehen wir es womöglich nie wieder. Alles, was ich meinem Vater vorlegen und von ihm datieren lassen könnte, ist vielleicht noch brauchbar. Es gibt bestimmt Infrarot-Techniken, mit denen man verblasste Tintenreste wieder lesbar machen kann."

An der Hütte angelangt, sperrten die Polizisten den Tatort

mit Trassierband ab. Die alte Kapelle mit ihren verblichenen Gipsstatuen, sie *durfte* keine Sackgasse sein, die Musik nicht auf immer verloren! Doch Meer konnte sich jetzt nicht mehr davon überzeugen, ob noch etwas übrig war.

Was nun? Ihr Vater, der sein Leben lang nach verborgenen Thorarollen gejagt hatte – was hätte er wohl jetzt getan? Er hatte ihr einmal erzählt, dass selbst er immer an einen Punkt kam, an dem ihm die Hinweise ausgingen. An dem er sich gänzlich verloren fühlte, sich auf seinen Glauben verließ. Genau in jenen Augenblicken, in denen er am liebsten lauthals geflucht hätte, zwang er sich, zu beten – um sich daran zu erinnern, dass alles seinen Grund hatte. In diesen Gebeten fand Jeremy dann die Stärke, um weiterzumachen.

Meer hatte noch nie gebetet. Aber das brauchte ja niemand zu erfahren. Es wusste auch keiner, dass sie Jüdin war und deshalb beim Beten nicht unbedingt niederknien musste. Nun aber ging sie, ohne die Polizisten zu fragen, einfach hinüber zum Kruzifix und ließ sich mit gesenktem Haupt davor auf die Knie sinken. So konnte sie nach Papierfetzen Ausschau halten, ohne dass es jemandem auffiel.

„Miss Logan …“, begann einer der Polizisten, offenbar der Einsatzleiter.

Sie hob nicht einmal den Kopf, sondern hoffte nur, dass man ihr diesen Augenblick stiller Anbetung gönnte.

Auf dem Steinfußboden schmerzten ihr die ohnehin vom Sturz zerschundenen Knie, doch trotzdem verharrte sie wie erstarrt, den Blick zu Boden geheftet und ohne selber zu wissen, was sie wohl tun sollte, falls sie tatsächlich etwas fand – oder wie sie es unbemerkt aufheben würde. Aber das alles tat sowieso nichts zur Sache: Es war nichts da. Nicht ein Fitzelchen. Das Blatt musste sich wohl im Regen vollkommen aufgelöst haben – und mit ihm auch die allerletzte Hoffnung auf jene so schwer fassbaren Klänge, die Meer nun schon beinahe ihr ganzes Leben lang verfolgten.

58. KAPITEL

Dienstag, 29. April – 19:50 Uhr

Während der Befragung durch einen sanftmütigen Kriminalbeamten in der Badener Polizeiwache erwähnten weder Meer noch Sebastian das entdeckte Notenblatt. Sebastian improvisierte und sagte aus, sie seien auf Beethovens Spuren im Wienerwald gewandert und dabei überfallen worden. Zum Beweis zückte er seine Brieftasche und behauptete, der Räuber habe ihm über einhundertfünfzig Euro Bargeld abgenommen und ihm zusätzlich noch den goldenen Siegelring von der rechten Hand gezogen.

Nach einer Stunde sprach ihnen der ermittelnde Beamte in aller Form sein Bedauern aus für das Malheur, das den beiden in seiner Stadt widerfahren war, und damit waren sie entlassen. Er fügte noch hinzu, man werde sich melden, falls die geraubten Wertsachen auftauchen sollten.

Wieder im Auto, betätigte Sebastian die Türverriegelung und blieb dann einen Moment reglos sitzen, als müsse er sich vor dem Anlassen des Motors zunächst sammeln. Erst als sie den Stadtkern hinter sich gelassen hatten, ergriff er das Wort, und das auch nur leise und mit zerknirschter Stimme. „Ich fühle mich verantwortlich für das, was da heute Abend passiert ist. Ich kann nur sagen, es tut mir aufrichtig leid. Wie konnte ich bloß so leichtsinnig sein? Nach den ganzen Vorfällen der letzten Zeit? Sie schweben in schrecklicher Gefahr, Meer. Sie müssen auf der Hut sein! Wir alle müssen uns vorsehen."

„Ich hab's nicht ausreichend ernst genommen, aber vorhin in der Stadt, da hatte ich das Gefühl, als würden wir observiert."

„Offenbar ist uns jemand von Wien aus gefolgt." Sebastian massierte sich die Schläfe.

„Ist Ihnen nicht gut?"

„Ich glaube, ich habe mir beim Hinfallen den Kopf gestoßen.“ Er winkte ab. „Die Hauptsache ist: Beethoven hat die Noten damals versteckt, und Sie haben sie gefunden. Nicht durch Zufall oder aus Versehen, sondern weil Sie genau wussten, wo das Blatt war. Vermutlich wissen Sie auch, wo sich die Flöte befindet.“

Meer schüttelte abwehrend den Kopf. „Nein.“

„Nicht bewusst, natürlich. Aber es kann nicht anders sein.“

Doch genau das wollte Meer nicht wahrhaben. Es war schwer, zu akzeptieren, dass sie sich jetzt nicht an etwas erinnern konnte, was sie eigentlich nie hatte vergessen können – dieses ganze verfluchte Rätsel, das ihr Leben so geprägt hatte. „Ach, was! Die Flöte könnte überall sein!“

„Keineswegs. Inzwischen leuchtet mir auch der Hinweis in dem Beethoven-Brief ein: *Ich habe sie unserem Herrn und Heiland anvertraut, der unsere Liebe geheiligt und gesegnet hat.* Das liegt doch auf der Hand! Die kleine Kapelle im Wienerwald – das war einer von Beethovens Treffpunkten mit Antonie. Den Schlüssel hat Beethoven in der Herzgruft versteckt und einen Hinweis darauf in dem Schreiben hinterlassen. Was schließen wir daraus? Es muss auch einen Hinweis auf das Versteck der Flöte geben!“

Sein Handy klingelte. Den Inhalt des nachfolgenden Dialogs verstand Meer zwar nicht, aber der angespannte Ton in seiner Stimme, der fiel ihr gleichwohl auf.

„Meinem Sohn geht es nicht gut“, teilte er ihr nach Beendigung des Gespräches mit. Dabei krampfte er die Finger dermaßen ums Lenkrad, dass die Knöchel ganz weiß hervortraten. „Lungenentzündung. An sich schon für jedermann eine gefährliche Sache, aber erst recht für ihn, weil man so schlecht zu ihm durchdringt. Ich fahre Sie noch zum Hotel und dann …“

„Liegt die Klinik nicht sowieso an der Strecke nach Wien? Da kann ich doch mitkommen und von dort ein Taxi nehmen.“

„Nein“, sagte Sebastian, „auf direktem Weg liegt der Steinhof nicht, im Gegenteil. Aber Sie können gern mitkommen."

Sie bogen auf die Autobahn Richtung Wien. Ein Blick auf den Tachometer verriet Meer, dass Sebastian ziemlich schnell fuhr, an die hundertdreißig Stundenkilometer. Aber es war wohl verständlich, dass er es eilig hatte. Dann allerdings begann es wieder zu regnen. Anfangs klatschten bloß einige Tropfen auf die Frontscheibe, kein Problem für die Scheibenwischer. Mit der Zeit indes wurde der Regen stärker, sodass Meer bei dem Tempo im diffusen Scheinwerferlicht nur verschwommen etwas erkennen konnte. Trotzdem nahm Sebastian nicht den Fuß vom Gas. Es hätte auch wohl nichts genutzt, wenn Meer ihn gebeten hätte, doch langsamer zu fahren. Er wollte schließlich zu seinem Kind.

59. KAPITEL

Randbezirk Wiens, Österreich
Dienstag, 29. April – 22:00 Uhr

Auch ohne Deutschkenntnisse bekam Meer unschwer mit, dass der Pfleger auf der Krankenstation Sebastian nicht zu seinem Sohn durchlassen wollte. In dem sich daraus ergebenden Wortgefecht hob Sebastian aber die Stimme kaum mehr als zu einem wütenden Flüstern. Tat er das wohl aus Rücksicht auf die anderen Patienten? Oder verbohrte er sich, je mehr er in Zorn geriet, immer tiefer in Schweigen? Er mochte dem Pfleger noch so sehr zusetzen – weder ließ der Mann sich aus der Ruhe bringen, noch vergriff er sich im Ton. Mehrmals verwies er auf „Frau Doktor Kutscher“, was Meer zu der Annahme veranlasste, dass Sebastians Exfrau wohl Besuchsverbot angeordnet hatte. Schließlich tat Sebastian so, als gebe er auf und wende sich zum Gehen, nur um dann unversehens herumzuschnellen und die Tür zum Krankenzimmer seines Sohnes aufzureißen. Mit einem Satz war er drinnen. Der Pfleger folgte ihm hastig hinterdrein.

Durch die Glasscheibe konnte Meer verfolgen, wie Sebastian ans Krankenbett trat und sich über den Jungen beugte. Dann aber war auch der Pfleger schon da, der Sebastian erstaunlich sanft die Hand auf die Schulter legte. Sebastian versuchte, ihn abzuschütteln, doch der Pfleger blieb standhaft und drehte den Besucher mit der anderen Hand herum. Beide verließen das Zimmer, und Meer musste beiseitetreten, als sie durch die Tür kamen, Sebastian mit resigniert hängenden Schultern.

„Wie geht es ihm?“, fragte Meer, als die beiden zum Aufzug gingen.

„Körperlich? Er hält sich wacker, bei seinem Fall schon ein positives Zeichen. Gott sei Dank! Aber wie Sie ja gewiss mitbekommen haben, werde ich nicht mehr zu ihm gelassen. Ich habe zwar eine einstweilige Verfügung beantragt – so nennt man das wohl –, damit Rebecca mir nicht verwehren kann, meinen Sohn von Spezialisten untersuchen zu lassen. Offenbar ist sie mir aber zuvorgekommen. Jetzt brauche *ich* tatsächlich *ihre* Erlaubnis, wenn ich ihn besuchen möchte. Ich! Sein Vater!"

„Hat sie Sie denn nicht angerufen und Ihnen gesagt, dass er krank ist? Sie musste doch damit rechnen, dass Sie ihn besuchen wollen!"

„Nein, der Anruf kam nicht von ihr, sondern von einer Schwester. Ich weiß nicht, was meine Exfrau erwartet hat. Laut Pfleger hat sie Anweisung erteilt, dass man mich nur in ihrer Gegenwart zu Nicolas lässt."

„Rufen Sie sie an. Vielleicht lässt sie ja mit sich reden."

Vorübergehend leuchtete ein Hoffnungsschimmer in seinen Augen auf. Er bat Meer, auf ihn zu warten, und eilte zurück zur Schwesternstation.

Meer nahm derweil auf einem grünen Ledersessel Platz. Wie viele besorgte und schmerzerfüllte Mütter und Väter, Ehemänner und Ehefrauen, Kinder und Verwandte und Bekannte mochten hier wohl seit Anfang des 20. Jahrhunderts, als diese Anstalt erbaut wurde, gesessen haben? Bei diesem Gedanken fiel ihr auch ein, was Sebastian über die hier während der Nazizeit durchgeführten Experimente berichtet hatte.

Sebastian kam zurück und ließ sich deprimiert neben ihr auf einen Sessel sinken. „Die Nachtschwester hat meine Exfrau angerufen", sagte er. „Rebecca hat sich sogar herabgelassen, direkt mit mir zu reden statt über dritte Personen. Sie meint, sie hat die Nase voll von dem ‚faulen Zauber', dem ich den Jungen angeblich aussetze. Deshalb soll ich ihn nur noch besuchen, wenn sie selber zugegen ist, weil sie mir nicht mehr über den Weg traut. Dass ich Sie am Wochenende hierher mitgebracht habe, das war anscheinend der Tropfen, der das Fass zum Überlaufen gebracht hat. Und angesichts seiner Erkrankung soll nun kein Außenstehender seiner Genesung im Wege stehen. Aber der Junge hat sich nun mal in sich selber verkrochen, und gegen die Lungenentzündung kommt er nur an, wenn er auch mental präsent ist. Wieso will ihr das nicht in den Kopf?“

Meer legte ihm die Hand auf den Arm. Selbst durch den Jackenstoff hindurch fühlte sie Sebastians Anspannung. „Ich kenne die Gesetzeslage hier in Österreich zwar nicht, aber in Amerika ist es so gut wie ausgeschlossen, eine solche Verfügung ohne einen triftigen Grund durchzusetzen. So ungefähr die Einzigen, denen man das Besuchsrecht für ihre Kinder verwehren kann, sind Kinderschänder. Sie sollten sich an einen Rechtsanwalt wenden.“

Er blickte auf seine Armbanduhr. „Stört es Sie, wenn ich ihn jetzt anrufe? Ich möchte nicht warten, bis ich nach Hause komme. Dann wird es nur noch später.“

„Nein, natürlich nicht! Bitte, nur zu.“

Meer schlenderte hinüber zum anderen Ende des Ganges. Durch die Fenster blickte sie hinüber zu dem Waldstück, wo sie am Sonntag spazieren gegangen waren. Im Dunkeln sah man kaum etwas außer dem Widerschein des bleichen Mondlichts auf der Teichoberfläche. Die Stirn gegen die kühle Fensterscheibe gelehnt, schloss Meer die Augen und dachte über diesen langen, merkwürdigen Abend nach. Ein sonderbarer und trauriger Abend.

„Heute Abend kann er nichts unternehmen“, berichtete Sebastian, als er zurückkam. „Auch diese Woche nicht mehr. Die Verfügung anzufechten, das dauert offenbar seine Zeit. Mindestens zwei Wochen, um den Schriftsatz aufzustellen und eine Anhörung zu erwirken. Drunter geht's nicht.“

„Schade“, bedauerte Meer.

Er warf noch einmal einen Blick hinüber zum Krankenzimmer seines Sohnes. Der Pfleger hatte vor der Tür Aufstellung genommen. „Einen Augenblick noch, ja? Dann fahren wir zurück.“

Meer fiel auf, dass seine Körpersprache diesmal keinerlei Feindseligkeit oder Wut erkennen ließ. Der Pfleger behielt zwar seine wachsame Haltung bei, hörte aber durchaus zu und neigte fast schon mitfühlend den Kopf zur Seite. Schließlich fasste Sebastian in die Jackentasche, zog Stift und eine Karte heraus, schrieb etwas auf und reichte es dem Pfleger. Der starrte das Blatt erst unschlüssig an, nahm es dann aber entgegen und trat beiseite, sodass Sebastian zumindest freie Sicht ins Krankenzimmer erhielt. Eine geschlagene Minute lang stand er da und betrachtete seinen Sohn durch die Scheibe.

Als sie kurz darauf wieder in Richtung Aufzug gingen, fiel Meer auf, wie schleppend Sebastians Gang geworden war. „Was haben Sie denn da eben dem Pfleger gegeben?“, wollte sie wissen.

„Meine Telefonnummer. Und eine Belohnung, falls er mich anruft und auf dem Laufenden hält. Immer, wenn ich von hier wegfahre, kommt es mir so vor, als ließe ich meinen Sohn im Stich. An diesem einsamen schwarzen Ort in seinem Kopf, in dem er lebt. Wenn man das überhaupt Leben nennen kann.“

„Ihre Exfrau hat doch wohl nicht versucht, Ihnen die Schuld an Nicolas' Zustand in die Schuhe zu schieben, oder?“

„Das nicht. Aber auch, wenn es Unsinn ist: Als Mann glaubt man eben, man müsse stark sein und sein Kind vor allem schützen, vor buchstäblich allem und jedem. Schafft man das nicht, fühlt man sich als Versager. Dann wird man nur noch von einem einzigen Gedanken getrieben: Irgendetwas muss ich doch tun können!“

60. KAPITEL

Unter dem Musikverein
Mittwoch, 30. April – 03:03 Uhr morgens

Auf dem nackten Boden der Krypta, nur mit der Jacke als Kissen, hatte David sogar noch besser geschlafen als in seinem hässlichen Pensionszimmer. Zum ersten Mal seit ewigen Zeiten war er nicht von jenen grässlichen, auf posttraumatischen Störungen beruhenden Träumen heimgesucht worden, die ihm zum ständigen Begleiter geworden waren. Stattdessen war er von einer ganz anderen Erscheinung aufgeweckt worden: von Bildfetzen nämlich, plastisch und eindrucksstark. Wenngleich von entsetzlichen Qualen gemartert, hatte er gleichzeitig eine tiefe Befriedigung darüber gefühlt, dass er das Richtige getan hatte.

Er stand auf, reckte sich und nahm etwas vom mitgebrachten Proviant aus dem Rucksack – eine Flasche Mineralwasser sowie ein hart gekochtes Ei, das er rein mechanisch verzehrte, als sei es bloßer Nährwert ohne Geschmack oder Konsistenz. An jenem letzten Morgen, da hatte seine Frau ihm Eier zubereitet. Er hatte es zwar eilig gehabt, doch Liesel war eisern geblieben. Am Geburtstag seines Sohnes, da wollten sie doch wenigstens alle gemeinsam frühstücken! Nein – er musste aufhören damit; das alles half ihm jetzt nicht mehr. Er nahm ja die Sache selber in die Hand. Handeln, auch wenn aus Zorn und Wut geboren, war immer noch besser als hilfloses Selbstmitleid. Seine Familie sollte nicht umsonst umgekommen sein. Auge um Auge, so stand es in der Bibel. Sein Vorhaben ging sogar noch über diesen Grundsatz hinaus.

Ein stakkatoartiges Kratzen schreckte ihn aus seinen Grübeleien. Er fuhr herum, die Hand schon am Griff seiner Glock.

Aber es war bloß eine der Ratten, die ihre scharfen Krallen auf dem Metallboden des Käfigs wetzte. Ein halbes Dutzend hatte er inzwischen schon eingesperrt. Nachdenklich betrachtete David seine langschwänzigen Gefährten, die in den Kloaken dieser ganzen Welt überlebten. War es nicht so, dass die ganze Welt zu einer Kloake wurde? Inzwischen schabten etliche der Nager an den Käfigstäben, so als ahnten sie, dass ihr Kerkermeister gerade über sie nachdachte. Sie wurden anscheinend ungeduldig. Aber sie würden warten müssen …

David hatte festgestellt, dass das Warten hier unten in dem Gewölbe gar nicht so schlimm war wie ursprünglich erwartet. Ein Gutteil der Anspannung während der vergangenen Wochen hatte auf der Furcht beruht, man könne ihn womöglich noch vor vollbrachter Tat aufspüren.

Vor ihm lagen nur noch wenige Stunden, bis das Konzertgebäude zu neuem Leben erwachte und Paxtons Leute ihre Sondierungen wieder aufnahmen. Das Wachbleiben fiel David leichter, wenn über ihm Geräusche zu hören waren. Man hatte immerhin etwas zu tun, wenn man sich auf die Laute konzentrierte.

Er setzte sich wieder hin und streckte sich aus. Mittlerweile hatten die Ratten mit ihrem Gekratze aufgehört. Es war zu still – so totenstill, dass man glatt wieder eindösen konnte … und sei es auf dem nackten Lehmboden … im Dreck …

Er stand am Ufer eines rauschenden Flusses, im Hintergrund erblickte er hohe, schneebedeckte Gipfel. Er atmete tief ein. Die Luft war vom süßen Duft blühender Bäume erfüllt. Ein älterer, mit einer hellen Robe bekleideter Mann keifte verbittert und drohend auf ihn ein. Er aber verspürte keine Angst. Die Frau mit den meergrünen Augen schwebte in Gefahr … wegen dieses Alten. Es galt, sie vor ihm zu bewahren, sie in Sicherheit zu bringen …

Mit einem Ruck schreckte David hoch, überrascht, dass der Traum wiedergekehrt war. Ein würgendes Gefühl drohenden Unheils ergriff von ihm Besitz.

61. KAPITEL

Ich weiß, dass ich unsterblich bin. Ohne Zweifel bin ich schon früher zehntausendmal gestorben. Ich verlache das, was ihr Auflösung nennt, und ich kenne die Fülle der Zeit.
– Walt Whitman –

Wien, Österreich
Mittwoch, 30. April – 09:15 Uhr

Jeremy Logan wirkte noch angegriffener als am Tage zuvor. Als er seiner Tochter und Malachai eröffnete, er werde das Krankenhaus auch an diesem Morgen noch nicht verlassen, vermutlich nicht einmal am Nachmittag, da war Meer nicht sonderlich überrascht. Eher besorgt.

„Ich habe leicht erhöhte Temperatur", erklärte er. „Hab ich mir ganz bestimmt gestern hier im Spital eingefangen. Je länger man im Krankenhaus liegt, desto kränker wird man."

„Wie hoch ist das Fieber denn?", forschte Meer.

„Nichts Ernstes, aber wegen der Unregelmäßigkeit beim EKG soll ich noch ein Weilchen zur Beobachtung bleiben. Die verdammten Ärzte mit ihrer Gründlichkeit! So, und jetzt Schluss damit! Erzählt mir lieber, was ihr seit gestern gefunden habt."

Meer berichtete ihm vom Ausflug nach Baden und vom Fund der Papierreste, auf denen vermutlich einmal die Noten für die Melodie der untergegangenen Erinnerungen niedergeschrieben worden waren. Das Einzige, was sie nicht erwähnte, war der Überfall im Wienerwald.

„Was weg ist, ist weg", meinte Malachai, als sie geendet hatte. „Lohnt sich nicht, sich darüber zu grämen. Sobald wir die Flöte gefunden haben, kriegen wir auch die Melodie heraus.

Darauf sollten wir uns konzentrieren. Aus allen Quellen, die wir studiert haben, geht klar hervor, dass von Breuning im Besitz der Flöte gewesen sein muss, ohne sich ihrer Bedeutung bewusst zu sein. Väter übertragen ihren Besitz auf die Söhne. Das war ganz besonders im 19. Jahrhundert so. Hatte von Breuning einen Sohn? Hatte der wiederum Nachkommen? Ist die Familie in Wien geblieben? Vielleicht hat irgendein alter Herr ja das Instrument immer noch und weiß gar nicht, was es ist!"

„Ja, er hatte einen Sohn", bestätigte Jeremy. „Gerhard von Breuning. Er schrieb sogar eines der ersten Bücher über Beethoven überhaupt, mit Erinnerungen aus seiner Jugendzeit. Die Nationalbibliothek müsste es eigentlich haben." Er guckte auf seine Armbanduhr. „Die macht mittwochs allerdings erst am Nachmittag auf."

„Sind denn die Buchläden wohl schon geöffnet?", fragte Meer.

Jeremy starrte sie an. „Du sollst dich da heraushalten!"

„Zu spät!"

„Überlass das lieber den Leuten, die mit gefährlichen Situationen umgehen können!"

„Aber im Augenblick geht es doch nur darum, ein Buch zu finden und herauszufinden, ob es weitere Informationen beinhaltet!" Meer spürte, dass ihr Vater nicht überzeugt war. „Malachai kann ja mitkommen", schob sie zögernd nach. Hatte sie ihren Vater etwa falsch verstanden? Vielleicht ging es ihm doch um ihn selbst? „Es sei denn, du möchtest, dass ich noch bei dir bleibe."

„Aber nur zu deiner eigenen Sicherheit. Um meinetwillen brauchst du das nicht."

„Ich habe das Gefühl, dass ich mich ein bisschen um dich kümmern muss, Dad", erwiderte Meer.

Ihr Vater schmunzelte. „Es gibt auf jede Frage eine Antwort, auch wenn uns anscheinend keine einfallen will. Die Kabbala lehrt uns, dass es in uns eine seelische Ebene gibt, auf der wir mit dem umfassenden Wissen der Welt in Verbindung stehen. Carl Gustav Jung sah das genauso, er nannte es nur anders: das *Kollektive Unterbewusste*. Es manifestiert sich in einer inneren Stimme, die wir alle vernehmen, wenn wir nur tief genug in uns hineinhorchen. Du hörst diese Stimme, hast sie immer gehört. Nun musst du dich auf sie verlassen. Versprich mir nur eins", bat er lächelnd. „Dass du gut auf dich aufpasst!"

Als sie das am Graben liegende Antiquariat betraten, schlug ihnen der Geruch von Leder und Tinte, Leim und Öl entgegen. Eine Frau mittleren Alters mit dickem schwarzem Haar saß gerade an einem Zeichentisch und schaute auf. Um sie herum verteilte sich ein Sammelsurium aus Töpfchen, Rasierklingen, Papier, weichen Tüchern und Büchern in unterschiedlichsten Reparaturstadien. Auf Sebastians Frage hin griff sie in ein Regal und zog den Band mit Gerhard von Breunings Erinnerungen an Beethoven heraus.

Während er das Buch durchblätterte, fielen Meer die Ringe unter seinen Augen auf. Es tat ihr leid, dass er so in ihre Lebenskrise hineingezogen wurde, obwohl er doch genug mit seiner eigenen zu tun hatte.

Nach wenigen Minuten klappte er den Band zu und reichte ihn dankend an die Antiquarin zurück.

„Na, was stand drin?", fragte Malachai über den Verkehrslärm hinweg, als die drei wieder auf der Straße waren.

„Nach dem Tod von Stephan von Breuning fiel dessen Erbe an seinen Sohn Gerhard. In der Hinterlassenschaft befanden sich auch etliche Gegenstände aus Beethovens Besitz."

„Hat er die im Einzelnen aufgeführt?"

„Zahlreiche Bücher, einige Metronome – damals eine neuartige Erfindung, bei der Beethoven mitgewirkt hatte –, ein Dutzend Taktstöcke sowie etliche Musikinstrumente, darunter ein Klavier, zwei Geigen, eine Oboe und zwei Flöten."

„Sind sie im Detail beschrieben?"

„Nein."

„Wir müssen rausbekommen, was mit der Hinterlassenschaft von Gerhard von Breuning passiert ist", stellte Malachai fest.

Mit einem Mal war Meer, als spüre sie die Gegenwart ihres Vaters fast so deutlich, als würde er neben ihnen stehen. Ganz gleich, wo sie in den vergangenen zwei Tagen auch gewesen sein mochte: Überall hatte sie sich vorgestellt, Jeremy sei an ihrer Seite. Eigentlich hätte sie ihm das vorhin im Krankenhaus sagen sollen, er hätte es bestimmt gern erfahren. Sie nahm sich vor, ihm später davon zu erzählen, wie es ihr in den beiden Beethoven-Gedenkstätten in Wien und in Baden gefallen hatte – und wie stark sie seine Präsenz spürte.

Beim Gedanken an den Besuch in der Mölker Bastei vom vergangenen Sonntag beschlich sie das deutliche Gefühl, dass sie dort etwas gesehen hatte, an das sie sich jetzt eigentlich unbedingt erinnern müsste. Was war es bloß? Es lag doch erst drei Tage zurück!

Während Malachai und Sebastian sich weiter unterhielten, konzentrierte sich Meer auf Ciceros Erinnerungsspiel: Sie versetzte sich in Beethovens Wohnung, durchquerte das Foyer … stieß auf den Flügel … ging durch das gesamte Zimmer … studierte genau die bei jedem Ausstellungsstück angebrachten Hinweise – und plötzlich fiel ihr ein, was sie gesehen hatte! Was da auf einer der Hinweistafeln unter den Exponaten stand und wieso das gerade jetzt so wichtig war.

„Ich weiß, was mit der Hinterlassenschaft passiert ist", rief sie unvermutet aus, „und wo sich die Instrumente befinden."

62. *KAPITEL*

Mittwoch, 30. April – 11:30 Uhr

Stumm die nur zu vertrauten Stufen durchzählend, stieg Meer die Treppe zu Beethovens Wohnung in der Mölker Bastei hinauf. Gefolgt von Malachai und Sebastian, steuerte sie zielbewusst und ohne zu zögern auf einen Geigenkasten zu. Sie erinnerte sich, dass er mit einer Karte versehen war, auf der in vier Sprachen die darin befindliche Violine und deren Herkunft beschrieben wurde. Die drei lasen gleichzeitig unterschiedliche Versionen durch, doch sowohl die englische als auch die deutsche Beschreibung schloss mit demselben Hinweis: Die Geige entstammte dem Nachlass des Gerhard von Breuning. Sie war eines von sieben Musikinstrumenten, die ursprünglich Beethoven gehört hatten und inzwischen in den Beethoven-Gedenkstätten Wien und Baden ausgestellt wurden.

„Nur waren wir in beiden Wohnungen“, wandte Sebastian ein, „ohne eine Knochenflöte zu sehen.“

„Kein Wunder“, bemerkte Malachai. „Konnten Sie auch nicht. Die ist versteckt, das schreibt Beethoven ja selbst in seinem Brief an Antonie Brentano. Vielleicht erschließt uns Meers silberner Schlüssel ja das Versteck. Laut Beethoven hatten sowohl der Erzherzog Rudolf als auch Stephan von Breuning die notwendigen Hinweise, auch wenn sie sie nicht vor sich sahen.“

„Und falls von Breuning seinem Sohn sämtliche Beethoven-Gaben vermacht und der Sohn alles dem Staat hinterlassen hat, und falls der österreichische Staat das alles in den Beethoven-Wohnungen ausgestellt hat …“ Nunmehr dämmerte Sebastian der Zusammenhang. „Sie meinen, zwischen all diesen Exponaten verborgen muss sich eine uralte Knochenflöte befinden?“

Meer hörte dem Gespräch gar nicht zu. Die Lichter hüllten sie ein und trennten sie von ihrem eigenen Ich, sodass sie das Gefühl hatte, als sei sie gleichzeitig innerhalb dieses Moments als auch außerhalb. Als sehe sie von außen zu und versuche, mit der Frau auf der anderen Seite der Trennlinie zu kommunizieren, denn diese Frau wusste genau, wo die antike Flöte versteckt worden war. Meers Rücken begann zu schmerzen; der metallische Geschmack erfüllte aufs Neue ihren Mund. Weder hörte sie eine Stimme, die ihr die Antwort gegeben hätte auf das Rätsel, noch sah sie eine gespenstische Gestalt, die ihr den Weg wies. Plötzlich war da nur noch Erkenntnis. Ein Wissen, das sie vor wenigen Sekunden noch nicht besessen hatte, jetzt aber schon.

Sie durchmaß das Zimmer und blieb vor einer Glasvitrine stehen. Darin befand sich eine silberne Oboe – gut fünfundsechzig Zentimeter lang und fünf Zentimeter im Durchmesser. Eine weiße, rechteckige Karte lieferte eine Beschreibung des Instruments in vier Sprachen, doch Meer benötigte die englische Version gar nicht. Die einzigen Worte, die sie interessierten, lauteten in allen vier Sprachen gleich:

Gerhard von Breuning.

63. KAPITEL

Mittwoch, 30. April – 11:35 Uhr

Als würde sich ein Vogelschwarm niederlassen, so hallten die Räumlichkeiten plötzlich wider von hellem Stimmengewirr, das in ein hektisches Gewusel und Geschnatter mündete. Als Meer zur Tür blickte, sah sie eine Lehrerin, die mit Ach und Krach einen Pulk Schulkinder zu bändigen versuchte. Die junge Studentin, die damals am Ticketschalter gesessen hatte und auch jetzt dort wieder saß, folgte der Klasse hinterdrein. Anscheinend ging eine Führung los.

„Ungünstiger Zeitpunkt", murmelte Sebastian unterdrückt, während die drei zusahen, wie die Schülergruppe sich um den Flügel scharte und der Studentin lauschte, die bei ihrem Vortrag auf ein an der Wand hängendes Gemälde wies. „Aber mir scheint, wir können das zu unserem Vorteil nutzen", setzte Sebastian hinzu. „Bleiben Sie hier."

Er ließ Malachai und Meer vor der Vitrine mit der Oboe stehen und sprach die junge Führerin an. Sichtlich angetan von dem, was er sagte, nickte sie zweimal und gab ihm mit einer Handbewegung zu verstehen, er solle ihr folgen. Zusammen traten die zwei an die Vitrine, wo das junge Mädchen einen Schlüsselbund aus der Jeans zog und erst einen, dann einen zweiten Schlüssel probierte, der passte. Das Haspenschloss glitt auseinander; die junge Dame griff in den Kasten, entnahm ihm vorsichtig die Oboe und überreichte sie Sebastian, als wäre es eine Opfergabe. Er betrachtete das Instrument mit einer Miene, die regelrecht andächtig wirkte, und nach Meers Gefühl war das auch nicht gespielt. Immerhin hielt er da etwas in Händen, das einmal einem der größten Komponisten aller Zeiten gehört hatte – und obendrein eine Oboe, das Instrument also, das er selber im Orchester spielte.

Um sie herum wuselten die Kinder, die allerdings jetzt mit

allerlei Unfug anfingen, weshalb die Ticketverkäuferin sich entschuldigte und die Rasselbande zur Ordnung rief. Sie winkte sie zu einer anderen Vitrine in einer anderen Ecke des Zimmers.

Meer staunte nicht schlecht. „Wie haben Sie das denn geschafft?“

„Ich habe ihr gesagt, wer ich bin und ihr meinen Dienstausweis der Wiener Philharmoniker unter die Nase gehalten“, flüsterte Sebastian, der nun das Instrument eingehend inspizierte.

Über seine Schulter spähte Meer hinüber zu der Schülergruppe. Die Kinder betrachteten gerade gebannt Beethovens Totenmaske, die Meer sich selber ja auch vor erst drei Tagen angeschaut hatte. Als die Studentin erklärte, was die Kinder da vor sich hatten und wie die Maske angefertigt worden war, wurde es mucksmäuschenstill. Es war ja auch ein beklemmendes Ausstellungsstück – nicht so sehr wegen des Aussehens, sondern aufgrund der Tatsache, dass es nur Stunden nach des Meisters Ableben geformt worden war. Nicht einmal eine Fotografie hätte so realistisch wirken können wie dieses aus Bronze gegossene Mausoleum seiner Seele. Der Anblick ging Meer zu Herzen; ein Gefühl der Trauer durchbohrte sie wie ein Stich.

„Seht mal hier!“ Sebastians Stimme war leise, aber eindringlich. Meer und Malachai scharten sich dicht um ihn und senkten den Blick.

An der Unterseite der Oboe befand sich eine Anzahl von silbernen Herstellerstempeln. Meer kannte sich einigermaßen mit so etwas aus, hatte sie doch an Wochenenden und im Sommer im Antiquitätenladen ihrer Mutter mitgearbeitet. Da sie so oft mit Silbergegenständen hatte umgehen müssen, waren ihr etliche der populärsten noch im Gedächtnis. So eine Anordnung aber wie hier auf der Oboe war ihr neu. Und dann fiel ihr noch etwas auf, das sie noch nie an einem Fertigungszeichen gesehen hatte: ein kleines Loch, stecknadelkopfgroß, geschickt verborgen inmitten der Gravierungen. Automatisch fuhr sie mit der Hand zu ihrer Halskette.

„Ja, wir müssen es ausprobieren“, drängte Sebastian, der offenbar denselben Gedanken hatte.

„Jetzt? Hier?“

„Ja!“, bekräftigte Malachai.

Meer schaute erst hinüber zu den Schulkindern, die gerade mit der Ticketverkäuferin ins nächste Zimmer wechselten, danach zu dem am Empfangstresen sitzenden Studenten, der fleißig auf seinem Computer tippte.

„Los!“, mahnte Malachai. „Schnell!“

Mit zitternden Fingern nestelte Meer die Kette unter dem Hemd hervor, beugte sich vornüber und steckte den winzigen Silberschlüssel in das Loch an der Oboe. Seit dem Augenblick, an dem sie den Schlüssel unter dem mumifizierten Herzen gefunden hatte, fragte sie sich schon, ob es wohl überhaupt ein so kleines Schloss geben konnte. Jetzt hatte sie ihre Antwort.

Der Schließmechanismus funktionierte völlig geräuschlos und wie geölt. Meer ließ Schlüssel und Kette wieder unter ihrer Bluse verschwinden und versuchte, die Oboe zu öffnen. Wie lange mochte es her sein, seit die Scharniere das letzte Mal ihren Dienst hatten verrichten müssen? Vorsichtig drehte sie die beiden Hälften auseinander und zwang das Instrument so, seinen Schatz preiszugeben. Ein schmales Silbergrab tat sich auf, und was sich darin verbarg, das kannte Meer aus einem Winkel tief, tief in ihrer Seele. Es wirkte so anfällig und spröde, dass sie sich gar nicht traute, es anzufassen. Überaus behutsam hob sie es aus seinem Versteck.

„Schnell!“, raunte Sebastian. „Her damit!“

Sie war verwirrt. Welches Instrument meinte er denn? Ehe sie die Frage beantworten konnte, riss er ihr Beethovens silberne Oboe aus der Hand und klappte das Geheimfach mit einem Ruck wieder zu.

„Los, rasch in die Handtasche damit!“, zischte Malachai ihr zu und wies mit dem Kopf auf die Knochenflöte.

Sebastian hatte sich derweil einige Schritte entfernt und das silberne Instrument an die Lippen gesetzt. Doch keine Beethoven-Komposition erfüllte den Raum, sondern die Klänge aus Johann Pachelbels berühmten *Kanon in D-Dur*. Meer erschien das passend. Beethoven hätte vermutlich auch diese Musik gehört. Pachelbel war ebenfalls ein deutscher Komponist, der nach Wien gegangen war, allerdings gute hundert Jahre zuvor. Die Kinder, die Lehrerin, die Ticketverkäuferin und deren junger Kollege am Eingang – sie alle richteten ihr Augenmerk auf Sebastian und die lyrischen, getragenen Töne, die er der Oboe entlockte.

Mit immer noch bebenden Händen öffnete Meer ihre Handtasche und ließ die Knochenflöte darin verschwinden.

Sebastian beendete den Kanon, verneigte sich angesichts des frenetischen Beifalls und reichte das Instrument mit schwungvoller Bewegung an die junge Dame zurück, die es ohne weitere Nachfrage in die Vitrine zurückstellte. War die Oboe denn nicht leichter ohne die darin verborgene Flöte? Oder hatte das junge Ding gar nicht auf das Gewicht geachtet?

Nach getaner Tat schloss die Studentin die Vitrine wieder ab und dankte Sebastian, der sich seinerseits für die Ehre bedankte, auf einem solchen Instrument spielen zu dürfen. Dann nickte er Malachai zu, legte Meer den Arm um die Schulter und geleitete sie sanft aus dem Zimmer und aus der Gedenkstätte hinaus.

64. KAPITEL

Mittwoch, 30. April – 11:55 Uhr

Auf dem Weg hinunter sagte keiner der drei ein Wort. Als sie wieder auf der Mölker Bastei waren, setzten Malachai und Sebastian ihre vollkommen unverfängliche Unterhaltung fort. Sie sprachen über sehenswerte österreichische Städte, die nicht allzu weit entfernt lagen.

Meer wurde rasch klar, dass die Unterhaltung ein Verschleierungsmanöver war für den Fall, dass man ihnen folgte oder ihre Gespräche mittels drahtloser Mikrofone abhörte. Es kümmerte sie aber nicht weiter. Entscheidend war vielmehr, ob ihnen Gefahr drohte.

Sie überquerten die Straße und betraten einen Park. Meer sah Mütter beim Beaufsichtigen ihrer Kinder und ältere Herrschaften auf Bänken sitzen. Eine Frau rief ihrem Hund etwas zu, ein Pärchen bummelte Händchen haltend einher, ein kleiner Bub sauste auf seinem Fahrrad vorbei – so dicht, dass Meer den Luftzug spüren konnte. Sie fragte sich, wohin Sebastian sie wohl führen mochte.

Plötzlich packte er sie bei der Schulter und lenkte sie nach rechts aus dem Park heraus. Weiter ging es Richtung Straßenecke, wo gerade eine Straßenbahn hielt.

Sebastian beschleunigte und zog Meer mit sich. Fast hatten sie die Haltestelle erreicht; die Straßenbahntüren schlossen sich schon. Meer spürte, wie Sebastians Griff fester wurde. Offenbar ging er aufs Ganze, um die Bahn noch zu erreichen. Sie merkte, dass Malachai fehlte, und blickte über die Schulter. Richtig, er war zurückgefallen; er schaffte es nicht. Auch sie bezweifelte, dass sie die Bahn noch erwischen würde. Was, wenn die automatischen Türen ihre Handtasche einklemmten? Womöglich zerdrückten sie dann die Flöte …

Sebastian sprang auf die Bahn, drehte sich um und zog Meer

im letzen Moment noch an Bord, bevor die Türen sich endgültig schlossen. Benommen, doch unversehrt sah sie sich in dem Waggon um. Offenbar gab es nur Stehplätze.

„Halten Sie sich an mir fest!“, befahl Sebastian.

„Und was ist mit Malachai?“ Sie reckte den Hals, aber die Bahn war schon losgefahren und hatte die Haltestelle hinter sich gelassen. „Kommt er denn allein zurecht?“

„Aber natürlich!“, versicherte Sebastian leise. „Wir rufen ihn später an. Es ist besser so. Zu dritt fallen wir zu sehr auf.“

„Aber wir können doch nicht einfach ...“ Plötzlich begriff sie, was er da gesagt hatte. „Sie haben das absichtlich gemacht?“

Er ging auf die Frage nicht ein. Sein Blick sagte ihr, dass dies nicht der richtige Ort für lange Diskussionen war. „Alles in Ordnung? Habe ich Sie auch nicht zu arg am Arm gezogen?“

Meer zuckte die Achseln. Es hatte zwar wehgetan, doch das behielt sie lieber für sich. „Wo fahren wir denn hin?“

„Wir tun einfach so, als hätten wir uns verlaufen!“, raunte er verschwörerisch und so leise, dass sie nicht sagen konnte, ob sie ihn richtig verstanden hatte.

Beinahe hätte sie ihm entgegnet, dass sie für ihren Teil ohnehin die Orientierung verloren hatte, und zwar schon seit Langem. Doch wie bei der Sache mit dem schmerzenden Arm wollte sie das nicht zugeben. Warum, das wusste sie selber nicht.

65. KAPITEL

Mittwoch, 30. April – 14:08 Uhr

Fünfundsechzig Meter über der Erde, in einer schaukelnden roten Gondel des Riesenrads, hatte Meer einen weiten Blick über das ausgedehnte Stadtgebiet. „Das ist verrückt!“, murmelte sie.

„Wir hatten Glück!“, erwiderte Sebastian. „Wie die beiden Straßenbahnen da standen … Also, selbst wenn uns einer von der Haltestelle gefolgt wäre, hätte er nie und nimmer mitbekommen, dass wir in die zweite Bahn umgestiegen sind.“

„Und jetzt?“

„Jetzt warten wir ab. Legen eine Verschnaufpause ein. Lassen es Abend werden.“

„Und dann?“

„Ins Hotel.“

„In ein anderes, meinen Sie?“

„Ja. Nicht ins Sacher, wo Sie ja abgestiegen sind. Wir suchen uns ein anderes.“

„Und wann rufen wir Malachai an? Und meinen Vater? Der muss doch wissen, was los ist.“

„Sobald wir im Hotel sind.“

Der Waggon schwang so im Wind hin und her, dass Meer spürte, wie sich ihr Schwerpunkt verlagerte. „Das hier erinnert mich an eine Szene aus ‚Der dritte Mann‘“, sagte sie. „Wir haben den Film an der Juilliard gesehen – wegen des Zither-Themas.“

„Genau, daran denkt gleich jeder, wenn er den Filmtitel hört: an die Zither-Melodie und die Sequenz mit dem Riesenrad.“

„Es war ein unheimlicher Streifen. Andererseits: Wien ist tatsächlich auch ein wenig unheimlich, nicht wahr?“

„Stimmt. Hinter den eleganten Fassaden lauern hässliche Geheimnisse und düstere Schatten. Ähnlich wie bei einer schönen Frau, die eine Waffe hinter dem Rücken versteckt hält.“

Bei seiner Stimme überlief Meer eine Gänsehaut. Sie wandte

sich von ihm ab und blickte hinunter auf die wie in Miniaturausgabe wirkende Stadt. „Wie geht noch diese Szene“, fragte sie, „in der die beiden in der Gondel sitzen und auf die Stadt gucken?“

„Das ist einer meiner Lieblingsfilme!“, erwiderte Sebastian. „Als sie sich hier am Riesenrad treffen, weiß Holly Martins schon, dass Harry Lime gepanschtes Penizillin verschiebt und Tausende auf dem Gewissen hat. Der korrupte Mensch als Metapher für den korrupten Staat. In einer von diesen Wagen – und bei der gleichen Aussicht – sagt Lime dann zu seinem alten Freund aus Amerika: ‚Schau doch da hinunter! Würdest du's dir wirklich zu Herzen nehmen, wenn einer dieser schwarzen Punkte aufhören sollte, sich zu bewegen – für immer? Würdest du – wenn du für jeden Punkt, der krepiert, zwanzigtausend Pfund bekämst – mir allen Ernstes antworten, ich solle mein Geld behalten? Oder würdest du dir ausrechnen, auf wie viele Punkte du verzichten könntest?‘“

„Nein, das meinte ich nicht.“

Der Wind frischte auf, und die Gondel schaukelte hin und her. Sebastian lächelte, und als er die von Meer gemeinte Stelle rezitierte, da entdeckte sie in seinen Augen etwas von der Verschlagenheit, die auch Orson Welles in dem Film ausstrahlte. „Denk daran, was Mussolini gesagt hat: In den dreißig Jahren unter den Borgias hat es nur Krieg gegeben, Terror, Mord und Blut, aber es gab Michelangelo, Leonardo da Vinci und die Renaissance. In der Schweiz herrschte brüderliche Liebe, fünfhundert Jahre Demokratie und Frieden. Und was haben wir davon? Die Kuckucksuhr.“

„Richtig, das meinte ich. Am Konservatorium haben wir früher ein Spiel gespielt: Was würden Sie aufgeben, um etwas ganz Großartiges, Zeitloses zu schaffen?“

„In der einen oder anderen Weise haben wir das alle schon mal gespielt.“

Oder, dachte Meer, was würdest du aufgeben, um einen geliebten Menschen zu retten? Das sprach sie allerdings nicht laut aus. Mittlerweile hatte die Gondel sich mit einem Ruck wieder in Bewegung gesetzt und fuhr abwärts. Sie kehrten zur Erde zurück; die Menschen unten am Boden wurden größer. Mit einem Mal hallte ein dröhnender Donnerschlag; die Wolken öffneten sich, und dicke, schwere Regentropfen klatschten gegen die Gondelscheiben. Kurz darauf hielt das Riesenrad an.

„Gefahr gebannt!“, bemerkte Sebastian.

66. KAPITEL

Mittwoch, 30. April – 17:45 Uhr

Sebastian bezahlte den Taxifahrer, stieg aus und half Meer aus dem Wagen. Sie war froh über die Hilfestellung, denn ihr Rücken war verspannt, und obwohl sie sich dagegen wehrte, verzog sie beim Aussteigen schmerzhaft das Gesicht. Bei dem leichten Nieselregen bestand eigentlich kein Grund zur Eile, aber trotzdem überquerten sie hastig die Fahrbahn und drückten sich rasch durch die Milchglastüren des Hotel Thonet. Beide waren gestresst und angespannt. Sie hatten den Nachmittag im Prater verbracht und sich vergewissert, dass sie nicht observiert wurden. Vorsichtshalber hatten sie dennoch Alternativen erwogen und abgesprochen, was für den Fall aller Fälle zu tun war – beziehungsweise wohin man ausweichen sollte.

Die aus dem 18. Jahrhundert stammende Villa mit ihren Holzbalken, alten Steinfußböden, gewölbten Decken und zwei Meter hohen gotischen Bleiglasfenstern war zwar restauriert worden, hatte jedoch trotz der Modernisierung einen gewissen Charakter behalten. Mozarts 25. Sinfonie in g-Moll war zu hören, und in der Luft lag der Duft von Äpfeln und Kaminholz – unter anderen Umständen ein durchaus behaglich zu nennendes Ambiente.

Mit dem Kopf wies Sebastian auf eine kleine Sitzecke, wo sich weinrote Plüschsessel gemütlich um ein flackerndes Kaminfeuer gruppierten.

„Setzen Sie sich“, sagte er lächelnd. „Ich frage mal nach, ob ein Zimmer frei ist.“

Sie sah ihm nach, wie er zur Rezeption ging, hochgewachsen und erstaunlich gefasst. Dabei war er vor wenigen Minuten noch genauso nervös gewesen wie sie. Welcher Sebastian ist echt?, fragte sie sich beklommen. Im Grunde kannte sie ihn überhaupt nicht. Nicht wirklich.

Ihr inneres Metronom begann heftig auszuschlagen; sie überkam eine dunkle Ahnung, dass sämtliche Umstände unaufhaltsam auf eine Katastrophe zusteuerten und dass sie eigentlich Hals über Kopf die Flucht hätte ergreifen müssen – selbst vor Sebastian. Solche diffusen Angstzustände waren ihr nicht neu. Sie hatte sie erst als Kind erlebt, dann später auch während des Studiums, und sie kannte die Symptome: Schweißausbrüche, Frösteln und Herzrasen.

Fünf Minuten später schloss der Hoteldirektor die Tür zu Zimmer 23 auf, einer graublau gestrichenen Junior-Suite mit hohen Decken, Parkett und großen Doppelfenstern, die zu einer auf der anderen Straßenseite stehenden Kirche hinausgingen. Und genau vor diesen Fenstern, gleichsam als hätte es auf Meer gewartet, stand ein Bösendorfer. Der schwarze Schleiflack schimmerte seidig, die Tasten glänzten. Als würde der Flügel sie regelrecht darum bitten, von ihr gespielt zu werden.

Zum ersten Mal seit vier Stunden gab Meer ihre Tasche aus der Hand. Sie ließ sie tatsächlich los, stellte sie neben sich auf die Klavierbank. Die Finger auf der Klaviatur, schloss sie die Augen und verharrte stumm, all ihr Sinnen und Fühlen einzig auf das glatte Elfenbein gerichtet.

Hinter ihr sprach Sebastian noch mit dem Hotelmanager, aber Meer hörte gar nicht hin. Sie dachte auch nicht an das unschätzbare Kleinod in ihrer Handtasche, als sie begann, die Finger über die Tasten gleiten zu lassen und die ersten Töne von Beethovens *Appassionata* anzuschlagen – nicht etwa, weil sie sich die Sonate ausgesucht hatte, sondern umgekehrt. In diesem Augenblick gab es für Meer nur noch den Klangteppich, der all ihr Denken, ihr Bewusstsein, ihre Körperlichkeit überstimmte, der sie gleichsam auf den Schwingen der Musik in andere Sphären entrückte.

Dass Sebastian mit ihr sprach, wurde ihr erst bewusst, als er ihr die Hand auf die Schulter legte. Sie aber wollte gar nicht zurück in die Wirklichkeit. Sie wollte – nein, sie *musste* – zumindest dieses Stück zu Ende spielen. Sie hatte so lange einen Bogen um dieses Instrument gemacht – aus Angst, es könnte sich als Brücke zu ihren Albträumen erweisen. Jetzt allerdings, da sie ihren Erinnerungssprüngen sowieso nicht entkommen konnte, gab es keinen Anlass mehr für diese Verweigerung.

Als sie fertig war, lauschte sie noch mit gesenktem Kopf, wie die letzten Töne verhallten – der Übergang von Klang zu Stille, von Timbre und Ton zu reinen Schwingungen. Zwar fühlte sie sich nach dem Spielen kaum weniger besorgt, doch immerhin besser vorbereitet auf das, was nun auf sie zukam. So als habe die Musik sie dafür gerüstet.

Seufzend nahm sie ihre Handtasche wieder an sich. Es war Zeit. Sie klappte den übergroßen Lederbeutel auf, griff hinein, ertastete das Taschentuch, in das sie die Flöte eingewickelt hatte, und zog sie heraus. Die dünne Röhre war in Baumwolle gehüllt und leblos, und doch schien es Meer, als erfühle sie mit den Fingerspitzen etwas Lebendiges, Kraftvolles. Ungefähr so wie vorhin die Tasten des Pianos.

„Meer?", fragte Sebastian, der sich neben sie setzte und ihr den Arm um die Schulter legte. „Seit fünf Minuten hören Sie mir schon gar nicht mehr zu. Alles in Ordnung mit Ihnen? Sie zittern ja! Ich mache mir richtig Sorgen um Sie!" Er streichelte ihr übers Haar, als wäre sie ein Kind, das man beruhigen musste. „Sehen Sie sich mal an! Und dabei halten Sie sie bloß!"

„Das spielt keine Rolle. Sie könnte von riesiger Bedeutung sein für ganz viele Menschen, Sie eingeschlossen, Sebastian. Was, wenn die Flöte nun das Einzige ist, womit man Nicolas aus seinen Abgründen herausholen kann?"

Er beugte sich vor und küsste sie zart auf den Mund. Für Meer fühlte es sich an, als würde er Feuer von seinen Lippen auf die ihren übertragen; als müsste sie dort, wo er sie berührte, unauslöschliche Brandmale davontragen. Sie wich zurück, um nicht noch ärger versengt zu werden.

„Ich muss es tun!“, sagte sie. „Ich darf jetzt nicht davor zurückschrecken.“ Sie schlug das Taschentuch auf und enthüllte die Flöte. Beide senkten den Blick auf den uralten, mit Hunderten von eingravierten fremdartigen Schnörkeln versehenen Menschenknochen.

67. KAPITEL

Mittwoch, 30. April – 20:45 Uhr

Während sie weiter die Flöte und deren geheimnisvolle Schnörkel studierten, nahm der Regen an Heftigkeit zu und prasselte trommelnd gegen die Fensterscheiben. Dröhnende Donnerschläge ließen das ganze Gebäude erzittern. Sebastian zog die Vorhänge zu, und als er dann zum Sofa zurückkam, auf dem Meer saß, ging das Licht aus.

Schlagartig war es stockdunkel. Meer merkte, wie Sebastian wieder aufstand. Sie hörte, wie er etwas umstieß und unterdrückt schimpfte, und dann drang ihr unverwechselbarer Schwefelgeruch in die Nase.

Plötzlich flammte Kerzenschein auf, der Sebastians Gesicht und die unmittelbare Umgebung erhellte – Licht aus einer anderen Zeit, von einem anderen Ort. Es hätte das 19. Jahrhundert sein können, der Mann mit dem Kerzenhalter Major Wells. Aber, so mahnte sich Meer, so war es nicht. Denn Sebastian ging hinüber zum Telefon und nahm das Gerät aus der Basisstation.

„Kein Freizeichen", murmelte er. „Na ja, ist ein schnurloses Telefon. Das kann bei Stromausfall nicht funktionieren. Ob es hier in der Suite noch einen Wandanschluss mit Kabel gibt?"

„Ist mir nicht aufgefallen. Aber oft gibt es einen im Badezimmer."

Sebastian ging mit der Kerze hinein und rief: „Stimmt, hier ist ein Telefon."

Meer konnte hören, wie er eine Nummer wählte und etwas auf Deutsch sagte. Dann kam er zurück. „Stromausfall im ganzen Viertel", meldete er. „Straßen- und U-Bahnen fahren auch nicht. Vermutlich Blitzschlag. Ich gehe mal runter und hole noch ein paar Kerzen."

Schon zur Tür gewandt, blieb er stehen, ging zu Meer zurück und nahm neben ihr Platz. „Bitte verstehen Sie, dies hat mit uns nichts zu tun. Keiner weiß, dass wir hier sind, aber trotzdem: Machen Sie niemandem die Tür auf, ja? Ich nehme den Schlüssel mit."

Meer war mit einem Male, als sei sie schon früher mit ihm im Dunkeln hier gewesen. Als habe er schon einmal dort in der Tür gestanden – nur eben in einer anderen Zeit. Auch damals hatte er ihr ein Versprechen abgenommen, wenn auch ein anderes.

Nein! *Er* doch nicht!

„Sie sehen eine andere Zeit, nicht wahr?"

Sie nickte.

„Bin ich auch da?"

„Nein, Sie nicht."

„Aber jemand, der mit mir in Verbindung steht?"

„Ich bin nicht sicher", wich sie aus.

„Und Sie möchten es auch nicht herausfinden?"

„Nein." Das wurde ihr erst in dem Moment klar, in dem sie es sagte. Und noch etwas anderes wurde ihr klar. Doch das behielt sie für sich.

„Wer es auch gewesen sein mag: Er hat Ihnen etwas Schreckliches angetan, nicht wahr? Hat er Sie gekränkt? Ist das vielleicht der Grund dafür, dass Sie sich immer in dem Moment verschließen, wenn ich den Eindruck habe, als wollten Sie sich mir anvertrauen?"

„Vielleicht", flüsterte sie.

„Von Ihrem Vater und von Fremont Brecht habe ich erfahren, dass wir hier sind, um diesmal das Richtige zu tun. Wir kehren zurück in denselben Kreis von Menschen und bekommen Gelegenheit, alles besser zu machen, nicht dieselben Fehler zu begehen. Ich würde Sie nie verletzen, Meer. Im Gegenteil. Ich möchte Ihnen helfen und Gefahren von Ihnen abwenden." Er streckte die Hand aus und strich ihr in einer zärtlichen Geste das Haar aus der Stirn.

Ihre widerstreitenden Gefühle mahnten sie, sich von ihm fernzuhalten – und gleichzeitig verführten sie sie, ihm nachzugeben. Als sie weder das eine noch das andere tat, bedachte er sie mit einem herzzerreißenden, kläglichen Lächeln, das ihr bis ins Mark ging.

„Ich bin gleich wieder da", murmelte er. „Okay?"

Sie nickte.

Während er fort war, blieb Meer im Halbdunkeln sitzen. Was sie und Sebastian da erlebten, war genau das, von dem ihr Vater schon des Öfteren gesprochen hatte: Etwas, das die Gnostiker, die Schüler von Pythagoras, die Urchristen, Heiden und Kabbalisten und schließlich auch Jung als Prinzip eines sogenannten Seelenbewusstseins bezeichnet hatten. Die Menschen, so hatte Jeremy ihr jahrelang auf unterschiedliche Weise zu erklären versucht, seien Teil eines umfassenden kosmischen Bewusstseins. Seelen, die sich über die Epochen verbunden fühlten und über Jahrtausende hinweg zusammengewachsen waren, erlangten mit der Zeit die Fähigkeit, durch dieses Seelenbewusstsein miteinander in Verbindung zu treten, und zwar auch ohne Worte. Als Meer in dem Alter war, um diese Betrachtungsweise zu verstehen, da hatte sie sie zuerst für einen hoffnungsvollen Ansatz gehalten, ja sogar für eine verblüffende, märchenhafte Vorstellung. Denn falls das Prinzip stimmte, dann bedeutete es ja, dass die Einsamkeit und Sehnsucht unzähliger Menschen einmal ein Ende haben musste. Aber so ganz hatte sie es doch nie geglaubt.

Die Knochenflöte an die Lippen setzend, blies sie zaghaft ein C. Das Instrument wirkte dermaßen brüchig und spröde – Meer hatte Angst, es könne beim Spielen zerbrechen. Ein unbeholfenes Quäken entsprang dem knöchernen Rohr, der misslungene Versuch eines Tons. Meer probierte es noch einmal und wartete, doch in ihrem Inneren tat sich nichts. Was hatte sie auch erwartet? In ihren Erinnerungssprüngen wollte Major Wells ja die Flöte nur dann, wenn gleichzeitig die Melodie mitgeliefert wurde. Ohne die Tonfolge war das Instrument lediglich ein Kuriosum, weiter nichts. Möglicherweise war sie das sogar *mitsamt* Lied!

Der Kerzenhalter, den Sebastian auf dem Tisch beim Klavier stehen gelassen hatte, zauberte flackernde Schatten an die Wände – ein gespenstisches Licht, bei dem Meer die Flöte noch einmal eingehend betrachtete.

Eines ihrer Lieblingsgemälde im Metropolitan Museum of Modern Art war eine melancholische Nachtszene von Georges de la Tour: die *„Büßende Magdalena"*. Auf diesem Bild sitzt eine zierliche, braunhaarige Frau mit abgewandtem Gesicht in einem abgedunkelten Zimmer vor einem prächtig gerahmten Spiegel. Der Widerschein einer brennenden Kerze taucht die Betrachterin in ein geheimnisvolles Licht. Auf dem Tisch vor ihr sieht man eine abgelegte Perlenkette, auf dem Boden goldene Hals- und Armbänder. Auf dem Schoß hält die Frau einen Totenschädel.

Auch die Flöte in Meers Händen nahm diese mysteriöse Färbung an. Sie schimmerte ebenso schaurig wie der Schädel auf dem Gemälde.

Den Blick angestrengt auf das Flötenrohr mit den zahllosen Schnörkeln und Verzierungen gerichtet, bemühte sich Meer, auch nur ein vertrautes Muster herauszufinden. Ohne Erfolg. Ob es sich um eine längst untergegangene Hieroglyphenschrift handelte oder um bedeutungslose Symbole, war ihr ein Rätsel, und sie konnte sich auch aus ihren Erinnerungssprüngen nicht daran entsinnen. An eins allerdings erinnerte sie sich genau: wie sich der Knochen in ihren Händen anfühlte … in einer Zeit, in der sie das schlanke Rohr schon einmal berührt hatte … gestohlen aus einem an einem Ast hängenden Gefäß … am Ufer eines Flusses in einem Land, das sie nicht zu benennen wusste.

Etwa eine Handspanne lang und knapp zwei Daumen dick: zu klein, um Devadas' Elle oder Speiche, Schien- oder Wadenbein zu sein. Aber ein Stück davon durchaus.

Devadas?

Über all die Jahre hinweg hatte sie sich urplötzlich und unerklärlich an den Namen des Mannes erinnert, der sie einst in den Armen gehalten hatte. Er war ihr so vertraut, der Name, wie jene so schwer fassbare Musik, die sie nun schon seit Kindertagen hörte.

Flüsternd sprach sie den Namen. „*Devadas.*"

Mit geschlossenen Augen versuchte sie angestrengt, noch mehr von jenen Erinnerungssprüngen hervorzurufen, die Margaux in Beethovens Badener Wohnung erlebt hatte. Jene, in denen es um die Bestattungszeremonie und den Knochen ging. Aber sie sah bloß ein Gewirr aus Tausenden hauchdünner Spinnweben, die einen Zeitraum mit einem anderen verbanden. Irgendwo im Zentrum dieses Gebildes befand sich die Gewissheit, dass die Schnörkel auf der Flöte Ziffern darstellten – Ziffern, die wiederum die Töne für die Melodie der untergegangenen Erinnerungen ergaben.

In dieser Beziehung hatten Caspar Niedermeier und Rudolph Toller recht gehabt. Und Beethoven ebenfalls.

Meer musste unbedingt ihren Vater anrufen. Die Zeichen auf der Flöte waren von Menschen gemacht: ein uraltes Alphabet aus Tönen. Möglich, dass Jeremy etwas darüber wusste. Vielleicht bestand ja ein Zusammenhang zur Gematrie, jener uralten Technik der Interpretation von Worten mithilfe von mystischen Zahlen. Eine heilige Sprache, über die Jeremy schon sein Leben lang forschte.

68. KAPITEL

Mittwoch, 30. April – 21:15 Uhr

„Sie hätten Ihren Vater nicht anrufen dürfen!“, monierte Sebastian. „Immerhin – falls der Anruf durch die Telefonzentrale ging, besteht zumindest keine Gefahr, dass er abgehört wurde. Malachai dürfen Sie auch nicht anrufen. Könnte sein, dass sein Zimmeranschluss angezapft wird. Es gibt ja außer uns noch mehr Leute, die scharf auf das sind, was da neben Ihnen liegt.“

Eine nach der anderen entzündete er die mitgebrachten Kerzen. Während das Zimmer allmählich heller wurde, verstärkte sich der Paraffinduft und erfüllte die Luft mit einem Aroma, das in Meer längst untergegangene Erinnerungen wach werden ließ.

Sebastian kam herüber und nahm neben ihr Platz. „Würden Sie denn nicht auch wer weiß was dafür geben, um das Lied der Erinnerungen zu finden?“, fragte er forschend. „Um endlich zu erkennen, was sich hinter all den Bildfragmenten verbirgt, von denen Sie schon seit Ihren Kindertagen verfolgt werden?“ Die abgrundtiefe Traurigkeit in seinen Augen war nahezu unerträglich.

Er kannte sie nicht gut genug, um zu ahnen, wie weit sie gegangen wäre, um ihre Erinnerungen zum Schweigen zu bringen. Er dachte eben an seinen Sohn, an Nicolas in seinem Krankenzimmer, kaum ansprechbar und der Wirklichkeit entrückt. Nicolas, der jenes gehetzte Kindergesicht zeichnete und dabei das jüdische Totengebet vor sich hinsummte.

„Wenn ich Sie anleiten würde“, sagte sie, „würden Sie dann versuchen, mich zu hypnotisieren?“

„Brauchen Sie nicht“, wehrte er ab. „Ich weiß, wie das geht. Als Rebecca mir verboten hat, Nicolas von einem Hypnotiseur behandeln zu lassen, da hat Dr. Aldermann es mir beigebracht. Sie ist ebenfalls Mitglied der Gesellschaft für Erinnerungsforschung." Er stockte. „Trotzdem – sehr freundlich von Ihnen, dass Sie das alles für mich tun."

„Für Nicolas", berichtigte sie.

Einem Erfolg der Hypnosesitzung stand eigentlich nichts im Wege. Sebastians Stimme war angenehm; Tonlage und Anweisungen entsprachen dem, was Meer von Malachai gewohnt war. Dazu anheimelndes Licht dank Stromausfall und Kerzen sowie keinerlei störende Nebengeräusche, die ein Versinken in einen Zustand tiefster Entspannung hätten verhindern können.

Nur hielt etwas ihr Bewusstsein derart im Klammergriff, dass sie zu sehr verkrampfte und der schonungslosen Wirklichkeit nicht zu entfliehen vermochte. Nach drei Versuchen gab Sebastian auf. „Ich glaube, es funktioniert nicht", meinte er. „Sie sind zu verspannt."

Sie erhob sich von der Couch und trat an den Flügel. Die Flöte ruhte auf der samtbezogenen Bank; sie schimmerte im Kerzenschein.

„Tut mir leid", flüsterte sie, ohne die Flöte aus den Augen zu lassen.

Sebastian ging hinüber zur Minibar, öffnete den kleinen Kühlschrank und nahm ein Viertelliterfläschchen Weißwein heraus. „Noch kalt genug", befand er, öffnete den Drehverschluss und schenkte zwei Gläser ein. „Sie brauchen sich nicht zu entschuldigen. Kommen Sie, setzen Sie sich zu mir. Hauptsache, wir haben die Flöte; alles andere wird sich finden."

Während Meer am Weinglas nippte, ließ sie den Blick verstohlen zum dem uralten Knocheninstrument schweifen, als wolle sie es mit schierer Gedankenkraft zwingen, sein Geheimnis preiszugeben.

„Haben Sie sich jemals gefragt, was Nicolas' Zusammenbruch ausgelöst haben könnte?"

„Ich habe eine vage Ahnung. Aber genau wird man es wohl nie sagen können."

„Sie denken, er hat den Kinderschädel gesehen, den der Gärtner damals im Steinhof freigelegt hat?“

Sebastian bejahte. „Nicolas war da … alle Kinder waren da … Sie haben draußen gespielt. Rebecca denkt das sicherlich auch, aber jedes Mal, wenn ich sie darauf anspräche, reagiert sie gleich irrational und abwehrend. Als wäre sie schuld, nur weil sich alles auf ihrem Terrain abgespielt hat …“ Den Blick ins Nichts gerichtet, brach er ab und schenkte Wein nach. Geraume Zeit saßen sie stumm nebeneinander.

Als Meer eine Stunde später erwachte, stellte sie fest, dass sie nach wie vor auf der Couch saß, im Kopf noch die Musik, die sie bereits ihr ganzes Leben hörte. Sie erkannte die Melodie, als wäre sie ihr schon immer vertraut. Lächelnd schlug sie die Augen auf, dachte sie doch, nun sei sie endlich in der Lage, das Lied zu spielen, und damit habe alles ein Ende. Doch in den wenigen Sekunden zwischen erstem bewussten Gedanken und Augenöffnen verblasste die Erinnerung an die Melodie.

„Sie sind eingeschlafen“, bemerkte Sebastian, der am Tisch eine Orange schälte. „Gerade noch nippten Sie am Wein, und von einem Moment auf den anderen fielen Ihnen die Augen zu.“ Er wies auf Teller mit Käse, Brot, Wurst und Obst. „Ich habe uns etwas zu essen geholt. Sie sind doch sicher ganz ausgehungert.“

Sie hatte zwar keinen Hunger, wusste aber, dass sie etwas zu sich nehmen musste. Mehr als ein wenig Käse und eine halbe Orange bekam sie allerdings nicht hinunter.

„Vielleicht ist es am besten, wenn wir abwechselnd schlafen“, schlug Sebastian vor. „Sicherheitshalber. Auch wenn es unwahrscheinlich ist, dass uns jemand gefolgt ist.“

„Na ja, ich habe mein Nickerchen ja schon hinter mir. Legen Sie sich ruhig aufs Ohr.“

Nachdem er sich ins Schlafzimmer zurückgezogen hatte, holte Meer die Flöte an den Couchtisch herüber. Stundenlang saß sie da, als würde sie bei dem Instrument Wache halten. Schließlich konnte sie aber nicht länger widerstehen: Sie nahm es ein weiteres Mal in Augenschein und musterte die eingeritzten Schnörkel – nicht so sehr die Linien im Einzelnen, sondern eher als visuelles Spiel mit den Mustern.

Durch den Spalt zwischen den Vorhängen fiel das Mondlicht auf Meers Schoß und tauchte die dort ruhende Flöte in bläuliches Licht, wodurch die eingeschnitzten Rillen noch tiefer wirkten, als sie in Wirklichkeit waren. Mit geschlossenen Augen ließ Meer die Fingerspitzen über die Vertiefungen gleiten, als wolle sie ein Muster nach dem anderen ertasten und erforschen.

Schläfrig, im Halbschlaf fast und bemüht, an nichts zu denken, verharrte sie so, lauschte dem Zischen, wenn ein Auto unten auf der regennassen Straße vorbeifuhr, berührte ihren Schatz …

Immer wieder bewegte sie den Finger rund um ein bestimmtes Muster. Schlaf, tiefer, traumloser, ungestörter Schlaf befand sich im Zentrum des von ihr abgetasteten Kreises. Noch eine Runde, und dann würde sie das Ende des Traumes erreichen und endlich ausruhen können. Jeder würde dann Ruhe finden, nicht nur sie, nicht nur jetzt. Alle! Für alle Zeiten. Immer rundherum im Kreise – ein, zwei, drei, vier, fünf, sechs Mal, und dann ein weiterer Kringel und noch einer. Neun, zehn. Zehn Kreise, einer immer im nächsten.

Sie senkte den Blick. Ihr Finger folgte gerade einem tief eingeritzten Kreis ganz nahe am Mundstück. Es war nicht bloß ein simpler Kringel, sondern er bestand aus etlichen kleineren, konzentrischen Kreisen. Eine ganze Serie, zehn an der Zahl insgesamt.

Sie erinnerte sich an das Symbol, hatte es schon einmal gesehen. Nur wo?

Erneut griff sie auf ihr Erinnerungsspiel zurück. Im Geiste ging sie eine Übung durch, bei der sie sich zuerst lauter Kreise ausdachte. Die dehnte sie immer weiter aus, als trete sie selber zurück und sähe sie auf einer grauen Metallscheibe. Das Ganze spielte sie so lange durch, bis sie zuletzt im Antiquitätengeschäft ihrer Mutter landete, fünfundzwanzig Jahre zuvor.

Ein älterer Herr mit buschigem weißem Schnurrbart und Gehstock mit goldenem Knauf präsentierte ihrer Mutter gerade eine Uhr. Die wolle er ihr verkaufen, so erklärte er mit ausgeprägtem deutschem Akzent. „Diese Uhren wurden nur hundert Jahre hergestellt", erläuterte er. „Flötenuhren, so nannte man die. Sehr unterhaltsam, die Dinger. Sehr beliebt. So populär, dass sogar Meisterkomponisten Stücke dafür komponierten. Hören Sie mal rein. Dieses Stück ist wunderschön. Hat Beethoven geschrieben – extra für diese Uhren."

Die Melodie, die jenem antiken Chronometer entschwebte, war Meers Einführung in die klassische Musik – das erste Stück, das sich tief in ihr Bewusstsein eingrub. Solange das kostbare Stück im Laden stand, pflegte Meer tagtäglich davor zu sitzen und dem Vorrücken der Zeiger zu folgen, immer darauf wartend, dass die Uhr zur vollen Stunde ihre Zaubermusik spielte. Die Uhr war die einzige Antiquität im Geschäft gewesen, aus der Meer sich etwas machte, und als sie verkauft wurde, hatte sie bitterlich geweint. Zum Ausgleich hatte ihre Mutter ihr Klavierunterricht angeboten; sie sollte lernen, eigenhändig Musik zu machen. Das Beethoven-Stück hatte sie allerdings nie erlernt und der Flötenuhr ewig nachgetrauert. Es war *ihre* Uhr gewesen, sie kannte jede Einzelheit: Das Ziffernblatt, die stählernen Orgelpfeifen, das Gehäuse, das Uhrwerk und das hinten auf dem Ziffernblatt eingravierte Herstellerzeichen.

Dasselbe Zeichen, das sie nun vor Augen hatte.

Zehn konzentrische Kreise.

Und exakt wie bei dem Herstellerzeichen sah man zudem kleine lotrechte Striche – Einkerbungen, die die Kreise markierten. Obwohl alles so lange her war, war Meer doch fest überzeugt, dass sie sich an derselben Stelle befanden, dass alles an den Kreisen auf der uralten Knochenflöte genau so war wie auf der Rückseite jener Flötenuhr, deren Musik damals ihre Einführung gewesen war in die Welt der Klassik: in die Musik Beethovens.

Es geschah urplötzlich und ansatzlos, ohne den gewohnten kalten, einhüllenden Hauch. Keine Spur von Zeitverschiebung oder Zeitschleifen. Plötzlich wusste Meer, wie sie das Lied der untergegangenen Erinnerung finden konnte.

Vor ihrem inneren Auge schnitt sie das aus zehn Kreisen bestehende Symbol in der Mitte durch. Und dann straffte sie die Halbkreise, als wären sie aus Garn – zu zehn waagerechten Geraden.

Zehn Linien mit Markierungen an unterschiedlichen Stellen. Keineswegs ein willkürlich angeordnetes Muster, sondern vielmehr perfekte Notenzeilen. Und jetzt begriff sie auch die Kerben auf den Linien: Sie stellten Noten dar.

C – G – D – A – E – H – Fis – Cis – Gis – Dis – B – F.

Sie studierte die vertraute Notensequenz, und auf einmal kam alles zusammen: vieles, das sie gelesen, das ihr Vater erzählt, das ihre Dozenten auf dem Konservatorium gelehrt hatten. Das hier war der Quintenzirkel, wie Pythagoras ihn vor zweitausendfünfhundert Jahren bestimmt hatte – die Verbindung zwischen Harmonien und dem menschlichen Energiesystem. Die Quinte war außerdem das in der sakralen Musik am häufigsten angewandte Intervall und stand in dem Ruf, menschliche Energien zu harmonisieren. Pythagoras hatte aus Quinten aufgebaute Kompositionen benutzt, um Krankheiten zu heilen oder Stimmungsschwankungen hervorzurufen. Es hieß, Pythagoras habe durch Erforschen seiner Vorleben eine Konstante entdeckt, eine universale Lebensform, die aller Materie innewohnte und diese miteinander verband: Schwingung. Alles, so Pythagoras, vom Sandkorn bis hin zu den Sternen, befinde sich in einem Zustand permanenter Schwingungen.

Es war, als greife sie tief in jenes kollektive Bewusstsein, von dem ihr Vater ständig sprach, als pflücke sie die Informationen wie eine einzelne Traube aus einer Rispe: In diesem Moment wurde Meer nun klar, dass die von Devadas' Bruder Rasul in die Knochenflöte geritzten zwölf Noten eine Melodie darstellten. Eine Melodie der Erinnerung – zu Ehren eines jäh beendeten Lebens. Eine Weise, geschrieben, um die junge Ohana zu trösten, die Rasul den Knochen ihres Liebsten gebracht hatte. Ein Lied, das ihr helfen sollte, sich daran zu erinnern, dass dem Tod stets ein Leben vorausging und vor diesem Leben ein Tod, und dass auch nach diesem Tod wieder ein Leben folgte. Die Kreise setzten sich endlos fort, und ein jeder, der damit einmal verbunden war, würde aufs Neue diese Verbindung eingehen.

69. KAPITEL

Mittwoch, 30. April – 23:03 Uhr

Kurz nachdem Malachai Samuels aus dem Taxi gestiegen war, hielten auch Lucian Glass und Inspektor Kalfus vor dem Hotel Sacher und beobachteten, wie der Amerikaner durch den Vordereingang verschwand. Den ganzen Tag waren sie ihm und seinen beiden Begleitern gefolgt: vom morgendlichen Besuch im Krankenhaus, dann zu einem Antiquariat, danach zum Beethoven-Haus und zu guter Letzt in den Rathaus-Park, wo die Wege der drei sich getrennt hatten.

Dank des nach wie vor funktionierenden Peilsenders war es für den österreichischen Kripobeamten und seinen amerikanischen Kollegen ein Leichtes gewesen, Samuels zu observieren. Dem Team allerdings, das Meer Logan und ihren Begleiter beschattete, stand eine solche Möglichkeit nicht zur Verfügung, und nachdem die beiden in letzter Sekunde eine Straßenbahn erwischt hatten, hatte man sie verloren.

„Wenn's Ihnen nichts ausmacht", sagte Lucian zu seinem österreichischen Kollegen, „würde ich gerne warten, bis Meer Logan kommt."

Kalfus bedachte ihn mit einem neugierigen Blick. „Hier ist aber wohl nicht nur rein dienstliches Interesse im Spiel, hm?"

„Es ist ein Fall, Kalfus. Ein Fall, den ich lösen will."

„Haben Sie eine persönliche Beziehung zu der Frau?"

„Ich bin ihr noch nie begegnet."

Die beiden Gesetzeshüter blieben auf Posten bis halb zwei in der Früh. Als Meer Logan bis dahin immer noch nicht aufgetaucht war, drang Kalfus darauf, eine Ablösung herbeizubeordern und sich aufs Ohr zu legen.

Lucian indes hockte schlaflos in seinem Hotelzimmer, den Fernseher auf stumm geschaltet, und brachte Skizzen vom Verlauf des Tages zu Papier. Noch bevor die Zeichnungen fertig waren, riss er sie nacheinander aus dem Skizzenblock heraus und warf sie auf den Fußboden, bis sich ein Stapel von gut einem Dutzend Blättern gebildet hatte. Um die Skizzen selber ging es ihm nicht. Es war vielmehr das Zeichnen selbst, die Aktivität, die Bewegung, das Abreagieren der Spannung, wonach ihn verlangte.

Wo mochte Meer stecken? Und um mit Kalfus zu sprechen: *Wieso nimmst du ihr Verschwinden so persönlich?*

70. KAPITEL

Mein Leben war mir oft wie eine Geschichte erschienen, die keinen Anfang und kein Ende hat. Ich hatte das Gefühl, ein historisches Fragment zu sein, ein Auszug, für den der vorhergehende und nachfolgende Text fehlte. Ich könnte mir gut vorstellen, dass ich in früheren Jahrhunderten gelebt habe und dort an Fragen gestoßen bin, die ich noch nicht beantworten konnte; dass ich wiedergeboren werden musste, weil ich die mir gestellte Aufgabe nicht erfüllt hatte.
– Carl Gustav Jung –

Donnerstag, 1. Mai – 08:00 Uhr

„Guten Morgen!"

Die Stimme zerriss die Stille und schreckte Meer auf. Ruckartig fuhr sie hoch.

Es war nur Sebastian.

„Wie viel Uhr ist es?", fragte sie. „Ich wollte doch gar nicht einschlafen!"

„Kein Grund zur Sorge. Wir sind immer noch hier. Die da auch." Er wies auf die Flöte. „Es ist acht Uhr. Der Strom ist wieder da. Möchten Sie Kaffee? Etwas zu essen? Sie haben gestern Abend ja kaum etwas zu sich genommen."

„Hat das Hotel Zimmerservice?"

„Unten gibt's ein Frühstücksbüfett, aber ich kann mal fragen, ob man Ihnen etwas heraufbringt. Was möchten Sie denn gern?"

„Kaffee, Toast, etwas Honig. Falls es Rührei gibt, dann etwas davon. Und ein Glas Saft."

Als Sebastian wieder ins Zimmer kam, meldete er, man werde sofort jemanden mit dem Frühstück heraufschicken. „Es dürfte nicht lange dauern."

„Ich muss meinen Vater anrufen und hören, wie es ihm geht. Und Malachai auch."

„Alles schon erledigt", teilte Sebastian ihr mit. „Unten an der Straße ist eine Telefonzelle. Während Sie schliefen, habe ich mich von dort nach Nicolas' Befinden erkundigt und sowohl Malachai als auch Ihren Vater angerufen. Der war allerdings noch nicht wach. Laut Auskunft der Schwester hat er sich gut erholt, das Fieber ist während der Nacht zurückgegangen. Ich habe ihm ausrichten lassen, Sie kämen am Vormittag vorbei. Das passt Ihnen doch, nehme ich an, oder?"

„Ja, danke. Wie geht es Ihrem Sohn denn?"

„Besser. Bezüglich der Lungenentzündung, wohlgemerkt."

Als das Frühstück gebracht wurde, nahm Meer sich sofort den Saft vom Wägelchen, während Sebastian die Rechnung quittierte. Nachdem der Kellner wieder gegangen war, schloss Sebastian doppelt hinter ihm ab. Die Vorsichtsmaßnahme weckte in Meer sofort wieder jene Ruhelosigkeit, die der Schlaf vorübergehend vertrieben hatte. „Das mit Ihrem Sohn ist ja eine schöne Nachricht", meinte sie.

„Ja, schon … Aber die Gefahr ist bei Weitem nicht gebannt. Im Gegenteil: Mit jedem Tag, an dem er sich weiter in sich selber verkriecht, wird sie um ein Vielfaches größer." Sebastian schenkte sich Kaffee ein. „Entschuldigen Sie, ich bin nur furchtbar frustriert. Ich habe auch versucht, meine geschiedene Frau anzurufen, aber sie ließ sich verleugnen. Was soll das? Ich habe dem Jungen doch nie etwas getan! Wenn nichts mehr hilft – warum dann nicht eine Alternative ausprobieren?"

„Ich weiß noch, wie sich meine Mutter aufgeregt hat, als mein Vater mich Malachai Samuels vorstellte."

„Er hat mir schon erzählt, dass er es nicht leicht hatte."

„Leicht hatten wir's alle nicht." Meer biss in eine Scheibe Toast. Noch vor Minuten hatte sie einen Bärenhunger verspürt, doch jetzt war ihr der Appetit vergangen. Erinnerungen, derer sie längst überdrüssig war und die sie nur zu gern ausgeblendet hätte, flammten wieder auf: abendliche Wortgefechte hinter der Schlafzimmertür, Auseinandersetzungen im Flüsterton, das eisige Schweigen, das die gesamte Familie in jenem letzten Winter entfremdet und in die Isolation getrieben hatte. Was wäre wohl geschehen, wenn sie den Eltern ihre Schreckgespenster verschwiegen hätte? Wären sie dann zusammengeblieben?

„Ich weiß nur eins", bemerkte Sebastian. „Sie will verhindern, dass ich alles Menschenmögliche für meinen Jungen unternehme, aber das lasse ich mir nicht bieten." Er stand auf. „Ich gehe schnell unter die Dusche."

Als sich die Badezimmertür hinter ihm schloss, bereute Meer es schon fast, dass sie ihm die fabelhafte Neuigkeit von der entschlüsselten Flötenmelodie vorenthalten hatte. Hatte sie sich denn nicht speziell seinetwegen am Abend zuvor solche Mühe gegeben? Damit er das Lied seinem Sohn vorspielen konnte, um Nicolas auf jene Weise zu helfen, die ihr selber bislang versagt geblieben war? Sicher, gewiss – doch nachdem sie jahrelang in einem Nebelschleier aus endlosen Träumen und halbwach erlebten Albträumen nach jener Melodie geforscht hatte, brachte sie es noch nicht über sich, die endlich enträtselte Musik einem anderen zu überlassen. Erst wollte sie das Lied selber hören, und sei es nur ein einziges Mal. Am Abend hatte sie es nicht gespielt, aus Angst, sie könnte Sebastian damit aus dem Schlaf reißen. Doch jetzt, beim Rauschen der Dusche, konnte er sie ja nicht hören.

Das uralte Knochenstück behutsam in der Hand, wartete sie, bis aus dem Badezimmer ein gleichmäßiges Prasseln ertönte. Erst dann setzte sie das primitive Instrument an die Lippen.

Die Fingerkuppen auf den entsprechenden Löchern, blies sie ins Mundstück und mühte sich ab, die Töne C, G und D zu treffen. Sie klangen nicht richtig rund, ja unsauber fast – ein animalischer Ruf wie aus grauer Vorzeit, ein Hauch von Regen und Rauch, Kälte und Glut. Meer war, als schwebe der Ruf zum

Zimmer hinaus nach draußen, um dann die ganze Stadt zu umfassen, den ganzen Planeten und schließlich hinauf bis in den Weltraum zu dringen. Diese ersten drei Noten waren dermaßen aufwühlend und schwierig, dass sie die Flöte gleich wieder niederlegte. Durch die Geschichte hindurch hatten Menschen genau diese Noten gespielt, und zwar auf den verschiedensten Instrumenten. So gesehen waren es nicht nur die Töne, die anders waren, sondern ihre besonderen Schwingungen. Immer noch spürte Meer den Nachhall im Zimmer, fühlte, wie lange es dauerte, bis sie endlich verklangen. Waren das die binauralen Takte, von denen ihr Vater gesprochen hatte?

Das stetige Rauschen der Dusche erinnerte sie daran, dass sie nur einen begrenzten Zeitrahmen zur Verfügung hatte.

Es musste sein, und zwar sofort!

Noch einmal setzte sie an, selbstbewusster diesmal, und hielt das C länger. Dann spielte sie die zweite Note, die sich mit dem noch klingenden Ton vermischte, danach die dritte und vierte: ein dissonantes Gemisch an Klängen, das schrill in den Ohren widerhallte.

Sie hielt inne. Das Ganze war kein Spiel, keine theoretische Etüde. *Beethoven hatte recht gehabt.* Als sie die nächsten beiden Noten spielte, da hatte sie das Gefühl, als würde sie sich auf ruchlose Finsternis einlassen, auf einen Pesthauch der Verdammnis, ein schauriges Vorspiel … Aber sie musste es tun, musste es hinter sich bringen, ein für alle Mal.

Sie spielte die Melodie von vorn, beginnend mit der ersten Note, gefolgt von der zweiten, und dann …

„Was machen Sie da?“, rief Sebastian.

71. KAPITEL

Donnerstag, 1. Mai – 08:52 Uhr

Mit tropfnassem Haar, ein Handtuch um die Hüften geschlungen, stand er in der Badezimmertür. Die kräftigen Schultern, die sich abzeichnenden Muskeln an Brustkorb und Armen waren gespannt. „Haben Sie's herausgefunden?"

Sie nickte.

„Spielen Sie es für mich, bitte."

„Wir wissen doch nicht, was die Melodie anrichten kann!"

„Das ist mir egal."

„Beethoven war fest davon überzeugt, dass sie gefährlich war! Deshalb hat er sich ja dieses aufwendige Täuschungsmanöver …"

Sebastian fiel ihr ins Wort. „Beethoven lebte vor über hundertfünfzig Jahren. Und wieso er überhaupt irgendetwas versteckt hat, weiß kein Mensch!"

„Ich schon! Nach seiner Überzeugung wohnten der Melodie böse Kräfte inne. Er hatte es gehört. Er wusste, wozu es imstande war. Er hatte recht!"

„Das steht nicht in dem Brief. Davon war nicht die Rede."

„Aber ich *weiß* es! Glauben Sie mir etwa nicht?"

„Wenn ich Ihnen nicht glaubte – wäre ich dann immer noch bei Ihnen? Wären wir dann hier? Haben Sie die Melodie tatsächlich entschlüsselt? Bitte, Meer! Ich mache Ihnen auch keine Vorwürfe, wenn mir irgendetwas zustößt – aber spielen Sie mir das Lied vor!" Das Flehen in seinen Augen war noch verzweifelter als das in seiner Stimme. Sie hätte ihm gern geholfen, doch sie kannte die Gefahr. Sie hatte Erinnerungen erlebt, ohne dafür gewappnet zu sein. Bei dem Versuch, vor ihnen zu fliehen, hätte sie um ein Haar einen lebenslangen Schaden davongetragen.

„Nicht, solange nicht genau feststeht, welche Folgen das für Sie hat. Nicht, solange wir hier allein sind, solange wir in Gefahr schweben. Helfen Sie mir hier heraus ... mit der Flöte ... Bringen Sie mich zu meinem Vater ... zu Malachai ... Gemeinsam können wir dann überlegen, was als Nächstes zu tun ist."

Sebastian wollte schon wieder dazwischenfahren, doch sie ließ sich diesmal nicht unterbrechen. „Ich weiß, Sie wollen es Nicolas vorspielen, und ich würde Sie ja auch gern in die Lage versetzen, das zu tun. Ich wäre überglücklich, falls die Melodie funktionierte und den Jungen zurückholen würde. Aber das geht nur, wenn es ungefährlich ist. Ich kann es nicht riskieren, dass Sie oder Ihr Junge Schaden nehmen. Das würde ich mir nie verzeihen."

Während die letzten Worte noch in der Luft schwebten, überkam Meer ein Gefühl der Traurigkeit. Sie machte sich ja selber andauernd Vorwürfe, schon viel länger als nur ein Leben lang. Aber weswegen? Kaum hatte sie sich diese Frage gestellt, da wusste sie auch bereits die Antwort: *Weil du schuld warst an seinem Tod!*

An *seinem* Tod? An wessen?

Die Augen geschlossen, durchforschte sie die bodenlose Schwärze, bis sie schließlich die Umrisse einer Männergestalt erkannte. Doch wer dieser Mann gewesen war, wer sie selber gewesen war, als sie beide sich geliebt hatten – das blieb weiterhin unscharf. Klar war allein die grausige Erkenntnis, dass ein geliebter Mensch ihretwegen sein Leben gelassen hatte. Und irgendwie hatte die Flöte mit dieser Tragödie zu tun.

72. KAPITEL

Donnerstag, 1. Mai – 09:00 Uhr

Neun Stunden nach Verlassen ihres Beobachtungspostens trafen sich Lucian Glass und Alexander Kalfus an derselben Stelle wie am Abend zuvor: vor dem Hotel Sacher, Philharmonikerstraße Nummer 4.

„Laut Auskunft unseres zweiten Observationsteams ist Meer Logan die ganze Nacht nicht heimgekommen", berichtete der österreichische Inspektor, als er zu seinem amerikanischen Kollegen in den Wagen stieg.

„Könnten Sie nicht im Hotel nachforschen, ob das Zimmer während der Nacht benutzt wurde? Die Zimmermädchen müssten das doch wissen. Vielleicht ist sie Ihren Leuten entwischt."

Kalfus war sichtlich befremdet. „Unwahrscheinlich!", knurrte er brummig, griff aber dennoch zum Telefon. „Sie schicken jemanden zum Zimmer", meldete er dann.

Den Hoteleingang im Blick, schlürfte Lucian gierig wie ein Junkie seinen zweiten Kaffee und hoffte, das Koffein werde ihn endlich wach machen. Die erste Tasse hatte dafür nicht ausgereicht.

Den Hörer nach wie vor am Ohr, erstattete Kalfus weiter Bericht. „Das Bett von Miss Logan war unbenutzt. Das Badezimmer auch. Nicht mal ein Handtuch feucht."

„Meiner Meinung nach sollten wir in der Klinik anrufen und uns erkundigen, ob Jeremy Logan heute Morgen schon Besuch von seiner Tochter hatte. Und wo wir schon dabei sind, können wir gleich nachfragen, wer der andere Typ ist und wo der abgeblieben ist."

Aus Kalfus' Telefon drang erneut Gequäke. „Ja?", rief der Inspektor nickend und wandte sich dann an den FBI-Agenten. „Also: Laut Auskunft der Kollegen hatte Logan gestern Abend bloß einen Besucher, und das war Ihr Landsmann, dieser Malachai Samuels. Kam um fünf, blieb bis Ende der Besuchszeit, ging um kurz nach acht und ließ sich per Taxi zur Gesellschaft für Erinnerungsforschung bringen. Da blieb er drei Viertel Stunden und fuhr um zwanzig nach elf gemeinsam mit Brecht weg. Die beiden stiegen in Brechts Dienstwagen, und der lieferte Samuels um kurz vor Mitternacht im Sacher ab."

„Irgendwelche Anrufe?"

„Heute Morgen einer, aber der wurde nicht durchgestellt, weil Logan noch geschlafen hat. Wir haben ihn lokalisiert: Er stammte aus einer Telefonzelle im Stadtteil Spittelberg."

„Ist das nicht in der Nähe von Logans Haus?"

„Richtig."

„Vielleicht hat Logans Tochter da übernachtet. Oder in einem Hotel in der Gegend. Könnten Sie einen Einsatzwagen hinschicken und die Hotels abklappern lassen?"

Kalfus griff schon zum Telefon, zeigte dann aber zum Hoteleingang. „Da ist er ja."

Beide verfolgten, wie Malachai Samuels draußen auf dem Bürgersteig stand und suchend die Straße entlangblickte. Kalfus ließ schon den Motor an, um gleich losfahren zu können. Lucian wusste, dass sie Samuels folgen mussten und nicht auf Meer warten konnten. Trotzdem ärgerte er sich über seinen Verdächtigen, weil der ausgerechnet jetzt loswollte. Allerdings machte Samuels nun doch keinerlei Anstalten. Noch nicht.

„Er hat so was im Blick, dieser Typ", sinnierte Lucian laut. „Als würde er immer zwei Schritte vorausplanen."

„Ich schwanke noch, ob er dadurch intelligent aussieht oder eher schuldig."

„Beides", stellte Lucian fest. „Der Bursche ist erheblich schuldiger, als Sie sich träumen lassen, aber auch erheblich cleverer. Er hat sich in neun Monaten nicht einen Schnitzer geleistet."

„Auf jeden Fall nicht in Wien. Besuche bei Bekannten,

ein Treffen in einer archäologischen Gesellschaft, mal essen gehen … alles nach außen hin ganz brav.“ Kalfus wollte den Rückwärtsgang einlegen, doch Lucian hinderte ihn daran.

„Momentchen noch! Gerade geht er ins Café nebenan.“

Kurz darauf sah man Samuels durchs Fenster des Lokals. Während er die Speisekarte studierte, konnte Lucian ihn gut beobachten.

„Die Geschichte da im Wienerwald“, knurrte Kalfus, „könnte es sein, dass dieser Samuels dahintersteckt? Auch wenn er gar nicht selber zugegen war? Halten Sie’s für möglich, dass die Raube und Überfälle auf sein Konto gehen?“

„Möglich wär’s.“

„Wahrscheinlich auch?“

„Schwer zu sagen. Meer Logan gehört zu den wenigen Menschen, die ihm echt am Herzen liegen.“

„Meinen Sie, seine Zuneigung könnte ihn davon abhalten, sich das unter den Nagel zu reißen, hinter dem er her ist?“

„Das nicht. Aber ich glaube, er müsste nicht einmal Gewalt anwenden. Wenn sie es hätte, würde sie es ihm auch so geben.“ Lucian hielt inne. „Ich würde Samuels liebend gern überführen, aber dass Meer Logan hierher nach Wien gefahren ist, das lag ganz besonders an ihm. Sie sollte sich unbedingt die Spieleschatulle ansehen und ihr möglichst nützliche Hinweise entnehmen. Warum also sollte er das Ding rauben lassen, ehe Meer es sich eingehend angucken konnte? Ich traue dem Kerl zwar allerhand zu, aber Meer ist für ihn die einzige Verbindung zur Flöte und zu dieser Melodie der untergegangenen Erinnerungen. Wenn sie seine beste Chance ist – wozu sollte er sie da in Gefahr bringen?“

„Und wer sonst?“

„Jemand, der nichts mit Reinkarnation am Hut hat. Dem es nur ums Geld geht.“ Lucian kippte den Rest des bitteren Kaffees hinunter und beobachtete, wie ein Ober im traditionellen schwarzen Anzug und Fliege Samuels das Frühstück servierte.

„Ich verstehe nur Bahnhof", brummte Kalfus stirnrunzelnd. Er war sichtlich verwirrt.

„Ich auch." Lucian lachte halbherzig. „Was wissen wir eigentlich über den anderen Typen? Haben Ihre Leute irgendwas rausgekriegt?"

„Absolut unverdächtig, der Mann", stellte Kalfus fest. „Sebastian Otto, achtunddreißig, Oboist bei den Wiener Philharmonikern, polizeilich nie aufgefallen. Geschieden, ein neunjähriges Kind, das sich seit einem halben Jahr in psychiatrischer Behandlung befindet."

„Ein Junge?"

Kalfus bestätigte das.

Sebastian Otto? Auf einmal fiel es Lucian wie Schuppen von den Augen: Vor ungefähr drei Monaten hatte Samuels einen Anruf von einem Sebastian Otto erhalten. Angeblich auf Empfehlung von Logan, hatte er bei dem Erinnerungsforscher angefragt, ob der nicht nach Wien kommen könne, um einen Blick auf seinen Sohn zu werfen. Lucian erinnerte sich noch, dass Samuels abgesagt und dabei ziemlich verärgert geklungen hatte.

„Dieser Otto, der glaubt, sein Sohn leidet unter einer Art Vorlebenskrise", sagte er zu Kalfus und erklärte ihm kurz die Vorgeschichte. „Demnach gibt es hier mehr als nur einen Zusammenhang."

Und während er zusah, wie Malachai Samuels sich eine Zeitung vornahm, rätselte Lucian, ob es wohl sonst noch etwas möglicherweise Wichtiges gab, das ihm erst mit Verspätung wieder einfallen würde.

73. KAPITEL

Donnerstag, 1. Mai – 09:39 Uhr

„Schlechte Nachrichten", verkündete Bill Vine, als er in das provisorische Büro der Konzerthalle gestürmt kam und die Tür hinter sich zuknallte.

Paxton fuhr vom Stuhl hoch, auf alles gefasst.

„Der Peilsender, den wir von Tschechien aus verfolgen, erst nach Wien und anschließend nach Dürnstein, hat uns an der Nase herumgeführt. Offenbar hat unser Käufer das kleine Präsent entdeckt, das wir ihm in den Rucksack gemogelt hatten. Und das hat er dann unters Bodenblech eines Mietwagens gepappt, gemietet von einem amerikanischen Touristen. Das Ehepaar hatte das Pech, ausgerechnet am Montag Mährisch Kromau zu besichtigen. Er ist Jurist und angehender Romanautor, sie Managerin. Wir haben ihre Daten durch jedes verfügbare Computersystem gejagt. Sie sind tatsächlich das, was sie zu sein behaupten; keinerlei Verbindung zu einer bekannten terroristischen Vereinigung. Die Frau stammt aus einem Kaff in Georgia; der ganze Ort gehört praktisch ihrer Familie. Der Mann sitzt seit zehn Jahren im Stadtrat. Die sind so was von sauber, die zwei – sauberer geht's gar nicht."

„Dann ist ja alles klar", knurrte Paxton. „Der Peilsender war auf Urlaubsreise, und der andere, den wir in der U-Bahn verloren haben, der war das verdammte Semtex. Und wo der abgeblieben ist, das wissen wir auch immer noch nicht, oder?"

Die Frage war rein rhetorisch. Seit das Ding zwei Tage zuvor vom Radarschirm verschwunden war, hatte man es wie verrückt zu orten versucht. Dass man nicht den kleinsten Anhaltspunkt hatte, wohin der Sprengstoff geraten sein könnte, war ein offenes Geheimnis.

„Sie haben doch immer behauptet", wetterte Tom Paxton, „bei GPS könne genau so etwas nicht passieren! Und das haben Sie quasi garantiert!"

„Schon, aber nur, solange der Peilsender nicht außer Reichweite befördert wird!“

„Das kann doch wohl nicht wahr sein! Und wie kommt es, dass einer sich so mir nichts, dir nichts verdünnisiert? Dass wir nichts davon mitkriegen? Wo ist der verdammte Peilsender, Bill?“

„Das spielt keine Rolle.“

„Was soll *das* denn jetzt?“

„Wir verplempern nur unsere Zeit, Tom! Wo auch immer der Sender jetzt ist – wir finden ihn sowieso nicht. Das ist pure Zeitverschwendung! Worauf es jetzt ankommt, ist, dass niemand mit einem Päckchen Semtex in der Nähe dieses Gebäudes auftaucht.“

Paxton blitzte seinen Mitarbeiter wütend an. „Und wie wollen wir das verhindern? Teufel noch mal, es kommen hochrangige Politiker aus fünfundzwanzig Staaten und sämtlichen Ministerien unserer eigenen Regierung nach Wien, inklusive des Vizepräsidenten …“

„Das klappt schon“, unterbrach Vine ihn. „Wir sind gut vorbereitet. Unsere Leute durchkämmen seit Tagen die Stollen und Kanäle unter diesem Laden hier, und die Luftraumüberwachung ist in Alarmbereitschaft. Wir haben unser Sicherheitsteam verdoppelt. Wenn über oder unter uns jemand herumspukt, finden wir ihn.“

74. KAPITEL

Donnerstag, 1. Mai – 10:00 Uhr

Während das heiße Wasser auf sie niederprasselte, ließ Meer im Geiste die rätselhafte Musik immer wieder abspielen. Ihr Leben lang war es ihr nicht gelungen, die Melodie zu erfassen; da durfte sie sie jetzt auf keinen Fall loslassen. Vermeintlich völlig gegensätzliche Informationen mündeten in einen Zusammenhang zwischen der Flötenmusik und Meers restlichem Dasein – fast so, als wäre sie dazu bestimmt, eines Tages diese Entdeckung zu machen.

Sie erinnerte sich, wie sie damals mit ihrem angeknacksten Wirbel im Krankenhaus lag und wie ihr Vater ihr ein Buch mit einer Abbildung des Lebensbaumes zeigte. Alles lauter Kreise. Hatten sich all diese durch Jahrtausende getrennten Ringe nun für sie zusammengefunden? Wenn ja, warum dann ausgerechnet ihretwegen?

Rasch beendete sie ihre Haarwäsche. Sie wollte so schnell wie möglich zur Klinik und mit ihrem Vater sprechen. Er musste ihr einige Dinge erklären, für die sie bisher zu beschäftigt gewesen war. Sie drehte das Wasser ab, schlüpfte in einen der hoteleigenen dicken Frotteebademäntel und wand sich ein Handtuch um den Kopf.

„Ich möchte hier baldmöglichst weg …“, begann sie, als sie in die Suite zurückging. Eigentlich hatte sie damit gerechnet, dass Sebastian beim Frühstück saß. Er war aber nicht zu sehen.

Sie trat an die offene Schlafzimmertür, blieb jedoch draußen stehen. „Sebastian?“

Keine Antwort.

Vielleicht war er hinuntergegangen, um die Rechnung zu begleichen oder ein Auto zu besorgen oder dergleichen. Meer zog den Gürtel des Bademantels enger und tappte zurück ins Bad, um sich die Haare zu föhnen. Wenn sie gleich aus dem Badezimmer kam, war er bestimmt wieder da.

75. KAPITEL

Donnerstag, 1. Mai – 10:20 Uhr

Malachai Samuels kam aus dem Café, ging die fünf Schritte bis zum Hoteleingang, nickte dem Empfangsportier zu und wartete darauf, dass der ihm ein Taxi heranwinkte.

Kalfus und Lucian folgten in sicherer Entfernung. Dass die Fahrt Richtung Krankenhaus ging, wunderte die beiden nicht. Gerade hatten sie sich auf erneutes endloses Warten eingerichtet, da kam Samuels nach nur fünf Minuten sichtlich verstört und verwirrt wieder aus der Klinik heraus. So ohne seine übliche Maske hatte ihn Lucian noch nie erlebt: ziemlich fassungslos, bei Weitem nicht so beherrscht wie sonst.

„Irgendwas ist da oberfaul", vermutete Lucian. „Rufen Sie mal auf der Station an, Alexander. Fragen Sie, ob mit Logan alles in Ordnung ist."

Samuels stieg gerade in das nächste Taxi, da meldete Kalfus: „Logan hat das Krankenhaus vor zehn Minuten verlassen. Gegen ärztlichen Rat, auf eigene Verantwortung."

„Allein?"

„Nein, in Begleitung eines Mannes."

„Und es sieht so aus, als hätte Samuels davon keine Ahnung. Er hat offenbar damit gerechnet, seinen Freund im Krankenzimmer anzutreffen. Wir haben ein Problem, Alexander. Wir brauchen Verstärkung. Wir *müssen* Logan auftreiben, und zwar sofort."

76. KAPITEL

Donnerstag, 1. Mai – 10:42 Uhr

Sebastian war und blieb verschollen, mittlerweile über vierzig Minuten, was sich mit den von Meer erwogenen Gründen nicht erklären ließ. Es sei denn ... Nein, nicht nach allem, was er für sie getan hatte! Bestimmt war ihm etwas zugestoßen! Andererseits ... Vielleicht war er aus Verärgerung über Meers Weigerung, ihm die Melodie vorzuspielen, einfach abgehauen und schmollte beleidigt irgendwo in einem Café vor sich hin. Was nun? Allein zum Krankenhaus fahren? Oder Inspektor Fieske anrufen? Sie hatte ja seine Visitenkarte noch in der Handtasche. Nein, lieber nicht die Polizei. Was sollte sie denn schon erzählen? Nicht ausgeschlossen, dass Fieske die Flöte überdies als Beweismittel beschlagnahmen würde. Und das ging einfach nicht. Erst mussten Malachai und ihr Vater das Instrument begutachten. Sie beschloss, sich vom Portier ein Taxi rufen zu lassen und zur Klinik zu fahren.

Sie setzte sich an den Schreibtisch und schrieb Sebastian eine Mitteilung. Nur ein paar Zeilen, in denen sie ihm mitteilte, wo sie zu finden war. Danach nahm sie das Zimmer in Augenschein – eine Angewohnheit, die sie von ihrer Mutter abgeguckt hatte. Nur war sie hier abgestiegen mit nichts weiter als ihrer Handtasche und den Kleidern, die sie am Leibe trug. Ein verirrtes Fläschchen mit Parfüm oder Pillen neben dem Bett war nicht zu erwarten. Das einzig Wichtige, das sie dabeihatte, lag drüben auf der Klavierbank. Dort neben der Handtasche hatte sie die Flöte vor dem Duschen liegen gelassen.

Sie ging hin, um sich zu vergewissern. Jawohl, die Tasche war da. Aber die Flöte nicht!

Hatte Sebastian sie etwa vor Verlassen des Zimmers in die Handtasche gesteckt? Damit das Zimmermädchen sie nicht sah, weil Meer ja unter der Dusche stand? Hektisch räumte Meer ihre gesamte Tasche auf den Fußboden aus. Aber eine Flöte war nicht zu finden.

Halbherzig überprüfte sie das gesamte Zimmer, nahezu überzeugt, dass das Instrument ohnehin nicht da sein werde. Schon der Verzweiflung nahe, vernahm sie dann, wie jemand an die Eingangstür zur Suite klopfte. Hastig eilte sie hin. Dort angekommen, hörte sie eine Männerstimme rufen. „Frau Juska?"

Das musste Sebastian sein! Vermutlich benutzte er den Namen, unter dem sie eingecheckt hatten. Jetzt würde er sich bestimmt entschuldigen, ihr sagen, wo die Flöte war, und erklären …

Mit einem Ruck riss sie die Tür auf, ohne vorher durch den Spion zu gucken. Draußen stand ein Mann in der Livree eines Hotelpagen mit dem Abzeichen des Hotels auf der Brusttasche. In der Hand hielt er einen Umschlag. Plötzlich fiel Meer ein, dass Sebastian ihr noch am Abend zuvor eingeschärft hatte, bloß niemanden hereinzulassen und misstrauisch zu sein. Der Page hier, der konnte doch alles Mögliche sein – etwa ein Krimineller, der den echten Pagen außer Gefecht gesetzt und sich seine Uniform angezogen hatte!

Mit Schwung knallte ihm Meer die Nase vor der Tür zu und schloss ab. Das Klicken tönte laut in ihren Ohren wider.

„Nicht … bitte …", stammelte der Page auf der anderen Türseite in mühsamem Englisch. „Herr Juska hat mich gebeten, Ihnen diesen Brief zu geben. Um genau zehn Uhr fünfundvierzig."

„Schieben Sie ihn bitte unter der Tür durch?"

„Selbstverständlich."

Liebe Meer,
Ihr Vater sollte sich eigentlich heute Nachmittag einem Eingriff unterziehen. Sein Herz ist doch angegriffener, als er es uns verraten hat. Er wollte es Ihnen bei Ihrem geplanten Besuch heute Morgen endlich sagen, aber er

ist verschwunden. Niemand weiß, wo er ist. Er muss unbedingt gefunden und ins Krankenhaus zurückgebracht werden.

Ich glaube zu wissen, wo er sich befindet, aber ich benötige Ihre Hilfe. Bitte halten Sie sich an meine Anweisungen! Schalten Sie die Polizei noch nicht ein. Sobald ich Ihnen alles erklärt habe, können Sie das gern nachholen. Kommen Sie so bald wie möglich her. Gehen Sie einfach zum Taxistand an der Ecke, geben Sie dem Fahrer die Adresse: Engerthstraße 122. Klingeln Sie, wenn Sie da sind; ich sehe Sie dann per Videoüberwachung und lasse Sie herein. Beeilen Sie sich!
Sebastian

77. KAPITEL

Donnerstag, 1. Mai – 11:22 Uhr

Unschlüssig wartete Malachai Samuels gegenüber der Polizeiinspektion Deutschmeisterplatz 3, unweit des verkehrsreichen Schottenrings. Er überlegte, wie er weiter vorgehen sollte. Er war ratlos – ein für ihn ungewohntes Gefühl. Eins stand jedenfalls fest: Auf eigene Faust konnte er unmöglich eine Erfolg versprechende Suchaktion nach Meer oder Jeremy durchführen. Nicht in einem fremden Land, dessen Sprache er kaum sprach. Und sich einen Führer zu besorgen, das dauerte zu lange. Ergo blieb es ihm wohl nicht erspart, die örtlichen Behörden einzuschalten; alles andere erschien ihm angesichts dessen, was auf dem Spiel stand, als zu riskant. Es gab schlicht und ergreifend zu viele offene Fragen.

Wer mochte sonst noch wissen, dass Meer am Tag zuvor die Flöte gefunden hatte? Wo war ihr Vater abgeblieben? Hatte er erfahren, dass seine Tochter unauffindbar war? Hatte er deswegen das Krankenhaus auf eigene Verantwortung verlassen, um sich auf die Suche nach ihr zu begeben? Ihretwegen würde er alle Hebel in Bewegung setzen; ob er sich dabei in Gefahr begab, tat nichts zur Sache. Aber wen mochte er telefonisch ins Krankenhaus bestellt haben? Laut Auskunft der Schwester hatte er die Klinik in Begleitung eines Mannes verlassen. Sebastian? Der allerdings war auf dem Handy nicht zu erreichen.

Trotz des regen Verkehrs hörte man kaum Gehupe; der Morgen war auf trügerische Weise schön. Rote und violette Blumen leuchteten in den Kübeln vor der Modeboutique gleich neben der Polizeiwache. Auf der anderen Straßenseite stand ein offenbar aus dem frühen 19. Jahrhundert stammendes Gebäude, an dessen Vorderseite ein Fries des Hirtengottes Pan mit seiner Flöte prangte.

Musikalische Denkmäler waren in Wien keine Seltenheit.

Dass es sich gerade an dieser Ecke ausgerechnet um einen Flötenspieler handelte, wäre wahrscheinlich jedem anderen als Malachai wie purer Zufall vorgekommen. Er hingegen versuchte nun schon seit dreißig Jahren zu beweisen, dass nichts im Leben ohne Grund passierte.

Er überlegte. Wenn er jetzt *nicht* die Fahrbahn überquerte und bei der Polizei Vermisstenanzeige erstattete, dann bestand vermutlich Gefahr für Meers und Jeremys Leib und Leben. Dass sie alle beide verschollen waren, kam bestimmt nicht von ungefähr. Mit der Anzeige setzte er sich allerdings auch selber einer polizeilichen Überprüfung aus, die ihm sehr ungelegen käme. Einmal mehr würden die Umstände gegen ihn sprechen. Es bedurfte keiner besonders ausschweifenden Fantasie, um sich vorzustellen, welches Indizienkonstrukt Interpol und FBI gegen ihn vorbringen würden: Zum zweiten Mal in weniger als einem Jahr war ein Kunstgegenstand einem Raub zum Opfer gefallen. Ein antikes Artefakt im Wert von mehreren hunderttausend Dollar – eines, das zudem möglicherweise das Glaubenssystem von Millionen Menschen sowie zahlreiche wissenschaftliche Prinzipien ins Wanken brachte. Und jedes Mal war Malachai Samuels nicht nur am Tatort gewesen, sondern zudem ein enger Bekannter der verschollenen Beteiligten.

Nur: Gab es außer ihm nicht noch Hunderte anderer, die scharf waren auf diesen Gegenstand? Er selber hätte gleich etliche Namen aufführen können. Malachai ging es nicht ums Geld; er bezweifelte auch, dass es an dieser Stelle den möglichen Kunsträubern nur um das Monetäre ging. Er für seinen Teil kannte die Grenzen seines Gewissens. Die Frage war allerdings: Wie weit würde das Direktorium der Gesellschaft für Erinnerungsforschung gehen, um an die Flöte zu gelangen?

Wie sehr war beispielsweise Brecht erpicht darauf, einen Beweis für die Wiedergeburt zu erbringen? Am Abend zuvor hatte er noch gesagt, er habe jemanden beauftragt, die Spielekassette aufzuspüren. Der Kontaktmann habe sie aber bislang noch nicht ausfindig machen können. War das wohl gelogen? Hatte Brecht längst in Erfahrung gebracht, dass Meer die Flöte entdeckt hatte? Hatte er sie etwa entführt?

Und wie groß war das Bedürfnis von Dr. Erika Aldermann, das Potenzial der binauralen Takte nachzuweisen?

Seit dreißig Jahren erforschte sie nun schon die harmonische Resonanz. Malachai selbst hatte das entschlossene Blitzen in ihren Augen gesehen. Was würde sie alles dafür geben, der wissenschaftlichen Welt ihre Theorien zu beweisen?

Ferner hielt Malachai es für keineswegs ausgeschlossen, dass noch andere ihm bisher unbekannte Memoristen hinter der Flöte her waren – vermutlich waren es Dutzende. Sicher war ihnen inzwischen auch klar geworden, was er selber bereits die ganze Zeit wusste: Falls es überhaupt eine Möglichkeit gab, die Flöte mitsamt der Melodie der untergegangenen Erinnerungen zu finden, ging dies nur über Meer Logan. Anders herum: Sollte ihr etwas zustoßen, war jede Chance auf ein Auffinden des Instruments dahin.

In diesem Leben, so Malachais Schlussfolgerung, würde sich eine Gelegenheit zum tatsächlichen Beweis der Wiedergeburt nicht mehr allzu oft ergeben. Einmal hatte er so eine Chance ohnehin schon verpasst. Das durfte sich auf keinen Fall wiederholen. Aber sich freiwillig an die Polizei wenden?

Er malte sich aus, wie Detective Barry Branch daheim in New York sich bei dieser Nachricht ins Fäustchen lachte. Der Kripobeamte mit dem Milchgesicht, seinerzeit leitender Ermittler im Fall „Memory Stones", würde die Sache dann gewiss neu aufrollen. Und Malachai würde erneut Gegenstand intensiver polizeilicher Nachforschungen werden, wenngleich im Grunde genommen nichts gegen ihn vorlag. Bis dato hatte man nicht den kleinsten Beweis. Man würde auch in Zukunft nichts entdecken.

Der stählerne Türgriff fühlte sich kalt an; die gläserne Tür war schwerer als erwartet. Drinnen herrschte ein solch hektisches Kommen und Gehen, dass Malachai erst zur Kenntnis genommen wurde, als er schon fünf Minuten vor dem Eingangsschalter stand. Dann endlich wurde der diensthabende Beamte auf ihn aufmerksam. In gebrochenem Deutsch machte Malachai ihm klar, man solle ihm doch bitte einen Beamten mit Englischkenntnissen herholen.

Während er auf einer unbequemen Bank wartete, zog Malachai ein Kartenspiel hervor, begann wie üblich, es zu mischen, und ließ sich von dem eintönigen Klatschen einlullen. Im Geiste ging er immer wieder durch, was er dem Polizisten sagen und was er lieber für sich behalten wollte. Vorbereitung war das A und O; es galt, nicht mehr zu verraten als unbedingt nötig.

Die Story, die er dem Beamten unterzujubeln gedachte, war folgende: Er sei nach Wien gekommen, um sich mit seinem alten Freund Jeremy Logan zu treffen und ein von Logan entdecktes antikes Kleinod zu begutachten. Als Vorsitzender der Phoenix Foundation konnte er gute dienstliche Gründe vorweisen.

Die Karten wurden immer schneller.

Oder sollte er besser schnellstens wieder abhauen? An solches Zaudern nicht gewöhnt, ärgerte Malachai sich, dass er seine Entscheidung jetzt doch in Zweifel zog. Außerdem, da er nun schon mal hier war: Wenn er jetzt einfach wieder verschwand, machte er sich womöglich erst recht verdächtig; er hatte sich ja schon namentlich angemeldet. Durch all dies Hin und Her geriet er beim Mischen durcheinander; die Blätter flogen ihm aus den Fingern und verteilten sich über den Boden. Dass er die auf allen vieren wieder auflesen musste, hatte ihm gerade noch gefehlt. Andererseits wollte er sie auch nicht wie Müll einfach auf dem Fußboden liegen lassen.

„Dr. Samuels? Ich bin Inspektor Kalfus. Sie hatten um jemanden gebeten, der Englisch spricht. Was kann ich für Sie tun?“

78. KAPITEL

Donnerstag, 1. Mai – 11:26 Uhr

Die Scheibenwischer zuckten hin und her über die Frontscheibe des Taxis, kämpften gegen den unaufhörlichen Regen an. Bisher waren sie durch völlig fremde Viertel gefahren, doch jetzt bogen sie in die Engerthstraße ein. Die Hände krampfhaft ineinander verschränkt, erkannte Meer durch die nasse Scheibe die steinernen Pfeiler der Toller Archäologiegesellschaft.

Als sie die Treppe hinaufstieg, sah sie am Tor ein knallgelbes Schild mit einer durchgestrichenen Tür darauf – ein unübersehbares „Zutritt verboten". Trotz dieses Warnhinweises und ungeachtet der Tatsache, dass die Gesellschaft ja erst am Nachmittag ihre Pforten öffnete, betätigte Meer die Türklingel.

Dreißig Sekunden verstrichen. Meer hämmerte an die Tür. Sechzig Sekunden. Sie klingelte noch einmal. Neunzig Sekunden. Den Finger auf dem Klingelknopf, rätselte Meer darüber nach, woher Sebastian wohl wusste, wo ihr Vater war. Warum hatte der die Klinik überhaupt verlassen, wo doch ein Eingriff erforderlich war? Würden sie und Sebastian ihn wohl rechtzeitig finden? Diese Fragen gingen ihr nun schon seit ihrer Flucht aus dem Hotel durch den Kopf.

Wieso machte denn niemand die Tür auf?

Plötzlich durchzuckte sie ein furchtbarer Gedanke: *Du kennst Sebastians Handschrift nicht!* Vielleicht stammte der Brief gar nicht von ihm! Was, wenn der Maskierte aus dem Wienerwald auch hinter diesem Manöver steckte? Vermutlich gingen doch auch der Raub des Beethoven-Briefs und der Spieleschatulle auf sein Konto – und der Tod von Dr. Schmettering und Jeremys Haushälterin! Was, wenn er ihren Vater, Sebastian und auch die Flöte in seiner Gewalt hatte?

Ein quietschendes Scharnier riss sie aus ihren Grübeleien. Mit einem Male öffnete sich die Tür, und bevor Meer hingucken oder gar protestieren konnte, fuhr ein Arm durch den Spalt und zerrte sie in ein dunkles, schattenhaftes Foyer.

„Ach, Sie sind es!", entfuhr es ihr, als sie Sebastian erkannte. „Gott sei Dank! Ist mein Vater auch hier?"

„Ja."

„Alles in Ordnung mit ihm?"

„Ja. Ich bringe Sie zu ihm."

Meer blickte Sebastian skeptisch an. „Geht es ihm wirklich gut?"

„Ja, Meer, es geht ihm gut. Wirklich." Er sah ihr direkt in die Augen. Schlagartig war ihr, als höre sie zwei unterschiedliche Takte, jeden in einem anderen Ohr – ein Gefühl von Geborgenheit und Grauen zugleich.

„Wir müssen da lang." Er wandte sich in das düstere Innere des Gebäudes. Sie kam ihm nach.

„Sebastian, die Flöte ist weg! Wissen Sie, wo sie ist?"

„Ja."

„*Ja?* Das ist alles?"

Als sie in den noch dunkleren Hauptsaal gelangten, verstärkte sich Meers Beklommenheit noch. Bei ihrem ersten Besuch gemeinsam mit ihrem Vater hatte sie eine Abwehrreaktion erlebt; ein Gefühl von Unheil und Tragödie hatte damals in der Luft gelegen. Jetzt war es sogar noch schlimmer und so deutlich spürbar, dass es ihr schier den Atem verschlug.

„Die Flöte ist in Sicherheit", sagte Sebastian. „Ich würde niemals zulassen, dass ihr etwas geschieht." Seine Stimme mischte sich mit dem Hallen seiner Schritte auf dem Marmorfußboden.

„Ich verstehe das nicht … Wieso haben Sie sie denn mitgenommen? Und wieso sind Sie verschwunden, ohne mir Bescheid zu sagen?"

„Weil Gefahr im Verzug war. Tut mir leid. Das alles tut mir leid." In seiner Stimme schwang ein solches Pathos mit; es durchdrang selbst Meers beklemmendes Gefühl.

Nachdem sie das Allerheiligste hinter sich gelassen hatten,

erkundigte sich Meer nach dem Warnschild draußen am Gebäude.

„Der Majordomus“, berichtete Sebastian, „erhielt heute Morgen einen Anruf mit dem Hinweis auf eine eventuell undichte Gasleitung. Da hat er die Mitarbeiter alarmiert und allen bestellt, sie möchten bis auf Widerruf erst mal wegbleiben.“

„Wie bitte? Ein Gasleck? Und da befindet sich mein Vater hier im Haus?“

„Wie schon gesagt, es geht ihm bestens.“

Sie gelangten an eine mächtige Eichentür, die Sebastian für Meer aufhielt. Meer betrat eine von Büchern gesäumte Bibliothek und hielt sogleich Ausschau nach ihrem Vater. Sie sah jedoch lediglich leere Sessel, Reihen gedrechselter Regale, Teppiche mit verschlungenen Mustern sowie eine Flucht von Farbglasfenstern.

„Wo ist er denn nun?“

„Hier hindurch.“ Er riss eine Ecktür auf, hinter der sich ein kleiner begehbarer Schrank verbarg. An einem Ende stand ein Stapel Kartons; Doppelregale säumten die gegenüberliegende Wand. Sebastian streckte tastend die Hand aus, und schon vor der Bewegung ahnte Meer, dass er einen verborgenen Hebel betätigte. Als plötzlich ein Wandabschnitt zur Seite glitt, trat Meer hastig vor und blickte hinunter in einen finsteren, gähnenden Schlund, aus dem ein Schwall dumpfer, feuchter Luft heraufwehte.

Sie kannte diesen Ort! Kannte diesen geheimen Zugang, erinnerte sich an alles, was sich dahinter verbarg. Hin- und hergerissen zwischen einst und jetzt, durchforschte sie ihr Gedächtnis krampfhaft nach etwas Konkretem, Greifbarem.

„Hier geht es in die Katakomben, nicht wahr? Warum müssen wir da runter?“

„Da unten befinden sich sämtliche Schätze der Gesellschaft“, erklärte Sebastian. „Alle historisch wertvollen Dokumente.“ Mit einem Ruck an einer Schnur schaltete er die Beleuchtung ein. Eine steile Wendeltreppe führte hinunter in die Tiefe – dieselben Stufen, die Meer in ihren Erinnerungssprüngen gesehen hatte. Als sie hinuntereilte, überkam sie erneut das vertraute Frösteln, diesmal aber so plötzlich und heftig, dass sie sich auf die Hand biss, damit ihre Zähne nicht klappernd aufeinanderschlugen. Es galt, unbedingt in der Gegenwart zu verbleiben; sie durfte sich jetzt nicht von ihren Erinnerungen überwältigen lassen.

Acht, neun … Unwillkürlich zählte sie die Treppenstufen. Elf, zwölf … es müssen fünfzehn sein, dachte sie. Und siehe da, tatsächlich: Nummer fünfzehn war die letzte.

Sebastian knipste eine weitere Leuchte an. Ein matter Schein erhellte den Weg durch einen gewundenen Stollen. Meer hörte ein Rascheln und fuhr herum.

„Sind nur Mäuse", wiegelte er ab. „Sie werden durch die Bewegung aufgescheucht. Ist nicht mehr weit, ehrlich." Zuneigung und Mitgefühl in seiner Stimme waren unüberhörbar, aber in diesem Moment hätte nur eins Meers Unbehagen verscheuchen können: der Anblick ihres Vaters.

Auf ihrem Weg durch den niedrigen Stollen fielen Meer in die Wände gehauene Nischen auf. In jeder von ihnen ruhte ein staubbedecktes Skelett. Seltsamerweise grauste ihr aber nicht. Sie erinnerte sich daran, hatte diese Gebeine sozusagen erwartet, war als Margaux schon einmal hier unten gewesen. Auch damals hatten die Totenschädel sie aus blicklosen Augenhöhlen so unheimlich angestarrt.

Vor sich bemerkte sie Fußabdrücke im Schmutz. Drei Spuren, aber nicht alle in dieselbe Richtung verlaufend. Durch einen diffusen Nebel aus wirren Bildern und Gedanken entsann sie sich, dass es hier unten noch einen Ausgang geben musste.

„Vorsicht, glatt!", mahnte Sebastian fürsorglich, womit er Meer aus ihrer Wanderschaft zwischen den Jahrhunderten riss. „Dass Sie nicht ausrutschen. So, da wären wir", sagte er dann, als sie um eine allerletzte Ecke bogen.

Am Ende des Tunnels tat sich der Tresorraum auf, mit Eisenstäben gesichert wie eine Gefängniszelle. Innen unter der Decke baumelte eine nackte Glühlampe an einem schwarzen Spiralkabel, das sich wie eine Schlange abwärts wand. Auf dem Boden, im grellen Lichtkegel der Lampe, den Rücken gegen die Wand gestützt, kauerte Meers Vater.

79. KAPITEL

Donnerstag, 1. Mai – 11:31 Uhr

„Gott seid Dank!“ Jeremy Logan war überaus erleichtert, als er Meer und Sebastian sah. Er war blass, seine Stimme schwach. Kein Zweifel, ihr Vater war gesundheitlich angeschlagen. „Ist dir auch nichts passiert, Meer?“

„Mir? Nein, mir geht's gut. Aber du, du gehörst ins Krankenhaus! Bist du verletzt?“ Sie wandte sich an Sebastian. „Wie kriegen wir ihn denn hier wieder raus?“

Er hielt einen Schlüssel hoch – alt, abgenutzt, offenbar Messing. Wie viele andere mit diesem Ort verbundene Dinge kam er Meer bekannt vor. „Ich habe den Schlüssel“, sagte Sebastian. „Ich war gerade unterwegs nach unten, als ich die Türglocke hörte. Sie brauchen sich keine Sorgen mehr zu machen, Meer. Jetzt wird alles gut.“

Meer atmete tief durch, versuchte, sich zu entspannen. Nun, da sie und Sebastian hier waren, würde alles wieder gut werden.

Sebastian schwang die Gittertür auf, damit Meer eintreten und ihrem Vater aufhelfen konnte. Er rappelte sich zwar hoch, schien indes ziemlich schwach auf den Beinen. Auch seine Umarmung wirkte kraftlos, und Meer war froh, dass sie ihn rechtzeitig gefunden hatten. Er musste unbedingt zurück in die Klinik.

Über ihren Kopf hinweg richtete er sich an Sebastian. „Und was ist mit Ihnen?“, fragte er besorgt. „Hat man Sie auch niedergeschlagen? Ich kann mich an nichts mehr erinnern, seit …“

Meer fiel ihrem Vater ins Wort. „Wie bist du denn bloß hierhergekommen, Dad?“

„Sebastian kam heute Morgen ins Krankenhaus und sagte, man hätte dich hierhergelockt – unter dem Vorwand, ich sei hier und schwebte in Gefahr. Das sei aber eine Falle; tatsächlich sei nicht ich in Gefahr, sondern du. Da sind wir Hals über

Kopf zusammen hierhergefahren. Kaum hatte ich das Gebäude betreten, kriegte ich eins über den Schädel und verlor das Bewusstsein. Als ich wieder zu mir kam, steckte ich in dieser verdammten Zelle hier. Ich wusste weder, wo ich war, noch, wie ich Kontakt zu dir aufnehmen sollte."

Sie spürte, wie er ihr beim Sprechen liebevoll über den Rücken strich und sanft die sichelförmige Narbe massierte. Erneut von jenem kalten Schauer gepackt, versuchte Meer verzweifelt, dem Bericht ihres Vaters einen Sinn abzugewinnen und die Folgen zu begreifen.

Wütend schnellte sie herum. „*Sie* haben meinen Vater hierhergebracht!", funkelte sie Sebastian an. „Obwohl er sich heute einem Eingriff unterziehen sollte, fahren Sie ihn hierher und bringen sein Leben in Gefahr? Wie kommen Sie überhaupt darauf, dass ich in Schwierigkeiten stecke? Das verstehe ich nicht!"

„Du warst überhaupt nicht hier?", fragte Jeremy, an seine Tochter gewandt. Jetzt war auch er ehrlich verwirrt.

„Aber nein!", rief Meer aufgebracht. „Ich war in diesem Hotel, als ..."

Das Krachen der schweren Gittertür ließ sie abrupt verstummen. Plötzliche Stille, und dann ein metallisches Ratschen: Ein Schloss schnappte zu.

Mit einem Ruck fuhren Meer und ihr Vater herum und blickten hinüber zu Sebastian, der auf der anderen Seite des Gitters stand.

80. KAPITEL

Donnerstag, 1. Mai – 11:39 Uhr

Was hatte das zu bedeuten? Seit ihrem ersten Tag in Wien stand Sebastian ihr mit Rat und Tat zur Seite. An welchem Punkt mochte seine Hilfsbereitschaft wohl ins Gegenteil umgeschlagen sein? Wann hatte er begonnen, sie auszunutzen? Mit ihrem Vater als Köder hatte er sie hierhergelockt, in diese Falle, ohne dass sie auf den Gedanken gekommen wäre, ihm unlautere Motive zu unterstellen. Wieso auch? Anzeichen dafür, dass er ihr etwas vormachte, hatte es doch gar keine gegeben! Sie sah ihm forschend ins Gesicht, fassungslos darüber, dass sie sich so in ihm getäuscht hatte. In den vergangenen Tagen hatten sie sich so vorzüglich aufeinander eingespielt – das konnte doch nicht mit einem Schlage vorbei sein! Und tatsächlich, in dieser Hinsicht wurde sie nicht enttäuscht, denn schon gab Sebastian ihr die Antwort auf ihre unausgesprochenen Fragen.

„Hätten Sie mir heute Morgen doch bloß die Melodie vorgespielt …“, klagte er und streckte ihr dabei die Flöte entgegen. „Dann wäre das alles nicht passiert. Bitte, spielen Sie es jetzt! Mehr will ich doch nicht!“

Mit einem Male ging ihr auf, wovor sie ihr Leben lang weggelaufen war: vor diesem Augenblick! Nicht vor der Musik, nicht vor dem Regen, nicht vor ihren Schreckgespenstern. Nein, vor ihrem eigenen Versagen, das unausweichlich kommen musste. Damals, vor langer Zeit, da hatte sie sich in Major Wells getäuscht, und nun in Sebastian.

„Was?“, fragte Jeremy Logan, an seine Tochter gewandt. „Du hast die Melodie entschlüsselt?“

„Gestern Abend“, bestätigte sie, den Blick nach wie vor auf Sebastians Gesicht geheftet.

„Und? Ist das dieselbe Musik, die du dauernd gehört hast?“ Jeremy schien derart hingerissen von ihrer Entdeckung, dass er die Gefahr, in der sie schwebten, gar nicht mehr wahrnahm.

„Ja. Mehr noch: All die Gedanken, die du versucht hast, mir näherzubringen – der Baum des Lebens, Übertonreihen, binaurale Takte ... sie alle hängen mit der Melodie und ihren Schwingungen zusammen. Du hattest mit allem recht."

Jeremys Augen leuchteten vor Stolz. „Mehr habe ich nie gewollt, als dir zu helfen. Dich an etwas heranzuführen, das es dir leichter macht, dein Leben in den Griff zu bekommen."

Genau so, so mahnte Meer sich, verhielt es sich mit Sebastian. Auch er war ein Vater, der alles in seiner Macht Stehende tat, um seinem Kind zu helfen – ohne Rücksicht darauf, dass er damit womöglich genau das Gleiche Jeremy und Meer verweigerte. Zunächst aber musste sie wissen, wie sehr sie sich von ihm hatte täuschen lassen.

„Wie lange geht das alles schon? Haben *Sie* etwa den Beethoven-Brief geraubt? Und die Spieleschatulle im Auktionshaus?"

„Nein, natürlich nicht! Ich habe noch nie etwas gestohlen, geschweige denn jemandem etwas angetan."

„Bis jetzt?"

„Ich habe es auch jetzt nicht vor. Ich will die Flöte nicht stehlen – ich will nur meinem Sohn die Melodie vorspielen!"

„Aber wie? Sie dürfen ihn doch gar nicht besuchen!"

„Da fällt mir schon was ein."

Meer kam ein Gedanke. „Ich fahre zum Steinhof und spiele Nicolas vor. Wir bringen meinen Vater nur schnell vorher ins Krankenhaus. Falls wir sofort aufbrechen, müssten wir es doch in knapp einer Stunde zum Steinhof schaffen, oder? Wir können den Jungen von der Vergangenheit befreien, Sebastian!"

„Rebecca wird Sie nicht zu ihm lassen."

„Ich werde sie schon überzeugen. Ganz bestimmt. Ich weiß doch, was mit ihm los ist! Ich kann es ihr erklären."

Er winkte ab. „Sie wird gar nicht mit Ihnen reden. Sie nimmt ja nicht einmal meine Anrufe an!" Er war so aufgewühlt, dass ihm beinahe die Stimme versagte.

„Wie wollen Sie dem Jungen denn dann vorspielen, wenn …"

Er ließ sie nicht ausreden. „Ich habe eine Vereinbarung getroffen."

„Sebastian, Sie riskieren Kopf und Kragen!" Meer blickte ihn direkt an. „Was soll aus Nicolas werden, wenn Sie wegen Entführung und Freiheitsberaubung ins Gefängnis wandern? Dann sind Sie doch erst recht von Ihrem Sohn getrennt! Das wäre doch durch nichts zu rechtfertigen!"

„Nicolas hat diese Chance verdient, und damit er sie kriegt, ist mir jedes Mittel recht. Um ihn zu retten." Er trat näher an die Tür heran, griff durch die Eisenstangen und berührte Meer. Sie spürte seinen Atem auf ihrem Gesicht. „Und Sie, Sie verraten mir jetzt die Noten, weil Sie um jeden Preis Ihren Vater retten werden. Habe ich recht?"

„Was fällt Ihnen ein! Wie können Sie es wagen, meine Tochter derart zu benutzen?", polterte Jeremy aufgebracht. Meer sah, wie seine Halsschlagader hervortrat, sah den Pulsschlag unter der blassen Haut.

„Bitte, Meer!", flehte Sebastian. „Sagen Sie mir die Noten! Dann kommen Sie hier auch beide heil wieder raus!" Er hielt ihr die Flöte hin. Im matten Licht wirkte sie wie ein lebendiges Wesen – vermutlich, weil seine Hand so zitterte. Es tat Meer in der Seele weh, dass dieses uralte Instrument, das ja ursprünglich Trost und Wohlergehen bringen sollte, nunmehr dazu missbraucht wurde, Schmerzen zuzufügen sowie Verwirrung und Chaos zu stiften.

„Tu es nicht, Meer!", flehte ihr Vater. „Du darfst dein Versprechen nicht brechen, selbst wenn es Jahrhunderte zurückliegt. Auch nicht um meinetwillen."

Woher wusste er, dass Margaux Beethoven versprochen hatte, ihm zu helfen, die Flöte zu verstecken? Aber diese Frage musste Meer sich für später aufsparen, denn Sebastian hatte sich abgewandt. Mit zwei Schritten durchmaß er den engen Stollen und beugte sich über einen antiquierten Heizkessel, eingepasst in eine Nische, in der zudem noch ein paar Römergebeine zur letzten Ruhe gebettet worden waren. Nach einigen erfolglosen Versuchen gelang es ihm schließlich, das schwarze Stellrad zu bewegen und auf Position *„AN“* zu stellen.

Meer spürte, wie ihr Vater neben ihr mühsam nach Luft rang. „Was macht er da?“, flüsterte sie.

„Stellen Sie das Gas ab, Sebastian!“, rief Jeremy aus. „Wenn die Polizei herausfindet, dass Sie das waren, landen Sie hinter Gittern! Das hilft Nicolas oder Ihnen auch nicht weiter!“

„Aber nicht, wenn ich später zurückkomme und euch rauslasse.“ Er ruckte das schwarze Stellrad noch etwas weiter nach rechts. Das scharfe Zischen des ausströmenden Gases war Warnung genug.

„Nicht nötig! Nun drehen Sie endlich den Gashahn zu, Sebastian!“, drängte Jeremy mit niedergeschlagener Stimme. „Meer, gib ihm, was er will!“

„Ich drehe das Gas ab, *nachdem* ich die Noten habe! Wir haben genug Zeit. Meer? Ich höre!“

Inzwischen war Sebastian wieder ans Gitter getreten, zog Stift und Papier aus der Tasche und wartete. Meer hätte ihm den Stift abnehmen können. Sie überlegte, ob sie ihm auch wohl den Zellenschlüssel entwenden konnte; ihr war aufgefallen, wie er ihn kurz zuvor in die Hosentasche gesteckt hatte.

„Die Tonfolge“, erklärte sie, an ihren Vater gewandt, „habe ich erst spät gestern Abend herausgekriegt.“ Hoffentlich verstand er ihren Hinweis!

„Das können Sie ihm später erzählen!“, raunzte Sebastian.

„Den Schlüssel“, fuhr sie ungerührt fort, „hatte ich die ganze Zeit direkt vor der Nase, und …“

„Meer!“ Sebastian platzte allmählich der Kragen.

Meer blieb keine Wahl. Sie konnte nur hoffen, dass ihr Vater den verklausulierten Hinweis verstanden hatte. Den Blick auf die Flöte gesenkt, las sie die zwölf in den konzentrischen Kreisen versteckten Noten vor – bewusst langsam, obwohl sie die Quintenzirkel auswendig konnte. Es galt, ihrem Vater Zeit zum Eingreifen zu verschaffen.

Sie hörte, wie ihm der Atem stockte, als er die Sequenzen erkannte.

„Dann noch ein C", sagte sie zu Sebastian, „und das Ganze von vorn."

Sebastian blickte von seinem Zettel auf. „Woher weiß ich denn, dass diese Noten auch die richtigen sind?"

„Sie sind es. Ich würde Sie nicht belügen, wo doch das Leben meines Vaters auf dem Spiel steht. Lassen Sie uns jetzt raus, damit ich ihn zurück ins Krankenhaus bringen kann?"

„Sobald ich Gewissheit habe." Rasch griff er wieder durch die Gitterstäbe. Er riss Meer die Flöte aus der Hand, setzte sie an die Lippen und begann, die Melodie der verlorenen Erinnerungen zu spielen: C, G, D ...

Meer überlief ein Frösteln.

Sebastian spielte ein A, danach ein E.

Zähneklappern setzte ein.

Die Töne, die der Knochenflöte entschwebten, waren die Begleitmusik ihres Lebens. Mitreißend und fesselnd, verlockend und hypnotisch. Am Abend zuvor hatten sie noch keinen Erinnerungssprung ausgelöst ... Vielleicht wurde der Spieler oder die Spielerin selber ja gar nicht so angerührt – jedenfalls nicht so, wie sie momentan im Innersten ergriffen wurde von der Musik. Vertraut und beklemmend und wunderschön.

Es funktionierte! Sie erinnerte sich!

Der Donner dröhnte so laut, als würde der Himmel bersten. Margaux' Pferd bäumte sich auf, aber sie blieb im Sattel. Durch den strömenden Regen hindurch erkannte sie schemenhaft den heranpreschenden Reiter. Sie hieb ihrem Gaul die Sporen in die Flanken und trieb ihn weiter an. Gleichzeitig griff sie in ihre Manteltasche und schloss die Finger um den kalten Griff der

Pistole. Solange sie die Waffe hatte, konnte ihr nichts geschehen …

„Nein!“, rief Meer und hielt sich die Ohren zu. „Bitte nicht!“

Der Reiter näherte sich von rechts, die Pistole bereits im Anschlag. „Sie dummes Ding!“, schrie Major Wells durch den nächsten Donnerschlag. „Wir haben eine Abmachung! Halten Sie sich gefälligst daran!“

Umständlich zückte Margaux nun ihrerseits die Waffe und richtete sie auf ihren Widersacher, dabei verzweifelt bemüht, ihre zitternde Hand ruhig zu halten.

„Nein, bitte nicht!“ Ein Schmerz durchzuckte Meer wie flüssiges Feuer. Solche Erinnerungen wollte sie nicht! Nicht hier, nicht jetzt! Aber der Ansturm der Bilder ließ sich nicht aufhalten.

Meer merkte, dass ihr Vater nur ahnen konnte, aus welchem Grund sie sich dermaßen quälte. Anscheinend aber spürte er wohl, dass es mit der Musik zu tun haben musste – mit jenen Tönen, denen er bereits zeit ihres Lebens verzweifelt nachjagte, um sie seiner Tochter vorzuspielen. Sie sollte sie unbedingt hören. Ihre Qualen allerdings mochte er offenbar nicht länger mit ansehen. Hektisch griff er durch die Gitterstäbe hindurch, jedoch nicht etwa nach dem Schlüssel, sondern nach der Flöte, um Sebastian am weiteren Spielen zu hindern.

Der schubste Jeremy so heftig zurück, sodass er rückwärts taumelte, ins Stolpern geriet und mit dem Kopf gegen die Zellenwand krachte.

Ausweglos zwischen Gegenwart und Vergangenheit gefangen, konnte Meer nicht schnell genug reagieren, um Sebastian die Schlüssel selber zu entreißen. Als sie dann endlich den Arm ausstreckte, war er bereits von der Gittertür zurückgewichen. Hinter sich hörte sie ihren Vater stöhnen und wirbelte herum.

„Daddy …"

Er gab keine Antwort. Sie sprach ihn erneut an, doch er reagierte immer noch nicht. Hallende Schrittgeräusche verrieten ihr, dass Sebastian offenbar durch den Tunnel davonrannte.

„Daddy?"

Weiterhin keine Reaktion. Das Ohr an Jeremys Brust gepresst, lauschte sie krampfhaft auf seinen Herzschlag. Er war inzwischen so schwach wie das sich entfernende Echo von Sebastians Schritten.

„Daddy?"

Diesmal zuckten die Wimpern. Langsam schlug er die Augen auf und lächelte matt, als verspreche er ihr auch weiterhin Schutz und Trost. „Alles in Ordnung … Nur mal kurz überlegen …" Hustend hielt er inne. „Wir müssen hier weg! Ich glaube, der Kerl hat den Gashahn aufgelassen. Er hat ihn ja nicht wieder zugedreht, oder? Guck doch mal nach … Eigentlich müsste man es am Stellrad erkennen können!"

„Stimmt! Großer Gott, ja, du hast recht!"

„Dann aber nichts wie raus hier!"

Plötzlich fiel ihr ein, dass sie ja ihr Handy dabei hatte. Wieso hatte sie nicht eher daran gedacht? Kostbare Zeit war vertan! Sie rappelte sich hoch und schaute sich forschend nach ihrer Tasche um, die achtlos in einer Ecke lag. Grenzenlos erleichtert, dass die Rettung nahe war, holte sie ihr kleines silbernes Telefon heraus, klappte den Deckel auf und wartete auf das Signal. Die Zeitangabe verriet ihr, dass es kurz vor ein Uhr Mittag war.

Ein Balken. Zwei. Jetzt würde bald alles gut werden. Es war so einfach!

Dann verschwanden die Balken, und im Display erschien der Hinweis „Kein Signal".

„Nein!" Sie schaltete das Gerät aus und gleich wieder ein. Wartete abermals auf das Netz – und wieder vergebens.

„Wir sind zu tief unten", flüsterte ihr Vater heiser.

81. KAPITEL

Konzertgebäude des Musikvereins
Donnerstag, 1. Mai – 14:00 Uhr

Das Schrillen der Alarmanlage schreckte jedermann hoch bis auf Bill Vine. Der ließ sich von dem ohrenbetäubenden Getöse nicht aus der Ruhe bringen, sondern klappte schon vor dem ersten Klingelton sein Handy auf, als würde er bereits mit einem fernmündlichen Bericht über die Ursache des Alarms rechnen. „Rapport, aber dalli!“, bellte er in das Mobiltelefon, wobei er es etwas vom Ohr abhielt, damit Tom Paxton mithören konnte.

„Vermutlich Sicherheitsverstoß am Hintereingang“, berichtete Alana Green. „Alles hermetisch abgeriegelt. Sicherheitsschleuse in Betrieb. Alles im grünen Bereich.“

„Ist das ein Feueralarm oder ein Ernstfall?“

„Ich versuche gerade, das rauszukriegen“, erwiderte Alana Green. „Ich melde mich wieder, sobald ich Näheres weiß.“

„Mist, verdammter!“, knurrte Paxton, nachdem seine Mitarbeiterin aufgelegt hatte. Eine einzige echte Sicherheitslücke, und er konnte das Konzert absagen. Das würde er auch. Aber falls er es überstürzte und das Ganze sich als Fehlalarm herausstellte, wäre das schlecht fürs Geschäft. Er spähte über Vines Schulter und verfolgte, wie sein zweiter Mann einige Befehle in seinen Laptop tippte und damit Bilder von sämtlichen Eingängen auf den Bildschirm zauberte. Er inspizierte jeden einzelnen und meldete die Sicherheitslage. Alle im Raum lauschten ihm wie elektrisiert. „Vordereingang gesichert.“ Pause. „Seiteneingang für Kartenbesitzer gesichert.“ Er ging sie alle durch, stellte keinerlei Unregelmäßigkeiten fest – bis der Bühneneingang an die Reihe kam. „Da haben wir’s ja!“, rief er.

Paxton beugte sich vor, um die auf dem Bildschirm ablaufende Szene genauer in Augenschein zu nehmen. Zumindest versuchte er es. Es herrschte ein solches Gewusel, dass man kaum etwas anderes sah als eine wogende Menschenmenge, die sich vor einer verriegelten Sicherheitsschleuse drängte.

„Da steckt einer drin!", vermutete Vine. Alle im Raum scharten sich um den Monitor, auf dem nun zu sehen war, wie ein halbes Dutzend mit Sturmgewehren bewaffnete Sicherheitsleute einen jungen Mann aus der Sicherheitsschleuse abführten.

„Was macht Green eigentlich?", bellte Paxton. „Holt sie mir ans Telefon! Ich will wissen, was da los ist!" Er griff nach seinem Kaffee, bereits die siebte oder achte Tasse an diesem Morgen. „In knapp drei Stunden kriegen wir es hier mit zweitausendachthundert Leuten zu tun, die alle mit ihren Eintrittskarten wedeln!"

Vine wollte gerade die Nummer eingeben, da klingelte sein Handy. „Schießen Sie los." Wie schon zuvor hielt er das Gerät wieder so, dass sein Chef mithören konnte.

„Kein Sicherheitsverstoß", berichtete Alana Green. „Nur einer von den Musikern. Ein Sebastian Otto, erster Oboist. Er war ursprünglich ohne seine Instrumente gewogen worden, die hat er aber heute dabei, und das hat natürlich den Alarm ausgelöst. Weil sein Gewicht nicht mit den Angaben auf der biometrischen Karte übereinstimmt. Blöder Fehler. Seine Instrumentenkoffer hätten einzeln für sich passieren müssen."

„Und kein Mensch hindert den Mann daran, dass der mit seinen Instrumentenkoffern durchlatscht? Das ist ein fundamentaler Hammer, Vine! Wer leitet die Schleuse da unten? Ablösen, und zwar sofort!" Paxton wurde zwar nicht laut, aber seinen Mitarbeitern wäre es vermutlich lieber gewesen, er hätte getobt. Die leise, wütende Stimme wirkte nämlich noch bedrohlicher. „Woher wissen wir, dass die Instrumentenkoffer nicht Teil eines Anschlagsplans sind? Das Semtex ist schließlich nach wie vor verschollen. Lassen Sie die Dinger auf jeden Fall untersuchen – und zwar gründlich!"

„Schon dabei. Sämtliche Instrumentenkoffer werden inspiziert. Und dieser Oboist, der wird in ebendiesem Augenblick ebenfalls überprüft. Hab's hier auf dem Monitor. Kein Problem. Unversehrt und sauber."

Ein kollektiver Seufzer der Erleichterung durchlief die Kommandozentrale.

Paxtons Bedenken waren indes bei Weitem nicht zerstreut. „Dieses Orchester hat uns von Anfang an Kopfzerbrechen gemacht", knurrte er, genauso besorgt wie noch einige Minuten zuvor.

„Aber jedes einzelne Mitglied wurde genauestens unter die Lupe genommen", murrte Vine. „Das hier war kein Ernstfall, höchstens eine Dummheit."

„Zu diesem Zeitpunkt ist mir piepegal, was das war. Ich möchte ein Wörtchen mit dem berühmten Dirigenten reden. *Sofort.*" Bereits zur Tür des provisorischen Hauptquartiers gewandt, hielt Paxton inne und sah zu Kerri hinüber. „Kommen Sie nicht mit?"

„Ich habe hier zu viel zu tun. In der vergangenen Stunde sind noch zweiundzwanzig VIPs zur Gästeliste hinzugekommen, und außerdem hat der Vizepräsident jetzt fest zugesagt. Ich habe ein ganzes Team dafür eingesetzt, dass die alle ihre biometrischen Karten kriegen."

„Können Sie das nicht einem anderen Kollegen überlassen?" Es war zwar als Frage formuliert, aber nicht als solche gemeint.

Kerri bat ihren Assistenten, für ein paar Minuten einzuspringen. Dann folgte sie ihrem Chef zum Büro hinaus und den Gang hinunter.

Vor ihnen erstreckte sich der mit dunkelroten Sesseln bestückte Konzertsaal. Dutzende Musiker wieselten auf der Bühne umher. Andere saßen auf ihren Stühlen und spielten dem Dirigenten vor, der, auf einen Hocker gestützt, mit geschlossenen Augen lauschte. Minutenlang hielt sich ein volltönender Klang, bei dem sich unterschiedliche Instrumente zu einem harmonischen Ganzen fügten. Dann nahm die Gruppe sich etwas zurück; der erste Oboist kam auf die Bühne geeilt und stimmte sein bewegendes Solo an, bei dem er sich auch durch Paxton und seinen Mitarbeitertrupp nicht stören ließ. Weder geriet Sebastian Otto aus dem Tritt, noch ließ er sich im Geringsten anmerken, dass da neue Zuhörer aufgetaucht waren. Anders der Dirigent: Leopold Twitschel schob sich die dicke Hornbrille hoch auf die Glatze und drehte sich um, die Stirn verärgert in tiefe Falten gelegt. „Das hier ist keine öffentliche Probe, Mr. Paxton!"

„Das interessiert mich nicht. Wir können das Gebäude nicht absichern, wenn Sie nicht kooperieren. Und offensichtlich tun Sie das nicht. Mit Instrumentenkoffern durch die Sicherheitsschleusen, Anweisungen ignorieren ... So geht das nicht!"

„Ich hab's Ihnen doch schon mal erklärt! Die Damen und Herren hier sind Künstler! Wir kennen uns alle; Sie brauchen uns nicht so zu behandeln, als hätten wir lauter Fremdkörper unter uns!"

„Mag sein, dass Sie untereinander alle gut Freund sind, aber was Sicherheitsrisiken anbetrifft: Für mich sind Sie allesamt Unbekannte. Wenn Diplomaten in dieser Größenordnung zusammentreffen, sind bestimmte Sicherheitsvorkehrungen unerlässlich, und ohne Ihre Kooperation können wir die nicht effektiv durchführen. Sorgen Sie dafür, dass Ihre Musiker die Regeln beachten. *Ausnahmslos!*"

„Sie stören eine Probe!" Der Dirigent rückte seine Brille wieder auf der Nasenwurzel zurecht und wandte sich seinem Oboisten zu. „Noch mal von vorn, Herr Otto, wenn ich bitten darf."

Jetzt platzte Paxton endgültig der Kragen. „Entweder Sie halten sich dran, oder Sie können Ihr dämliches Konzert vergessen!", blaffte er durch den Saal, so laut, dass selbst die Oboe nicht dagegen ankam. „Die Entscheidung liegt ganz bei mir. Und wenn es sein muss, treffe ich sie auch!“

Nach diesem Wutausbruch, zu dem ein Oboentriller einen jähen, unbeabsichtigten Schlusspunkt setzte, marschierte Paxton zum Saal hinaus.

82. KAPITEL

Gesellschaft für Erinnerungsforschung
Donnerstag, 1. Mai – 15:46 Uhr

Meer bekam kaum Luft. Das Gas machte sie schläfrig, rief Schwindel und Brechreiz hervor. Ihr Vater war noch schlimmer dran; sein Atem ging noch flacher und mühsamer. Die beiden waren mittlerweile schon seit Stunden unten in den Katakomben.

„Als ihr hierhergekommen seid", keuchte Jeremy kraftlos, „als Sebastian dich hierherbrachte, da konnte ich eure Stimmen hören."

„So?"

„Da sagtest du etwas über diesen Stollen. Dass Margaux wusste, dass es irgendwo hier unten einen Ausgang gibt. Erinnerst du dich?"

Meer bejahte.

„Weißt du, wo dieser Ausgang ist?"

„Nein. Das war nur so eine Ahnung. Wie all die anderen blöden, unausgegorenen Gedanken."

„Hier unten gibt's nicht viel mehr als dieses Gewölbe, Meer. Mal angenommen, es gibt tatsächlichen einen Ausgang …" Er wurde von einem solch heftigen Hustenanfall geschüttelt, dass Meer es mit der Angst zu tun kriegte. „Hast du mir nicht neulich erzählt", fuhr er fort, wieder einigermaßen bei Atem, „dass … dass Margaux die Baupläne für dieses Gebäude gesehen hat?"

„Ja, hat sie. Margaux – aber ich nicht!"

„Bei unserem letzten Treffen … in New York … da sagtest du, du würdest im Memory Dome eine Zimmerflucht einrichten lassen … nach Ciceros Erinnerungsspiel … Wie funktioniert das?"

Meer verstand nicht recht. „Was soll diese Frage denn jetzt?"

„Los, sag schon. Sei so nett." Er lächelte.

„Nehmen wir mal an, du wolltest dir eine Rede einprägen. Du fängst an, indem du dir ein vertrautes Gebäude aussuchst …"

„Wie dieses beispielsweise."

„Genau. Im Geiste gehst du einige Male hindurch und guckst dir besondere Räumlichkeiten an, bis du sie klar vor Augen hast. Dann teilst du die Rede in Abschnitte ein und verbindest jeden mit einem Gegenstand in einem der Zimmer. Wenn du dir die Rede ins Gedächtnis rufen willst, spazierst du gleichsam in Gedanken durch das Gebäude, und jedes Mal, wenn du einen der Gegenstände vor dem geistigen Auge siehst, fällt dir der dazugehörige Redeabschnitt ein."

„Probier das doch mal!", flüsterte er eindringlich. „Stell dir vor, du kommst durch die Haustür herein und trittst in die Lobby. Geh langsam, schau dich um. Fällt dir irgendetwas auf?"

„Nein."

„Na schön, dann weiter, hinein in den Clubraum. Sieh dich um …"

Meer tat ihm den Gefallen, bemüht, das Gebäude virtuell zu durchstreifen und eine Verbindung zwischen ihrer Erinnerung und den Räumen herzustellen.

„Jetzt in die Bibliothek."

Ihre Stimme hob sich ein wenig vor Überraschung. „Ja! Caspar zeigte Margaux die Geheimtür in den Bauplänen und sagte ihr, das Haus habe zwölf Türen. Zwei davon seien geheim und Teil eines Fluchtweges … die in dem Wandschrank sei die erste … die andere ist hier unten."

„Wo?", flüsterte er kaum hörbar.

Meer versuchte mit aller Kraft, die Augen zu öffnen, aber das Gas machte so schläfrig, dass sie sie nur mit allergrößter Mühe aufbekam. Neben ihr kauerte ihr Vater am Boden, den Rücken gegen die Wand gelehnt, halb sitzend, halb liegend. Als sie seine Hand nahm, stellte sie zu ihrer Bestürzung fest, dass sie sich ganz kalt anfühlte.

„Daddy?“
Keine Antwort.
„Daddy, bitte …“
Aber er rührte sich nicht.

Gefolgt von Toller, betrat Margaux den Stollen unter dem Gebäude der Gesellschaft für Erinnerungsforschung. Als sie an das Tresorgewölbe gelangte, in dem sie die von ihrem Mann gefundenen Schätze vermutete, fand sie das Eisengitter verriegelt. Mit dem um seinen Hals baumelnden Schlüssel – Caspars Schlüssel! – schloss Toller auf und ging mit eingezogenem Kopf durch die Öffnung. Drinnen wandte er sich zur rechten Ecke, zählte elf Ziegel durch und drückte gegen den zwölften, der mit einem schabenden Geräusch nachgab. Toller zog den Stein heraus, hinter dem sich ein schattenhafter Hohlraum auftat, in dem, wie Margaux erkannte, ein eiserner Schlüssel und ein stählernes Schließfach lagen.

„Das ist alles, was wir haben, Margaux“, erklärte er, während er die Kassette aufschloss und auf einen Stapel kleiner Kupferbleche zeigte, alle schon patiniert aufgrund des Alters. „Dies Dokument, geschrieben in einem uralten Sanskrit, ist vermutlich eine Auflistung alter Erinnerungswerkzeuge. Wir gehen davon aus, dass jedes einzelne Werkzeug und seine Funktionsweise beschrieben wird. Abgesehen von der Flöte, die ich bereits Herrn Beethoven ausgehändigt habe, ist das alles, was Ihr Herr Gemahl und ich gefunden und aus Indien mitgebracht haben. Wahrlich, eine magere Ausbeute. Beethoven hat bislang kein Glück mit der Flöte und durchblicken lassen, dass sie so kryptisch ist wie diese Schriften. Alles in allem komme ich allmählich zu der Einsicht, dass die gesamte Expedition ein Fehlschlag war.“

Als Toller die Kassette zurückstellte, fiel der flackernde Schein seiner Fackel auf den im Hohlraum liegenden Schlüssel. Wozu er diene, fragte Margaux.

Über die Schulter warf Toller ihr einen Blick zu. „Für unsere Hintertür. Man weiß ja nie, ob nicht die Staatsmacht mal anklopft und wir uns ungesehen verdrücken müssen."

Richtig! Caspar hatte ihr erzählt, er habe die Architekten angewiesen, einen zweiten Ausgang aus dem Gebäude vorzusehen. Außerdem habe es ein natürliches Schlupfloch durch die Katakomben gegeben. Margaux blickte in die von Toller angezeigte Richtung und bemerkte ein Schlüsselloch, teilweise verborgen in einer Ritze zwischen zwei Steinen an der Westwand.

Das Gas war so schwer, dass Meer sich kaum noch bewegen, geschweige denn wach bleiben konnte. Aber es musste sein. Mühsam stemmte sie sich hoch und setzte einen Fuß vor den anderen.

Vom Boden angefangen, zählte sie die Ziegel durch bis zum zwölften. Unter Aufbietung ihrer letzten Kräfte drückte sie gegen den Stein und spürte, wie er rutschte. Sie zog ihn heraus, spähte in die Höhlung, und siehe da: Da waren die Metallkiste und der eiserne Schlüssel.

Es fiel ihr unsagbar schwer, ihre Glieder zu bewegen. Von Sekunde zu Sekunde verstärkte sich ihre Übelkeit. Zitternd vor lauter Sauerstoffmangel, hatte sie große Mühe und musste drei Mal ansetzen, um den Schlüssel in das Loch an der Westwand zu stecken. Als er endlich steckte, fehlte ihr die Kraft, ihn im Schloss zu drehen. Es tat sich nichts. *Wozu der ganze Aufwand?*, fragte sie sich. Sie war todmüde und wollte nur noch schlafen. Und doch unternahm sie noch einen letzten Versuch. Sie umfasste den Schlüssel mit beiden Händen. Diesmal hörte sie ein Schnappen und gleich darauf ein Kratzen der Scharniere. Ein Teil der Wand öffnete sich wie eine Tür.

Ein Luftschwall, dumpf zwar, jedoch nicht gasverseucht, schlug ihr entgegen. Sie atmete tief ein und spähte in die Finsternis, in die nun das trübe Licht der Kellerzelle sickerte. Meer erkannte die Umrisse einer nach oben strebenden Wendeltreppe. Wohin die führen mochte, tat jetzt nichts zur Sache. Meer atmete tief durch, spürte, wie sie von neuer Energie durchströmt wurde. Sie ging zu ihrem Vater, packte ihn unter den Armen und zerrte den Regungslosen näher an die Öffnung heran. „Atme!“, flüsterte sie, dann immer lauter werdend, bis sie regelrecht schrie. „Los, atme!“

Seine Augen blieben zu; er reagierte nicht.

Meer holte tief Luft und begann mit Mund-zu-Mund-Beatmung.

Nichts.

Noch ein Versuch.

Immer noch nichts.

Noch einmal. Diesmal tat ihr Vater einen Atemzug – flach zwar und matt, aber es war ein Anfang. Während sie verfolgte, wie er Luft holte und wieder ausatmete, überlegte sie, wie sie weiter vorgehen sollte. Ihn in den Geheimgang schleppen, wo er genügend unverseuchte Luft bekam? Lange genug, dass sie selber zum Ausgang eilen und Hilfe holen konnte?

Was tun? Losrennen? Bei ihm bleiben? Setzte das Gas ihm wegen seines Gesundheitszustands mehr zu als ihr? Hatte er sich beim Sturz an der Ziegelwand gestoßen und verletzt? Gar bei der Aufregung einen erneuten Herzinfarkt erlitten?

Vielleicht brauchte sie ihn gar nicht allein zu lassen! Vielleicht musste sie nur laut genug brüllen, dann würde sie schon jemand hören!

„Hallo?“, schrie sie.

Und zurück kam: „Hallo?“

83. KAPITEL

Donnerstag, 1. Mai – 16:16 Uhr

Gott sei Dank!, durchfuhr es Meer. Offenbar hatte jemand sie gehört. Jemand, der gewiss Hilfe mitbringen würde. Doch dann ertönte dasselbe Wort noch einmal: *Hallo?* Und gleich darauf ein weiteres Mal, aber leiser. *Hallo?* Da wurde ihr klar, dass es nur ein unbarmherziges Echo war.

„Dad?", wisperte sie, ohne jedoch auf eine Reaktion zu warten. „Ich muss Hilfe holen! Ich lasse dich nur einen kurzen Moment allein … es geht nicht anders. Ich verspreche dir, ich bin so schnell wie möglich zurück …"

Anfangs war es ihr nicht bewusst, doch sie benutzte dieselben Worte, die ihr Vater damals, vor fünfundzwanzig Jahren, bei ihrem Unfall im Central Park geflüstert hatte. Als sie nach dem Zusammenprall mit dem Radfahrer, bei dem sie durch die Luft geschleudert wurde, zu sich kam, da war ihr Vater bei ihr gewesen. Dicht über sie gebeugt, hatte er auf sie eingeredet: Sie solle sich nicht bewegen, er werde Hilfe holen. Meer wusste noch, wie seine warmen Tränen seinerzeit auf ihre Wangen tropften. „Ich muss Hilfe holen!", hatte er geflüstert. „Ich lasse dich nur einen kurzen Moment allein … es geht nicht anders. Ich verspreche dir, ich bin so schnell wie möglich zurück … Schätzchen … Versprochen!"

„Ich muss Hilfe holen!", betonte sie erneut. Er hielt die Augen zwar weiter geschlossen, nickte jedoch und hob etwas die Mundwinkel, wie um zu lächeln. Als er dann seufzend ausatmete, da war es Meer, als verspüre sie ein allumfassendes Vibrieren, das sie beruhigte und ihr Mut machte.

Sie trat in das kühle, nach Feuchte, Schimmel und Fäulnis riechende Loch und begann den Aufstieg. Im kümmerlichen, durch Deckenritzen sickernden Licht rutschte sie mehrmals auf den glitschigen Steinstufen aus; Spinnweben schlugen ihr ins Gesicht. Auf der obersten Stufe angelangt, fand sie sich in einem Kämmerchen wieder, das allerdings keinen erkennbaren Ausgang präsentierte.

Das Gitter in der Decke war eine grausame Verlockung – es war viel zu hoch, nicht nur für sie. Der so dringend gesuchte Ausgang konnte es unmöglich sein. Nur schien es so, als gäbe es sonst keinen Weg hinaus. Aber aus welchem Grund hätten die Memoristen den Geheimgang einrichten sollen, wenn er nirgendwohin führte?

Meer musterte die Ziegelwände aufmerksam, ruinierte sie sich die Fingernägel, indem sie jahrhundertealten Schmutz wegkratzte und in den Fugen bohrte. Sie war auf der Suche nach einer Art Schlüsselloch wie jenem unten in der vergitterten Schatzkammer. Erst, als sie die dritte Wand in Angriff nahm, wurden ihre Bemühungen von Erfolg gekrönt: Unter der Dreckschicht stieß sie auf grobe Einkerbungen – Kreise mit integrierten Vierecken sowie diagonal in zwei Dreiecke zerteilte Quadrate. Den Blick auf dieser Runen gerichtet, versuchte Meer, den Symbolen einen Sinn abzugewinnen. Nach einiger Zeit fiel ihr auf, dass eines der Zeichen gar keine in den Stein geritzte Markierung war, sondern ein rostiger Eisenring. Ein aus dem Mauerwerk ragender Griff.

Die schorfigen Kanten schrammten ihr die Haut auf und stachen ihr ins Fleisch. Sie versuchte, den Griff zu bewegen, aber er rührte sich nicht. Wie viele Jahre mochten es her sein, seit man ihn zuletzt benutzt hatte? Abermals probierte sie es, doch inzwischen bluteten ihre Hände so heftig, das sie abrutschten und gar nicht richtig zupacken konnten. Sie zog die Jacke aus, wickelte sie um den Ring und machte den nächsten Versuch. Sie krümmte den ganzen Körper; ihr Rücken protestierte, aber sie achtete nicht darauf. Und diesmal gelang es ihr, den Griff ein ganz klein wenig zu lockern. Sie packte noch fester zu, drückte mit aller Kraft – und endlich, sie schaffte es, den Eisenring um volle einhundertachtzig Grad zu drehen. Das

Scharnier gab nach, und ein Törchen öffnete sich in eine weitere Krypta – sehr zu Meers Verzweiflung. Anscheinend führte eine Geheimkammer immerzu in eine nächste, kleinere; ein bisschen wie die Matroschka-Püppchen, die ihr Vater ihr einmal von einer Schatzsuche aus Russland mitgebracht hatte.

Durch schmale, in Augenhöhe angebrachte Fensterschlitze sickerte so etwas wie Tageslicht. Ringsum, so erkannte Meer nun mit Grausen, befanden sich einmal mehr nur schaurige Überbleibsel einer weiteren Katakombe: noch mehr Gebeine und Totenschädel, wahllos angehäuft wie Abfall, eine ganze Kammer voll, Reste von längst vergangenen Leben. Dann aber bemerkte sie einen Schatten an der gegenüberliegenden Wand. Irgendetwas musste diesen Schatten doch werfen! Als Meer sich auf die Stelle zubewegen wollte, geriet sie ins Stolpern und stürzte, direkt auf einen Haufen Gebeine, die knackend unter ihr zerbarsten – ein Gefühl, bei dem sich ihr der Magen umdrehte.

Der Schatten führte zu einer Wandattrappe, hinter der sich eine Stiege verbarg. Weniger steil und mit trockenen Stufen, bereitete sie Meer keine Schwierigkeit. Zwölf Tritte bloß, dann stand sie vor einer Tür, die sich nach außen öffnen ließ, diesmal ganz ohne Probleme. Warme, leicht harzig riechende Luft schlug ihr entgegen. Verblüfft blickte Meer sich um.

Über ihr erhob sich ein kathedralenartiges Gewölbe. Buntes Licht, das durch meisterhafte Farbglasfenster strömte, fiel ihr geradewegs bis vor die Füße. Gemurmel drang an ihr Ohr; sie fuhr herum und entdeckte zwei Geistliche, die sich gedämpft vor einem Beichtstuhl unterhielten.

Meer rannte auf die beiden zu. „Ich brauche Hilfe!“, brach es aus ihr heraus.

84. KAPITEL

Konzertgebäude des Musikvereins
Donnerstag, 1. Mai – 16:22 Uhr

In der Einsatzzentrale, dem provisorischen Büro im hinteren Teil des Konzertgebäudes, überflog Tom Paxton die aufgereihten Monitore. Dort waren die strategischen Ein- und Ausgänge des Baus sowie alle weiteren von Global Security als „gefährdet“ eingestuften Bereiche zu sehen. Außer dem Fehlalarm war nichts weiter passiert, was auf verdächtige Aktivitäten hingedeutet hätte. In viereinhalb Stunden würde das Ganze hinter ihnen liegen. Man konnte wohl davon ausgehen, dass Global Security danach mit Aufträgen überschwemmt werden und aus der finanziellen Klemme heraus sein würde.

Nur wenige Schritte von ihm entfernt, ging Kerri gerade telefonisch die Namensliste des akkreditierten Pressekorps durch. Nach Ende des Gesprächs begann sie gleich das nächste, lauschte wartend, bis sich die automatische Ansage meldete, und legte dann wieder auf.

Paxton sah ihr an, dass etwas faul war. „Was gibt's?“

„Alle Pressevertreter sind durch – bis auf David Yalom. Der geht immer noch nicht ans Handy.“

„Ich traue dem Braten nicht. So nachvollziehbar es auch war, was der Bursche am Dienstag über den Schutz seiner Quellen gesagt hat …“ Paxton runzelte die Stirn. „Am Montag trifft er sich mit jemandem, der genug Semtex dabei hat, um eine Linienmaschine in die Luft zu jagen – und jetzt ist er plötzlich *spurlos verschwunden*? Yalom würde sich doch nie im Leben das Konzert heute Abend entgehen lassen! Es sei denn, er ist an einer noch größeren Sache dran.“

Auch Kerri zog nachdenklich die Stirn kraus. „Ich sehe mal, ob er seinen Presseausweis abgeholt hat.“

„Fragen Sie auch gleich bei seinen Kollegen nach“, befahl

Paxton. „Ich will wissen, wann die ihn zuletzt gesehen haben. Verdammt noch mal, der Kerl hat einfach zu viele Terrorzellen infiltriert! Wegen seiner Reportagen haben sie seine ganze Familie hochgejagt! Wo steckt eigentlich Ahmed Abdul?"

„Genau deswegen glaube ich nicht, dass wir betroffen sind", ließ sich nun Vine vernehmen, der bislang dem Dialog wortlos zugehört hatte. „Dem Hörensagen nach ist Yalom nach wie vor ein Ziel für Terroristen. Es kann sein, dass sie ihm nach Wien gefolgt sind und ihn in eine Falle locken wollen."

„Seine Familie auszulöschen reicht wohl nicht als Rache, was?", fragte Kerri.

„Und wieso ausgerechnet jetzt?", wollte Paxton wissen.

„Er hat sich bewusst rar gemacht", berichtete Vine. „Jetzt lässt er sich zum ersten Mal seit einer halben Ewigkeit wieder blicken."

„Man könnte fast meinen, er will sich absichtlich als Ziel anbieten." In Kerris Stimme lag ein solches Mitgefühl, dass Paxton sie fragend anguckte.

„Gehen wir mal davon aus, dass die Sache uns doch betrifft", fuhr er dann an seine Mitarbeiter gewandt fort. „Dass nahezu tagtäglich Sprengstoff zwischen den Ländern des ehemaligen Ostblocks hin und her wandert, ist nichts Neues. Der letzte Kauf aber, der landet in dieser Stadt, ausgerechnet diese Woche, und wo taucht er auf? In der Nähe ebendieses Reporters, der jetzt verschollen ist. Solche Zufälle mag ich ganz und gar nicht. Wir wissen doch, so ein Journalist wie Yalom, der wäre eine erstklassige Geisel. Wenn es einen von der eigenen Zunft erwischt, spielen die Medien verrückt. Verdammt, Vine, wenn Yalom tatsächlich verschwunden ist …" Paxton kniff die Lippen zusammen. „Haben Interpol oder die Nachrichtendienste in letzter Zeit irgendwelche Gespräche in dieser Richtung abgefangen?"

„Dann wüssten Sie das doch zuallererst!", knurrte Vine.

„Doppelt hält besser. Dreifach erst recht."

Die Arbeit wurde mit erhöhtem Tempo wieder aufgenommen, die Stimmung war angespannt. Paxton starrte auf einen Monitor mit dem Bild der leeren Bühne, als könnte er dort die fehlenden Antworten finden. Es lag in seiner Macht, das Konzert abzusagen, doch bevor er einen derart drastischen Schritt unternahm, musste er hundertprozentige Gewissheit haben. Bewegungen von Sprengstoffen waren tatsächlich an der Tagesordnung. Und dass Yalom von der Tagung berichtete, musste nicht bedeuten, dass er sich nur deswegen in Wien aufhielt.

Paxton schaute hinüber zu Kerri. Die spürte wohl seinen Blick und sah ihren Chef gespannt an – den Bleistift gezückt, das Telefon in der Hand, bereit, jeden Auftrag unverzüglich auszuführen. Paxton wies auf den Monitor. Zum ersten Mal überhaupt interessierte er sich wirklich für die eigentliche Veranstaltung, mit deren Schutz er sein Geld verdiente. „Sie als Musikliebhaberin haben doch die Proben gehört. Wie gut wird das denn wohl, das Konzert?"

„Wir sind in Wien", lächelte sie. „Und heute Abend spielen hier die Wiener Philharmoniker Werke von einem ihrer am innigsten geliebten Komponisten. So was erlebt man nur ein Mal im Leben."

85. KAPITEL

Gesellschaft für Erinnerungsforschung
Donnerstag, 1. Mai – 17:47 Uhr

Während die Rettungssanitäter ihren Vater versorgten, drückte sich Meer an die Wand des engen Kellers, die scharfkantigen Ziegel schmerzhaft im Rücken. Wieso brauchten sie nur so lange? Warum sagten sie nicht endlich, dass er außer Gefahr war? Dass sie gerade noch rechtzeitig gekommen waren? Dass er zwar einen Herzanfall erlitten hatte, aber dass es ihm den Umständen entsprechend gut ging?

Zwei weitere Minuten verstrichen, ehe einer der Sanitäter aufstand und müde auf sie zukam – zu langsam, so als bereite es ihm große Mühe. Gleichzeitig sah Meer, wie auch die anderen sich erhoben. Wieso stellten die ihre Behandlung ein?

Drei Schritte, und schon war sie bei ihrem Vater, ergriff seine Hand, wartete darauf, dass seine Finger sich um die ihren schlossen. „Daddy?"

Meer schaute auf ihn herunter, konnte jedoch sein Gesicht nicht erkennen. Es dauerte eine Weile, bis sie begriff, dass Tränen die gesamte Umwelt verschwimmen ließen.

Der Notarzt sagte etwas auf Deutsch.

Meer verstand kein Wort.

„Sein Herz …", wiederholte er auf Englisch. „… zu schwach …"

Eine Sanitäterin legte ihr behutsam eine Decke über die Schultern. „Sie haben einen Schock, da müssen Sie sich warm halten", mahnte sie. „Kommen Sie, ich helfe Ihnen. Wir müssen Ihren Vater abtransportieren."

„Wohin bringen Sie ihn?"

„Ins Krankenhaus."

„Aber ich dachte …" Meer spürte, wie ihr das Herz gegen die Rippen hämmerte. „Er lebt doch noch?"

Sie sah die Antwort schon in den Augen der Frau. „Nein, leider nicht. Wir bringen ihn zur Obduktion in die Klinik."

„Mein Vater ist jüdischen Glaubens!", wandte Meer ein. „Ich muss erst mit einem Rabbi reden." Sie bemerkte, dass die Sanitäterin die Uhr und die Brieftasche ihres Vaters in der Hand hielt. „Kann ich die haben?", fragte Meer. Auf einmal war ihr nichts wichtiger, als Jeremys persönliche Sachen zu bekommen.

„Bedaure, wir müssen sie der Polizei aushändigen. Wenden Sie sich bezüglich der Obduktion und der persönlichen Gegenstände Ihres Vaters bitte an den zuständigen Ermittler."

86. KAPITEL

Unter dem Musikverein
Donnerstag, 1. Mai – 18:12 Uhr

Die Lichtverhältnisse in der Höhle wechselten nie. Es herrschte ewige Nacht, ganz gleich zu welcher Tageszeit. Dennoch behielt David die Uhr sorgsam im Auge. Das Konzert sollte in gut einer Stunde beginnen. Er spürte schon, wie sich tief in seiner Brust so etwas wie Euphorie breitmachte. Trauer, Kummer und Wut waren – endlich – fast überwunden. Mit den Fingerspitzen streichelte er liebevoll das neben ihm stehende Köfferchen: genormte Größe, sodass es in einem Linienflugzeug unter den Sitz passte, ausgestattet mit Rollen und einem ausziehbaren Griff, bequem zu bewegen. Früher, wenn David auf Dienstreise unterwegs war, hatte er zuweilen im vorderen Fach einen Zettel von einem der Kinder gefunden. „Ich vermisse dich jetzt schon", stand in großen Buchstaben darauf. „Komm schnell nach Hause."

Inzwischen gab es keinen Grund mehr für eine rasche Heimkehr. Sein Haus gesprengt, seine Kinder, seine ganze Familie von der Bombe zerfetzt, hoch in den Nachthimmel geblasen. Auf Nimmerwiederkehr.

Nunmehr enthielt sein Köfferchen nichts weiter als seine zusammengerollte Regenjacke. Das Bündel war indes ein wenig dicker als üblich, umhüllte es doch einen zehn Zentimeter langen Barren einer kittähnlichen Substanz, die David sich am Montag in Tschechien besorgt hatte: vierhundert Gramm Semtex 1 A, ein plastischer Sprengstoff, übrigens der Lieblingssprengstoff der IRA. Schon die Hälfte dieser Menge hatte ausgereicht, um die Maschine der PanAm über dem schottischen Lockerbie zur Explosion zu bringen. Das Konzertgebäude war allerdings ein anderes Kaliber. Da musste schon die entsprechende Menge Semtex her, um das Bauwerk in einen Haufen Schutt zu verwandeln, in eine Ruine, durch deren klaffendes

Gerippe die Sterne funkelten. Alles für schlappe vierhundertvierzig Euro – dem Preis von zwei anständigen Fahrrädern für seine Jungs oder von einem Goldarmband mit Türkisen, den Geburtssteinen seiner Frau. Oder auch von einem neuen Satz Holzbeitel für seinen Vater.

In der Stille vor der Sinfonie entrollte David die Regenjacke. Zum Vorschein kamen die beiden Hälften des roten Barrens, der so aussah wie früher das Knetgummi seines mittleren Sohnes.

Bei der Übergabe am Montag war der Sprengstoff noch in einem Stück gewesen. David hatte den Barren jedoch in der Mitte durchgeschnitten, um sich zu vergewissern, dass Paxtons Leuten ihm nicht schon wieder einen Peilsender untergejubelt hatten. Und Bingo! Es steckte tatsächlich einer drin. Als er das Ding dann auf die U-Bahn-Trasse warf, hatte er sich noch vergegenwärtigt, welche Folgen das für Global Security haben würde. Denn damit verurteilte er das Unternehmen quasi im Alleingang zum Bankrott. Dabei hielt Paxton sich und seine Taktik vermutlich für besonders clever: Er hatte sämtliche Waffenhändler dafür geschmiert, dass sie ihre Käufer verpfiffen.

Davids Mitleid mit Paxton hielt sich allerdings in Grenzen. Der Bursche expandierte mit seinem Sicherheitsimperium in einem solchen Tempo – vermutlich wusste er nicht einmal, dass die drei Monate zuvor von ihm aufgekaufte israelische Sicherheitsfirma just diejenige war, die beim Schutz von Davids Familie so erbärmlich versagt hatte.

David öffnete den Reißverschluss des Außenfaches, griff hinein und nahm die restlichen noch benötigten Utensilien heraus: eine Blockbatterie und ein gut bleistiftdickes Zündkabel zum Auslösen der Sprengkapsel, die wiederum das Semtex zur Explosion brachte. Jetzt brauchte er bloß noch die mit dem Zündkabel umwickelte Kapsel in den Sprengstoff hineinzustecken.

Das Gebilde genauso sah aus wie eine von Bens Versuchsanordnungen, die er für den Physikunterricht gemacht hatte. Bloß jetzt nicht darüber nachdenken!

Anschließend ging er die einzelnen Schritte, die ihm in zirka sechsundsiebzig Minuten bevorstanden, noch einmal durch. So lange würde das Konzert vermutlich dauern – je nachdem, in welchen Tempi das Orchester die einzelnen Sätze spielte und wie lange die Pausen dazwischen währten.

David hatte sein Vorhaben zeitlich auf jenen Moment eingestellt, an dem das Moll-Thema aus dem ersten Satz in den jubelnden Es-Dur-Passagen des dritten Satzes wiederkehrt. Ein profanes Ende reichte ihm nicht; einen gewissen Stil sollte es schon haben. Er würde das mit der Batterie verbundene Zündkabel während der finalen Coda aktivieren, genau in dem Augenblick, wenn die letzten Noten des Monumentalwerkes verklangen. Die Stromzufuhr löste einen Kurzschluss aus; der ganze Apparat würde glühend heiß werden und explodieren. *Wie eine durchgebrannte Glühbirne*, so hatte es ihm ein führender Sicherheitsexperte erklärt, als David an einer Reportage über terroristische Taktiken während der zahlreichen Aufstände im Gazastreifen schrieb. Wie bei dem Lichtblitz, der seine Frau und seine Kinder, seine Eltern und Verwandten ausgelöscht hatte. Gedankenverloren berührte David die Drähte, als wären sie die üppigen, rabenschwarzen Haare seiner Frau. Und fast war ihm, als würde er den zitronigen Duft der Lotion riechen, die sie immer gegen die trockene Wüstenluft benutzte … benutzt hatte.

Mit einem Mal zuckte er zusammen und blickte sich alarmiert um. Er hatte etwas gehört. Ein Geräusch. Ganz nahe. Keine Musik, keine Ratten, keine menschliche Stimme. Es kam aus dem Luftschacht. Wieder hörte er es – ein Donnern wie von herabstürzenden Steinen. Oder wenn eine Mauer kippt. Dann fernes, gedämpftes Rufen. Ein Unglück? Oder eine Expedition? Die Fragen waren nebensächlich. Das Entscheidende waren die Antworten. Und die Antworten würde wohl nur die Zeit allein geben.

87. KAPITEL

Donnerstag, 1. Mai – 18:15 Uhr

„Sein Name ist Sebastian Otto!“, haspelte Meer, als könne sie durch möglichst hastiges Sprechen ihre Übelkeit loswerden. „Er hat uns eingesperrt und ist dann abgehauen. Bei aufgedrehtem Gashahn! Ich weiß, wo er ist ... wo er hinwollte. Bestimmt zu seinem Sohn Nicolas in die Klinik am Steinhof. Sebastian glaubt, er kann dem Jungen helfen ... und deshalb hat er meinen Vater umgebracht ...“ Bei jedem Wort kämpfte sie mit den Tränen, hätte ihnen am liebsten freien Lauf gelassen. Aber sie musste der Polizei ja die nötige Auskunft geben, damit man nach Sebastian fahnden und ihn verhaften konnte.

Während Inspektor Schmidt die Informationen per Funk an die Leitstelle weitergab, bat sein Kollege Krantz Meer in einen Einsatzwagen. Sie müsse, so seine Erklärung und Entschuldigung, noch mit zur Wache, wo man ihre Aussage zu Protokoll nehmen werde. Es sei leider nicht anders zu machen.

„Nein. Ich möchte ins Krankenhaus. Ich will bei meinem Vater sein!“

„Gut, meinetwegen“, gab der Polizist nach, wobei er den Motor anließ. „Dann suchen wir uns dort ein Plätzchen, wo wir uns unterhalten können.“

Inzwischen hatte Schmidt seine Meldung beendet und wandte sich an Meer. „Die Kollegen sind unterwegs zum Steinhof.“

„Haben wir eine Beschreibung von diesem Otto?“, fragte Krantz seinen Kollegen auf Englisch, als sie losfuhren.

Vom Rücksitz aus bemerkte Meer, wie Schmidts Hals etwas rot anlief. „Wären Sie so nett, Miss Logan?“

Sie tat den beiden den Gefallen. Kaum war sie mit der Beschreibung fertig, versuchte sie, das Gesicht ihres Vaters heraufzubeschwören. Nicht so, wie es auf der Krankentrage ausgesehen hatte – grau und starr –, sondern zu einem anderen Zeitpunkt. Etwa an einem x-beliebigen Tag in New York, wenn er ihr beim Lunch mal wieder von einer entdeckten Thorarolle berichtet hatte. Irgendwie bekam sie seine Züge jedoch nicht recht zusammen.

Sie schluckte ihre Ergriffenheit hinunter, beobachtete die Passanten. Der Regen hatte nachgelassen, doch die Bürgersteige waren noch nass, und die meisten Leute trugen Regenschirme. An einer Ecke schwatzten drei in Jeans gekleidete Halbstarke, alle mit Knopf im Ohr. Eine ältere Dame mit einer hellblauen Einkaufstüte schlenderte neben einer jungen Mutter mit Kinderwagen, an dessen Schiebebügel ein roter Luftballon zappelte. Es herrschte dichter Verkehr auf den Straßen; der Streifenwagen kam nur im Schneckentempo voran, fast so langsam wie der Ballon. Noch zwei Straßenzeilen lang begleitete Meer der rote Ballon; dann löste der Stau sich allmählich auf, und der Fahrer konnte Gas geben. Meer wand sich im Sitz und verfolgte durch die Heckscheibe, wie der Ballon immer kleiner wurde, bis er kaum noch zu erkennen war. Als sie ihn nicht einmal mehr als Pünktchen wahrnehmen konnte, wurde sie erneut von einem abgrundtiefen Gefühl der Trauer überwältigt. Sie musste die Faust gegen die Lippen pressen, um nicht in lautes Schluchzen auszubrechen.

Krantz musste ihre jähe Bewegung wohl im Rückspiegel mitbekommen haben, denn er sagte: „Wir sind gleich da. Möchten Sie, dass wir jemanden benachrichtigen?"

„Malachai Samuels."

„Ist er abgereist, zurück in die Staaten?"

„Nein, er ist noch hier. Er wohnt im selben Hotel wie ich."

Sein Kollege machte sich eine Notiz. „Sonst noch jemand?"

Vermutlich gab es noch jemanden, doch Meer fiel niemand ein. Sie konnte sowieso keinen klaren Gedanken fassen. Andauernd sah sie ihren Vater vor sich, wie er bewegungslos am Boden lag, umringt von den Rettungssanitätern.

Das Einsatzfahrzeug bog nach rechts in die Einfahrt der Notaufnahme. Dort parkten fünf Rettungswagen. Aber in welchem befand sich wohl der Leich... Sie vermochte das Wort nicht einmal zu Ende zu denken, geschweige denn zu sprechen. Als sie ausstieg und die fünf völlig gleich aussehenden Rettungsfahrzeuge sah, geriet sie in Panik.

Krantz, der ihre Verwirrung bemerkte, kam um den Streifenwagen herum. „Ihr Vater wurde bereits hineingebracht", sagte er. Er bot ihr den Arm, doch sie wehrte kopfschüttelnd ab und ging ihm voraus durch die gläsernen Flügeltüren.

Kaum in der Lobby, schlug ihr der typische antiseptische Krankenhausgeruch entgegen. Jetzt, im Inneren der Klinik, wusste sie auf einmal nicht mehr, wohin sie wollte, und blickte sich ratlos um.

„Wir haben einen Raum organisiert, wo wir uns unterhalten können", sagte Krantz, nachdem er Meer einige Augenblicke mit ihrem toten Vater allein gelassen hatte. „Wenn ich bitten darf ..."

Mitten auf einem runden Tisch stand eine Glasvase mit einem Strauß halb verwelkter Gänseblümchen, umgeben von den Teilen eines Kinderpuzzles. Daneben saß Inspektor Fieske, der Beamte, den sie vor fast einer Woche nach dem Raub und nach dem Mord an der Haushälterin kennengelernt hatte. Als sie hereinkam, kritzelte er gerade in einem Notizbuch, stand aber auf und musterte sie teilnahmsvoll mit seinem traurigen Dackelblick. „Es ist eine schwere Zeit für Sie, ich weiß", bekundete er.

Sie nickte zwar, redete aber gleich hastig los. Für Beileidsbekundungen war es ihr noch zu früh. „Verdächtigen Sie mich?"

„Keineswegs!"

Krantz und Schmidt hatten sich nicht an den Tisch gesetzt, sondern standen hinter ihr. „Wieso bewachen die beiden dann die Tür? Damit ich nicht davonlaufe?"

„Das wäre meine geringste Sorge. Nein, die sind zu Ihrer Sicherheit da."

„Ein wenig spät, nicht wahr?"

Krantz ließ sich nichts anmerken und tat so, als schreibe er eifrig in seinem Notizbüchlein. Sein jähes Zusammenzucken war Meer allerdings nicht entgangen.

„Wir *haben* Sie die ganze Zeit beschattet!", gab er zurück.

Sie war verdattert. „Warum?"

„Wir bekamen den Bericht über den Zwischenfall, der Ihnen und Sebastian Otto in Baden passiert ist. Sie sind uns allerdings entwischt, als Sie Samuels – der ebenfalls beschattet wurde – im Rathauspark wegliefen und auf eine Straßenbahn sprangen."

Selbst jetzt konnte Meer geradezu körperlich spüren, wie Sebastian sie am Arm gepackt und auf die anfahrende Bahn gerissen hatte. Zu diesem Zeitpunkt hatte sie ihm geglaubt, dass er dem Angreifer im Wienerwald entwischt war, jenem Unbekannten, der sie benutzen wollte, um an die Flöte heranzukommen. Sie hatte ihm auch geglaubt, dass sie Malachai im Rathauspark nur rein zufällig verloren hatten. So dumm war sie jetzt nicht mehr. Durch sein Zupacken hatte er sie ganz bewusst von Malachai getrennt – und von den Polizisten, die sie observierten. War das der Punkt, an dem Sebastian sich vom Helfer zum Verbrecher gewandelt hatte, um an das Langersehnte zu gelangen? Oder doch eher durch ihre morgendliche Weigerung, ihm die Melodie auf der Flöte vorzuspielen? Das hatte er ihr ja schließlich vorgehalten.

Schmidts Handy klingelte, und während er annahm, stellte sein Kollege Meer noch einige Fragen zum zeitlichen Ablauf der Geschehnisse in dem vergitterten Gewölbe unter der Gesellschaft für Erinnerungsforschung. Meer stockte aber mitten in ihrem Bericht, denn sie hörte, wie Schmidt am Handy Sebastians Namen erwähnte.

„Was ist?", fragte sie Krantz.

„Ich weiß nicht, was ..." Er setzte gerade zu einer Antwort an, da klappte Schmidt sein Telefon zu.

„Otto ist nicht im Steinhof", meldete er auf Englisch. „Er war seit vorgestern nicht mehr dort. Vor einer halben Stunde hat er allerdings bei der Schwesternstation angerufen. Unsere Leute suchen noch nach dem Pfleger, mit dem er gesprochen hat. Offenbar hat der dienstfrei."

Meer dachte an Sebastian als Vater … an ihren eigenen Vater … an den Abenteurer, der sich den Weg freischoss und verhaftet wurde und Schätze über Landesgrenzen schmuggelte … Der alles getan hätte, um seiner Tochter zu helfen … Der dafür vor keinem Gesetzesbruch, keinem Verbrechen zurückgeschreckt wäre …

„Inspektor!", rief sie plötzlich aus. „Heute Abend findet doch im Musikverein ein Galakonzert statt. Wird es im Radio übertragen?"

„Ich denke schon."

„Könnten Sie sich erkundigen, ob dem wirklich so ist?"

Konsterniert kräuselte er die Stirn. „Wozu wollen Sie das wissen?"

„Bitte …"

Über die Schulter wandte Schmidt sich an seinen Kollegen Fieske, der auf Englisch antwortete. „Ja, es wird live übertragen."

„Wie spät ist es jetzt?" Sie hatte ihre Uhr in einem der Stollen verloren.

„Fast sieben", sagte Krantz.

„Wir müssen los! Sebastian Otto ist bei dem Konzert. Ich muss mit ihm reden … ihn aufhalten."

88. KAPITEL

Donnerstag, 1. Mai – 19:18 Uhr

David ließ den Zünder inzwischen nicht mehr los. Hin und wieder fummelte er am Kabel herum, als wäre es der Ehering am Finger seiner verstorbenen Frau. Den hatte er auch andauernd, wenn sie gemeinsam in einem abgedunkelten Kino- oder Konzertsaal saßen, so hin und her gedreht. Oben, im Saal über ihm, befanden sich in diesem Moment Personen, die er mit Namen kannte – Menschen, die die Detonation nicht überleben würden. Tom Paxton und Bill Vine beispielsweise, ferner Dutzende von Spitzenbeamten und Leiter von Regierungsbehörden aus aller Herren Länder. Etliche von ihnen hatte er im Laufe der Jahre interviewt und in seinen Beiträgen porträtiert. Sie saßen bestimmt auf ihren Plätzen und lauschten der Aufführung. Von dem bevorstehenden großen Finale von Beethovens Dritter an diesem Abend ahnten sie nichts.

Um exakt zehn vor zehn sollte Davids Computer per E-Mail eine Artikelserie versenden, die der Reporter für drei führende Tageszeitungen gleichzeitig zusammengestellt hatte. Das Manifest, an dem er bis jetzt gearbeitet hatte, stellte ein Bekenntnis dar, das eigentlich niemanden kaltlassen konnte. Das Wesentliche, wie man es ihm vor langer Zeit während des Journalistikstudiums beigebracht hatte, nämlich das Wer, Was, Wo, Wann und Warum des Bombenanschlags auf die Wiener Konferenz der International Security and Technology Association, es war in dem für David Yalom so typischen knappen, griffigen Stil verfasst.

Das Urteil, ob Davids Opfer die Sache wert war, musste man denen überlassen, die nach ihm kamen.

Der erste Satz der Sinfonie ging zu Ende. Einige Takte lang herrschte Schweigen, bis aufs Neue die Klänge dieses herrlichen Werkes hinunterdrangen – so laut, dass sie sogar Davids Herzschlag und das Gekratze der Ratten übertönten.

David stellte sich vor, im Publikum säßen jetzt auf ihren Plüschsesseln alle seine Kinder und seine sämtlichen Verwandten. Das Programmheft auf dem Schoß, lauschten sie hingebungsvoll mit halb geschlossenen Augen und verzückten Gesichtern. In knapp einer Stunde würde die Explosion zwar ihn selbst vernichten, seine toten Lieben aber gleichzeitig wiederauferstehen lassen. So, wie sie jetzt eine Erinnerung waren, so würde auch er in der Erinnerung weiterleben, und sie würden alle in der Vergangenheit miteinander vereint sein. Inzwischen fühlte er sich ihnen sehr nahe, ihrem Ende und dem seinen. Zum ersten Mal seit Monaten spielten ihm seine Nerven keinen Streich; die Musik wirkte beruhigend. Sie und das Wissen, dass er nun jederzeit die Zündung auslösen konnte. Selbst wenn man ihn jetzt in allerletzter Minute noch aufspüren sollte.

Ein paar Sekunden – mehr brauchte er nicht.

Mehr blieben ihm unter Umständen auch nicht. Seine Verfolger kamen immer näher. Weit weg waren sie nicht mehr, höchstens eine Ziegelschicht und einen Halogenstrahl entfernt. Vermutlich handelte es sich um Paxtons Leute, denn sie sprachen amerikanisches Englisch. Hundertprozentig sicher war David indes nicht. Durchaus möglich, dass es von Abdul gedungene Schergen waren, dazu beauftragt, ihm bis in diese unterirdischen Gewölbe nachzuspüren. Und dass sie ihm dicht auf den Fersen waren, davon war David überzeugt. Man konnte sie im Luftschacht hören; sie rückten immer näher an sein Versteck heran.

Ja, inzwischen wäre es ihm sogar recht gewesen, wenn es Paxtons Leute wären. Fast hoffte er, dass sie ihn noch entdeckten, ihm ein Schnippchen schlugen, den Beweis erbrachten, dass ihre Mausefalle dieses Mal tatsächlich so gut funktionierte wie behauptet. Dass sie aus dem Versagen von vor anderthalb Jahren gelernt und sich verbessert hatten. Dann wäre David sogar beeindruckt gewesen von dem draufgängerischen, von sich und seinem Können so überzeugten Amerikaner. Im Grunde genommen hatte er nichts dagegen, dass die Guten gewinnen.

89. KAPITEL

Musikverein, Großer Musikvereinssaal
Donnerstag, 1. Mai – 19:37 Uhr

Der Wiener Bürgermeister Hermann Strauss sowie seine erheblich jüngere Ehefrau Annabelle saßen in der ersten Reihe. Die Bürgermeistergattin nestelte an einem verdeckten Ärmelknopf ihres rubinroten, passend zum Rotgold des Konzertsaales ausgesuchten Abendkleides. Sie ließ den Blick in die Runde schweifen, um festzustellen, wer sich mit wem die Ehre gab und vor allem in welcher Garderobe. Während das Stadtoberhaupt hingebungsvoll den musikalischen Darbietungen lauschte, war seine Frau Gemahlin sichtlich gelangweilt. Gelangweilt von der Musik. Gelangweilt von endlosen Veranstaltungen. Vor der Heirat hatte ihr Mann sie nicht so häufig zu offiziellen Anlässen mitgenommen, doch jetzt konnte sie sich des Eindrucks nicht erwehren, als täten sie überhaupt nichts anderes mehr. Und eins stand für sie fest: Sollte er noch ein einziges Mal erwähnen, wie sehr seine geliebte verstorbene Frau klassische Musik geliebt hatte, würde sie Gift und Galle spucken.

Und in der Tat: Strauss bemerkte nicht, in welcher Stimmung seine bessere Hälfte war. Mit durchgedrücktem Kreuz saß er in seinem roten Plüschsessel, stolz auf seine Philharmoniker und deren künstlerische Glanzleistung. Dabei entging ihm auch nicht, dass die meisten ausländischen Würdenträger nicht nur mehr als angetan waren, sondern geradezu begeistert. Strauss war überzeugt, dass das Konzert selbst eingefleischte Musikbanausen nicht kaltließ. Er wusste, dies war keine normale Aufführung; hier fand vielmehr etwas Einmaliges statt. Das spürten die Zuhörer doch wohl, oder?

Stan Miller, der Vorsitzende der International Security and Technology Association, guckte verstohlen auf seine Uhr. Nicht, dass ihm die Musik nicht gefallen hätte – im Gegenteil.

Das Konzert war eine Glanzvorstellung, angefangen von der kraft- und gefühlvollen, virtuosen Dirigentenleistung bis hin zum fehlerlosen Spiel sämtlicher Orchestermitglieder. Zum Abschluss einer zermürbenden viertägigen Tagung stellte dieser Galaabend eindeutig unter Beweis, welche Fortschritte die ISTA seit den Anschlägen auf das World Trade Center in puncto neuer Sicherheitsmaßnahmen erzielt hatte. Doch irgendwie war ihm flau, als sei ihm das Dinner nicht recht bekommen. Zwar hatte er unmittelbar vor Beginn des Konzerts ein paar Tabletten gegen Sodbrennen eingenommen, aber anscheinend wirkten die nicht besonders. Bemüht, sich nicht dauernd auf das Brennen in seiner Brust zu konzentrieren, richtete er sein Augenmerk lieber auf die Gesichter der Musiker.

Zwei Reihen hinter ihm saß Greta Osborn, eine berühmte und gefeierte österreichische Opernsängerin. Die voluminösen, brillantenbesetzten Ohrringe pieksten in ihre Ohrläppchen. Ihr Sitznachbar, ein fescher junger Tenor, spürte wohl ihr Unbehagen und wandte sich ihr lächelnd zu. Greta war ganz begeistert von den kursierenden Klatschgerüchten, sie habe sich den jungen Mann als Lover zugelegt. Das stimmte zwar nicht, denn er hatte das Gerücht selbst in die Welt gesetzt, um seine Karriere zu fördern. Greta wusste das aber und nutzte es weidlich aus, denn auch für ihre eigene Laufbahn erwies es sich als alles andere als nachteilig. Immerhin war sie vierundsiebzig und er vierzig Jahre jünger als sie. Die Vorstellung eines jugendlichen Liebhabers jedenfalls versetzte sie geradezu in Entzücken, passte sie doch haargenau zu ihrem ausgeprägten Geltungsbedürfnis.

Edward Fields, Chef der American National Security Commission, wusste um die Wichtigkeit dieser Tagung. Nach seinem Gefühl war sie insgesamt gut verlaufen; etliche der neuen Sicherheitskonzepte fand er beeindruckend. Der einzige Wermutstropfen war die neben ihm sitzende Ellen Grant. Am liebsten wäre er auf der Stelle über sie hergefallen, hätte ihr die eisblonde Hochsteckfrisur gelöst und ihr das strenge schwarze Abendkostüm vom Leibe gerissen. Dass dies ihr letzter gemeinsamer Abend sein sollte, war für ihn schwer zu ertragen. Für ihn ging es wieder zurück nach Washington und zu seiner Frau, für Ellen heim zu ihrer in Kalifornien lebenden Familie.

Dr. Erika Aldermann saß neben Fremont Brecht, von dem sie zum Konzert eingeladen worden war – eine der wenigen Einladungen, die sie überhaupt noch annahm. Beziehungen, Angehörige, Essen, Hobbys, ihr ganzer Alltag wurde der Forschungsarbeit untergeordnet. Mit ihren wissenschaftlichen Sorgen ging sie zu Bett, und wenn sie aufwachte, hatte sie gleich den Gedanken im Kopf, mit dem sie eingeschlafen war. Aber wenn Brecht sie zu einem Konzert einlud, sagte sie nie ab. Nicht etwa aus Freude an der Musik – das Zuhören ging ihr im Gegenteil auf den Geist –, sondern weil es sie faszinierte, wie die Zuhörer ringsum von dem Gehörten berührt wurden. Zu beobachten, wie sie sich entspannten, wie sich die Körpersprache unter dem Zauber der Klänge änderte – all das war Forschung. Ein Konzert wie das heutige kam einem Experiment gleich, wenn auch im größeren Maßstab und mit besser gekleideten Probanden als gewohnt.

Malachai Samuels versuchte, das Konzert zu genießen, wurde jedoch von den beiden leeren Nachbarsesseln daran gehindert. Seit der Trennung im Rathauspark am Tage zuvor hatte er nichts mehr von Meer gehört, und bisher war ihm auch noch nicht mitgeteilt worden, wo Jeremy Logan abgeblieben oder mit wem er unterwegs sein könnte. Inspektor Kalfus, an den Malachai sich am Morgen gewandt hatte, hatte sich allerdings seine Handynummer notiert und ihm versprochen, sich zu melden.

Gegen fünf Uhr nachmittags, nachdem er stundenlang versucht hatte, Meer und ihren Vater per Handy zu erreichen, war ihm allmählich angst und bange geworden. Keiner nahm ab. Schließlich hatte er den Inspektor angerufen, jedoch nur dessen

Sprachbox erreicht und eine Nachricht hinterlassen, was allerdings seine zunehmenden Beklemmungen nicht hatte mindern können. Wo steckten Meer und Jeremy bloß? Hatte Meer die Flöte noch? Es gab nur einen Einzigen, der das wissen konnte: Sebastian Otto. Aber Malachai sah keine Möglichkeit, an ihn heranzukommen. Da blieb ihm nichts weiter übrig, als das Ende des Konzertes abzuwarten und den Oboisten danach anzusprechen. Also hatte er sich in seinen Smoking geworfen und die Freikarte benutzt, die Otto ihm zu Beginn der Woche besorgt hatte. Und da war er nun.

90. KAPITEL

Donnerstag, 1. Mai – 19:51 Uhr

Die Männer von Global Security hatten Meer und die beiden Polizeiinspektoren am Eingang des Konzertgebäudes aufgehalten. Seit etwa zehn Minuten stritten sich zwei Sicherheitsleute nun schon mit zwei anderen Uniformträgern herum. Je länger die Auseinandersetzung dauerte, desto näher rückte das Ende des zweiten Satzes der Sinfonie heran. Meer wusste, dass im vierten Satz das Oboensolo kommen musste. Und sie wusste, dass die Schwestern in der Klinik am Steinhof immer das Radio anstellten, wenn Nicolas' Vater bei einem Konzert mitspielte. Genau das war vermutlich Sebastians Plan: Er wollte während seines Solos die Flöte spielen, sodass sein Sohn sie im Krankenzimmer hören konnte.

„Wieso dauert das denn so lange?", fragte sie Fieske ungeduldig.

„Sie lassen uns erst rein, wenn von ganz oben bestätigt wird, wer wir sind, und wenn sie grünes Licht bekommen." Fieske schäumte vor Wut. „Die Sicherheitsvorkehrungen sind dermaßen streng, dass nicht mal Polizisten durchgelassen werden."

„Wir kommen nicht rein?" Ihre Stimme nahm einen panischen Unterton an. „Heißt das, drinnen ist keine Polizei?"

„Doch, es sind schon Beamte drin. Und draußen sind auch welche." Er wies auf die Vorhalle und die Sicherheitsschleuse. „Die Frage ist doch: Wie kommen wir rein? Und wie bringen wir den Verantwortlichen hier bei, dass es einen triftigen Grund gibt, das Konzert zu unterbrechen? Um ein Orchestermitglied daran zu hindern, auf einer Flöte zu spielen? Die stellen sich auf den Standpunkt, dass man den auch nach dem Konzert noch festnehmen kann. Dagegen ist schwer anzukommen, Miss Logan."

„Wir *müssen* aber unbedingt verhindern, dass er spielt!", unterstrich Meer. Wie hatte Malachai noch vor einiger Zeit gesagt? *Die vergangenen Leben, an die man sich zuerst erinnert, sind diejenigen, die unter den gewaltsamsten oder tragischsten Umständen endeten.* Falls der ganze Saal die Melodie hörte, konnte das unübersehbare Folgen haben. Sie versuchte, dies Fieske so kurz wie möglich zu erklären, aber er nickte bloß, offensichtlich wenig überzeugt.

„Man wird nur eingelassen, wenn man auf der offiziellen Namensliste steht und ein Ticket mit Hologramm und einer besonderen Nummer besitzt", teilte er ihr mit.

„Ich müsste eigentlich draufstehen. Sebastian Otto hat mich eingeladen. Mein Vater und ich, wir sind Montagnachmittag extra hergekommen, um uns registrieren zu lassen. Sagen Sie denen das!"

Ehe Fieske auch nur den Mund aufmachen konnte, wandte sich einer der Sicherheitsleute schon direkt an Meer. „Miss Logan", bemerkte er, „ich habe hier Ihren Namen und eine Kopie von Ihrem Reisepass. Ich brauche nur noch Ihre Eintrittskarte."

Meer zog ihr Portemonnaie hervor und guckte hinein, aber das Ticket war nicht da. Hatte Sebastian es etwa herausgenommen, als sie im Hotel unter der Dusche gestanden hatte? Sie wollte schon eine Erklärung anbringen, wurde aber abgelenkt durch eine Szene auf dem rechts von der Schleuse angebrachten Überwachungsmonitor, auf dem das gesamte Orchester in Nahaufnahme zu sehen war. Sie erkannte Sebastian auf Anhieb. Er spielte mit jener Andacht und Hingabe, wie sie es noch von ihren eigenen Studienjahren her kannte – wie mit dem Instrument verwachsen, als gebe es keine Grenze zwischen ihm und seiner Oboe, keine Vergangenheit und keine Zukunft, kein Denken außer an die Noten. Sein Herz pochte nicht länger im eigenen Rhythmus, sondern im Takt der Sinfonie.

„Das hab ich ja ganz vergessen", sagte sie zu Fieske. „Mein Vater hat die Tickets eingesteckt. Sie müssen noch in seiner Brieftasche sein. Haben Sie sie?"

„Nein."

„Die Sanitäterin hat sie im Stollen an sich genommen. Hat sie Ihnen sie denn nicht gegeben?"

„Nein, aber ich werde mal sehen, was sich da machen lässt."

Fieske eilte hinüber zu seinem Kollegen Krantz. Der hörte kurz zu, verließ das Gebäude und war nach knapp zwei Minuten zurück. Erst händigte er Meer die Armbanduhr ihres Vaters aus, die sie sofort anlegte, wobei sie das Edelstahlarmband kalt an ihrem Handgelenk spürte. Dann übergab er ihr eine braune Lederbrieftasche mit ausgefransten Kanten, aufgeplatzten Nähten und Fächern voller Kärtchen und Zettel. *Wieso*, durchzuckte es sie, *hat der denn so eine alte …* Und dann fiel ihr ein, dass es genau die Geldbörse war, die sie ihm mit zwölf Jahren zum Geburtstag geschenkt hatte. Damals wohnte er noch zu Hause. Ihre Mutter hatte sie extra zum Einkaufen mit auf die Park Avenue genommen und geduldig gewartet, während Meer alle möglichen Modelle begutachtete, bis sie sich schließlich für dieses hier entschied. An jenem Abend hatte ihr Vater das Präsent beim Dinner ausgepackt, sich mit einem Kuss bedankt und seiner Tochter versprochen, die neue Brieftasche werde ihn nun bei all seinen Reisen um die Welt begleiten. Das Geschenk werde ihm das Gefühl geben, Meer sei immer bei ihm. Und tatsächlich, er hatte sie immer bei sich getragen. Bis heute.

Den Blick nochmals auf den Monitor gerichtet, konzentrierte Meer sich darauf, an welcher Stelle der Partitur sich das Orchester in etwa gerade befand. In acht, neun Minuten musste das Oboensolo kommen. Sie schlug Jeremys Brieftasche auf, durchsuchte Bons, Kreditkarten und allerlei Zettel und stieß zu ihrer Verblüffung auf ein Foto von einem kleinen Mädchen, das mit engelgleichem Lächeln an einem Flügel saß. Wie auch die Brieftasche, so waren die Fotoränder schon ausgefranst und abgenutzt. Sie stopfte das Bild in die Tasche ihrer Jeans und suchte weiter, bis sie endlich das kleine blütenweiße Kuvert mit dem Logo des Musikvereins oben rechts in der Ecke fand.

„Hier!“ Sie hielt dem Sicherheitsmann das Ticket unter die Nase.

„Ihr Name?“

„Hab ich doch schon genannt! Bitte, wir haben es eilig!“

„Die Vorschriften ...“

„Meer Logan!“, erwiderte sie gereizt.

Die Sinfonie in den Ohren, warf sie einen Blick auf die Armbanduhr ihres Vaters, sah den Sekundenzeiger vorrücken. Höchstens noch fünf Minuten bis zum Solo der Oboe! Fünf Minuten, bis Sebastian den unwiderruflichen Schritt unternahm! Bevor er die uralte Flöte an die Lippen führte. Bevor er eine simple Melodie spielte. Und bevor er damit Gott weiß wie viele Ahnungslose ohne jede Vorwarnung in einen Strudel riss aus Angst und Not und Gedächtnisqualen.

„So machen Sie doch!“, flehte Meer den Sicherheitsposten an. Dann vernahm sie die für sie so grausigen Töne: Die letzte Sequenz vor dem Solo. Wenn das Orchester in diesem Tempo weiterspielte, würde die Zeit nicht reichen, um Sebastian noch aufzuhalten.

91. KAPITEL

Donnerstag, 1. Mai – 20:01 Uhr

„Yalom hat seit gestern Nachmittag nicht mehr vom Hotel aus telefoniert“, meldete Kerri. „Auch keinen Zimmerservice mehr bestellt. Der Hotelmanager hat nun doch endlich zurückgerufen. Er sagt, dass seit gestern etwa zwei Uhr mittags das ‚Bitte nicht stören‘-Schild an der Tür hängt. Außerdem hat Yalom darum gebeten, keine Anrufe durchzustellen.“

„Das hört sich ja gar nicht gut an“, knurrte Paxton. „Setzen Sie sich mit der Polizei in Verbindung. Die möchten umgehend das Zimmer überprüfen. Vielleicht liegt er da – verletzt oder gar noch schlimmer.“

„Die Sinfonie ist aber gleich zu Ende ...“, wandte Kerri ein.

Ihr Chef ließ sie gar nicht erst groß zu Wort kommen. „Ich glaube nicht, dass die Länge der Sinfonie hier eine Rolle spielt“, betonte er. „Der Mann steht bekanntermaßen auf einer Todesliste. Und wir sind womöglich die Einzigen, die wissen, dass er verschollen ist.“

Nickend klappte Kerri ihr Handy auf.

Paxton hielt Ausschau nach Vine, sah ihn aber nirgends. Also eilte er aus der provisorischen Schaltzentrale hinaus und fand seine Nummer zwei vor einem Monitor, über den er einen Checkpoint am Ende des Flurs beim Bühneneingang überwachte.

„Wo steckt Tucker Davis?“, wollte Paxton wissen.

„Der leitet die Teams, die gerade unten in dem bescheuerten Stollenlabyrinth rumkrabbeln.“

„Gut. Die Sinfonie muss jeden Moment zu Ende sein“, raunte der Chef unterdrückt, um keine Aufmerksamkeit bei den Umstehenden zu erregen. „Die Jungs sollen da unten weitersuchen bis zum letzten Applaus.“ Er wusste nur zu gut, wie schnell eine Panik ausbrechen konnte, und die hätte ihm in einem beengten Raum mit über zweitausend Menschen gerade noch gefehlt. Damit nicht genug: Er sorgte sich um das Image, das sein Unternehmen abgab. Die Organisatoren der ISTA sollten auf keinen Fall den Eindruck gewinnen, er habe die Sicherheitslage womöglich nicht voll im Griff.

„Die da unten identifizierten Aktivitäten gehen alle darauf zurück, dass es in den unterirdischen Gängen von Ratten nur so wimmelt ..."

Paxton unterbrach schon wieder. „Pfeif auf die Ratten! Ich weiß, das ist reine Spekulation, und da unten gibt es kilometerlange Stollen – aber wir vermissen eine Ladung Semtex und einen Reporter. Falls David Yalom genau hier unter uns als Geisel gefangen gehalten wird, müssen wir das in Erfahrung bringen und das Gebäude unverzüglich räumen lassen."

92. KAPITEL

Donnerstag, 1. Mai – 20:02 Uhr

Die Oboe mit der linken Hand haltend, griff Sebastian auf der Bühne mit der Rechten in die Innentasche seines schwarzen Anzuges und zog ein kleines, zerbrechlich wirkendes Instrument heraus. Das Orchester spielte derweil die letzten Takte vor seinem Solo; noch stand er nicht im Brennpunkt. Nachdem er die Oboe unauffällig auf den Boden gelegt hatte, setzte er die aus der Jacke geholte Flöte an, wartete noch einen Takt ab und schaute erwartungsvoll zu seinem Dirigenten hinüber. Schon aus Achtung vor Twitschel wollte er den genauen Einsatz abpassen; diesen Respekt schuldete er sowohl Beethoven als auch seinem jetzigen Maestro.

Endlich richtete Twitschel den Taktstock auf seinen ersten Oboisten. Sekundenlang schwebte der elfenbeinfarbene Stab zitternd in der Luft. Der Dirigent kniff verblüfft die Augen zusammen; er vermisste das gewohnte schwarzsilberne Holzblasinstrument. Mit fragend gelupften Augenbrauen musterte Twitschel stumm seinen Solisten.

Sebastian ignorierte den Blick des Maestros, er kümmerte ihn nicht mehr. Ihn interessierte nur eines: dass die tausend Euro, die er dem Krankenpfleger versprochen hatte, auch tatsächlich sicherstellte, dass das Radio in Nicolas' Zimmer eingeschaltet und auf den Kanal eingestellt war, der das Konzert in voller Länge übertrug. Das, was Sebastian nun zu spielen gedachte, sollte auch wirklich an die Ohren seines Sohnes dringen. Die Flöte fühlte sich spröde an und trocken an den Lippen. Die Finger in der entsprechenden Position, stellte er sich die Noten vor, die Meer ihm diktiert hatte.

93. KAPITEL

Donnerstag, 1. Mai – 20:03 Uhr

David sah, wie ein Ziegel aus der Wand kippte. Ein Riss im Luftschacht wurde größer; ein breiter Lichtschwall brach durch die Öffnung. Den Rücken flach an der Wand, gedeckt durch einen Steinvorsprung, beobachtete David, wie der nächste Ziegel purzelte, dann noch einer. Die ganze generalstabsmäßige Vorbereitung für die Katz! Nun hatten sie ihn doch erwischt! Aber so ganz hatte er sowieso nicht geglaubt, dass sein Schlupfwinkel uneinnehmbar sei. Nun, das war jetzt nicht mehr entscheidend. Selbst für den Fall, dass sie die Kammer finden sollten, hatte er das Element der Überraschung auf seiner Seite. Und die Zeit desgleichen.

Mit angehaltenem Atem und so geräuschlos wie möglich schob er vorsichtig und langsam seine Sprengladung aus dem Lichtkreis heraus. Zoll für Zoll zog er die Komponenten zurück in einen noch dunkleren Winkel der Gruft.

„Keine Bewegung!", schallte da eine Männerstimme. „Oder ich schieße!"

Davids Plan war eigentlich ausgerichtet auf den perfekten Augenblick am Ende der Sinfonie. Aber durfte er noch so lange warten? Den Atem weiter angehalten, lauschte er den Amerikanern, die die Ziegelmauer am entfernten Ende seines Verstecks durchstoßen hatten. Nun musste die Entscheidung binnen weniger Minuten fallen. Alles kam auf Davids allerletzten Köder an.

„Keine Bewegung!", schrie der Amerikaner wieder. „Oder wir machen von der Schusswaffe Gebrauch!"

David ließ die letzte Ratte aus dem Käfig – verdammter Mist, hätte er doch bloß mehr von den Biestern gefangen! – und beobachtete, wie der Nager in Windeseile über den zerfurchten Lehmboden huschte.

„Verflucht noch eins, Tucker!“, hörte er eine zweite Männerstimme. „Wieder nur eine von diesen verdammten Ratten!“

Ein Lichtstrahl fiel auf das Nagetier, das an der Wand entlangflitzte und durch einen Spalt verschwand.

„Ich finde, wir sollten machen, dass wir wieder raufkommen“, fuhr der Mann fort, der gerade gesprochen hatte. „Wir spielen hier doch Blindekuh!“

„Eher Blinderatte!“, ulkte sein Kollege.

Gelächter hallte durch die Kammer, schien sich jedoch etwas zu entfernen. Zogen die Männer etwa ab? Jedenfalls hörte es sich so an. Mit gespitzten Ohren hockte David im Dunkeln. Es ließ sich nur schwer berechnen, wie lange der Abzug dauerte, denn von seinem Versteck aus konnte er ja nichts sehen, und die gedämpften Geräusche der beiden Männer wurden inzwischen von der immer lauter werdenden Musik übertönt. Die Frage war: Sollte er noch bis zu der vorgemerkten Stelle im vierten Satz warten – oder die Sache auf der Stelle zu Ende bringen? Konnte er sich weiteres Warten noch leisten? Was, wenn Paxtons Leute gar nicht aufgegeben hatten, sondern nur eine Pause einlegten? So kurz vor dem Ziel zu scheitern, nur weil er auf ein elegantes Finale aus war ... weil er den Sprengsatz genau am Ende des Konzertes zur Explosion bringen wollte ... War das nicht blanker Unfug? Nein, es gab keinen Grund, die Sache noch länger hinauszuzögern.

David tastete nach den Drähten.

94. KAPITEL

Donnerstag, 1. Mai – 20:04 Uhr

Kaum war Meer am Saaleingang angelangt, trat ihr ein Platzanweiser in den Weg und versperrte ihr den Zugang. Ohne auf ihn zu achten, ohne sich von ihm aufhalten zu lassen, ohne Rücksicht darauf, dass sie das Konzert störte, fasste sie unbeeindruckt nach der Klinke. Natürlich fiel ihr der Anweiser in den Arm und wies sie gedämpft, aber streng darauf hin, dass er sie während der Aufführung nicht durchlassen könne.

Als ob sie das nicht wüsste! Selbstverständlich hätte das die Musiker gestört; Bewegung im Publikum bei laufendem Konzert konnte die Ausführenden aus dem Tritt bringen. Aber genau darauf kam es ihr an. Schon hörte sie, wie der Mann, der ihren Vater auf dem Gewissen hatte, die erste Note des Liedes spielte, von dem sie bereits seit Kindertagen heimgesucht wurde. Ein archaischer, fremdartiger, nie gehörter Klang erfüllte das Auditorium, brach sich an den Wänden und der Decke, zog alle in seinen Bann. Ein Ruf wie aus einer anderen Welt – weder Musik noch Lärm.

Meer verspürte die Wirkung sofort. Taumelnd, von Schwindel erfasst, hielt sie sich die Ohren zu, erfolglos bemüht, den Schall auszublenden, das Gleichgewicht nicht zu verlieren. Die Handtasche rutschte ihr von der Schulter; der Inhalt ergoss sich über den Boden. Sie bückte sich und begann, alles wieder aufzusammeln. Eher aus Höflichkeit denn aus Hilfsbereitschaft ging der Platzanweiser ebenfalls in die Hocke, um ihr zu helfen. Genau darauf hatte Meer gehofft.

Blitzschnell fuhr sie hoch, war mit einem Satz durch den Eingang und rannte im Sprinttempo auf die Bühne zu.

95. KAPITEL

Donnerstag, 1. Mai – 20:07 Uhr

Nur wenige Konzertbesucher bemerkten den Zwischenfall. Die Musiker allerdings spürten sofort, dass etwas nicht stimmte. Den Taktstock in der Hand, erstarrte der Dirigent wie vom Donner gerührt. Sonst auf der Bühne stets Herr der Lage, starrte er seinen Solo-Oboisten an, als müsse er erst überlegen, wie es weitergehen sollte.

Zu seiner Überraschung spürte Twitschel, wie ihn auf einmal eine abgrundtiefe Traurigkeit überkam. Ihm war, als würde sich das Podest unter ihm auflösen, als würde er den festen Boden unter den Füßen verlieren. Er strampelte hilflos in Wasser, in eiskalten, schwarzen Fluten unter einem schwarzen, mond- und sternenlosen Himmel. Ringsum trieben Wrackteile seines Schiffes vorbei – zerbrochene Teile, zerbrochene Leben. Schreie ertönten von nah und fern. Als Kapitän trug er die Verantwortung für ihre sichere Überfahrt, und nun war er schuld an ihrer aller Tod. Die Hilfeschreie der Passagiere formten sich zu einem Muster; ihre Todesangst wurde zu einem Lied, zu einer Musik, die er, das wusste er jetzt schon, bis in alle Ewigkeit nicht würde vergessen können. Das eisige Wasser wurde warm; die Glieder wurden ihm schwer. Er wehrte sich nicht gegen das Ertrinken. Solange er nur nicht länger dieser grausigen Sinfonie aus Todesschreien lauschen musste!

Als Meer die Bühne erreichte, verschwamm alles vor ihren Augen. Das abgedunkelte Auditorium wurde zu einem nächtlichen Himmel.

Der Geruch nach Pferd, nach Tannen, nach frisch gefallenem Regen drang Margaux in die Nase. Der Wind blies so heftig, dass er ihr den von Beethoven ausgeborgten Hut vom Kopfe fegte und ihr das Haar schmerzhaft ins Gesicht peitschte. Beethovens vom kalten Regen durchnässter Mantel hing ihr nun schwer von den Schultern. Dabei hatte sie vor ein paar Stunden noch gedacht, diese Verkleidung sei eine gute Idee.

Major Wells, genauso klatschnass wie sie, schnappte schwer atmend nach Luft. Er hatte sich ganz schön anstrengen müssen, um sie einzuholen – immerhin etwas.

„Die nützt Ihnen sowieso nichts“, feixte er mit einem Blick auf die Pistole, die sie in der Hand hielt. „Mich übers Ohr hauen, ja, das konnten Sie wohl. Aber mich erschießen? Das bringen Sie nicht fertig. Außerdem ist Ihnen vermutlich das Pulver nass geworden, sodass das Ding sowieso nicht funktioniert.“

Caspar hätte den Kerl vermutlich von seinem Gaul geholt und ordentlich verprügelt. Ach, wäre es schön, wenn ihr Mann wieder da wäre, um sie zu beschützen! Allein, das war Wunschdenken. Am Abend zuvor hatte der Zar ihr die traurige Nachricht überbracht, dass ihr Gemahl tatsächlich tot war. Dass er noch irgendwo im Himalaja lebte, hatte Major Wells frei erfunden, um Margaux dazu zu verleiten, die Flöte mitsamt der Melodie der untergegangenen Erinnerungen zu stehlen und an ihn zu verkaufen. Alles ein ausgeklügeltes Ränkespiel, und zwar von Anfang an.

„Überall sitzen Spione, Major Wells“, sagte sie nun. „Wissen Sie noch? Ihre Worte! Nun, auch der Zar hat solche Spitzel, und durch sie ist er hinter Ihre Lügengeschichten gekommen. Sie kriegen die Flöte nicht, egal, womit Sie mir drohen!“

Der Zar allerdings würde sie auch nicht erhalten. Margaux hatte beschlossen, sie überhaupt nicht mehr zu verkaufen und die Spieleschatulle mit sämtlichen Hinweisen an Antonie Brentano zu übergeben – gemäß Beethovens Bitte.

Schon ihr Gemahl war auf der Suche nach diesem uralten Glücksbringer ums Leben gekommen. Dieser Abend bewies einmal mehr, welche Gefahr von ihm ausging. Margaux durfte nicht zulassen, dass noch mehr Menschen zu Schaden kamen. Das war bestimmt nicht in Caspars Sinn, weiß Gott!

Die Flöte an den Lippen, ließ Sebastian Otto die so täuschend einfachen Töne erklingen. Ein dünner, gleichzeitig herrlicher Klang durchzog den Saal und erfüllte Meers Denken. Zur selben Zeit brach um sie herum die Hölle los.

Keiner der Besucher vermochte sich der Wirkung zu entziehen. Schreie und Weinen waren zu hören; Schreckensbilder, Gerüche und Geräusche brachen über das Publikum herein und überwältigten sämtliche Gäste. Obwohl krampfhaft bemüht, in der Gegenwart zu verharren, glitt Meer immer weiter zurück in die Vergangenheit, zurück in den Wald, auf den Pferderücken, in den Regenschauer. Ihre Arme hatten aufgehört zu zittern; mit ruhiger Hand, den Zeigefinger um den Abzugshahn gekrümmt, richtete sie den Lauf der Pistole auf Major Wells.

96. KAPITEL

Donnerstag, 1. Mai – 20:12 Uhr

Tom Paxton stand vor den Monitoren, ohne bewusst auf das Konzert zu achten. Er wollte Bill Vine gerade fragen, wie die unterirdische Suche verlief, da überkam ihn plötzlich ein Gefühl, als würde die Luft um ihn herum bleischwer. Ein furchtbarer Druck hinter den Augen presste ihm die Lider zu, und auf einmal sah er sich völlig unverständlichen Bildern gegenüber.

Während seine Soldaten die Brandfackeln an die Dächer des Dorfes hielten, trat William Moore die Tür zu einer der Hütten ein. Ein bestialischer Gestank schlug ihm entgegen, ein widerwärtiger Mief von Schweiß und warmem Blut, der ihm fast den Magen umdrehte. Zwei Augenpaare starrten ihn an, eine Frau sowie ein kleiner Junge, die wimmernd unter einem in der Ecke stehenden Tisch kauerten. Ein halbes Dutzend Äpfel verteilte sich auf dem Boden, blutrot auf grauem Wackerstein. Die Reste eines Feuers schwelten noch im Kamin. Bald würde es kalt in der Kammer werden; der Winterwind kroch bereits durch die dünnen Wände. Aber das sollte der Frau und ihrem Buben egal sein, ihnen konnte die Kälte dann nichts mehr anhaben. Moore hatte nämlich nicht vor, die beiden am Leben zu lassen. Das Balg war nur ein Klotz am Bein, das Weibsbild ein ständiges Ärgernis. Aber zuerst ... Inzwischen kämpfte William schon verdammt lange in den Feldzügen von König Henry IV.; mit Frauen hatte er schon Wochen nichts mehr gehabt.

Er riss ihr das ärmliche Hemd vom Leib und starrte verdrossen auf die kleinen, flachen Brüste mit den blassen Warzen. So eine magere Ausbeute war nichts für einen richtigen Kerl; der brauchte etwas zwischen den Pfoten, pralles Fleisch und rosige Knospen. Dass das Frauenzimmer ihm durchs Gesicht kratzte, überraschte ihn mehr, als dass es wehtat. Er musste richtig lachen; die Weiber setzten sich im Allgemeinen nicht so heftig zur Wehr.

Der Knirps fing dermaßen laut zu krakeelen an, dass Moore ihm einen Fußtritt versetzte, der ihn quer durch die Kate segeln ließ. Trotz ihrer erkennbaren Angst vor Strafe schrie das Weib seinen Peiniger an, er solle den Jungen in Ruhe lassen. Moore verpasste ihr eine so deftige Maulschelle, dass rote Male auf ihrer Wange prangten, was ihn noch mehr aufgeilte. Als sie ihm daraufhin ins Gesicht spie, war er nicht mehr zu halten. Das sollte sie büßen! Er würde sie schänden und gleichzeitig erdrosseln. Gerade wollte er sich über sie hermachen, da quoll ätzend beißender Qualm ins Innere der Hütte, sodass er einen würgenden Hustenanfall bekam. Fluchend rappelte er sich hoch, rannte nach draußen und ließ die Frau mit ihrem Kind in der verqualmten Hütte zurück, ohne sie noch eines Blickes zu würdigen.

Draußen waren seine Soldaten noch immer dabei, das Dorf abzufackeln. Grölend verfolgten sie, wie die Dörfler mit ihrem Vieh vor den Flammen zu fliehen versuchten. Eine verkrüppelte Frau packte Moore beim Arm und schrie: „Rettet sie! Rettet sie!“ Dabei zeigte sie auf ein kleines Mädchen, das gerade aus einer brennenden Hütte kroch, während ringsum die Balken in einem Funkenregen zusammenkrachten. Das Leben eines Kindes war für William Moore keinen Pfifferling wert. Sein Trupp musste den Weiler einnehmen und weiterziehen zum nächsten. Verluste waren da einkalkuliert. Er versuchte, das kreischende Weib abzuwehren, aber vergebens. Die Frau klammerte sich an seinen Arm, als wolle sie ihn zur Hilfe zwingen. „Rettet sie!“

Lachend stieß Moore die Alte von sich und setzte seinen Weg fort.

„Chef? Chef!“ Kerri fasste Tom Paxton an der Schulter und schüttelte ihn. „Irgendwas stimmt hier nicht!“, rief sie ihm zu, angestrengt bemüht, ihn aus seiner Erstarrung aufzuwecken. Aber er gab keine Antwort; sein Blick war wie abwesend auf einen imaginären Punkt gerichtet. Weder hörte er das angstvolle Rufen seiner Assistentin, noch spürte er, wie sich ihre Fingernägel bang in seinen Arm bohrten.

97. KAPITEL

Donnerstag, 1. Mai – 20:13 Uhr

Im Konzertsaal kletterte die Bürgermeistergattin auf ihren Sitz, richtete sich auf und schrie gellend um Hilfe, dabei wie von Sinnen mit den Armen fuchtelnd. Ihr Mann versuchte, sie zu beruhigen, aber sie stieß ihn von sich, als hätte sie einen wildfremden Menschen vor sich.

Greta Osborn, die angegraute Opernsängerin, die auf der anderen Seite des Ganges saß, starrte hinauf zur Kuppeldecke und wies auf etwas, das wohl nur sie sehen konnte. „Es kommt zu schnell!“, kreischte sie aus vollem Halse. „Zu schnell … zu schnell …“

Stan Miller zwängte sich durch die Sesselreihen, stolperte blindlings über die Beine der Sitzenden. Man schrie ihn an, wehrte ihn ab, konnte ihn aber nicht aufhalten; es war, als würde er von etwas verfolgt, das nur in seiner Vorstellung existierte.

Auf dem Bühnenboden wälzte sich der Dirigent, die Arme hilflos in die Luft gereckt, als greife er vergebens nach einem Halt. Der erste Geiger hatte seine Violine beim Hals gefasst und klatschte sie sich auf Arme, Brust und ins Gesicht, als wolle er einen Insektenschwarm abwehren, von dem er bei lebendigem Leibe aufgefressen wurde.

Eine Cellistin saß heulend da, den Kopf in beide Hände gestützt, und schluchzte zum Steinerweichen.

Buchstäblich festgenagelt auf ihrem Sitz, verfolgte Erika Aldermann hingerissen, wie sich um sie herum das Publikum in voller Auflösung befand. Sie begriff genau, was sich da ringsum abspielte. Sie saß dicht genug bei der Bühne, um Sebastian Otto dort oben im Orchester zu beobachten. Er spielte die Flöte der untergegangenen Erinnerungen, deren Klänge einen Großteil der Konzertbesucher von einem quälenden Gedächtnisschub in den nächsten rissen. Schon wandte Erika sich seitwärts, um Fremont Brecht ihre Beobachtungen mitzuteilen, ihn teilhaben zu lassen an der überwältigenden Erkenntnis, dass ihre Hypothese bezüglich der binauralen Takte hier überall ringsum bestätigt wurde. Aber Brecht war nicht mehr da. In dem ausbrechenden Tohuwabohu hatte sie überhaupt nicht mitbekommen, dass er aufgestanden war. Wohin mochte er gegangen sein? War er etwa ebenfalls betroffen? Eigentlich hätte sie ihn suchen müssen, aber sie durfte diese Vorführung keinesfalls verpassen – diesen schlagenden Beweis für die Richtigkeit ihrer Theorie.

Und noch ein Konzertbesucher, auch er immun gegen die Flötentöne, betrachtete das Chaos ringsum: Malachai Samuels. Der verstand inzwischen die Welt nicht mehr. Wieso war Sebastian Otto im Besitz der Flöte? Wie hatte er die Melodie gelernt? Hatte Meer die Noten herausbekommen? Wichtiger noch: Wozu das Ganze? Völlig verwirrt von den Vorgängen, studierte er die Menschen im Saal, die von einem Moment auf den anderen aus der Gegenwart in die Vergangenheit versetzt wurden, ohne jede Vorbereitung auf Reise oder Ziel. Schließlich stand er auf. Mochte passieren, was da wollte – er musste zur Stelle sein, wenn das Flötensolo verklang. Er *musste* die Flöte haben!

Während er sich nach vorn durchzwängte, bemerkte er einen Gang weiter Meer, die offenbar dasselbe vorhatte wie er. Sie und er waren die einzigen Besucher, die nicht mit der großen Masse den Ausgängen zustrebten.

Meer nahm die Besucher, die ihr entgegenfluteten, gar nicht wahr; es war vielmehr der Ansturm ihrer eigenen Erinnerungen, der ihr ein schnelleres Vorwärtskommen erschwerte. Verzweifelt bemüht, sich an das Hier und Jetzt zu klammern, spürte sie, wie sich um sie herum die letzten Reste der Gegenwart auflösten, hinweggeschmolzen von den Klängen, die Sebastian der Knochenflöte entlockte.

Margaux achtete angestrengt darauf, dass ihre Hand nicht zitterte, während sie weiterhin auf den britischen Major zielte. Der allerdings, unbeeindruckt und offenbar fest davon überzeugt, dass sie den Mut zu einem Schuss nie würde aufbringen können, drängte sein Pferd immer dichter an das ihre heran. Schließlich war er nahe genug, dass er nach den Lederriemen greifen konnte, mit denen die Spielekassette am Sattel festgezurrt war.

„Nicht!", schrie Margaux, die an den Zügeln riss, um ihr Pferd rückwärts zu zwingen.

„Sie dumme Gans!", brüllte Wells, der nun seinerseits eine Pistole zückte. „Begreifen Sie eigentlich nicht, was Sie da angerichtet haben? Und ich, ich muss die Suppe auslöffeln, die Sie uns eingebrockt haben! Ich weiß, dass die Schatulle Hinweise enthält. Rücken Sie sie raus! Dann zahle ich trotzdem noch den vereinbarten Preis. Wenn nicht, werde ich schießen! Also – her damit!"

Malachai spürte, wie sich im Saal allmählich Panik breitmachte. Gelähmt von Angst, Hysterie und Halluzinationen, waren viele Besucher nicht mehr in der Lage, die einfachsten Überlegungen anzustellen. Bleiben oder gehen? Deckung suchen oder fliehen? Wohin? Nach vorn? Nach hinten? Selbst jene, die wie er nicht von den Tönen betroffen waren, wussten weder aus noch ein, so übermächtig war die Bestürzung. Während Malachai sich stetig durch das Gedränge zwängte, bemerkte er die Todesangst in den Augen der Menschen, vernahm ihre durch die Flötenklänge ausgelösten Schreckensschreie. Ihm selber jedoch passierte absolut nichts.

Der wogende Menschenstrom riss Meer in die Gegenwart zurück. Sie war gefangen in einer Flut aus schiebenden, drängenden Leibern, die verzweifelt zu entkommen versuchten. Sie begriffen nicht, was Meer nur zu gut verstand: Solange sie die

Musik vernahmen, ließen ihnen die quälenden Erinnerungen keine Ruhe, auch draußen in der Lobby nicht. Die grellen, hohen Töne schwemmten sie tiefer und tiefer hinein in eine Unterwelt, in einen Schlund, in dem das Licht Jahrhunderte, gar Jahrtausende alt war.

98. KAPITEL

Donnerstag, 1. Mai – 20:15 Uhr

David war, als würde die Luft in Wellen um ihn herum flimmern, gleich einer Strömung, die ihn fortzuschwemmen drohte von diesem Ort, von seiner Aufgabe. Von einer Sekunde auf die andere hatte er das Gefühl, er würde in zwei unterschiedlichen Wirklichkeiten existieren. Bemüht, sich in beiden zurechtzufinden, verlor er jegliche Orientierung. Was ging hier vor?

Eigentlich musste er jetzt die Sprengladung zünden, doch irgendetwas stimmte nicht mit seiner Koordination und seiner Sehschärfe. Er konnte sich auf nichts anderes konzentrieren als auf die Töne, die ihn so eisern umklammert hielten. Ihm war fast, als würde ihm das Gehirn durch Ohren, Augen und Nase aus dem Schädel gepresst.

Handelte es sich womöglich um eine neue Sicherheitstechnik? Eine neuartige, von Paxton und Konsorten erfundene Methode, um Ratten wie ihn aus ihren Schlupfwinkeln zu scheuchen? Nur empfand David diese Töne, so grausig sie klangen, gleichzeitig auch als wunderschön und verlockend zugleich. An sich musste er jetzt dringend den letzten Draht an der Batterie anschließen und die Zündkapsel betätigen, aber es ging nicht … Nein, er musste lauschen … konnte sich nicht dagegen wehren … war machtlos gegen diese lockenden Klänge … die ihn in ihren Strudel sogen.

99. KAPITEL

Tal des Indus, Indien – 2120 vor Christus

In der mondlosen Finsternis war das Gelände trügerisch, doch Devadas blieb nichts anderes übrig, als während der Nacht zu wandern, wollte er rechtzeitig an sein Ziel gelangen. Der Tradition entsprechend mussten sämtliche Opfer bis Tagesanbruch dargebracht sein. Nicht mehr lange also, dann würde Sunil Ohana auf den Opferstein betten. Er würde ihr feierlich die Kehle durchschneiden und seine unberührte Tochter den Göttern weihen.

Als ob den Göttern etwas an Menschenopfern läge!

Während Devadas so durch die nächtliche Landschaft wanderte, zerbrach er sich den Kopf darüber, wie er Sunil noch von seinem Vorhaben abbringen mochte. Gab es wohl vernünftige Gründe, mit denen sich ein Mensch noch umstimmen ließ, der so in Aberglauben und den überlieferten Sitten und Gebräuchen verhaftet war? Und warum sollte Sunil ihn anhören? Als einer der sieben heiligen Männer des Dorfes hielt Ohanas Vater ihn, Devadas, sowie seinen Bruder Rasul ohnehin für Ketzer.

Dabei war es tatsächlich so: Spielten er und sein Bruder gewisse Weisen auf den von ihnen gefertigten Instrumenten, so spürten die Zuhörer wahrhaftig lindernde Wirkung. Die Klänge der Flöten und Trommeln wirkten in der Tat gegen Schlaflosigkeit, Schmerzen oder innere Unruhe. Wäre der Vater der beiden Brüder nicht auch einer der Dorfschamanen gewesen – man hätte sie längst fortgejagt. Stattdessen hatte sich eine kleine Schar von Jüngern um sie gebildet, und Gerüchte über ihre Wundertätigkeit machten die Runde. Solch radikales Denken und solch ungewöhnliche Heilkünste waren verdächtig, die beiden Brüder den Dorfältesten nicht geheuer.

Doch die beiden hatten sich dazu durchgerungen, dieses Wagnis auf sich zu nehmen. Denn mit ihrer Gabe konnten sie Menschen helfen, auch wenn sie sich selber dadurch in Lebensgefahr begaben. Zu erleben, wie der gequälte Blick aus den Augen einer Frau wich oder wie eine fiebrige Kinderstirn abkühlte – das wog die ständigen Drohungen auf. Sie machten selbst dann noch weiter, als Devadas von seinem Weib nebst dessen Familie ausgestoßen und des Hauses verwiesen wurde. Sie drohten, ihm seine leiblichen Kinder zu entziehen, sollte er seinem Heilzauber nicht entsagen.

Sunil hatte ihn wohl kommen sehen, denn er fing ihn noch auf dem Pfad ab. „Was hast du hier zu suchen?“, knurrte er hasserfüllt.

„Ich bitte um ein Gespräch mit dir.“

„Wenn du nur den Mund aufmachst, verspottest du schon die Götter. Außerdem habe ich zu tun. Ich muss Vorbereitungen treffen.“

Fern an der tiefsten Stelle des Horizonts zog das erste Grau der Morgendämmerung herauf. Bald schon, so schätzte Devadas, musste die Opferzeremonie beginnen. Den Blick an Sunil vorbei auf das Haus der Familie gerichtet, stellte er sich vor, wie Ohana in der Kammer, die sie mit ihren zwei Schwestern teilte, auf ihrer Binsenmatte ruhte.

Rasul hatte ihn auf Knien angefleht, auf den Gang zu verzichten, doch Devadas war fest entschlossen, seine Liebste vor dem Opfertod zu erretten. Ganz gleich, was geschehen mochte. Das schuldete er Ohana für das, was er ihr genommen hatte, auch wenn sie sich ihm freiwillig hingegeben hatte.

Anfangs war alles ganz unverfänglich gewesen. Seine Frau hatte ihn rausgeworfen; Devadas hatte über ein Jahr allein in der Werkstatt gehaust, in der er mit seinem Bruder arbeitete. Eines Tages hatte ihn Ohana aufgesucht, weil sie unter ständigen, unerträglichen Kopfschmerzen litt.

Fünf Mal war sie wiedergekommen. Beim sechsten hatte er ihr Leiden mit seiner Musik geheilt und ihr eine Schale Tee angeboten. Im Laufe der Unterhaltung war ihm aufgegangen, dass ihre Schmerzen von der Furcht vor ihrer bevorstehenden Vermählung mit einem Seefahrer herrührten. Es war üblich, dass junge Mädchen von den Vätern verheiratet wurden. Ohana jedoch widersetzte sich und weigerte sich, einen Bräutigam zu heiraten, den sie gar nicht kannte. Devadas hatte Verständnis für diese Haltung; er und sein Bruder wandten sich ebenfalls gegen diese überkommenen Regeln.

Als die Sonne unterging, sprachen sie über ihre unterschiedlichen Glaubensvorstellungen. Ohana verfügte über eine rasche Auffassungsgabe, und ihre Wissbegier war so ehrlich, dass Devadas sich gleich zu ihr hingezogen fühlte. Zu sehr, wie sich erweisen sollte.

An jenem Tag hatte ihre gefährliche Liebschaft begonnen, eine Liebe, die sich im Verborgenen abspielte. Des Öfteren hatte Devadas versucht, das Abenteuer zu beenden, doch jedes Mal hatte Ohana ihn umgestimmt. Dass es früh genug enden würde, sagte sie; ihr Zukünftiger würde demnächst von seiner Seereise zurückkehren.

Vor einem Monat jedoch war die Kunde eingetroffen, dass ihr Bräutigam ertrunken sei. Sunil sah in dieser Tragödie das Zeichen, dass seine Tochter dazu bestimmt war, das Menschenopfer zu werden, das die Dorfbewohner zum alljährlichen Sonnenwendfest brachten.

Ob Ohana überhaupt wusste, was der dämmernde Tag für sie bringen sollte? Schlummerte sie noch friedlich, oder starrte sie durch die Fensteröffnung hinauf zum mondlosen Firmament, den eigenen Tod vor Augen? Bei dem Gedanken wurde ihm eiskalt ums Herz.

„Ich bitte dich, Sunil, hör mich einen Augenblick an!", bat Devadas, bemüht, sich möglichst demütig zu geben, denn nur so konnte es gehen.

„Na, meinetwegen", brummte Ohanas Vater. „Ich muss sowieso Holz sammeln." Er wandte sich zum Flussufer und zum heiligen Hain, der dort wuchs – Ashoka-Bäume, hoch und kerzengerade wie Wächter. Devadas half ihm beim Aufklauben von Reisig, Zweigen und Ästen, die der Alte brauchte, um das Feuer auf dem Altar zu entfachen. Obwohl es noch dunkel war, glommen die melonenfarbenen Blüten so hell, als glühten sie innerlich, und die Luft war so erfüllt von ihrem schweren, süßen Duft, dass es Devadas ganz flau davon wurde. Es hieß, wenn man die Blüten wusch und dieses Wasser dann trank, sei man vor allem Unheil gefeit. Sämtliche Heilkundigen hielten Krüge mit diesem Wasser bereit.

„Hast du noch immer die Absicht, deine Tochter bei Sonnenaufgang den Göttern zu weihen?", fragte Devadas schließlich.

„Was geht das dich an? Du, dessen Namen ‚Diener der Götter' bedeutet – ausgerechnet du stellst mir an einem heiligen Tag diese Frage?"

Nicht mehr lange, dann würden Menschenscharen von nah und fern erscheinen, um die neue Jahreszeit feierlich willkommen zu heißen. Noch aber war kein Pilger zu sehen. Devadas wusste, dass er daher ungefährdet sprechen konnte, ohne belauscht zu werden.

„Ich bin gekommen, um dir Folgendes mitzuteilen: Wenn du deine Tochter opferst, beleidigst du die Götter. Ihr Zorn wird über dich und dein Dorf kommen." Die Worte schmeckten bitter, doch Devadas wusste, es war der einzige Weg, um Ohana noch ihrem Schicksal zu entreißen.

Der Alte musterte ihn verächtlich. „Ach, und wieso?"

„Weil die Götter eine Jungfrau verlangen."

Sein Gegenüber zuckte zusammen, das Gesicht eine kalte, grimmige Maske. „Was willst du damit andeuten?"

„Dass Ohana keine Jungfrau ist."

„Wie kannst du es wagen?"

„Es ist die Wahrheit."

Sunil stand reglos wie die Berge am fernen Horizont. „Woher weißt du das?"

„Ich bin der Mann, der ihr beigewohnt hat", flüsterte Devadas schamerfüllt – nicht etwa deswegen, was er Ohana angetan hatte, sondern weil er jene süßen Augenblicke durch den Gebrauch gewöhnlicher Wörter entweihte.

Sanft klatschten die Wellen ans Ufer. Ein einsamer Vogel schwang sich mit flatterndem Flügelschlag in die Luft. Irgendwo in der Ferne schlug warnend ein Hund an.

„Meine Tochter ..." Nur mit Mühe würgte Sunil die Worte hervor, als habe er Angst, sie könnten ihm die Lippen versengen. Stockend setzte er abermals an. „Meine Tochter wurde bereits als Kind einem Manne versprochen ..." Dann stutzte er, als müsse er das Gehörte erst verarbeiten. „Meine Tochter war einem anderen versprochen, und du hast ihr die Unschuld geraubt? Du, der du ein junges Weib besitzt und eigene Kinder?"

Wie hätte Devadas sein Tun rechtfertigen sollen? Wenngleich aus seinem Heim gewiesen, war er ja weiterhin vermählt. Wie sollte er erklären, was es bedeutete, mit Ohana zusammen zu sein? Wie jenes Gefühl erklären, als habe seine Seele von Anfang an auf sie gewartet? Er sah Sunil an den Augen an, dass er nicht vergebens hergekommen war. Sunil glaubte ihm. Ohana würde verschont werden.

Der Hieb traf ihn wie aus heiterem Himmel. Sunil war zwar älter, aber er hatte die Wut der Verzweiflung auf seiner Seite. Der Felsbrocken erwischte ihn an der Schläfe, und Devadas sackte zusammen. Er lag am Boden, blickte auf den Tobenden. Er hätte Sunil noch mit Leichtigkeit von den Beinen holen können. Ein lebenslanger Grundsatz hielt ihn indes davon ab: Habe Achtung vor den Älteren, auch wenn du nicht ihrer Meinung bist! Genau in diesen kurzen Augenblicken, in denen er mit sich rang, ob er diese Regel jetzt noch befolgen sollte, genau in diesem Moment ließ Ohanas Vater ein zweites Mal den schweren Stein auf ihn niedersausen. Der Schlag gab Devadas, der ohnehin am Rande der Ohnmacht war, den Rest.

Gelähmt, geblendet durch das Blut in seinen Augen ahnte

Devadas: Es war aus. Hier, auf der Landstraße, im ersten Morgengrauen, würde er sterben. Durch seine Schmerzen hindurch glaubte er, seine Ohana zu sehen. Oder war es nur ein Wunschtraum? Er wollte ihr sagen, dass sie nicht weinen sollte, dass er es gern getan hatte. Dass er sein Leben und seine Liebe mit Freuden für sie hingegeben hatte. Er fühlte keinerlei Schmerzen mehr, spürte nicht mehr den Stein, mit dem Sunil in seiner Raserei noch immer auf ihn einschlug. Nichts tat mehr weh. Stattdessen überkam ihn jenes große, erhabene Gefühl, dass er jemandem das Leben rettete. Mehr konnte keiner von ihm verlangen. Ihm war Gelegenheit gegeben, dieses Opfer zu bringen, und möglicherweise hatte er eigens so gelebt, damit er auf diese Weise sterben und Ohana vor dem Tode retten durfte. Jeder Mensch lebte zu einem ganz bestimmten Zweck, und diesen Zweck zu begreifen, das war eine Gabe. Diese Gabe nahm er mit sich, als er diese Welt verließ und hinüberwechselte in jene Dunkelheit, wo Vergangenheit und Gegenwart zu einer neuen Dimension verschmolzen.

100. KAPITEL

Wien, Österreich
Donnerstag, 1. Mai – 20:23 Uhr

Meer sah, wie ein übergewichtiger Smokingträger auf sie zustürmte und sie niederzuwalzen drohte, falls sie nicht rechtzeitig aus der Bahn floh. Aber wohin? Sie steckte ja im Gewühl fest! Im Vorbeidrängen schubste er sie grob beiseite, sodass sie aus dem Gleichgewicht geriet und heftig mit dem Bein gegen eine Sitzkante stieß. Durch den stechenden Schmerz hindurch hörte sie, wie der nächste Flötenton die Luft zerriss, herrlich und grausig zugleich auf eine Weise, die nichts mehr zu tun hatte mit normaler Musik. Es war, als zerplatze der Klang in einen schillernden Funkenschauer, der Meer zurückzog zu Margaux, zurück in das Gewitter.

Als Major Wells die Pistole hob und die Mündung auf Margaux' Brust richtete, stand Bedauern in seinen Augen, und seine Stimme klang todernst. „Pardon, aber dieser ganze Plan zeigt mittlerweile Auswirkungen, die weit über Ihre ursprünglichen Vorstellungen hinausgehen. Meine Regierung kann es sich nicht erlauben, dass daraus eine Staatsaffäre wird. Begreifen Sie denn nicht? Falls Sie sich weigern, Beethoven die Flöte zu entwenden und sie Zar Alexander zu verkaufen, könnte ihn das so sehr beleidigen, dass er die Konferenz verlässt. Dasselbe droht womöglich, wenn Sie sie ihm doch verkaufen, das Instrument aber nicht funktioniert. Also muss ich die Sache jetzt selber in die Hand nehmen. Ach, hätten Sie sich doch nur an unsere Abmachungen gehalten! Als wir verhandelten, da machte ich Ihnen ein redliches Angebot …"

„… das auf einer Lüge beruhte! Sie haben behauptet, mein Gatte sei noch am Leben!"

Major Wells ignorierte den Vorwurf. „Nun laufen wir Gefahr, dass sich daraus eine gefährliche politische Krise entwickelt. Das werde ich keinesfalls zulassen. Ich muss alles haben, was mit der vermaledeiten Flöte und der Melodie in Verbindung steht. Die Schatulle eingeschlossen. Also, her damit!"

„Niemals!" Sie tat dies alles Beethoven zuliebe. Sie hatte nicht vor, ihn zu enttäuschen.

Als sie bemerkte, wie Wells den Finger um den Abzugshahn krümmte, feuerte sie selber ihre Pistole ab und hieb gleichzeitig ihrem Pferd Pythagoras die Fersen in die Weichen. Pythagoras bäumte sich auf – teils aufgrund des Knalls, teils von ihrem Fersenhieb – und sprengte los. Margaux gab ihm die Zügel frei und ließ ihn im vollen Galopp in Richtung Anwesen preschen. Zurückschauen konnte sie nicht. Sie hatte keine Ahnung, ob sie den britischen Offizier getroffen hatte oder nicht, und es war ihr auch einerlei. Hauptsache, sie schaffte es, zum Herrenhaus zu entkommen und Beethovens Geschenk seiner Freundin Antonie Brentano zu übergeben.

Sie sah auch nicht, wie Wells, wenngleich in der linken Schulter verwundet, den rechten Arm hob und auf die davonpreschende Reiterin zielte.

Den Mündungsknall hielt sie zunächst für einen Donnerschlag. Als sie jedoch die Kugel spürte, die sich tief in ihre Seite bohrte, da war ihr, als würde ihr jemand eine lodernde Fackel an die Haut halten. Zweierlei nur durchdrang noch ihr Bewusstsein: das Brennen sowie der Gedanke, dass sie durchhalten musste, bis sie das Haus erreicht, bis sie die Spielekassette übergeben hatte. Das Geheimnis, das ihren Mann das Leben gekostet hatte, es musste unbedingt gewahrt werden. Drüben im Haus würde man ihr helfen, die Schmerzen lindern. Nur noch ein kurzes Stück!

Hinter ihr in einem Baum tirilierte ein Vogel. Erstaunlich, ausgerechnet jetzt, wo sie bei Blitz und Donner quer durch einen regendurchtränkten Wald galoppierte! Während sie sich noch darüber wunderte, schweiften ihre Gedanken zu Beethoven. Zur Flöte. Zu ihrem Geheimnis. Zu ihrem Ehemann. Er hielt ihre Hand in seiner.

Sebastian holte tief Luft, bevor er ansetzte, um die Melodie noch einmal zu spielen. Der kurze Moment der Stille riss Meer in die Gegenwart zurück; sie fand sich auf dem Saalboden kauernd, umgeben von leeren Sesseln. Sie musste hoch und hin zur Bühne, musste Sebastian stoppen! Das Durcheinander ringsum nahm immer chaotischere Formen an, denn mehr und mehr Besucher wurden von grausigen Erinnerungen heimgesucht. Mühsam stemmte Meer sich hoch und schaute sich um. Nach wie vor waren die Gänge verstopft von fliehenden Menschenströmen, aber ihr blieb keine Wahl, trotz ihrer Benommenheit, trotz ihrer Schwindelgefühle. Margaux war tödlich getroffen, und Meer bezweifelte, ob sie ihren Tod, die Qual, den Kummer würde ertragen oder gar überleben können.

Unfähig, sich noch aufrecht im Sattel zu halten, war Margaux über den Pferdehals gesackt und klammerte sich mit beiden Händen an Pythagoras' Mähne fest. Langsam aber schwanden ihr die Kräfte. Die Schusswunde schmerzte so grausam, dass Margaux am liebsten in Ohnmacht versunken wäre, aber ein letzter Rest von Verstand hämmerte ihr ein: *Nicht aufgeben!* Sie würde sonst aus dem Sattel stürzen. Und was dann? Dann holte Wells womöglich Pythagoras ein und raubte die Kassette! Oder schlimmer noch: Vielleicht würde er gar das Pferd niederschießen, um an die Schachtel zu gelangen!

Also biss sie die Zähne zusammen und versuchte, sich zu überlegen, was sie bei der Ankunft am Hause sagen solle – möglichst eine ganz knappe Erklärung. Beethoven ging es ja nicht um Worte; ihm war vielmehr daran gelegen, dass die Flötenmusik keinem Menschen zu Ohren kam. Genau da musste sie ansetzen: warnen und sicherstellen, dass niemand das Geheimnis der Musik an sich riss.

Meer kämpfte sich durch das im Gang herrschende Gewühl bis ganz nach vorn durch. Dort angelangt, kletterte sie auf das

Bühnenportal und zwängte sich durch das Tohuwabohu aus Musikern, die ebenso angeschlagen und konfus wirkten wie ihr Publikum. Einer wälzte sich schreiend am Boden und schlug dabei mit den Händen um sich, als stehe er in Flammen. Wieder einer war unter seinen Stuhl gekrochen und hockte dort, die Hände vors Gesicht geschlagen, wie in Erwartung eines unsichtbaren Bösewichts, wobei er in einer für Meer unverständlichen Sprache immer wieder denselben Satz brabbelte. Einige Orchestermitglieder wirkten körperlich betroffen, andere offenbar psychisch angeknackst. Die wenigen, denen die Flötenklänge anscheinend nichts anhaben konnten, versuchten, ihren betroffenen Kolleginnen und Kollegen zu helfen.

Meer beachtete sie nicht weiter, sondern bewegte sich auf Sebastian zu, der unverdrossen weiterspielte, unbeeindruckt von dem ringsum tobenden Chaos. Da er die Augen geschlossen hielt, bemerkte er Meer nicht, sah nicht, wie sie nach der Flöte griff … und spürte es erst, als sie versuchte, ihm das Instrument zu entreißen.

Da schlug er die Augen auf und begriff, wen er vor sich hatte. Ohne die Flöte abzusetzen, hielt er sie verzweifelt fest und blies die nächsten Noten. Meer musste kämpfen, um in der Gegenwart zu bleiben, musste sich mit aller Kraft auf das Jetzt konzentrieren. Mit jedem Atemzug spürte sie, wie der Schmerz in ihrem Rücken schlimmer wurde.

„Hören Sie auf, Sebastian!“, rief sie. „Sie können nicht dauernd wieder von vorne anfangen! Es reicht! Los, her mit der Flöte!“

Aus den Augenwinkeln bemerkte sie, wie sich ein halbes Dutzend Uniformierter zur Bühne durchzwängte. Auch Sebastian sah die Polizisten, und für einen Augenblick lösten sich seine Finger von der glatten, beinernen Röhre. Blitzschnell griff Meer zu. Sie entwand ihm die Flöte und verbarg sie unter ihrer Lederjacke. Dann wich sie zurück vor den sechs Beamten, die nun, ohne Meer überhaupt zu beachten, die Bühne stürmten und Sebastian umstellten. Hatten sie, so durchfuhr es Meer, etwa nicht mitbekommen, dass sie inzwischen im Besitz der Flöte war? War ihnen nicht klar, dass der Oboist vorhin ein völlig artfremdes Instrument in Händen gehalten hatte? Eigentlich konnte das nicht sein; sie hatte Fieske ja eingeweiht. Aber möglicherweise hatte er nicht mehr die Zeit gefunden, noch alle Kollegen genau zu informieren. So oder so – sie hatte keineswegs die Absicht, hier abzuwarten, wie die Sache ausging.

Schritt für Schritt wich sie zurück, ohne dass die Polizisten etwas unternahmen. Drei bewachten Sebastian; die anderen gingen dazu über, sich um die psychisch angeschlagenen Musiker und Besucher zu kümmern.

Meer war untröstlich. Ihr Vater war tot, und zwar durch die Schuld von Sebastian Otto. Der hatte sich an ihr, an ihrem Vater, an den Konzertbesuchern aufs Schrecklichste versündigt – doch gleichzeitig auch das Geheimnis enträtselt, das Meer ein ganzes Leben lang schon verfolgte. Was sie da unter der Jacke verborgen hielt, war alles, was von Devadas übrig geblieben war. Es hatte Caspar den Tod und ihren Vater in Lebensgefahr gebracht. Niemand sollte es ihr ein zweites Mal nehmen! So bestürzt sie jetzt auch sein mochte – eines war ihr auf einmal klar: Früher, durch ganze Lebensepochen hindurch, hatte sie die Verantwortung getragen für diesen Gegenstand, dessen Hüterin sie nun aufs Neue war. Und diesmal wollte sie diese Flöte der untergegangenen Erinnerungen zum Guten einsetzen, unter allen Umständen und koste es, was es wolle. Das war ihr Karma, ihre spirituelle Bestimmung. Früher genauso wie heute.

101. KAPITEL

Donnerstag, 1. Mai – 20:25 Uhr

David begriff: Die Sinfonie dort oben lief total aus dem Ruder – und sein Plan gleich mit. Noch konnte er klappen, doch nun zählte jede Sekunde. Nur hatte David immer noch das Gefühl, als zerplatze ihm jeden Moment der Schädel. Die Schmerzen waren zu stark, die Trauer ebenso. Eine Frau mit schwarzem Haar und mandelförmigen grünen Augen geisterte ihm durch den Kopf ... Ohana ... ihr Vater ... und ... unmöglich! ... sein eigener Tod! Inzwischen haltlos weinend, griff er nach dem Zündkabel.

Bemüht, sein Zittern zu unterdrücken, nestelte er an den Drähten. Er wusste, er durfte nicht mehr an die Vergangenheit denken, aber noch immer roch er den Blütenduft des heiligen Baumes, spürte die tödlichen Hiebe, sah, wie der Alte wieder und wieder mit dem Stein auf ihn einschlug, fühlte Devadas' Todeskampf.

Er wollte nach dem Kabel greifen, doch seine Finger versagten ihm den Dienst. Blind vor Schmerzen wand er sich am Boden, doch dann erlebte er irgendwie durch die Qualen hindurch jene Beglückung, die auch Devadas verspürte, als er im Todeskampf noch begriff, dass er einem geliebten Menschen das Leben gerettet hatte.

David erinnerte sich, wie Liesel einmal zu ihm gesagt hatte, seine Artikel und Reportagen seien möglicherweise lebensrettend. Wäre sie jetzt hier – sie würde ihm vorhalten, dass es niemals seine Bestimmung gewesen sei, Gewalt anzuwenden.

Andererseits konnte er jetzt nicht mehr zurück. Er musste es tun, für sie, für seine Söhne. Diesmal nahm er das Kabel in die Hand, doch dann wollte ihm nicht so recht einfallen, was als Nächstes zu tun war. Zwei Schritte. Nur zwei Schritte noch!

Abermals ließ der Alte den Stein niedersausen.

Nein! Nur zwei Schritte noch: Den Kurzschluss verursachen und die Explosion auslösen! Den Blick starr auf seinen Sprengsatz gerichtet, spürte David, wie ihn eine ungeheure Wehmut überkam – so bleischwer, dass er glaubte, überhaupt nie wieder hochzukommen. Vielleicht, so überlegte er, solltest du einfach hier unten bleiben, mit den Steinen verwachsen, Teil der uralten Totenstadt werden.

Los, mach schon!, schrie er sich stumm an. *Tu es! Jetzt! Bring es hinter dich!*

Die Drähte zwischen den Fingern fühlten sich an wie Liesels Haar.

Was hatte er sich da bloß die ganze Zeit eingebildet? Lachhaft! Zu einem Mord war er doch gar nicht fähig! Nicht mal die Ratten hier unten hätte er umbringen können. Doch jetzt noch kneifen? Dann würde er den Verlust seiner Familie sein Lebtag nicht überwinden. Wenn er so ohne seine Lieben weiterleben musste bis ans Ende seiner Tage, dann würde das schmerzhafter und quälender sein als je in den vergangenen achtzehn Monaten.

Zum letzten Mal krachte der Stein auf Devadas' Kopf nieder.

Seine Finger erschlafften; kraftlos sackten die Hände zu Boden. Vor den Augen wurde ihm pechschwarz. Unabhängig davon, wie viele Menschen er geliebt und verloren haben mochte – konnte er anderen tatsächlich das antun, was man ihm angetan hatte? Sollte er derjenige sein, der das brüchige Band zerstörte, welches die Menschen über und durch die Zeiten miteinander verknüpfte?

Mach schon! Los!

Kurz entschlossen griff er nach Drähten, Ladung und Sprengkapsel, doch anstatt sie miteinander zu verbinden, wuchtete er sie mit letzter Kraft in den Lichtschacht hinein – in jenen leeren Kanal, durch die er seine Ratten gescheucht hatte. In jenen Hohlraum, durch den die Klänge aus dem Konzertsaal nach unten drangen.

Er musste sich beeilen! Er hatte seinen Rechner darauf programmiert, die Artikel zu den Zeitungsredaktionen zu versenden, und zwar in etwa anderthalb Stunden. Noch neunzig Minuten verblieben ihm, um seine Zelte abzubrechen und dann nach oben, zurück zu seinem Hotel zu gelangen – falls ihm sein Leben lieb war. Ein Leben, das ihm vor Kurzem noch völlig egal gewesen war.

102. KAPITEL

Donnerstag, 1. Mai – 20:27 Uhr

Von der linken Bühnenseite aus verfolgte Meer, wie Sebastian in Gewahrsam genommen wurde. Nach ihrer Ansicht würde man die Geschehnisse später unbedingt ergründen und beleuchten müssen. Welche Folgen mochte es haben, dass am heutigen Abend, hier in Wien, Tausende durch Sebastians Handeln an grausame, entsetzliche Erlebnisse erinnert worden waren? An Episoden aus der Vergangenheit, die sie schon einmal durchlebt und dann verloren hatten.

Bei seinen zahlreichen Versuchen, Meer das mystische Licht der Weisheit näherzubringen, hatte ihr Vater ihr erklärt, dass mit dem Tode unsere Seele den Körper als reines weißes Licht verlässt, das sich in Abertausende von Fragmenten auflöst. Jedes dieser Teilchen, so Jeremy, kehrt zu einer anderen Zeit in einem anderen Wesen zurück. Und eines Tages fügen sich all diese Bruchteile wieder zu einem Ganzen zusammen.

Welche Seele mochte in Sebastians Körper hausen? War sie wohl wirklich ein Teil derer, die Major Wells innegewohnt hatte? Es schien so. Beide waren sie niederen, selbstsüchtigen Instinkten erlegen und hatten dadurch das Vermächtnis der Flöte besudelt. Wieso hatte Sebastian Otto die Lehren seines Karmas in den Wind geschlagen? Was wollte er erreichen? Warum musste er andere in Mitleidenschaft ziehen? Entsprach es etwa Meers eigener Bestimmung, ihm die Gelegenheit zu geben, diesmal recht zu handeln und Wiedergutmachung zu betreiben?

Wenn, dann hatte sie höchstens noch zu seinem Scheitern beigetragen.

Sie spürte, wie jemand sie von hinten packte. Der Griff war fest und sicher, die Stimme angenehm und vertraut. „Meer, ich glaube, wir sollten von hier verschwinden."

Als sie Malachai hörte, wäre sie fast vor Erleichterung zusammengesackt, hätte er sie nicht weiter gestützt. „Kommen Sie, ich helfe Ihnen. Lassen Sie mich nur machen. Nichts wie weg hier!"

„Ich habe sie …" Sie zeigte ihm die Flöte.

„Ich weiß. Haken Sie sich bei mir unter, ich bringe Sie hier raus."

„Wissen Sie, was passiert ist?"

„Meer", raunte er, „wir müssen uns beeilen! Die Flöte in Sicherheit bringen! Das begreifen Sie doch, oder? Wir müssen es schützen, unser Erinnerungswerkzeug!" Während er so beruhigend auf sie einredete, geleitete er sie immer weiter fort von Sebastian und den Polizisten.

Sie zwängten sich gerade Arm in Arm hinter die Kulissen, als Meer einfiel, dass er ja noch gar nicht vom Tod ihres Vaters erfahren hatte. „Malachai …", begann sie.

Er ließ sie nicht ausreden. „Jetzt nicht! Sie müssen hier raus, Sie und die Flöte, und zwar möglichst unbemerkt! Gehen Sie einfach weiter! Sämtliche Saalausgänge werden überwacht; die Polizei will so für eine reibungslose Räumung sorgen. Wir müssen durch den Bühneneingang raus!"

Vor ihnen rannte ein Pulk Musiker, und da die vermutlich wussten, wo der Ausgang war, heftete Malachai sich an ihre Fersen. Immer tiefer ging es hinein in den Garderoben- und Kulissenbereich hinter der Bühne. Das Geschrei und Getöse aus dem Saal drang nur gedämpft bis hierher; Meer hörte das Getrappel ihrer und Malachais Schritte auf dem Estrich. Als sie um eine Ecke bogen, waren sie plötzlich allein. Die Stille war regelrecht unheimlich.

„Da lang!" Malachai wandte sich nach rechts, hin zu einem roten Lämpchen mit der Aufschrift „Ausgang", das am Ende eines abgedunkelten Ganges glomm. Als er dann die beiden Sicherheitsposten beiderseits der schweren Metalltür erkannte, war es zu spät, um noch umzukehren.

„Wir gehen einfach durch!“, flüsterte er Meer zu. „Spielen Sie nicht die Heldin. Dass sie einen verwirrten Eindruck machen, ist ganz normal. Das erwarten die sogar. Sie müssen einfach so tun, als gingen Sie hier sonst auch immer ein und aus, als gehörten Sie zum Personal. Inzwischen wissen sie sicher alle, dass jemand festgenommen worden ist. Da werden sie nach niemandem sonst mehr fahnden. Sie wollen vermutlich bloß verhindern, dass die Lage noch eskaliert. Also, nur die Ruhe!“

Die Knochenflöte fest umklammernd, versuchte Meer, sich durch Malachais Worte in der Gegenwart zu halten, aber die Zeit, sie löste sich flimmernd auf …

Ohana war auf der Flucht in grauer Vorzeit. Immer nur war sie davongelaufen, ganz gleich, wen sie in einem vorherigen Leben auch verkörpert haben mochte. Sie musste lernen, standhaft zu bleiben, auszuharren, nicht andauernd wieder zu flüchten, so wie diesmal vor dem Zorn ihres Vaters. Den Knochen in der Hand, das Einzige, was ihr von ihrem Liebsten geblieben war, rannte sie immerzu weiter, ohne zu wissen, wohin. Sie wusste nur, wo sie gewesen war und dass sie fort musste von dort.

„Meer? Meer!“

Wieder das Flirren der Zeit. Dann begriff Meer: Sie stand mit Malachai im hinteren Bühnenbereich des Wiener Musikvereins. Nicht ein Mann namens Devadas war tot, sondern ihr Vater. Hinter ihr tönte aufgeregtes Getrappel, und mit einem Mal war der Gang voller Menschen. Vier Männer in dunklen Anzügen drängten dem Ausgang zu, zwischen sich ein Paar in Abendgarderobe. Malachai packte Meer beim Handgelenk und zerrte sie zurück in den Schatten.

Meer hatte das Gefühl, den dünnen, hochgewachsenen Mann im Smoking zu kennen, doch sie war sich nicht sicher. Er weinte, die Blondine an seiner Seite redete leise und tröstend auf ihn ein. Kurz vor dem Bühnenausgang brach er zusammen; seine Begleiter umringten ihn.

„Am besten“, wisperte Malachai, „verstecken wir uns, bis sie weg sind.“

„Wieso? Was ist denn da los?“

„Der da zusammengeklappt ist, das ist Edward Fields, der Chef der amerikanischen Nationalen Sicherheitskommission. Der soll bestimmt nicht in dem Zustand gesehen werden, weil das den Eindruck von totalem Chaos nur verstärken würde. Wenn die merken, dass wir ihn erkannt haben, werden wir womöglich festgenommen. Lassen Sie uns umkehren, Richtung Haupteingänge. Geben Sie mir schon mal die Flöte; wenn man mich anhält, führe ich denen einen Kartentrick vor; das lenkt sie ab!“

Meer krallte die Finger um die Knochenflöte.

„Los, geben Sie sie mir!“, wiederholte Malachai.

„Nein. Ich kann nicht. Ich darf sie nicht in fremde Hände geben.“

„Meer!“

„Nein!“

103. KAPITEL

Donnerstag, 1. Mai – 20:39 Uhr

Die Straße lag im Schein der altertümlichen Laternen, und somit bemerkte Lucian ohne Mühe, wie Meer in Begleitung von Malachai Samuels das Konzertgebäude durch den Haupteingang verließ. Extra zum Konzert angerückte Sensationsfotografen rangelten um die besten Positionen, damit sie die herausströmenden Besucher und deren entsetzte Mienen auch gut vor die Linse bekamen. Ein unaufhörliches Blitzlichtgewitter ließ den ganzen Vorplatz immer wieder taghell aufleuchten.

Noch immer stand Lucian unter dem Eindruck der Geschehnisse im Saal, wo die Musik in menschliche Entsetzensschreie übergegangen war. Er selber hatte auf einmal den Eindruck gehabt, als lösten sich Luft und Raum und Zeit einfach auf. Dass er dabei in Atemnot geriet, störte ihn nicht, denn Atmen wurde auf einmal überflüssig. Wie flüchtiger Rauch dahinschwebend, nahm er gar nicht mehr wahr, was sich vor seinen Augen abspielte, sondern wurde auf eine zeitlose, unbewusste Weise in eine andere Epoche, an einen anderen Ort versetzt.

Eben hatte er noch verfolgt, wie Meer sich zur Bühne durchkämpfte, da verwandelte sie sich in eine andere Frau – mit längerem, dunklerem Haar, angetan mit einem zerrissenen, zerfetzten blauen Gewand … eine Flöte in der Hand … in Tränen aufgelöst … Nein … es war keine Flöte. Noch nicht. Es war bloß ein kleiner Knochen, an einem Ende abgebrochen, und diesen Knochen reichte sie ihm mit dem Hinweis, sie habe ihn vom Begräbnisplatz gestohlen. Dabei schluchzte sie immerfort weiter; ihr verschmutztes Gesicht war von Tränenspuren durchzogen.

Lucian kannte die Frau zwar nicht, hatte sie auch nie im Leben gesehen, doch ihm war, als müsse sie ihm irgendwie und irgendwoher vertraut sein. Das mochte sich unsinnig anhören, aber so war es nun mal. Die Vision jedenfalls zog ihn unwiderstehlich in ihren Bann, körperlich wie seelisch.

Wie durch einen unermesslichen und unmessbaren Raum hindurch sah er einen Mann, teilweise er selber und gleichzeitig ein Teil seiner selbst, der der Frau den Knochen aus der Hand nahm. In schnell wechselnden Bildern, die unterschiedliche Szenen ein- und derselben Geschichte zeigten, bohrte der Mann dann sieben Löcher in diese Röhre und verwandelte sie damit in eine Flöte. Die Frau schlief derweilen neben der Feuerstelle in einer Werkstatt, die er sich mit seinem Bruder teilte. Dieser Bruder hieß Devadas.

Mit dem abrupten Ende des Konzerts wurde Lucian mit Macht in die Gegenwart zurückgesogen. Vor ihm erschien nicht länger Ohana, nicht mehr die Frau in dem Gewand, sondern wieder Meer Logan, die Frau in Jeans und Lederjacke, Meer, mit dem kastanienbraunen Haar und den unfassbar grünen Augen.

Während er ihr mit Blicken durch die hysterische Menschenmenge folgte, schwebte Ohana weiterhin geisterhaft neben ihr her. Ging das überhaupt, dass man in zwei Wesenheiten existieren konnte? War das möglich, dass er einerseits Lucian war, der FBI-Agent mit einem ihm völlig entgleitenden Fall, und andererseits in einer ganz anderen Zeit lebte, dachte und fühlte?

Es sah so aus, als halte Meer einen Gegenstand an die Brust gepresst, und wenngleich Lucian zu weit weg war, um diesen Gegenstand genau zu erkennen, zweifelte er doch nicht, dass es sich um die Flöte der untergegangenen Erinnerungen handelte. Er hatte nämlich verfolgt, wie sie diese dem Oboisten aus der Hand gerissen hatte. Doch als dann die Besucher in heller Panik aus dem Konzertsaal quollen wie Blut aus einer klaffenden Wunde, da hatte er Meer aus den Augen verloren. Um ihn herum mischten sich Schmerzensschreie mit dem Sirenengeheul der eintreffenden Rettungs- und Polizeifahrzeuge.

Als er dann Meer und Samuels wieder entdeckte, da fiel ihm gleichzeitig ein älterer, weißhaariger Herr auf, der sich mit katzenhafter Gewandtheit durchs Gewühl auf die beiden zuschlängelte: Fremont Brecht, der Präsident der Gesellschaft für Erinnerungsforschung. Er wirkte energischer, als es sein fortgeschrittenes Alter oder seine Körpergröße vermuten ließen, und schien auch durch das leichte Nachziehen seines Beins nicht allzu sehr in seiner Bewegungsfreiheit eingeschränkt zu sein.

Lucian war lange genug beim FBI und hatte daher ein Gespür dafür, wenn Gefahr im Verzug war. Er hätte Meer und ihrem Begleiter noch eine Warnung zurufen können, aber sie hätten ihn sowieso nicht gehört. Er stand zu weit von ihnen entfernt, abgetrennt durch eine Mauer aus völlig verstörten Sicherheitsleuten – Männer und Frauen, die sonst idiotensichere Internet- oder Virenschutzprogramme erfanden, satellitengestützte Navigationssysteme, Peilsender, Sicherheitsschleusen und Spürgeräte, die Sprengstoffspuren sogar in der Luft entdeckten. Sie alle waren noch verängstigter als die anderen, weil sie einen ganz anderen Durchblick besaßen. Ihnen war klar, ein allumfassender Schutz, eine hundertprozentige Sicherheit, das war ein Ding der Unmöglichkeit. Vermutlich war keinem von ihnen bewusst, dass die brutalen, albtraumhaften Visionen, die sie da soeben erlebt hatten, Erinnerung an ihre eigenen Vorleben waren. Eher hielten sie sich vermutlich für Opfer einer Massenpsychose, hervorgerufen vielleicht von einem chemischen Kampfstoff. Nicht so Lucian. Nach seinem Gefühl war das, was Samuels mittlerweile sein ganzes wissenschaftliches Leben lang nachzuweisen versuchte, hier heute Abend wahrscheinlich bestätigt worden war. Ausgelöst nicht etwa durch ein biologisches Gift, sondern durch ein paar Noten: eine Melodie, die untergegangene Erinnerungen zum Leben erweckte.

Plötzlich stob die Menge auseinander. Im wild zuckenden Blitzlichtgewitter der Fotografen sah Lucian, wie Brecht eine Schusswaffe zog.

„Meer! Pass auf!“ Sein Schrei ging unter im Geschiebe und Gedränge.

Malachai Samuels knickte vornüber. Die Hände auf den Bauch gepresst, sackte er zusammen und entschwand Lucians Sicht, genau wie Meer. Die dichte, wogende Menschenmenge verdeckte sie.

Nun fiel es Lucian wie Schuppen von den Augen: Brecht war ebenfalls hinter der Flöte her! Und das konnte nur eins bedeuten: Sobald er begriff, dass Samuels das Instrument nicht bei sich hatte, wäre Meer in Gefahr!

Ohne Rücksicht auf das Gedränge stürzte Lucian sich ins Gewühl. Ein stämmiges Weibsbild versperrte ihm den Weg, taumelnd, offenbar völlig desorientiert. Er brüllte sie an, sie solle ihn durchlassen, doch sie blieb stehen wie vom Donner gerührt, das Gesicht eine schreckensstarre Maske. Und als ihre Beine unter ihr nachgaben, da blieb Lucian nichts anderes übrig, als ihr mit einem Satz zu Hilfe zu eilen.

104. KAPITEL

Donnerstag, 1. Mai – 20:42 Uhr

Tom Paxton saß allein in seiner provisorischen Kommandozentrale. Ohne seine Umgebung wahrzunehmen, starrte er auf die Monitore, sah aber nicht den übertragenen Tumult, sondern die von der Musik heraufbeschworenen Bilder ... Widerwärtige Szenen, in denen ein Mann vor den Augen eines kleinen Jungen über eine Frau herfiel ... Er roch den Qualm, den Dreck, hörte das verzweifelte Kreischen der unter ihm liegenden Mutter ... nein, nicht unter ihm ... unter einem viehischen Verbrecher ... in einer anderen Zeit ... die grässlichen Schreie ...

Dann wurde ihm klar: Der Lärm war echt! Er drang aus dem Theater – jetzt, in diesem Augenblick! Spitze, gellende Schreie aus einem Publikum, das sich auf ein Konzert gefreut hatte und nun in ein entsetzliches Geschehen hineingezogen wurde, mit dem niemand hatte rechnen können.

„Chef?“ Es war Kerri.

Paxton blickte auf, heilfroh, seine Mitarbeiterin zu sehen. „Alles okay?“

„Ja, alles in Ordnung.“

„Hat es Sie auch erwischt?“

„Nein.“

„Da haben Sie Glück gehabt“, flüsterte er.

„War’s so schlimm?“

Nickend wandte er den Blick ab und richtete sein Augenmerk wieder auf seine Bildschirmwand.

Kerri trat zu ihm, legte ihm die Hand auf die Schulter und spürte zu ihrer Verblüffung, wie sein Rücken zitterte. Dass sie dann auch noch Tränen in seinen Augen sah, setzte sie erst recht in Erstaunen. „Was ist denn los, Chef?“

Paxton hörte ihre Stimme, spürte ihre Hand und hätte sich liebend gern trösten lassen, aber er wurde abgelenkt von einem

Display, das den Haupteingang überwachte. Dort wälzte sich gerade ein Menschenstrom aus dem Gebäude, eine von einer Eigendynamik angetrieben Flut, in deren Mitte er David Yalom ausmachte. Der Journalist sah so aus, wie Paxton zumute war: als wäre er geradewegs durch die Hölle gegangen. Allerdings stand noch etwas in Yaloms Augen, das ungeachtet der mittelmäßigen Bildschirmschärfe unübersehbar war: Es schien, als sei er trotz allem mit sich im Reinen.

„Na, Gott sei Dank", bemerkte Kerri, die mit dem Kopf auf den Monitor wies. „Ich hatte mir schon Sorgen um ihn gemacht. Er hat wirklich genug gelitten."

„Kann man wohl sagen."

„Chef, die Polizei bittet um Rücksprache."

„Hab ich mir schon gedacht."

„Es steht zwar noch nicht hundertprozentig fest, aber offenbar hat es keine Toten gegeben."

„Und was ist mit unseren Leuten? Haben die sich schon zurückgemeldet?"

„Alle wohlauf."

„Tucker auch?"

„Jawohl, der auch."

Schließlich flüsterte er: „Kerri, es hat ein Angriff stattgefunden." Dann versagte ihm die Stimme.

105. KAPITEL

Donnerstag, 1. Mai – 20:46 Uhr

Der Lichtmeister legte einen Schalter um. Unzählige Filmscheinwerfer flammten auf und blendeten die Menge. Das Fernsehteam war fest entschlossen, einige der von dem merkwürdigen Phänomen betroffene Konzertbesucher zu interviewen, koste es, was es wolle.

Am Boden kauernd, umringt von einer drängenden, schiebenden, grotesk angestrahlten Masse, wurde Meer von immer schlimmer werdender Todesangst gepackt, denn jeden Moment konnten Malachai und sie zu Tode getrampelt werden. Es war noch ärger als das Gedränge vorhin im Saal. Hier konnte man sich nirgends festhalten, nirgendwo Deckung suchen. Auf die Knie hochgestemmt, versuchte sie, Malachai mit sich hochzuziehen, aber er war einfach zu schwer. Als sie ihn losließ, merkte sie, dass ihre Hände nass und rot waren. Blut! Blut? Was war geschehen? War er so schwer verletzt? Um Gottes willen – nicht beide an ein- und demselben Abend! Erst ihr Vater, jetzt Malachai?

Ich brauche Hilfe!

Kaum hatte sie den Gedanken zu Ende gedacht, da scherte jemand aus der vorbeidrängenden Menschenmenge aus und stemmte sich wie ein Wellenbrecher gegen die anbrandende Flut aus Menschenleibern, sodass Meer etwas mehr Luft zum Atmen fand. Irgendwie kam ihr der Mann bekannt vor. Aber woher? Sie erinnerte sich an seine Augen: tiefgründig, braun, erfüllt mit einer schrecklichen Wehmut. Nein, sie war ihm bloß einmal flüchtig begegnet – sie kannte ihn! Und wusste, dass er schier außer sich war vor Gram.

Er bot Meer die Hand, um ihr aufzuhelfen, und als sie sie ergriff, da fiel ihr alles wieder ein. Sie hatte ihn vor ein paar Tagen auf der Treppe zur Bibliothek gesehen … als sie gerade hinein- und er hinausging. Jetzt begriff sie, was ihr damals noch ein Rätsel gewesen war. Denn da hatte sie die Flötenmelodie noch nicht gehört.

„Devadas?", fragte sie.

Seine Augen weiteten sich; so etwas wie ein Hoffnungsschimmer durchbrach den gequälten Ausdruck.

„Er braucht Hilfe!", rief sie über den Lärm hinweg. „Er blutet!"

Der Mann, den sie nur als Devadas kannte, wuchtete sich den Verwundeten auf die Arme. Genau in diesem Moment schob sich ein älterer Herr zwischen sie und ihren Helfer. Das war doch Fremont Brecht! Der Freund ihres Vaters und Präsident der Gesellschaft für Erinnerungsforschung! Doch er schubste Devadas einfach zur Seite, sodass er sofort von der wogenden Menschenflut mitgerissen wurde. Meer sah noch, dass er verzweifelt wie ein abtreibender Schwimmer gegen den Strom ankämpfte, doch vergebens. Er wurde einfach fortgespült. *Fortgespült!*, durchzuckte es sie. *Wieder einmal!*

Auf einmal war sie sich nicht mehr sicher, ob es ihn überhaupt wirklich gegeben hatte.

„Malachai ist verletzt!", schrie sie Brecht an. „Er muss hier weg, sonst verblutet er!"

„Ich weiß, ich habe alles mit angesehen. Haben Sie die Flöte?"

„Die Flöte? Ja, aber Malachai ..."

„Keine Sorge, geben Sie erst einmal die Flöte her. Wir müssen sie in Sicherheit bringen!" Er packte Meer grob beim Arm. „Los, schnell!"

Weiter entfernt rief ein Uniformierter mit einem Megafon der wogenden Menschenmenge Anweisungen zu. Plötzlich bemerkte Meer einen hünenhaften Fremden, der alle um Haupteslänge überragte und sich im Gedränge zu ihr durchzwängte. Und er hielt eine Pistole in der Hand! Wusste er etwa auch von der Flöte? Dann sah sie, wie Brecht sie mit grimmiger Miene losließ, und im nächsten Moment begriff sie: Dieser bewaffnete Riese, der hatte es gar nicht auf sie oder die Flöte abgesehen. Nein, der zielte auf Brecht!

Im Handumdrehen hatte er den ehemaligen Verteidigungsminister gepackt und ihm die Arme auf den Rücken gebogen. „Ich hab ihn!“, rief er auf Englisch zwei österreichischen Polizisten zu, die sich in diesem Moment ebenfalls durchs Gewühl quetschten. „Aber Samuels hier ist verletzt“, fügte er hinzu. „Brecht hat ihn niedergeschossen!“

„Der Notarzt ist unterwegs, Lucian!“, rief einer der Wiener Polizisten.

„Was?“, fragte Meer ungläubig, an den ältesten Freund ihres Vaters gewandt. „*Sie* haben auf Malachai geschossen?“

Obwohl inzwischen in Handschellen, hielt Brecht sich aufrecht und stolz, als wäre nichts geschehen. Die Polizisten nahm er bewusst nicht zur Kenntnis, genauso wenig wie Meers Frage.

Meer ließ aber nicht locker. „Stecken Sie etwa auch hinter dem Raub des Briefes? Und dem Diebstahl der Spieleschatulle?“

Brecht schwieg, was einem Geständnis gleichkam.

„*Sie* waren das also? Aber wieso? Mein Vater war doch Ihr Freund! Das dachte er zumindest …“

„Meine Verantwortung wiegt schwerer als Freundschaft“, gab Brecht selbstbewusst zurück. „Ich musste unser Erbe hüten und verhindern, dass es in aller Öffentlichkeit lächerlich gemacht wird.“

„Ohne Rücksicht auf Verluste? Das nennen Sie *Verantwortung*?“

„Ihr Vater wollte es auch nicht begreifen. Wir Juden, wir können uns im 21. Jahrhundert keine negative Publicity leisten!“ Sein Selbstbewusstsein verwandelte sich in Wut. „Da haben wir gerade erst unser Stigma als Außenseiter der Gesellschaft abgeschüttelt! Wenn sich nun aber herausstellt, dass wir über ein Werkzeug verfügen, mit dem wir die Existenz der Wiedergeburt beweisen können, dann stellt man uns doch im Nu wieder in die Ecke der übergeschnappten Spinner und religiösen Fanatiker!", schrie er mit überschnappender Stimme. „Wir dürfen uns nicht wieder wie Ausgestoßene in Gettos sperren lass…"

Inspektor Fieske fiel ihm ins Wort und sagte etwas auf Deutsch, das Meer nicht verstand. Zähneknirschend wandte der ehemalige Minister den Blick ab und sah hoch zu einem imaginären Punkt am nächtlichen Himmel. Dann wurde er abgeführt.

Etwas weiter hockte Malachai Samuels zusammengesackt an der Gebäudewand und hielt sich mit geschlossenen Augen die Rippen. Der Amerikaner kniete neben ihm und fühlte ihm den Puls.

Meer trat hinzu. „Malachai?", rief sie. „Können Sie mich hören?"

Er schlug die Augen auf und erkannte den Amerikaner. „Was … was … machen *Sie* denn hier?" Er litt zwar Schmerzen, war aber bei Verstand.

„Ich stehe eben auf Beethoven", flachste der Angesprochene, wobei er doch tatsächlich grinste.

„Und deshalb … fliegen Sie … von New York … hierher? Extra für das Konzert?"

„Es ging eben nicht anders. In der Carnegie Hall haben sie die *Eroica* nicht gegeben."

„Sie sind doch der, der mir dauernd nachspioniert … auf der Straße … im Auto … Mir können Sie nichts vormachen. Sie haben dafür gesorgt, dass ich meinen Reisepass wiederkriege, habe ich recht? Weil Sie hofften, ich reise hierher. Wegen der Flöte. Stimmt's?"

Der Amerikaner hüllte sich in Schweigen. Die Rettungssanitäter kamen herbei, also trat er zurück, damit sie ihre Arbeit tun konnten. Meer aber gab sich damit nicht zufrieden. „Haben Sie ihn tatsächlich observiert? Warum? Er hat doch nichts anderes getan, als mir zu helfen!"

„Nach außen hin sieht es so aus. Diesmal jedenfalls."

„Wird er jetzt etwa verhaftet?"

„Ach was – er wird verarztet! Im Krankenhaus! Und wie sieht's mit Ihnen aus? Haben Sie etwas abgekriegt?"

„Nein, nein. Sagen Sie – wer sind Sie eigentlich?"

„Special Agent Lucian Glass, FBI", lautete die Antwort. „Das mit Ihrem Vater tut mir sehr leid. Ich würde Ihnen gern helfen, Miss Logan."

„Wie?"

„Nun, ich nehme an, Sie möchten die Flöte gern an einen sicheren Ort schaffen. So, wie Sie die festhalten!"

„Ja. Irgendwohin, wo sie sicher ist."

Die Sanitäter hatten Malachai inzwischen auf eine Krankentrage gebettet und rollten ihn zu einem wartenden Einsatzfahrzeug. Meer ging neben ihm her, versicherte ihm, dass wieder alles gut werden würde. Lucian folgte ihnen. Am Rettungswagen angekommen, bewegte sich einer der Sanitäter von dem Verletzten weg, um die Tür zu öffnen. Malachai nutzte die Gelegenheit und griff mit schmerzverzerrtem Gesicht nach Meers Hand – nach der, mit der sie die Handtasche mit der Flöte darin festhielt. „Sie ist echt, Meer! Ich habe gesehen, dass sie funktioniert!"

„Aber sie hat ganz vielen Menschen furchtbare Schmerzen zugefügt! Haben Sie das denn nicht mitbekommen?"

Malachai hörte nicht zu. „Sie hat funktioniert! Bei Ihnen doch auch, oder? All Ihre untergegangenen Erinnerungen wurden hochgespült! Sie brauchen mir nicht zu antworten – ich sehe es in Ihren Augen. Sie haben sich an das erinnert, woran Sie sich erinnern mussten – was Sie schon so viele Jahre versuchen. Wobei ich Ihnen nicht helfen konnte."

„Ja", bestätigte Meer. „Aber es war nicht so, wie ich es erwartet hätte … Es war furchtbar …"

Offenbar war er mit den Gedanken woanders. Er sah einfach durch sie hindurch. In seinem Blick lag ein sehnsuchtsvoller Ausdruck, den sie so noch nicht an ihm erlebt hatte. „Bei mir war nichts“, murmelte er. „Gar nichts. Nicht eine einzige Erinnerung.“ Aus seinen Worten sprach eine Verbitterung, so finster wie der Himmel über ihnen.

Die Sanitäter schoben Malachai in den Wagen und stiegen anschließend selber hinein. Durch die Scheiben konnte Meer verfolgen, wie sie sich weiter um den Verletzten kümmerten. Er wirkte so blass, als würde er vor ihren Augen vergehen.

Die Sirene jaulte auf; der Wagen setzte sich in Bewegung. Meer merkte, dass der FBI-Agent hinter ihr stand, doch sie drehte sich nicht um. Den Blick auf das davonfahrende Notarztfahrzeug gerichtet, griff sie in ihre Handtasche und zog die Flöte heraus. Egal, was für ein Zauber dem Ding innewohnen mochte – ein Menschenleben war es nicht wert. Erst recht keinen Mord.

Ohne die Flöte noch eines Blickes zu würdigen und ohne auch nur eine Sekunde zu zögern, zog Meer sie aus ihrer Tasche, holte aus und knallte sie mit einer heftigen Bewegung auf den Bürgersteig. Und das uralte mürbe Stück Knochen zerbarst in tausend Stücke.

106. KAPITEL

Es gibt in der Tat ein Wiederaufleben und ein Werden der Lebenden aus den Toten und ein Sein der Seelen der Gestorbenen, und zwar für die Guten ein Bessersein, für die Schlechten aber ein Schlechteres.
– Sokrates –

Wien, Österreich
Freitag, 2. Mai – 11:00 Uhr

Der Arzt trat durch die zweiflügelige Schwingtür in den Warteraum. „Miss Logan?"

Meer stand auf. Sie machte sich auf das Schlimmste gefasst. Lucian, der neben ihr saß, erhob sich ebenfalls. Während die Ärzte eine lebensrettende Operation an Malachai durchführten, hatten Lucian und Meer die ganze Nacht hier ausgeharrt, beide aus unterschiedlichen Beweggründen.

„Er ist über den Berg", berichtete der Arzt. „Es wird zwar ein Weilchen dauern, aber er wird wieder gesund."

„Darf ich zu ihm?" Meers Stimme zitterte vor Erleichterung darüber, dass sie ihn nicht auch noch verloren hatte.

„Er ist noch nicht wieder bei Bewusstsein. Heute Abend dürfen Sie ihn besuchen. Er wird in den nächsten paar Tage ziemliche Schmerzen haben."

„Wenigstens einer, der wieder gesund wird", sagte Meer, nachdem der Arzt gegangen war. Sie dachte an ihren Vater, an seine Haushälterin Ruth, an seinen Freund Schmettering. An Nicolas. Während der Wartezeit hatte sie in der Klinik am Steinhof angerufen und erfahren, dass Sebastians Sohn keinerlei Reaktion auf die Melodie gezeigt hatte. Er vergrub sich weiterhin in seiner eigenen Welt. Brecht und Sebastian Otto waren dem Haftrichter vorgeführt worden; beide mussten mit einem

Verfahren und einer langjährigen Freiheitsstrafe rechnen. Noch weitere Verluste waren zu beklagen. Wie das Pflegepersonal berichtete, hatten etliche Radiohörer grausige Flashbacks erlebt; viele hatten Schocks oder Zusammenbrüche davongetragen. Zudem wurden hier in der Klinik auch zahlreiche Konzertbesucher behandelt, die in der Panik verletzt worden waren.

„Na, jedenfalls flicken sie ihn so weit wieder zusammen", knurrte Lucian, der damit Malachai meinte, „dass er einen neuen Versuch starten kann."

Meer schüttelte den Kopf. „Da irren Sie sich."

„Ich weiß, Sie wollen mir nicht glauben, aber Samuels ist gefährlich. Er hat es auf die Erinnerungswerkzeuge abgesehen. Und um sie zu kriegen, ist ihm jedes Mittel recht. Ich bin davon überzeugt, dass er auch hinter dem Raub der Memory Stones voriges Jahr in Rom steckt. Wegen dieser Edelsteine gab es ebenfalls mehrere Todesopfer."

„Haben Sie einen Beweis dafür?"

Eine Antwort erübrigte sich. Hätten Beweise vorgelegen, wäre Malachai nicht auf freiem Fuß.

„Ich kenne ihn schon mein Leben lang. Haben Sie eine Ahnung, wie vielen Kindern er geholfen hat?"

„Das eine muss mit dem anderen nicht unbedingt etwas zu tun haben."

Meer wandte sich zum Gehen.

Lucian kam ihr nach. „Ich vermute, mein österreichischer Kollege wartet unten. Wir könnten Sie zum Friedhof fahren."

„Ich brauche keinen Begleitschutz."

„Dem FBI wäre es aber lieber. Zumindest so lange, bis der Fall offiziell abgeschlossen ist, was eigentlich in den nächsten achtundvierzig Stunden passieren sollte. Wir werden Ihnen auch nicht in die Quere kommen."

Sie nahmen den Lift nach unten. Als sie aus der Kabine in den Eingangsbereich des Krankenhauses traten, gerieten sie geradewegs in einen Auflauf, der offenbar so etwas wie eine improvisierte Pressekonferenz darstellte. Reporter, Fotografen und Kameraleute drängelten sich um einen förmlich wirkenden Arzt, der mit sauertöpfischer Miene eine Verlautbarung verlas.

Meer und Lucian tasteten sich am Rande des Gedränges vorbei und hatten gerade den Ausgang erreicht, als jemand sie von der Seite ansprach.

„Entschuldigen Sie!", rief eine Männerstimme.

Meer drehte sich um.

Nachdem er draußen vor dem Konzertgebäude von der herausflutenden Menge mitgerissen worden war, hatte David Yalom es noch rechtzeitig zu seinem Hotel geschafft und die E-Mails gelöscht, die sein Computer automatisch an die Zeitungsredaktionen versenden sollte. Vor dem Löschen hatte er sein hochdramatisches Manifest nochmals Zeile für Zeile durchgelesen und dabei gedacht, dass man sich um das Seelenheil des Verfassers wohl ernsthafte Sorgen machen musste.

Die ganze Nacht hatte er das Erlebte Revue passieren lassen, besonders die Begegnung in der Menge mit der dunkelhaarigen Frau, die ihn mit „Devadas" angesprochen hatte. In aller Herrgottsfrühe hatte ihn dann sein Chefredakteur angerufen und ihn gebeten, einen Korrespondentenbericht zu schicken, der auf die erste Seite sollte. Am Abend vorher hatte der amerikanische Vizepräsident ein Konzert besucht, das in einem Chaos geendet hatte. Dabei war er verletzt und in ein Krankenhaus eingeliefert worden. Um elf Uhr sollte in ebendieser Klinik eine Pressekonferenz stattfinden bezüglich des Gesundheitszustands des Vizepräsidenten und einiger anderer illustrer Persönlichkeiten, die ebenfalls in dem Durcheinander zu Schaden gekommen waren.

„Verzeihung! Mein Name ist David Yalom ..."

„Bedaure!" Lucian drängte sich schützend zwischen den Reporter und Meer. „Miss Logan gibt keine Stellungnahme ab."

Meer bemerkte das dunkle Haar, die dunklen Augen, den Notizblock, den gezückten Stift. „Ist schon gut", sagte sie und trat um ihren Begleiter herum, sodass sie Devadas gegenüberstand. Nein, nicht Devadas – er hieß David. David Yalom. „Der Herr ist mir bekannt“, sagte sie zu Lucian.

Während sie sprach, ging in Davids Miene eine Veränderung vor. Es war zwar kein Lächeln, doch von einem Moment auf den anderen sah er ganz anders aus. Als ob er sich zu guter Letzt erlaubte, aufzuatmen – und als ob ihm das offensichtlich guttat.

„Vielen Dank, dass Sie sich gestern Abend um mich bemüht haben“, sagte Meer.

„Ich hoffe, es ist Ihnen nichts passiert?“

„Nein, nein.“ Sie winkte ab. „Nur mein Begleiter, der wurde angeschossen. Er liegt hier im Krankenhaus. Es geht ihm den Umständen entsprechend.“

Es gab noch so viel zu sagen. Beide wussten jedoch nicht, wo sie anfangen sollten.

„Wir müssen“, drängte Lucian.

Yalom griff in die Hosentasche. Lucian wollte schon eingreifen, misstrauisch wie immer und auf der Hut, doch der Reporter schüttelte nur stumm und vorwurfsvoll den Kopf, denn was er da in der Hand hielt, war keine Waffe, sondern eine Visitenkarte, die er Meer reichte. „Wenn Sie jemals ...“, hob er an, stockte aber, als wüsste er nicht so recht, was er sagen sollte.

Als Meer das Kärtchen an sich nahm, fühlte sie die geprägten Buchstaben seines Namens auf dem weichen seidigen Karton unter ihren Fingerspitzen. Sie ließ es mit ihrer Hand in die Tasche gleiten, so als wollte sie es beschützen.

Draußen vor der Klinik wartete Kalfus im Auto. Lucian hielt Meer die Tür auf. Sie ließ sich auf die Sitzbank gleiten, und als sie die Handtasche auf den Wagenboden stellte, bemerkte sie ein schwarzes Notizbuch, das sie aufhob, um es beiseitezulegen. Dabei schlug sie es unabsichtlich auf und sah auf der Seite eine unvollendete Zeichnung.

„Ach, das gehört mir“, sagte Lucian hastig und griff schon nach dem Büchlein.

Meer musterte den Agenten und dann die Skizze, die das Gesicht einer Frau zeigte. Meer hatte sie zwar nie gesehen, doch als sie die Augen genauer betrachtete, da war ihr, als sähe sie sich selbst. Als blickte sie tief in ihre eigene Seele.

107. KAPITEL

Tal des Indus, Indien – 2120 vor Christus

Ohana schreckte aus dem Schlaf hoch. Über ihr Lager gebeugt stand ihr Vater, bemüht, ihr den Knochen zu entwinden.

„Was fällt dir ein!“, blaffte er durch die gebleckten Zähne. „Schon schlimm genug, dass du dich ihm wie eine Hure an den Hals geworfen hast, als er noch lebte. Aber dies? Seine Überreste zu stehlen?“ Seine Augen glitzerten böse.

Ohana hatte ihn schon des Öfteren in seinem Zorn erlebt; er war ein strenger Vater. Jetzt aber stand ihm die kalte Wut ins Gesicht geschrieben.

„Bitte!“, flehte sie. „Gib ihn mir zurück!“

Er krallte die Finger um das bleiche Knochenstück. „Nichts da“, knurrte er, so außer sich, dass ihm der Speichel von den Lippen troff. „Du bringst Unheil über dein Haupt und über mein Haus!“ Damit wandte er sich ab und hastete zur Kammer hinaus.

Mit einem Satz von ihrer Bettstatt herunter, stürzte Ohana ihm nach. Sie holte ihn vor dem Haus ein, packte den Knochen. Vater und Tochter rangelten eine Weile; dann siegte die Körperkraft, der Vater schwang das bleiche Stück wie einen Prügel und holte aus, als wolle er zuschlagen. In seinem Blick stand die blanke Abscheu.

Sie hatte sich den Kopf darüber zerbrochen, doch wer ihren Liebsten umgebracht haben könnte, das war Ohana bislang ein Rätsel geblieben. Jetzt aber durchfuhr sie schlagartig ein so grausiger Gedanke, dass ihr regelrecht übel wurde. Tränen der Scham traten ihr in die Augen. Nicht etwa aus Zerknirschung ob ihres ruchlosen Tuns mit Devadas, sondern weil sie womöglich durch ebendieses Tun seinen Tod herbeigeführt hatte.

„Hast *du* ihn erschlagen?“, würgte sie erstickt hervor.

Durch die Wucht des Handstreichs rückwärts geschleudert,

verlor sie das Gleichgewicht, stürzte zu Boden und schürfte sich die Handflächen an den scharfen Kieseln auf. Ein stechender Schmerz zuckte ihr durch den Rücken.

Ihr Vater blickte auf sie herab, die Lippen verächtlich zu einem dünnen Strich verzogen. „Was erdreistest du dich, in diesem Ton mit mir zu reden? Ab ins Haus, auf der Stelle!"

Dass sie dem Vater den Gehorsam verweigerte, war ihr einerlei. Mit einem Satz auf den Beinen, riss sie den Knochen ihres toten Liebsten an sich und rannte fort, verfolgt vom eigenen Vater. Selbst als er aufgab, lief sie weiter, hin zu dem einzigen Ort, der ihr Schutz versprach.

108. KAPITEL

Wien, Österreich
Freitag, 2. Mai – 12:15 Uhr

Sonnenstrahlen blitzten durch das frische Laub auf dem verwilderten jüdischen Friedhof und zauberten goldene Tupfer auf Meers Gesicht und Hände. Sie stand abseits unter einem hohen Kastanienbaum und verfolgte, wie sich die Trauergäste nach und nach einfanden. Darunter waren auch jene neun Männer, die noch in der vorigen Woche beim Begräbnis von Ruth, Jeremys Haushälterin, das jüdische Totengebet gesungen hatten – zusammen mit Meers Vater.

Heute hatten sie sich auf dem Wiener Zentralfriedhof versammelt, um über seiner Asche zu beten. Eigentlich war es den orthodoxen Juden verboten, sich einäschern zu lassen. Jeremy hatte es jedoch in seinem Testament so verfügt, und spät am Abend zuvor hatte der Rabbi sein Einverständnis gegeben.

„Ehe ich die heutige Zeremonie beginne", ließ Rabbi Tischenkel sich vernehmen, „möchte ich Ihnen den letzten Wunsch Ihres Vaters zur Kenntnis geben." Mit dem Kopf wies er auf das Silbergefäß, das er in den Händen hielt. „Er bat darum, dass nur die Hälfte seiner Asche hier beigesetzt werden möge. Die andere Hälfte sollen Sie, Meer, in den Ganges streuen." Der Rabbi hielt kurz inne und setzte neu an.

Meer kam ihm zuvor. „In den Ganges?"

„Ja, diese Frage habe ich ihm auch gestellt." Der Rabbi lächelte wehmütig. „Er sagte mir, es gebe Glaubensvorstellungen aus grauer Vorzeit, und die besagen Folgendes: Wird die Asche eines Verstorbenen dem Ganges übergeben, so überspringt der Tote eventuell einige Wiedergeburten und spart dadurch Zeit. Eine Abkürzung sozusagen."

Die Sonnenstrahlen fielen plötzlich durch die Blätter, brachen sich an der Urne und blendeten Meer.

„Ihr Vater“, sprach Tischenkel weiter, „trug mir ferner auf, Ihnen zu sagen, sie sollten sich wegen der Flöte nicht zu sehr grämen.“

Meer war, als gebe ihr der verstorbene Vater über die Zeit hinweg seinen Segen und verzeihe ihr das, was sie mit dem kostbaren Instrument gemacht hatte. Nur ... eines erschien ihr dabei nicht ganz logisch. „Sagen Sie, Rabbi, wann hat er das Testament denn geschrieben?“

„Vor etwa zehn Jahren.“

„Haben Sie es bezeugt?“

„Allerdings.“

„Wurde es in letzter Zeit denn noch abgeändert?“

„Nein, es handelt sich um das Original. Wieso fragen Sie?“

„Aber wie hätte mein Vater denn vor zehn Jahren von der Flöte wissen können? Die Gesellschaft ging doch bisher davon aus, dass Beethoven sie im Jahre 1814 unbrauchbar gemacht hat! Mein Vater hat den Brief in der Spielekassette erst vor zwei Wochen gefunden! Erst da kam doch der Gedanke auf, dass die Flöte noch existieren könnte.“

Darauf wusste auch der Rabbi keine Antwort. „Das ist mir genauso ein Rätsel.“

„Und Sie sind sicher, er hat das dem Testament in den vergangenen Wochen nicht hinzugefügt?“

„Absolut“, bekräftigte der Rabbi freundlich. „Es war das Original.“

Meer schüttelte ungläubig den Kopf.

„Damit haben Sie nicht gerechnet, nicht wahr?“

„Nein.“

„Tja, so ist das mit dem Glauben“, betonte der Rabbi Tischenkel mit einem unergründlichen Schmunzeln. „Wenn man ihn akzeptiert, dann mit allen Konsequenzen. Die Kabbala lehrt: Wenn wir zu Lebzeiten unsere Bestimmung nicht erfüllt haben, müssen wir in einem anderen Leben weitermachen ... bis wir einen Status erreicht haben, der unserer Wiedervereinigung mit Gott entspricht. Vielleicht stecken in dieser Asche ihres Vaters ja mehrere Leben.“ Er übergab ihr die Urne. „Ich sage Ihnen Bescheid, wenn es so weit ist. Dann können Sie die eine Hälfte ins Grab geben.“

Kaum hielt Meer die Urne in den Händen, überlief sie ein Frösteln. Ein kalter Hauch umfing sie. Zu sehr von Trauer übermannt, zu verwirrt und zu erschöpft, um noch dagegen anzukämpfen, ergab sie sich dem eisigen Nebel.

109. KAPITEL

Tal des Indus, Indien – 2120 vor Christus

Ohana war nie allein in der Werkstatt gewesen; immer nur zusammen mit Devadas. Tagsüber war sie der Ort, an dem er und sein Bruder ihre Instrumente fertigten. Am Abend diente sie dann den beiden Liebenden als Treffpunkt. Rasul, Devadas' Bruder, war der Einzige, der von dem Verhältnis gewusst hatte. Weder hatte er die beiden deswegen zur Rede gestellt noch sie verurteilt.

Auch jetzt hieß er Ohana willkommen, räumte ihr einen Schemel frei und hörte ihr zu. In Tränen aufgelöst und herzzerreißend schluchzend berichtete sie ihm, was sie getan hatte, und zeigte ihm den Knochen.

Als sie endete, strich ihr Rasul beruhigend übers Haar, reinigte ihr das Gesicht mit frischem Brunnenwasser und hieß sie ein dickflüssiges Gemisch aus Honig und Kräutern trinken. Als sie dann allmählich von Müdigkeit übermannt wurde, wies Rasul auf die Strohmatte in einem Winkel der Werkstatt – dieselbe Matte, auf der sie so viele Male mit ihrem Liebsten gelegen hatte. Sie schlief ein.

Geraume Zeit später wurde sie von einer fremdartigen Weise aufgeweckt. Aufgrund häufiger Teilnahme an rituellen Handlungen kannte Ohana die Klänge der unterschiedlichen Instrumente; die Kasht Tarang hallte hölzern und dumpf, die Manjira hell wie Glockenklang, die Bins hohl wie Schilfrohr. Die traurigen Laute aber, die nunmehr an ihr Ohr drangen, die waren anders. Im Winde schwingend, hüllten sie Ohana ein und riefen ihr den Liebsten so deutlich ins Gedächtnis zurück, als ruhe er direkt neben ihr.

Plötzlich brach die Melodie ab.

Ohana schlug die Augen auf. Umgeben von Werkzeugschränkchen, Regalen mit allerlei Zubehör, von Tischen voller halb fertiger Musikinstrumente saß Rasul vor seiner Werkbank, andächtig in die Arbeit vertieft.

Sie sah, wie er ein scharfes, spitzes Werkzeug ins Feuer legte und wartete, bis es glühend heiß war. Dann widmete er sich jenen kunstvollen Verzierungen, für die er berühmt war und deretwegen Musikanten von nah und fern seine Flöten und Trommeln erwarben.

Sorgfältig vollendete er eine Schleife, legte das Graviereisen beiseite, begutachtete sein Werk und führte die Flöte an die Lippen, beinahe wie bei einem zärtlichen Kuss. Ein tiefer, klagender Ton entwich dem Instrument und wandelte sich zu einem vollen, schwingenden Klang, rein und klar wie Quellwasser oder wie Sternenlicht, vergeistigt wie aus einer anderen Welt. Wie verzaubert saß Ohana auf ihrer Matte, und während sie noch lauschte, veränderte sich der Ton, wurde zu einem verschwommenen Singsang, als summe jemand leise Worte, als singe jemand ein Lied mit Strophen und mit Reimen, als sende der Himmel selbst eine Melodie zur Erde.

Wie lange sie da hockte, wie viele Geschichten sich dabei vor ihrem inneren Auge abspielten, das hätte Ohana nicht sagen können. Die Musik der Urzeit sagte ihr, dass sie und ihr Geliebter bereits in vielen früheren Leben zusammengewesen waren.

Mit warmen, feuchten Augen reichte Rasul ihr das Instrument. „Diese Flöte sei dein, solange du ihrer und ihres Erinnerungsliedes bedarfst", sprach er. „Wenn du sie spielst, so mögest du dich entsinnen, dass ihr schon früher zusammen wart und es auch wieder sein werdet. Es gibt keinen Anfang und kein Ende, es gibt nur die unendliche Leidenschaft des Lebens."

Ohana barg die Flöte an ihrer Brust. Zum ersten Mal seit der Feuerbestattung, seit Devadas sterbliche Überreste den Flammen übergeben worden waren, fühlte sie sich dem Liebsten nahe. Und sie fand Trost darin.

110. KAPITEL

Wien, Österreich
Freitag, 2. Mai – 12:25 Uhr

Meer hatte die Hälfte der Asche aus der silbernen Urne ins Grab ihres Vaters gestreut. Sie wich vom Rand der Grube zurück. Der Rabbi gab ein Zeichen, und aus der Trauergemeinde traten zehn Männer vor – der Minjan, der rituellen Chor der Zehn. Jeremys Nachfolger war auch darunter. Um das offene Grab versammelt, stimmten sie gemeinsam den Kaddisch an, das wohl bekannteste jüdische Gebet.

Meer spürte, wie sein wehmütiger Klang in ihrer Brust widerhallte. Ihr Herzschlag passte sich an den Rhythmus des Totengebets an. Millionenfach war es über sechstausend Jahre lang zu Ehren der Toten erklungen – eine Tradition, die den Trauernden Trost und Beistand spenden sollte, während die Seele des Verstorbenen aus dem Diesseits schied und sich anschickte, ins Jenseits überzuwechseln. Das Lied enthielt jene Lehren, für die Jeremy seine Tochter stets zu interessieren versucht hatte; Weisheiten, die ihm so viel bedeutet und an die er mit ganzer Seele geglaubt hatte. *Seine Seele.* War sie zersprungen in jene Millionen von Lichtfunken, von denen er ihr erzählt hatte? Wartete sie auf eine neue Wesenheit, auf ein neues Gefäß?

„Jit'gadal w'jitkadasch, sch'me rabah …“

Die Worte schwangen sich empor und umschmeichelten Meer wie ein lauer Wind.

„… b'Alma di hu Atid l'it'chadata. Uleachaja Metaja, uleasaka jatehon leChajej Alma …“

Meer kannte zwar ihre Bedeutung nicht, aber die Worte hallten tief in ihr wider – wie die Melodie der untergegangenen Erinnerungen, die Sebastian auf der Flöte gespielt hatte – nur diesmal ohne Angst und Schrecken. Es waren dieselben

Schwingungen, die sie tief unten in den Katakomben empfunden hatte, als sie neben ihrem sterbenden Vater saß. Dieselben Vibrationen, die sie gefühlt hatte, als Nicolas, Sebastians Sohn, in seinem Krankenzimmer fortwährend seinen Singsang vor sich hingesummt hatte. Es war ... genau dieses Gebet!

Als der Gesang endete, dachte Meer immer noch an den Jungen. Woher kannte ein Neunjähriger den Wortlaut dieses Gebets? Hatte er wohl damals an jenem Sommertag miterlebt, wie der Gärtner den Kinderschädel ausgrub? Hatten die Seelen der beiden Kinder – eines tot, das andere am Leben – sich auf eine Weise verbunden, die Nicolas glauben machte, es sei an ihm, das schon so lange tote jüdische Kind zu betrauern? Hatte er sich in dieser Trauer verloren?

Der Rabbi sprach einen letzten Segensspruch.

Den Blick noch auf den Minjan gerichtet, lauschte Meer der Segnung und dachte dabei an Sebastian Ottos fruchtloses Opfer zur Rettung seines Sohnes. Das Opfer eines Vaters, der mit an Besessenheit grenzender Hingabe sein Kind erlösen und aus dem Schattenreich der lebenden Toten zurückholen wollte.

111. KAPITEL

Freitag, 2. Mai – 13:30 Uhr

Dr. Rebecca Kutscher, Sebastians geschiedene Ehefrau, saß an ihrem Schreibtisch, hörte sich mit gerunzelter Stirn Meers Bittgesuch an. Sie gab sich alle Mühe, nicht die neun Männer anzustarren, die ehrfurchtsvoll beim Fenster verharrten. Die Chormitglieder, alle in dunklen Anzügen und mit Kippa, blickten die Ärztin so freundlich und mitfühlend an, dass ihr ganz unbehaglich wurde.

„Nein", beschied sie, nachdem Meer ihren Antrag vorgebracht hatte. „Alle meine Anordnungen dienten einzig und allein dazu, den Jungen vor den Spinnereien seines Vaters zu bewahren. Warum also sollte ich Ihnen erlauben, mit neun wildfremden Menschen bei ihm anzurücken?"

„Mir ist klar, dass sich mein Vorschlag in Ihren Ohren sonderbar anhören muss. Mir geht es nicht anders", sagte Meer, wobei sie hin und her überlegte, wie sie diese spröde Person überreden konnte.

Durchs Fenster konnte man sehen, wie in der Ferne die Sonnenstrahlen auf der spiegelglatten Oberfläche des Sees funkelten.

„Glauben Sie eigentlich an irgendetwas, Dr. Kutscher?", fragte sie dann.

„An die Wissenschaft."

„Und wie steht es mit der Grauzone, wo das empirisch Beweisbare aufhört und das Unerklärliche beginnt?"

„Was soll das alles mit meinem Jungen zu tun haben?"

„Kennen Sie die Forschungen auf dem Gebiet binauraler Takte?"

Gereizt schüttelte die Ärztin den Kopf. Und Meer stellte sich langsam darauf ein, dass diese misstrauische Frau sich wohl kaum überzeugen lassen würde.

„Es gibt Jahrtausende alte Gebete und magische Riten, die Veränderungen herbeiführen und heilsame Wirkung erzielen können, sowohl bei psychischen als auch bei körperlichen Erkrankungen. Oftmals handelt es sich dabei um bestimmte Worte mit einer eigenen Bedeutung, aber auch um Töne mit ganz bestimmten Schwingungen. In den vergangenen fünfzig Jahren wurden Studien durchgeführt, die belegen, dass einige Arten von Vibrationen das Bewusstsein beeinflussen können." Meer spürte, wie Rebecca ihr entglitt; sie sah es an ihrem Blick. „Ich habe es selber nicht geglaubt, dann aber am eigenen Leibe erlebt ... und es hat mir geholfen. Ich kann mich sehr gut in Ihren Sohn hineinversetzen. Ich bitte Sie nur um eins: Lassen Sie diese Herren zu Nicolas hinein; lassen Sie sie mit ihm gemeinsam beten."

Als die Männer sein Zimmer betraten, guckte der Junge nicht einmal auf. Er saß über seiner Zeichnung gebeugt, neben sich eine Schachtel mit Buntstiften. Die roten, gelben, hellblauen und grünen steckten in einer flachen Dose, alle noch angespitzt und unbenutzt. Die anderen hingegen, mit denen er malte, die dunkelgrauen, braunen und schwarzen, verteilten sich kreuz und quer über den Tisch – traurige, abgenutzte Stummel.

Nicolas malte schon wieder eine Version des Jungen in dem dunklen Tunnel, ein ähnliches Bild wie bei Meers erstem Besuch. Sie selber hatte auch solche Phasen bewältigt, war wohlbehalten am anderen Ende angekommen. Und jetzt hätte sie Nicolas gern geholfen, es ihr nachzutun – um seinetwillen. Wenngleich sie Verständnis aufbrachte für das, was seinen Vater angetrieben hatte, wusste sie doch, dass sie ihm vermutlich niemals würde verzeihen können. Andererseits: Der Junge konnte ja nichts für das Versagen des Vaters. Versagen in der Gegenwart, Versagen aber auch in grauer Vorzeit.

Nicolas' unterdrückter Singsang war zwar kaum hörbar, doch die Mitglieder des Minjan erkannten ihn sofort. Sie brauchten kein Zeichen für ihren Einsatz. Gerade war noch das leise Kindersummen zu vernehmen, da fiel von einem Moment auf den anderen ein einzelner Männerbass ein, danach die übrigen, bis das Ganze einen zehnstimmigen Chor ergab: Nicolas und die neun Männer.

Mit andächtig gebeugtem Kopf hörte Meer zu, ohne sich recht zu trauen, hinzuschauen. Nicht im Konzertsaal, als alles in Chaos versank, nicht in Beethovens Wohnung, als sie das Versteck der Flöte fand, nicht auf dem Friedhof während der Beisetzung der Asche ihres Vaters – nein, hier, *jetzt*, hatte sie zum ersten Mal im Leben das Gefühl, dass sie etwas Erhabenem beiwohnte, als der sonore Ruf des Gebets das Zimmer erfüllte. War das wohl der Ton, der erklang, wenn eine in unzählige Teilchen zerfallene Seele sich endlich wieder zu einem neuen Ganzen zusammenfügte?

Sie dachte an die Liebe, wie ihr Vater sie beschrieben hatte: Liebe, die wir weitergeben, die uns am Leben hält, die uns, wenn sie entzogen wird, schwach und fehlbar macht. Liebe, die aber auch Kraft und inneren Frieden verleiht, wenn wir begreifen, dass sie uns eigentlich niemals genommen werden kann, weil Liebe ewig währt – wenn auch in unterschiedlichen Seelen.

Am Grabe ihres Vaters, im Ohr das Totengebet, da hatte Meer an Nicolas gedacht. War er zu irgendeinem Zeitpunkt in seiner Vergangenheit einmal Vater oder Großvater oder Bruder gewesen? Hatte er in dieser Zeit seine Trauer über ein verlorenes Kind nicht abschließen können? Möglicherweise war es ihm nicht vergönnt gewesen, den Minjan zusammenzustellen und dafür zu sorgen, dass die vorgesehenen Gebete verrichtet wurden. Dann war er als Vater oder Großvater oder Bruder aus dem Leben geschieden, ohne seine Trauer vollkommen bewältigen zu können.

Rebecca, die neben ihr stand, seufzte, und als Meer sich zu ihr umdrehte, da sah sie auf ihrem Gesicht Tränen und einen Ausdruck ungläubigen Staunens. Das Chorlied ging zu Ende, der Kaddisch war gesungen. Stille trat ein. Nicolas, nunmehr genauso stumm wie alle anderen, hockte an seinem Tisch und betrachtete seine Zeichnung. Das leiernde, rhythmische Summen, das unaufhörliche Hin und Her, das hektische Malen – all das war vorbei. Er saß mucksmäuschenstill da.

Seine Mutter ging zu ihm und ließ sich neben ihm auf die Knie nieder. „Nicolas?“, flüsterte sie.

Der Junge wandte sich ihr zu und sah sie an. In seinen zuvor immer so leblosen Augen stand ein verwirrter, gleichzeitig lebhafter Ausdruck. Er war nicht mehr das von sich selber und aller Welt losgelöste Kind. Freilich, er wirkte noch blass und angegriffen und brauchte auch weiterhin Hilfe, aber er nahm jetzt zum ersten Mal seit Langem seine Umgebung wahr. Und als seine Mutter ihn zärtlich in die Arme nahm, da erwiderte er ihre Umarmung.

Über den Kopf ihres Jungen hinweg blickte die Ärztin zu Meer hinüber. „Haben Sie Kinder?“, fragte sie.

„Nein.“

„Dann können Sie nicht ermessen, wie zutiefst dankbar ich Ihnen bin.“

Meer fragte sich, ob der Junge sich später einmal daran würde erinnern können. Was würde er wohl, wenn er älter sein würde, etwa in ihrem Alter, über diese vergangenen sechs Monate sagen? Wie sie erklären, falls man ihn fragte? Würde er sich dann wohl noch der heutigen Schwingungen in seinem Körper, seinem Blut, seinen Knochen entsinnen?

Ihr Vater hätte es geliebt, das mitzuerleben, was seine Tochter heute erfahren hatte. Er hätte es wahrscheinlich mit allerlei Theorien über die Widerstandsfähigkeit des menschlichen Geistes und der menschlichen Seele erklärt. Sicher hätte er das alles mit seinen Gedanken über binaurale Takte in Verbindung gebracht und mit Pythagoras’ Lehrsätzen über Wiedergeburt und Mathematik, über Zahlen, Töne und Zeitenkreise. Mit seinem unverwüstlichen Optimismus hätte ihr Vater all dies als Beleg für das angeführt, was er seiner Tochter schon immer über ihre eigene Vergangenheit und Zukunft hatte beibringen wollen.

„*Siehst du, wie einfach es ist?*“, hörte sie ihn sagen. „*Du brauchst dich nur dem Kosmos zu öffnen, wenn er sich dir offenbart, musst ihn bloß betrachten in all seinen rätselhaften Dimensionen. Ohne Vorbehalte und ohne Vorbedingungen. Auf dich, Liebes, wartet Musik, die du noch komponieren musst. Es fehlte bisher allein der Schlüssel, der Zugang zu dieser Musik. Dieser Schlüssel ist das Wunder der Welt. All die Lieder, an die du dich nicht erinnern und die du doch nie vergessen konntest? Jetzt wirst du sie finden.*“

– ENDE –

Wie bereits im ersten Teil dieser Serie (erschienen unter dem Titel „Der Memory Code"), so verbindet auch dieser Roman zahlreiche Fakten mit einer frei erfundenen Geschichte.

Die Bestattungszeremonie, Musikinstrumente, Bräuche und Flora aus der urzeitlichen Indus-Kultur wurden sorgsam recherchiert, und ich habe mich weitestgehend an gesicherte Erkenntnisse gehalten.

In nahezu allen Fällen entsprechen die Daten und Fakten geschichtlicher Ereignisse wie etwa des Wiener Kongresses der historischen Wirklichkeit, ebenso die meisten Örtlichkeiten dieser so schönen Stadt, in der ich mehrere Monate verbrachte. Wien hat tatsächlich eine weit verzweigte Unterwelt voller Tunnel und archäologischer Schätze; es gib etliche unterirdische Thermalseen in der Gegend, wenn auch nicht direkt unter dem wichtigsten Konzertgebäude, soweit bekannt ist. Die Herzgruft, das Dorotheum, die Museen, die Beethoven-Gedenkstätten, der Zentralfriedhof und die Klinik am Steinhof sind alle echt, leider auch die Informationen über Art und Umfang der Experimente, die dort während der Naziherrschaft durchgeführt wurden und die nach Ende des Dritten Reiches noch Gegenstand wissenschaftlicher Forschung waren.

Soweit ich weiß, gibt es keine „Gesellschaft für Erinnerungsforschung", doch in Österreich gab es zahlreiche Geheimbünde, zumeist Ableger der Freimaurer. Einige davon könnten durchaus noch existieren.

Die Phoenix Foundation gibt es ebenfalls nicht. Meine Beschreibung dieser erfundenen Stiftung beruht allerdings auf der wissenschaftlichen Arbeit von Dr. Ian Stevenson am Medical Center der University of Virginia. Dr. Stevenson erforschte über dreißig Jahre lang die Erlebnisse von Kindern mit Vorlebenserinnerungen – ein Werk, das inzwischen von seinen Kollegen Dr. Bruce Greyson und dem Kinderpsychiater Dr. Jim

Tucker fortgeführt wird. Die Charakterdefizite des Malachai Samuels aus meiner Story sind diesen beiden hervorragenden Ärzten allerdings nicht anzulasten.

Faszinierende Forschungsergebnisse auf dem Gebiet der binauralen Takte lassen vermuten, dass diese Töne möglicherweise Vorlebenserinnerungen auslösen können. Sakrale Musik, geistliche Lieder und Sprechgesänge wirken sich nachweislich auf die Psyche aus und beeinflussen unsere sinnliche Wahrnehmung.

Dem österreichischen Orientalisten Joseph von Hammer-Purgstall (1774–1856), dem britischen Indologen Sir William Jones (1746–1794) und dem französischen Philologen Silvestre de Sacy (1758–1838) verdanken wir die weite Verbreitung morgenländischer Weisheit in der zweiten Hälfte des 19. Jahrhunderts. Bereits in der Frühzeit der Aufklärung begann man sich in Europa für orientalische und fernöstliche Philosophie zu interessieren, so für den Gedanken der Wiedergeburt. Auch Ludwig van Beethoven gehörte zu den Anhängern der Reinkarnationstheorie. Seine Aufzeichnungen enthalten sowohl Passagen aus de *Bhagavad Gita* als auch ein Zitat aus William Jones' *Hymne an Narayana*: „Wir wissen nur eins: dass wir nichts wissen."

DANKSAGUNGEN

Das Vertrackte an Danksagungen ist: Man kann noch so viele Menschen anführen, die bei der Entstehung dieses Buches geholfen haben – einige vergisst man dennoch zu erwähnen. Dafür bitte ich schon im Voraus um Nachsicht.

Ganz zu Anfang ein Dankeschön an meine Freundin und Agentin Loretta Barrett, ebenso an Nick Mullendore und Gabriel Davis von Loretta Barrett Books für ihren Fleiß und die ausgezeichnete Beratung.

Dank sage ich auch dem ganzen Team bei MIRA Books, das ich glücklicherweise auf meiner Seite habe, insbesondere meine hervorragende Lektorin Margaret O'Neill Marbury, die erheblich zum Entstehen dieses Buches beigetragen hat. Wenn ich mir vorstelle, ich sollte ohne sie oder ohne Lisa Tucker und Douglas Clegg einen Roman schreiben – ich glaube, das ginge gar nicht, und ich hoffe, so weit wird es nie kommen. Dank ferner an Jerry Hooten, der mich großzügig an seinem reichen Wissensschatz teilhaben ließ. Falls das Buch Ungereimtheiten bezüglich Sicherheitsfragen und kriminalpolizeilichen Techniken enthält, so liegen die an mir, nicht an Jerry.

Zuletzt ein riesiges Dankeschön an Leserinnen und Leser, Buchhändler und Bibliothekare allüberall, an alle meine Geschäftspartner und Freunde innerhalb und außerhalb des Literaturbetriebes. An Doug Scofield, der mir unter anderem auch einen Einblick in die Welt der Musik verschaffte, und an den Rest meiner wunderbaren Familie für ihre Zuneigung und Unterstützung.

MIRA IST ONLINE FÜR SIE!
www.mira-taschenbuch.de
MIRA - Home
http://www.mira-taschenbuch.de/
Unser Sommer-Buchhighlight
Susan Wiggs: Am Anfang wartet das Glück
Genau das Richtige für romantische Sommerabende.
TRAILER DES MONATS
UNSERE MIRA BESTSELLER-LISTE
News & Aktuelles
Neuigkeiten bei MIRA Taschenbuch
AUF EINEN BLICK - DAS MIRA GESAMTPRO
Immer aktuell:
News und **Neuerscheinungen**
direkt auf der Startseite!
Das gesamte
Taschenbuchprogramm
übersichtlich nach Kategorien!
MIRA
TASCHENBUCH

M. J. Rose
Der Memory Code
Band-Nr. 25378
8,95 € (D)
ISBN: 978-3-89941-615-2
496 Seiten

Kat Martin
Das Schweigen der Rose
Band-Nr. 25492
8,95 € (D)
ISBN: 978-3-89941-803-3
544 Seiten

Erica Spindler
Blume des Satans
Band-Nr. 25507
7,95 € (D)
ISBN: 978-3-89941-808-8
480 Seiten

J. T. Ellison
Poesie des Todes
Band-Nr. 25484
8,95 € (D)
ISBN: 978-3-89941-791-3
416 Seiten

Brenda Novak
Trust Me – Blutiges Grauen
Band-Nr. 25478
8,95 € (D)
ISBN: 978-3-89941-784-5
448 Seiten

Heather Graham
Die Séance
Band-Nr. 25437
8,95 € (D)
ISBN: 978-3-89941-720-3
352 Seiten

Beverly Barton
Time to Die –
Stirb noch einmal
Band-Nr. 25445
8,95 € (D)
ISBN: 978-3-89941-731-9
352 Seiten

Beverly Barton
Verhängnisvolles Spiel
Band-Nr. 25474
8,95 € (D)
ISBN: 978-3-89941-775-3
304 Seiten

Alex Kava
Blutiger Freitag
Band-Nr. 25417
8,95 € (D)
ISBN: 978-3-89941-683-1
320 Seiten

Joseph Teller
Der zehnte Fall
Band-Nr. 25457
8,95 € (D)
ISBN: 978-3-89941-748-7
400 Seiten

Rick Mofina
Geschändet
Band-Nr. 25473
8,95 € (D)
ISBN: 978-3-89941-774-6
464 Seiten

Rick Mofina
Der Countdown
Band-Nr. 25429
8,95 € (D)
ISBN: 978-3-89941-706-7
448 Seiten